陀螺门

赵北方　著

SPM
南方传媒　花城出版社

中国·广州

图书在版编目（CIP）数据

陀螺门 / 赵北方著 . -- 广州 : 花城出版社 , 2025.

1. -- ISBN 978-7-5749-0349-4

I. I247.5

中国国家版本馆 CIP 数据核字第 2024XS6749 号

出 版 人：张　懿

责任编辑：李　卉

责任校对：衣　然

技术编辑：林佳莹

封面设计：云思博雅

书　　名　陀螺门

　　　　　TUOLUO MEN

出版发行　花城出版社

　　　　　（广州市环市东路水荫路 11 号）

经　　销　全国新华书店

印　　刷　广东虎彩云印刷有限公司

　　　　　（东莞市虎门镇黄村社区厚虎路 20 号 C 幢一楼）

开　　本　787 毫米 × 1092 毫米　16 开

印　　张　29

字　　数　402,000 字

版　　次　2025 年 1 月第 1 版　2025 年 1 月第 1 次印刷

定　　价　88.00 元

如发现印装质量问题，请直接与印刷厂联系调换。

购书热线：020-37604658　37602954

花城出版社网站：http://www.fcph.com.cn

前 言

> 从前有座山，山里有座庙，庙里有个老和尚，在给小和尚讲故事。
> 讲的什么故事呢？从前有座山，山里有座庙，庙里有个老和尚，在给
> 小和尚讲故事……

相信很多人幼时都曾传唱过这首歌谣，它既是流传民间的口头文学，也是妈妈哄睡宝宝时哼唱的小曲，在那些文化极其匮乏的年代，时常还有老师布置小学生以"从前有座山"为题作文，歌谣里那一老一少两个和尚犹如念经似的周而复始，就像数学中的无限循环，永远也讲不完。

然而，这首儿歌里却饱含着生动活泼、意趣盎然的禅理，它把生命中的生死苦乐、名利荣华统统蕴藏其中。在这个环形故事里，起点就是终点，终点也是起点，故事里面装故事，恒久不见完结，虽然情节始终在重复，但依然算是一个故事。

老子《道德经》有言，"大道至简，衍化至繁"，阐明万物发端之始，一切都是从简单到复杂的演变过程，尤其点透大道理的极致，是可以用一两句话就说明白的。故而，类似"从前有座山"这般慎察处世、融会贯通的纯粹简约，才是大智慧"悟在天成"。

诚然，对于这首歌谣的领会，每个人定有不同。学道参禅之人体悟出清净

虚无，从而甘心把素持斋、餐云卧石；意气风发之辈解读出生命的长流不息，继而领悟到循环往复的坚韧力量。滚滚红尘中，你有你的生活理解，他有他的难忘寻常，彼此表面看似毫无牵扯，实则内里互有关联，情愿也罢，抵触也罢，谁都躲不过你会存在于别人故事里的宿命。

……

我的家乡门前有座山岗，无论是炎天暑月季的绿荫摇曳，还是冬雪覆顶时的满目苍茫，都给人已中年的我留下极为深刻的印象。孩提时代，从村庄老者口中听得许多关于"鱼儿嘴""东泉西溪"的神奇传说，那些扰动睡眠的稚嫩记忆，至今时常会伴随着"从前有座山"的空悠节奏迈入我的梦境。于是，斜靠古树下的老外婆，暮色晚归的扶犁人，还有池塘边追逐嬉戏的灰鸭白鹅，仿佛都复活在我的脑海。白驹过隙之间，童年时光已烟霭杳渺，我的内心深处，却常常泛起一缕魂牵梦绕的情感，使我总有向故乡渴望表达的冲动和欲望。

乡土心结，可能是每位创作者躲不开的情怀，起码我是不能忽视这份心灵的真实存在。

由此，我开始刻意关注童谣儿歌的内涵，继而体味出其中浸透了沁人心脾的文化甘霖。这些躲进文学世界一隅的口头歌谣，在漫长的口口相传中，不仅没有因为众人的不屑而消亡殆尽，反而已经深深扎根在老百姓心间。正因如此，原本遍植于沃腴广阔的原生土壤里的苍生口诀，不断汲取了无数灵动的智慧营养，世世代代地演化、流传，以至繁荣到今天，早已从瓦砾石缝中的一株野草长成了参天大树。

翻阅以上诸多情感，可能是我创作小说《陀螺门》最初的萌动。

光阴流转至今，很多人像陀螺一样旋转不休，却将生命本初的真谛，丢失于每日打拼生活的匆匆步履中。因而，无数人精神流浪于精神之外，灵魂纠结于灵魂之上，为了攫取浮生幻梦，生命中的真、善、美，开始淡退于我们的生活，且被现实的残酷磨损得疮痍满面，即使心有悸动，却也只能像空花泡影一般刹那而逝。蝇营狗苟的昼夜循环，将身旁路径边的鲜花绿草践踏成一地鸡毛，心里寄望着诗和远方，却把灵魂嫁接于丑陋和浅薄之上，飞溅起的不仅仅只是蹉跎生命的声声呐喊，还有心灵等待时间凌迟的惨烈和麻木。

生命是一组排列无序的密码锁，命运女神绝不会轻易为谁而开启，唯有呼吸的震荡，时刻提醒每个人必须得直面惨淡人生。世间芸芸众生的终日奔波，皆是为了生活的富足和体面，慨叹这世上没有一蹴而就的滋长与成功，亦没有理所应当的鲜花和掌声。忙碌辛劳之际，若是心中充满了阳光和温度，或许正途的方向并不难找。可当嫉妒与仇怨、炫耀与虚荣占据内心的时候，生活则早已注定了你，随时会坠入时空维度的虚无深渊。

故而，纵使生活有再多磨难，我们也要敞开心怀拥抱阳光，始终相信生活中从不缺乏良善和温暖。同时，我们需要尊重每个人循迹选定的生命轨道，只要践行生命的过程充盈着坚韧和希望，人生意义所圈定的内容，终会逃离荒芜。所以，当你像陀螺般飞转之时，且要看清奔波不息的归巢里，是否蓄满你所渴盼的幸福和美好；竟日追逐的目标，可否是你真心选择前往的地方。

《陀螺门》试图铺开一页纸笺，倾心讲述一段充满温情和凄绝的故事，为当代人们的生活描绘出一幅"对镜自省"的图鉴，倘若能让每位读者通过比对书中人物故事，窥见自己已渐模糊的背影，拭净落满尘灰的心灵，寻回那个遗失很久的自我，可算是这本书的初心。

世事纷扰，安之若素。化繁为简，从来都是一种觉醒，也是一场自赎。

等待你终于明白了人生不宜灌输太多"大智若愚、举重若轻"的精神燕窝，且别把生活中许多浅显易懂扭曲成"佶屈聱牙"，那么本书故事中不怀好意的种种"围猎"，只是想陪伴读者们进行一场酣畅淋漓的阅读，仅此而已。

赘言几句，只想起个抛砖引玉之意，祈盼读者不要"弃之如敝屣"矣！

目 录

第一章 / 001

第二章 / 011

第三章 / 022

第四章 / 033

第五章 / 044

第六章 / 053

第七章 / 061

第八章 / 070

第九章 / 078

第十章 / 086

第十一章 / 095

第十二章 / 104

第十三章 / 113

第十四章 / 122

第十五章 / 132

目录

第十六章 / 140

第十七章 / 149

第十八章 / 158

第十九章 / 168

第二十章 / 177

第二十一章 / 186

第二十二章 / 197

第二十三章 / 207

第二十四章 / 216

第二十五章 / 225

第二十六章 / 234

第二十七章 / 245

第二十八章 / 257

第二十九章 / 268

第三十章 / 278

第三十一章 / 287

第三十二章 / 297

第三十三章 / 306

第三十四章 / 315

第三十五章 / 324

第三十六章 / 333

第三十七章 / 343

第三十八章 / 354

第三十九章 / 364

第四十章 / 374

第四十一章 / 382

第四十二章 / 390

第四十三章 / 398

第四十四章 / 408

第四十五章 / 417

第四十六章 / 425

第四十七章 / 436

第四十八章 / 445

第一章

天下有块福地名曰龙川。

此处方圆千里、阡陌纵横，东南西北皆被绵延起伏、形似蛟蛇之龙山包围萦绕着，一条雨水丰沛的龙川河匍匐于龙川平原中央，从西往东经年流淌不息。在这片山川壮美、云蒸霞蔚，足以控四夷、制天下、一望无际的冲积平原上，却兀自突起一处攀高千百丈、环绕数十里的莽苍丘陵，当地人称鲲丘。由南至北眺望，鲲丘像一条头西尾东、逆流浮游的大鱼；再从东西方向远望，鲲丘又似一只蹲虎，凛然挺立于龙山当面。鲲丘之神奇，更有甚者是从它的顶部到中端，终年俱被雪山丛林覆盖，每岁寒暑轮替，似乎都和鲲丘无关，尤其到了盛夏或隆冬时节，覆顶不散的沉沉雾霭弥漫着鲲丘，越发显得这里变幻莫测、不可捉摸。

平畴千里、风调雨顺的龙川平原，自古便是一方钟灵毓秀之地。拔高就势、形胜非凡的鲲丘，更有着诸多令人啧啧称奇的秘闻。

幽深寂静的鲲丘底部，分别住着两姓庄户人家，西侧为溪水村，俱为奚姓族人的居住地。鲲丘顶部的皑皑白雪融化了一汪涓涓溪水，宛如一条银白色的细蛇，蜿蜒穿行过鲲丘丛林，再从溪水村湍流而过。于是，溪水村自古便流传着一桩奇闻，传说这条溪流的发端处，伏卧着一条被天帝惩罚下界的神鱼，千百年来，那方吐纳清流的神秘溪口，被奚姓族人敬奉为"鱼儿嘴"。一年四季流淌不息的溪水，时而流经岩石垭口，发出的铮铮之声响彻丛林水涧；时而又流淌在密草碎石间，激起无数缓缓浮游的白色水泡，仿如一粒粒珍珠，又似流动的水晶，叠印了蓝天、绿树和断崖。

鲲丘东侧是泉家庄，住户皆为泉姓，泉家庄也有一条自然水流，却是从鲲丘地下涌出的一泓清泉。盛夏季节常常水流如注，并伴有间歇不断的"咕咚"声，从迷雾湮没的鲲丘深处传出来。尤其到了每年入冬时节，这眼清泉仿佛有了灵性，甘冽的泉水倏尔变成了一眼温泉，湿润滑腻的水面升腾起的水雾，随泉水一起流淌过泉家庄，使得整个鲲丘愈发显得"山中岁月长，林深人不知"。

古往今来，鲲丘还流传着一个遥远而缥缈的秘闻。

传说溪水村和泉家庄所供奉的远古祖先，分别为上古名士奚仲和泉祖，这两人皆为黄帝后裔。史书记载大禹治水时，有个叫奚仲的人发明了车子，帮运土石木料，有力协助了大禹治理水患，故有"大禹治水、奚仲造车"之说。

泉家庄所敬奉的泉祖，史籍《左传》里也有明文记载曰：黄帝之子任姓后裔封于泉，其后因以为姓，称泉氏。自从龙川平原上隆起了鲲丘，便有了奚、泉两姓在这片土地上的繁衍生息，千百年以来，两姓互为依存、通婚攀亲，早已是血溶于水、骨肉相连的亲人。

历代族谱里亦多有轶事记载，传言每有从外方云游至此的方士占星高人，经常会远望鲲丘大发感慨，甚而卦卜这方土地，既有龙虎吉地之神武，又有鱼水合欢之妙美，可谓占尽天下风水之优先。岂料时至今日，岁月无情变迁，世相代代幻化，春秋草木一岁一荣枯，奚泉两姓偏偏开始人丁凋零、貌合神离，且罕有往来。如若历朝历代那些信仰谶纬学说，擅长法术之士复活转世，面对如今的鲲丘人家，不知会风泛何念、水生何意？

……

话说阳春三月的龙川平原，早已是姹紫嫣红、春意盎然，太阳如常照耀在鲲丘所在的龙峪镇，春节刚刚过去，人们又开始了新一年的打拼。

每天早晨，龙峪镇都是一片车水马龙、人潮涌动的繁忙景象。狭窄而拥堵的街面上，自由摆摊的商贩四散开来，参差不齐的摊位占据了大半个街道。忽然，熙熙攘攘的人流中，传出了一阵刺耳的叫骂声，只见一辆老款奔驰的车轮，把一堆鲜嫩蔬菜碾压得稀碎。卖菜农妇两手叉腰、梗着脖子，破口大骂开车人不长眼睛，可惜了她们全家人摸黑爬高采摘的新鲜香椿。说话间，那农妇沾满泥水的手掌，开始使劲拍打车窗玻璃，大声叫嚷着索要赔偿。

开车人明显被惊着了，怔坐车里迟迟不敢下来。双方僵持之时，原本狭窄的街道逐渐被堵死了，许多人斜着身子从夹缝中穿过，众口埋怨开车人不该跑到小镇要排场。农妇听见有人声援自己，脾气越发得势膨胀，不仅提高了嗓门，还拉起了哭腔吼骂着。

街道上的一阵骚乱，引起了街边川菜馆老板李春梅的注意，眼瞅着自家饭馆门前被围得水泄不通，她气恼不已，当即扭着臃肿的腰身，奋力拨开人流挤上前，要给卖菜农妇讨公道。忽而，隔着车窗玻璃，她看见了一张似曾相识的男人面孔，李春梅脑海里迅速闪现出一个人：莫非是早年离家出走的奚望回来了？

同时，那个男人似乎也认出了她，随即打开车门大喊一声"春梅姐"，旁边围观的人群瞬间安静许多。满面喜色的男人紧紧攥住李春梅的双手摇摆不停。李春梅瞪大眼睛惊呼道："我的天哪！真是你小子啊。"

不怒自威的李春梅，速速支开了围观好事者，招呼奚望把车停靠饭馆门口，转身就对卖菜农妇没了好脸色，嘴里不客气地说道："就你那点破菜，还不够我馆子一顿饭的用量。我兄弟的车压烂了你的菜，我照单全买，你去前台结账吧。"李春梅遇见熟人，瞬间变了态度。农妇当众面露尴尬，心知她是龙峪镇有脸面的人，只好识趣地收敛了泼辣，满脸堆起笑容，匆匆拾掇了摊位，径直跑到春梅川菜馆结账去了。

奚望万万没有料到，双脚刚踏上家乡地面，便遇见了不体面的刁难。李春梅做梦也难想到，那个从小离家出走的奚望，居然人模狗样地衣锦还乡了。故人相见、分外欣喜，李春梅高兴地领着奚望进了包间，摆上了一桌好菜，热情招呼这个昔日老朋友。

若要论起这两人的关系，说来还颇有一段渊源。

奚望十八岁那年高考落榜，便随父亲去外地煤矿打工，不曾想半年之后，父亲遭遇矿难不幸身亡，奚望得了一笔补偿金，只好折返回家与母亲相依为命。这时，溪水村专做保媒拉纤生意的刘婆，喜滋滋前来给奚望介绍对象，女子既是鲲丘北坡下面李家村的李春梅。

事实上，奚望在龙河县上中学时，便和长相富态、身宽体胖的李春梅认识。

当时的奚望，既没有从丧父之痛中摆脱出来，亦看不到未来生活的希望，便借口家境贫寒、母亲多病，婉拒了这门亲事。刘婆的脸面掉在了地上，她摔门而出，公开在村里数落奚望母子不识抬举。

奚望不甘心久居人下，总是幻想着赚大钱，他想把家里的瓦屋拆除，再像村里其他人家一样盖一座小洋楼。渴望改换门庭的他，四处寻觅一夜暴富的机会。一次偶然，奚望撞见了老同学泉军，此人游手好闲、不务正业，整日混迹于赌场当中，是泉家庄出了名的浪荡子弟。

老实巴交的奚望，架不住泉军油嘴滑舌地唆使，鬼使神差地随他进了龙峪镇地下赌场博运气。起初获得的微利，令他迷失了心智，逐渐从玩小钱变成赌大钱，奚望不仅把父亲那笔抚恤金赔个精光，还欠下了一笔数目不菲的赌债。本想请泉军出面救场子，不承想这位老同学早已不见了人影，面对设赌人的步步紧逼，奚望陷入了黔驴技穷的境地。

这时，赌场有人站出来，神秘兮兮地给他指出了一条可赚大钱的路子。只要奚望能从南方带包货返回龙峪镇，不仅能将所欠赌债一笔勾销，还会另外得到一大笔酬劳。奚望眼馋了，于是便跟着线人去了南方。谁知返回路上，奚望乘着夜色逃跑了，原因是他偶然发现所带东西是"杀生夺命"的毒品。从那以后，奚望有家难回，常年漂泊南方以打工度日。

至今，奚望仍能清晰记得和母亲最后一次通话的情景。

那个时候，他跪在南方城市的一间潮湿而阴暗的地下室，电话里的母亲苦苦哀求儿子尽快回家，奚望却赌气发誓，他要赚得许多钱，然后才敢回去。母亲无力改变儿子的倔强，只好日日忍泪、盼儿早归，岂料不足一年工夫，便病故而去。溪水村族人替他安葬母亲的那天，披麻戴孝的李春梅悄然出现在送葬队伍里，善良淳朴的族人们，错以为她是奚望未过门的媳妇。

母亲去世后，奚望彻底丧失了回家的勇气，他努力在南方服装厂、电子厂常年做工，赚了一些本钱后，又买了面包车跑货运，一晃十多年过去了，经过一番番艰辛打拼，奚望拥有了一家小型货运公司。至此，奚望才鼓起了返回溪水村的勇气，他在南方陪伴妻儿过完春节后，便开着自己买来的一辆二手奔驰赶回了家乡。

李春梅端详着眼前的奚望，心里可谓五味杂陈。

转瞬间，记忆中的奚望，已从英姿勃勃的小伙变成了容颜沧桑的中年大叔，此番变化仿佛是做梦一般。"当年刘婆介绍咱俩处对象时，我咋没瞧出你这么有出息，如今连大奔都开上了。"李春梅一边说着调皮话，一边开怀大笑。

奚望有些不好意思，低头腼腆地笑了笑说道："刘婆做媒的那个时候，我家是溪水村数一数二的穷户，我怎么能配得上你呢？"奚望的口气，仿佛要给对方解释什么，他望着身材越发壮硕的李春梅暗自思忖，这些年她的日子一定过得滋润，再看看春梅川菜馆里人来人往生意兴隆的样子，更让他在李春梅跟前找不到半点扬眉吐气的感觉。

于是，奚望故意岔开话题，饶有兴趣地问起溪水村和泉家庄如今有何新状况，李春梅嘬了口啤酒，再给奚望点燃一根香烟，然后挪动身子斜靠在木质椅子深处，顺便给自己也点了根香烟，一边悠悠然抽着，一边轻声缓缓说道："你们鲲丘上，倒也没啥大变化，就是年轻人越来越少，但凡有点能力的都进城去了。现在这些孩子，心比咱们那会儿野多了，别说龙峪镇了，就连龙河县也懒得待，很多都进了龙州，有些甚至远道去了龙都闯荡。"

奚望笑道："我在南方做生意时，遇到的人当中，大部分都是从北方南下的年轻人。如今到处都一样，城市越来越繁华，农村却越来越荒废了。"李春梅不无感慨地附和说："鲲丘，那是多么有灵气的地方！当年多少姑娘做梦都想嫁到你们溪水村和泉家庄。许多人说鲲丘是出大人物的风水宝地，还说那里自古就被神灵保佑。不承想，这么好的地方，如今也开始落败了。"

李春梅的话，让奚望感到隐隐忧伤，虽然离开了家乡十余年，最起码在记忆里，当年鲲丘的美丽和富饶以及惹人艳羡的民风民俗，依然如旧。"从小我听父母说，溪水村与泉家庄人都是上古贵族后裔，一定会代代出些大人物。不知你有没有听说，眼下在外面数谁混得最风光呢？"

奚望这么一问，李春梅饶有兴趣地打开了话匣："要说你们鲲丘这地方，出的人物还真有。先说泉家庄吧，老辈人里就数泉棠仁家大儿子泉政谦最有出息，如今已是龙州市副市长了。今年春节，泉副市长还回过一趟鲲丘，当时龙河县来了很多官员作陪，听说都被泉副市长给挡回去了。最有趣的，要数咱们龙峪镇镇长泉大年，早早组织了一批欢迎队伍，扯着横幅拉开标语，敲锣打鼓欢迎泉政谦副市长回乡过年，本想着自己也是泉家庄人，趁此机会巴结拉拢一下关系，不料被泉副市长叫到泉氏宗祠里，狠狠训斥了一顿。再后来，又听人说，泉副市长连夜将母亲何巧云接到龙州过年去了，这趟回乡，只进了祠堂祭拜了祖宗，连顿饭也没吃就走了。"

李春梅说得津津有味，眉眼间充满了不屑神色。"泉政谦走后，有人谣传说，他的仕途可能不顺，不然怎么会如此小心翼翼？还有人议论说，当下正处在惩治腐败的风口浪尖上，泉政谦的做法叫洁身自好、以身作则。总之，当地想沾光的，一个都没沾着，还落得百姓看笑话。"说到此处，满含嘲讽口吻，看热闹不嫌事大的李春梅大笑起来。

奚望看着李春梅笑得花枝乱颤，急忙跳开话题打探道："泉政谦为何只接走母亲，他父亲泉棠仁呢？"李春梅止住笑声道："忘记给你说了，泉棠仁年纪大了，前些年病故了。说来也怪，这位泉副市长在父亲病逝后，也没见回来过，老人后事全由小儿子泉少谦操办。他给亲朋好友们说兄长恰巧去欧洲出差、考察工作去了，来不及赶回来送父亲最后一程。倒是泉副市长的夫人和孩子都回来了，这才消除了许多人的疑虑。"奚望听得泉家庄最具威望的尊者泉棠仁已经去世，心里多少感到落寞，在他的脑海里，至今还依稀残留着对这位尊者的模糊记忆。

李春梅余兴未消地又说道："有些事情说起来，还真是奇怪。就在泉棠仁去世的第二天，你们溪水村有德有望的尊者奚友池的老伴江淑芬，也跟着去世了。一时间，鲲丘东西两个村里都开始出殡。人们又纷纷议论说，去世了一男一女两位老人，留下一男一女两位尊者，难道是上天有意安排？更有人神秘兮兮地分析，泉家庄的泉棠仁走了，留下老伴何巧云守着两个儿子泉政谦和泉少谦；溪水村的江淑芬去世后，偏偏留下奚友池陪着两个女儿，你说奇怪不奇怪？"

李春梅说出的这些传闻，令奚望甚感诧异。

"我记得奚友池家的两个闺女，一个出生在夏天，另一个是冬天降生的，名字分别叫奚晓夏和奚晓冬。我还记得这姊妹俩都长得漂亮，应该和我们年龄相仿，如今恐怕也已经为人父母、人老珠黄了。"

奚望大发感慨，李春梅却把眼珠子一转说道："这回你可猜错了。两姊妹人是长得漂亮，可是姐姐奚晓夏一直住在溪水村，从不外出做工，每天只陪着老父亲。倒是妹妹奚晓冬，考上了龙都大学，毕业后留在城里工作，很少见她回来。最近才又听人说，奚晓冬在龙州工作，至今也不曾嫁人。你倒是说说，姊妹俩长得那么漂亮，追求的人又那么多，却活生生把自己耽搁成剩女，何苦来着。"说到此处，李春梅没有了刚才的戏谑语调，反而生出一丝淡淡的遗憾与惆怅。奚望心里猜想，或许这就是女人间的惺惺相惜吧。

两人闲谈慢饮着，时间已到了午后，酒足饭饱的奚望要付饭钱，却被李春梅瞪眼拒绝了。"兄弟这次回来，如果再有烦心事，尽管来找我。十多年以前，咱姐弟俩是闷葫芦，不等于如今还是。今儿真不是给兄弟吹牛，不敢说龙河县，起码龙峪镇这小地方，姐还说得起话。"奚望看着李春梅呈现的一脸自信，心中笃定她说的是大实话。

临出门前，奚望又把李春梅拉到一边，神情怯懦地低声问道："泉军他如今可好？"李春梅似乎猛然回过神儿，随之用两只如蒲大手拍打着奚望肩头，又将涂抹夸张的烈焰红唇伸到他耳边笑道："那小子，被抓进去坐了多半年牢房，出来以后，也去外地打工了。所以你就放心大胆地回去吧，还是姐那句话，有啥麻烦事，尽管来找姐。"

奚望怀揣的忐忑之心，暂时放下了，刚刚慌乱而不能把持的脚步，让他在钻进车里的瞬间，额头重重地碰到了门框上。李春梅哈哈大笑说："瞧我兄弟，酒量就是不行，可得慢点开车啊。"

心情兴奋而又尴尬的奚望，挥手告别李春梅之后，继续开车往鲲丘方向而去。一路行来，他的内心犹似五味瓶翻倒，越想心里越不是滋味。本来还觉得自己好赖混迹南方多年，也算是见过大世面的人，现在开着大奔回故乡，定然会引起众人的惊叹与艳羡，谁知巧遇李春梅后，陡然发现自己的这份自信盲目而愚陋。家乡一派繁荣的景象，不仅没有让他看到起初猜想的南北差异，反而暴露出自己渴望显摆的浅薄。

顺着村庄旁的道路，穿行过一片片返青的麦田，汽车很快到了鲲丘脚下。

不远处，便是生他养他的溪水村了，离开家乡多年的奚望，如今再次凝望鲲丘，心里充满了陌生而熟悉的亲切感。回想小时候，父母曾经讲起许多关于鲲丘的神奇传说，那时并没有多少异样的感受，然而此刻，奚望翘首远望，但见溪水村正巧处于鱼状鲲丘的头部，活脱脱像一只晶莹剔透的鱼眼。处在鲲丘东边的泉家庄，周围布满顺次而下的层层梯田，远远看去，仿佛一条条鱼尾辫子，整整齐齐地铺开在远处的土坡上，波光粼粼的水田里，开满了五颜六色的野花，将地势非凡的鲲丘装扮得分外迷人。

春风荡漾中，汽车缓缓攀上了鲲丘，眼前的美景，令奚望目不暇接。

突然，从田埂间蹿出一个人，奚望猛踩刹车，汽车随之熄火。奚望忍不住内心惊慌，急忙下车一看，只见溪水村有名的傻子陀螺横躺在路面上，脏兮兮的破衣裳像披了一身五彩柳条。多年不见的陀螺也老了，散乱的头发和稀疏的胡须已经变得花白。奚望和傻子在溪水村一起长大，因为傻子非常喜欢摆弄陀螺，一年四季爱不释手，村里人便送他外号"陀螺"。

刚刚踏上鲲丘，便碰见又蠢又傻的陀螺，奚望觉得晦气，一时有些懊恼，正想捡起路边的树枝赶走他，只见陀螺"噌"地站起来，先是绕着汽车蹦跳了两圈，随后右手扬起一根皮鞭，将一只乌黑油光的木陀螺丢在地上，然后抽得"叭叭"作响，嘴里还大声念道：

屌丝装 X 有三宝，索 8 K5 迈锐宝；皮薄馅大有三脆，雅阁天籁凯美瑞；怒烧机油三剑客，迈腾昊锐帕萨特；高端大气上档次，C 级 3 系长 A4；各种拆迁款一到，A6 路虎大霸道……

陀螺口里的顺口溜，听得奚望心里偷乐，泛出的恼火悄然消散了。实难想象，痴痴傻傻的陀螺，怎会说出这么有趣的话来。

"告诉我，谁教你的？"奚望的问话，陀螺不能回答，只会用一声声傻笑应付着。

"认识这是什么车吗？"不等奚望的话音落定，陀螺口里便蹦出"大奔"两个字，这让奚望内心瞬间找到了存在感。欣喜不已的他，顺手从车里拿出一瓶矿泉水递给陀螺，并让他再说一段听听。陀螺拧开水瓶，仰起脖子喝了几口，而后冲着奚望嘻嘻一笑，再次扬起皮鞭，一边抽打着木陀螺，一边往溪水村跑去，口里再喊出一连串顺口溜。

技术落后有三旧，锐志 C5 老马六；百米加速三王侯，君威 CC 蒙迪欧；低调奢华有内涵，辉腾 A8 大红杉；人傻钱多三辆车，凌志英菲和讴歌；妹子装 X 全靠你，TT 卡宴小迷你……

奚望听得出来，陀螺喊出的顺口溜里，满满隐藏了押韵故事，他忍俊不禁地笑了起来。

终于回到了朝思暮想的溪水村。

自从父母离世后，奚望家的院子，已经有许多年没有人拾掇了，凋敝和恓惶可想而知。望着满院疯长的蒿草，破败不堪的屋舍，两行清泪滴落在奚望的脸庞。他静静地站在院子里，耳听着村庄里此起彼伏的鸡鸣狗吠，还有孩童们的追逐嬉闹声，心绪久久不能平复。

倏忽间，一个小时过去了，偌大的溪水村，始终不见有人来和他打招呼，奚望感到无比的惆怅和失落，他垂头丧气地走出了老宅，直奔溪水村尊者奚友池家去了。

第二章

刚走近溪水村最具德望的尊者奚友池家门口，奚望一眼瞧见年逾古稀的老者斜靠在摇椅上晒着太阳。老人影影绰绰中看见有个人进了家门，激动地朝屋里喊道："晓夏，你看是不是泉林声回来啦？"等到奚望走近老人跟前，奚友池这才看清，消失十年有余的奚望忽然出现在自己眼前，他表情怔住了，半天缓不过神儿。

"你小子总算是回来啦！"满脸愧色的奚望急忙向老人打着招呼，随手从旁边拿了一把矮凳坐下，一双涨红的眼睛，连看老人的勇气似乎都没有。

"回来了就好啊！记得要去父母坟头，好好给他们磕个头吧。咱们溪水村的年轻人都走得差不多喽，他们都要去外面闯荡，没人愿意留在溪水村，如今村里只剩下些老幼残疾，你能回来真是难能可贵啊。"尊者长叹一息，语气遗憾地说道，"眼下已到了泛春时节，你这个时候回来，我估摸怕是见不到和你一拨长大的伙伴喽！"

奚友池的言语间满含失落，却丝毫没有责怨的意思。尊者亲切和蔼的态度大大出乎奚望的预料。他紧忙接过话茬儿，不无感慨地说道："外面终究不是大家说的那么好混，他们迟早还是要回来的。"

奚望这句话显然说到了老人的心坎儿，奚友池单腿抬起，重重地往地上一跺脚，用手指着门外，眉开眼笑地说道："是啊，我就不明白了，外面究竟有什么好？一个个非要往外跑。咱们祖祖辈辈生活在溪水村，这里风水好、有灵气，从古到今，便被人们称为龙虎之地啊！"

伴随着奚友池一阵爽朗的笑声，奚晓夏从里屋走了出来。

明媚春光里，她那犹似流瀑的靓丽黑发掩映着一双弯月柳眉，微微泛红的脸庞，润玉秀美的琼鼻，婀娜多姿的身姿，衬托着她一身的清爽和阳光，以及另外一种难以明说的优雅与妩媚。奚望犹似看到了女神，一眼不眨地呆望着奚晓夏，反倒把她看得不好意思。奚望清楚记得尊者的两个宝贝女儿，自小便是玲珑剔透的人精儿，实难料得，长大后的奚晓夏，居然会出落得这般出类拔萃、卓尔不群。

儿时玩伴相见，自然欣喜满怀。一番寒暄过后，奚望毫不掩饰地表明了自己不想漂泊他乡，决意返回鲲丘、以图继续发展的意思。奚晓夏闻听后，浅浅一笑说道："迢迢山水路，悠悠游子心，终归还是家乡最好，我当然是赞成你回来的。"短短一句话，听得奚望心里暖洋洋的。

正当两人闲聊之间，陀螺忽然在门外大喊道："村主任来啦，村主任来啦。"未等奚望起身，一位头戴长舌帽子，穿身黑灰难分的劣质西装，脚踩一双沾满黄泥水胶鞋的中年男人赫然站在了他面前。奚望连忙招呼道："哎呀呀，这不是海荣叔么。"来人正是溪水村村主任奚海荣。

"我正纳闷着！一大早儿，陀螺便在村里喊叫，原来是你小子回来了。"奚望一边赔着笑脸，一边递烟点火。奚海荣皱着眉头，先是从头到脚打量了奚望一番，然后才抬嘴问道："门外那辆大奔是你小子买的，还是租来的？"奚望知道自己从来入不了奚海荣的法眼，加之当年因为逃赌、躲避外地，这些不光彩的过往，一直令他感到心虚气短。

"不管是买的，还是租的，您海荣叔要是用车，只管招呼一声。"虽说奚望满脸堆着笑容，身子却像泄了气的皮球，低眉顺眼的他望着奚海荣，不停地点头哈腰。当他殷勤有加地再为村主任点燃第二根香烟时，却蓦然发现，奚晓夏已经悄然搀扶着父亲走进了里屋。

奚海荣并没有在意奚友池父女的离开，从他进门那刻起，彼此之间便像空气般互相视而不见，这一切其实都在奚望的留意中。"这么说，你小子不在南方混了，要回咱们鲲丘啦？"奚望点头含笑回答道："回来，我肯定回来么，外乡哪有家乡好啊？再说了，媳妇和娃还从没给咱溪水村祖宗敬香磕头咧。"奚海荣听后哈哈笑道："但愿你小子不是在外面混不下去才回来。算你还有点孝心，回来给你父母多多烧些纸钱，把这些年欠下的都补上。"奚望应诺连声，再给村主任点上第三支香烟。

"去年村委会开会时，还说要收回你家的老宅子，被我挡了。咱们不看佛面，只看咱祖宗的面，我也不能那么做啊。"奚海荣看似不经意间说出的这句话，直唬得奚望后背发凉，他知道这是村主任暗地里给他递话。

"海荣叔，这哪能啊，我还想着回村里孝敬您老人家呐！"奚海荣用将信将疑的眼神扫视了奚望一眼，然后用他那双戴着手套的大巴掌，重重地拍了拍奚望的肩膀说道，"总算是长大了，有出息了，嘴也变甜喽！"

奚海荣扯着公鸭嗓子干瘪无声地笑了几声，随之弯腰拍了拍裤管上的灰土，又抬脚靠向树桩，将沾满鞋帮的泥巴蹭得到处都是。奚望清晰记得，海荣叔特别喜欢穿水胶鞋，一年四季，无论天晴下雨，脚上永远蹬着一双高帮胶鞋，这几乎成为奚海荣的标志性特征。用他自己的话说，水胶鞋穿着舒服，不管下地干活或是平常生活都能毫无顾忌地自在行走。

"海荣叔还是喜欢穿胶鞋啊，回头，我送你一双新的。"奚海荣听后哈哈大笑说："多年的习惯，改不了喽。"

笑声落定后，奚海荣便要转身离开，刚走到尊者家大门口时，忽然又停下脚步，而后缓缓回首，挑起眉梢，眯着眼睛，邪魅一笑说道："说话算话，我可等着你的新胶鞋啊。"奚望自然赔着笑脸、欠身点头，并连声应和着，奚海荣已经走远了，他还呆呆站在原地不动。恍惚之间，奚望感觉到被奚海荣刚刚拍打过的肩膀隐隐作痛，再联想到早晨李春梅被拍打时的心慌意乱，一种无以言说的复杂滋味泛起在心头。

奚海荣离开后，奚晓夏又搀扶着父亲回到院中。老人低垂着眼睑、撅着山羊胡子重新坐回摇椅后哀叹道："世风日下、人心不古啊。我说你娃呀，是个好娃，可惜骨头不够硬，你要是有泉林声一半的骨气就好喽。"奚友池抿了口热茶，摇了摇头，而后靠在椅子上闭目养神。

两次从尊者嘴里听到"泉林声"这个名字，奚望这才有所反应，他用疑惑的眼神望了望奚晓夏，却不知该如何开口询问。反倒是奚晓夏直言相告道："我爹说的人，就是泉家庄的泉林声，他一直在部队服役，很快会转业回鲲丘。等他回来了，我们就结婚。"奚晓夏浅浅微笑着。奚望如梦方醒，泉林声是比他高两级的老学友，也正是当年引诱自己走进赌场的泉军的亲表哥。望着欣然而笑的奚晓夏，奚望尴尬地挠了挠头，垂下眼帘久久不语。

本来奚望满怀衣锦还乡的热望，现在却陷入了深深的失落中。

回村的当晚，他暂住尊者家里，第二天一大早，先去父母坟头磕头祭拜，顺路又到奚氏祠堂给祖宗上了香。随后从车上拿出特意从南方带回的上等花雕，殷勤送给了自家族人。偌大的溪水村，留居的大多是老人和孩子，有些长辈认出他后，连声称赞奚望有了大出息，可惜这样的赞扬声，相比奚望原本所期望的，落差实在太大了。

奚望决意不再逗留溪水村，于是他又回到龙峪镇来找李春梅。

饭馆伙计说老板去找镇长说事了。奚望只好在春梅川菜馆里等候，结果日上三竿，还不见李春梅回来，便胡乱喝了两口茶水，径直来到了镇政府大门前。陡然间，奚望发觉镇政府大楼焕然一新，以前印象中简陋的办公平房，已经改建成气派威严、装饰奢华的八层高楼。奚望拾级而上，刚要迈进大门，却被门卫当面堵住，并厉声盘问他要找谁。奚望本想说找镇长，又怕门卫电话核实，便随口说找李春梅。门卫听到"李春梅"三个字，先是干咳了两声，转眼间脸庞堆满了笑意，同时语气温和地嗫嚅道："上三楼，应该在镇长办公室吧。"

此刻适逢午休时间，开阔明亮的龙峪镇政府大楼楼道里空无一人。奚望迈上三楼，老远便看见镇长办公室的牌子，他大步流星走过去，心里还蹉摸，何不趁此机会和镇长攀上关系，也好为自己将来返乡后的发展，提前做些感情铺垫？

奚望放下意兴阑珊的思量，刚要伸手敲门，却发现镇长办公室大门是虚掩的，好奇心驱使他伸长脖子，偷偷往里面瞄了一眼，办公室里没人。于是他准备抬脚走进去，忽然听得白布门帘后的内室传出李春梅的声音。

"你这死鬼，别光惦记裤裆里这点事儿。镇政府招待所是大事，啥时候我能上手呢？"

"招待所正在装修，等待完工后统一招标。"房间里传出一个粗声粗气、略带鼻音的声调。

"你可不许给老娘耍滑头，让别人摘了果子。"

"别人摘不了，只能我来摘。"声音落定处，一阵狂浪的嬉笑声响了起来。

这时，一阵风从窗外穿过楼道，吹起那面遮掩内室的白色门帘。

奚望蓦然看见李春梅肥美雪白的后背，搂搭着一双略显黝黑的手臂。这幕情景，令奚望感到无比错愕，脚底忽然左右摇晃，胳膊肘子歪斜着靠到门框上，虚掩的大门"吱吱"作响。

顷刻间，里面的声音停止了，只听得一个男人大喊道"谁呀？"。奚望受了惊吓，急忙踮着脚尖，一路小跑到楼道拐角的厕所门后躲藏起来。

不一会儿，李春梅走出来左右张望，这时的她已穿戴整齐，眼见四周没人，便朝屋里低声埋怨道："外面吹风。你这死鬼，门都忘关了。"说罢，李春梅转身进去，从屋内将门重重闭上，且死死关紧。

惊魂未定的奚望急匆匆从镇政府大楼走出来，脸上挂满微笑的门卫急忙迎上前，询问他可否找见了人？奚望顾不上说话，更不想有半秒停留，耳朵似乎失灵的他没有搭理门卫，低头一溜烟儿走远了。此刻，奚望脑海里浮现的都是刚才看到的那幕情景，渍渍汗水开始渗出他的额头。

李春梅从镇政府回到川菜馆，老远便看见了停在路边的大奔车，浑身不由得一怔。这时，店里伙计望着汽车使劲给她递眼色，会意后的李春梅放慢脚步走近汽车，一边用手指敲打着车窗，一边呼噜着奚望下车。

静坐车里的奚望甚是气恼，他打开车窗玻璃冷冷说道："我是来向你告别的，我要回南方了。"说完就要驱车走人。李春梅动作蛮横地拔下车钥匙，随即打开车门，顺手抓住奚望胳膊将他提溜下车的同时，嘴巴附其耳畔低声说道："别在大庭广众下给老娘耍性子，有什么话，咱进去慢慢说。"

李春梅搂着奚望的衣袖，以不容拒绝的气势将他拉进春梅川菜馆后院的一间宿舍。"你以为我不知道你刚去了镇政府？门卫老头一比画，我就知道是你。"气冲冲涨红了脸的李春梅压低声音梗着脖子闷声说道："我知道你看见了。看见就看见，我不怕！老娘我这么多年容易么……"正说话间，李春梅突然像个孩子般捂着嘴巴"呜呜"大哭起来。坐在沙发上的奚望顿时手足无措，望着李春梅哭得浑身颤抖的样子，反倒心生一丝怜悯，毕竟他俩当年差点结为姻缘。

"昨天咱俩见面时，你还挖苦泉大年巴结领导的丑态，怎么转身就上了人家的床，你这究竟唱的是哪出戏啊？"此刻，抽噎不止的李春梅全然没有了女强人的架势，整个人像一只斗败的母鸡，任凭眼泪像断线的珠子掉落在地。她断定奚望撞见了镇政府里的"秘密"，这时的任何狡辩，恐怕都是徒劳的。

不一会儿，李春梅缓缓停住哭声，双手抹干脸庞的泪水，长叹一口气说道："咱俩之间可以'打开天窗说亮话'，我也不想隐瞒兄弟你了。这些年，姐能在龙峪镇站稳脚跟，靠的就是泉大年帮我。我早知道那死鬼不是个好东西，他在外面做下的桩桩破事，没有老娘不知道的，可那又能咋样呢？咱是细胳膊拧不过人家的粗腿呀！"奚望用疑惑的眼神，死死盯着李春梅在沙发扶手上不断敲打的指头，好像生怕那双肥厚的手掌再次甩向自己。

"既然知道此人品行恶劣，为何还要和他走得那么近呢？难道没有他，你就不能开饭馆做生意吗？再说了，你俩这事要是传扬出去，让你老公还怎么活人？"听着奚望劈头盖脸的连声质问，李春梅憋屈地摇了摇头，两行眼泪又扑簌簌流下来。

"当年，连你都嫌弃我胖，不愿意娶我；如今，还有谁能看得上我呢？"

李春梅哭得稀里哗啦，整个人像泄气的皮球软塌下来。奚望闻听过后，方才惊讶得知李春梅原来至今未嫁。他再也不去打断李春梅说话，独自静听着她的凌乱经历。

李春梅和奚望同命相连，皆是从小失去父亲的孩子，或许这也是当年刘婆撮合他俩结亲姻缘的原因所在。十多年里，眼看着曾经的老同学，一个个走出村庄各奔前程，李春梅也不想"人穷志短"，窝在李家村荒废时日，然而孤儿寡母的日子过得实在恓惶，李春梅又不忍心抛舍下母亲远走他乡。万般无奈之下，她只好先去龙峪镇摆起小吃摊维持生计，不料街道、卫生、市容诸多部门隔三岔五检查、刁难，更有地痞流氓、社会混子前来勒索，每月赚的辛苦钱还不够给别人"进贡"。

有一次，龙峪镇街道卫生大检查，李春梅和两名新上岗的市场卫生监督员发生了口舌争执，双方你推我搡中，小吃摊被踢翻倒地，忍无可忍的李春梅放弃乞求对方，身强力壮、情绪激动的她失手痛打了卫生监督员。其后，龙峪镇政府开会协调矛盾、解决问题，会议结果令李春梅倍感意外，镇长泉大年居然出面，刻意帮她挡了灾祸。

事后不久，泉大年悄悄将李春梅约到龙河县宾馆见面，并夸赞她性格泼辣，又能吃苦，肯定是个能干之人。同时提出只要她肯听话，可以给李春梅私下投资一家像样的川菜馆，且背后有龙峪镇政府的接待任务做支撑，餐馆不愁没钱赚。李春梅只想着再也不用沿街摆摊受人欺辱，就觉得泉大年处事公道，没有领导架子。到终了，李春梅无法抵挡川餐馆的强大诱惑，完全忽略了泉大年官声不好的传闻，阅历肤浅、势单力薄的她亦无力搞清楚繁杂社会的是非曲直，只能身不由己地接受了对方的帮助。

春梅川菜馆开张后不久的有天夜里，泉大年突然领来一个名叫泉婕好的姑娘，声称是远房亲戚的女儿，并要求留在春梅川菜馆做前台收银员。"恩人"的安排，李春梅当然不能拒绝，尽管心里不是滋味，只好勉强答应。

年龄尚不足二十周岁的泉婕好，平日里穿戴暴露、神色妖媚，言谈举止不乏市侩低俗。李春梅怯于泉大年的威势，并不和她多做计较，除了时时关心备至之外，反去巴结泉婕好，并专门腾出餐馆后院最好最隐蔽的宿舍给她入住。岂料一番好心，并未换来好的结果，泉婕好整日在店里摆出一副狐假虎威的模样，还时常对李春梅吆三喝四，起初她忍了，结果对方更加颐指气使，全然不把李春梅这个小老板放在眼里，更惹得后厨和服务员怨声四起。泉婕好以一己之力搞得餐馆人心涣散。忍无可忍的李春梅，曾经私下多次找到泉大年，询问他是什么意思。泉大年好言相劝说："孩子还小不懂事，你就多担待些吧。"

直到有天傍晚，从龙河县游玩回来的泉婕好，刚一进门，便将自己关在后院宿舍哭闹起来，众人面面相觑，皆不知所以然。夜幕降临时，泉大年悄悄来到了餐馆，他面带难色地恳求李春梅帮忙，李春梅这才知道泉婕好怀孕了。

随后，心眼机灵的李春梅假扮泉婕好的表姐，陪同她去往外县医院做了流产手术。

再以后，泉婕好回家调养身体去了，至此再也没有回到过春梅川菜馆。

安排妥当泉婕好这件麻烦事后，泉大年对李春梅的态度明显又亲近许多。

说来也怪，自从泉婕好离开后，餐馆的生意逐日红火起来，没过多久，春梅川菜馆"质优价廉"的好名声便在龙峪镇传开了。然而生意的火爆，并不能消除李春梅心中生出的一种莫名其妙的感觉，她常常隐约感觉到许多食客私下偷偷议论自己。最初，李春梅猜测可能是因为龙峪镇政府的公务接待放了自家川菜馆，这才惹来许多人品头论足，于是她便认为身正不怕影子歪，心里并不是很在意这些闲言碎语。

生意兴隆的春梅川菜馆，使得李春梅终于尝到了有钱人的滋味。

她经常被龙峪镇评选为先进个体户，频繁参加县里或市里的各种表彰大会。每逢走在街上，李春梅觉得众人看她的眼神也开始不同，许多与她同期摆摊的个体户，当面对她艳羡不已，甚至有些柴米油盐或者菜肉商贩，都以能给春梅川菜馆供应食材而自感得意。李春梅逐渐成为龙峪镇上的"风云人物"。

这年冬天，龙河县如期召开人大政协两会，李春梅作为工商代表列席会议。会议结束的当天晚上，泉大年邀请她去郊外参加朋友聚餐，来的人里，除了几个乡镇工商户，还有龙河县宾馆谢元经理，以及龙河县首善镇副镇长马明祥。李春梅自然高兴能认识这么多同行及领导，不免多喝了两杯，结果一觉醒来，发现自己裸身躺在酒店床上，枕边响着泉大年的鼾声。李春梅尖声嘶喊，惊醒了梦中的泉大年。

泉大年漠然下床穿好衣裤，面色平静地望了望披头散发正在哭啼的李春梅，既没有上前安慰两句，亦没有表现出一丝恻隐之心。临出门前，他才低声说道："从今往后，春梅川菜馆就是你的了。"说完后，泉大年悄然出门而去。

默默无言的李春梅仰面横躺在雪白的床榻上，许久不见动弹，暗自垂泪的她一直睡到当天后半晌，这才悄悄独自离开了。

李春梅从龙河县回来后，没有进春梅川菜馆，而是先回到了李家村。

李春梅躺在老屋土炕上，既不说话，也不吃喝，整整三天时间里，不管母亲问什么，她俱不作答，一味傻呆呆发愣。年迈的母亲从未见过性格大大咧咧的女儿会有这般出奇的安静，心里很是为她担心。直到第四天早晨起来，李春梅终于下炕陪母亲吃早饭，面无表情的她忽然告诉母亲，以后再也不要为她的终身大事操心了。母亲起先心中一喜，以为她找到可嫁之人，急忙颔首热心询问，不料李春梅将饭碗往旁边一推，背包摔门就要走人，末了只给母亲撂下一句话：这辈子，我谁也不嫁。不知所措的母亲连忙追问她究竟为何，李春梅愤然喊出："我太胖，没人要。"

李春梅返回龙峪镇春梅川菜馆后，直接搬进了泉婕好曾经住过的那间宿舍，还给母亲特意收拾出一间房子。其后，她请来工匠，速速将餐厅二楼全部隔成了包间。李春梅清楚地意识到，从今往后，她再也不用看任何人的脸色活着了。

然而没过多久，李春梅惊讶地发现，龙峪镇政府的公务接待更换到了另外一家酒楼，这个悄无声息的变化，使得李春梅为了多赚钱，专门装修好的二楼包间几乎全部空置。

李春梅心中不信邪，她咬牙赔本，又将楼上包间全部拆除，上下两层全部换成大众餐桌。尽管后厨不动，菜味不变，却眼睁睁看着食客逐日稀少、收入下滑。李春梅又开始在饭菜花样上下足工夫，但餐厅生意依然半死不活。不到两月时间，春梅川菜馆便陷入了亏损。

这时，镇上食品卫生人员又来检查，当场从后厨查出许多问题，李春梅使出浑身解数从中斡旋，原先那些见她喜眉笑眼的工作人员，却愣是拉着一张灰脸，要求她关店整改。

春梅川菜馆关店后的第三天傍晚时分，龙峪镇下起了大暴雨。坐立不安的李春梅披上雨衣，冒着疾风骤雨潜入镇政府后院，当她敲开泉大年的宿舍门后，猛然将其扑倒在床，她像只发怒的母老虎，浑然不顾一身湿透的衣裳，死死地将泉大年的头捂进被子里。

惊慌失措的泉大年奋力挣脱出来，他压着喉咙叱问："你疯啦？"李春梅全然不睬他，顺势扑上来咬住泉大年的肩膀，一声痛苦的惨叫声后，鲜血从泉大年胸前流了下来。一脸惊恐的泉大年急忙缩到窗户边，一边喘着粗气，一边想夺门而走。这时候，跳下床的李春梅右手操把剪刀，左手直接卡住泉大年的脖子，壮实的身躯将对方逼入墙角，而后闷声问道："信不信我杀了你！"

从那夜后，李春梅的川菜馆生意又逐渐好起来，她与泉大年的关系亦成为镇上人们窃窃私语的八卦谈资。然则只要捕风捉影的闲话传到李春梅耳朵里，她便寻遍小镇，想方设法查出嚼舌头的人，并给对方一顿狠狠的羞辱。这样的例子多了，李春梅得理不饶人的脾气和睚眦必报的做派反而唬住许多长舌妇，龙峪镇上关于她的桃色闲话从此少了许多。

听罢李春梅的故事后，奚望终于清楚她是如何从农家妹子走到今天这步田地。自己曾在南方打工的经历，让他对李春梅一路走来的艰难不易感同身受。

"不怕兄弟笑话,我心里清楚得很,泉大年只是拿我换换胃口,像我俩这种猫躁狗急的关系长不了。"一番唏嘘短叹过后,两人又聊到了正题。李春梅真心实意说道:"泉大年答应将来由我承包新建的镇政府招待所。如果你不嫌弃,姐希望你尽快从南方回来,咱俩一起做。"奚望用复杂的眼神望着李春梅说:"谢谢你的好意,等我回来再商量吧。"

临走前,奚望心里始终觉得过意不去,便提出想去拜望春梅娘,这让李春梅很受感动。当她领着奚望一起回家看望老娘离开后,李家村里又闹开了花。有人感慨年龄不小的李春梅终于找到对象了;也有人说估计对方是看上李春梅的钱了;更有甚者说李春梅在镇上闲言碎语多,这两人相处不了多久,恐怕就得散。几个平常和春梅娘感情要好的老妇,假装登门闲聊中试探问道:"春梅把对象领回来啦?"春梅娘坦言解释,那人只是女儿以前的同学。然而却依然有人阴阳怪气地说道:"我早说过,咱家春梅就是胖点,咋能没人要呀?女人胖点咋啦?胖点手感好啊。"此言既出,众人哄然大笑。

春梅娘脸露愠怒之色,随手拎起小板凳走到屋外去。

大奔行驶在鲲丘北侧颠簸不平的沙石路上,奚望和李春梅都不说话,只有汽车发动机的轰鸣声在耳畔回响。李春梅打开车窗,沃野千里的田地间麦苗已经泛青,温暖的春风吹拂在脸上,她欣欣然微微闭着双眼,心里默默念起,如果生活永远能像此刻这样安宁祥和该多好啊!

汽车驶过的田野间,扬起了一溜淡淡的灰尘。远处鲲丘山腰上,蹦蹦跳跳嬉耍的傻子陀螺又冲着远处的汽车高声喊道:

> 猪贵了,羊贱了,玉米今年完蛋了;
>
> 鬼多了,人少了,真话越来越少了;
>
> 想哭了,没泪了,老天跟着作对了;
>
> 人走了,茶凉了,感情有点迷茫了;
>
> ……

第三章

　　奚望离开龙峪镇回南方没多久，龙峪镇政府招待所便在鞭炮齐鸣的喧闹声中落成。除了留出满足公务需求的后勤部分以外，绝大部分经营权委托给龙河县招标公司面向社会公开招聘。李春梅一边怀着忐忑不安的心情四处打听招标内部信息，一边按照泉大年的"密授"积极准备投标材料。令她感到心有不安的原因很简单，那便是泉大年的头上毕竟还有龙峪镇党委书记赵纪衡，此人与泉大年多年搭班子，双方之间矛盾重生、多有不和的关系，几乎成为龙峪镇公开的秘密。

　　经过一番紧锣密鼓的招投标审评比较后，从中择优选定中标者为龙河县宾馆。当李春梅听到此消息后，心中甚是愤懑不堪，却又不敢轻易再去找泉大年发泄不满。上次"剪刀威逼"使春梅川菜馆起死回生的过程中，她隐约感到泉大年在镇上的权力毕竟有限，如果次次都去苦苦相逼，难免会让很多事情"蛋打鸡飞"，这样的后果大家都难以接受。李春梅仔细回想与泉大年屡次缠绵时说起此事，他那风轻云淡的口吻和态度并不像是骗人的样子。既然事情已经黄了，泉大年心中恐也是憋气，所以不能火上浇油，她相信时过境迁之后，泉大年肯定会给自己一个合理解释。

　　然而事情的真相，却远非李春梅所猜测的那样。

　　在招标评定整个过程中，泉大年暗地里是支持龙河县宾馆中标的。一则因为县宾馆经理谢元与他之间有着千丝万缕的联系；二则李春梅实力过小，无法与县宾馆相提并论；再者招待所毕竟是龙峪镇政府的脸面，必须由有经验的业内人士来经营，而李春梅还远远不是泉大年心中的满意人选。

在李春梅面前，泉大年自然将落标这笔账，统统算到龙峪镇党委书记赵纪衡头上，甚而判定是赵纪衡这个强势的"一霸手"从中作梗，作为镇长的他，只能选择配合与服从。末了，泉大年又叹息连连，数落赵纪衡是典型的"官大一级压死人"，明火执仗要和自己对着干。听着泉大年这番发泄，再望着他满脸委屈的神情，李春梅反而无话可说了。尽管她长时间心存疑虑，怀疑泉大年或许顾及与谢元之间的关系，这才没给自己说实话。可到终了，李春梅还是选择相信对方说辞，因为她不止一次从泉大年嘴里听到他大骂赵纪衡，痛斥此人在日常工作中处处与自己作对，每逢大大小小涉及各类议题的会议，两人只要意见稍有不合，便从话不投机演变为争吵不休。紧张的党政关系，致使龙峪镇许多工作的开展陷入半停滞状态。

虽然泉大年在招标这件事情上向李春梅扯了谎，但他与龙峪镇党委书记赵纪衡之间有矛盾却是真的。

泉大年了解赵纪衡是个软硬不吃，原则性极强，且变通不足的人，长期和他在龙峪镇抗衡消耗下去，将对自己的仕途有百害而无一利。这些年里，泉大年一直想瞅准时机，继续往上攀升，他不想轻易放过任何可能升迁的机会，即便曾经巴结本族高官泉政谦的尴尬，已然沦为龙峪镇的笑话，他亦始终不渝、锲而不舍地追逐着权利的游戏。

龙峪镇招待所招标事情过后，泉大年的注意力开始倾向到"屁股挪一挪"这件事上，他决定要主动出击、寻找机会。眼下的龙河县正处于群龙无首的状态，现任龙河县委书记李希文，刚刚因为一封神秘的检举信，被龙州纪检委责成暂停职务、配合调查，全县工作暂时由何流县长"一肩挑"。泉大年应该算是在场面上摸爬滚打数年的政治老手了，他预判何流县长极有可能要往前再进一步，"县委书记"这个位子岂能空缺太久？

　　如何才能与政治前途愈见明朗的何流县长攀上关系呢？泉大年再次想到了老本家泉政谦，按说两人同宗同族，应该在仕途上相互扶持才对，可惜泉政谦似乎从来不待见泉大年，如今再想起前次敲锣打鼓拉横幅欢迎泉副市长，却被他叫进泉氏宗祠一顿训斥的悲催遭遇，泉大年心里像五味瓶倒地，万般滋味不可言状。

　　其实，泉大年心里明白，他能从普通复员军人坐到镇长位置，很难说没有蹭着泉政谦的光芒，两人同为泉家庄的血脉，难免让许多人下意识中提高了对他的印象分。为了让自己在仕途上能有好的发展境遇，泉大年鼓足勇气，决定觍着脸去龙州拜访泉政谦，即便被人家啐上一脸，起码也能落得一个死心。如今这样空悬着，每天还不得不看赵纪衡那张令他生厌的尊容，这样的心理折磨实在痛不欲生。

　　临行前，泉大年心中抱定了最坏打算，即使找过泉政谦之后，自己的位置还是原地不动，他也心甘情愿。再说了，没有发生过的事情，结局始终是难以预料的。此刻，泉大年心里有了最基本的判定，那就是即便将自己平级调动到龙河县其他乡镇，龙州也是值得一去的。

　　初春季节的龙州，处处弥漫着鸟语花香，街道边一行行绿色盎然的柳树随风摇曳着，眼前鳞次栉比的大楼令人眩晕。坐在出租车里的泉大年心里琢磨着，或许再过几年，这里便是泉政谦的天下了，若有一日，当他真正荣升为这座城市的市长时，那该是多么的光宗耀祖、风光无限啊！泉大年甚至幻想等到泉政谦当政那天，这个从泉家庄走出的大人物的光芒，一定会照耀在自己身上，那时候的他，定然也会走进这座城市，成为这块土地上有头有脸的人物。

　　走在熙熙攘攘的大街上，仰望高耸入云的广厦峨楼，一股肾上腺素分泌的无名快感翻腾于泉大年的胸膛，他暗暗起誓，往后要将进入龙州作为自己仕途奋斗的目标。只有身处这样的大世界、大舞台，才能经见到真正的大世面，才能配得上自己的雄心壮志。如若不然，如今这些卑躬屈膝、低三下四所经受的煎熬，岂不是白白浪费了？

泉大年寻思着自己的未来，欣欣然不可自控地笑了起来。这时，从无名小巷深处传出一首韵律像陀螺般旋转的歌曲，泉大年不由得踩着轻快明朗的节奏，脚下开始飘飘然跳动起来。没过多久，他的脚步缓缓停了下来，怔怔地站在原地，极力避开街头的噪声，侧耳静静地细听着，渐渐地，泪水泛出了泉大年的眼眶。

在田野里转，在清风里转，在飘着香的鲜花上转；在沉默里转，在孤独里转，在结着冰的湖面上转；在欢笑里转，在泪水里转，在燃烧着的生命里转；在洁白里转，在血红里转，在你已衰老的容颜里转；如果我可以停下来，我想把眼睛睁开，看着你怎么离开，可是我不能停下来，也无法为你喝彩，请你把双手松开。

在酒杯里转，在噩梦里转，在不可告人的阴谋里转；在欲望里转，在挣扎里转，在东窗事发的麻木里转，在阳光灿烂的一天，你用手捂着你的脸，对我说你很疲倦；你扔下手中的道具，开始咒骂这场游戏，说你一直想放弃，但不能停止转，转转转，高高地举起你的鞭，转转转，轻轻地闭上我的眼……

经过一番周折，泉大年终于敲开了泉副市长的家门，给他开门的人，居然是泉母何巧云，这让泉大年喜出望外，心中的尴尬顿时消散许多。

"何婶啊，今年过年您没回泉家庄，乡亲们可都念叨着您。春天已经来了，盼望何婶能回鲲丘住些日子啊。"满脸慈祥笑容的何巧云，嘴角微微上翘着说道："见了婶子还打哈哈，我猜你应该不会是来接我回鲲丘的吧。"何巧云这句实在话，瞬间让泉大年倍感亲切，浑身的不自在又散去许多。

"不瞒何婶，我是来找政谦大哥的。"听到泉大年说出了心里话，何巧云便也不再绕弯子。"如果是私事，你可以直言不讳，但如果是公事，就不要在家里谈，政谦他忌讳。"泉大年听得出何婶话里有话，不好意思地低下头，嘴里连连喏喏说："私事，保证是私事。"

正当老少两人热聊时，小儿子泉少谦回来了，瞅见从沙发急忙起身向他问好的泉大年，喉咙里只是低声哼了两声，便算是向老家来人打了招呼，随后抻着一副爱搭不理的神态走进内屋。

何巧云急忙打岔道："少谦平时生意忙，估计又有不顺心的事情，你别见怪于他。"泉大年含笑答道："不会不会，怎么会呢？"嘴巴虽然展现洒脱，可是刚刚散去的尴尬和不自在，刹那间又返回来了，泉大年觉得自己的脸庞开始发烧，屁股坐的沙发上似乎有无数根毛刺伸了出来，令他浑身不得劲。

一阵令人窒息的沉默过后，心慌意乱的泉大年终于鼓起勇气，再次怯怯询问政谦大哥何时才能回家？未等何巧云张嘴，内屋里的泉少谦大声说道："他去外地出差了，你可以走了。"

……

懊羞不已的泉大年，都不知道自己是怎么走出大院的。多亏何婶客气，送他到大门外，她望着满脸涨红的泉大年笑道："你毕竟是在镇政府干事的人，不会禁不起熬煎的。少谦是个生意人，向来说话直爽，你别见怪。再说了，你们都是从泉家庄一起长大的，他的臭脾气，你应该了解。这些年，反腐倡廉抓得紧，政谦他得注意自己的形象啊！不瞒你说，你今天真要是见到了政谦，恐怕他也不会答应你什么的。"

泉大年望着眼前慈祥的老者，不无遗憾地说道："我也只是想请政谦大哥，能否给龙河县何流县长打个招呼，看看能不能把我调动到其他乡镇去。"何巧云听到何流的名字，即刻不无关切地说道："你说的这个何流县长啊，倒是和我有缘，春节期间曾来过家里，还和我套本家来着。听他自个儿说，也是个苦命人，夫妻俩只要了一个独生儿子，却自小患了脑瘫，如今快三十岁了，家里正为找儿媳妇发愁呢。"泉大年敏锐捕捉住了何婶这句不经之语，心头为之一亮，一个念头立刻从心底生出。他意识到这趟龙州终究没有白跑，便欣然挥手告别了何婶，充满内心的难堪同时也消失得无影无踪。

从龙州返回后，泉大年没有半刻耽搁，立即私底探寻得知，何流县长独生子何平患有中枢神经障碍症，也就是俗称的脑瘫。这个消息不断在泉大年内心发酵，他终于想出一个忍痛割爱、饮鸩止渴的办法。被权力欲望灼烧的泉大年，已经顾不得人性与道德的基本拷问，他像飞蛾扑火一般，奋不顾身地开始实施心中谋定的升迁计划。

这天，泉大年约出李春梅幽会，两人床第之欢后，他提出让李春梅去龙河县宾馆找到泉婕妤，劝说她利用宾馆服务员身份，想尽办法靠近、认识何流县长，并答应嫁给何流县长的脑瘫儿子。闻听此言后，李春梅甚觉诧异，她既不知道泉大年何时将泉婕妤安排到龙河县宾馆工作的，更不知晓他和县宾馆经理谢元之间究竟是怎样一种关系。想到这里，李春梅不由得心生疑惑，她感觉在镇政府招待所招标这件事上，泉大年或许真是诓骗了自己。

眼看纸里包不住火苗，泉大年干脆一股脑儿将招标实情吐露出来。听完之后，李春梅甚是恼火，却又忍而不发，事情已经时过境迁，即便想翻盘，也是为时已晚。她很清楚现在的自己，根本无法离开泉大年的帮助，故而再大的火气，也得咽下。

同时，对于泉大年生出的卑鄙想法，她看得透彻明了。其目的无非是想继续往上爬升，倘若泉大年爬了上去，自己必然沾光得利，那又何乐而不为呢？再说了，泉婕妤虽和自己共睡同一个男人，但其并不知晓她和泉大年这层关系，加之上次冒充表姐陪她打胎的交情，李春梅仔细琢磨，或许泉婕妤多少会听她的劝说。

既已明白了泉大年的计划，并从心底愿意帮忙，但李春梅还是想知道自己最终能得到什么。泉大年毫无遮掩地说道："如果你劝说成功，我就让谢元聘请你为镇政府招待所副经理。"听罢，李春梅陷入了沉思。谢元是龙河县宾馆总经理，他能把泉大年的小情人安排入职县宾馆，必然能让自己坐上镇政府招待所副经理的职位。从泉大年的这份许诺中，李春梅清晰意识到，他与谢元的关系非同寻常。

由此，李春梅的注意力，从先前对招标事情的难以理解，迅速转换到泉大年的另一番承诺上。面对镇政府招待所副经理这个半官方职位，说她不动于心，肯定是牵强的。

按照泉大年的吩咐，李春梅如约来到龙河县宾馆，顺利见到久未谋面的泉婕妤。两人彼此长时相望，谁也不先说话，而当李春梅将泉大年的意思小心翼翼和盘端出后，向来脾性倔强泼辣的泉婕妤面色淡然，神情并未出现想象中的骤然发作。过了好一会儿，泉婕妤这才阴沉着脸色，低声暗骂泉大年坏了良心，辜负了她的一片真心。

望着泉婕妤依然冷傲的模样儿，尽管李春梅心里格外硌硬，却也不好多说什么。接下来的几天里，她一直逗留县宾馆，只要逮住空隙，便跑去见泉婕妤，虽不指望能轻而易举地劝说成功，但是既然应承下泉大年这桩事儿，那就得尽心尽力做得圆满。

泉婕妤自然不知李春梅也搭上了泉大年这趟车，不然她绝不会次次应允见面。两人的攀谈从沉默中逐渐走了出来，李春梅终于了解到泉婕妤的身世来路。

原来，泉婕妤出生在龙山深处的农户人家，本名邵晓丽的她，属于父母老来得子，自然对她宠溺娇惯，终使她养成了恣意妄为的骄纵脾性。虽说老父母竭尽全力爱她、养她，邵晓丽却打心眼里瞧不起粗笨闷蠢的父母。所谓"女大十八变"，一介山村小土妞，逐渐出落成亭亭玉立、水灵漂亮的大姑娘，邵晓丽成为十里八乡有名的小美人，左右乡邻们对她的啧啧称赞，更是助长了傲娇心气，很早就扔掉书本的她，整天不是梳妆打扮，就是呼朋唤友，引得深山小镇里的许多小伙子对她垂涎以待，邵晓丽当然很是享受这种众星捧月的感觉。

这年冬天，乡镇干部泉大年下乡去扶贫，偶然得见此女后，他方寸大乱，继而动了异心。先是想方设法将邵晓丽带出深山，接着给她上户口改名字，从此邵晓丽变成了泉婕妤。面对或多或少的扰扰流言，泉大年始终声称她是远方亲戚家的孩子，并安排她去了龙河县职业学校上学。如此，避开所有人的耳目，两人成了一对"地下夫妻",频频幽会中,泉婕好意外怀孕了,这才引出了一段泉婕好住进春梅川菜馆的后来之事。

经过李春梅多番劝说,泉婕好终于松口了。

她让李春梅捎话给泉大年,自己可以答应嫁给县长的脑瘫儿子,但她想亲耳听到此话从泉大年嘴里说出来,而不是由别人代为传话,李春梅心里酸不可言,但她还是将泉婕好的意思说给了泉大年。

泉大年在办公室不停地徘徊着,他渴望见到小情人,然而这件事情实在难以启齿,无论从哪个角度考量,如此缺德做法,都是将泉婕好往火坑里推。一边是自己心爱的女人,一边是熊熊燃烧的升迁欲望,泉大年似乎都不舍得抛下。他趴在宽大厚实的办公桌上,将头深埋进衣袖里仔细掂量着,眼下看来,经过李春梅试探性劝说,泉婕好或许是会答应的,如若见了面,无非会挨一顿小情人的责骂,相比看好的锦绣前程,遭受这点埋怨和难堪,又能算得了什么呢?倘若连这点委屈都受不了,那他泉大年还能做什么大事呢?呜呼!为了仕途晋升,泉大年似乎已经走到了鬼迷心窍的地步。

在泉婕好心目中,泉大年的形象是复杂多面的。这个男人不仅将她从大山里带出来,还给了她无微不至的关怀,无论是个人前途而言,或从家庭命运的改变来说,泉大年都能算得上是她今生今世最大的恩人。如今他俩已经逾越雷池,走到地下关系的旋涡里,可这一切都是泉婕好心甘情愿的,她宁愿被这个男人洗脑,也不想失去他,即便是她为这个男人怀上了孩子,只要泉大年不愿意,她就可以义无反顾地去堕胎。

夜深人静的时候,泉婕好无数遍幻想着泉大年会来娶她,白昼来临时,这些想法又像水雾般化为虚无。整夜沉入缥缈不定、遥不可及的幻想中的泉婕好,经常上班无精打采,神情萎靡不振,谢元看在眼里、急在心头。

事实上,面对泉大年劝她嫁给县长脑瘫儿子的这个举动,泉婕好心里实在不甘。存有诸多幻想的她,很想知道泉大年的真实想法,他怎么会忍心将自己推到别人怀抱里？往日那些山盟海誓都是谎言吗？仕途升迁非得要以牺牲自己为代价吗？

泉婕妤仿佛有一肚子的疑虑要问清楚，可当她真正见到泉大年那一刻，却毫无心思质问半句。刹那间，两个人像干柴烈火般炙热燃烧起来，泉大年不想失去这个令人癫狂痴迷，欲罢不能的女子，他犹似从沙漠中穿行而出的旅者，饥渴难耐中死死抱紧对方，极度渴望时间就此凝固，或者当下两人双双死去，唯其如此，凌乱不堪的灵魂，仿佛才能得以超脱。

泉婕妤躺在男人粗壮黝黑的怀里，早已哭成了泪人。内心卑微孱弱的泉婕妤，当然不愿失去这个男人，他是她的救世主，更是她活在这个世界上的唯一依靠。

潮水般的激情退却后，泉婕妤呆呆地站在窗前默不作语，徐徐微风吹进来，拂起她额头的缕缕秀发。泉大年躺在床上，慵懒的眼神望着一袭薄纱睡衣透出的妙曼身姿，心里一阵疼痛。不知从何时开始，他悄然发现自己似乎爱上了这个女子，如若不然，内心怎会涌出这般异样的情愫？

这些年里，自己虽然在龙峪镇工作，老家近在咫尺，他却连回家的半点欲望都没有。是啊！已经有很长时间没有见到妻子王霞和女儿泉小菲了，尽管母女俩时常会打来电话，央求他有空回家来，然而却不知为何，泉大年总是下意识抗拒，每次都以工作繁忙为理由推辞了。或许天下每个出轨男人都会在自己扯下的谎言里倍受煎熬，然而一个个却像飞蛾扑火、乐此不疲。心有负罪也罢，绝情决意也罢，泉大年都不愿去想了，刻意躲避开这些令他不胜烦扰的问题，或许是眼下最好的办法。

"我知道这样做，很对不起你，可我还能有什么办法呢？"泉大年靠在床头，怀里搂着泉婕妤，一只手夹着一根点燃的香烟，另一只手拨弄着泉婕妤的秀发悠然说道："舍不得你，这是我的真心话。"

泉婕妤了解眼前这个男人，他不仅有热衷追逐权力的勃勃欲望，还有认定目标誓不罢休，哪怕不择手段也要达到目标的野心。性情泼辣的泉婕妤，表面看似心机丛生，脑子却是个粗线条，她既然愿为恩人去生、去死，这时的所谓"火坑"，岂能让她畏惧或顾虑？

"我想见你，自然也会答应你，只是想让你看着我的眼睛告诉我。事到如今，我只有一个要求，将来，无论嫁给哪个阿猫阿狗，都不许你不要我。"听到泉婕好这句愚忠之语，泉大年胸膛翻起一阵剧烈的战栗，他连忙用手偷偷擦拭着已经流出的眼泪。

泉婕好望见男人哭了，一种从未有过的滋味泛出心底，她知晓自己对所爱男人还是有用的，这种几近悲壮的感受，让她品尝到被人需要的满足感。尽管这种感受是那么荒诞而奇怪，可是泉婕好却享受其间。她认定这个男人依然爱着她，依然对她充满了信任，有了这些，泉婕好觉得已经很满足了。

话说龙河县宾馆经理谢元，原是同年和泉大年参军入伍的战友，两人在部队已是相熟，复员到地方后，往来更加密切，加之彼此甚是了解对方脾性，故而关系变得越发牢固。只是同在红尘宦海浮游，平日里总会刻意保持着恰当距离，以免引来外人的说三道四。

当初，泉大年私下将泉婕好托付给他时，谢元便清楚这是昔日战友对自己的一份绝对信任。平常日子里，他对泉婕好多有照顾，以不辜负战友情深。而今，泉大年忽然要求他想尽办法，也要将自己心爱的女人推到何流县长面前，这使得谢元感受到了无比的尴尬和诧异。

"如今官场的生态，你我都很清楚，上面要是没人，你的政绩单再优秀，那也是白搭。我知道何县长的公子有病，之所以这样做，我想你猜也能猜到。平常你在县宾馆公务接待方便，有恰当机会的时候，尽量让何县长对泉婕好先留点印象，往后的事情也好操作些。"谢元嘴里连连答应着泉大年，心里却泛起嘀咕。看来战友对服务行业缺乏了解，虽说每天能见到很多市县领导光临宾馆，但大多数时间里，自己只能远远观望，又怎能轻易近身搭话？再说了，每天的公务接待，皆由政府办公室通知安排，自己虽贵为经理，其实只是个执行任务的角色而已，岂能不分场合地随便与领导套近乎？

然而，既已答应战友揽下这活儿，谢元便提醒自己决不能"掉链子"，他得挖空心思、倾尽办法办成此事，唯有这样，才能让泉大年这个仕途颇有前景的老战友看得起，将来自己在龙河县或有转圜发挥的余地。

于是，一个迂回靠近何县长的想法开始闪现在谢元的脑海里。

第四章

一周之后，谢元拜托亲戚从乡下买来上等的小米和狗头枣，精心包装后收好放在自己办公室里，他要用这些不起眼的乡村土特产敲开何流县长家的大门。

龙河县宾馆附楼三层开了家海棠美容院，女老板苏美玲是个风韵犹存的风骚女人，早年被做生意的丈夫抛弃后，便独身一人下海，从一个小小理发店做起，如今业务不仅拓展到美容美发，而且在修眉化妆、微整形等方面颇有擅长，经过多年苦心经营，海棠美容院已成为龙河县城有名声、上档次的美体会所。

美容院的这块地方，正是苏美玲三年前从谢元手里租赁来的，他俩的关系略有暧昧，却并非外界风言风语所传的那样，两人仅仅只是生意上有所往来。其中原因实则简单，谢元家就住在龙河县宾馆旁的社区里，所谓"兔子不吃窝边草"，或许谢元有此贼心，却无贼胆，若在老婆眼皮子底下抖搂花花肠子，那岂不是自找苦吃？

这天，谢元瞅准午后闲隙、海棠美容院客人最少的时候，径直上到三楼来找苏美玲。苏老板忽见谢经理露面，当即娇滴滴说道："哎哟哟，谢经理大驾光临，真是难得啊。"谢元厌恶地翻着白眼说："找个清静地方，给你说个正事。"满目狐媚妖娆的苏美玲，当即把谢元领进了隔壁美容包房。

谢元刚进屋，苏美玲便斜身倾靠过来。随之，一双戴满各式各样金银钻石、玉石宝珠的臂膀搂住谢元的腰身，一股浓腻却又说不出名堂的香水味扑面而来。没等谢元缓过神儿，苏美玲已将涂抹成红唇烈焰的嘴唇伸到谢元耳根前。

"快说，是不是想老娘了？"苏美玲开始明目张胆地耍弄风情。谢元按捺住色欲涌动的心潮，急忙腾出身子坐到沙发上，极力装出一副严肃表情说道："苏美玲呀苏美玲，我已经给你说了无数遍了，咱俩之间要注意点，我们毕竟还要在这里混饭吃，放你这尊菩萨进来是为了赚钱，可没让你来给我带灾啊！"

苏美玲的发嗲，仍旧像往常一样讨了个没趣儿，她望着谢元一脸的严肃神色，猜测他可能有正事要说，于是嘴角微微一撇，嗓子轻轻咳嗽了两声，一身的骚动方才停歇下来。

"人人都知道，来你美容院的官太太不少，我想拜托你从中牵线，让我认识一下何流县长的夫人岳红艳。"苏美玲听罢，不由得倒吸一口冷气问道："你要干什么？难道说……你想泡县长夫人……"

苏美玲心直口快，一句不假思索脱口而出的话语，惊得谢元脑子发蒙，他望着一脸怪诞神色的苏美玲，忍不住大声呵斥道："苏美玲，你那脑子里还能不能装点其他东西？我现在给你说的是正事，请你正经回答我！"苏美玲被谢元的喊声唬住了，嬉皮笑脸的样子瞬间消失殆尽，她收拢起随意摆放的四肢，挪动屁股坐到美容小床边低头不语。

"我有很重要的事情，需要认识何流县长，可惜没有一个恰当机会。你的海棠美容院来的人多、路子又野，看谁能和县长夫人搭上话，想法子把她约到你这里做美容，然后自然而然介绍我认识，你就算立了一大功。"

苏美玲终于听明白了谢元的意思："这很容易啊，来我这里的官太太天天都有。昨天我还听见咱们县政协主席的老婆李苗做美容时，悄悄讥笑人家何县长的儿子是脑瘫……"

"闭嘴！别瞎嚷嚷。"谢元气恼苏美玲大大咧咧、有口无心地随意说话，且为她那一身的市侩习气而感到厌烦。"只要你想办法让李苗约来岳红艳，我给你免一月的店面租金。"

谢元的爽快，惹得苏美玲咯咯笑道："你倒是大方，我可是无功不受禄啊。"

说完事情后，谢元抬脚就要下楼，苏美玲又从身后搂定他，一只手有意无意地摩挲他的腹部，谢元感到浑身的汗毛都要直立起来。他缓缓转身，望着微微闭眼的苏美玲，心底泛起了一阵阵狂潮。

在这个不大不小的龙河县城，苏美玲肯定算得上是个美人，整日围着她转的狂蜂浪蝶不在少数，苏美玲理所当然地享受其间，她既能手段娴熟地应付那些喜欢沾花惹草的男人，又不显山不露水地撩骚谢元，却鲜见她与任何男人有着亲密交往。

苏美玲的古怪，令谢元百思不得其解，但有一点儿他很清楚，或许迟早有一天，自己会沦为苏美玲的盘中猎物。因为只要是个正常男人，有谁能经受得了这个风骚女人连续不断的诱惑呢？谢元觉得自己的心理防线随时有可能崩塌，但绝对不是现在这个时候。尽管苏美玲屡屡献媚于他，可谁又能判定，她不是想利用谢元手中的权力，为美容院生意修桥铺路？

谢元正是有此心疑，故而次次遏制欲念，始终对苏美玲若即若离。虽说两人同在一座大楼里上班，谢元却极少上三楼，刻意与美容院保持着一段恰当距离。由此，他还在外人眼里留下了公事公办的廉洁印象。

谢元与苏美玲之间的渊源，可以追溯到他俩的高中时代。

那时的苏美玲，已经出落成亭亭玉立的大美人，心高气傲的她赢得学校内外许多人的注目。相反，彼时的谢元，却是默默无声、毫不起眼，压根儿不在苏美玲的眼界之内。高中毕业后，两人双双高考落榜，随后谢元参军去了，苏美玲去县城一家名为"世纪嘉园"的楼盘做了置业经理。说是"置业经理"，其实就是售楼员，因为她能说会道，人又长得漂亮，每月的销售业绩总是名列前茅。苏美玲的能干，很快引起楼盘开发商、安远地产公司老总梁石的垂青，这个腰身粗过财气的广州老板，很快将苏美玲抽调到自己身边做了秘书。

自从苏美玲攀上梁老板这杆高枝后，整个人越发显得傲娇，爱慕虚荣的她经常跟着梁石走遍大江南北，尝尽南珍北味，一时间，龙河县城里流传出许多关于苏美玲的花边新闻，这些层出不穷的漫天谣风，终于吹到苏美玲父母耳朵里。

苏父性情木讷，话语不多，起先苦口婆心劝导女儿要自尊自爱，免遭坏人祸害。伶牙俐齿的苏美玲反唇相讥父亲眼界狭小、观念迂腐，两耳不闻窗外事。

父亲苦口婆心规劝，女儿充耳不闻，矛盾终于在一天深夜全面爆发。

忍无可忍的父亲甩手打了女儿一记耳光，苏美玲摔门而出，母亲嚎啕大哭。从那晚开始，苏美玲很少回家，且经常夜不归宿。父女间这场激烈的言语碰撞之后，本就少言寡语的父亲，变得更加默不作声。苦闷的母亲只能打电话，不断哭求女儿回家，苏美玲虽心有不忍，却依然负气不归。

父女冷战不足月余，苏父突发脑溢血撒手而去，一路奔跑回家的苏美玲，只剩下捶胸顿足、哭天抹泪。

父亲离世后，苏美玲住回了家，算是安静了一阵子。不料时日不长，她那不安本分的性子又开始蠢蠢欲动。外面世界的灯红酒绿，早已勾走了苏美玲的心魂，心猿意马的她终究不能把持内心的骚动。

为了躲开母亲的眼睛，苏美玲再次开始虚言哄骗。母亲看懂女儿的心思，只能搬出父亲的悲剧，阻止女儿别再乱跑，并恳求她回县城嫁人，左右摇摆的苏美玲，仍然置若罔闻。直到有年春节前，从龙州传来更为荒诞的消息，从广州北上捉奸的梁夫人，将地产商梁石和苏美玲双双堵在龙州宾馆里，听说苏美玲被打得不轻，梁老板因此还给夫人写了保证书。

那年春节过后，苏美玲再次出现在龙河县城时，人们诧异地发现，她的容颜似乎有了些微妙变化，于是闲话又一次传开，许多长舌妇纷纷猜测她在龙州整容了，甚至说她在龙州为梁老板偷偷生了私生子。这些恶毒的谣言，像风一般传遍了龙河县城。

许久时间里，苏美玲终日窝居家里、足不出户，众人又纷纷碎语闲说，这女子应该是收心了。看见女儿终于安心在家，苏母便开始着急燎火地张罗着给女儿介绍对象，然而不大的县城里，虽有许多年轻人艳羡她的美貌，却没人真心愿意娶她。

半年时间又过去了，苏美玲又离家出走了，她去了龙州建材城打工，很快认识了一个做瓷砖生意的南方小老板，两人谈情说爱还不到三月，苏美玲便随小老板回到南方老家扯了结婚证。尔后一转身，领着丈夫回到龙河县城，继而大操大办了一场婚礼，惹得县城里很多人前来看热闹。

苏美玲与南方小老板结婚后，便搬去龙州居住了。从那以后，龙河县城关于她的传言逐渐少了许多。

然而不足一年工夫，人们再次跌破眼镜，苏美玲又悄无声息地回来了。她在县城东关开了一家理发馆，凭借美貌和巧舌，生意做得甚为火爆。苏美玲赚够本钱以后，又毫不犹豫地在县城西关，开了她的第二家理发馆。

这时的苏美玲惊讶地发现，只要钱赚多了，求她的人也多了，朋友自然越来越多，唯独关于她的闲言碎语越来越少。从前有几个喜欢传她闲话的妇人，也常来店里做头发，当面还对苏美玲的手艺赞不绝口。人们看她的眼神、对她说话的口气变化以后，苏美玲反倒常常插诨戏谑，自我揭短说：我离婚啦，南方丈夫嫌我不会生娃。本想着众人肯定会再次替她感到惋惜遗憾，然而听到的，却是一声声出乎预料的声音："女人生娃会变老变丑，有品位有层次的女人，才不会当男人的生娃机器，如果人生能重活一回，我也要像你一样为自己活。"苏美玲听着同一张嘴巴，偏能说出截然不同的话意，这让她深深感觉到舌头是软的，谣言能杀人，生活中莫大的黑色幽默，不过如此而已。

谢元从部队复员回到县城那年，苏美玲的第三家理发店刚刚开张。他俩高中毕业后的初次见面，是在一次同学聚会的宴会上，谢元身上独有的军人气质，深深吸引了苏美玲的目光，老于世故的她，虽说见过形形色色不同的男人，可像谢元这样，对她目不斜视、正襟危坐的男人还真少见。当晚的酒席上，苏美玲开始刻意和谢元套近乎。

然而那时的谢元，马上要迎娶退休的县人大赵主任的女儿赵锦玉。谢元复员后去龙河县宾馆的正式工作，便是未来老丈人操心安排的。所以不管老同学怎样妖媚色诱，他都统统理解为酒精作怪。只是在往后的年月里，随着他在县宾馆的职位步步升迁，谢元的贼心才开始逐渐冒了出来。

苏美玲果然有手段，很快便让政协主席老婆李苗约来了岳红艳。

初次见到县长夫人，苏美玲不禁暗暗吃惊，但见年岁不到五十岁的她，却已是满头白发、皱纹丛生。苏美玲心里猜想，岳红艳或许也是个苦命女人，原因要么是因为有个脑瘫儿子，要么便是何县长对她不好。正当苏美玲暗自思量时，只听李苗叽叽喳喳说道："苏老板可能不知道，我们岳大姐可是从来不进你们这些地方的。岳大姐当老师，是个读书人，喜欢清静，是我生拉硬扯，才把她请过来。今天你可得拿出真本事，好好让岳大姐放松一次。"

苏美玲连忙赔着笑脸应承说："李大姐带来的，肯定都是贵客，我当然是要亲自上手的。"喜不自禁的李苗，轻轻拍打着半情不愿的岳红艳说："苏老板的手法可好了，你就当给我一个面子，体验一回，如果效果不好，以后咱就不来了。"

苏美玲听出李苗话里有话，连忙殷勤伺候岳红艳躺到内屋最清静的包房，并亲手为她做面部皮肤护理保养。苏美玲使出浑身解数，拿出真正的看家手法，使得岳红艳在放松与舒坦中渐渐入眠。

李苗做完护理要走时，内屋的岳红艳还没醒来。

苏美玲暗地里递给李苗一张免费金卡，且巴结说道："李大姐是能人，以后还得多多照顾我的生意。"李苗拿着金卡在眼前晃了一下问道："这张卡，是怎么个说法呢？"苏美玲心领神会地笑着说道："往后李大姐尽管过来，所有美容费用全免。这张免费金卡，是给李姐今天的辛苦费。"李苗听罢，只是微微一笑，转身扭动着肥胖的腰身下楼去了。

岳红艳一觉醒来时，已是下午六点钟，满怀尴尬的她走出内屋包间时，这才发现海棠美容院里已经没有了客人。唯有苏美玲和一位陌生男人笑吟吟迎面走来。

"护理很容易让人神经放松，看您睡着了，就没敢打扰。"苏美玲口吻亲和，且不失时机地介绍说，"这位是咱们龙河县宾馆的谢元经理。"苏美玲的热情周到，岳红艳似乎并不是很在意，只是连声道谢着，便要付钱走人。苏美玲急忙解释道："还望岳大姐以后能经常照顾我的生意，店里有规定，初次体验都是免费的，所以……"

谢元瞅准间隙，连忙随声附和说道："岳大姐平常很少来咱们县宾馆，所以有点面生。虽然何县长常来，但大多都是公务接待，也没个说上话的机会。"说话间，谢元拿出那两盒小米和红枣继续说道："乡下亲戚捎来的土特产，实在不成敬意，请岳大姐尝个鲜吧。"

见此情状，岳红艳连忙拒绝道："我家老何多次说过，这是违反纪律的，我可不能明知故犯啊。" 点头哈腰的谢元赔笑道："都是些小米和红枣，不值钱的。"一番客套推辞之后，岳红艳这才勉强收下。

岳红艳惦记着儿子，不免有些心焦，这就要回家去。见到目的已经达到，苏美玲便送她到了楼下，顺手也塞给她一张金卡，并再三说明这只是一张普通会员卡，只愿岳大姐能常来赏光。岳红艳也没多想，随手塞进了衣兜里。

苏美玲不露破绽、自然而然的巧遇安排，令谢元深感满意。他一高兴，便决定给苏美玲的海棠美容院免去两月租金，苏美玲也接受得心安理得，她能清晰感觉到谢元对自己的好感提升了许多。

往后的半月里，岳红艳一直没有再来海棠美容院，谢元有点儿心急，询问苏美玲究竟给没给金卡。苏美玲也开始纳闷，难道这世上真有情愿废弃金卡，又能彻底放弃美丽的女人？正当他俩一头雾水时，海棠美容院忽然接到了岳红艳的电话，她预约了周日下午再来做脸部护理。

欣喜万分的谢元稳坐龙河县宾馆顶楼茶社，静等苏美玲领着岳红艳上楼来，苦等三小时后，岳红艳终于落座在谢元精心准备的包厢里。

"刚才做护理时，苏老板一再说你要见我，不知谢经理有何事情呢？"谢元略感拘束，他没料到，看似苍老、精气神萎靡颓废的县长夫人，真正与人交谈时，却是这般直截了当。

"岳姐这么严肃，我倒是有点儿紧张了。"谢元用干瘪的笑声，恰到好处地掩饰着尴尬。

岳红艳似乎猜透谢元的心思，再次直言相告说："多年来，我的睡眠很成问题，没想到做美容护理，居然能让我沉沉睡上一觉。多亏苏老板手法好啊！不然我是不会轻易来这些地方的。"岳红艳抿了一口香茶继续说道："咱们长话短说，既然你和苏老板是朋友，我就见你一面。但我要把丑话说到前头，如果需要我帮你在县里谋位子、攀关系，恕我不能帮你。"

望着神色严肃的岳红艳，谢元知道她误解自己了。

"实不相瞒岳大姐，我知道您有个儿子，已到婚娶年龄，也知道您和何县长正为他的婚事烦心。恰好我朋友远方亲戚有一个女儿，就在咱们宾馆上班。朋友的意思是，两个孩子年龄相当，女孩长得也不错，如果能和您攀上亲事，那可真是他家亲戚祖上攒下的大福气。"

谢元说得真诚而坦率，他的这个提议，立即引来岳红艳的浓厚兴趣，也使得她开始对谢元有了好感。岳红艳本以为谢元和许多人一样，结识她、巴望她，无非是想靠近她家老何，谁知他原来有这层意思，岳红艳顿时鼓起身姿来了精神："女孩多大啦？长得怎么样？我能不能先见见她……"

岳红艳的急不可待，已在谢元的预料之中，他知道这张牌一旦打出，岳红艳肯定会急着要见人。此刻，他早已将泉婕好安排到隔壁服务室等候召唤。

"女孩子刚刚年满二十岁，本人就在茶社上班，我叫她进来给您续茶，您可以不动声色地瞧瞧，如果不满意，就当我没说过这话；如果您满意了，这事就交给我来办。"谢元已经摸清了岳红艳干脆利索的脾性，说话便不再虚与委蛇。

岳红艳满脸堆起了笑容，直夸谢元想得周到。

谢元走到包厢门口，只对门外服务员一阵耳语，转身又回来坐定。不一会儿，穿戴整洁、梳起高高发髻的泉婕好抱着热水瓶走了进来，岳红艳目不转睛地盯着娇艳欲滴、美丽动人的泉婕好，直看得神情怔住，满面欣喜。只等泉婕好退出后，岳红艳方才缓过神来："你确定，这女孩是你给我儿子介绍的对象？"谢元含着微笑，肯定地点了点头。

刚刚喜形于面的岳红艳，忽然间又像泄了气的皮球，她沉沉地靠向沙发背，又将近视眼镜摘下，用手轻轻擦拭着眼角的泪水。这一连串动作，都没能逃出谢元的眼睛。

"谢经理，不瞒你说，我是有个儿子，今年已经二十八岁了。我和我家老何这辈子最大的心事，就是儿子的病。二十多年来，为了治病，我们寻遍全国各地的名医，病始终没能痊愈。如今，儿子一晃长大成人了，他的婚事又让人揪心。老何是个传统男人，又是家里的单传男丁，所以我们做梦都想抱个孙子啊。可是……你介绍的这个女孩，条件那么好，怎么会愿意嫁给我儿子呢？"

望着既欣喜又犯愁的岳红艳，谢元窃喜自己提前准备的腹稿很有必要。

"女孩家里穷，从小在龙山里长大，也没读过多少书，父母都是山里的农民，所以女孩的婚事，全由我朋友做主。如果岳姐看得上，我先给朋友去提这件事儿，然后再给女孩谈，如果他们都愿意，我会第一时间告知你，这样安排，您看是否妥当？"岳红艳听罢，心中喜不自胜，满口夸赞谢元想得周到仔细，不愧是有水平的服务行业好领导。

事情既已谈妥，双方都觉得心情舒畅。离开前，岳红艳主动要了谢元的电话号码，并再三嘱托他，要尽快问清楚女孩的心意。谢元连连点头答应，且一再宽慰岳红艳，让她回家静等好消息。

随后，谢元及时将事情的进展告知了泉大年，泉大年心里既兴奋又别扭。为了继续掩人耳目，他决定将泉婕好户口姓名又改回邵晓丽，并多番提醒谢元，千万别在这些细节问题上出现纰漏。绕了这么一个大弯儿，总算能和何流县长攀上关系了，泉大年尽力控制那些不愉快的念头从心底泛起，他知道自己终于有希望走出龙峪镇了。

一周之后，岳红艳耐不住急迫心情，深夜主动给谢元打电话，询问事情进展情况。谢元按照提前和泉大年、泉婕好商量好的计划，一股脑儿亮了"底牌"："女孩同意，我朋友也同意，如果您和何县长有空，这周末和女孩再见一面吧。"

电话那头的岳红艳早已乐开花，语气兴奋地回答道："有空，都有空，我们就去宾馆见面，还得麻烦谢经理安排一下。"谢元满口答应了岳红艳的请求，只等周末早点来临。

这时候，苏美玲忽然跳了出来，她不愿错过认识县长的大好机会，便提说自己保媒拉纤有功劳，强烈要求参与周末会面。泉大年却不允，转而提醒谢元，不要和风尘味十足的苏美玲靠得太近，更怕她不分场合乱说话坏了好事，谢元听后心里怪不是滋味。于是，无论苏美玲怎么闹腾，谢元不仅不同意，还阴阳怪气地威胁说："你若非去，我也不拦着，出了事你负责。"最终，委屈满腹的苏美玲识趣地躲开了。

周末很快到了，谢元将这次重要见面安排在宾馆最奢华的贵宾餐厅。

何流县长与夫人刚进门，便格外强调一点，要求谢元不得免单，也不能打折，必须按照正常菜价收费，因为这是他的私人家宴。谢元欣然点头同意了，终于可以和本县县长坐在同一张桌子吃饭，再也不用像以往那样，只能远望而不能靠近，他觉得自己既替战友办了大好事，也为自己搭起一座桥梁，顿时心里如沐春风、分外高兴。

泉大年调整好状态，忍住内心巨大压力，亲自领着忐忑不安的泉婕好赴宴。何县长见到泉大年突然出现了，神色微微一怔，而后调侃说道："没想到你泉大年，居然有这么漂亮的表侄女。"此话既出，大家都笑了，略显尴尬的气氛瞬间活跃了许多。

何流县长又望着玲珑有致、模样乖巧的泉婕好，同样流露出诧异的神情。他面朝泉大年问道："女娃叫什么名字？你们是什么亲戚关系呀？"一句普通问话，立即让心怀鬼胎的泉大年惊出一身冷汗，他急忙起身为县长斟酒说道："表侄女名叫邵晓丽，是我表姑的女儿，年岁不大，没经见过世面。"

很显然，何县长没有料到，谢经理要介绍的女孩是泉大年的表侄女。作为一镇之长，泉大年留给何县长的印象颇为深刻；作为一县之长，何流当然要在泉大年面前抱有必要的矜持。于是，何流县长后面的言谈，不再提及攀亲这件事情，大部分讲话，都是说给泉大年听的，话题多是龙峪镇工作事宜。

可以想象的是，泉婕妤这顿饭吃得甚是费劲。一番寒暄过后，何县长不再理会于她，幸亏岳红艳贴身而坐，不断转身给泉婕妤夹菜，并和她亲热交谈。反倒是谢元干坐旁边无法插话，等到宴席快结束时，何流才说了一句定心话：让两个孩子先处处吧。

第五章

　　一晃半年时间过去了，县长的脑瘫儿子要结婚的消息，着实让略知何流家事的人吃惊不小，大家纷纷疑惑，该是怎样的女子会情愿嫁给一个病人。不大的县城里，人们抬头不见低头见，有些人甚是期盼见到这个奇特女子的真容。

　　然而出乎很多人预料的是，县长公子的婚事悄无声息地办过之后，仍然鲜有人知，因为婚事是在众人毫无察觉中举行的。原来，何流与老婆经过再三考虑，最终决定和女方家人吃顿家宴，便算是将婚礼办了。之所以要这样做，一则不希望深居简出的脑瘫儿子曝光在众人面前，二则考虑到婚事简办，能少许多不必要的麻烦。

　　泉婕妤是个极要面子的人，压根儿无意请出龙山深处那对衰老粗笨的老父母，前来县城参加自己的婚事。泉大年知晓泉婕妤的小心思，只好安排谢元去龙山跟前，悄悄花钱雇来一对外表朴实、穿戴还算干净的老农夫妇冒充泉婕妤父母。万事俱备之际，谢元忍不住犯贱，故意询问泉婕妤，这样做事是否有些过分？泉婕妤白眼冷瞟，只撂下一句"我愿意"，当场噎得谢元说不出话。

　　结婚两月了，泉婕妤没敢随意出门去见泉大年，两人只能偷摸用短信互诉衷肠。

　　泉大年不是不想见她，皆因心里压着沉重的顾虑。如果在自己渴望高升一级的关键时刻，出现了任何差池，那岂不是前功尽弃、蛋打鸡飞？然而分别时间久了，泉婕好实在难以忍受，便时不时跑到谢元跟前哭诉，谢元将此消息告诉了泉大年，泉大年心里七上八下，甚是烦乱。

这天适逢周末，泉大年公干结束后，鬼使神差似的来到了县宾馆，谢元将他安排到一间隐秘客房歇息，不料被四处围堵他的泉婕好撞个满怀。

满脸涨红、泪眼婆娑的泉婕好，像只发情的母狮子，将泉大年倾身扑倒在床。一番颠鸾倒凤之后，她略带威胁地开始埋怨泉大年不守信誉，诘问他为何很长时间不来见她。泉大年觉得无须解释，皆因谋划此事之前，他曾经反复叮嘱，要求泉婕好结婚后，无论如何要学会在县长家安分守己，尽量做出一个过日子的样子。谁知娇宠过头的泉婕好，根本不把这些话放在心头，年轻气盛的她，怎能捂得住内心饱满的欲望和激情？

眼瞅着两个人进到房间，数小时还不见出来，谢元当下心里有点发急，无可奈何的他只好上楼敲门，提醒他俩这里人多眼杂、不可久留。

从县城返回龙峪镇的路上，泉大年心里暗暗催促自己，下一步计划不能再久拖不动，因为他从泉婕好身上，似乎闻出一股导火索将被点燃的气味。

前不久，一封告发龙河县委书记李希文"贪墨"的匿名信从天而降，直接导致李希文被龙州市委组织部要求暂停职务、配合调查。李书记暂离岗位后，全县工作由县长何流"一肩挑"。何流当然是对仕途有要求的人，他在工作中步步小心、处处留意，为的就是能尽早往前迈进一步。他清楚李希文的离岗，于自己而言，肯定是个千载难逢的契机。

半年时间一晃而过，对李希文的调查还在持续中，盼望上级组织部门考察自己的春风迟迟未见吹起，何流陷入了迷茫。他反复琢磨这半年里的工作业绩，除了毫无预知、破天荒得了个儿媳这件私事之外，其余时间统统付诸工作，废寝忘食地忙了大半年，无论公事私事，何流自感做得卓有成效、滴水不漏。即便是儿子结婚这件事情，他也最大限度低调处理，完全没有给自己的官声惹来任何细风微浪。所以，周围如此安静的氛围，绝不是何流想要的。

夜里，何流数次忍受不住煎熬，每每提起电话又放下，究竟需不需要委婉地向自己的政治导师泉政谦探探口风呢，哪怕是从自己一直想拜为"干娘"，却迟迟不肯答应他的何婶口里透出一点消息，他也会感到舒畅许多。何流在书房里徘徊许久，最终遏制了打探风向的欲望，他相信上面若有任何动静，泉政谦肯定会第一时间告知他的。

何流走出书房时，岳红艳正想找他谈话，她恳求丈夫尽量分些心思给儿子儿媳，如若不然，想要尽快抱得孙子，恐怕就是空想。何流早已觉察到老婆这半年以来情绪上的巨大变化，原来几乎要被儿子病情压垮的她，好像完全变成另外一个人，整天喜眉顺眼地围着儿子儿媳的琐事忙碌着。

何流不是不愿关心儿子的小日子，只是眼下对他来说，实在太紧要了。既然脑瘫儿子已经讨得媳妇，孙子的到来应该是迟早的事情，现在有老婆全身心操持家事足够了，何须他在这些小事上分神呢？

这天傍晚时分，泉政谦的电话终于来了，带来的消息令何流热血沸腾。

正是政治导师的几句简短话语，使得笼罩在何流头上半年的愁云，顷刻间烟消云散。得知龙州市委组织部刚刚传出的会议内容后，何流空悬的心可算落地了，他终于坐上了龙河县委书记的位子。比他更为高兴的是泉大年，他连夜打电话向何流书记表示祝贺。其后，一切事情的发展都是水到渠成，经过对全县各个乡镇干部短暂考察之后，首个被调整位子的便是泉大年，他如愿以偿地当上了龙河县城所在地的首善镇党委书记。

遵照何流县长的吩咐，泉大年当夜开始收拾行囊，居然连赵纪衡安排的欢送会也没兴趣参加。第二天清晨天刚亮，他便悄然无声地离开了龙峪镇。当天下午，泉大年即刻到达首善镇就任，副镇长马明祥早已为新书记的到来，提前做好了所有准备。

……

在谢元安排的私密房间里，泉大年长时间望着眼前这个姣好白皙的美人，心里感到极其不是滋味。有时候，连他本人都难以置信，究竟是出于何等扭曲的心理，才会将自己的女人心甘情愿地送到别人的床榻，这样的做派肯定不是忍辱负重，更不可能是委曲求全，除了利欲熏心、官迷心窍之外，还能拿出什么冠冕堂皇的理由来解释自己的举动呢？

这一刻，沉浸在漫天迷幻中的泉婕好，丝毫感觉不到泉大年的满腹惆怅，她痴痴呆呆地望着眼前男人那张挂满疲惫的脸庞，心里充满了委屈和苦涩，脑海里亦是一片白茫茫。泉婕好难以想象，这样装腔作势的日子，她究竟还能忍受多久。叩问自己内心的同时，一股股刺痛从心底泛起，一瞬间，泉婕好哭得梨花带雨。泉大年目睹美人垂泪不止，浑身不由得颤抖了一下，冥冥之中有一种感觉迎面袭来，他预感自己这辈子恐怕要和泉婕好纠缠不清了！与此同时，又有一种强烈而无可名状的感觉，不断冲撞刺激着泉大年，无论处于激情当中，或在冷静时刻，他的脑海里总能泛出一个念头，自己可能真的爱上这个女子了。

此后不久，泉婕好坦然告知公婆，她不想在龙河县宾馆上班了。岳红艳也觉得儿媳继续在抛头露面的地方工作，似乎也不大体面，于是便和丈夫商量此事。何流沉吟半刻后提出，还是让儿媳自己挑选一个喜欢的工作吧。

泉婕好毫不犹豫地给出了答案，她想去首善镇政府上班。何流思量这倒是个好去处，外有泉大年在工作上予以照顾，内有老婆从生活上方便帮扶，即便泉婕好是真心嫌弃儿子，估计她也会感念何家人的恩德，从而能安心自在、心甘情愿地和儿子过好日子。

人啊人！如果善良的初衷里已经夹杂了肮脏，这份肮脏里又包藏着祸心，纵使你的温良恭俭让做到了极致，祸心也不会因此而有所收敛。一旦孽念欲罢不能地偏离了轨道，悲剧的种子不光已经种下，还将生长出罂粟般鬼魅妖冶的罪恶之花。

不知不觉中，何流与岳红艳夫妇已经钻进了自己亲手编织的生活罗网，他们甘愿迷醉于看似风平浪静的空花泡影中，命运的悲剧也便就此深埋。祸兮福兮，皆因眼前所发生的一切，都已不由自主地坠往泉大年精心谋划的陷阱里。

一个农家小妹能够嫁入县长家门，这笔功劳当然属于谢元。他凭借多年混迹社会、察言观色、因势利导的圆滑心算，完成了泉大年交代的这件看似不可能完成的任务。于谢元而言，这件事情，既不让他感到作难，而且驾轻就熟，操心办成此事的背后，其实是谢元已将前途的砝码压在战友泉大年身上。

谢元知晓人杰地灵的泉家庄，从来不缺拥有大气象的人，泉大年高升只是迟早的事情，只要他到位了，自己就有了真正的靠山，所有想要追逐的利益，自然会滚滚而来。而这一切，才是他心中真实的盘算。

一个风和日丽的周末，泉大年相约谢元前往距离县城五六十公里的逍遥谷钓鱼。

龙山北麓总共有七十二道谷峪，逍遥谷算是当中很不起眼的，这里山陡谷窄、住家罕有，山谷最深处有个清凉寺，寺里住的都是尼姑，因为长年香火稀少，众尼只能攀山越坡、刀耕火种自力更生。

早些年间，逍遥谷忽然来了一位眉清目秀、名叫李焕的小伙子，他蜗居山民家中，除了帮助农人干活以外，最是喜欢和尼姑们同耕同种，经年不肯离去。其后，人们才渐渐知道，原来李焕是为了一个女人，这才落脚逍遥谷。而那个令他心心念念、牵挂不已的女人，已经在清凉寺出家为尼了。再以后，清凉寺住持感念李焕的一腔痴情，劝勉那个女尼戴发修行，做了俗家弟子，由此成全了这对痴男怨女的难舍情愫。

有年秋季，郁郁不得志的泉大年与妻子王霞吵架之后，独自来到逍遥谷清凉寺散心，归途中巧遇一位居士，从她口里得知了李焕夫妇的离奇故事。此后不久，泉大年循着故事索引，寻找到了隐居山坳里的这户人家。从那以后，除了接济泉婕好的老父母之外，他还经常给钱、或给李焕家送来柴米油盐，常来常往的时间久了，泉大年与李焕夫妇逐渐成为忘年之交。逍遥谷李家，不仅成为泉大年精神放松的"世外桃源"，而且是他红尘祸事最好的藏养之地。前次泉婕好从医院堕胎之后，便是隐身在李焕夫妇家里安心调养的。

　　说是相约钓鱼，其实是泉大年想专门答谢谢元在泉婕好这件事情上付出的辛劳。

　　谢元是一个尖屁股，没有静坐钓鱼的耐力，泉大年笑话他把部队练就的真功夫丢得干净，谢元摸着日渐稀疏的头顶说道："人为财死、鸟为食亡，我只愿为老战友赴汤蹈火啊。"泉大年微微点头笑道："咱俩早就是一根绳上的蚂蚱，别死呀活呀的，我要不信你，会把自己的底子都让你摸透啊？"两人四目对视中哈哈大笑起来。

　　说话间，泉大年的鱼竿钓起了一条活蹦乱跳的鲤鱼，谢元急忙起身去抓，而后不经意地问道："今儿吃鱼的，不知还有哪位呀？"泉大年斜看了他一眼，意味深长地回答道："咱俩就不能单独吃条鱼吗？"谢元愣了一下，心知自己话问多了。

　　一条鱼，两盘农家菜，闲坐逍遥谷李家院子，两人吃得是津津有味，席间所说话题，全部回到了部队岁月。泉大年调侃谢元，他能从炊事班战士坐到龙河县宾馆经理位置，能力不可与常人可比；谢元捧赞泉大年能成长为坦克连战士，自然不是等闲之辈。趁着酒兴，两人说了一河滩"酒后吐真言"的知心话。

　　太阳逐渐偏西了，倦意疏懒的泉大年向谢元畅怀说道："有功就得奖赏，对你，我是无比信任的。下周上班后，你去找县房管局周世贵局长，他会给你一把钥匙，我让周局长把净佛寺街的一处宅院过户到你的名下，算是我对你这些年辛苦付出的酬谢。"谢元瞪大了眼睛，忙说这份谢意太重了。泉大年嘿嘿笑道："是给你的房子，但我得暂时借住一阵子。你先把院子收拾出来吧。"

　　谢元诚惶诚恐，他万万没有想到，泉大年会丢给自己这么一个诱人大礼包，不由得心旌摇荡，欣喜满怀，感激之情自然无以言表。

　　净佛寺街是龙河县城西边最具风雅的小街，街名因附近有座寺庙而得名，斑驳的石板街旁，两行整齐的行道树随风摇曳，婆娑树影下流淌着潺潺溪水，一眼望去，四周整齐排列着高低起伏的屋檐，街面围墙上长满了爬墙虎，每日晨钟暮鼓之时，净佛寺飘出的香火味，混合着老街居民的烟火气，汇成了浓郁而令人迷醉的生活气息。谢元放眼望着这条炊烟袅袅的老街，心里着实喜欢，当即心里盘算着，等待自己老去的那天，一定要住到这里养老。

泉大年过户给谢元的净佛寺三号，是处清幽方正的好宅院。悄无声息中，谢元将这里收拾得洁净而温馨，所有物件摆放齐备后，他又私下将钥匙还给了泉大年，泉大年半开玩笑说道："我给你交些租金吧？"谢元哑然失笑，不接话茬儿，嘴里却连连感谢老战友无微不至的照顾，进而含蓄表达了他对这处宅院的喜爱。

谢元忙着收拾净佛寺三号院期间，细心的苏美玲发现他神出鬼没、很不正常。

有天傍晚，她尾随谢元到了净佛寺街，看见他走进了三号院，心中气恨不打一处来，立即猜定谢元可能在这里偷养女人，怪不得任由自己百般诱惑，也不见他上钩。苏美玲暗暗告诉自己，既然已经知道这处院子，就不愁堵不住那个野女人，她决计要和谢元玩一出"瓮中捉鳖，手到擒来"的游戏。

此后，隔三岔五之间，苏美玲经常在夜色掩护下，悄悄摸到净佛寺街三号院去窥视，结果没看到谢元的身影，却偏偏发现泉大年与泉婕好在这里频频幽会，这让苏美玲大吃一惊，从此不敢再来净佛寺街了。

泉大年调去首善镇已经好几个月了，李春梅很难再见他一面。

起初，她认定泉大年倘若念及旧情，说不定哪天会来找自己，事实却证明，李春梅想得太乐观了。分开的这段时间，她时时等待泉大年的电话，屡屡都是盼而不得，尤其是听到泉婕好已经嫁给县长儿子的消息之后，李春梅心想泉大年的目的已经达到了，或许一高兴，就会来找她，然而最终结果，仍然令她失望。

泉大年离开龙峪镇后，春梅川菜馆的生意明显冷清不少。镇政府的工作招待，几乎全部移到新近建起的招待所里，龙河县宾馆专门派来一个新面孔当经理，李春梅压根儿和人家搭不上话，郁闷至极的她可以接受泉大年对自己感情的始乱终弃，却难以接受他不能兑现招待所副经理职务的这份许诺。脾性耿直的李春梅坐上了去往首善镇的班车，她决定要找泉大年讨个明白。

李春梅来到县城两天了，始终联系不上泉大年，她会长时间守候在首善镇政府大门口，渴望瞅见泉大年的身影，结果却一无所获。很快三天时间过去了，李春梅断定泉大年是在有意躲避她。

万般无奈之下，李春梅只好硬着头皮来找谢元。

望着垂头丧气的李春梅，谢元似乎预知到她要来。尽管他们之间仅有过一次谋面，但谢元招呼得格外热情周到，等到李春梅睡足饭饱、精气神恢复后，谢元领她来到宾馆顶楼茶社，他想和李春梅坐定一起好好谈谈。

沉默不语的李春梅，一直安静地坐在沙发上，她非常渴望能从谢元嘴里得知泉大年的一些消息，未料谢元一通神聊，从美食聊到网购，又从旅游聊至美容，李春梅呆呆望着谢元，实在难以搞清楚，他为何要给自己说出这么一大摊无关紧要的废话。

谢元看出李春梅脸庞挂出了愠怒之色，索性将话题挑明说道："泉书记不见你，也不是故意的，如今他的位置和以往不同了，很多敏感的人和事，再也不能像在龙峪镇那样好应付，这里毕竟是县城，人多眼杂不说，最怕流言蜚语。所以，你需要和泉书记保持恰当距离，这样可能对谁都有好处。"李春梅听得仔细，谢元在向她软中带硬地说着真话。

望着沉默不语的李春梅，谢元继续劝导说："人和人相处是门学问，离得太远了，关系就淡了；靠得太近了，恩怨就来了。所以得把握好尺度，否则受伤的就是你自己。有句老话说得好：距离产生美，即使朋友之间，太近也扎人，言语上不注意，金钱上没分寸，行动里不知尊重，时间久了，谁都会远离。"

听着谢元处心积虑绕着弯儿说话，李春梅终于憋不住了，她毫不客气地说道："你说了这么多话，无非就是一个意思，泉大年不想再见我了呗。"李春梅的回怼，令强装笑脸的谢元脸上有点挂不住，只能低头尴尬地苦笑了。

其实，李春梅心里很清楚，十有八九，泉大年不要自己了，可是她就是咽不下被人玩弄的这口恶气。故而任凭谢元怎样软说硬磨，李春梅住在宾馆不离开，执意等候泉大年的出现。

又是两天过去了，谢元也不再现身，原本按时送往客房的饭菜暂停了，李春梅只好下楼去买吃的。当她再回房间时，忽然发现地上有张纸条，上面写着：请去净佛寺街三号院找泉大年。

李春梅终究未能忍住对这张字条的好奇心，她乘着夜色找到净佛寺街，窝身躲在距离三号院不远处的黑暗中，当她清楚看到泉大年与泉婕好一前一后走进院子时，心里便什么都明白了。李春梅咬牙忍住了心中怒火，她没有鲁莽冲进去，是啊，冲进去又能怎样呢？不仅不能将泉大年拉回身边，或许还会给自己招来更大灾祸。再说了，如果撞破了这对狗男女的安乐窝，泉婕好也便知道了她与泉大年之间也曾有过一腿，那样的结果对自己有何益处呢？思前想后，伤心痛苦的李春梅最终拖着疲惫不堪的身子，迈着踉踉跄跄的步子，安安静静地走出了净佛寺老街。

返回宾馆后，李春梅闷头大睡，却怎么也睡不着，心烦气躁的她，再也不想待在龙河县城，她想立即返回龙峪镇，似乎在县城多待半秒钟，对她来说都是羞辱。正当李春梅收拾利索准备出门时，谢元忽然又出现了，他将满脸怒色、拿起行李愤然要走的李春梅重新堵回了房间。

"我猜你肯定要回龙峪镇，不过现在太晚了，路上又黑，无论如何你明早再走吧。"李春梅非要离开，嘴里不停地咒骂泉大年是骗子、是流氓，迟早要遭老天爷报应。谢元低头不语，执意不许她走，不料李春梅冲上前来，甩了谢元一记大嘴巴子，直打得他满眼冒金星。谢元捂着嘴巴，气恨不已地骂道："真把自己当根葱，谁稀罕你啊！"

谢元摔门而出，身后传来李春梅撕心裂胆似的哭声。

这一幕"西洋景"，被躲在宾馆拐角处的苏美玲看得清清楚楚。

第六章

奚望带着妻儿终于从南方回来了。

他已经是第二次前来川菜馆寻找李春梅。刚从龙河县返回的李春梅，老远便看见了奚望的一张笑脸，瞬间心情好了许多。终归还是老朋友靠谱，说回到家乡发展，果真言而有信。

刚一见面，奚望便察觉出李春梅不大高兴，不明就里的他，还以为她去县城玩累了，于是便半开玩笑说道："整整两天时间，你不接我的电话，是不是去县城相亲不方便啊？"奚望的一句玩笑话，惹得李春梅眼泪汪汪。

看见李春梅暗自落泪，奚望心猜她一定是遇到伤心事了。只等李春梅低声哭诉了刚刚经历的事情之后，奚望为她愤愤不平，却也只能唉声叹气而已。李春梅是个极要面子的女人，她说龙峪镇政府招待所的事情黄了，以前给奚望的许诺也自然落空，又说对不起他，害得他从南方回来却无事可做。

奚望不接她的话茬儿，反而向李春梅发出了邀请。他说鲲丘泉家庄的老同学泉林声，已经从部队复员回到了家乡，准备依托泉家庄的温泉资源开发乡村旅游，期盼李春梅也能够参与进来。

一听又是个复员军人，李春梅像条件反射般顿时没了兴趣。奚望吃透了她的心思，于是不厌其烦地劝说李春梅不要"一朝被蛇咬，十年怕井绳"，凡事要往前看。同时直言相告，泉林声是个品行端正、身怀本事的人，压根儿没有泉大年的那些坏心眼。眼见李春梅还是犹豫不决，奚望便用人格担保，建议李春梅先去见见泉林声。

　　李春梅招架不住奚望的连番恳求，再次坐上了他的二手奔驰。汽车行驶在茫茫田野间，闻着熟悉的泥土芬芳，李春梅觉得自己仿佛又活了过来，她心里暗自琢磨，自己一直追逐的梦想和幸福，也许仍然在这片富饶广袤的土地上。

　　鲲丘是李春梅从未踏足过的地方。
　　在此之前，虽然常听人议论说，鲲丘东侧的泉家庄是一个出大人物的风水宝地，但她很不屑于这些人故弄玄虚、卖弄神秘，认为这是"听风便是雨"地乱嚼舌头，无非是想炫耀自己和泉家庄人有来往，借此在众人艳羡的目光中抬高自己，从而满足了那颗虚妄缥缈的虚荣心。
　　此时此刻，李春梅算是真真切切感受到了泉家庄的不凡气象。
　　但见袅袅温泉雾霭中，花草香树隐约可见，成群的蝴蝶在花丛中嬉戏，鸟儿成群结队飞过远处高岗，声声啼鸣回荡在空中。放眼远处，一座座石桥点缀其间，桥下飞溅而起的溪水汇成了潺潺流瀑，流水往南的方向，郁郁葱葱的庄稼一眼望不到头……李春梅觉得自己仿佛走进了陶渊明笔下的世外桃源，大自然真是垂青鲲丘，居然恩赐给了泉家庄和溪水村如此迷人的景色。
　　奚望和李春梅刚进村，汽车又把傻子陀螺吸引过来，于是他扯开嗓门，像顽童似的逗趣陀螺。陀螺想娶媳妇不？想！陀螺喜欢美女还是丑女？美女！陀螺再说段顺口溜吧，行！两人一呼一应之间，玩到兴头的陀螺又开始喊叫起来。

妖的叫美女，丑的叫气质；

习的叫才女，木的叫淑女；

瘦的叫苗条，胖的叫丰满；

蔫的叫温柔，凶的叫泼辣；

傻的叫阳光，狠的叫冷艳；

土的叫传统，洋的叫海派……

陀螺咽了口唾沫，继续起劲喊道：

> 高的叫亭亭玉立，矮的叫小巧玲珑；
>
> 嫩的叫青春靓丽，老的叫风韵犹存；
>
> 浪的叫众星捧月，牛的叫傲雪凌风；
>
> 闲的叫感情专一，忙的叫追求自我；
>
> 烦的叫循循善诱，损的叫拒绝成熟；
>
> 弱不禁风的叫女人味，不像女人的叫女汉子
>
> ……

傻子陀螺越喊越起劲，一连串不换气地喊叫，惹起嗓子一阵干咳。他唱出的一段段诙谐有趣的顺口溜，直听得奚望和李春梅笑弯了腰。

正当他们嬉笑玩闹时，从竹林小道走出了三个人，其中年长者为泉家庄村委书记泉建文，另外两人便是泉林声和奚晓夏，他们刚从鲲丘底部探察温泉水源回来。奚望连忙上前介绍大家认识，李春梅完全被眼前这对标致男女吸引了，但见泉林声身材颀长、相貌英俊、气质干练稳重，眉宇间透着一股阳刚与果敢；站他身旁的奚晓夏则蛾眉皓齿、清丽脱俗，周身不染丝毫烟火味。李春梅当下心中琢磨，怪不得人人都说鲲丘好，有着眼前这两位脱俗人物，看来坊间传闻也不全是假的。

村委书记泉建文领着四位年轻人来到村部歇脚，谈话间，他向泉林声一再表明态度，自己和龙峪镇党委书记赵纪衡，肯定是百分百支持温泉村旅游开发这个项目；且赞许泉林声不忘家乡情，部队复员后能够毅然回村发展；还说镇村两级班子，虽然没有资金支持的能力，但会全面配合泉林声申请项目，争取拿到最优惠的政策扶持。泉林声连连道谢，却不说半句豪言，他心知万事开头难，要想办成任何事，靠的是躬身实干，而不是发愿起誓。

从村部出来后，奚晓夏说父亲昨天夜里咳嗽，好像感冒了。泉林声听罢，心里犯急，两人便要步回溪水村看望。奚望见状，急忙打开车门要送他俩回去，

李春梅脑子有点发蒙，却也只能随车同往。当四人围拢到奚友池面前时，老人脸色明显好了许多，一双苍老多皱的手掌轻拍着床沿戏言道："我要看着你们成事，暂且走不了。"众人闻之，欣然而笑。

午时阳光融融，奚晓夏搀扶父亲坐到院里晒太阳。站在尊者当面，奚望再次向泉林声亮明态度，无论将来要做什么项目，他都愿意将从南方带回的资金，连同自己一并投入进来。说完本意之后，他又牵起李春梅的手说道："春梅是我的好朋友，她也愿意参与进来。"

李春梅总算有机会插话了，她连忙点头说道："早听奚望说过你俩，今天终于见到真神了。我在镇上有餐馆，需要我的地方，林声哥尽管吩咐。"春梅也不知道自己居然随口叫出"林声哥"三字，倏然间心中泛出一丝羞怯。奚晓夏细心豁亮，转身拉着她下厨去了。

事业草创之际，奚望和李春梅铁定心思追随，这对泉林声来说，当然是莫大的鼓励，收获了两位朋友的鼎力支持，泉林声更加坚定了自己的想法。

其实，温泉村乡村旅游这个项目，泉林声已经思谋很久了。

国家勾画建设美丽乡村，奏响乡村振兴的集结号时时搅动着他的内心，从复员那天起，泉林声便开始寻找温泉村项目驱动的着眼点，经常深夜独自徘徊在鲲丘，这里虽是生他养他的地方，但是依然需要仔细勘察地形，掌握水文地理的详尽数据，以使温泉村整体设计方案做到最优化。

依托鲲丘的天然资源，将泉家庄打造成温泉旅游村的方案，得到了龙峪镇党委书记赵纪衡以及泉家庄村委书记泉建文的鼎力支持，两人积极行动起来，帮助泉林声从龙河县国土、城建和发改局申办手续。多数时候，赵书记会亲力亲为，替代泉林声打通诸多报审环节，为此泉林声感动之至，这使他可以将主要精力都放在募集资金上。

温泉村计划如火如荼地开始了。

泉家庄兴建旅游村的消息像长了翅膀的小鸟，很快飞到泉大年的耳朵，他稍作思忖之后，立即去见何流书记。此时的泉大年，既是自己亲戚，又和政治导师都来自泉家庄，所以何流对他有了天然的好感。

泉大年抬嘴刚提到温泉村之事，何流便打开了话匣子："我知道，你在龙峪镇的时候，赵纪衡和你搭班子，工作中多有不合。但是温泉村是个利国利民的好项目，又在你的家乡鲲丘，你为何没想起弄呢？如今别人要占了先机，你心里不是滋味吧？"何流果然给泉大年留足了面子，他的话说得很委婉。泉大年心里也清楚，这要是放在以往，何书记肯定会批评自己一顿的。

何书记大加夸赞温泉村项目，却不是泉大年想说的重点，他暗地里整理好思绪，悠悠然不失神秘地说道："我是泉家庄人，了解很多鲜为人知的事情，还望何书记能多给点时间，听我把话说完。"何流看见泉大年一本正经的神态，心知对方肯定有重要事说，于是瞬间收拢起亲和友善的表情，将身子轻轻靠往沙发背，一脸严肃地聆听起来。

何流万万没有料到，泉大年讲述的往事，正是他多年以来很想知道的，一个关乎两个家族命运的故事。

很久以前，世居鲲丘的奚、泉两姓人家，历代传袭着数百年的姻缘之好，这份亲如一家的血亲关系，不知从哪一辈先祖的时候，开始出现了裂痕，亦无人知晓因为何种因由，两大家族之间的疏离和隔阂愈演愈烈，两姓族人的关系已然跌到了冰点。

同为鲲丘一衣带水的近邻，溪水村和泉家庄却信奉着完全不同的宗族礼教。

溪水村尊者奚友池和江淑芬夫妇崇尚以儒道文化训导民风，并教诲奚姓子孙后代，无论社会发展到何等地步，要谨记尊道贵德，做人做事，始终要把道德与良心放在首位；反之，泉家庄的泉棠仁和妻子何巧云，偏偏遵从"物竞天择、适者生存"的丛林法则，认定奚友池那套做法既过时、又迂腐。他们训导泉姓子弟要适应社会变化，敢闯敢干，学会在顺势权变中寻得生机，更要像飞禽猛兽般去争去抢，唯有这般，才能在大风大潮中立于不败之地。

各说各话的两种宗族文化，从开始便背向而行，转而越发尖锐相冲，使得两族矛盾越发积重难返。或许是历代族人积累的恩怨太深，到了如今岁月，彼此纠葛不见减少，是非仇怨反而彻底暴露出来。更为要命的是，两姓尊者所敬奉的信条，原本并无明显裂痕，却偏偏形成了水火不容的负气态势，倘若一方能够兼听则明、相融与共，便不会酿成后来的那场祸事。

令人遗憾的事情发生在寒冬腊月，那年冬天，鲲丘下了一场罕见的大雪，眼看农历年快到了，按照往年祭拜习俗，奚泉两族数百人冒着凛风寒雪，攀至半山腰的鲲丘祠堂各拜先祖。祭祀活动刚结束，忽有一位泉姓年轻小伙子，当庭和家人吵嚷起来，原来是他不顾新婚妻子的反对，执意年后要离家远行，去南方打工。父母劝说不了，便请尊者泉棠仁出面阻止。令人意外的是，泉棠仁偏偏支持了那个小伙子，新婚女子大失所望，"扑通"一声跪倒在地，痛哭流涕地哀求尊者能改变主意。

此事本属于泉氏门族之事，和奚氏毫不相干，然而吵闹声惊动了奚友池，正在隔壁祭祖的他见此情状，忍不住上前劝言道："想赚钱，没有错，前提是先得安排好家事再走。未能与家人沟通好，便要任意而为，这是不负责任的无德行为。"奚友池随意说出的这句话，像一根毛刺扎到泉棠仁身上，当场，他的面子有些挂不住，便硬声硬气回怼奚友池的说辞是诛心之语，不是调节矛盾，而是在和稀泥。奚友池当然不甘示弱，于是两人互不相饶地争辩起来。

夜里的雪越下越大，灯火通明的祠堂里，奚泉两姓积攒多年的怨气，随着奚友池与泉棠仁的公开翻脸彻底炸裂了。怒火中烧的泉姓族人率先冲上来，直接掀翻了奚姓祖宗的牌位，奚姓族人瞬时急红了眼，纷纷抓起桌椅板凳或赤膊上阵，相互推搡逐渐升级成不顾死活的血腥群殴。两姓人胸中憋闷多年的冲天怨气，终于被一根很不起眼的导火索点燃了。

一场不顾体面的门族械斗，或许惊动了祖宗的在天之灵。正当双方大打出手之时，鲲丘祠堂突然断电了。瞬间降临的一片漆黑，迫使双方停止了殴斗，人们在嘶喊声中开始抢救伤者，摸黑下山途中，又有许多人腿脚发颤，脚板打滑跌落下来，施救者相互手挽手，喊着口号，战战兢兢从雪窝里救人，荆棘挂伤了许多人的皮肉，一声声狼狈不堪的惨叫声回荡在鲲丘上……

夜半时分，族人终于将泉棠仁安全送回了家，未等手脚暖和过来，泉棠仁突然发现，今晚随他一起去祠堂的大儿子泉岳谦没了踪影。泉棠仁暗叫不好，身子不由得颤抖起来，一种不祥之感袭上了心头，他顾不得穿件厚衣，抓起手电筒，快步往大门外跑去。

几位随行回来的泉姓人，忽见尊者冒着疾风朔雪，又要不顾性命地前往鲲丘祠堂，不明就里的族人急忙拽住泉棠仁的衣袖，并死死将路堵住，连声劝说尊者不必继续计较，只等来日气定神闲了，再和那奚姓人一论长短。泉棠仁越听越心急，他声嘶力竭地大喊道："我儿岳谦……岳谦不见了啊！"众人大吃一惊，这才知道出了大祸端。

冰天雪地中，族人簇拥着泉棠仁，沿着陡峭的坡路奋力攀行着，寒风呼啸着从耳边吹过，雪花迷住了前行的视线。忽然，从远处传来一阵呼叫声，明灭不定的夜色中，有许多惊慌失措的奚氏族人，手执火把，脚踩积雪，小心翼翼地从鲲丘半山腰往谷底下探。原来，奚友池的长女奚晓春也失踪了。

……

众人搀扶着泉棠仁，跌跌撞撞跑到一条火把遍燃的深谷。

迷雾笼罩下，浑身湿透的奚友池跪在雪地里，怀里抱着围着红丝巾的爱女，孩子那两条耷拉下来的细胳膊，像风铃一样晃动着。这一刻，泉棠仁似乎意识到什么，他猛然挣脱搀扶，像一只野兽般仰天长啸，而后冲着奚友池大声吼道："你斗呀，继续和我斗呀，这就是报应，报应啊！"

奚友池的脸庞深埋在一顶棉帽里，依稀雪光中，谁也看不见他的表情，任凭泉棠仁如何谩骂，奚友池都不应声。过了一会儿，奚友池艰难地站起身，紧紧抱着女儿，缓步从泉棠仁眼前走过。泉棠仁望着对手的背影，阴狠狠地冷笑着，等他再转回头看时，只见爱子泉岳谦直挺挺躺在不远处的雪沃里，小小身躯几乎快要被大雪掩埋了，泉棠仁连滚带爬地扑到儿子身边，随之，一声孤狼般的嚎叫声回荡在山谷中。

奚晓春与泉岳谦分别是奚友池和泉棠仁的长女、长子，两个孩子同年出生，一起玩大，可谓青梅竹马、两小无猜。长到十多岁时，两姓门族中有许多人乐观猜测说："祖宗显灵了，专门派这两个孩子化解恩怨来了。"众人不仅看好两个孩子有未来，而且猜定两姓诸多矛盾，一定会在这份"天赐姻缘"跟前销声匿迹。

呜呼！真可谓希望越大，失望越大。两个聪颖灵慧，被各自家族寄予无限厚望的孩子，便这样匆匆早夭了。奚泉两姓之间濒临崩溃的关系，更加雪上加霜。

鲲丘祠堂群殴事件之后，龙河县镇两级领导紧急出面协调，不仅要求双方互相致歉、淡化怨愤，还对善后事情做出深厚关怀。这些本意是冰释前嫌、息事宁人的做法，非但没有减轻两族积怨，反而因为两个孩子的不幸身亡，更加激化了对立情绪。从此，奚泉两姓人结下了难以弥合的心仇。

泉大年担任龙峪镇镇长期间，无意中发现了一份记录多年前那场悲剧的档案，这才知道当天雪夜里，奚泉族人正陷入疯狂殴斗时，两个小孩为了阻止打架，情急当中想要断电阻挠。趁着眼前一片混乱，泉岳谦牵着奚晓春悄悄走出祠堂，两人迎着疾风骤雪，爬到了祠堂边的电闸下。这时，泉岳谦发现自己个头矮小，够不着电闸，于是奚晓春紧靠祠堂墙壁，让泉岳谦踩到自己肩头爬了上去，电闸刚拉下来，奚晓春却支撑不住，鞋底一滑，两人双双坠入了深谷……

发生在鲲丘的这个悲惨故事，深深吸引了何流，然而他却是一头迷雾，不清楚泉大年说出这段陈年往事的用意为何？这件旧事又和泉家庄温泉旅游村项目之间有何牵扯呢？泉大年自然看出了何书记的满腹疑惑，随即，他说出了一段剖析之语，听得何流倒吸了一口凉气。

第七章

多年前的这场悲剧，使得本该血浓于水的奚泉两姓族人彻底闹掰了。

不久之后，经过龙河县有关部门的精心协调，东西横卧的鲲丘被一分为二，东尾是泉家庄，西首为溪水村，自此之后，两姓共饮一瓢水，鸡鸣狗吠同相闻，却偏偏门户背向开，老死不相往来。泉棠仁在新建起的泉氏宗祠里公然喊话说："我死了一个儿子，却还有两个儿子，有些人半个儿子也休想，那是他作孽太多，老天对他的惩罚，将来有一日，溪水村还得是我们泉家庄的地盘。"

泉棠仁"重男轻女"的刻薄之语，直击奚友池软肋，今生今世没能生养出男丁，一直是奚友池气短一截的窝心事，更是他内心深处不能触碰的痛楚。每当泉棠仁毫不留情地刺激丈夫时，妻子江淑芬常常会捶打着腰身，哀声抱怨自己的肚子不争气，夫妇俩爱人及人、广结善缘，最要命的这点儿上，咋就不能事随人愿呢？

时间久了，奚友池似乎想开许多，面对这些嘲讽之语，渐渐丧失了敏感，反之还劝说老伴，不必和泉棠仁这种人斤斤计较，一个人独自静坐时，他时常会望着眼前嬉戏玩耍的奚晓夏和奚晓冬两姊妹，嘴里喃喃自语道：谁敢说女子不如男呢？

言说至此，泉大年终于露出讲述这个故事的底牌。

"大家都猜测泉林声是为了迎娶奚晓夏，果断放弃了复员后的工作安排；人人又都知道奚晓夏是奚友池最疼爱的女儿，所以泉林声才会心甘情愿回到鲲丘，选择和奚姓人一起做温泉村项目。假如泉林声将这个项目做起来，最受刺激的应该是泉母何巧云。"泉大年话说到此，何流不免听出些味道。

"据我所知，泉棠仁虽已去世多年，他的老妻何巧云，却一直对丈夫之死耿耿于怀，并公开声言，泉姓族人要用实力，重新拾起当年丢掉的尊严。如今奚友池还健在人世，何巧云断然不想看到奚姓人做成大事，一旦溪水村的风头盖过了泉家庄，第一个无法忍受的人，恐怕就是她了。"何流全神贯注地倾听着，泉大年说出的每一个字，他都不想错过。

泉大年偷瞄了何流一眼继续说道："您也知道，咱们泉副市长素有孝顺声望，母亲说的话，从来都是言听计从。试想一下，如果泉母心有不悦，泉副市长一定会刨根问底，结果发现，招惹老人家不开心的事情，正巧发生在咱们龙河县。到那时候，泉副市长必然会过问此事，您又该如何回答呢？"

一个飘忽不定的故事，被泉大年讲得神乎其乎，他已然体察到了何流和泉政谦之间的微妙关系，也揣摩透了何流的心思。此时此刻，泉大年恰如其时地端出这个故事，隐藏其后的诛心之箭，终于露出狰狞的面目，直直射向何流的心脏，中间连个弯儿也不拐。

何流清晰意识到，泉大年带来的这个遥远故事，其实是对自己善意而委婉的提醒。他冷眼望着窗外，后背感到微凉，漂浮的思绪开始有些凌乱。

何流与泉大年谈话后不久，赵纪衡和泉林声都感觉到有一股无形的阻力，像乌云般压向他们的头顶。以往热情的公务审批逐渐变得冷淡，原先和银行、信用社谈好的贷款仿佛石沉大海，迟迟没有了消息……不正常的现象连连发生，使得积极推动项目的龙峪镇党委书记赵纪衡深感纳闷，他不清楚问题究竟出在了哪里？于是，心有焦急的赵纪衡决定求助于何流书记。

听完赵纪衡的汇报后，何书记并没有清晰表态，只是大略询问了温泉村项目的进展情况，且肯定了赵纪衡"为官一方、造福于民"的工作干劲。末了，何流书记又意味深长地说道："你毕竟是一级政府的主要领导，亲自参与到具体事务里，似乎有些不太合适吧。当然啦，现在从上到下讲求工作效率，严纠怠政、懒政不作为，要求我们树立'店小二'服务意识，可我还是得替咱们发句牢骚，那就是'店小二'好当，小鬼难缠啊！"

何流的话云山雾罩，赵纪衡一时没能听明白，看着他老实本分的样子，何流心里不由得生出一些烦腻，于是口风一转，先是明确表达了自己支持温泉村项目的态度，又以党政分开为理由，建议赵纪衡多向新来的吴丽娜县长上报此事。

奇怪的一幕发生了。

从那此后，赵纪衡很难再次约见何流书记，即使是县里召开的乡镇工作会议，何书记也是急急而来、匆匆而走，可谓是神龙见首不见尾。

为了尽快推进项目进程，赵纪衡只能来找吴县长。吴丽娜县长八面玲珑，她用女人独有的柔和，每次都能将赵纪衡客客气气打发走。时间长了，赵纪衡清晰感受到龙河县两位主要领导是在应付自己。多年宦海浮沉的他，并非不懂得官场规则，然则可以忍受上级对下级的怠慢，却不能容忍有些人故意懈怠工作。赵纪衡既不愿打击泉林声这类年轻人的创业精神，更不能忍看尸位素餐的庸官对富民项目的荒废与耽搁。

正当赵纪衡一怒之下，准备找更高一层领导为此事发声的时候，泉林声也为贷款迟迟申请不下来而深陷焦虑，他亦不明白已经谈好的小额助农贷款和富民扶持资金为何胎死腹中，银行和信用社的脸怎能说变就变呢？

望着神情失落却又故作欢颜的泉林声，奚晓夏心生不忍，便悉心劝解说道："做事不靠一时性急，就像流水一样，别去争抢先后，而是一点点积攒力量，待到力气充足时一击而破。"泉林声听后，只是微微一笑，转而安慰奚晓夏说："天道酬勤的道理，我懂。"

斜躺摇椅晒太阳的奚友池，也看出泉林声情绪起了变化，他撷着一缕灰白色山羊胡子安慰说道："世情看冷暖，人面逐高低，这就是人情世态，咱不必太认真。如今每个人心中都有个算盘，既算计着自己的收益，又盘算着别人的薄厚，可叹千算万算，不如天算。所以圣人才说'天地无私，惟德是亲'，那些坏了良心、攀高附贵的人，最终不会有好结果。你也不必为那些无信之人的出尔反尔烦恼，人且要知命，首先要知'己命'，知道自己面对现实该怎样立身、处世；其次是知天命，有了这么多的人生阅历之后，你就会明白，坦然接受人生遭遇的诸多不顺，才是磨炼心性的不二法宝啊。"

听着溪水村最具智慧长者的点拨，泉林声内心逐渐豁亮起来。

政府审批遭遇到永无休止的推诿扯皮，银行贷款也似泥牛入海没有了下文。项目还没展开，便遇到这么多困局，难免让人感到灰心丧气。奚晓夏了解泉林声的脾性，他是一个心地善良、秉性正气，打掉牙往肚子吞的硬汉子，虽然拥有着满腔抱负、一身勤奋，却未必能在人心难测、海水难量的当下社会做到游刃有余。为了打破眼前僵局，奚晓夏前思后想，心里谋定了一个好主意。

这天，晓夏说她许久没见妹妹了，心里很是念想，泉林声便让奚望开车，送她到龙州去见奚晓冬。

多年未见儿时玩伴儿奚晓冬了，奚望为她的变化目瞪口呆。在童年记忆中，奚家两姊妹都是朴实聪慧的农家妹子，而时至今日，姐姐奚晓夏尚能在绝色芳华里保留几许朴素，奚晓冬则截然不同，她细腰长腿、妆容精致、言笑晏晏，从头到脚透出都市白领的干练与洒脱。修剪齐整的短发下是一张极致姣好的青春面容，淡蓝色丝绸衬衣随意落搭在质地考究的宽腿裤上，举手投足间充满了开朗与自信，从胳膊到手腕再到手指间，亮亮闪闪的粉白光芒，越发显得整个人高冷傲娇。奚望暗自思量，自己虽有南方奋斗的多年阅历，也曾摸爬滚打成了小老板，但若走在大街遇见这般女子，别说打招呼，恐怕连偷瞄一眼的勇气也没有。

奚晓冬领着姐姐和奚望回到自己的住处。

这里是龙州响当当的高档楼盘，楼盘名字为"伊甸园"，这个令人充满足够遐想的园子内，既有匠心独具的设计布局，又有高低错落、疏密有致的绿化环境，处处彰显出"曲径通幽处，园林无俗情"的雅致。奚晓冬的家是一套高抛齐整的全明阔境洋房，硕大奢华的水晶灯下摆置着斯文别致的皮质沙发，简约纹路在移动的光影里跳跃着考究的图案，桌椅是欧陆风格的，床榻是工匠级的私人定制。窗棂开亮处，纹饰精美的瓷器和上等的酒具码放得整整齐齐，形如半月状的水龙头散发着黄金般的贵气。入户门口有一张样式华美的亚光烤漆风水堂桌，桌案摆放着一尊精雕细琢的盛唐女俑，眉清目秀的女俑头梳螺髻、两鬓抱面，上穿窄袖短襦，下着一袭长裙，双手持排箫做演奏状，神情闲和典雅。女俑上方墙面悬挂着一张用金丝楠木相框装裱的《观鸟捕蝉图》，画中女子眼神灵动、栩栩如生，仿佛要从框中走出来，直把个奚望看得云霓不分、心意恍惚，神思仿佛穿越到了盛唐王朝。

两姐妹也是许久未见，叽叽喳喳聊得欢心。

晓冬拉着姐姐进了卧室，奚望静坐沙发上，这才大胆抬头，环绕四周细看一圈。这间精致而奢华的闺房内，除了沁人心鼻的芬芳以外，还有众多典藏书籍随意摆放在触手可及的地方，有一本封面素雅的诗集出现在奚望眼前，书是打开的，一行诗文跃然眼前。

　　熟悉的路口，你的轮廓。热闹的街头，我的寂寞。转瞬的闪烁，只一刹灯火。黯淡的零落，是美丽花朵。感情的脆弱，早已岁月蹉跎。命运的枷锁，又该如何挣脱。是爱的蛊惑，我却常犯错，像一个太忙太累太傻的陀螺……

"又是陀螺！"奚望心里嘀咕了一声。

他再次抬头去看那盏奢华贵气、做工繁复的悬顶水晶灯，心里暗暗叹服这里的主人不仅多金，且有品味，偌大客厅中随便每一处景致，都令奚望感到气势上的逼仄窒息，使得他完全没有了步入内间欣赏的勇气。

姐姐的来意，妹妹知晓后，奚晓冬不假思索便答应下来，风轻云淡的应承姿态，反倒让心存烦恼的姐姐添上新忧。妹妹似乎看出姐姐心里的不踏实，便将话题从天边扯到温泉村这件事上："姐姐和奚望只管住好、吃好，待我联系上两位朋友，咱们一起去谈正事。"

见面当天，三人似乎有说不完的话题，全然没把心思放在吃饭上，两姐妹又嚷嚷着要减肥，奚望便客随主便，傍晚一顿简餐打发了事。其后，奚晓冬轻轻拍着奚望肩头说："老同学，改日再请你吃大餐。"受宠若惊的奚望，一时不知该如何接此话茬儿。

是夜，奚晓冬要留姐姐住在家里，顺手塞给奚望一把宾馆手牌说道："下楼，右拐，往前走二百米，一眼便能看到龙州高乐酒店，上电梯，去八楼八〇八房间，所有美好在等着你。"说完，奚晓冬爽朗地笑了。奚望听着那笑声，仿佛听到了溪水村叮咚流淌的溪水声。是啊！奚晓冬似乎什么都变了，唯有这笑声一点儿没变。

奚望走进高乐酒店大堂，目光所及之处，皆是富丽堂皇，他不去东张西望，假装娴熟地向前台服务生出示手牌后，美丽得体的客房女经理马上走过来，毕恭毕敬地站在身后说道："先生晚上好，请随我来。"

绕过大堂鱼草缤纷、流瀑潺潺的风水池，顺着撑高巍峨的石柱，进了金碧辉煌的电梯，走过金丝绒地毯铺就的长廊，奚望来到八零八房间。

他被房间里的陈设怔住了。足足有两米多宽的床榻，铺展着洁白平顺、不见丝毫褶皱的羊绒床套，玲珑镂空的落地扶帐，清清袅袅地收拢在床沿，并和顶部的欧式顶灯合为一体，散发着令人迷乱的魅惑。房间四周摆放着瑰丽雍容的红木家具，一面玻璃帷幕后面，色彩斑斓的盥洗台面清晰可见，还有那花纹繁复的欧式墨黑缀边，通体银白不分的花瓣浴缸，无不透出摄人魂魄的奢华气息。

遥想自己在南方，多少也算是见过世面的小老板，平常和生意伙伴曾入住过许多上等酒店，却没有一个能和眼前这套房间比拟。奚望抻直腰背，深呼一口气，让拘束矜持的身子彻底舒展下来。

随着一声清脆温和的门铃声，奚望的神经又一次绷紧，他假装咳嗽，迅速坐到了靠近阳台的沙发，竭力调整表情和姿势到最佳自然状态。

美丽可人的客房女经理进了门，双手托着一只点缀图腾纹理的圆盘，将客人要用的盥洗用具，一一摆放在合适位置，然后柔声细语地说道："酒店有广式通宵夜茶，先生若有需要，我会给您送来。"

奚望终于忍不住问道："你家酒店条件尚好，是不是上下所有房间都是这样的？"客房女经理听罢微微笑道："先生误会了，您下榻的是我们酒店欧洲部的长年贵宾包房。我们高乐酒店有三种装饰风格，这里是欧式风格，前楼还有日式和中式。"

奚望听到"长年贵宾包房"这几个字眼，内心再掀波澜，浓厚的好奇心驱使他继续问道："龙州有什么样的人，会长年包住在这里啊？"

此话既出，似乎让客房女经理感到不适，动作在半空停了一下，仍然微笑答道："您能入住这间套房，一定是奚小姐的好朋友，没有她的授权或同意，这间房子是不能随便进入的。"女经理的回答更加激起奚望探知的欲望。

"看来我的朋友在龙州混得不错啊！"女经理听到奚望口里的赞许，低头浅浅一笑，转身将浴袍整齐摆放在高床尾部的法兰春凳上，双手并作一起谦逊说道："先生开玩笑了。奚小姐是我们酒店的尊贵客人，她可不单单是混得好。虽说龙州有不少名人，可我在这里工作多年，见过像奚小姐这样既漂亮，又有能力的名人，还真是不多。你们是好朋友，您对她的了解应该比我多啊。"

奚望尴尬地笑了笑，声音低沉地说："是啊是啊，我们也是多年未见面喽！"

"看来，您和奚小姐的关系，一定是好的。我还是第一次碰见，她把这间套房授权给外人入住。不瞒先生说，奚小姐一直是我的偶像，能把媒体记者做到她这种高度的，别说女人了，就是男人也没几个……"聊到此处，客房女经理似乎意识到自己言多失礼了，匆匆噎了后面的话，脸挂绯红欠身退出了。

奚望安静地躺在硕大的床榻上，思绪纷乱而迷离。

其实，前来龙州的路上，他想向奚晓夏询问奚晓冬的近况，可是"人淡如菊"

的奚晓夏仿佛藏着心事，始终话语不多，奚望又觉得问题唐突，于是每每念头冒出，又咽了回去。

呆呆望着天花板，奚望感慨不已，虽和奚家姐妹曾是发小，但这些年彼此变化实在太大了。看来，这次回到家乡，若想跟随泉林声和奚晓夏做点事情，需要抓紧摸清家乡的水深水浅，必得摈弃多嘴多舌的毛病，时时注意自己的言谈举止，待人接物尽量保持矜持，或许只有这样，才能在众人面前找准自我的位置。

然则，事实是奚望想多了。

他始终有些不自信，心性卑微既缘于家境贫苦，又和看人脸色的成长环境息息相关。比如这次开着二手奔驰，怀揣多年积攒的钱财，兴高采烈领着老婆孩子荣归故里，这份多年储备的自豪感，却在和李春梅初次见面之后，便已经破碎成堆、零落成泥。此时此刻，躺在如此奢华的套房里，奚望心里仅有的扬扬意气荡然无存了。

家乡早已不是往日模样，所有人都焕发了新颜，奚望觉得自己必须重新"认识"曾经非常熟悉的一切。

一晃两日过去，相约的两位朋友在外地出差，迟迟未见归来。

晓冬站在姐姐和奚望当面，要求电话里的朋友尽速赶回，神情和口吻隐含愠怒。晓夏谦逊笑道："是咱们有事求别人，你可千万别弄颠倒了。"听着姐姐的提醒，晓冬并不解释什么，转而盈盈笑道："平常日子不想见他们，却整天围着你晃悠，这时候需要了，又飘到天边去了。"奚晓冬的变脸，奚望全都看在眼里，心里越发纳闷，她还是儿时和伙伴们一起玩耍的那个小姑娘吗？

当天下午，奚晓夏突然接到泉林声的电话，得知父亲偶感风寒，咳嗽得厉害，心里便有点泛急。暂时不能见到约见之人，晓夏便想先赶回鲲丘，姐妹俩一番商量过后，奚晓冬找来熟人公司的轿车，将姐姐送回去了。奚望继续留了下来，只等和奚晓冬已经约好的朋友见面。

奚晓夏走后，奚望继续住在高乐酒店，虽然不知自己留下所为何事，却乐得享受酒店的尊贵待遇。每天从早到晚，三餐皆有人准时送到房间，不论中餐或西餐，烹饪得极为讲究，荤素搭配精致，味道醇香可口，即便是前餐，制作亦是细致无比，尤其是餐后那个像大秦兵马俑模样的冰激凌，造型巧夺天工，极似一尊精雕细刻的艺术品，奚望都不忍心下口去吃。

第八章

舒坦的日子总是像梦境般短暂。

奚晓夏离开后的第二天傍晚，吃过晚餐的奚望正想去城中转悠，奚晓冬忽然来电，唤他随自己出门办事。其后，晓冬开着一辆火红色的轿车，领着奚望来到一条偏僻且幽静的小街，昏黄街灯的尽头，隐藏着一家名为"精舍"的私人会所，两人迈上幽暗的旋梯，穿过狭小的曲径长廊，绕进了一间纯日式阁楼包厢。

包厢很大，处处凸显着日式会所独有的东洋格调。此时，里面已经坐着两位年龄相仿的男人，见了奚晓冬后，先是一个老板模样的人赔着笑脸，躬身哈腰说道："不知道你有吩咐，恰好有急事外出了。接到你的召唤，我俩马上掉转方向，连夜赶了回来，但愿没有误事啊。"这人言语间充满了谄媚之意，奚晓冬却是一副理所当然的神态。

借着暗淡的灯光，奚望仔细打量着眼前两位白面不显年龄的男人。

一位气质儒雅，身形修长，虽然脱了西装，内里却穿着讲究。一件象牙白的纯棉双扣高领衬衫，系着一条浅蓝色锦缎领带，熨烫规整、裁剪得当的深蓝色马甲束腰提臀，显得整个人风度翩翩。另一位看似着装休闲，发型却梳理得纹丝不乱，尤其是被两枚造型精美的袖扣固定成水滴状的衬衣袖口，若隐若现中露出了一块手表，闪耀着成色不凡的光泽。两位中年男人显然保养得非常得体，唯有凸现的腹部隐约暴露着实际年龄。

浅斟酌饮之后，奚晓冬神情谦和许多，不时说着莺歌婉转的快言欢语。

包厢气氛很快变得活泛起来。奚晓冬欣然坐到奚望身边说道："这是我老同学，想做家乡一个温泉村旅游项目，却遇到县上七七八八的刁难，于是来找我帮忙。"奚晓冬毫不掩饰，说话直奔了主题。

原来，座中年龄稍长的是龙州银行行长罗云松。另一位是龙州赫赫有名的民营企业、古今集团董事长王汗，王汗性格明显外向，说话喜欢开门见山，他望着手脚局促的奚望意味深长地戏虐道："这位小兄弟本事大啊，能请得动我们奚大小姐为你的项目张罗，真是不简单呐。"此话当即说得奚望略感难堪，他哪里能知道，奚晓冬的本事，可不仅仅局限于眼前的张弛有度。

"老同学啊，这位叫王汗的大哥，可不是一般人，他有个威风凛凛的外号叫'成吉思汗'，你想想，这名号岂能是随便什么人叫的？"奚晓冬嫣然笑道，"龙州'大汗'的名号叫得响亮，老大哥的生意也做得漂亮啊！"奚晓冬的话，惹得众人哑然失笑。王汗连连摆手道："见笑，见笑喽。"

觥筹交错间，奚望并没有听到三人在生意上有多少交谈，只是说到某某项目、某某地块或者某笔资金时，他们目光相对，颔首点头，似乎都心知肚明。

这样的交际场合，奚望还真没见过。回想自己在南方物流市场多年吆喝，才赚得糊口养家的殷实，哪曾见识过这般不动声色的生意勾兑？奚望真切感觉到这个世界是有规则的，人与人是分群别类的，生意更是有天有地的。正像眼前这几位，他们的水深水浅，岂是奚望这样的小人物可以揣测的？这恐怕绝不仅仅是贫穷限制了想象，事实的真相是站在金字塔基的人，永远别想看清塔尖的风景，那种天然生出的距离与茫然，足够使人眩晕中陷入绝望。

闲聊的时间并不长，大家便要分开了。

奚望往楼下走去。奚晓冬又和那两位窃窃私语了一阵子，这才驾车将奚望送到了高乐酒店。车停稳后，晓冬交代说："事情已经说好了，明天你就回鲲丘吧。"随之又说了一些感谢的话，且夸赞奚望跟随泉林声做事情，绝对是正确选择。奚望不知如何应答，只能客客气气地和奚晓冬告别。

汽车已经走远了，奚望仍直愣愣站在原地，目不转睛地注视着闪烁不停的车尾灯，心里暗暗思忖，这该是个多么神秘而又神通广大的女子啊！

奚望从龙州回来的第二天，龙州银行信贷部便打来了电话，要求泉林声把申请贷款的资料给他们邮寄一份。这个从天而降的电话，表露了奚晓夏去找妹妹的用意，众人惊讶之余，又皆感欣喜。

其实，从迈进伊甸园闺房那一刻，奚晓夏便感觉到妹妹的能量不可小觑，晓冬吃穿用度的排场，已经跌破了她的预料，可是奚晓夏想着妹妹做记者，见识多、待遇高，这样的生活水平，或许和收入相匹配，于是便没往别处去想，一心只惦记着妹妹在龙州人脉广，看看能否帮忙找到对乡村旅游感兴趣的投资人，以期和人家共同合作开发。眼前，这么短的时间内，便有龙州大银行主动寻上门来，任谁心里都感到七上八下。

泉林声知晓晓夏是一番好意，晓冬亦是真心帮忙，但他暂时吃不透其中风险，便将情况如实汇报给赵纪衡书记，赵书记考虑半天后说：还是缓一缓吧。

赵纪衡似有不定的模糊态度，使得众人心里都开始犹豫起来。

一周之后，奚晓冬见姐姐那边迟迟没有动静，便打来电话询问。奚晓夏闪烁其词，解释说这么小的项目，猛然找来这么大的银行和资金，一时半刻有些拿捏不定；再说了，大银行贷款肯定资信要高、利率也高，项目本身也没有任何抵押之物，这样的信贷难免会有闪失。

电话那头的奚晓冬似乎有点着急了，诘问姐姐的担心从何而来，泉林声又是如何想的。遇见这般好事，别人已是巴望不得，姐姐反而态度含混、动作磨蹭，奚晓冬自然心有不悦。

"银行那边有我，你们大可放心。我再问一句，如果银行是无息贷款，你俩愿意吗？"奚晓冬撂下的这句话，更让人感到惶惑与不安。

泉林声对奚晓冬是有些了解的。

从小胆大、任性、能力突出的她，做事情向来喜欢雷厉风行。按理说，面对奚晓冬联系的大银行，泉林声本该高兴才对，但他从龙河县银行和信用社艰难又烦琐的贷款经历中，深切感受到信贷有着非常严谨的规则，绝不会有晓冬说得这般容易。下意识告诉泉林声，能得到这种大银行的资金帮扶，其背后定然有着熟人的交情，他喜欢诚信、踏实，合规合法，一步一个脚印去做事情，如若选择了双方勉力合作，难免会给将来埋下矛盾的伏笔。

再说龙峪镇党委书记赵纪衡心中的苦闷和煎熬，却有着不同内容。

自从县委书记李希文被一封莫名其妙的检举信暂停职务后，他本想着新晋书记何流和新调任的县长吴丽娜，只要有一个是真正愿意为百姓谋取福祉的领导，一定会大力支持温泉旅游村项目。然则现实并不会随着善良的愿望而发生，无论是泉大年不正常的调动升迁，或是温泉村贷款中出现的人为阻挠和拖延，都使得赵纪衡强烈感觉到，如今的龙州县，正被一种吊诡的气氛笼罩着。

既能感知到龙河县极不正常的官场生态，却无处诉说心里话，更无人加以理会，赵纪衡着实感到困闷不堪。心中憋闷极了，只能给泉林声牢骚几句，既是让自己发泄，也是给泉林声宽心。是啊！并非温泉村项目本身有何不妥，而是遇到这世上最难缠的叵测人心，这一点，赵纪衡和泉林声心里都懂。在开发资金毫无眉目之际，赵纪衡只能默默去为项目做些基础工作。时间久了，不见项目有丝毫进展，泉家庄村委书记泉建文也着急了，泉林声每次给他的回答都是同一句话：建文叔，再等等吧。

这日，心绪烦乱的赵纪衡来到龙河县城，他鼓起勇气，敲开了暂停职务、在家赋闲、配合调查的老领导李希文的家门。正值壮年的李希文，尽管对自己被"双暂停"有着充足的心理准备，却也经受不了长久的熬煎，整个人明显苍老了许多。

早在三年前，龙州巨子地产公司和龙河县关于旧城改造项目谈崩之后，李希文便隐隐觉得，自己仕途中的一颗定时炸弹已然埋下。此事内幕说来复杂，又很简单，为了拿到这个利润丰厚的项目，龙州巨子地产公司董事长泉少谦，不惜搬出兄长泉政谦，给时任龙河县委书记李希文递话施压，可惜李希文"不识抬举"，迟迟不签字批准，原因是巨子地产公司列出的拆迁补偿方案，条款实在太苛刻了。如果要用损害百姓巨额利益，交换更大一顶乌纱帽，李希文甘愿"回家卖红薯"，这句话是他亲口在电话里给泉政谦吼出来的。

从那以后，李希文在龙河县乃至龙州市的诸多事情开始变得很不顺畅，反而是县长何流，总能将李希文出面过不去的事情办理妥当。李希文清晰意识到，何流县长趁机利用了他和泉副市长的矛盾，并借此搭上了仕途快车，可他内心却无半点遗憾。这些年，因为自己与泉副市长交恶，龙河县有很多事情，他只能选择有意避让，且让何流县长在前面"突围打援"，之所以这么做，实非李希文心甘情愿，而是完全顾及于老百姓利益绝不可受损，这也是他为官做人的底线。

正当李希文和泉政谦上下级关系结下梁子的时候，龙州市委市政府班子开始了大调整。现任市委书记周围城被擢升为副省长，而原任市长乔治邦亦已上调龙都。因为李希文在龙河县委书记任上拥有深得人心的官声政绩，上级组织部门已经派人下来，开始对他进行群众基础考察，组织和他的初次谈话中，既已表明了态度，建议李希文做好调任龙州市常务副市长的工作准备。

龙州人事调整的任何风吹草动，高度吸引着泉政谦关注的目光，他盯紧市长的位置已经许久了。本想着这次班子大调整，自己能理所当然地位列"常务"，且为最终去掉"常务"二字铺平坦途，谁知半路杀出一个李希文，此人不仅资历浅薄，而且还与他心有过节，如果把此人提拔起来，排名超过了自己，泉政谦觉得这完全是对自己从政智慧的侮辱，所以他绝不能坐以待毙。

那封莫名其妙的匿名信，从出现那一刻起，其实李希文心中已经有了猜测。他感慨自己多年仕途生涯，一路摸爬滚打，只学会了埋头做事，却忽略了人情往来，从而得罪了不少官场同僚，到了现在的节骨眼上，被人从背后插了一刀，似乎都在预料之中。然而最终，李希文还是拒绝了攀炎附势，坚持了党性原则。下定决心那一刻，李希文已经断定，因为龙河县旧城改造，得罪了巨子地产老板泉少谦，而今自己马上要捷足先登，仕途官衔高过泉政谦，泉家庄的这一政一商两兄弟，岂会善罢甘休？

如果说愈挫愈勇的执念，是李希文的秉性和本色，那么永不言败的初心，则完全建立在自己坚守的道义和责任之上。"当官不为民做主，不如回家卖红薯"这句朴实无华、尽人皆知的大实话，注定是李希文为官做人的座右铭。

赵纪衡不顾忌讳登门求见，李希文对他自然心生好感。而当赵纪衡说出温泉村项目遇阻，请求李书记支招时，他反而陷入了沉默。可叹宦海沉浮、人心不古，加之匿名信的调查还在进行当中，李希文纵有满腹话要说，都只能点到为止。

"好事难做，坏事易做，从来都是红尘俗世里的悖理。既然已经认准目标，即使面对千难万难，也要想尽办法努力去做。所以，我只能给你表态，只要我人在龙河县一天，这事我便支持到底。"老领导简短而率真的话语，给了赵纪衡极大的内心鼓舞，使得他更加坚信，只要是利国利民的好事情，就一定会得到像李希文这样的好领导的坚定支持。

看望李希文回来后，赵纪衡似乎找到了主心骨。

他和泉林声、泉建文商议，可以先从温泉村的原始环境着手，下大力气披荆斩棘、修路筑桥，暂为将来的开发做准备。泉林声自然一马当先，奚晓夏和奚望紧随其后，在他们扑下身子、辛勤劳作场景的感召下，许多支持温泉旅游村开发的泉家庄人，也默无声息地参与进来。很快，修葺石堰、开荒梯田的人汇聚成了小分队。此后，李春梅也来了，她每天领着川菜馆的伙计，准时将做好的饭菜送到鲲丘工地。

一时间，沉寂荒芜了数百年的鲲丘，奏响了旧貌换新颜的号角。

这天正午时分，一辆白色汽车开往溪水村方向，傻傻的陀螺又追着、喊着。

> 人生在世天天天，日月穿梭年年年；
>
> 富贵之家有有有，贫困之人寒寒寒；
>
> 人生太多不如意，别跟自己过不去。
>
> 成败不必太在意，大事小事别生气
>
> ……

难得一见的奚晓冬回家来了，和她同行的还有龙州古今集团事业开发部的董经理，泉林声、奚晓夏和奚望早早在家里等候她的归来。

奚友池望着从小不服管教的小女，立即摆出一副满脸不屑的神态说道："你还知道回家啊。鲲丘地界小，恐怕容不下你这条真龙喽！"晓冬听出父亲在挖苦自己，连忙赔着笑脸，一把搂住尊者腰身，随手轻抚着他的山羊胡子嬉皮笑脸说道："父亲大人息怒，只要您还在，这里永远是我家。"奚友池像个孩子般呵呵直笑，嘴里还是不依不饶道："你妈在世时宠你、惯你，我可是不会的。"众人闻言都笑了。

奚晓冬在电话里和姐姐争执过后，再冷静一想，慢慢理解了泉林声和姐姐对龙州银行贷款之事的负面担忧。毕竟是在荒山野岭投资，且又是不能速见盈利的开发项目，猛然间有大笔资金注入，任谁也会心有志忑，无法拿捏准确。因此，奚晓冬再三思量后，便将银行信贷的念头彻底放弃，转而请出擅长经营文旅项目的古今集团参与进来，一起和泉林声联合完成温泉旅游村项目开发。

很显然，泉林声是赞成联合开发模式的。他对古今集团早有耳闻，这家公司在龙山深处，已经开发成功了多个古镇村落、民宿村休闲旅游项目，他们丰富的开发旅游经验，正是泉林声极为需要的。

本来是有求于别人的事情，结果奚晓冬性急，匆忙上演了一出"拉郎配"，且不给任何一方有迟疑的时间。合作进展得如此顺利，皆因她和古今集团相熟，自然不用客套，便直接带来古今集团董经理做前期考察，继而和泉林声达成了初步合作意向。

奚望在龙州精舍私人会所里，见过古今集团董事长王汗，对那个商海老男人"大汗"的名号记忆犹新。他对古今集团愿意站出来合作的态度并不意外，反而对站在家里的奚晓冬，还有她在龙州留给自己的印象产生了极大的惶惑感。此刻的奚晓冬，似乎又变成了另一个人，她衣装得体、妆容清爽，不露奢华却倍显精致，浑身散发着浓浓的亲和力，奚望不禁心里思忖：她还是那个举止优雅、仿若天人的都市白领吗？

古今集团派来考察的董经理，明显得到了董事长王汗的授意，对此项目表现出浓厚的兴趣，双方很快拍板确定合作，泉林声心知这是奚晓冬的功劳。先前放弃龙州银行的信贷支持，如今面对古今集团铁定合作的意思，泉林声没有不答应的理由。

经过一番所谓"考察"之后，董经理当场表明，温泉旅游村开发合作的方式，既可以双方共建，还可以采用投资入股方式参与进来。古今集团开放灵活的合作姿态，着实让奚望感到惊讶，这样的合作伙伴，可是打着灯笼也难找。

经过泉林声与赵纪衡、泉建文的数番商议之后，最终拿出了招商引资、共同建设的投资意见。古今集团居然连半条补充也没提出，全盘接受了这个合作方案。鲲丘，这片沉寂多年的土地开始热闹起来。众人纷纷私下议论道：别看奚家潜在龙州的只是一个小女子，却比泉家庄露脸的大官管用多了。

于是，奚晓冬有大本事的传言不胫而走。

第九章

奚晓冬高调搬出古今集团出面，鼎力帮助姐姐与准姐夫，是因为她觉得自己现在完全有能力和力量与泉家人抗争了。

对泉家人的忌恨，从多年前的那个雪夜，目睹父亲将满脸鲜血的大姐从雪地背回家的当晚，便在奚晓冬心里深深扎了根。

那年冬天的葬礼上，奚晓冬使劲挤进人群夹缝，趁着场面混乱，偷偷将大姐平时最为喜爱的那条红丝巾塞进怀里，然后，怯生生地偷看了大姐最后一眼。彼时的她，浑然不懂奚泉两姓究竟有多大仇怨，非得在过年祭祖的场合大打出手，为此还赔上了大姐的性命

此后，父亲忍辱负重，默默咽下丧女之痛，继续领着奚姓人在溪水村刨渠挖沟、以求生存。然而，笼罩在奚晓冬心里的那层灰暗的阴影，始终挥之不去，她认定眼前这一切，都是拜泉姓人所赐；她不明白父亲为何要屈尊忍让，难道就因为奚家生了三个闺女，泉家有三个儿子吗？她更不相信女人天生就比男人差。从那一刻起，奚晓冬暗暗立誓，将来一定要出人头地，唯有如此，才有能力为大姐报仇，才能让泉家人付出同样代价，才能让父亲弯曲的腰杆重新挺直了。

此后多年里，大姐是被泉姓人害死的这个念头，始终萦绕在奚晓冬的脑海。时至今日，奚晓冬还经常梦见浑身颤抖的父亲抱着满身流血的大姐，张大嘴巴仰天号哭的那幕情景，每每噩梦醒来，都会惊出一身涔涔汗水。

佛家有说"发大愿，心得大愿力"。

立下誓愿的奚晓冬，一路埋头苦学，性格越发变得强势。

族人们都说她像"假小子"，这话灌进晓冬耳朵，她不生气，反而得意，得意自己终于像个男人。面对小女性情的变化，奚友池似乎并不在意，唯有母亲江淑芬看在眼里、急上心头。母亲怜惜女儿，经常背着丈夫，给女儿疏导、谈心，却都毫无效果。

奚晓冬考上龙都大学的那年冬天，满怀心事的母亲突然病故了，族人们痛伤哀悼、唏嘘嗟叹。奇怪的是，奚晓冬从不在外人面前掉一滴眼泪，她将母亲早逝的这笔孽账，也归罪于泉姓族人，认定正是两姓世仇，早早把母亲的身子气坏了。

大学毕业后，奚晓冬留在龙州，顺利进入了颇具权威的《观察》杂志社做了记者。因为工作性质的缘故，她需要经常去各地采访，行踪逐渐变得飘忽不定。奚晓冬每年回家的次数屈指可数，父亲奚友池并不生气，似乎逐渐适应了这种状态。

往后的变化继续跌出了众人眼球。

奚晓冬仅仅用了不到五年时间，便升职为《观察》杂志社副主编。族人纷纷在尊者跟前称赞晓冬是天才，奚友池却隐隐感觉不安，一些似有若无的担忧，经常会莫名其妙地萦绕于心。不胜烦扰之时，他只把隐秘的心事断断续续说给晓夏听，奚晓夏不明就里，只能劝慰父亲别想太多。

善良的奚晓夏自始至终相信，只要妹妹身体里流淌着奚家人的血脉，便不会干出逾规之事，妹妹能在如此短暂的时间内扶摇直上，肯定是她的业务能力优秀。比如今日，妹妹通过结识的企业界朋友，帮助泉林声创业，奚晓夏并没觉得有何不妥，龙河县走不通的路子，却被奚晓冬轻松打通了，奚晓夏更加觉得妹妹的能力超群。

何流第一时间打电话给泉政谦，仔细讲述了古今集团和泉林声合作的详情，泉政谦心里隐隐有感。恰在此时，母亲何巧云又屡屡提说此事，话里话外探知他的态度。

针对泉林声即将开发温泉旅游村这件事情，泉政谦的想法是极其复杂的。于他而言，眼前最重要的事情，莫过于自己位置的挪动。然而，尽管这事比天还大，但他也深知母亲的脾气，自己可以暂时保持沉默，却不能不伸手加以阻拦，如若鲲丘上的风头被奚姓人夺去了，母亲肯定会暴跳如雷，断然不能接受。到那时，奚泉两姓宿怨不仅会继续加深，母亲还会对自己这个儿子产生失望，泉政谦当然不能允许这一切的发生。

泉政谦深解母亲的心情，却不能不对奚晓冬的能量有所忌惮。这些年，一介孤身女子，在龙州掀起的风浪不可谓不大。泉政谦清楚记得，奚晓冬利用自己手中之笔，写下了多篇鞭辟入里、深度挖掘的财经报道，让多位贪腐官员和作奸犯科的商人，跌入了万劫不复的深渊，惨烈的事实，已向所有人证明了她的无所不能。

龙州政商两界早就有人暗地传言，猜测奚晓冬是某些高人的"秘密杀手"，可以"杀人于无形之中"。惊悚的传闻总是层出不穷，有人甚至说，得罪了奚晓冬，便是走上了夜路，迟早会遇上黑白无常。其实，奚晓冬初露锋芒之际，泉政谦还曾幻想双方能抛却家族旧怨，兼以同乡之情，招揽奚晓冬进入自己阵营，并为此特意嘱托弟弟泉少谦，可以运用各种委婉含蓄的策略，想法设法靠近她，并与她套近乎。起初，奚晓冬故意装傻充愣，后来厌烦了，直接冷面拒绝。热脸蹭了人家的冷屁股，泉氏兄弟很长时间里感到无比难堪和窝火。

何巧云似乎看透了泉政谦犹疑不决的态度，她不动声色地把次子泉少谦叫到身边说道："娘在城里待腻味了，你送我回鲲丘吧。"

每次从城里返乡，何巧云都会做出很大动静，这次当然不能例外。泉少谦派出五辆轿车，浩浩荡荡送母亲回泉家庄，目的就是要鲲丘族人都看到，这里依然是泉家人的地盘。迎着一路扬起的灰尘，傻子陀螺颠簸着脚板，大声追喊着：

> 端人碗受人管，吃人饭看人脸；
> 人敬有钱的，狗咬挎蓝儿的；
> 穷居闹市无人问，富居深山有远亲；
> 王八有钱出气粗，侄儿有钱敢打叔；
> ……

听着陀螺的唱词，泉少谦心里格外别扭，不顾周围拥趸者的劝阻，他猛然下车，朝着陀螺屁股狠踢一脚，陀螺连滚带爬跑下坡去，惹得众人哄堂大笑。

一脸慈爱笑容的何巧云，下车和族人一一握手，这般风光体面地回乡，正是她内心渴盼的。众人艳羡奉承声中，人群后面忽然传来一句呐喊："都散了，干活去。"何巧云拨开人群，定眼一看，只见手提长杆镰刀，撅着山羊胡子，身穿连襟大褂的奚友池站在正前方怒视着她。

何巧云面不改色心不跳，仍然满脸挂着笑容上前说道："当着小辈们的面，你莫不是又要和我闹别扭不成？"奚友池也往前走了两步说道："回来就回来了，何必要闹这么大动静？春耕农忙之时，别耽误了大家干活。"

何巧云听罢不语，却从车里拿出一盒东西塞到奚友池怀里："这是我专门从龙州给你买的磁疗仪，对你的腰椎好。这么大年纪了，就别和年轻人一样上山劳作，咱们都老了，农活儿再忙，也不缺你这双老胳膊，还是要多多爱惜自己。"

何巧云收敛锋芒、温情以待的动作，反而让奚友池感觉不自在，他没有接手东西，只撂下一句话："既然回来了，就好生歇息着。我不是腰疼，是胃不好。"说完，转身下地去了。

一对老冤家，多半辈子积攒的恩怨，一盒礼物怎能冰释前嫌。

何巧云喜欢当众做戏，奚友池当然不会给她机会，两人心里时时较劲，面子也丝毫不给对方保留。奚友池之所以忍住脾气，引而不发地离开，完全是不想给红红火火的工地添乱，而不是畏怯于何巧云。

泉少谦和母亲在族人前呼后拥下，登临鲲丘高处举目远望，只见丛林密布的沟坎上，已经整修出一条宽展的土路，一台台挖掘机在丘陵坡头轰鸣忙碌着。荆棘劈开的远处，一汪温泉潺潺流过，两侧水岸边郁郁葱葱的草丛，皆被修剪得整整齐齐，移栽而来的两行细柳，一直通向了鲲丘底部。看来，鲲丘原始地貌的改造，已经有模有样地展开了……

何巧云一声不响地回到家里，安静地坐在祖宅庭院一株绿叶摇摇的核桃树下，眼神一刻不离地看着远处的鲲丘发呆。泉少谦敏锐察觉到母亲的不悦，他和大哥向来孝顺，原本并不愿意母亲常回老家，老人年纪大了，生活起居均有不便，虽有雇来的保姆照顾左右，但若有个头疼脑热，需要求医问诊，鲲丘自然不比城里方便。可是兄弟俩的这些担心，并不能阻止母亲对家乡的思念，她总会瞅着好时节，回到老宅住些日子，前庭后院走一走，亲朋好友聚一聚，仿佛灵魂才找到了落脚的地方。

母亲情绪低落，泉少谦看在眼里，明白在心头，他不假思索地责怨道："泉林声这小伙子，也算是泉家庄后辈人里有出息的，却生生被溪水村的那个妖精迷住了。眼下他在鲲丘上大动干戈，也不怕祖宗显灵，惩罚他这个数典忘祖的叛徒！依我看，温泉村这事想要干成，实在有点悬乎。"

儿子尽量说着宽心话，目的只为了母亲不被此事的烦恼所纠缠。何巧云心性执拗，偏偏不吃这套安慰，转头对泉少谦撂话说："泉林声能做的事情，你就不能做？"母亲一句话，噎得泉少谦不知该如何应答。

"按说这是为族人们谋福祉的好事情，咱们应该支持才对。可我和你爹这辈子，铆足劲和奚姓人去比、去争，无非就是不想落在人家屁股后面。办大事，还得是咱泉姓人牢靠，这口气，昨日要争，今日还得争！少谦啊，这也是为了给咱泉氏子孙后代守住一口真气，你懂吗？"

母亲掏心掏肺的恳切之语，听得泉少谦连连点头默认。何巧云缓了口气继续唠叨："这件事情，我看你哥恐怕是指望不上了，他现在一门心思，全都放在了官位上。你也是娘的亲儿子，咋就不能把这好事儿争取过来自己干呢？"

母亲的话，仿佛一声闷雷，响彻在泉少谦的耳畔，他望着满脸涨红、双眼炯炯有神的母亲，当即心里有了主张。

向温泉村项目发难，或者截取项目占为己有，最不济也得阻止这件事情，母亲无非想要这三种结果。泉少谦掂量再三，笃定自己能办成此事，于是他回城之后，依托鲲丘百姓的名义，立即向龙河县环保局递交了一份反映材料，匿名举报泉林声打着开发温泉村的幌子，对千年鲲丘的原始生态环境，已然造成了不可挽回的破坏。同时，他私下授意龙河县委书记何流，务必出面干预此事。

夜里接到泉少谦的电话后，何流深深意识到，泉大年给自己的提醒无比正确。

知道了奚泉两姓历史积怨后，多亏他立即采取了"软钉子"做法，先是拖住温泉村项目的审批流程，然后暗示银行和信用社暂停贷款。现在仔细回想，当时的判断和猜测完全正确，何流暗喜不已，并对泉大年的信任再加深一层。

既然泉少谦公开亮明了态度，何流便觉得无须再去猜度政治导师泉政谦的心思，如此想来，他反而放松了许多。但是，这次阻挠的态势和上次迥然不同，一则背景深厚的古今集团参与其中，二则项目本身已经开工建设，如果赤裸裸命令其下马，理由必须得冠冕堂皇。经过一番深思熟虑，何流终于出手了。

首先，他将鲲丘温泉旅游村开发项目作为专项主题，提交至龙河县常委会讨论议定。何流振振有词地站在国家环保政策和可持续开发的高度，对正在建设中的温泉村项目提出公开质疑。何书记的发言，令参会的常委们面面相觑，众人一时无法吃透"一把手"的真实意图，皆选择了默不作声。

县长吴丽娜心里也是纳闷，昨天还是一个支持县域绿色经济发展，带领群众走入第三产业的好项目，怎么一夜之间，又成了破坏自然环境的罪魁祸首？吴县长心有想法，口却不言，她清楚记得不久前，县里审批温泉村项目时，何流书记曾经给过她的种种暗示，此事一波三折，忽明忽暗，从隐晦拖延变成了今天的公开质疑，足以说明项目背后情况复杂。想到此处，吴丽娜拿定了主意，她决定顺着何书记的意思表态，应该会万事大吉的。

吴丽娜是聪明人，不仅正确领会了何书记的意思，还决定要深究此事。

其后，她立即带领龙河县环保局和安全生产局负责人，以及龙峪镇党委书记赵纪衡等人，风尘仆仆赶至鲲丘施工现场。一行人走马观花式粗略看过四周环境后，吴县长当场对毁坏鲲丘自然生态的做法，提出了言辞犀利的批评。末了，又责成改造工程立即停止，要求龙峪镇党委自查自纠，并会同项目负责人泉林声，重新向县里提交立项材料。

忠实履行了何流书记的意图之后，吴丽娜匆匆离开了鲲丘。

鲲丘的土崖边，赵纪衡望着沉默发呆的泉林声，不知该如何去安慰。工地的简易围墙上，挖掘机驾驶舱门，还有远处的行道树，到处贴满了勒令停工的行政封条，清风徐徐吹过，飒飒作响。

奚晓冬从王汗口里得知了鲲丘停工的消息之后，顿时怒气填胸，当即拿起电话，安慰姐姐不要着急，她会尽快想办法扭转局面。

当晚，王汗领着董经理来到精舍私人会所，给奚晓冬详细讲述了事情的前因后果，又不无遗憾地说道："越是地方上的事情，越是难做，错综复杂的关系有时更甚于城里。从目前情势分析，除了地方官员从中掣肘之外，鲲丘奚泉两姓族人对温泉村这个项目，看来也是人心不齐、各怀想法。"王汗的话里，隐隐掺杂着牢骚，又未尝不是奚晓冬的心忧。

温泉村项目再次停摆了。一阵失落过后，头脑灵活、善于迂回转弯的奚晓冬，又想出了另外一个办法。这次，八面玲珑的奚晓冬，既要古今集团已经投入鲲丘的资金免打水漂，还要向隐身幕后、从中作梗，阻挠温泉村项目的泉氏兄弟公开叫板。

孩提时代，奚晓冬经常听父母一遍遍讲述溪水村"鱼儿嘴"的神秘传说。

位于溪水村的那条涓涓溪流，不仅给奚氏族人带来了湿田润地的福气，也给一代代溪水村人留下最为美好的生活记忆，奚家姐妹当然不能例外。

奚晓冬至今清晰记得和儿时玩伴们在鱼儿嘴嬉戏的情景，每天大家都会顺着小溪攀高溜低，挽起裤腿踩进溪水捞小鱼、夹河蚌、捉泥鳅。春天到了，鲲丘满坡的槐花怒放着，袭人的香气飘向了十里八乡；夏天来了，族人们常常会依水搭起帐篷，耳边聆听着溪水流过的叮咚声，眼睛仰望着满天星斗安然入眠；尤其到了秋天，溪水声相伴着鼓噪蝉鸣，鲲丘到了一年中五谷丰登的收获季节；而当秋叶四散飘零之时，鲲丘往往会迎来龙川平原的第一场冬雪，纷纷扬扬的大雪，能将四野八荒的五颜六色湮没殆尽，却阻拦不住雪窝里静静流淌的淙淙溪水。

当温泉旅游村项目被龙河县政府阻止以后，奚晓冬的视线转移到了另外一个项目，家乡那条清洌甘甜的溪流，正是她重新寻找到的着眼点。奚晓冬鼓励林声哥和姐姐重新振作起来，适时利用那条被天帝惩罚下界的神鱼嘴里冒出的溪水资源，建起一座饮用桶装水厂。

第十章

闻听了奚晓冬筹建水厂的建议后，奚姓人眼前为之一亮，个个拍腿叫绝，佩服奚晓冬轻松走活了一盘死棋。转眼间，情绪低落的族人们重新焕发了热情。

世间万事，即便到了山穷水尽处，皆有转圜余地。正所谓"东边不亮西边亮"，既然泉家庄做不成温泉村，那便在溪水村建水厂，这里是奚姓人的地盘，泉家庄人的手自然伸不过来。

泉林声一扫心情阴霾，身上的热情再次燃烧起来，他既折服于奚晓冬的能力，又为她的机智灵活暗自喝彩。尊者也是心旌激动，逢人便夸小女有智慧，想法多。看见一潭死水神奇般地变成一江春水，奚晓夏亦是喜不自胜，心情自然大好。

溪水村要建水厂的消息迅速传开了，奚姓族人纷纷登门向尊者道贺，有些人甚至提出了要去水厂上班的请求。奚友池面对众人的热情，心满意得地捋着胡子说道："咱们溪水村的那条神鱼，可是聚天地之灵气，凝岁月之精华，这回恐怕是祖宗显灵啦。"

随后，尊者奚友池率领族人，热热闹闹地聚集在奚氏祠堂，给祖宗烧高香、许心愿，祈祷水厂尽快建起，再也不要出现任何闪失。

很快，古今集团董经理从龙州邀请来水质检测专家，攀上鲲丘"鱼儿嘴"

的溪水源头做了实地勘察，并在水流各段采取水样带回化验。

一周之后，水质化验结果出来了。

这条养育了无数代鲲丘人的溪流，其水质的各项指标俱为优良，又因为是从长年积雪的鲲丘顶部流出，穿过了无污染的原始地貌和枝繁叶茂的深山丛林，水体蕴含极高的负氧离子，所以"鱼儿嘴"流出的这眼清泉，不仅纯净甘冽、含氧量高、水质软硬适中，而且含有大量保持自然状态中的多种有益矿物质和微量元素。最终，水质检测的结论是：溪水村水质溶解性及渗透力大大高于普通级别的饮用水，是更易被人体吸收的健康水源。

水质监测报告传回溪水村后，族人们沸腾了。

泉林声仰面叹息，感慨上苍果然不会辜负有心人。尊者奚友池闻听后，神情淡然地砌了一壶热茶，一边浅斟细酌，一边慢条斯理地说道："早就说过，鲲丘是一块宝地嘛！"

温泉旅游村项目受阻后，奚望着实失落了一阵子。现在要建水厂的消息，同样让他也精神一抖，心情由阴转晴了。

这天，奚望点了半斤太白老酒，怡然自得地坐在春梅川菜馆，仔细思量着奚晓冬这个奇女子，越琢磨越觉得她不简单。趁着酒意，奚望回忆着儿时和奚晓冬嬉戏玩闹的情景，任他怎样揣摩追溯，也决然感觉不出，那时的奚晓冬和伙伴们有何不同。真是造化弄人啊！奚望心里塞着一团迷雾，却对奚晓冬的能力佩服得五体投地。思来想去，起码有一点可以猜定，奚晓冬变成卓尔不群的人物，必然有她不为外人所知的"秘密"。

伴着酒意，吃着小菜，奚望和李春梅说话，思绪却早已跑到了天边。

李春梅以为奚望喝高了，便扶他到自己房间休息。一觉醒来时，天色已近傍晚，奚望揉揉睡意惺忪的眼睛，望着这间房子的大福娃、红窗纸，还有凌乱摆满窗台的油盐酱醋，再想想奚晓冬的客厅摆设，奚望觉得同样身为女人，却似乎来自两个截然不同的世界。

抹抹嘴巴，搓搓脸庞，奚望尽量让自己清醒起来。等他走到前厅和李春梅告别时，只见春梅川菜馆里人声稀落，没有几个吃饭的客人。

奚望不无感慨地走近春梅，对她低声耳语说："你把生意先撑着，等水厂建起后，我会帮助你的。"李春梅听着奚望的口气，心里极感纳闷："建起水厂，怎么能帮到我呢？"奚望诡秘一笑，只说要她等着好消息便是。

李春梅不无担心地提醒说："林声哥和晓夏都是善良人，跟着他们好好干，千万别有乱七八糟的心思。"奚望呵呵一笑说："不会的，你也是好人。如今仰仗不上泉大年，但你至少还有我啊。"听罢这话，李春梅明显不高兴了。

奚望垂下头，暗地里扇着自己嘴巴子。不胜酒力的他，猛然意识到自己犯浑了，急忙躬身揖首，给李春梅道歉赔礼。黯然神伤的李春梅不说话，靠着墙角悄悄落泪。她知道奚望是酒后胡言乱语，即便如此，她也不想听到"泉大年"这三个字，尤其是从奚望嘴里吐出来。

奚望走出了川菜馆，李春梅望着昏黄街灯下这个男人的身影，心里百感交集，忽而心里泛出一股难以捉摸的别样滋味。这个曾经和她擦肩而过的男人，如今早已有了家室，还有个可爱儿子，她怎能允许自己再生出非分之想呢？想到这里，李春梅甩甩头，尽量让自己从阴郁的情绪中摆脱出来。

恍惚之间，李春梅又心生奇怪。奚望一家回乡这么长时间了，自己居然还没见过他的妻儿，奚望也从未提起过，更没有抬嘴邀请她去家里坐坐。李春梅越想越糊涂，心里既已捕捉到了这些异样感受，李春梅便想解开心中惶惑，也好让自己的灵魂安宁。

鲲丘溪水村桶装饮用水厂如火如荼地开始建设了。

很快，一排排厂房拔地而起，一台台进口净水设备运回来了，董经理忙着采购和安装，奚姓族人们只顾着挥汗如雨、日夜施工。泉林声不无感慨地给晓夏念叨说："千百年过去了，这么好的一汪溪水，日夜不停地流进龙川河，浪费了实在可惜。好在'亡羊补牢，犹未为晚'，现在我们终于知道了'鱼儿嘴'

流出的不是水，而是金子。"

泉林声的心声，晓夏自然最懂。自己倾身所爱的这个男人，看着一弯清水发出的感喟，其实是在怜爱自己，他对溪水的珍惜，就是对晓夏表达的爱意。

仅仅三个月时间过去，水厂已初建而成。

一片热闹的欢呼声中，第一桶饮用水终于生产出来了。

赵纪衡和泉建文乐呵呵陪同古今集团董事长王汗，仔细察看了全封闭无菌自动化灌装生产线，日夜流淌的"甘而洁，活而鲜"的山泉水，在乡亲们眼里，那是就地取材、发家致富；而在商人王汗眼里，流出来的可都是白花花的银子。

隆重热烈的开业庆典仪式上，龙河县无人送来祝贺。

泉林声早先给县委、县政府一同发了请柬，结果都成了泥牛入海、有去无回，任谁都能闻出其中的不正常。水厂终究开办在龙河县境内，泉林声不想看到政府查封这样的悲剧再次发生。同时，他还注意到一个人，也没出现在开业现场，这个人，就是溪水村村主任奚海荣。

临开业之前，泉林声背过其他人，只给奚晓夏打了一声招呼，便提着烟酒去拜见奚海荣。

村主任端坐在炕头低眉不语，屋里凌乱不堪，换洗衣物堆满了炕头，只有靠墙根的一双黑色水胶鞋摆放得整整齐齐。见他前来，奚海荣屁股也懒得动一下。泉林声微笑着递上烟酒，拿出请柬，客客气气邀请海荣叔参加水厂开业庆典。望着一脸诚意、不卑不亢的泉林声，奚海荣阴阳怪气地说道："你娃能行啊，现在才想起这溪水村还有个村主任？我得提醒你一句，你那未来的岳父大人是咱村的尊者不假，但他总不能替代我这个村官吧。"

奚海荣的话尖酸刻薄，略带些挑衅的味道。泉林声既不接话茬儿，也不往心里去，只说村主任当然重要，岂能随意忽视的客套话。谁知奚海荣得理不饶人，说话越来越离谱："泉林声啊泉林声，你得知道你姓泉，不姓奚。虽说咱们两姓都在这鲲丘上喘气，但两家这么多年七七八八的恩恩怨怨，你娃总该知道一些吧! 你这个姓泉的晚辈, 非要跑到我们溪水村开工建厂, 好像姓奚的都死绝了, 你娃显摆个啥呀?"

倚老卖老的奚海荣, 趁机开始摆谱, 只知道发泄怨愤, 却不顾说出的每一个字, 深深扎痛了泉林声的心。

是啊! 一个泉姓子弟, 跑到溪水村做事, 不仅会招来奚姓人妒忌, 也让泉姓人感受到背叛。泉林声耳朵里已经灌满了各种各样荒诞不经的风言风语, 可他不怕, 因为他爱晓夏, 更爱鲲丘这个家园。无论当初选择在泉家庄做温泉旅游村, 还是如今在溪水村开办水厂, 泉林声凭借的都是改变家乡的一腔热血。同时, 他更想为化解两姓族人的多年积怨, 倾尽自己的毕生力量。这般善良而简单的想法, 奚晓夏最为明了, 她欣赏泉林声的理想, 支持他倾力去做, 这份纯粹和努力, 也正是他俩彼此深爱的真谛。

然则, 理想和现实之间有着遥远的距离。筹建温泉村失败后, 泉林声和奚晓夏心里暗暗发誓, 往后但凡有机会, 只要能消解两姓积怨, 无论遇到什么样的困难, 或者需要付出多大的努力, 他俩永远都将持之以恒地坚持下去。所以, 当水厂重新点燃了心中希望的时候, 泉林声便拿出"拼命三郎"的劲头, 再次全身心投入进去。他始终认定, 只要在鲲丘上干成一件大事, 便有机会把两姓族人团结在一起, 融化恩怨的星星之火, 才有重新点燃的希望。

正因为泉林声信守着这样一份信念, 故而此时此刻, 无论奚海荣如何刁难, 如何言语中伤, 泉林声都不去计较, 且能报以理解的心态, 安静地听他把话说完。

奚海荣骂够了, 也累了, 他负气躺在炕上, 再也不说一句话。泉林声知道海荣叔在气头上, 现在说什么, 他都听不进去, 只好起身告别。临走前, 泉林声又留下真心实意的一句话: 鲲丘上再厚的雪, 到夏天也能融化一些, 何况我们两姓的恩怨? 听到这句话, 奚海荣内心很不是滋味。

当天的开业庆典现场, 泉林声穿梭于人群中, 仔细寻找村主任的身影, 结果令他失望了。他知道那天的登门拜访, 并没有打动奚海荣愿意挪动他的屁股。

营建水厂之初，古今集团即给桶装饮用水起了一个"神泉"的品牌名字，双方合作顺风顺水，生产很快迈入了正常轨道。不久，古今集团把董经理调回了总部上班，随后又派来一位熟悉市场营销的精干人才担任副经理，他的名字叫许聪明。

许聪明副经理主要负责桶装水的营销，并全面配合总经理泉林声的工作。奚晓夏虽然没有来水厂上班，却推荐奚望担任了负责厂区安全和后勤业务副经理。至此之后，溪水村饮用水厂的生产开始步入快车道，古今集团旗下的所有宾馆或服务网点，全部用上了"神泉"牌桶装水，每天的使用量，恰好满足了水厂的产量。

随着生产趋于稳定，奚泉两姓中越来越多的族人愿意来水厂上班。只要是真心来做工的，泉林声悉数接纳。这时候，奚望不失时机地提出一个想法，建议水厂办起员工食堂，并推荐李春梅负责经营。泉林声了解李春梅素有经营餐厅的经验，便不假思索地同意了。

能够承包水厂餐厅，对于正在维持春梅川餐馆生意的李春梅来说，当然是一件喜出望外的大好事。看来前不久，奚望说要支持她的那些话，并非醉酒之语。真正明白了奚望当初的话意，李春梅心底再次泛出对他的无限好感。

这天深夜，奚望第三次带队巡逻鲲丘水源地。按照水厂制度要求，每天中午、下午和晚上，他都会带领安全人员，密切监控水源地周边环境，严禁人畜靠近是首要巡逻目的。结束了一整天的巡逻后，奚望冲了个热水澡，刚要躺下休息，忽然听到李春梅敲打他的宿舍窗户。

趁着夜色，两人来到鲲丘树林边，远处水厂的路灯斜照过来，将他们的身影拉得很长很长。

李春梅是要感谢奚望关照于她，客气话一出口，反而让奚望感到不自在，这种异样的感觉，是他从未有过的。谢意表达之后，两人都陷入了无话可说的窘境。

最终，还是大大咧咧的李春梅打破了沉默："夜里叫你出来，只想问一件事儿，你得如实回答我。"奚望蹲在树下，轻轻地点了点头。

"我想去看看你老婆和儿子。你都回来这么久了，也不请我去你家里坐坐。"李春梅坚定的语气里，暗含着一丝淡淡的责怨。

奚望身子一怔，目光不由得投向黑夜的远处，生怕李春梅看出自己的一脸尴尬。从南方回乡很久了，溪水村的乡亲们几乎都认识了他们一家三口，但是不知为何，奚望就是不想让李春梅见到自己的妻儿，这种奇怪的念头，驱使他每次和李春梅见面，都要刻意躲开这个话题，遑论邀请她去家里做客了。

此刻，李春梅当面提出了请求，奚望躲无可躲，只觉得脸庞一阵子的发烧。他再也没有理由拒绝了。

"明儿是礼拜天，我会去你家里的。"李春梅撂下这句话后，大步流星地走回了水厂。蹲在黑暗中的奚望点燃了一支香烟，独自仰望着繁星闪烁的夜空，久久站不起来。

第二天中午时分，李春梅特意从镇上买了许多孩子爱吃的零食，径直来到溪水村奚望家。刚一进门，便看见一个虎头虎脑的小男孩在院子里蹦跶，这个原来荒草丛生的农家小院，明显是刚刚拾掇出来的。春梅招手唤来小男孩，把零食塞到他手里，小孩扑哧一笑，也不言语半声，便朝大门外跑去。

李春梅再一转身，只见奚望已站在院子，身旁是一位身形单薄、个头很低的瘦弱女子。李春梅猜测，她一定是奚望的妻子了，便连忙向她打着招呼。

"不用给她说话，她听不到的。"奚望低沉的话音，令春梅感到无比诧异，她猛然意识到了奚望迟迟不请她来的原因。

"当年，为了逃赌债，我跑去南方打工，人生地不熟的，多亏阿冰的父母收留了我，才没有流落街头。阿冰是家里的独生女，生出来就是聋哑人。老两口对我很好，他们过世前，把阿冰托付给我，后来我娶了她，就一直在南方打工。那年，我妈过世的时候，正好遇上阿冰难产，等孩子出生后，我也没心劲回来了。"李春梅静静地听着奚望的讲述，心里五味翻腾。

"那……那孩子是咋回事？"李春梅急切问道。奚望悠悠回答说："本来不想要孩子，但既然怀上了，阿冰死活要生下来，我抱着侥幸心理，就答应了她，结果生下来也是个聋哑儿……"说到这里，奚望哽咽了。李春梅斜过身子，眼泪忍不住流了下来。

"既然你都看见了，我也就不瞒你了。前些年，我在南方跟人做物流生意，算是赚了点小钱，但南方城市物价贵，房子动辄上万元一平米，买不起啊。以前，我们租住在城中村，现在全部要拆迁了，城里住不起，也没钱买房，郊区又太远，学校医院也没有，所以我才萌生了回家的念头。今儿你都看到了，娘儿俩这种情况，容不得我有闪失，现在我得跟着林声哥好好干，不然还能有啥出路呢？"奚望的坦率，让李春梅甚是感动，她埋怨奚望没有必要给她藏掖窘迫。奚望低头苦笑，脸上闪过一丝羞涩。

李春梅望着从屋里端着茶壶走出来，腿脚一瘸一拐的阿冰，心里从未有过地释然。

"你把带回来的钱，恐怕都投进水厂了吧。应该留下一些，把老屋房子翻新出来，让娘儿俩也能住得舒服点。"李春梅望着破败不堪的屋檐，不无关切地问询着。

奚望深吸一口烟卷，一股刺鼻的烟雾呛得他猛烈咳嗽起来："不急……不急……等水厂分红后……再翻新不迟。"

从奚望家回来后，李春梅拿出了五万元，硬塞给了奚望，叮嘱他先把老屋修缮一下。李春梅的好意奚望心领了，钱却死活不要，还说穷日子过惯了，一家人没有那么娇贵，往后的日子，肯定会一天天好起来。

李春梅猜定奚望拒绝，是男人自尊心在作祟，便没有再坚持己见。但从此之后，她只要逮空儿，便去奚望家，每次都会给阿冰母子买来许多好东西。时间久了，娘儿俩开始把李春梅当作自家亲人看待。

　　李春梅承包的水厂员工餐厅，每天固定有近百人的一日三餐需要张罗，她一度忙得不可开交，再也无暇顾及龙峪镇的春梅川菜馆了。于是，李春梅瞅了一个好机会，谈了一笔好价钱，干脆把川菜馆转让出去。从那以后，她把所有心思都放在了水厂餐厅。

第十一章

泉林声和奚晓夏要结婚了，溪水村这一对最被人们看好的金童玉女终于喜结良缘。

这天的鲲丘上热闹非凡，乡亲们纷纷前来送上祝福，众人簇拥中，奚晓夏被迎进了奚家老宅的新房，奚友池笑得眼泪都快流下来。盛装之下，新娘奚晓夏越发美丽动人，浓妆淡抹的她明目皓齿、光彩照人，一袭端庄典雅的传统中式嫁衣，将她的身姿勾勒得婷婷婀娜。众人望着她那芳菲妩媚的模样，啧啧赞叹奚晓夏是隐身鲲丘的下凡仙女。

姐姐大婚当日，妹妹奚晓冬特意带着朋友赶回了鲲丘，她搀扶着沉浸于幸福中的姐姐，心情激动得难以自抑。这一刻，晓冬想起了母亲和大姐，如果她们能看到眼前这幕，该是多么开心幸福！想到这里，奚晓冬百感交集地哭了。

人群中，有一个人始终远望着奚晓冬，那人便是奚望。

水厂一天天迈入正轨，鲲丘迎来了多年少有的热闹。

回乡参加姐姐婚礼的奚晓冬，从中牵线搭桥，又从龙州为水厂拉来了好几家客户，水厂生意越发红火起来。

然而，安静的日子总是那么短暂。这天，奚望忽然向泉林声请求辞去副经理职务，并提出他想去做桶装水市场销售。泉林声颇为诧异，还以为他嫌弃待遇低，连忙好言好语劝说道："水厂有你的股份，每到年底，就会有分红。如果你现在缺钱，我可以暂借给你。"

奚望苦涩地笑了笑说："我不缺钱，更不是急着分红。现在水厂一切正常了，我便想着去各个岗位锻炼一下。以前我在南方就是跑市场的，有经验。"

泉林声满眼疑惑地望了一眼奚望，又好意提醒说："市场销售得有人脉，仅凭热情是行不通的。再说了，你毕竟是拖家带口的人了，五湖四海去跑，能不担心阿冰母子吗？"泉林声当场阻止了奚望的想法，并给他放假两天，让他把发热的脑子放凉了，然后再来上班。

泉林声劝导他的大实话，奚望都能听得懂。两天后，他没有按时来上班，泉林声坐在办公室里唉声叹气，心里断定奚望没有选择退回，而是坚持了自己的想法。

事实上，奚望要做销售的原因有二：一则他是水厂副经理，但是每月薪水尚不能满足生活需求，比如翻修旧屋这样的想法便迟迟实现不了；二则李春梅承包了水厂餐厅以后，他和她每天抬头不见低头见，心中泛起的烦心杂念，时时纠缠于他，而这些隐隐生痛的心事，又不能为外人说道，使得奚望备感头疼。可是，如果去做销售工作，两人之间便有了理所当然的距离，他才能安安静静努力做事情。

断定奚望决心拿定，泉林声无可奈何，只好答应了他的请求，同时又给了他许多推销桶装水的优惠政策。

很快，李春梅得知了奚望要做销售的消息，心里不由得"咯噔"一响，当即气冲冲问他是何原因。奚望微笑着答道："这件事情，我是经过慎重考虑后才做的决定。如今，我们一家回到了自己的家乡，住在了自家祖屋，再也没有了南方城市租房时的漂泊感，每天又能和乡亲们朝夕相处，我这颗心，总算能彻底放下了。既然已经回归故土，那就得面对现实生活，我就想趁着一切安排妥当了，去外面好好闯荡打拼一番，要不然，老了以后我会后悔的。"

奚望说得风轻云淡，似乎句句在理。可是李春梅心里，却有一种难以名状的困闷，她隐约感觉到奚望进城做销售，似乎是在躲避自己，于是气呼呼说道："你走吧，走了最好别回来。"

……

奚望离开的那天，没有人来送行，他开着那辆二手汽车，独自沿着溪水村旁的土路驶下了鲲丘。远处高岗上，李春梅静静地站在一棵大树下，目送奚望和车渐渐消失在自己的视野，一阵阵清风过岗的飒飒声，仿佛是李春梅心底在低吟哽咽。这时，远处又传来陀螺的喊叫声：

> 异乡的天空，我是断线的鹞子；异乡的水面，我是无根的浮萍；异乡的夜晚，月亮很瘦；异乡的路上，家是一盏灯；异乡的夜色里，没有属于我的梦……

泉林声在溪水村搞出的大动静，身处龙河县的何流和泉大年，远在龙州的泉氏兄弟皆已知晓。

何流数次打电话给泉少谦，试图向他做些解释，泉少谦却不以为然，只交代何流要稳住阵脚、静观其变。作为一县"领导"，何流本该为鲲丘发生的变化感到欣慰，可他私心作祟、公心不正，只怕溪水村的风头盖过泉家庄，更怕泉大年一语成谶，由此招惹泉氏兄弟从而对自己心生不满，这种情况，最是何流不愿看到的。

面对泉少谦不置可否的态度，何流揣摩不出他的葫芦里究竟卖的什么药。一时别无办法，只好按捺住心慌，以静待变。此时，尽管他很想再给泉政谦打一个电话，摸摸政治导师的想法，却又心知他正忙着"博弈"市长的位子，哪有更多的精力和目光投向鲲丘这点事情呢？

何流的猜测是对的。此时泉政谦的注意力当然不可能放在鲲丘上。可是兄长没时间、没兴趣，却不等于弟弟泉少谦没有想法，为了"孝顺"母亲何巧云，泉少谦已经暗地里瞅准一个绝佳机会，悄悄然撒开了一张预谋已久的罗网。

　　且说泉家庄人氏泉军，早年仗着泉姓人的威势，偷偷在龙峪镇参赌设赌，不仅相害了许多像奚望那样幼稚的年轻人，到终了，还把自己也给搭了进去。赌博被抓之后，泉军在牢里蹲了一年多，释放出来了，却无脸面再回龙峪镇混日子，只好一走了之。

　　泉军身无钱财，手无技能，只好来到龙州务工。最初，他在建筑工地帮工，却吃不起这份苦，又跟人去跑长途运输，因为耍奸偷懒，直接被雇佣他的车主辞退了。沦落成了失业盲流的泉军，孤零零地走在车水马龙的大街上，恍然不知自己的出路究竟在何方。

　　正当他满腹惆怅、无处栖身之时，有位热心大姐近身低声问道："有个发财机会，兄弟愿意做吗？"泉军心情低落、不屑理睬。

　　热心大姐却纠缠不休，且摆出一副豁达敞亮的姿态说道："我看小兄弟一脸愁苦，便想帮你一把，你要是不愿意，那就算了。"说完假装扭身即走。泉军忽而一想，眼下自己连个睡觉的地方都没有，还能有何顾虑呢，于是又转身追了上去。

　　泉军随着这位热心大姐七转八拐，走进一条老街深处的破旧家属院，不知绕过多少弯儿，钻进了一栋楼的地下室。刚推开门，一眼看见数百号人拥挤一起，正在津津有味地听着一位唾星四溅的老师讲课。

　　泉军猛然意识到，自己可能误闯瞎撞进了地下传销窝点，刚要拔腿往外跑，门后闪出两个彪形大汉，一把扭住两只胳膊，将泉军塞进了一间黑屋子。

　　被关了整整一夜后，泉军开始饥肠辘辘、口干舌裂，他拼命呼救砸门，朝窗外嘶声呐喊，却无一人理会。半日时间过去，泉军叫天不应叫地不灵，仿佛被世界遗忘了，疲惫而绝望的他仰面躺在地板上发呆。

　　直到后半晌，忽然有人打开门，手里拿着两个窝头吼叫道："既然来了，就得交入伙费，不然连窝头都没的吃。"说话间，那人在泉军眼前铺开一张字条，上面写了一串银行卡号，接着又递过来一个手机，命令他给家人打电话，诈说自己在城里遇到了难事，需要求借一万元以解燃眉之急。

泉军是家中独子，从小在父母溺爱中长大，豢养了一身好吃懒做、不劳而获的坏毛病。他心知即便打通电话，囊中羞涩的老父母，断然拿不出上万元。

来人见他犹豫不决、毫无反应，直接从他手里夺走了两个窝头，转身摔门而出。

黑暗！无底的黑暗！泉军感觉自己快要窒息了，饥饿和干渴已经让他的忍耐力濒临崩溃，阵阵耳鸣和眩晕也汹涌袭来，泉军浑身开始难以自控地颤抖，两眼冒金星的他实在忍耐不了，再次鼓起气力敲打着铁门……

最终，泉军被饥饿打败了。

远在鲲丘泉家庄的老父母，忽然接到儿子电话，说他病得不轻，急需一万元救命钱。老实巴交的父母没有多想，也不敢多想，急忙拿出家里全部积蓄，又从族人手里借了一些，这才凑够钱数，急忙汇到了儿子给的账号。

泉军得救了，他可以有饭吃了，哪怕天天吃的都是窝头。

被传销组织彻底控制后，泉军可以在有限范围内自由走动了。这里被"软禁"的人，和他一样都是被骗来的，误入"老鼠会"的每个人，除了被灌输发大财、赚大钱的洗脑课之外，还得时时聚会，面对墙上的标语大喊口号："加油、加油我最棒！""为自己鼓掌！为自己喝彩！""站起来，跳起来，嗨起来！"一个个活生生的人，仿佛都中了邪，动作和表情像一只木偶，不知疲倦地手舞足蹈。

泉军性情顽劣鲁莽，心思却机灵敏捷，他很快摸清了这里的游戏规则，要么拿着传销组织派发的"智能按摩仪"上街去兜售，要么像骗自己入伙的热心大姐一样，巧言拐骗别人来入伙。于是，伶牙俐齿、为人活泛的泉军，愿意出外去"发展会员"，心底却暗暗盘算，只要能上街，一定就能逮住空隙，便可趁机逃出传销窝点。

很快，泉军发现这个想法是荒唐可笑的，隐身暗处的传销打手，始终在相距不足十米的地方死死盯着他，泉军已经连续骗进去五名新会员了，却捕捉不到任何脱身机会。

第六个……第七个……第八个，骗进去的无辜者越多，泉军心里越慌乱。

有天夜里，两个操着南方口音的传销小头目，突然要请他上街打边炉，泉军不知所以然，望着满桌饭菜，只顾着狼吞虎咽，他已经有很长时间没有吃上一顿饱饭了。酒足饭饱后，泉军才搞清楚，眼前之所以出现转机，是因为传销头目看上他能言善辩、机智油滑的本事，挑明要请他入伙。

泉军受宠若惊，自然满口答应。

从那夜开始，泉军正式成为传销头目的帮手。坏事干久了，当初心里存有的反抗和怜悯，已经抛到了九霄云外。望着成群结队被欺骗和控制的受害人，泉军面无表情、无动于衷，现在的他，已经把这份工作当作事业来干了。

被骗进"老鼠会"的人越来越多，总头目下了命令，需要寻找同样隐蔽的其他老旧小区，以便疏散被骗人员。泉军认为机会来了，他一马当先、积极前往，很快租赁到另外一家地下室。事成之后，传销头目赞扬泉军办事得力，顺便任命他为新窝点负责人，并分给他五万元酬劳。眼见来钱这么容易，又得到了头目的信任，泉军彻底死心塌地干起了非法传销。

这天夜里，泉军正做着发财美梦，突然传来一阵刺耳的警笛声，惊醒后的他急忙趴在窗户往外看，只见路面停满了红灯闪烁的警车，大批警察包围了大楼地下室，泉军连同所有传销组织者和受害人全都暴露了。

泉军被抓了，通知是龙州公安局下发的。

对于泉军父母而言，这个消息不啻于晴天霹雳，老两口哭天抹泪，跑到泉家庄尊者何巧云跟前求助。何巧云望着年龄比自己稍小几岁，却已是老态龙钟的老伙计急忙安慰道："先别着急，既然事情已经出了，自然会有解决的办法。"

泉军父亲急巴巴望着何巧云，用几近哀求的语气求道："前些日子还打来电话，说生病了，要我们给他汇一万元，谁知这个混账东西把钱拿去做那骗人的传销了。俗话说'虎毒不食子'，这个逆子再是犯浑，也是我老两口的独子。如今人被抓了，我们实在是没折救他，只好求助老嫂子了。"泉军父母声泪俱下的恳求，让何巧云动了恻隐之心，她低头想了想，即使丈夫泉棠仁在世，面对这些事情，也一定会伸出援手的。泉家庄尊者的地位和德望便是这样逐渐积攒起来的。

既然答应了，何巧云便在电话里给次子泉少谦唠叨此事。泉氏兄弟素知父母是极要面子的人，尤其在泉姓族人面前，不论哪家有了红白喜事或是出现家长里短的矛盾，只要登门相诉，必然有求必应。父亲过世后，母亲依然坚持这个脾气，因为这是她极为在乎的原则，所以泉少谦连婉拒的勇气都没有。

放下母亲电话后，泉少谦略微思忖半刻，忽然灵机一动，心中生出了一个"隔山打牛"的绝妙计划。

这天傍晚时分，看守所来了一位刘宏律师，提出要单独面见泉军。

一间简陋的会见室里，刘律师压低嗓门神秘兮兮对泉军说道："要想尽快出去，只有一个办法，咬死只承认自己是被骗进传销窝点的受害者，并不是传销团伙的骨干分子。"处于惊恐当中的泉军半信半疑地问道："你是谁？为何要帮我？我怎么证明自己不是传销组织的人？"

刘律师继续压低声音唆使道："闭口不提你在团伙内部所干的事情，只说刚被抓进来，由于太紧张、太害怕，所以把话说错了。只要你推翻以前的口供，我就有办法救你出去。"来人是何用意？泉军一头雾水，但终究是来打捞自己，即使是个陷阱，他也忍不住想试一试。

得到刘宏律师的暗地授意之后，泉军开始气粗胆正地叫嚷自己被冤枉了。随后，一名陌生民警出面，客客气气给他重新做了笔录。没过几天，看守所忽然让泉军签了一份文书，糊里糊涂中，泉军又被释放了。

孤身一人走在大街上，泉军心里不断猜想，究竟是何人在背后施手相救，如果有机会，他一定要报答这个好心人。正当他胡思乱想之时，刘律师再次出现了。

一片迷茫中，刘宏开车带他来到龙州南郊枫林绿洲楼盘里的一户单元房内。刚进门，一眼看见泉少谦正襟危坐在客厅沙发上，他脑海里一阵翻腾，瞬间明白了是谁在背后相助自己。泉军"扑通"跪倒在地，声泪俱下地说道："少谦大哥，我泉军人穷志不短，往后若有用得着的地方，您只管吩咐！"泉少谦微笑着，伸手扶起了他。

泉家兄弟本就和泉军同属鲲丘泉家庄族人，有一份同宗同族的乡缘情分。然而对泉军来说，泉氏兄弟仿佛是灯塔最顶端熠熠闪烁的明珠，平常日子里，他只能从远处遥遥相看，完全是可望而不可即，有时候，甚至跟人家搭话，似乎都成为一种奢求。究其原因，皆因自己尽干些歪门邪道之事，丢尽了脸面不说，还恶名远扬，加之自家日子过得恓惶，自然从未想象过，有朝一日能和泉家庄最有出息的泉氏兄弟有所交集。

俗话说得好，天上哪有掉馅饼的美事，且能砸到泉军这种人头上。泉少谦之所以动用龙州公安局内部关系，把泉军从看守所弄出来，就是想找个既熟悉鲲丘，又对自己感恩戴德，且能死心塌地听话做事的"台前木偶"，泉军即是他看中的最佳人选。

此刻的泉少谦，全然收起了往日跋扈的做派，摆出一副和蔼可亲的姿态对泉军说："想必你是知道的，你那个了不起的大表哥，最近一段时间，可是在咱们鲲丘闹腾不小啊。"泉少谦话音未落，泉军马上明白他嘴里的"大表哥"，便是自己的姑表亲戚泉林声。

这些年，虽说自己晃荡在龙州，却对鲲丘发生的事情略有耳闻。从父辈开始，他家和这个大表哥家的关系便开始疏远，两家虽为亲戚，平时却少有走动，泉军认为大表哥嫌贫爱富，却不知泉林声对他从来都是"哀其不幸、怒其不争"的态度。

"你这位不能消停的大表哥，估计已经忘了自己究竟是姓泉还是姓奚，从部队复员回来后，国家正式工作的饭碗不端，偏要跑回鲲丘自谋发展。族人们都传言，他是被溪水村那个狐狸精给迷住了。"说到此处，泉少谦不怀好意地笑了。

"最初，泉林声想在泉家庄开发温泉旅游，却被龙河县当地政府阻挡了。此后，他又去了溪水村，现在折腾出一个饮用水厂，眼下已经开张了，听说生意还很红火。那么，问题就来了，他们溪水村能办起一个水厂，咱们泉家庄，难道要甘居人后吗？"泉少谦说出的每一个字，泉军都全神贯注地倾听着。

他当然知道奚泉两姓之间素有矛盾，也听出了泉少谦牢骚话的意思，可是这一切，与他泉军有何相干呢？

"既然不想落后于人，那咱们就剑走偏锋，偏要把泉林声做失败的温泉旅游村，由咱们给办成了。到那时，看谁还敢说泉姓人不如奚姓人。"泉少谦的话，如同石头落水，令泉军心里泛起了丝丝涟漪。"我已给龙河县有关领导打过了招呼，准备把咱们泉家庄温泉村这个项目重新搞起来。泉军啊，你有没有信心去干呢？"受宠若惊的泉军，毕恭毕敬地望着泉少谦，下巴点得像鸡啄米似的。

于是，泉少谦隐身幕后，由巨子地产公司全额出资，刘宏律师上下张罗，很快成立了龙州圣婴旅游开发公司，泉军是总经理，刘宏任副总，圣婴公司成立的唯一目标，就是重启泉家庄温泉旅游村开发项目。

返回鲲丘之前，泉少谦明确提醒泉军，项目筹办以及法律法规事务，务必要听从刘宏律师的意见。泉军心里亦清楚，他只是充当台面上的一个提线木偶，项目运作的前沿摆设而已。然而，自己终归要以老总身份风光返乡了，且背后还有泉少谦这棵大树依靠，泉军何乐而不为呢？

第十二章

泉军回来了，泉军在龙州发财了，泉军要重启温泉旅游村项目了……一时间，这个消息不仅传遍了鲲丘，而且远扬龙河县。泉林声得知后，心里五味杂陈，他神情怅然地对奚晓夏说："我这个表弟啊，为人做事向来荒唐，怎么摇身一变，又成了财大气粗的大老板呢？如果要建起温泉村，需要的资金量很大，他那个圣婴旅游开发公司，哪里具备这个实力呢？依我看，这件事情的背后可能不简单。"奚晓夏也觉得此事蹊跷，劝慰丈夫专心做好水厂，其他纷扰，须得静观其变。

其实，泉林声心里是窝火的。

温泉旅游村项目是他最早提出的，当初仔细勘探、周密筹划、积极融资，基建工程已经铺开时，却被龙河县政府以环保为由贴了封条。这件糟心事还没过去多长时间，事情却迎来了大转弯。

"如果是我泉林声来干，就是破坏生态；泉军干了，怎么就和环保无关了呢？这是哪门子的道理呢？"泉林声愤懑难忍，当面给赵纪衡发泄心里憋屈。

赵书记呵呵笑道："奚泉两姓人，都想在鲲丘干大事，只要能带领老百姓致富，我就会支持。现在泉军带回了资金，想要重新筹建温泉村，我当然不好反对。"赵书记谆谆劝导着。"凡事都有它的正反两面。对于这件事情，我们得拿捏好分寸，摆正心态，要用理性的眼光去看待。"

赵纪衡虽然安慰着泉林声，其实自己也埋有心忧。面对温泉村这么大的项目，他最担心的是泉军这个人。此人口碑向来不佳，个人能耐值得怀疑，现在口放狂言，野心勃勃要干这件大事，赵纪衡的真实态度是想拭目以待，仔细观察一下泉军究竟是真有本事，还是在虚张声势？

很快，威风八面的泉军开始了动作。

他几乎全本照抄了泉林声当初的温泉村筹建方案，这些方案是从哪里得到的，当然不言自明。在县委书记何流主导下，圣婴旅游开发公司不仅轻而易举拿到温泉村全套审批手续，还从龙河县相关部门得到了一笔发展农村产业经济的扶持基金。本来隐身幕后的龙州巨子地产公司已经给足了温泉村项目的建设资金，现在倒好了，泉军手里的钱多得花不完了。

见此情形，泉少谦也生出些许担心，便暗地里叮嘱刘宏，需要仔细盯住泉军的一举一动，如果有任何异样情况出现，必须即时向他汇报。

刘宏得到董事长授意之后，对待泉军的态度，难免略有恣意。泉军很快意识到他是泉少谦派到自己身边的眼线。为了能在鲲丘按照自己的想法行事，泉军一不做二不休，使用拉关系、塞贿赂等卑劣手段和套路，硬是把刘宏拉下水。从那以后，每次汇报工作，刘宏都要和泉军提前商量，然后才传递给董事长。

泉军是狡黠之人，之所以敢如此胆大妄为，皆因他把眼前这盘棋局看得明明白白。筹建温泉村这件事情，泉少谦让他冲在最前头，并非自己能力使然，而是他和他身后的巨子地产公司以及身边的亲近之人，根本不方便大张旗鼓地露出水面罢了。

按说泉家庄这眼天然温泉每天流出的水量，足够温泉村最初规划的旅游需求，但泉军心里仍不满足，他要将鲲丘高处的温泉泉眼人为刨宽，以求增大水量。这个疯狂想法，首先受到泉家庄村委书记泉建文的阻拦，原因是泉家庄紧靠坡崖，盲目拓宽泉眼，很容易引发坡坎垮塌，会给泉家庄村的人畜安全埋下隐患。

很快，跟随泉建文挺身而出、大加反对的人愈来愈多。

泉军真切感受到了巨大压力。正当他一筹莫展的时候，溪水村村主任奚海荣出乎意料地站出来，不仅大加赞赏他敢想敢干的魄力，而且亮明了自己支持刨泉眼的态度。更让泉军喜出望外的是，奚海荣还给他出了一个绝妙的主意："泉建文反对刨泉眼，你就不能钻出一个泉眼吗？"泉军听后一愣，手掌猛拍脑勺笑道："对呀，我真是死脑筋。还是海荣叔点子多啊！"

任谁也无法料到，就是这两人之间的三言两语，偏偏给鲲丘乃至龙河县招惹了一场大祸端。

奚海荣平时和泉军少有往来，也了解此人声誉不佳，掂量再三之后，他不仅主动登门相见，还故意点拨提醒泉军，这样做都是因为奚海荣始终记恨泉林声对他的忽视，从不把他这个村主任放在眼里。比如水厂这么大的事情，自己一分利不得也罢，却连好声望也被泉建文占取了。

同为鲲丘村干部，奚海荣很不服气泉建文。质疑他何德何能，凭什么支持泉林声，在自己所管辖的溪水村建起一个水厂？既然你不仁，那我也不义，如今我偏偏要支持泉军，在你泉建文脚踩的地界也干出一件大事。

心胸狭窄、睚眦必报的奚海荣既然这么想，也便这么做了。

能得到奚海荣的支持，泉军当然欣喜有余，钻探泉眼这个主意，更让他茅塞顿开。

为了免除授人口实，招惹不必要的麻烦，在奚海荣的指点下，泉军很快将泉眼的钻探口，选择在溪水村和泉家庄交界处，此处地势伸至鲲丘下方，巧妙避开了两个村庄的风水避讳。

然而，不管奚海荣在背后如何捣鼓，还是招来了泉建文的反对。他连夜跑到奚海荣家里，站在院里大声理论道："鲲丘虽然地盘大，但是处处山高坡陡、断崖密布，地质条件非常复杂。所以，我绝不允许你们随便下钻深挖。"

奚海荣对泉建文的说辞嗤之以鼻，根本不往耳朵里灌："你怎么知道鲲丘地质复杂？难道说，你们开办水厂之前，也朝地下深挖过？"

泉建文怒目而视道："你胡说什么！水厂从建起到今天，从没在鲲丘上乱撅过一锄头，这点我可以作证。人家泉林声建水厂是依山就势、原地取材，你不要给人胡乱造谣。"

眼看泉建文怒了，奚海荣也不甘示弱："温泉村项目，最初还是他泉林声提出的，结果他干不了，现在又来眼红别人干，嫉妒心也太强了吧！再说了，即便泉林声当初把温泉村干成了，面对鲲丘自流出的那点儿水量，我就不信他不会挖泉眼。"

泉建文听罢，怒不可遏道："奚海荣啊奚海荣，我好心好意劝你，你倒污蔑好人，不要鬼迷心窍，给族人招惹灾祸啊！"

"呸……"奚海荣恶狠狠地朝地面啐了一口唾沫，"你是来和我说事呢，还是来咒我？我看你纯属'黄鼠狼给鸡拜年'，没安好心！好啦好啦，我也懒得和你唠叨，天色黑透了，我要睡觉，你好走不送。"说罢，奚海荣闪身进了房子，"咣当"将门关闭了。

泉建文悻悻然沿着小路往回走。

此时此刻，鲲丘上空月明星稀，四野蛙声迭起，莽莽苍苍的荆棘丛林深处，传出了流萤蛐虫吟唱的田园合奏曲，这是一处多么和谐、美妙的世外之境啊！

劝说不了奚海荣，泉建文又想和泉军谈谈。借着朦胧月色，他又来到温泉村建设工程部，老远望见屋里灯亮着，伸手刚一敲门，灯就灭了。泉建文知道，泉军是在故意躲避自己。

没过多久，一行数十人的小分队，带着大大小小的机械设备，浩浩荡荡上了鲲丘。他们是泉军专门从外地请来的地热勘探队。设备调试到位后，便在奚海荣推荐的地点开始了大规模钻探。一瞬间，震耳欲聋的轰鸣声传向了远方，被惊起的雀鸟黑压压飞散逃离，无数的虫蛙蜻蜓结队遁走。

很快，泉建文带领不堪惊扰的族人们，纷纷拥上前去拦阻，却被一张张围起的铁网挡在外面，有些族人实在气恨不过，拼力翻过了铁网，又被一些陌生人推了出来……

族人们无能为力，一个个坐在地上唉声叹气。这时，神气扬扬的奚海荣从坡坎路过，气愤难忍的泉建文冲着他怒斥道："奚海荣，鲲丘不是你家吗！为何要如此糟践祖宗留下的家园呀？"

奚海荣手指着钻探机器阴阳怪气地说道："这里是奚泉两村的交界处，我同意，你不同意，那你就去找政府，或者去法院告状吧。"望着奚海荣一脸无赖的鄙夷笑容，泉建文无可奈何。

泉军在鲲丘无休止地折腾着，无计可施的泉建文又急忙求助于尊者。

奚友池早已经忍无可忍，一怒之下，他不顾年迈体衰，当即率领近百名族人，愤然来到施工现场阻拦。一见泉军，尊者便痛心疾首地责骂道："混账小子，你有多大能耐，我岂能不清楚？是谁在背后给你撑腰、借胆、拿钱；又是谁在背后给你出谋、献策、乱捣鼓，你以为我不知道吗？这里是你家，不是你要榨干油水的发财地。混账东西！再看看你下钻的地方，正好就在我们鲲丘的龙脉上，你给猛虎当腰钻一个窟窿，祖宗会显灵，你娃会遭报应的！"

气恨难抑的奚友池气喘吁吁地叫骂着。泉军却站在高处，望着气急败坏的奚友池，心里悄悄乐开了花。

看到泉军一副爱搭不理的样子，奚友池捶胸顿足、怒不可遏。一转身，他又带领众人爬上高坡，来到泉家庄尊者泉棠仁墓碑前怒斥道："老泉啊老泉，你睁眼看看吧，泉家庄的后人，是想把鲲丘毁了吗？"说罢，奚友池一口气喘不过来，忽而晕倒在地，众人顿时慌乱成团。

虽然何巧云静坐家里，却对外面发生的事情一目了然。

村委书记泉建文四处阻拦，包括他和奚海荣之间的争吵，都有人及时告知于她，何巧云统统不予理会。可当有人告知，奚友池要跑去丈夫墓前闹事，这才惊出了她一身冷汗。等她急匆匆带领族人赶来时，却远远瞧见了奚友池气晕过去的一幕。何巧云不再往前走半步，她阴沉着脸色，在坡崖边徘徊了许久，而后不言不语地下山去了。

尊者奚友池的阻拦也失败了，泉建文别无办法，只好又找龙峪镇赵纪衡书记反映情况，不料赵书记亦仰头长叹道："你找我，我又该找谁啊？"

温泉也是矿，既然是矿，就要按照采矿要求逐级申报。动工之前，泉少谦早就授意何流提前办妥了这些手续，因而泉军便放开了手脚，胆子越撑越大，总想着短时间之内，力争把这口温泉井钻成。

地质勘探队这笔单子来得容易，钱也赚得容易，所以在前期勘测当中，对温泉存在的深度、地热形成条件、热水如何补偿流动、蕴藏温泉的地层构造以及采集磨片、裂隙统计，还有地质界线变化等化学分析工作，全都做得粗心大意。必不可少的勘探环节做得如此毛躁粗疏，都因泉军给的钱多，工期又催得紧，于是勘探队上马先进设备，也想最短时间、最快效率地打出温泉井。

无论白天或夜里，鲲丘皆被钻井机器的轰鸣声笼罩着，刺耳的声音搅动得族人们心烦意乱，然而却无人再敢上前阻拦。

这天后半晌，暂居老宅的何巧云终于忍受不了噪声搅扰，刚想吩咐保姆去找泉军前来问话，外面的噪声忽然停了。没过多久，门外传来了一连串急促的脚步声，何巧云感觉隐隐不妙，急忙出门，站在高处眺望。只见远处的钻井平台旁，泉军抓耳挠腮、焦躁不安，随后便传来消息说，鲲丘地下岩层太软，钻进速度过快，地层深处没有形成牢固的键槽，结果钻头被死死卡住了。

钻探温泉井，本来成功率极低，钻井越深，风险自然越高，现在果然卡钻了，泉军陷入了一筹莫展的境地。

卡钻的消息很快被泉少谦知道了，他打电话询问刘宏，刘宏见遮掩不住，只好如实汇报了情况。末了，又话锋一转，含蓄说明了卡钻原因，的确是因为鲲丘地质构造复杂所致，话里话外都是替泉军开脱的意思。

随后，泉少谦又给泉军打电话，询问他的应对办法。泉军毫无心理准备，嘴里不停地解释卡钻绝非人为因素，并再三表明决心，千难万难，也要把温泉井钻探出来。

最终，泉少谦选择了相信泉军和刘宏，当然也默认了卡钻造成的经济损失。

谢天谢地！董事长没有责罚他俩。火烧火燎的泉军和刘宏连夜请来奚海荣，并召集钻探队技师共同研究对策。商议中，又是奚海荣跳出来说道："因为地质岩层太软造成卡钻，说明钻头已经快到热水层，这样放弃太可惜了，我有一个建议，可以另外选址重新钻探！"奚海荣率先抛出的这句话，恰恰和泉军的心思不谋而合。

已经惊出一身虚汗的钻探队，原本以为泉军要追究卡钻责任，甚至要求他们赔偿损失，不料事情发生了戏剧性翻转，钻探队的每个人暗地里都庆幸不已。

很快，泉军引导着钻探队，又在鲲丘下方选出了一个新钻点。机器的轰鸣声再次响起来，许多人愤愤然摇头叹息，不知道这样的噩梦还会持续多久。

这天凌晨时分，天色微微亮起，起床后的泉林声和奚晓夏正在洗漱。突然，泉家庄村委书记泉建文跌跌撞撞地跑进门，上气不接下气地喊道："快……快去救人。"话音刚落，灰蒙蒙的天空便传来了一阵鬼哭狼嚎的惨叫声，其间还夹杂着救护车的鸣笛声。

泉林声立即意识到出大事了，急忙要去钻井现场察看究竟。咳喘不停的泉建文拦住他说："赶紧……赶紧叫醒溪水村乡亲们，到钻井台去救人，井喷啦！伤人啦……"

这时候的钻井平台，灯光全都熄灭了，一片混乱中，只听得伤者此起彼伏的嘶号声。赵纪衡书记带领警察已将井喷现场保护起来，许多身穿白褂的医护人员，还有脚踩高腰胶鞋的警察，正摸黑从井喷边缘抢救着伤员。警车大灯照射下，人们才渐渐看清楚，钻井四周的树木林草都被浸透成了黄泥色，热浪灼烧过的荆棘丛林，还往外汩汩冒着浓烟，钻探机器已被冲击得七零八落，放眼现场是一片狼藉。

泉林声和族人们急急挽起裤管，想要踏进黄泥汤去救人，不料灼热的泥沙，烫得大家止步不前。很快，警察在现场周围拉起了警戒线，严禁任何人入内。族人们只能眼巴巴站在远处，望着钻井旁的惨状唉声叹气，浓烈而刺鼻的气味中，有人气恨难当，当场破口大骂："狗日的泉军，终于遭报应了。"又有人哀伤道："这是动了鲲丘龙脉，惹怒了祖宗，他娃干的事情天怒人怨，活该倒霉。"

人们在黑暗中肆无忌惮地发泄着积攒已久的愤怒。这时，泉建文悄悄走到泉林声身边说道："泉军趁着天黑跑了，刘宏已被警察控制起来，钻探队二三十号人，都被救护车拉走了，看来事故不小啊。"

泉林声深叹口气说："从我以前掌握的资料判断，如果想在鲲丘钻井，下钻深度至少要有二千米左右，这么高的难度，前期勘探绝不能草率行事。泉军立功心切，白天黑夜不停地赶进度，能不出事吗？"

泉建文也深深叹息说："上次已经出现了'卡钻'，却还不吸取教训，这回终于把事攘大了。你那个小表弟啊，胆子可真不小。"泉林声没有说话，他心里非常清楚，泉军不可能有这样的胆魄，站在背后给其撑腰的，肯定另有其人。

说话间，天色已经大亮，钻井现场的惨状开始暴露在人们眼前。但见坍塌的钻井口还在不断往外冒着炽热的岩沙，喷涌而出的泥沙冲向百米之外，工地搭起的临建房屋也被冲毁了，深蓝色的玻璃瓦湮没在黄泥汤里，钻井机器的控制室，炙热的泥汤还在淅淅沥沥往外流淌着。原本郁郁葱葱、草木碧绿的山坡，此刻变得面目全非，这里仿佛一场泥石流冲刷掠过，又似硝烟燃尽的战场，被毁坏得一塌糊涂。

一片谩骂声中，人们逐次散开了。

泉林声这才发觉晓夏父女俩，也静静地站在坡头。只见奚友池迎风嗟叹、哀伤不已，他那清瘦矍铄的身影在晨辉中越发显得单薄，掠过额头的丝丝白发在微光中拂动着，这个坚守鲲丘的老者，抬头仰望长空，嘴里念念有词，仿佛在向列祖列宗默默忏悔着。

　　末了，泉林声和奚晓夏一起搀扶着父亲下坡去了。身后，草丛中蹦蹦跳跳的陀螺又开始喊叫道：

<blockquote>
树若不要皮，枯死必无疑；

人若不要脸，天下必无敌；

不信抬头看，苍天饶过谁？

别看你今天跳得欢，

小心明天拉清单……
</blockquote>

第十三章

　　龙河县人民医院住满了烧伤患者，他们都是从鲲丘钻井平台事故现场抢救出来的。

　　赵纪衡是第一时间赶到事故现场的政府领导，从前到后一直指挥着事故抢救工作，可是当把伤员全部送到医院以后，他明显感觉到自己成了多余的人。此时，县委书记何流、县长吴丽娜以及龙河县公安局长童相辉，一个个竞相露面医院慰问伤员，却无一人前往钻井现场摸查事故发生原因。

　　事故发生后，县委、县政府表现出的暧昧态度，令许多人心生狐疑，大家纷纷猜测，泉军背后的人究竟是什么来头？为何能让龙河县领导集体陷入沉默？

　　事情还得追溯至一月之前，龙州市委、市政府领导班子大调整说起。

　　龙州市委老书记周围城和市长乔治邦一前一后调离之后，龙州政坛居然出现了市长和常务副市长同时空缺的诡异局面。一直眼巴巴死盯着市长位子的泉政谦，此刻正望眼欲穿，急切期盼着新任书记能是自己人。功夫不负有心人，老书记离任后的第二天，新任市委书记马达便走马上任了。

　　泉政谦和马达不仅是党校同学，还是多年的官场老同事，两人关系甚是熟络。

　　马达上任当晚，泉政谦已经抑制不住内心冲动，他从龙州市政府大院，一路小跑着来到市委大楼，一进马书记办公室，寒暄还不到两句，便故作埋怨道："我的老同学啊，如果早知道你要来龙州，我何苦要受这么久的煎熬啊？"面对泉政谦表现出的亲密，马达并没有想象中的那么热情。他缓缓坐在沙发上，轻轻跷起二郎腿淡然笑道："组织纪律要求低调赴任，你不可能不知道嘛。如果我还没来龙州就任，便满世界嚷嚷开，传出去影响多不好啊。"马达的软钉子，碰得泉政谦脸露尴尬，他连忙摆手示意说："误会，误会啦，我可不是你讲的这个意思。"说完两人哈哈大笑起来。

细论马达此人，他的从政风格中有一个明显特点，便是从来不和商人轻易有所瓜葛，故而在龙都官场上，马达素有"不粘锅"的清誉。官声良好的他调任龙州市委书记之后，暂时还兼任市长一职，尽快踅摸一个和自己性格匹配的合适人选共同搭建班子，当然是他心中最为看重的大事情。同时，马达了解泉政谦是龙州土生土长的干部，自己若想在龙州任上有所作为，泉副市长这样的帮手一定是必不可少的。

至此，经过一番毫不费力的巴结谄媚，泉政谦顺理成章地攀附上了马达书记。而当他正要全神贯注争取常务副市长，甚至市长位子时，鲲丘井喷的恶性事故发生了。

心有余悸的何流匆忙将井喷事故汇报给了泉政谦，泉副市长当即雷霆大发，斥责他不该在这个节骨眼儿给自己添乱。所幸的是，事故总算没闹出人命，泉政谦严厉要求何流抓紧救人救灾，并暗地授意何流要严守"秘密"，防止这起重大安全事故的消息外泄的同时，尽量"大事化小，小事化了"，从速处理好善后工作，绝不允许事故影响波及至龙州。

随后，泉政谦又特别提醒何流，务必要将肇事者一网打尽，依法严惩始作俑者。听着泉政谦的连番要求，何流额头冷汗直冒，惴惴不安的他，禁不住浑身哆嗦，只能将井喷事故的内幕说了出来。泉政谦闻听后，久久不再言语，随之挂断了电话。

放下何流电话的第二天，泉政谦随即派车去鲲丘，坚决要将母亲接回龙州。

何巧云已经猜到儿子的这个举动，可能和钻井事故有关，起初还执意不想离开。因为何巧云认为，越到危难时刻，她越得给泉家庄人当好主心骨。但又转而一想，面对眼前这起突发事故，自己若是身不由己地搅进各种矛盾是非，未必是明智之举，于是她没有违拗儿子意思，怏怏不乐地回到了龙州。

何巧云回到龙州的当晚，泉少谦也被兄长叫回了家，此刻他的内心可谓暗云翻滚，井喷事故的突发，已经让他一夜未眠了。

泉少谦刚迈进家门，兄长便在母亲当面怒斥他道："我给你说过多少次了，不要在这个敏感时刻生事，你可倒好，偏偏不听，非要指使一个社会混混，跑回鲲丘和奚家人争高抢低，现在舒坦了吧，高低没抢着，还整出一河滩破事，我看你下面要如何收拾？"泉政谦愤愤然不能遏制自己的心中火气。

泉少谦意识到兄长真的生气了。他向来尊重二哥，没有他在龙州政坛的影响力，必然没有巨子地产公司的今天，这个道理，泉少谦全然明白。此刻，兄长怒斥于自己，起码说明一点，当初他是为了顺从母亲心意，这才悄悄背过兄长，安排泉军去鲲丘重启温泉村项目，现在看来，二哥并不知晓这层缘由。

令人玩味的是，兄长斥责兄弟时，母亲何巧云一直神色凝重地静坐沙发，双手托着下巴，似乎没听到两个儿子在吵架。

余怒未消之际，家里电话又响了，泉政谦不耐烦地抓起来，耳朵仔细倾听着，表情越来越显沉重，额头皱纹亦越发紧缩。等到对方挂了电话，声筒里已传出一连串"嘟嘟"声，泉政谦依然没有缓过神儿，呆若木鸡的他重重地靠向沙发，手掌摩挲着头发，久久不见吭声。

望着兄长的复杂神态，泉少谦心里顿感慌乱，此刻他故作轻松，只是想掩饰井喷事故带给自己的隐隐不安。同时，他很不希望刚才这个电话和事故有关联，可惜泉少谦错了，井喷事故逐渐发酵，已将风向引入不可预知的地步。

兄弟俩陪着母亲静静坐着，半晌过去，三人都不言语，最终何巧云打破沉默说道："有事情，就解决事情，慌个什么劲儿！"

何巧云不曾料到，她的话音还未落地，泉政谦猛然从沙发站起来，双眼直视着她快言快语道："母亲啊母亲，我的母亲大人！你总是祖护、纵容少谦，让他随你的意思毫无顾忌地横冲直撞，现在好啦，撞出事了吧。我手里的权力是有限的，有些事您儿子能兜得住，可有些事儿，我也爱莫能助啊。您疼爱少谦我不吃醋，可你也得为我想想啊，眼下正是敏感时刻，如果出现任何差池，我苦熬这么多年的心血就会白费，我想，这也不是您想看到的结果吧！所以才急忙接您回来，也是不想让您住在鲲丘，再给我招风惹雨。"

何巧云大为吃惊地望着神情激动的泉政谦，整个人怔住了。

泉政谦喝口水继续说道："我知道，您要继续维护我父亲在鲲丘的尊严，还想继续在鲲丘上活出尊者的威望，可是我的母亲大人啊，这都什么年代了，那套老皇历早就过时了。现在您不需要依靠个人威望赢得邻里乡亲的尊重，不用！如果我能攀上高位，他们个个高抬您老人家，咱何苦要舍近求远、瞎折腾呢！"

"谁瞎折腾，你把话说清楚！"愠怒中的泉政谦说出的这句恣肆之语，着实有些刺耳，何巧云忍不住喊出声。

看着母亲噙满泪水、目不转睛盯着自己的样子，泉政谦猛然意识到自己言语有些过分了。他转头对泉少谦低声说道："母亲说得对，有事就解决事情。你听着，刚刚我接到消息，奚晓冬已经知道这件事儿了，她正在去往井喷事故现场的路上。你是知道的，凡事如果让这个女人盯上，大多没有好下场。所以，'解铃还须系铃人'，你要严肃提醒何流，务必采取一切必要手段处理好此事，千万别让事态继续扩大了。"

每逢大事，泉政谦总能克制、隐忍、临危不惧，然后从容不迫地对事情做出冷静正确的判断。这一点，正是泉少谦最为欣赏和崇拜兄长的地方。

泉政谦急匆匆出门去了，客厅里只留下泉少谦和母亲。怒气已消的何巧云又缓缓坐回了沙发，嘴里自言自语道："难道……难道我真的给政谦……添乱啦？"

钻井平台井喷事故发生后，泉林声和奚晓夏马上想到了奚晓冬，此事断然不能让她知道了，如若不然，依照她的脾气，肯定要出面采访，调查一个水落石出。这起事故丑闻，毕竟发生在一衣带水的泉家庄，如果奚晓冬要撕破脸面一查到底，奚泉两姓的旧日仇怨便会雪上加霜，这是泉林声和奚晓夏最不愿意看到的。

想到此处，泉林声和奚晓夏即刻出门，凡是有可能给奚晓冬暴露此事的人家，一一登门打招呼，好言相劝族人暂且保持沉默。然而"百密一疏"，他俩偏偏忽略了一个人，那人便是正在龙州推销饮用水的奚望。

奚望是从李春梅口里知道鲲丘发生了惊天大事的。

来到龙州许久了，他迟迟推销不出半桶饮用水，神思迷茫之时，经常会和李春梅私下联系，除了借此消解郁闷之外，也能顺便了解鲲丘以及水厂的近况。

本想凭借以前积累的经验，期盼在龙州挥开手脚打拼一番，结果却是失望的。无奈之下的奚望，只好硬着头皮，鼓起勇气给奚晓冬打电话求助。两人闲聊当中，奚望将钻井事故脱口说出，不料说者无心、听者有意，职业敏感告诉奚晓冬，调查这起井喷事故背后的内幕，应该有很大的新闻价值。

奚晓冬回到鲲丘调查采访时，距离井喷事故发生刚刚过去了三天时间。

糊满泥水的植被灌木丛开始衰败而死，龟裂的黄泥地面寸草不生，喷涌而出的泥沙堆积成了小山。从远处观望，就像是在满目苍翠的鲲丘腹部，开挖出了一眼赤裸裸的黄色大洞，洞口周围的地势明显开始塌陷。望着前方的满目疮痍，奚晓冬难以想象事发当夜，这里曾经发生了多么惊心动魄的惨烈一幕。

奚友池猜出奚晓冬这次回来，肯定又是来捅马蜂窝的，当即心里犯了嘀咕。他劝女儿不要搅进这蹚浑水，晓冬却说这是她的职责所在。泉林声和奚晓夏心里也倍感遗憾，一番遮掩之后，终究没能瞒过小妹的耳朵。

奚晓冬有着异乎常人的职业嗅觉。

察看过事故现场后，奚晓冬直奔龙河县人民医院，并和伤者一一交谈。她所采访的那些勘探队伤员，虽能语言清晰地做出表达，却都是龙河县公安局或安监部门提前安排好的人选。然而这些小把戏，从伤员闪烁其词的谈话中，便已被奚晓冬识破了。尤其是那位钻探队队长，或许是因为思想压力过大，面对奚晓冬提出的一个个犀利问题，情绪瞬间失控，七尺男儿趴在病床上呻吟不已。

奚晓冬采访的"利刃"，朝着泉少谦一步步刺了过来，让他感受到了从未遇过的威胁。遵照兄长叮嘱，他不仅给何流放了狠话，还破天荒向县长吴丽娜打了招呼，然而面对奚晓冬咄咄逼人的采访，何流和吴丽娜等许多人，已经开始有些方寸渐乱。

这时，主管案件的公安局长童相辉，会同龙河县安监局，一起给奚晓冬拿出了一份事故调查报告，将事故原因归结为'井身结构设计不合理，表层套管下深太浅，对鲲丘地质先期勘探不够到位，导致憋漏的地层热水泥浆，顺着技术套管冲出地面，地下造成了井漏，地上形成了井喷'。看着这份专业术语满篇飞的报告，奚晓冬感到非常可笑，他们居然将井喷事故统统归罪于技术，却对造成这起重大安全事故的责任，通篇只字未提，这让奚晓冬实在难以接受。

事实是，闻知奚晓冬要来调查事故真相，何流听从泉少谦的指使，连夜召集龙河县相关部门开会，这份调查报告的统一基调，便是在那晚的会议上确定的。此时，即便是想看到关于鲲丘钻井的任何手续，都只能从项目档案里去寻找。

奚晓冬心里很清楚，调查报告能够如此完整齐备，处处合规合法，且能快速完成出台，所有这一切，应该是龙河县委、县政府专门为她的采访精心准备的。

呼之欲出的真相，当然不可能被一篇胡诌的事故报告"忽悠"过去。审批手续材料里看不出任何破绽，但是钻探队长的失声痛哭，躺满医院的烧伤患者痛苦的呻吟，都无法掩盖井喷事故的重大责任，而要追责的第一责任人，便是圣婴旅游开发公司总经理泉军。

事发当晚，眼看井喷事故已然发生，泉军只在众人面前闪了一下，便急匆匆趁着夜色偷偷溜回了龙州，独留刘宏支撑着无可收拾的场面。

泉少谦见到仓皇逃离的泉军后，瞬间气恨难忍，一记飞脚将其踹倒在地，朝着泉军不断地咆哮谩骂。然而事故已经发生了，望着垂头丧气、愁眉苦脸的泉军，即使发泄再大的火气，也是于事无补了。

依照最初判断，泉少谦认定，凭靠何流书记的能力，应该可以将此事轻松化解。不料"半路杀出一个程咬金"，奚晓冬从中横插一杠，这让泉少谦隐隐预感到，泉军无论如何也得坐牢了。

为了尽快摸清事实真相，泉少谦收敛了愤怒，悄悄赶到龙河县公安局看守所见到了刘宏。刘宏胆小，经不起老板的左右盘问，便将自己见财忘义，勾结泉军隐瞒"卡钻"真相，以及如何急功冒进、涣散作业，继而导致井喷事故发生的详细过程，一股脑儿倒了出来。

知道了真实内情，便不难判断出下一步事态的发展趋势。泉少谦返回龙州后，又重新换回了那张和蔼亲切的笑脸，悠悠然对泉军说道："上次被骗入传销，我出面捞人，且委你重任。可是这次，却怨不得任何人，算是你把自己亲手送了进去。"泉军清楚自己闯下了天大的祸端，估计这次无论如何都躲不过去了，尽管最初心存半点侥幸，却已被泉少谦"恨铁不成钢"的那一记飞脚踹得无影无踪。

泉军又一次跪倒在泉少谦面前，一边痛哭流涕，一边自扇耳光，咒骂自己轻浮无能，给恩人无端惹祸。泉少谦沉默不语，而后又淡淡说道："你放心进去吧。泉家庄的老父母，我会替你照顾的。"泉军闻之，浑身颤抖着，俄而瘫软倒地。

难以自控的泉军哭啼不止。忽然，房间门打开了，两名警察径直走来，左右叉起泉军的胳膊，将他拖进了楼下的警车，随之警笛鸣起，一路呼啸着往龙河县方向驶去。

　　龙河县公安局及时抓回泉军，正是预料到"单刀直入"的奚晓冬，肯定不会轻易善罢甘休。果然，奚晓冬的外围采访结束后，直截了当地提出要见泉军。

　　在龙河县公安局看守所审讯室里，奚晓冬见到了泉军。

　　一脸沮丧的泉军，蜷缩在铁质椅子上，戴着手铐的双手懒散地耷拉在身子一侧，涨红的双眼无神地盯着地面，整个人一副无精打采、胡子拉碴的落魄模样。奚晓冬走进来的时候，隔着铁栅栏，泉军偷瞄了两眼，便再也不想抬头了。

　　奚晓冬曾经采访过形形色色的嫌犯，面对泉军此刻的状态，一点儿也不觉得奇怪。

　　他俩虽谈不上同窗之谊，却勉强算得是儿时玩伴。"我的采访中，只有一个问题，希望得到你的证实。"奚晓冬属于开门见山、刀刀见血的采访风格。关于这一点，泉军进来之前，泉少谦已有过交代。望着眼前这个族人心目中能耐极强的小女子，泉军暗自思量，看来奚晓冬采访所擅长的"三板斧"，泉少谦已然看穿了。想到这里，泉军反而呈现出不屑一顾的神态。

　　奚晓冬站起来，手里拨弄着一支签字笔，慢条斯理地说道："泉军！昨天还是一个参赌设赌而被关押的前科犯，今天却变身为龙州圣婴旅游开发公司总经理。于是他手握重资，意气风发回到鲲丘，迅速拉拢起地方政商人脉，大刀阔斧地开建温泉旅游村，这般跌宕起伏、豪迈动人的传奇履历，说出去，能有几人相信呢？"

　　听着对方的奚落，泉军装作充耳不闻。

　　"只要你泉军不是身藏'七十二变'的孙猴子，那么，即便是一个傻子，也能识破这其中的猫腻。今天见你，也只是想让我的报道更客观公正一些，你的沉默，其实已经印证了我心中的答案，所以我们的谈话就此结束。"

　　泉军实难料到，奚晓冬会以这样的口气和姿态采访自己。也是啊！自己曾经是什么人？干了哪些坏事？皆已是众人熟知的丑闻，此刻奚晓冬来见自己，恐怕真的只是履行采访过程而已。望着转身要走的奚晓冬，泉军忍不住喊道："就不能撒手不管吗？非要一竿子插到底吗？这样穷追不舍，对你究竟有何好处？大家都是鲲丘人，还嫌奚泉两姓族人的矛盾不够深吗？"

泉军的连番发问，不禁让奚晓冬哑然失笑。"你的一连串反问，恰好说出了我想要的答案。记住！是你在暗示我，调查井喷事故，必然会加深奚泉两姓族人的矛盾，由此可见，站在你背后的人，根本不难猜出。"奚晓冬这句掷地有声的回答，瞬间镇住了泉军的小聪明。

泉军似乎意识到自己失言了，恼羞成怒地叫道："井喷又没死人，你用得着这样大张旗鼓地折腾吗？"这句话明显刺激了奚晓冬，她停下脚步，声音平和地说道："折腾，或不折腾，谁说了都不算。"随之头也不回地走出了看守所。

公安局长童相辉坐在办公室，一眼不眨地盯着审讯室的监控屏幕，看见奚晓冬起身离去的身影，他靠向椅子，长长舒了一口气。

泉军不是糊涂人，当然不会说出插手温泉村的所有幕后人。不仅因为顾及父母需要有人照顾，还在于他心里很清楚，即便自己蹲牢房，时间也不会太久，只要他牢牢抱紧泉少谦这棵大树，迟早会有翻身为人的无限可能。

第十四章

何流书记从泉少谦口里得知，龙州市委、市政府不会对井喷事故深挖深究的"底牌"后，总算卸下了心理包袱，神清气爽的他亲自出面，立即召集县里相关部门领导开会，商榷对井喷事故的处理意见，同时在会议当中，信心满满地接受了奚晓冬的采访。

尽管奚晓冬提出的问题犀利、直逼本质，何书记总会有冠冕堂皇的成堆说辞用以回答，参会的相关部门领导似乎也形成了严丝合缝的共识。奚晓冬能明显察觉出，一种诡异且无形的力量笼罩着会场，如果不能无限靠近事故真相，自然也就难以追究谁的领导责任了。

当天，冗长低效的会议开了许久，各方意见最终汇集成了一份善后处理方案。核心意思是"对钻探队受伤人员进行合理补偿，尽快恢复钻井平台的自然生态，从速吊销圣婴旅游开发公司营业执照，释放刘宏等关联人员，并正式逮捕核心责任人泉军，交由司法部门依法处理"。

会议结束前，何流书记语重心长地说道："招商引资、谋求发展，虽然是我们全县领导干部的首要职责，但是一切的发展，必须建立在对人民群众利益和安全负责的基础之上。鲲丘温泉村旅游开发，当然是利国利民的好事情，可是好事情却变成了大事故，责任终究应该我们来负。同志们啊！这起事故造成的损失是惨重的，县上各个部门都要从中吸取深刻教训，在以后的工作中，务必做到万无一失，真正把人民群众关心的大事办好、办扎实……"何书记慷慨陈词之时，细心的奚晓冬发现，龙峪镇党委书记赵纪衡悄无声息地从后门走了出去。

任谁都能听懂，何书记这番讲话，开始将井喷事故责任，分化到全县各个职能部门均衡承担。话里话外透出的意思，既是希望通过经济赔偿、生态恢复和泉军被抓尽快为此事画上句号，也算是给奚晓冬的新闻调查给出官方正式答复。

纵有满腹狐疑，奚晓冬也只能暂时保持沉默。

人人都以为此事要画上句号时，龙河县委组织部突然下发了一份人事调令，龙峪镇党委书记赵纪衡调任本县农业局任党支部副书记。这份明升暗降的文件，立即引起一片哗然，然而大多数人畏怯于何书记的态度，窃窃私语的议论声很快便销声匿迹了。

经过一番深入细致的调查采访之后，奚晓冬安坐自家老宅，认真撰写着鲲丘井喷事故的新闻报道。父亲时不时转悠在她的窗户外面，一边踱步，一边唉声叹气。姐姐和姐夫似乎也有话要说，奚晓冬都不给他们机会。

两天后，奚晓冬整理好文稿要返回龙州了，年迈的老父亲这才喃喃自语道："虽说'冤有头、债有主'，可这毕竟是件丑事，如果传扬远了，还是鲲丘蒙羞啊。所以，你不妨手下留情吧。"

姐姐奚晓夏也急忙插话说道："妹妹是极有主见的人，我们谁也说服不了你，可是姐姐还得劝你一句，'得饶人处且饶人'吧。"奚晓冬心里何尝不是五味杂陈？如此锋芒毕露地调查此事，绝非仅仅是为了揭开井喷黑幕。有些时候，她自己都感到困惑，舞动笔墨撰写一篇气势雄健的事故调查报告，就能消解心中积攒的仇怨吗？就能达到扳倒泉氏兄弟这个梦寐以求的终极目标吗？

奚晓冬离开鲲丘的当夜，尊者、泉林声和奚晓夏闲坐庭院，不停念叨着赵纪衡书记被无端调动的事情。赵书记是一个好人，可叹好人为何总不得好报呢？

尊者奚友池不免喟叹道："事故终归发生在龙峪镇，作为镇里'一把手'，赵书记被调离，似乎也无话可说啊。"泉林声察觉此事背后定有原委，转而一想，又觉得赵纪衡书记暂任一份闲差，远离龙河县这片政治旋涡，未尝不是好事情。于是便好言安慰尊者和奚晓夏，风物长宜放眼量，凡事须得多往远处看。

奚晓冬返回龙州后，并不急于发表调查井喷事故的新闻稿。足足十余天后，这篇稿子才在《观察》杂志不起眼的版面缩水刊出，牵扯其中的泉氏兄弟与何流等众人，一颗悬吊多时的心方才落地。

奚晓冬之所以低调处理事故调查新闻稿，是因为她清晰意识到，泉氏兄弟和何流早已为此事做好了充分的应对措施。虽说凭借她的能量，完全可以让龙河县何流等一众怠政官员受到追责，但却不能连根拔起泉氏兄弟的政商势力。既然距离终极目标相去甚远，奚晓冬只能隐忍作罢。

更为重要的是，奚晓冬身处龙州，已然耳闻了新任马达书记和泉政谦之间扑朔迷离的关系，这使得她不能不加以防范和避讳。倘若执意一追到底、莽撞行事，不仅目标达不到，还容易"打草惊蛇"，奚晓冬深晓"明知山有虎，偏向虎山行"的结果只能有两个，要么打死老虎，要么被老虎吃了。奚晓冬肯定不想做"被老虎吃掉"的那个人。

道理虽已想通，心底却仍有不甘，奚晓冬最终决定"放长线钓大鱼"。暂且放弃这次的出手机会，并非是听取了身旁亲人的良言善语，而是为了寻得下一次的绝佳机会，然后十拿九稳地对敌人"一剑封喉"，且不给对方留下任何喘息机会。

至此，鲲丘井喷事故便这样落定尘埃。然则，奚泉两族之间更大的力量碰撞，已然处于再次酝酿当中。

自古至今，龙川平原从来不缺少玄妙莫测的传闻。

最近便有一件奇事，又从终年云缠雾绕的鲲丘传了出来。人人皆说鲲丘的山形地貌，就是那条传说中被天帝惩处下界的神鱼羽化而成，但很少有人知晓，这条静卧神鱼的脊梁深处，早年间曾有一座观音寺，这里山势奇古高峻、林壑幽深，不失为鲲丘的一块风水宝地。

鲲丘观音寺，原本是周遭村庄善男信女求子问孙的礼佛之地，终因山高地远、道路崎岖，加之近年以来，各部村落开始大修宗室祠堂，致使寺庙香客日渐稀少。由此，香火难继的日子没能维持多久，寺院里的僧人也陆陆续续跑个干净，观音寺逐渐被人们淡忘了。

不久前，这里忽然来了一位云游天下的高僧。此人青面紫唇、岁至中年，手执一柄乌青色悬环锡杖，绕身三匝的木兰色袈裟曳地流淌。这位高人自称虚闲大师，曾经毕业于欧洲名校，自幼天赋异禀、非同常人，童年时自通阴阳，十岁皈依佛道，深得诸多名师真传，精通求签占卜、风水命理、灵符密咒、改运布阵等密术，亦曾在欧美游学数年，遍访世界各地高人异士，精研佛道玄学，以天地人和、敬善之心普度众生、指点迷津。一时间，虚闲大师的名号，犹似从鲲丘深处吹出的一股旋风，迅速覆盖在风闻者的心头。

如今的观音寺是一派破败景象，一方自然天成的山景，却令人望而生畏。

但见荒草丛生的寺门紧贴着悬崖峭壁，几根天然石柱支撑着底部，霭霭迷雾中，仿如缥缈而萧瑟的临空楼阁，随时都可能坠入山谷。再看茂林深处流出的潺潺清泉，顺着山势从高处倾泻而下，流经观音寺山门时，飞溅起两行流瀑，瀑水终年流淌，于曲径通幽处汇成了一池渊潭，幽深的潭水间不见鱼草，只把嶙峋峻石洗磨得圆润光滑。

近前细看，历经日久天长、风霜剥蚀之后，观音寺门仅剩下残破石阶依稀可见。寺院内野草丛生、飞鸟密栖，荒废日久的大殿里尘封土积、蛛网纵横，七零八落的佛陀塑像残缺不齐，雨雪侵蚀的石刻壁画亦显得斑驳不清。

说来也怪，恰是这院参天古木簇拥，藏身幽谷深处，已被人们淡忘多时的残破寺庙，偏偏被那位云游高僧看中、留驻，并依赖他的佛界声望，迅速吸引来七八位出家人，众僧一起动手修葺、打理，很快观音寺焕然一新。当那杏黄色的院墙，青灰色的殿脊，重新显露出本来面目时，人迹罕至的观音庙又开始佛烟袅袅，朝拜者络绎不绝地攀至这里，双手合十、额首触地，虔诚地礼佛许愿。

很快，观音寺菩萨显灵了，能保佑信徒心随所愿，佛祖挂签甚是灵验的盛名，开始飘出鲲丘，远播至方圆百里地界。即此，云游高僧以虚闲大师法号住持观音寺，原本衰败不堪的深山古刹，奇迹般地得以重生。

有惊无险地处理完井喷事故之后，泉政谦心情大好，他终于可以腾出所有精力，全力以赴盯着"再进一步"这件大事了。

适逢周末，泉政谦突然接到马达书记电话，约请他来办公室一叙。泉政谦喜出望外，这是他翘首以盼的大好消息。最近，龙州官场上上下下都在议论，市长和常务副市长的位子不会空缺太久，上级的人事任命，应该就是最近的事情了。泉政谦非常清楚，在这个关键时候，若能得到马书记的鼎力支持和提携，从某种意义上来说，会对他"再进一步"起到难以明说的微妙作用。

马达到任龙州已有数月，始终没有将家眷接过来，他的仕途并不亨通，已经兜兜转转了三个地方任职，频繁的搬家令他生厌，所以调任龙州后，他一直住在宿办合一的市委大楼里。周末无事，也是为了消磨无聊，心有闲情的马达便想和泉政谦聊聊，一则也该和老同学私聊一回了；二则是他需要了解一下龙州复杂的政坛脉络。

能够和马书记单独一叙，泉政谦欣喜有余。两人热聊中，泉政谦自然而然地提说了观音寺的奇闻，马达一听，立即来了兴趣："早年便听人说，你的家乡鲲丘是龙川平原的一块风水宝地，还说那里风景秀美、人杰地灵，现在你又说起这个观音寺，我倒是很感兴趣，泉副市长不妨陪我走一遭吧。"

马书记想去鲲丘观音寺看看，泉政谦顿时心里乐开了花，这真是"踏破铁蹄无觅处，得来全不费工夫"的大好机会。渴望和马书记继续拉近关系的泉政谦，甚而期望在同行路上，能够从马达口里听得一些上级任命的内部消息，所以这般从天而降、千载难逢的好时机，他岂能错过？

当日，泉政谦便将马书记要来观音寺的消息电告何流，何流亦是大喜过望。市委书记日理万机，难得有机会因私外出，这可真是一个亲近关系、巴结上司的大好机会，且同时有两位市级领导光临龙河县，何流感到自己时运得转、升迁有望了。

数天之后，泉副市长果然陪同马达书记，一路轻车简从抵达了鲲丘。

县委书记何流早已恭候多时，一行人顺着空谷深幽中的山间小径缓步攀登，行至半山腰时，神清气爽的马书记向随从人员问询道："鲲丘地貌独特，确实名不虚传。你们谁能说说，一马平川的龙川平原上，怎么会凸起这么一块高地呢？"

何流急忙凑前回答说："根据地质专家们说，这是非常罕见的岩质基坑底部隆起、剥离以及回弹错动的极高地应力形成的独特地貌，和欧洲伊比利亚半岛的中央高地，算是同一种地质现象。然而千百年来，当地老百姓口里却流传下来一个神话，说是天界有条神鱼犯了过错，被天帝惩罚下凡到此地，从而形成了鲲丘。"

马达听后哈哈大笑道："还是老百姓说得简单明了，生动传神，那些地质学家的科学术语，我是似懂非懂啊！不过，何书记的地理知识看来是很渊博的。"一句溢美之词，听得何流心中窃喜，暗暗庆幸自己现学现卖的功夫没有白费。

继续往前攀登，幽谷越发狭长，沐浴在玫瑰红朝霞之中的奇峰断崖越发显得神秘莫测。转过了几道弯口，终于可以远远望见观音寺了。此刻，一片朦胧迷雾的笼罩下，观音寺犹如飘浮在云端之上的海市蜃楼，显得分外缥缈肃穆。马达观此万千气象，不由得停下脚步，面朝观音寺方向诗兴大发："避世不须山，空门今倍忙；佛祖如有意，游人宿佛堂。"

随行者闻听后，纷纷拍手叫好。马达微笑着说道："这是一首古诗，我只是拿来附庸风雅，大家可别误会喽。"众人听罢，再次鼓掌溜须。

日上三竿时，在随行众人浩浩荡荡的簇拥下，马达攀至观音寺山门。

放眼望去，只见这处隐身鲲丘之巅、历经沧桑、丛林耸翠的灵山胜地，四周怪石天然、花鸟繁盛，一条观音泉从寺庙后山飞瀑流下，形成一湾放生池，池内花色斑驳、鱼草戏逐，溢出的流水顺着陡峭山势一泻而下，穿越山涧的清脆声更显得此地清旷幽深。

虚闲大师领着众僧人，毕恭毕敬地伫立山门两旁，躬身相迎贵客莅临。

马达很清楚领导干部不许烧香拜佛的党内纪律，于是一阵寒暄过后，他吩咐众随从去偏殿等候，只身一人随着虚闲大师迈过略显残破的浮雕步道，穿过满园荷香塔影，走进佛陀高矗的大雄宝殿，转身关闭了殿门。随后马达在佛烟袅袅的香案上点燃三炷香，举手加额、长跪而拜，极尽恭谨虔诚……

马达随着虚闲法师进了大雄宝殿，约莫两个时辰过去，仍不见出来，于是歇脚偏殿的众随从，便四散闲游去了。

眼见马书记迟迟不露面，何流便陪着泉政谦赏游观音寺。趁着身边没有别人，低眉顺眼的何流低声说道："听您吩咐，这才把观音寺拾掇出来，没想到派上大用场了。"泉政谦欣然回答道："还有你现学现卖的地理知识，也是起了大作用啊。"何流逐渐放松了神色，继而呵呵直笑，能得到导师的肯定，心中定然欢喜，看来这次对马达书记的接待，导师是很满意的。

其实，泉政谦早就了解到马达醉心释迦佛典，早年两人同在党校时，马达常常与他论经讲禅，今次他是有意提说观音寺，便是揣摸到了马达软肋，顺势而为罢了。

泉政谦如此工于心计，全然是为了仕途往前再进一步这个唯一目标。于是又当面叮嘱何流，务必低调建好观音寺，只要马书记来的次数多了，承望升迁的机会也就多了。"政治导师"泉政谦的每一句嘱托，何流都牢记心间。

简简单单、心知肚明地说完私话之后，何流不失时机地给泉政谦献媚道："不妨让何婶暂住龙州，等待天气转凉一些，我再陪老人家来观音寺烧香礼佛。"

泉政谦略带烦厌地说道："我那老娘啊，真是人老心不老，只要回到鲲丘，总是爱管闲事，还和那个奚友池争斗不息，真是让人不省心。不过你放心，我会阻止她经常回来，不会给你添加无谓的麻烦。"

何流顿觉泉政谦最懂自己心思，连连拱手致谢。末了，泉政谦又意味深长地补充说道："老何啊，你可别忘了，我母亲对儒释道，向来是没有什么大兴趣的。"何流听罢，只是频频点头，而后尴尬地笑了。

天色将晚时分，马达这才欣欣然走出大雄宝殿，与虚闲大师作别时，俨然是满面恭敬、无以复加。众人离开寺庙时，香火鼎盛的观音寺逐渐安静下来，未等走下山，天色已然黑透，意犹未尽的马达，仍然走一程，回首张望一阵子，感慨万千地给随从们连声称叹观音寺是个无动无静、无形无相的好地方。

泉政谦亦频频回望夜色中神态各异、千姿百态的鲲丘，心里神知意会。

从鲲丘观音寺返回龙州路上，泉政谦特意坐进马书记车里，轿车在高速公路上疾驶而过，忽明忽暗的光影中，副驾座位上的秘书渐渐睡着了，泉政谦这才给马达耳语道："这么长时间过去了，龙都省委应该对龙州市长有一个初定人选了吧？"

马达知晓他的心思，故而深有玩味地问道："你是不是有点等不及了？"

泉政谦低下头，微微叹息道："我的那点儿心思，您还能不知道吗？"

马达轻手拍拍泉政谦的大腿说："我当然希望和你搭班子。但你是知道的，我们这个级别干部的任命是非常敏感的，也不是哪一个人说了就能算数。前不久，省委组织部来龙州考察，我是为你说了话的。如果不出什么意外，组织部门宣布龙州市长人选，应该就在最近这些天吧。"

泉政谦费尽心思，恭请、随行马达来鲲丘观音寺散心，就是想得到这些令他悬心落地的消息。黑暗中耳闻了马达书记这几句掏心话后，他竭力屏住呼吸节奏，长长舒了一口气。之后，两人均陷入沉默，只听得车窗外飒飒风声呼啸而过。

鲲丘回来的一周后，上级任命果然如期宣布。

对"市长"位子志在必得的泉政谦，只争得"副市长"之前加了"常务"二字，这让他深感失落。然而令他更加不解的是，那个因为匿名信"遭殃"的李希文，不仅结束了调查，恢复了工作，同时还被宣布任命为龙州市副市长。

泉政谦已经没有心思计较"常务"两个字，他和弟弟泉少谦坐在家里，细细品味李希文的这份任命。原本通过一份匿名信，已经掀得李希文人仰马翻，岂料现在居然出现如此翻转局面，李希文非但没有倒下，反而还升迁了，并已站到几乎和泉政谦平起平坐的位置，这里面究竟发生了什么，泉氏兄弟不得不多想，不得不有所警惕。

数日以后的一个傍晚，马达再次约请泉政谦到他的办公室。

这些日子，泉政谦一直忍受着"打掉牙往肚子咽"的煎熬。上级任命刚刚落地，他当然不能在众目睽睽之下，频频去找马书记诉说怨气，不然定会落人话柄。反之，他得努力做出一如往常的坦然自若，仿佛什么事情也没有发生过一样。

一迈进马达办公室，泉政谦差点和放在门口的办公桌撞个满怀。

马达露出一脸神秘的笑意，连忙牵着泉政谦，手指着摆置极为古怪的办公室说道："这是经过虚闲大师指点摆出来的，这种布局叫'靠山向阳'模式，办公桌正对着窗户，虽然出入不方便，但办公时正好对着窗外阳光，这就叫'向阳'。"兴奋异常的马达又指着墙壁悬挂的一幅山水画，解释这就是所谓的"靠山"，并说"靠山向阳"齐全了，这些天心里都觉得踏实。

说罢，马达神情怡然地坐回椅子，那副畅然沉醉的姿态，仿佛寻觅到了一条仕途升迁的捷径。马达的痴迷模样，着实令泉政谦略感吃惊，看来那日去观音寺，他和那位虚闲大师的谈话起了大作用。泉政谦深晓马达渴求升迁的欲望，并不比自己相差多少，可是依赖这些不靠谱的做法，他实在不敢苟同，但又不方便明说，只好哼哼哈哈地应付着。

等待激动的情绪恢复平静之后，马达这才问道："这次没能一步到位，你心存遗憾吧？"泉政谦尽量呈现出不以为然的表情答道："上级组织能这样安排，肯定有他们的考量，我只能尽人事听天命，不敢说什么遗憾……"

望着言不由衷的泉政谦，马达微笑道："凡事慢慢来吧。总归你比我强，这些年，我连续三地辗转，总算悟出一个道理，'凡事欲速则不达，见小利则大事不成'，今天我也要把这句话送给你。你得摆平心态，毕竟我们的年龄，还耗得起啊！"听罢，泉政谦又极为不满地提到对李希文的任命。马达劝他不必太在意，只要他在龙州一日，便能替泉政谦挡住此人。

听着马书记语重心长的话语，泉政谦无比动容，他心里很清楚，马达是把他当作"自己人"看待的。

第十五章

平常日子的每个周末，都是龙河县净佛寺街三号院主人最为欢愉的时刻。

泉大年悉数处理完工作后，独自顺着一行浓荫密树掩映下的花墙，悄悄进入了三号院。每当此时，泉婕好总会精心梳妆打扮一番，并摆上一桌好酒好菜，静静等候院门被人推开，她既视泉大年为体己人，又懂得如何诱惑其魂魄。于她而言，泉大年不仅是最为信任的男人，还是她今生今世唯一的爱人，她无法想象没有泉大年的生活会有多么绝望，更加畏惧泉大年的心离她而去，哪怕是半步之遥，泉婕好都不能忍受。

桌案旁的复古老式黑胶唱片机里播放着泉婕好最喜欢听的琵琶曲，绝妙动听的音符弥漫了整间屋子。泉大年望着眼前这个冰肌玉骨、明艳如玉的美丽女子，时而神思迷离地钻进温柔乡，寻觅着痴迷贪恋的味道；时而辗转反侧、叹息不止。

泉婕好当然是一个天生尤物。她那楚楚可怜的模样，总能激起泉大年怜香惜玉的怜爱之情，同时让他这个久历风月之人，时时欲望缠身，每每欲罢不能。此时此刻，周身润滑如玉、凉若冰琼的泉婕好躺在泉大年怀里，忽而泪眼婆娑说道："和那个傻子的日子，何时是个头啊！"泉大年贴心温存着美人的哀怨，为她拭去眼角的泪水，口里却不知该如何安慰。

为了能和何流书记攀近关系，眼睁睁看着心爱女人进了别人的家门，一切荒唐的制造者，皆是他那日益疯长的升迁欲望。每次想到这里，泉大年心里犹如乌云翻滚，实在不是滋味。

伤心过后的泉婕好，越发显得娇艳如花，她慵懒地躺在泉大年怀里，似有若无地说道："待在何家时间久了，也能看出许多事情真相。别看我那婆婆在旁人面前是贤内助，其实在家里就是个怨妇。她把所有心思都用在了傻儿子身上，有时甚至到了变态地步。"

泉大年稳住心绪，听她不疼不痒地唠叨着。泉婕好以为他对这些闲言碎语不感兴趣，刚要岔开话题，却被泉大年要求继续说下去。"我公公一门心思往上爬，很少关心他儿子的事情，而且经常出差不在家。婆婆便怀疑他在外面有女人，还把这话说给我听，居然让我替她判断事情真假。我瞧着也是可怜，便好心劝她不要胡思乱想，结果到最后，婆婆反而觉得和我特别对脾气，平时就爱找我絮叨，我是忍着性子应付她，她竟然毫无察觉。现在只要和我谈话，她总能把话题扯到我身上，求我尽快为他家添个孙子，说她死也瞑目了，唉！我都快烦死了……"说到此处，泉婕好长长叹息一声。

"如今我算是看透了，人面前的风光，大多都是装出来的，背后其实都是煎熬和痛苦。我婆婆是这样，我自己又何尝不是呢……"正说着，泉婕好又伤心了，她把头埋进泉大年怀里，再次嘤嘤哭泣起来。

泉大年连忙安慰道："无论如何，咱是得罪不起何书记的，日子先凑合过着，总有一天会熬到头的。"尽管泉婕好委屈不堪，但她既然能为所爱的男人赴汤蹈火，当然就不会坏了心爱男人的大事。云雨之后的一番番娇颠倾诉，只是发泄心中的憋闷，如此正常不过的情绪，泉大年揣摩得清清楚楚。

泉婕好无心说出何书记的家丑，泉大年当然是乐意知道的，这能让他更加准确地了解何流与岳红艳夫妇究竟是哪种脾性的人。尽管何流向来看重泉大年，但是仕途站队何其重要，有些时候，它能让同渡者一荣俱荣，又能一损俱损，所以平常多知道一些内情，多一手准备，终归是没有错的。

心爱女人嫁到何家许久了，三号院的颠鸾倒凤，隔三差五就会发生一回。

在泉大年内心深处，始终藏着一句无法张口的腼腆话，他只能尽量绕弯子，试探着询问泉婕妤，婚后生活和以前有何不同？平常和丈夫如何相处？泉婕妤是何等聪慧女子，当即猜出他的话意，于是一骨碌爬到泉大年身上，癫狂中一口咬住他的耳朵呢喃道："那就是个傻子，都是你的，全都是你的……"

激情淹没了泉大年，残存的心疑瞬间变成了落花流水。干柴烈焰再次熊熊燃烧起来。

知道龙河县净佛寺街三号院秘密的人，除了一手将院子修缮拾掇起来的龙河县宾馆总经理谢元以外，还有海棠美容院女老板苏美玲，以及泉大年在饥不择食状态下占有过的李春梅。李春梅对泉大年彻底死心后，辗转来到溪水村饮用水厂承包餐厅，她对三号院发生的故事自然失去了兴趣。倒是苏美玲经常萌生出偷窥三号院的念头，但她心知谢元和泉大年之间是牢不可破的战友关系，便将自己淫邪的欲念一压再压。谢元自不必说，他比谁都盼望泉大年能在仕途上蒸蒸日上，当然不会去搅扰三号院的安宁。

清静幽闭的净佛寺街三号院，成为入住这里的两只野鸳鸯恣意任为的安乐窝。只待院落里红花绿叶荣枯一季之时，泉婕妤惊讶地发现自己再次怀孕了。她将这个令人极感不安的心事包藏许久，直到孕期反应无法掩饰时，才在泉大年的眼神直视下说了出来。

泉婕妤太想要这个孩子了，泉大年上次逼她堕胎的阴影至今未散，她怕他又要让自己偷偷去做人流。以前自己待嫁闺中，又有李春梅在身旁打掩护，这才迫不得已去了医院。但这次情况截然不同了，她已经是众人皆知的县委书记的儿媳妇，完全可以堂堂正正生下这个孩子，尽管丈夫是一个脑瘫患者，但夫妻之间的床帏之事，别人又怎能知晓其中虚实呢？泉婕妤心里非常清楚，只要泉大年同意了，这个孩子就保得住。

心爱女人再次怀孕了，泉大年重新陷入了纠结。

虽然他和妻子王霞之间的夫妻感情早已名存实亡，但他们生育了女儿泉小菲，他便没有了再要一个孩子的欲念，加之身在仕途，轻易不可能和妻子离婚，遑论再要个孩子。

众人皆说王霞性格像一个"闷葫芦"，典型的"逆来顺受"的良家妇女，丈夫在外面拈花惹草，王霞的确从未发作过。泉大年每次回家时，"温吞水"似的王霞既不多话，也不少说，满面呈现出的平静，反倒让泉大年感到心虚发毛。他不相信王霞的"麻木"是真实的，所以不得不在心底有所设防。

多年以来，泉大年一直感觉自己不够了解王霞，尽管彼此相安无事，但是内心深处的心魔，却时时折磨着他。泉大年认定，如若夫妻矛盾任其发展，长期蓄积的结果，难免会一闪念间爆发，而那根不知何时会点燃矛盾的导火索，犹如扎进泉大年心头的一根芒刺，着实令他艰于忍受。正是这份如影相随的担忧，一直是泉大年心底不可轻易触碰的地方，他清醒地知道，不能因为在外面有了私生子，使得夫妻关系走到尽头，如果事态发展到那一步，他的仕途也该到站了。

倍受煎熬的泉大年又想到了何流书记，他终归是自己的上级领导，如今做出这样丧心病狂之事，怎能不感到汗颜？内心忐忑不安的泉大年，可以很准确地断定，泉婕好肚子里的孩子肯定是自己的，对此，他不存有半点儿怀疑。

再想起当初，正是他给何书记的儿子介绍了一个如花似玉的媳妇，继而才得到何书记对他的器重和提拔。泉大年更是知晓，何流夫妇眼巴巴盼望孙子的迫切心情是真实的，如果让泉婕好生下自己的种子，这对何流夫妇来说，不啻于是一个绝命打击，且不论自己背叛何书记的信任有多么无耻。

泉大年不敢想象这件事情的后果，一会儿觉得自己的做法实在太腌臜、太下作；一会又觉得自己无论如何不能再辜负泉婕好了。以他对泉婕好心性的了解，若想再次说服她去堕胎，恐怕比登天还难。

内心充满矛盾的泉大年，渴望占有更多，又惧怕失去已经拥有的。

一番掂量过后，泉大年最终拜倒在私欲面前，于是决定让泉婕好生下这个孩子，不服输的他要和命运赌上一把。既然把坏事做绝了，那便不能瞻前顾后，干脆一错到底吧！何流书记在毫不知情的情况下深陷"断子绝孙"的绝望，自己已然跌破了做人底线，事已至此，难道只能怪责自己吗？谁让何流夫妇生出一个脑瘫儿子？另外，还有一种荒诞可笑的心理支撑着泉大年的疯狂，他认定这个孩子的"秘密"，只要老天爷不捅破，他和泉婕好便会安然无恙。在这种虚妄和侥幸混杂的心理驱使下，泉大年做出了人生中最为荒唐的抉择。

泉大年答应她可以将这个孩子生下来，这让泉婕好异常高兴。为了保胎养胎，她决定每天按时下班回家，以前为了去三号院幽会，寻找的各种出差、加班的托词全部作废，她要将这个孩子健康安全地生出来，好让自己惊惶不已的心灵从此有一个寄托。

知道儿媳妇怀孕了，何流和岳红艳先是格外惊喜，随后又陷入了有苦难言的惆怅之中。何流虽然嘴上不说，其实心里和老婆有着同样的担心，何平毕竟是个脑瘫儿，是否存有传宗接代的能力，他也是怀疑的。

何平究竟病到哪种程度？有没有生育能力？泉婕好心里自然最清楚。从她嫁入何家第一天，便将如何应对傻男人的招数想好了。如果傻丈夫"霸王硬上弓"，她宁可事情败露，也要顶撞回去；如果傻丈夫真的丧失了功能，那便要谢天谢地！她出嫁何家的唯一理由，只是为了所爱男人的仕途，甘心做出的牺牲。泉婕好深信，只要牢牢抓住泉大年的心，这般人不人、鬼不鬼的日子，终会有一个尽头。

泉婕好意识到傻丈夫有欲望冲动，是在嫁入何家第三天夜里发现的，当那个自己至今都不敢直视的男人凑前接吻时，泉婕好终于看清了丈夫的模样。或许是因为在屋里待的时间太久了，何平的整张脸是青灰色的，毫无光泽的短发平铺头上，下颚的肌肉耷拉着，一双梦游似的眼睛小而无光，灰白色的眼珠黯然无神，即便处于欲望鼓噪之时，脑袋也只会左右晃动着，这样一副松垮无力、充满病态的样子，猛然将泉婕好吓了一跳。

何平生理冲动的力量是凌乱而短暂的，泉婕好稍稍反抗了一下，他便像个泄气皮球滚落床边，之后毫无知觉地呼呼睡着了。呆望着蜷缩一团的丈夫，泉婕好心里藏着的惧怕，一天天消散殆尽。往后的日子里，只要何平稍有兴奋，她都能一推了之、轻松应对，泉婕好一点儿也不觉得为难。

岳红艳是中学老师，平日时间相对自由一些。每天早晨，她都会早早买好蔬菜水果回家。按说有了儿媳妇，她可以歇息下来，但对何平的照顾，岳红艳没有丝毫撒手的意思，她宁愿从伺候儿子一人，变成伺候两个人，内心始终是心甘情愿的。

婆婆无微不至的照顾，反而使泉婕好倍感过意不去，她试着去厨房做饭，给丈夫擦洗，却统统被婆婆阻止了。"你只管上好班，何平从小我伺候，早已经习惯了。等我哪天老了，伺候不动时，你再上手吧。"婆婆的执拗和坚持难以改变，泉婕好也乐得逍遥自在。

在子孙繁衍这件事上，公公肯定没有婆婆说话方便，避开何流的时候，岳红艳经常觍着老脸，不顾难堪地问询小夫妻的房事，这使得泉婕好甚感郁闷。虽是长辈，却总要扒拉别人隐私，泉婕好感觉婆婆多少有点不可理喻。

追问的次数愈来愈多，言辞也越来越直白，泉婕好深陷烦恼、不可自拔，言语多了怕说漏嘴，沉默寡言又怕婆婆多想，为此，她只能躲闪其辞、左右腾挪，从不做正面回应，只说一切都好。这样的回答，终使何流夫妇猜疑难消。

烦恼的事情总是如影相随。

岳红艳为了儿子的床帏之事忧心忡忡，她便偷偷检查小夫妻的床单，悄悄摩挲儿子的内裤，继而听窗户、探门缝，总想听到一点儿她渴望听到的动静，为此不惜忤逆何流的反对，一度被丈夫怒斥为"老变态"。

婆婆偷听门缝的毛病，泉婕好很快有所察觉。公公看似每天忙于公务，但在屈指可数的一家四口人的餐桌上，也会时常含蓄地问一些看似闲淡，其实暗有所指的问题。面对何家明里暗里的"围追堵截"，心思缜密的泉婕好意识到，如果要长期相安无事地生活下去，便不得不想出一个好办法，以应对公婆狐疑的眼神、出格的举动。

脑瘫丈夫嗜睡的特点，恰好给了泉婕好可趁之机。

她悄悄积攒了许多安眠药，又买来一个灰色水瓶，提前把安眠药溶解入内，每当丈夫出现冲动时，便哄唆他喝一点儿，然后将水瓶藏进床头柜里。何平逐渐由嗜睡转为昏睡，这样的效果让泉婕好觉得很省心。

何平日常作息时间的细微变化，逐渐引起了岳红艳的注意，不晓内情的她虽感异样，却也只能凡事往好处想，错以为这是儿子婚后贪恋女色的正常反应。如此一想，求孙心切的岳红艳，心里反而轻松了许多。

偷偷给何平长期服用安眠药这件事情，泉婕好自始至终没有给泉大年提起过，她怕惹来其他无可预知的麻烦。然而每次和泉大年激情过后，泉婕好都会隐隐不安，心底多多少少会泛出一些对何家人的愧疚感，但是这样的感觉，常常稍纵即逝，泉婕好全然没有放在心上。

且说顺利阻止了奚晓冬调查鲲丘"井喷"事故之后，何流又通过政治导师泉政谦的牵线，恭迎龙州市委书记马达前来观音寺一游，得此机会下，自己临时抱佛脚，现学现卖的"掉书袋"讲解，果真给马书记留下很好的印象。尤其是在泉政谦授意之下，精心安排了虚闲大师"闪亮登场"，不失时机地搭上了马书记的迷佛心脉，从而也让自己一举进入了马书记的视线。

此后不久，龙州市委微调龙河县政府领导班子，鉴于泉大年对自己的忠心耿耿，何流向马书记极力推举，又有泉政谦在龙州不显山不露水地运作，泉大年从首善镇党委书记，顺利被提拔为龙河县副县长。

闻听了这个天大的好消息，泉婕好最是高兴。

自从怀孕后，她来三号院的次数明显少了，不是不想见心爱男人，而是担心频繁的颠鸾倒凤会让胎儿遭殃。但这次情况特殊，知道泉大年荣升后，泉婕好实难抑制冲动，曾经的付出，终于有了回报，泉婕好觉得这些功劳里，肯定有自己的一份。

又是一番激情荡漾过后，泉婕好安心自在地躺在泉大年怀里，白皙的手指从男人胸膛前的皮肤慢慢划过，嘴里轻声唱起了泉大年平常最喜欢的歌曲"甜蜜蜜"：

> 甜蜜蜜，你笑得甜蜜蜜，好像花儿开在春风里。在哪里，在哪里见过你，你的笑容这样熟悉，我一时想不起。啊！在梦里……

望着胸怀间这个鲜活美丽，且把自己当作人生唯一仰仗的女子，泉大年内心泛出无以言表的感慨。

遥想当年，他以为自己只是贪恋这具年轻的身体，未曾料及却陷入这份情感而难以自拔。这些年，泉婕好百般迁就讨好自己，或许目的唯有一个，那便是要做他泉大年终生抛舍不下的女人。再去回想泉婕好为了助力自己仕途升迁，甘愿做铺路石子，决然嫁入了何家，使他彻底摆脱了郁郁不得志的失落感。如今，他能如愿以偿地坐到副县长位置，当然要数这个女子的功劳最大。

然而，奇怪的感觉出现了。为了保孕胎儿，泉婕好常住何家，不去三号院的这些日子里，他竟然再也没有以前"一日不见，如隔三秋"的焦躁感，反而很是享受这份宁静和轻松。在此期间，泉大年还专门抽空回了一趟鲲丘老家，尽管妻子王霞和女儿泉小菲望见他，就像见到陌生人一般，但是泉大年亏欠的心理，多少得到了一丝慰藉。

泉大年清醒意识到，随着职位的升迁，他对泉婕好的感觉，似乎也在悄然发生着变化。最近去三号院的路上，总有一个大大的问号闪现脑海，是不是应该结束和泉婕好继续纠缠下去了？毕竟她已嫁为人妇，有了完整的家庭生活，逐渐地淡漠和远离，或许是眼前所能采取的最好办法。

这样的念头越是强烈，欲望也随之变得更加贪婪，浑浑噩噩的泉大年，每次像疯子一般猛烈进攻，仿佛要把满腹的不甘不舍统统发泄出来。惹人哀叹的是，泉婕好偏偏把泉大年爆发出来的癫狂，全部理解为他对自己的恋恋不弃。

第十六章

泉大年坐稳了副县长的位置，甚是感激何流书记从中提携。闲暇之际，他专门登门何家、以表谢意。

能在何家看见泉大年的身影，泉婕好既感突兀，又兴奋异常，急忙到客厅端茶倒水，反而使婆婆岳红艳感到手足无措。泉婕好的格外热情，令泉大年步步惊心，不知内情的何流夫妇当然不会多想，认为表叔前来拜访，儿媳表现热情一点儿也是应该的。

比起以往，何流和泉大年之间的谈话，显得放松许多。满面笑容的何书记责备泉大年办事不够细心，顺便提说了结婚以后，罕见泉婕好父母露面，双方既已结为亲家，就应该常来常往，不然便生分了，且显得何家人不懂礼数。随之又埋怨泉大年不该凡事大包大揽，有些事情面前，表叔是不能代替父母的。说出这番意思后，何流夫妇眼神对视着，双双默契而笑。

听到何书记这些本是正常的交流，心中有鬼的泉大年，心里不免开始胡乱猜疑起来。何流夫妇是不是听到什么了？是不是怀疑他表叔的身份？或者是感觉到他与泉婕好关系有什么不正常……刹那间，各种各样繁乱古怪的念头，一起涌入泉大年的大脑，正襟危坐的他，手心开始微微出汗，急于掩饰内心惊慌的泉大年，竭力摆出一副轻松自然的样子。站在橱窗后的泉婕好偷瞄着他的窘迫神态，旋即哑然失笑。

何流终于把话题扯开了。他鼓励泉大年，一定要在新岗位努力工作，并传授他的为官心得，诚勉泉大年往后配合县长吴丽娜时，务必做到"副职四不"，既献策不决策、到位不越位、超前不抢前、出力不出名。泉大年洗耳恭听，赞许何书记讲得甚为有理，又趁机对何流器重、栽培自己的恩情表示感激。

何流佯装一副很不以为然的样子说道："我们都是亲戚了，多说这些，那就见外了。"随后话锋一转，大声感慨自己今年运势极好，尤其是儿媳怀孕，让他们夫妻彻底了结了一桩沉压的心事。何书记这句真心感谢的话语，泉大年却一点儿也不觉得受用。

泉大年心里很清楚，能坐上副县长位子，除了何书记的赏识，还不能缺了另外一个人的助力，此人便是同乡泉政谦。前不久，他听闻了市委书记马达亲临鲲丘观音寺的事情，以他的政治嗅觉判断，这一切肯定是泉政谦从中运筹帷幄，何流书记只是顺带沾光而已。所以，去往龙州拜见鲲丘能人泉政谦的冲动，在泉大年心里日益浓厚。

主意拿定之后，泉大年又陷入纠结。回想起前一次，他在泉家遭遇的尴尬，不免心里感到阵阵发憷。可是转而一想，如今自己已是龙河县副县长了，相比以前，身份发生了巨大变化，泉氏兄弟还能拿"求官跑位"的老眼光看待自己吗？谨慎思忖之后，泉大年再次踏进了泉政谦家的大门。

这次登门拜访的境遇，果然和上次大为不同，迎接泉大年的不仅有何姊，还有泉氏兄弟俩，娘仨儿好像猜到他会前来，个个满面春风出门相迎，完全跌出了泉大年的预料。

为了规避尴尬，一路行来，泉大年把可能遇见的各种不堪在脑海里统统想象一遍，唯独没有想到眼前会出现这幕情景。受宠若惊的他坐在泉家客厅，再也没有先前的拘束和别扭了。"上次你来家里，不巧我去外地出差了，咱俩没能见面，还望老乡不要见怪啊。"泉政谦开口如此谦逊客气，令泉大年感佩之至，几度想表达的感激之意，都被泉政谦客套的话语堵了回去。

这时候，静坐身旁的泉少谦也缓缓说道："你可能不知道，咱们鲲丘，乃至龙河县周边，许多互不相认的故旧，八竿子打不上的亲戚，隔三岔五经常有人寻上门来，不是借钱便是要官。我哥对此是烦不胜烦，想躲也躲不开，所以，即使他人在龙州，也不敢天天回家。俗话说得好，'有礼不打上门客，还得酒肉伺候着'，能迈进咱家门槛的，多少都沾亲带故，你说该见还是不该见？不见吧，说你架子大，回去传得满城风雨，老太太要面子，受不了这些风言风语；见吧，咱敢答应什么呀？个个提的要求好夸张，好像我哥坐上了金銮殿，嘴皮子要得轻巧啊……"

泉少谦滔滔不绝地倾吐烦恼，许多话说得极有道理，好像给上次的无理做着一些解释，又像给泉大年暗示着什么。泉大年诚惶诚恐，一边默默听着，一边连连点头，脑海里急速领会着对方话意。原以为泉少谦把生意做大后，也会像兄长那样谨言慎语，岂料泉少谦侃侃而谈，显得格外有话想说。

正当热聊之际，泉政谦接了一个电话，又要出门去了。临走前，他再次和颜悦色地对泉大年说道："你和少谦好好聊聊，有什么想法尽管给他说，咱们毕竟是老乡嘛。"这句话像一团火球，温暖到了泉大年心窝里，他分明已经感觉到，泉氏兄弟终于把自己当作真正的老乡看待了。

一晃时间到了正午时分，泉少谦盛情邀请泉大年吃饭，何婶也微笑着附和道："上次你来失礼了，老婶儿这次可不能让你饿着肚子回去。"泉大年自然不能拒绝，于是三人乘车来到了龙州开发区创业广场。

这里拥有龙州最具现代感的庞大建筑群。靠近广场北部，一栋坐北朝南、巍峨高矗，足足拥有五十二层的高科大厦，便是龙州响当当的地标性建筑物。阳光照耀下，时尚高端的外立面闪烁着美轮美奂的光芒，直插云霄的楼体霸屏城市天际线，使得远近仰望它的人都会感到眩晕、逼仄。

这是一座将品质精粹与城市荣耀标杆融为一体，汇聚了龙州新贵精英的奢适大楼。高科大厦的顶部三层，便是泉少谦的巨子地产公司的核心办公区域。

走出运行平稳的高速电梯，绕过宽敞明丽的穹顶长廊，一面巨大开阔的蓝色玻璃帷幕呈现眼前，往前迈进两步，便能将整个龙州市貌尽收眼底。泉大年望着窗外的迤逦风光，内心被深深震撼着。随后，众人走过一段大理石装砌包裹的奢华楼廊，进入一扇足有十米多高的咖啡色钢柱大门。紧挨门内的左侧，有部专用小电梯早早等候着，束髻淡抹、制服得体、面含微笑的美女服务生，伸出纤纤玉臂搀扶着何巧云走了进去。

"叮咚！"一声清脆的响声过后，电梯门打开了，出现在眼前的，又是一段铺满猩红色地毯的幽长走廊。泉大年只觉得眼前一片迷离，他用眼睛余光扫视四周，但见走廊右侧，赫然摆置着一张数十人座位的巨型餐桌，彩面上釉的图腾花纹，顺着餐桌中央的一根罗马柱盘旋而上。通亮灯光辉映下，餐桌边缘的金属弧线，散发着斑驳陆离的光影，那些码放齐整的景德镇十八头中式骨瓷餐具，个个散发着尊荣典雅的奢华气息。

泉少谦搀扶着母亲，众人一起落座在书香雅致的包厢内，精致小菜与奢贵红酒已提前备置桌面。令人颇感意外的是，同坐的第四个人，居然是刘宏律师。历经了鲲丘井喷风波之后，泉少谦不计前嫌，淡忘了刘宏曾经的背叛，重新启用、重用此人。刘宏感激涕零，死心塌地追随泉少谦，处处唯董事长马首是瞻。

黑松露水晶蟹肉石榴果、极干鲍鱼聚宝盆、福寿全"佛跳墙"、雀巢螺片花枝、金汤粟米焗龙虾、"卡露伽"鱼子酱……泉大年望着满桌不认识的名贵菜肴，内心暗自吃惊。这时，泉少谦指着一盘鱼说道："这道菜叫灌汤黄鱼，古人说一条黄鱼价值一辆好马车，据说这样的东海野生大黄鱼，现在可以拍卖到二十万元一条，肉质很是鲜嫩，请泉副县长尝一尝。"

说话间，泉少谦便要起身为他夹菜。泉大年闻宠若惊，连忙用鱼盘旁架起的那双微微泛黄、色泽温润、好似象牙材质的筷子夹起一片鱼肉，轻轻放到了何婶盘里。何婶呵呵笑道："还是那个'福寿全'对我胃口啊。"泉大年闻之，笑容尴尬地退了回去。

一桌好菜，泉大年偏偏吃得汗流浃背。

席间，泉少谦趁着微醺又对他说道："今儿吃饭，也是想让你和刘宏认识一下。不瞒你说，刘宏就是跟随泉军去鲲丘开发温泉村的副总，'卡钻'也罢，'井喷'也罢，他都是现场当事人。龙河县做出的事故处理意见，想必你也知道，那件事和刘宏没有多大关系，所以我把他带了回来。刘宏人年轻，法律知识丰富，脑子灵活，是个人才啊。"

一连串的夸赞，让正襟危坐的刘宏感动备至。"如今，刘宏已经是我们公司实业开发部经理，大家认识了，往后也好联系。"泉少谦话音未落，何婶又关切地加了一句："小刘啊，让你去鲲丘吃苦喽。"泉家母子的两番怜顾，竟惹得刘宏当场落泪不止。

想当初，刘宏和泉军在鲲丘一唱一和搞出的动静，泉大年早有耳闻，如今水落石出了，他果真有些手段。然而，泉大年心里仍觉纳闷，一个惹出事端的下属，泉少谦不仅不弃，还要在今天这样一个特殊场合，介绍自己认识他，泉少谦的葫芦里究竟装的什么药呢？

泉大年的疑惑很快有了答案。

午饭后，刘宏陪着何婶回家歇息去了，泉少谦又把泉大年领到隔壁一间内室，而后语重心长地说道："你我同为泉姓族人，就应该精诚合作，努力做出一番成绩，才能告慰咱们泉氏先祖。你是知道的，泉姓人的历代子孙，从来没有落后于奚姓人。可是如今，溪水村建起了饮用水厂，还干得风风火火，而我们的温泉旅游村，却办得一塌糊涂，咱们这些泉氏后人脸上挂不住啊。"

一时间，泉大年脑筋转不过弯儿，他不明白泉少谦此刻说出这些话，究竟是何用意。

泉少谦已然觉察到泉大年心存迷惑，于是直言不讳道："你已经是主管龙河县城市建设工作的直接领导，咱俩之间的客套话、绕弯的话自不必说，我们公司有意将龙河县东湖公园旁的老居民区开发成高档别墅区，这是一件大事儿，免不了得您帮忙啊。"闻听此话后，泉大年恍然大悟，想必今日的盛情款待，皆是冲着这个目标而来的。

位于龙河县城东郊的东湖，是由龙山深处流出的多条溪流汇聚而成，这里湖水清冽、风光优美，最是人们喜欢去的休闲游乐之地。

每天太阳初升时，城市森林沐浴在金色阳光里，平如镜面的湖水倒映着摇曳多姿的垂柳，盛开的荷花下已是蛙声一片，它们欢愉一起，恣意穿梭跳跃在花田流水之间。清风徐徐吹来，湖面微波荡漾，晨练的人们沿着东湖水岸或散步、或嬉戏，还有人划着小船，潺潺流水做伴，尽情游玩在湖天一色、小桥亭阁的人间美景之中。寒来暑往，无数游人流连于此，于是便有人咏诗一首，盛赞东湖之美丽。

> 三月东风吹雪消，东湖山色翠如滴。
> 一声春笛无人见，无数梅花落月桥。

泉大年知道东湖风景优美，也清楚这里是城中百姓最理想的休闲之地，如果要拆除老旧居民区，围湖改建别墅洋房，招惹来的阻力势必很大。即便不去顾及城中百姓的一片骂声，仅是想把沿湖而居的住户拆迁搬走，也绝非想象中的那么简单。

巨子地产公司为何偏偏看上东湖这块地方？泉少谦给出的解释是开发价值大，可以提升整个龙河县城的软实力，并且能够吸引龙州以及周边地区高端人士定居龙河县，这对县城未来的发展有着不可估量的影响力。

泉少谦给出的开发理由振振有词，并且不容拒绝，泉大年也不好多嘴，只是说自己对东湖拆迁有些担忧。泉少谦听后悻悻一笑道："正是因为考虑到拆迁难度，所以提前想得到您泉副县长的鼎力支持啊。我们是同乡，感谢的话我就不多说了。"泉少谦的笑声里夹杂着一丝冷漠，听得泉大年浑身像被煤渣搓洗一般犯怵，他望着胸有成竹的泉少谦，预判对方肯定早已拿定了主意，今天给自己打招呼，恐怕也只是出于礼貌罢了。

面对泉少谦咄咄逼人、高高在上的态度，泉大年只能一味地点头答应。

所谓"老鼠拉铁锹，大头在后面"，随后，泉少谦才给泉大年真正出了一道难题。

泉少谦慎重谈及此事自己不宜出面，也不想为了东湖项目，再像鲲丘温泉村那样去成立一家独立公司专项运营。随之，他提出了一个特别想法，请求泉大年从龙河县，代替自己物色一个得力人选，出面挑头完成东湖项目，巨子地产公司只是隐身幕后，专门负责拆迁、改建资金的筹措。

同时，巨子地产公司将派出公司实业开发部刘宏经理，作为中间协调人，周旋于东湖项目的整个运营当中。最后，泉少谦毫无顾忌地表明真实想法，之所以让泉大年帮忙寻找一个合适身份的人选负责运营东湖项目，主要考虑东湖的拆、改、建，可以让人理解是政府行为，从这样的层面运作起来，成功的把握性更大一些。

泉少谦对东湖开发的一整套思路，泉大年算是彻底听明白了。

他始终没有做出丝毫反驳或者提出任何异议，只是起身告别之际，心有不甘的他，故意佯装出一副漫不经心的样子，低声询问对方道："这事儿，何书记也知道吧？"泉少谦倒不闪避，轻轻点头默认。泉大年心里顿感轻松许多。

返回龙河县的路上，泉大年闭眼静坐车里，脑海里却是波涛翻滚。

他明白泉少谦玩的这一招，俨然是生意场的"白手套"游戏。现在拒绝玩游戏，显然已经来不及，如若操弄不好，恐怕连自己也得搭进去，泉大年双手捂着脸庞，陷入了深深的自责。这些年，为了攀附权贵、畅通仕途，已经把心爱女人推到别人怀抱，今天又得毫无尊严地被别人牵着鼻子走。究竟何苦要这般为难自己呢？他深深痛悔选择今天这个时间点前来龙州，苦苦追逐到手的官位，对自己到底意味着什么？真的可以为了权利而舍弃一切吗？错综混杂的思绪在大脑里相互碾压着，泉大年突然感觉到一阵阵恶心。

汽车停了下来，他默然站在路边，望着远近郁郁葱葱、满目苍翠的行道树叹息不止。尔后高高仰起脖子，冲着湛蓝高远的天空长舒口气，然后一头钻进车里扬长而去。

从龙州回来后，泉大年一直琢磨着，究竟身边哪个人适合站出来，齐心协力配合政府做东湖项目呢？想来想去，最终还是将目光落在了老战友谢元身上。

逍遥谷的鱼塘边，泉大年再次邀约谢元一起钓鱼。谢元望着气定神闲的泉副县长，心里偷着乐，他庆幸自己持宝押对了人，早就料到老战友会在仕途上大展宏图，如今果不其然，于是便猛夸泉大年素有官相，往后前途不可限量。泉大年苦笑连连，心里却知道谢元送来的祝福，绝然不是虚情假意。

两人一边吃饭，一边交口称赞刚刚钓起的这条鲤鱼，肉质鲜嫩、美味可口。推杯换盏之间，泉大年的话题悄悄转了方向，趁机给谢元提说了东湖这件事情。"县里想把东湖公园旁的民居改建成高档别墅区，这么一大块肥肉，不知道老弟有没有兴趣呢？"

谢元一听，马上来了劲头。上次帮助泉婕好嫁入何家，泉大年已用一院房子酬谢了自己，岂料这次会将如此大好的发财机会，又一次递到自己眼前，看来这份多年交往的战友情，真的要让自己时来运转了。于是，欣喜有加的谢元不假思索、毫不犹疑地答应了。

"遗憾的是你的身份，公职人员不能参与商业经营，你又不可能为此事辞去宾馆经理的公职。所以，你需要趸摸一个绝对信得过的人，代替咱们去干。"泉大年也开始学会了生意场的"白手套"把戏，他既要给何流以及泉氏兄弟一个完美交代，不让自己拼命追逐的仕途黯然失色；也得为项目将来若是出了闪失，自己能够全身而退做些准备。毕竟谢元距离自己太近了，万一出了差池，也好有人在前面先顶着。

泉大年将东湖拆建计划和盘端出后，又仔细分析了这个项目的敏感之处，并一再提醒谢元，需要深刻理解再找一个"代理人"的重要性。

谢元生性大胆活泛，他灵机一动，便将海棠美容院老板苏美玲提说出来。泉大年深吸一口气，满眼疑虑地询问道："你没有忘记吧，上次为了泉婕好的事情，苏美玲强烈要求与何县长同桌吃饭，可是被我俩严词拒绝的。总感觉这个女人轻浮薄浪，太过豪放，这么世故风骚的女人，能合适吗？"

　　望着泉大年一脸的不放心，谢元笑道："我们需要的，或许正是她身上的那股骚劲。再说了，咱们恰好可以利用苏美玲和'世纪嘉园'老板梁石的那层关系大做文章，让所有人都以为苏美玲又和梁老板黏糊在了一起。另外，那个梁老板，原本就在龙河县开发有楼盘，实力和资质都不容置疑，完全可以作为'幕后老板'的角色加以利用。"

　　泉大年听后哈哈大笑。他直言问道："老实交代，你和苏美玲上床了没有？"

　　谢元也大笑不止，辩称自己是爱财不好色。泉大年瞪着眼睛再次逼问，谢元只好承认自己曾经有此贼心，但确实没有上手过。谢元的诚实回答，反而使泉大年有了淡淡的失落感，他甚是认真地断然说道："如果真要请出苏美玲一起做事，你必须和她上床！不然，这事我另找别人。"

　　谢元佯装惊讶地望着老战友大声说道："只听说过'鸟为食亡，人为财死'，我可从未听说，为了发财，逼人和女人上床的道理。"说完两人哄然大笑。

第十七章

关于东湖别墅区这个项目，龙州市委书记马达的态度是默许，这份功劳，当然要归功于泉政谦。还有那日，他在兄弟泉少谦当面，给龙河县委书记何流打招呼，听着电话那头不断传来"是、是、是"的应答声，泉少谦欣慰地笑了。

东湖项目所牵扯的上下关系打理通畅之后，泉少谦决意放手去干，为了排除开发中所能预估到的一切干扰，他想出了一招不显山露水的运营策略，泉大年只是这盘棋局当中的一粒出场棋子而已。

泉少谦可谓是生意场的高手，这些年能在龙州地产界玩得风生水起，依靠的不仅仅是兄长的政治影响力，还有他精于算计的贪婪。泉少谦认定每想做成一笔大单，打通各方关系自是必然，最核心的是要保障各方权益人捞取最大获利，唯其如此，才能在生意场行稳致远。眼前的东湖项目当然是一头肥牛，所以泉少谦要隐身幕后、亲自操盘。

苏美玲已经有很久没见到谢元了，自从发觉净佛寺街三号院里的秘密后，她觉得自己误解了谢元，于是对他的好感愈日加深。每天打理海棠美容院和两家理发馆，苏美玲忙得不亦乐乎，火爆的生意让她越赚越多，便又琢磨着在县城再开一家美容分院。

是日，太阳高起、烈日炎炎，偌大的龙河县宾馆里却是清凉爽快。

三楼熙熙攘攘的海棠美容院里顾客不断，苏美玲正忙着招呼客人，谢元忽然发来了短信，请她到宾馆二〇二房间有事相商，苏美玲一时猜不透谢元是何用意。店面租金免除了，水电卫生样样费用都没拖延，难道又是何县长家的事情？

想到此处，苏美玲心里泛出一丝得意，不禁暗暗告诉自己，如果这次还是有求于她，一定先得谈好条件，无论面子上或是票子上，她都不能像以前那样白忙乎。当然了，只有一种情况可以除外，那便是谢元愿意和她"滚床单"。主意拿定后，苏美玲不胜喜悦，一路哼着小曲、颠着脚跟奔二〇二房间而来。

二〇二号客房是一间两居室家庭套房，看见房门虚掩着，苏美玲便推开往里走，不大的客厅里没有人影，左边小卧室也没人，转身又推开主卧房门，谢元突然从背后闪出，双臂紧搂腰身把她抱往床上。苏美玲感到无比诧异，当即吓得四肢僵硬，未等她缓过神儿，谢元的整个身躯便朝她压了上来。

一声尖叫过后，苏美玲问道："突然来这么一出，你是受什么刺激啦？"一脸坏笑的谢元望着苏美玲迟迟不答话。

苏美玲是善解风情的女子，很快从谢元色眯眯的神态中读懂了对方意思。久旱逢甘霖的苏美玲，万万没想到一直想色诱钓取的谢元，居然以这种方式与她幽会。面对谢元排山倒海式的占有，她像飘荡在大海上的一叶小舟，任凭情欲的海浪肆意拍打着。

两人终于累了、倦了。激情过后的谢元斜靠床榻，神情漠然地望着苏美玲，脑海里不由得浮现出妻子赵锦玉的影子，他狠狠甩了甩头，阻止自己胡思乱想。为了应对这一刻的到来，谢元已经克服了许多心理障碍，可是出轨男人内心的忐忑，谢元一点儿都不缺少，他所刻意躲避的负疚感，依旧如影相随。

于苏美玲而言，尽管青春年代的风韵犹存，身边也从来不缺少狂蜂浪蝶，然而生活中一场场糟糕的际遇，已将她的心性洗磨成"惊弓之鸟"。事实上，苏美玲不敢轻易相信任何男人，所以这些年，外表看似风骚性感的她，内心其实是孤独寂寞的。

此时的苏美玲自然是心花怒放，谢元终于拜倒在自己的石榴裙下，她岂能轻易错过这样美妙的时刻？当谢元喘口气刚想歇息时，苏美玲一骨碌又爬起身，嘴里发出一连串的呢喃乱语……

过了很久，欲望荡漾而起的潮水彻底消退了。苏美玲掩饰不住得意的神情，纤纤玉指拨弄着谢元的胸口问道："以前给你也不要，今儿哪根神经活泛起来了？"谢元微睁着迷乱的眼睛，一时竟不知该如何作答。

谢元走下床，从柜子拿出睡衣穿上，又给斜靠床头的苏美玲也披上，而后慢悠悠地说道："这些年，你对我好，我都搁在心里。在龙河县城，咱俩都是凡夫俗子，要想出人头地，只能靠自己的能力去打拼，这点儿你比我更懂。部队复员后，我能在县宾馆有份正式工作，仰仗的是老丈人从县人大副主任位子退下来的余威，所以，我不能在他们眼皮子底下犯事。"谢元吐露着心声，苏美玲安静地听着，却不知道所谓何故。

"我和赵锦玉结婚后，她总是摆出一副高高在上的姿态，好像我所拥有的一切，都是她们家恩赐的。她那种与生俱来的优越感，不仅摧毁了我们之间本就脆弱的感情，而且让我感觉活得很卑微。即便此时此刻，只要想起她颐指气使的模样，我就受不了。"谢元猛烈地咳嗽起来，嗓子明显痉挛了，浑身微微颤抖着，似乎有一股积蓄已久的怨气往外汩汩冒出。苏美玲从未见过谢元如此神情，急忙端水给他喝。

谢元继续说道："人都是要面子的，我忍受这一切，并不是谁怕谁，而是想瞅准一个机会，做成一件大事让赵家人瞧瞧，我谢元也不是吃素的。"说到激动处，他脖项有两条青灰色的血脉开始隐隐起伏。苏美玲看得出来，老同学的这口气的确憋闷得太久了。

"听你的意思，难道现在有了证明给他们看的好机会？"苏美玲深得察言观色的本事，这点谢元很是欣赏，于是他顺水推舟，直接将泉副县长交代的东湖开发这件事情，一五一十、清清楚楚说了一遍。苏美玲听罢，内心亦是欣喜，且能判断出这真是一个发大财的好机会，但和自己又有什么关系呢？

谢元了解苏美玲的经营能力，一个离异女人，能够白手起家，从一个小小理发店发展到今天的规模，可见她是有做生意的头脑和智慧的。当然了，这份能力能否胜任东湖开发这项重任，那就另当别论了。而就在刚才，他顺从泉大年的意思，已经将曾经不敢轻易逾规，又极为痴迷的苏美玲轻而易举地拿下了。果然，真正得到这个女人后，他感觉到了安心，也才敢把如此重要的事情托付于她。

"东湖拆建项目是块肥肉，如今落在了咱们的手里，可惜我是公职人员，不便直接参与此事。所以，我想在你名下成立一家房地产开发公司，由你苏美玲挑头来干……"

"什么！"不等谢元说完，苏美玲便双手捂着嘴巴，冲着他尖叫起来。那副神态仿佛被彩蛋砸中，愕然以为耳朵出了毛病，万难相信这是事实。

"怎么会呢？这么大的事情，你怎么会交给我？我能干得了吗……"苏美玲连连发问。对她来说，这当然是一个令人无比惊喜的消息。虽说以前曾经接触过房地产，可那时只是小小售楼员而已。如今她要以开发商的形象出现在众人面前，那是苏美玲做梦也不敢想的美事。

望着既欣喜又惊愕的苏美玲，谢元表情严肃地说道："这个项目背后的水很深。有两点我必须提前给你说清楚，一是具体拆迁工作由龙河县政府牵头负责实施；二是工作中我俩既是整体，又得分头行事。"苏美玲目不眨眼地仔细聆听着。

"目前需要你做的只有一件事情，尽快联系你原来的老板梁石。梁老板曾在龙河县开发过楼盘，如今再返回来做项目，可以免去许多人的猜疑。之后，你就当作借来梁老板一张脸面，和他唱一出戏而已。"

苏美玲听罢，忽而情绪有些低落，她瞥了一眼谢元问道："我和梁老板在前面唱戏，那你做什么？"谢元极尽谄媚地笑道："我始终在你身边啊，有什么麻烦，可以随时来找我。"谢元清晰看见苏美玲面露难色，急忙伸手搂定她的腰身，满脸荡漾着哄唆女人的笑容。

对于苏美玲来说，曾经和梁老板纠扯不清的那一页早已翻了过去，如今再要揭开，依然心有余悸。当年梁夫人在龙州宾馆送给自己的那顿暴揍，似乎犹在眼前，如果再去招惹这个老男人，不知又会掀起怎样的风波。

然而眼前这块蛋糕实在太诱人了，苏美玲没有任何放弃的理由。她断定谢元能拿到这个项目，背后肯定有泉大年等高人支撑着。谢元他们都不怕，一介单身女人的她，又能怕什么呢？跟着这帮有头有脸的大男人乘势而为，肯定不愁赚不到大钱。

"我先和梁老板联系一下，真不知道如今他人在何方。"听到苏美玲答应了，谢元心中暗喜，继续含蓄地撩拨道："到时候，你只管和梁老板在前台唱戏。事成之后，我保你有大赚头。"

苏美玲之所以答应谢元，除了想发大财之外，还缘于她和梁石一直保持有联系。

自从梁夫人棍棒打散了一对野鸳鸯之后，十分惧内的梁老板即随夫人搬回了南方老家。索居小镇的他并没有忘记苏美玲，总会隔三岔五偷偷打电话互致问候，若不是家中"母老虎"看得紧，习惯了风光自由的他，必然要再回龙州重拾辉煌。

梁石许愿的话说多了，苏美玲慢慢变得不在乎，加之理发美容生意愈做愈大，两人联系越发稀少了。时间倏忽而过，苏美玲的生活境遇逐渐翻转，相比以前有了天壤之别，遥想当年委身粗老衰微的梁石，只怪她涉世未深，虚荣心作祟。而今世事颠倒了，她苏美玲要成为台面上的老板，曾经威风八面的梁老板，或许只能充当一回"工具人"，因而苏美玲内心深处，甚是渴望能在梁石跟前赢回面子、扳回一城。经过再三斟酌，苏美玲最终决定主动联系梁老板。

这一天，无所事事的梁石，忽然接到苏美玲的电话，盛情邀约他北上一起做东湖项目，梁石百感交集，更难经得起巨大诱惑。心里既得意当年美娇娘仍没忘记他，又感慨"天无绝人之路，水有无尽之流"。想着马上又能沉浮商海、一展宏图，梁石真是喜不自胜。

然而，如何才能逃脱"母老虎"的控制，梁石开始拨动心思。

为了能顺利成行，他谎称要去龙州与故友聚会，虎妻不屑一顾，当场拒绝他出门。万般无奈的梁石，只好开启了软磨硬泡模式，整日在夫人面前示弱叫苦，极力渲染气短憋屈的痛楚。梁夫人用鄙夷的眼神打量着叫苦连天的丈夫，暗自猜度他葫芦里想卖什么药。

各怀心思的夫妻俩暗斗月半之后，梁夫人终究招架不住丈夫无休无止的哀求，口风逐渐变得宽松。梁石一看或有希望，趁机坐地忏悔以往的糊涂，接连拿出了一套缠黏哄骗的伎俩。梁夫人不胜其烦，心想自家这个糟老头子，如今要钱没钱、要势没势，小妖精们恐怕再也不会纠缠他，于是才答应放他出去散散心。

梁石按捺住内心激动，悄悄收拾着行李。临近出发时，梁夫人又要求他立下"军令状"，必须速去速回、不可逗留太久，且只给丈夫裤兜里塞了两千元以备急用。梁石发愁这些钱远远不够滋润快活，便又絮絮叨叨。烦不胜烦的"母老虎"大吼道："就这点钱，爱要不要。再要嘟囔，就别去了。"一句呵斥，当即掐住梁石"七寸"，灰溜溜的他不再吱声，又担心夜长梦多，当天便乘机北上了。

苏美玲的每一步动作，谢元都会及时汇报给泉大年。潜身龙州的泉少谦得知梁老板即将重新"闪亮登场"，即刻派出刘宏，全力配合苏美玲接待南方来客。

是日，刘宏开车陪同苏美玲去机场接人。汽车行驶在高速公路上，精心打扮过的苏美玲不说话，一直不停地摆弄身上的首饰挂件，对着车内化妆镜涂脂抹粉，化妆品散发的袭人香气，冲着刘宏扑面而来，他用余光偷偷瞄着身旁美人，不由得心潮荡漾。

梁石走出机场，老远便看见了花枝招展的苏美玲。只见她脚踩一双红色高跟鞋，身穿飘逸性感的真丝碎花裙，特别是那一抹烈焰红唇，彷如欧美电影里的惹火女郎。梁石咧着大嘴，眼睛笑成了一条缝儿，他三步并作两步小跑上前，伸开臂膀想给苏美玲一个深情拥抱。一股胭脂香味掠鼻而过，苏美玲只用香肩微微触碰了一下梁石的胳膊，而后一连串银铃般的笑声，湮没了两人的尴尬。

故人重逢，难免唏嘘短叹。望着梁石头顶越来越大的"地中海"，还有那脸上耷拉着的肥肉，苏美玲不由得心生嫌弃。如今的她，再也瞧不上这么臃肿猥琐的老男人了。

梁石的形象相比以前反差太大，苏美玲实难接受，便进到商场男装专柜，给他从头到脚买了两套衣服。一番装扮后，往日那个派头十足的梁老板又重新出现了。

苏美玲对故主的一片好意，令梁石甚为感慨，谁说世上少有知恩图报的小三或旧情人？苏美玲就算一个。两人购物、吃饭结束后，又回到了龙州宾馆，这里正是梁夫人曾经"大闹天宫"的地方，梁石稍觉忌讳，苏美玲却说，从哪里跌倒，便从哪里爬起。短短数语，又把梁老板感动得心潮起伏。

这一刻，风尘仆仆赶至龙州的梁石心里像猫爪似的，不断用言语和肢体撩骚小情人，苏美玲既不为之所动，又故意岔开话题，不知疲倦地说东论西。望着婀娜多姿、风情妙曼的苏美玲，梁石心里犯了嘀咕，看来她的确变了，只是不知道这些年，她去做了哪些生意，怎能在如此短暂的时间内，积蓄下开发地产的大笔财富？

苏美玲故弄玄虚道："难道说离开你梁老板，小女子我就赚不到钱了？"这句颇有冷嘲意味的诘问，不经意间刺痛了梁石的敏感神经，心绪失落的他顿时陷入沉默。

苏美玲深知梁石这类"伪善"男人的共性，他们即使穷到扑街，落魄到不堪地步，面子绝对大于天，爱摆谱的气势不可或缺，因为这是男人的自尊。梁石当然忍受不了小情人轻视于他。

眼见梁石不高兴了，苏美玲又使出了手段。或用玉指轻托着下巴，做出一副含情脉脉、魅惑丛生的姿态；或是一双玉臂缠绕着梁石粗壮的脖项，不停地撩拨他的欲望。果然不一会儿，梁石又恢复了兴致，开门见山即问她是否又靠上什么大老板了。

苏美玲不再绕弯子，微笑着回答说："官场上的靠山，给了我东湖别墅区这个项目，可我才疏学浅，哪里懂得造房子的门道，所以便想到了您。您老人家做了一辈子盖房子的生意，随便用眼睛一瞧，便能知道赚不赚钱，所以我赶紧邀您前来，和我搭伙做成这件大事。"

梁石见她开腔说了实话，便也露底说道："如今我是落架的凤凰不如鸡，囊中羞涩无钱投入啊。"苏美玲扑哧一笑道："咱们这是去赚钱，不是去投钱。"梁石听后哈哈大笑道："你这是要空手套白狼啊！"

一介小女子，既能吃定官场靠山，还敢在生意场玩"空手道"，梁石既惊又喜，再也不敢小觑苏美玲了，他开始收敛汩汩外流的色欲冲动。以经验判断，这趟龙州之行若想做成大事、赚大钱，最好顺从于官场"威压"。眼前一切都已是时过境迁、今非昔比，他得重新换一张面孔应对。毕竟自己人在龙州，如果又在色字头上惹了麻烦，谁能保证还能像上次那样全身而退呢？

梁石是久历江湖之人，他明显感觉到苏美玲已非昨日模样，尽管她不留痕迹地撩骚自己，却都是渴望和他共同完成项目的违心之举罢了。

两人之间面对面的心理暗战，最终以梁石"投降"收场。

既然不用投入一分钱，或许还能赚大钱，且又能重回龙河县招摇，需要贡献的，仅仅只是自己的聪明智慧，这般占尽便宜的生意，梁老板当然不能放弃。

很快傍晚来临，苏美玲穿了外衣要离开，梁石虽已收起了憋闷许久的欲望，却又不甘心地试探道："大老远我来了，你就不能留下陪陪我么？"苏美玲笃定梁石已经完全上钩，她用略带戏弄的口吻说道："我给你，你敢要吗？"说罢，苏美玲撇下一抹白眼，哼着小曲出门去了。

苏美玲刚出龙州宾馆，谢元来了电话，阴阳怪气地问她人在哪儿。苏美玲低头长叹一气说道："追着你屁股转的时候，也没见你这么操心老娘，今天这是怎么了？"谢元故作放松地说他担心误事，只是想问问情况进展如何。苏美玲满含戏谑地数落道："不就是想知道老娘是不是和梁老板又睡到一起？芝麻粒大的小心眼，你哄鬼呢？"谢元在电话那头哈哈大笑，只说了一句："知道就好。"随之便挂断电话。

夜幕已然降临，偌大的街道上依然是车流穿行。

苏美玲迎着轻风，徘徊在灯火阑珊处，心中不由得感慨造化弄人。为了体面有尊严地活在这世上，她已付出了太多太多，如今这份被人迫切需要的感觉真是美妙啊！苏美玲的虚荣心得到了极大满足，她暗自发誓，无论前路如何，都要义无反顾地走下去。前边有那么多个头比她高、本事比她强的大人物顶着，无牵无挂的自己，又能怕得了什么呢？

第十八章

每天晨起，奚望驾驶着那辆车况不佳的二手车，奔波游走于龙州的大街小巷。满怀希冀的他，日日期盼通过推销"神泉"桶装水赚得大钱。

奚望认为凭借自己在南方物流生意场锻炼出的三寸不烂之舌，肯定能在可以预期的时间内，取得可喜的销售业绩。然而近月时间过去了，龙州鳞次栉比的高楼大厦留下他无数穿梭的身影，却连一单生意也没谈成。

令人失望的一天，眼看又要过去了。

头顶着白天热辣辣的太阳，奚望已经马不停蹄地跑了十多个小时，结果次次挨人白眼，屡屡吃了闭门羹。最数一家公司前台的漂亮妹子嘴毒，眼见奚望一趟趟登门推销，浓妆艳抹的粉脸立即露出鄙夷不屑的神态，干脆紧闭了大门，冲着他撂下一句"讨厌"。原本寻思着大热天，甘甜清冽的桶装泉水必然大受欢迎，然而现实狠狠打脸了，没有任何品牌影响力的"神泉"桶装水，若想要在竞争激烈的龙州饮用水市场撬开一道缝隙，何其难哉！

夕阳西下时的傍晚，心情沮丧的奚望走在人群熙熙攘攘的大街上，当初满满的自信逐渐消退，疲惫与失落写在他脸上。此时正值下班高峰期，公交车站挤满了上班族，奚望不急着返回出租屋，垂头丧气的他耷拉着脑袋，漫无目的地坐在街边石凳，无神的双眼盯着步履匆匆的人山人海发呆。他点燃一支香烟，深深吸了一口，喧嚣的城市噪声仿佛渐渐散去，多么惬意而提神的一根香烟啊！

奚望暂时迷醉在尼古丁带给他的短暂愉悦中。

突然，一个杏眼圆睁的年轻女子冲到面前，抬手将他的香烟打落在地。

"你眼睛是不是瞎了，拿根香烟捅我丝袜，是耍流氓，还是想烫死人啊。"奚望抬眼一看，女人黑色性感的大腿丝袜已被烟头烫了一个小洞，他连忙解释绝非故意。女子不依不饶，咬定他是耍流氓，烈焰红唇里发出尖锐刺耳的嘶喊，连声嚷嚷着要求赔偿。

困闷压抑的奚望，再也控制不住脾气，当即冲着打扮妖艳、浑身透着市侩气的女子厉声喊道："是你走路不长眼睛，怎么能血口喷人呢？再说你穿得这么暴露，还好意思说别人耍流氓啊！"此言既出，竟惹得围观人群捧腹大笑。

这时，远处有人吹着口哨大喊道："浪！真够浪！"女子恼羞成怒，不顾体面地冲着人群叫嚷道："姐就浪了，碍你啥事啦？有本事你站出来说呀。"一个声音马上回敬道："我要去'吃鸡'，没工夫搭理骚娘儿们。"人群中又是一阵哄然大笑。

喧闹声中，公交车到站了，人们急匆匆去搭车，围看热闹的人群也瞬间散开。

黑丝红唇女子冲着奚望气呼呼叫道："算你有种！老娘今儿倒霉。"说完也要去赶公交车，只见她甩开波浪卷发，踩着"恨天高"，弓着腰身碎步小跑至车跟前。此时车厢已经挤得满满当当，黑丝女发急了，一边扯高嗓子大喊着，一边用胳膊使劲往里推，车门口终于腾出一点地方，黑丝女子"咯噔"踩上去，猛然朝地上吐了口痰，转头继续喊道："都是什么素质呀，往里再挤点！"车门终于关闭了。公交车从奚望眼前缓缓驶过，他清楚看见车门缝里夹着一缕波浪卷发，只听得闷罐似的车厢里传出一声声惨叫。

奚望猜到肯定是车门夹住了波浪卷发，让黑丝女子这样的市井女人掉些头发，他居然有些小开心，心里默默感谢公交车替他出了一口恶气。

一阵窃喜过后，望着眼前来来往往的人群，奚望又想到每个人的不容易，他们和自己一样，为了讨得富足生活，整日东奔西走，有些人讨得多些，有些人讨得少些，还有些人和自己一样，奔波整天未必能赚得三餐所用。

夜色愈来愈深了，奚望忽然感觉肚子饿了，循着昏暗的街灯，他走进了一家面馆，寻了一处安静角落坐好，单点了一碗油泼面。个头不高、脸蛋浮着两片红晕的女服务生问他："要不要点菜？"百无聊赖的奚望回答道："要一把菠菜。"女服务生没反应过来，依旧追问道："我是说，你还要不要点菜？"奚望翻着白眼，没好声气地说道："再来一把菠菜。"女服务生恍然有所悟，瞬间涨红了脸庞，而后知趣且尴尬地走开了。

有了一碗菠菜油泼面垫底，奚望不觉得饿了，他鼓起勇气走过三条大街，来到"神泉"桶装水驻龙州办事处，这里的工作人员奚望几乎都认识。此时已是深夜，闷热依然笼罩着城市，人影晃动的办公室里，大伙儿仍在津津有味地下棋聊天。

想当初，意气风发的奚望开着大奔车前来做销售，这样独具一格的做派，令众人皆感惊诧，人人都认为凭靠他的实力，真要在龙州搞推销，一定是易如反掌。谁知造化弄人，时至今日，推销人员月报表格业绩排行榜上，他是最后一名。甚是难堪的奚望，有时连进到办事处喝杯水，或给大伙儿打声招呼的勇气都没有了。

奚望拖着疲惫不堪的身子返回了出租屋。

白炽灯泡焦烤着温热的墙面，犹似笼屉般的出租屋里愈加闷热不堪，心烦意乱的他干脆卷起凉席，爬到楼顶来睡觉，谁知面积不大的楼板上，早已铺满了密密麻麻的凉席，许多租客已进入了梦乡，此起彼伏的呼噜声，夹杂着哼哼唧唧的放屁磨牙声，让奚望烦不胜烦。最终他又下楼回到自己房间，端盆凉水浇湿水泥地板，直接把凉席铺上去，硬挺挺躺了下来。此时的奚望已经哈欠连天，他眯眼望着狭小窗户外面的夜空渐渐睡着了。

熟睡中的奚望做梦了，他梦见自己走在大街上，周围到处都是行色匆匆的行人，他却不认识任何一个。忽然，奚望看见妻子阿冰牵着儿子，正在惊慌失措地四处寻他，他使劲挤过人群，却怎么也追不上妻儿，情急中又朝妻子大声呼喊，妻儿毫无察觉，他越是拼命追赶，妻儿的身影离他愈远，一直到看不见……奚望大喊一声惊醒了，身穿的背心和短裤已经湿透，或是被梦中惊出的汗水浸透，或是撒向水泥地面的凉水渗入了凉席。他傻愣愣地抬头望着窗外，眼睁睁等待着天色亮起。

奚望收起了凉席，大口喝了许多凉水，然后靠在床头，慢悠悠吸着香烟，整个人陷入漫天沉思中……

回想当初离开水厂到龙州，他只有一个目标，那便是多赚钱。整月时间一晃而过，自己并不比任何人少跑路、少流汗，却为何一单生意也没谈成？难道龙州的生意场有别于其他地界吗？从南方积累的那些生意经，怎么会在这里水土不服呢？奚望越想越郁闷，他要和运气再赌一把，如果轻易放弃眼前努力，他实在心有不甘。

想到这里，心绪灰暗的奚望顿时又来了精神，他端起脸盆去水房洗漱。此时，城中村出租屋的早晨，已经被喧哗声淹没了，酸臭的汗腥味混杂着浓烈的饭食气味弥漫在空气中，厕所的蹲位是满的，水龙头前早已排起了长队，大家都想尽快收拾停当，赶着时间出门上班去……

奚望洗漱后，仔细照着镜子穿戴整齐，又特意用摩丝将头发梳理得丝毫不乱。为了能尽快做出业绩赚到钱，奚望决定今天去求助一个人，他想找的人，正是那个充满神秘感，又有无限办事能力的奚晓冬。

奚望走出城中村，来到一处空旷地面，抬头望了望雾霭沉沉的天空，低头思忖了一阵子，然后拨通了奚晓冬的电话。本来还担心被拒绝，未料奚晓冬干脆利落地答应见他，奚望心情瞬间激动起来，满满的自信又回到身上。

两人约见的地方是一家格调高雅的清吧。奚望循迹找来时，奚晓冬正和一个美丽女子相谈甚欢。故人见面，别无客套，奚晓冬介绍那女子是她最要好的闺蜜，名字简单又特别，姓丁名一很好记。手足无措的奚望打了招呼，很不自然地坐了下来。

丁一的确很美，乌黑光泽的秀发束髻盘起，从耳根到脖子是细腻的雪白，标准的瓜子脸，精致玲珑的五官搭配得极为和谐，一双纤纤玉指柔软而无力地放在纯木桌面。就在刚才握手的刹那间，丁一的手指肌肤让奚望感到丝丝微凉，他心生疑惑，飒爽干练的奚晓冬，怎么会和这般柔美的女子处成闺蜜？女人的世界，男人最好别猜，因为猜也白猜，奚望按捺住胡乱琢磨的心思，仔细倾听着对面两位女子谈论的话题。

奚晓冬伸出右臂抱住丁一的香肩，转头冲着奚望淡淡一笑，示意等她把话说完。

"我知道老罗是一个追求极致的男人。王汗早前就给我戏说，老罗开车必脱西装，生怕座椅压出褶皱；车里准备有多款鞋子，上班皮鞋擦得闪亮，爬山必穿登山鞋，散步只穿网面鞋，去乡下视察工作，不论阴晴雨天，都要换穿胶鞋；晚上看不完的书籍，必须得放回书架，还得码放齐整；马桶不能有半点污渍，不然蹲不下去……"

说到这里，奚晓冬嗤嗤直笑。丁一眉头一皱，莞尔苦笑说："你得去看看老罗的衣橱，那才叫一个整齐，春夏秋冬隔柜放，新旧衣服不混杂；颜色从深到浅，长短必须归类，就连外挂的衣物，也得分出个白天黑夜、按序排列，我都快疯了，他是个男人，怎么比我还女人！"

奚晓冬深叹口气，继而咯咯笑道："如今这世上，追求极致的玩家有很多，什么都要上顶配。滴滴打车必须叫豪华车，天猫购物一定要加钱上顺丰，就连买个煎饼果子，都要三个鸡蛋加培根。我曾遇到过一个极品男，对手机有着异乎寻常的追逐，首先性能肯定要顶级，屏幕要超清折叠款，摄像头要哈苏四摄，充电要无线智能，人脸识别、加密防盗样样不能少；还得防水、防摔、防蹭网；最重要的是价格一定要劲爆，说这样的手机才能配得上他的气质。"

奚晓冬像说相声贯口，又似竹筒倒豆子般的一番说辞，竟惹得丁一笑弯了腰，她把头埋进晓冬怀里，粉拳胡乱挥动着喊叫说："求求你，别说了，我快要笑岔气了。"

两个美女旁若无人般地无厘头打趣，听得奚望两眼发直，见面时的一时矜持，逐渐被对面美女的笑声越冲越淡。

丁一娇息微喘着又问道："你说，这样的男人，算是正常不正常？"

奚晓冬眼帘挑起，凤眼一瞪，闪烁明眸故作思考状答道："呃，我想这已经和正常不正常没关系了，只要别变态就好。"

奚晓冬的回答，丁一显然不觉得解渴，两人又伸长脖子相互凑近，双双努着嘴巴悄悄耳语了一阵子，随之再次开怀大笑，刚才还是淑女模样的丁一，直笑得花枝乱颤、香眉紧蹙。奚望亦跟着傻笑，用表情附和着谈话的氛围。

笑声终于停下来了。

丁一抬起头，涨红的眼睛旁，居然挂满了晶莹的泪水，长长的睫毛眨巴之间，一线泪珠儿扑簌簌流淌下来。奚晓冬似乎意犹未尽，单手轻抚着闺蜜的后脑勺继续说道："老罗虽是个极品男，可总比那些'抖派男'好多了。"

丁一擦拭着泪水，嘴角露着苦笑问道："'抖派男'又该是什么样子的？"

奚晓冬缓了一口气，掰着手指说道："抽名烟、戴名表、坐豪车、贵气十足；打官腔、踏官步、抖官威、盛气凌人；结狐朋、拉圈子、扩势力，名号响亮。出门讲求前呼后拥、声势排场，待人总爱颐指气使、傲慢轻侮，每时每刻都得追求独具一格、鹤立鸡群，凡此种种都算是'抖派'。"奚晓冬又是一段噼里啪啦的编派。丁一再次捧腹失笑，心里暗暗佩服奚晓冬不愧是龙州有名的记者女王。

两位大美女的嬉笑怒骂，奚望一会儿似有顿悟，一会儿又蒙了一头雾水，从始至终，也没能听明白她们所说所指的是谁。

丁一抬起手腕看了看表，很不情愿地说她不想走，奚晓冬不停地安慰着，嘱咐她和老罗出门要多听话、少赌气，既然跟去了，就别招人烦心。眼神迷离且忧郁的丁一连连点头，口里虽然答应着，却明显有些言不由衷，她把脸庞深埋在胳膊里，犹如瀑布般的秀发斜垂下来，掩饰着已然噙满泪水的眼眸。

"生活真像一个欠抽的陀螺，要是能在旋转中穿越，那该多好啊！"丁一低头呢喃自语，奚晓冬亦苦笑轻叹着。眼前这幕情景令奚望倍觉尴尬，他心里想看，却又不忍直视，只能尽量摆出一副浑然不解的懵懂样子，以便能在如此飘忽迷蒙的氛围里待得下去。

丁一渐渐抬起了头，姣好的面容泛着红晕，她从名贵手包里掏出口红，开始重新补妆。这时候，正好有一束阳光透过玻璃窗户，照在丁一修长而白皙的胳膊上，随着光影的晃动，腕间那款镶满钻石的名贵女表，散发出迷乱炫目的缕缕光茫。

接了一个电话之后，丁一理顺了额前低垂的一缕秀发，就要背着香包离开了。奚晓冬似有不舍，两人紧紧拥抱在一起。奚望也起身相送，这才看清长发飘飘的丁一，身姿竟是如此婀娜曼妙。奚晓冬送丁一走到楼梯口，脚步又停了下来，彼此轻摇着手指作别。出了清吧的丁一，径直上了一辆静候门口的豪华轿车，而后悄无声息地隐没于川流不息的车海中。

"我的闺蜜漂亮吧！"重新坐定之后，奚晓冬仍然朝窗户外面望了又望。奚望连连点头说道："你俩都是大美女。可你比她更漂亮。"晓冬莞尔一笑说："你倒是会说话。自古红颜多薄命！我这苦命的妹妹，跟着罗行长要什么得什么，却还一腔哀怨，真是有福都不会享啊。"

奚望闻之诧异，嘴里怯怯问道："罗行长……老罗……是不是上次在精舍见到的罗行长？"奚晓冬毫不掩饰地点了头，奚望恍然大悟，原来刚刚两人嘴里数番提到的老罗，就是这位罗行长。他至今清楚记得，那天傍晚随奚晓冬见到的两位中年男人，其中年龄稍长、穿戴最显精致的，应该就是龙州银行行长罗云松。

"丁一是罗行长的……女儿？"奚望有了好奇心，顺便问了一句。

奚晓冬倒不回避，表情淡然地回答说："不是女儿，是女朋友。"

奚望瞬间涨红了脸，嘴里嗫嚅道："哦、哦……"奚晓冬似乎意识到自己多言了，连忙抬手理理额头的秀发，即刻转变话题，开门见山询问奚望找她有何贵干。

面带愧色的奚望鼓足勇气，把他销售桶装水的窘境大概说了一遍。手拿销售业绩单的他一边自叹工作无能，一边说出了恳请奚晓冬帮他一把的想法。

奚晓冬搭眼一看，发现业绩单上，奚望的销售数字为零，便干脆利落地说道："你我是老乡，有话我就直说了。当初你放弃副经理不做，执意要做销售，背后的原因，林声哥和晓夏姐给我大概说了一些。既然眼下做不出业绩，我倒是建议你，不妨还是回水厂吧。"快言快语的奚晓冬直接表明了态度，她并没有理会奚望请求帮助的话茬儿。

尽管见面之前，奚望已做好了被拒绝的心理准备，可是被奚晓冬如此干脆利落地当面回绝，还是让他感到阵阵难堪。奚晓冬在他心目中始终像女神一般存在，此刻能鼓起勇气，抹下脸面有求于她，这已经是奚望能做到的极限了。

可惜奚望错了，错就错在他并不了解现在的奚晓冬。

已然名扬龙州的她，怎么可能为推销几桶水，给别人低三下四打招呼呢？虽然溪水村水厂目前生产的"神泉"桶装饮用水，近乎百分之百的市场份额，都是奚晓冬私下联系安排的。只是这些内幕，除了投资水厂的古今集团董事长王汗知道以外，就连泉林声和奚晓夏都毫不知情。

为了赚钱改建祖上留下的老屋，给聋哑妻儿谋得更好的生活，奚望这才选择做了推销。这些背后的真实原因，奚晓冬悉数知道，但她仍然劝说奚望返回溪水村，毕竟家中妻儿需要照顾，全家人能够其乐融融在一起，便是世上最幸福的生活。奚晓冬还说这样的生活，是她最为羡慕和渴望的。奚望侧耳细听着这些道理，心里却不敢苟同，只当奚晓冬为了劝说自己，在自说自话罢了。

没能得到奚晓冬的帮助，反而被她直言劝说返回水厂，这让奚望倍感失落。

回到出租屋后，奚望孤零零地躺在床上发呆，屋里酷热的气温，似乎也感觉不到了。大睡三日后，奚望还是决定最后一搏，他要把那辆从南方开回来的旧车卖掉，继续把推销桶装水的业务坚持下去。

龙州西郊有一片偌大的荒地，早在数年前，这里已被政府征用、以待开发。好端端的平展地带空置久了，便被二手车倒卖贩子们盯上，这里俨然已经成为龙州最大的旧车交易市场。不论何种品牌、性能的大小车辆，每天将这片空地停放得满满当当，朗朗晴空下，车贩子围聚着车主窃窃私语，明里暗里勾兑着许多来路不正的交易。

奚望开车刚进交易市场，车贩们便扑了过来，七嘴八舌问询他卖与不卖。其中有一个手拿遮阳帽，光茬丸子头，脖项戴着大金溜串子，胳膊缀满文身的胖子喊声最大，他扒拉开众人，直接拉开车门，抱着奚望肩头把他领到旁边无人处说话："一看大哥就是个实诚人，这二手车市场向来水深骗子多，像您这大奔车，可不能贱卖喽。"此人说话中听，却长得凶神恶煞，奚望心里不免多了层提防。

说话间，胖子牵住奚望一只手，又用遮阳帽盖住，随之嘴里嘟囔问道："大哥实诚，我也实诚，给你这数儿，你看咋样？"奚望小时候随父亲去集市买卖猪羊，类似这样讨价还价的场景尚有记忆，这么多年时光过去，居然还有人用这种古老的交易方法，而且还是在买卖汽车。

"你出的价钱，还不及我购车时一半，太低了！不卖。"胖子见奚望直接回绝，当下有点急了，嘴里嚷嚷让他说个数字。

奚望学他的方法，单手伸进遮阳帽里，稍微停顿了一下后说道："少于这个数字，我不卖。"

胖子表情剌啦炸开了。"哎哟哟，再叫你一声大哥，就你这辆十多年的老破车，也敢要这数，真是长眼了。"奚望不睬胖子刺耳的叫嚷，径直上车就要离开。

这时，那群车贩子又围拢上来，有人嘴里开始不干不净地骂骂咧咧。胖子使劲敲打着车窗玻璃，继续冲着奚望大喊道："想钱想疯了吧，破车一辆，还挂着豪车标，赶紧拆了吧。"奚望知道自己碰上"社会人"了，一脚油门就往市场大门外开去。

大门外，人多车挤的路面已被堵得水泄不通。闷在车里的奚望长舒口气，不免感慨人若是走了背字，喝凉水都塞牙，真心诚意想卖车，偏也遇上了社会渣滓。

正在思量间，忽然有人轻敲车窗，奚望转头一看，有个满脸堆笑、穿着朴素的中年人正向他打招呼。奚望只把车窗玻璃打开一条缝隙，那人不失时机地凑近说道："我不是车贩子，想买辆二手车自家用，如果你愿意，咱俩找个僻静地方谈，价钱好商量。"奚望隔窗上下打量这个浑身透着朴素和谦卑的中年人，迟疑了片刻，然后打开车门让他坐了进来。

两人开车来到二手车市场旁的小树林。中年人神情落寞地说他早年下岗，妻子体弱多病，父母均已年逾八十，还抚养着一个上中学的孩子，原来给人跑运输，这两年身子骨吃不消，就想买个二手车跑出租。中年人这番可怜巴巴的说辞，竟惹得奚望心里怪不是滋味，经过再三掂量，奚望最终答应以低于自己的心理价格，将车卖给了中年人。

宁可把车贱卖给急需养家糊口的穷苦人，也不卖给坑蒙拐骗的二道贩子，奚望觉得善良人就得做仗义事。等待他卖车后回到出租屋，望着床边寥寥几张钞票，忽然有个诡异的念头闪现大脑，回想今天卖车的前前后后，奚望怀疑从最开始，自己恐已陷入胖子和中年男人联手演绎的陷阱里。

想到这里，奚望不禁浑身打了一个激灵，莫大的沮丧感扑面而来。他抬起双手，猛烈揉搓着脸庞，而后"扑通"倒卧木板床，蒙头呼呼大睡起来。

第十九章

泉军因为鲲丘井喷事故"二进宫"后，泉少谦私下派人替他照顾年迈的父母。这期间，何巧云又回了几趟泉家庄，每次回去，泉军父母都会声泪俱下地央求尊者救他儿子出来。经不起死缠硬磨的何巧云又动了恻隐之心，却不想给两个儿子明说，这次从老家回龙州后，塞了心事的她总是一副郁郁寡欢的样子。

母亲的怏怏不乐，泉少谦看在眼里急上心头，便向陪同母亲返回鲲丘的司机打探。得知实情后，泉少谦心里开始掂量，井喷事故倏忽过去半年多了，一切都已尘埃落定，如今不论是龙州，或是龙河县，都是自己能力可控的范围，如果听凭泉军父母这般哭哭啼啼，对于自家在鲲丘的威望确有影响。于是便给龙河县公安局局长童相辉暗中授意，让其找个合适理由，瞅个合适机会将泉军释放了。

泉军从监狱出来那天，并未先回鲲丘泉家庄看望父母，而是直接奔了龙州。

他猜测自己能如此顺利脱离牢狱，一定是泉少谦在背后运作的。一直以来，泉军并不认为蹲班房是为井喷事故赎罪，反而觉得自己为泉少谦和巨子地产公司立了一大功。这天，他径直来到巨子公司，且摆出一副大大咧咧、功臣自居的姿态要求面见泉少谦，结果被两个保安架着胳膊扔出了大门。

泉军终是改变不了混迹社会的习气，脾性发作时，可以随时丢弃假装的斯文。

热辣辣的太阳炙烤着大地，一身痞子气的泉军，躺在创业广场的水泥地面撒泼耍赖。忽然有人猛踹他一脚，斜眼一看是刘宏来了，泉军一阵狂喜，"噌"地爬起身来，老朋友总算出面了。

刘宏是奉董事长之命，临时从苏美玲身边抽离，前来"招呼"泉军的。他俩是开发温泉村的搭档，甚至一度时间，刘宏经不起金钱利诱，配合泉军欺瞒老板泉少谦。特别是井喷事故发生当夜，泉军寻机溜跑，诓骗刘宏留身现场处置危情。也就是从那一刻起，刘宏恨透了泉军，泉军在他心目中的形象也彻底崩塌了。此刻，他遵从老板授意，把泉军领进小餐馆吃饭，只是不想让他像条癞皮狗一样，大庭广众之下给老板和巨子公司丢人现眼。

桌面堆满了饭菜，泉军却难以下咽，变色龙似的他，又紧紧扯着刘宏袖口哀求道："大哥对不起你啊，大哥不是人，大哥后悔了……"

刘宏抽离了袖子，压着嗓门愠怒道："去鲲丘之前，我本以为老板赏识的人，肯定大有本事，这才答应随你去做温泉村项目，谁知你却是个大混蛋。现在你知道后悔了，当初事故发生时，你脚底抹油，跑得不比谁快？"刘宏丝毫不给泉军面子，愤愤然一顿痛斥，终于把憋了许久的火气发泄出来。

"今天，我是看在往日共事的情分，出面请你吃一顿饭。往后，劝你别再来公司自找麻烦了。"绝情绝义的话语，听得泉军犹如万箭穿心，他知道胳膊拧不过大腿，只好拉着哭腔请刘宏给老板捎句话，他泉军知道错了，自己能提早走出牢子，说明老板还没忘记他，大恩不言谢啊！往后老板但凡有需要的地方，他必将赴汤蹈火、在所不辞。刘宏听着泉军满口江湖味道的言语，心里感到可悲又可乐。

这顿饭，泉军吃得哀叹连连。

刘宏安坐其旁，静望着这只落败公鸡，回想他在鲲丘时的耀武扬威，不免感慨人生如戏，亦真亦假。没有董事长点头，刘宏当然不能答应泉军任何要求，尽管他也不清楚，老板将泉军从监狱提前捞出的原因，但他相信董事长这样做，一定有其他考量。

整整两小时过去了，泉军终于吃完了这顿"伤心饭"。刘宏这才告诉他："董事长让我给你捎话，说你父母年迈多病，你应该回鲲丘多陪陪他们。还说你要真是一个男人，从哪里跌倒，就该从哪里爬起来。"

最终，刘宏仍是感念他们曾经一起共事的感情，从钱包里拿出了一沓钞票塞到泉军手里，泉军感激涕零，哽咽着说不出话来。分别之际，刘宏又给他说："回鲲丘吧，等待老板召唤时，再回来不迟。"刘宏留下了一句意味深长的话语，泉军感觉到了无边的惆怅和落寞。

泉军游荡在大街上，细细揣摩刘宏捎来的话语，越是浮想联翩，心里越是泛起波澜。他臆测泉少谦在向自己暗示什么，却一时半刻难以参透，但是离开龙州返回鲲丘，对于目前他的窘况而言，应该不失为一个好主意。

想到这里，泉军感觉身心轻松许多。夜幕开始降临了，他决定晚餐好好吃一顿，明早天亮就赶回鲲丘去。城市华灯初上，斑驳陆离的光影映射在高楼大厦之间，这个日夜沸腾的城市，留给泉军太多悲喜交集的滋味，有些纯属触了霉头，有些却似命中注定。望着熟悉而又陌生的龙州，泉军深深感慨造化弄人，明早离开这里之后，不知何时再能归来。

拖着一双困乏的腿脚，泉军漫无目的地走着，望着街市两边遍布的餐馆，忽然想起母亲经常念叨的"出门饺子回家面"这句话，便想在离开龙州之前吃碗牛肉水饺，这是他最为喜欢的吃食。这时，醇香诱人的饭味已经从不远处的街角飘了过来，循着香味走近一看，果然是一家夜里不打烊的饺子馆，大堂已坐满了食客，天花板悬吊的电风扇急速旋转着，声声嘈杂不绝于耳。有人端着粗瓷大碗，蒙头往嘴里扒拉；有人手持啤酒瓶，大声猜拳行令；还有一群东倒西歪的食客，正在海阔天空地神侃；几个孩童从桌椅间横冲直撞跑过，叽叽喳喳地嬉闹着，好一派热闹鼎沸的市井场面，这让失去自由许久的泉军深有触动，如此有滋有味的人间烟火气息，真是久违了。

一大盘水饺下肚，又喝了两瓶冰镇啤酒，晕乎乎的感觉，泉军甚是享受。

走出饭馆，他想寻找便宜的快捷酒店住下，忽而又觉得口渴，便拐进一家门口堆满桶装水的店铺买水喝，恍然之间，他看见了一张无比熟悉的面孔，那人便是奚望。

是夜，奚望总算在背街后巷的小超市卖出了第一批小桶饮用水，心情激动的他连夜送货，刚返回办事处，便碰见泉军这个神出鬼没的家伙。

"哎呀，这不是泉大经理吗，不是进去了么，啥时候出来的？"众人听见奚望扯着阴阳怪气的调门大声喊叫，瞬间围拢过来，现场也有人认出了泉军，人群中骤然响起一阵窃窃私语声。

泉军觉得自己真是触到了八辈子攒下的霉运，此刻或许是他最为落魄的时候，怎会偏偏误打误撞到奚望面前。正可谓"冤家路窄"，趁着这个狭路相逢、不期而遇的难得机会，奚望岂能轻饶过这个从小欺辱他、诱他赌博、逼他远走他乡的恶人？

"哼！想不到你泉军也有今天，昨天不是还人模狗样在鲲丘嘚瑟，瞧你当时那个耀武扬威的样子，谁能想到转身就能被公安局撸了进去。老天爷不长眼呐！像你这样的人，咋不被井喷给喷死呢……"奚望似乎完全克服了畏惧泉军的胆怯心理，一番无情刻薄的话语，竟惹得众人哄然大笑。

奚望继续发狠说道："不过话又说回来，还是你泉军牛啊！如果别人摊上这么大的事儿，恐怕至少也得在牢里待上一两年。看你现在这样子，是被释放出来的，还是越狱跑出来的？"人群中又是一阵大笑。

泉军实在无法忍受奚望这番肆无忌惮的羞辱，硬撑着胆子大声说道："放出来，还是跑出来，关你屁事。有本事，咱回鲲丘单练去。"

泉军的嘴硬，瞬间激怒了奚望，他难忍胸中怒火，猛然扑身上前，一把揪住泉军衣领嘶吼道："别以为我还是以前那颗软柿子，任你欺负、任你捏。信不信今晚我弄死你！"泉军分明从奚望眼里看到一股压抑已久的恶煞之气，更无法猜透站其身后的这些人是何来路。所谓"好汉不吃眼前亏"，泉军瞬间尿了，恨不得马上有个地缝钻进去。

奚望继续发泄着，泉军紧闭嘴巴，不敢支吾一声，只顾着睁大眼睛，想从人群中瞅准空隙拔腿溜走。猜透泉军想夺路而逃，奚望抬腿堵住门口，望着额头挂满虚汗，神情已然狼狈不堪的泉军，他又做出一副关切的样子说道："别害怕，也别生气，你可是胆大之人，要有大气量。想当年你拉我赌博，毁我半生，我都没生气。今晚要是没地方去，我可以收留你，虽然我奚望没你泉大经理有本事，可是给老同学一碗饭吃、一张床睡觉，还是可以做到的。"话音刚落，周围又是一通嬉笑声。

奚望怒不可遏的羞辱，泉军只能默默承受。看着众人不依不饶的样子，他判断自己一时三刻是走不开了，干脆一屁股坐到台阶上，把头埋进两腿间，双手捂住耳朵，任凭奚望等人怎么谩骂，怎么笑话，他都不想看到，也不想听到了。

过了很长时间，泉军察觉周围没有了动静，这才像一只缩头乌龟，怯生生抬起了头。果然，人群早已散尽，奚望也不见了人影，"神泉"桶装水驻龙州办事处的卷闸门关闭得严严实实。夜已深了，空旷的大街上，只有三三两两的汽车疾驶而过，昏暗的街灯下，有几对夜猫情侣拉拉扯扯推搡尖叫着。泉军突然感到一阵莫名的紧张，这个熟悉的城市瞬间变得陌生、模糊，甚至有些阴森可怕。

泉军陡然站起身，加快脚步落荒而逃，凭靠脑海存留的记忆，径直朝着长途客车站方向一路狂奔。此时此刻，他不想再遇见任何人，也不想在这个城市多待一分钟，哪怕今晚煎熬在长途客站坚硬的座椅上，他也要搭乘明早去往鲲丘的第一趟班车离开龙州。

当众羞辱泉军之后的第二天夜里，李春梅突然给奚望来电，告诉他泉军回了鲲丘，并说这小子肚子里坏水多，真不知以后又会干出多少坏事。

知道这个消息后，奚望心里泛出许多糟糕的预感，他开始担心这顿羞辱，泉军会不会怀恨在心？会不会对水厂进行报复？会不会拿家里的聋哑妻儿出气……想到这些，奚望有些心慌意乱。以前在水厂上班，现在进城做推销，除了一份渴望赚钱的私心之外，他对水厂还是很有感情的，尤其是泉林声和奚晓夏，他俩是有恩于己的。奚望是知恩图报之人，无论何时何地，他都会以水厂利益为重，容不得任何人有半点儿侵犯。

本想着依靠卖车得来的钱财，还能在龙州再撑一阵子，现在眼前有了泉军这个心中隐忧，奚望便将自己那点可怜的自尊心抛到九霄云外。他连夜给泉林声打电话，实话实说自己终究不适合做销售，还是想回水厂上班。电话里的泉林声释然而笑，不仅对奚望没有丝毫责怪，还建议他尽快返回，继续去做负责安全与后勤的副经理。

奚望挂断了电话，两行热泪簌簌流淌，原来的矜持之下，迟迟不能拿起电话的沉重感，瞬息之间化为乌有，还有自尊心作怪时，莫名产生的那份不可言状的疏离感，也顿时消失得无影无踪。奚望只怪自己胡思乱想，曲解了泉林声的大度，他为自己曾有的小肚鸡肠感到面红耳赤，且懊悔不已。

再说苏美玲在刘宏配合下，将从南方诓骗而来的梁老板照顾得无微不至。老狐狸梁石从来就不是一盏省油灯，你利用我的同时，我亦利用你，他抱着走一步瞧一步的心理和苏美玲周旋着。双方经过一番心智较量后，梁石这才答应随苏美玲回龙河县。

为了稳妥推进东湖别墅项目，巨子公司事先以苏美玲名义，悄悄注册了龙州安邦地产公司，虽说她是法人代表，却只是挂个名头而已，梁石更是浪得虚名的道具。就是这样一对临时搭档起来，用以招摇蒙混的男女组合，偏偏得到龙河县的热情款待。县委书记何流和主管副县长泉大年亲自出面，盛赞梁老板投资有眼光，并对他多年以来给予龙河县旧城改造工作所付出的心血深表谢意。

梁石自知这次回来，情况定然不同当年，必须时刻谨小慎微从事，小心翼翼说话，只怕说多或说错话而引起不必要的麻烦。在欢迎晚宴上，苏美玲大抢风头，她像一只蹁跹起舞的花蝴蝶，端着杯盏游飞四处。何流和泉大年当然是揣着明白装糊涂，他俩很清楚苏美玲和梁石只是这场大戏的前台演员，自己只需要配合唱好这出戏，便是对政治导师泉政谦最好的报答。何流是这样想的，泉大年更不例外。

为了掩人耳目，何流和泉大年可谓做足了文章。

早在一月之前，东湖地区鼓动拆迁的宣传工作便已经开始了。每天都会有两辆装配了高音喇叭的皮卡车，环绕着东湖不停地播放政府指令，刺耳的口号声，令东湖百姓深感烦厌，许多人冲着卡车直接啐道："不就是瞅着这块地面有一洼水么，至于天天拿大政策压人吗？真把老百姓当蠢猪了。"还有人说得更露骨："祖祖辈辈住的地方，房子修葺得好好的，怎么能说拆就拆，还有王法吗？'鸠占鹊巢'这事儿，横竖弄不成！"更有人气愤不过，捡起砖块朝高音喇叭砸了过去。

东湖地界老百姓对拆迁的反弹力度之大，确实令何流和泉大年始料未及。一晃半月时间过去，拆迁工作未见丝毫进展，泉少谦心里甚感愠怒，却以假装关心项目的口吻，询问泉大年拆迁进展情况。

回想前不久，泉家人在龙州对自己的盛情款待，泉大年心里倍感内疚。和他有着同样感受的，还有县委书记何流，以往他有事没事的时候，常给政治导师打个电话拉拉家常、热热感情，可恨这个东湖项目了无进展，害得他长时间没有勇气拿起电话。

龙河县净佛寺街三号院的主人已经很久没有回来过了。

已经过了孕早期的泉婕好明显感觉到泉大年对自己的疏远。这段时间为了保胎，她有意克制自己不去三号院，泉大年会不会就此淡忘她？会不会开始嫌弃她？男人升官发财时最易出轨，泉大年身边是不是有了其他女人？一个个令人心慌的问号折磨着泉婕好，她终于按捺不住内心翻滚，拜托谢元帮她约出泉大年到三号院见面。

谢元很是纳闷，问她为何自己不约，泉婕好满含怨气说道："自从他当了副县长，我俩只在我公公家见过一面。我是怀孕了，可我没死，平常连个电话也没有。如今他去县政府上班了，我也难碰到他，本想去找他，又怕惹麻烦，所以才找你给他捎话，我只想问问他，到底什么意思呢？"谢元望着这个痴情女子，心里怪不是滋味。

泉婕好在何家安神养胎的时日里，泉大年新官上任、忙忙碌碌，根本无暇顾及她，当谢元捎话过来时，他如梦方醒，恍然想起身边，还有一个正为自己辛劳孕育的女人。

净佛寺街三号院里飞出去的两只野鸳鸯，终于又飞回来了。

泉婕好明显发福了，或许是婆婆岳红艳照顾得好，她的腹部圆润了不少，并且已经微微显怀。泉大年抑制不住内心欢喜，搂着女人的腰身倾听胎音，泉婕好埋怨他对自己不理不睬，又取笑他性子太急。一时性起的泉大年，便要将女人往床上抱，泉婕好连忙阻挡，说对胎儿不好，泉大年并不在意禁忌，内心反而生出许多好奇。激情缠绵了一阵子，泉婕好心不在焉，始终提不起兴致，泉大年也只能作罢。泉婕好紧紧依偎在男人身边，心里总算踏实了许多。

不知过了多久，躺在女人怀里的泉大年睡着了，等他醒来时，屋里已经空无一人，桌案上留着一张泉婕好手写的纸条，上面写着"两情若是久长时，又岂在朝朝暮暮"。望着泉婕好还算清秀的笔迹，泉大年苦涩地笑了。

等待收拾齐整，准备离开三号院时，泉大年发现屋外已经下起了沥沥细雨，烟雾笼罩的灰檐瓦舍，隐没在古槐遒劲苍老的枝干间，寂静的庭院里，只听得雨滴溅落地面的滴答声。泉大年推开大门，看见街道少有行人，穿街而过的疾风，夹杂着密密麻麻的雨滴，拂过街巷深处蒲扇似的树冠，发出一阵阵窸窸窣窣的声响。

恍惚之间，泉大年又闭了大门，转身回到里屋，他觉得这样的雨天，约人谈事应该是最惬意的。于是，便给谢元打电话，请他到三号院有事商议。谢元略感诧异，还以为泉婕好又有了麻烦事，当他急匆匆赶来时，才发现屋里只有泉大年在静静等候。

"东湖拆迁这事太难办，你得替我想办法。"刚一见面，泉大年便给谢元出了难题。

谢元亦清楚东湖拆迁遇到的重重阻力，便坦然说道："依我看，目前采取的拆迁方法太文明、太礼貌。当然了，要拆除老百姓祖祖辈辈生活的老宅子，难免会惹出一堆是非，所以要办成此事，还是得软硬兼顾。"

于是，泉大年询问谢元有何良策，不妨直言相告。谢元不假思索地说："政府做不成的事情，开发商未必办不成。既然梁老板是地产界的老江湖，何不听听他的高见？"

其实谢元说的这层意思，泉大年何尝没有考虑。他当然愿意各方群策群力，共同解决这个烫手山芋，即便拆迁中出现偏差，也能责任共担，这么做的好处显而易见，既能有效推进东湖拆迁，也能给自己留一条后路。

另外，泉大年担心拆迁拖延太久，泉少谦或许会猜疑自己回避难题、工作不力、不想担责，这才是他心里的最大隐忧。现在看来，还是老战友谢元最懂自己的心思。那么，如何含蓄勾起梁老板参与拆迁的欲望，谢元自然是再合适不过的人选，因为他手里握着苏美玲这张王牌。

事情进展至此，于公于私而言，谢元在其间操持、消耗的心血最大，泉大年感觉应该向他有所表示了。两人谈话结束后，泉大年将三号院那把钥匙重新交还给谢元，并且怅然若失地说道："往后日子里，我和婕妤不会再来这里了。你把钥匙收好，我就放心了。"谢元感激涕零，久久不能言语。

末了，泉大年站在三号院的雨雾中，再次若有所思地环顾了一圈。临出门前，又回头对谢元说："别忘了，尽快去找房管局周局长，把这房子的产权证办到手。"

谢元怔立屋檐下，喉结蠕动了几下，仍然没有发出声音。

第二十章

面对东湖拆迁这个难题，泉大年当然要耍滑头，尽管这是泉氏兄弟的事情，不可有丝毫怠慢和得罪，但他毕竟是龙河县副县长，如果粗暴、野蛮拆迁，势必会激化东湖居民与政府间的矛盾，如若出现不可收拾的局面，不仅对东湖别墅项目推进毫无益处，还会给自己带来一屁股难以摆脱的麻烦。

目前，从中央到地方，三令五申要求各级政府坚持"以法为准、以人为本"的原则，积极推行文明拆迁，人性化拆迁，切实维护好社会秩序。个别地区已经出现了多起因为拆迁而引发的暴力冲突，甚至出现人命血案，教训是极其惨痛深刻的，泉大年决然不许东湖拆迁出现这样的悲剧。同时，他能断定泉氏兄弟很清楚东湖拆迁的难度，虽说屁股决定着脑袋，可是在其位就得谋其政，他不能只顾着一味逢迎，而忘记屁股着火的滋味。

谢元终归是泉大年最为信任的人，由他出面"请教"梁老板，自然可以化解泉大年身处夹缝的难堪。再说了，东湖拆迁是否圆满成功，最终还得由泉大年签字批定，故而前期运筹的方法多讲究一些，至少能给泉大年争取明哲保身的机会，即便泉氏兄弟不乐意，只要他尽力了，也便心安了。

龙河县宾馆二〇二房间，已是谢元和苏美玲幽会的天堂，两人同在一栋大楼上班，黏糊起来甚是方便。

然而，最近情况开始发生了变化。苏美玲召回梁老板之后，遵照谢元的授意，龙州安邦地产公司东湖项目指挥部设在了宾馆西附楼，梁石本人以及刘宏指派的工作人员，全部住在了那里。尽管西附楼距离宾馆主楼还有百米之遥，但苏美玲明显感觉到不方便，本来她的海棠美容院已经人多眼杂了，现在又增加了梁石等一众人的眼睛，这使得苏美玲每次来二〇二房间偷情时，都得小心翼翼的。

风情万种的苏美玲将谢元迷得神魂颠倒，她的知情识趣，使谢元体会到了在妻子赵锦玉跟前，完全无法感受到的精神满足。俗语说"色欲即是魔鬼"，男女间的禁忌一旦打破，犹如打开了潘多拉魔盒，所有和淫色相缠的欲望便会泛滥成灾。

于谢元和苏美玲而言，一则东湖别墅项目肯定是一个从天而降的大馅饼；二则他俩都有向众人证明自己能力的投机心理；三则幻想从中发一笔横财的欲望愈烧愈旺。这些缠绕交织的野心和贪婪，不仅驱使他俩躺进了床帏，而且产生了许多为达目的不择手段的疯狂想法。

"东湖拆迁阻力很大，泉副县长对此深感头疼。最近他和我见面，每次都会询问咱们还有什么好办法，能尽快解开眼前僵局。"谢元言不由衷地说道。

躺在被窝的苏美玲一激灵爬起身问道："当初不是说好了吗，拆迁这事归政府管，现在怎么又来讨我们的主意？"

谢元深叹口气说："即便是名正言顺的拆迁，大多都很难搞。动作轻了，没人理你；动作重点吧，又得顾及国家政策。你也看到了，这段日子，大喇叭吆喝着没停，却连半块砖也没拆下来。依我看，这事不能只靠政策宣讲，还是得给拆迁户动点真格的。"

苏美玲不禁一愣，让谢元把话再讲清楚一些，什么才叫动真格？谢元神秘一笑，用手指摩挲着苏美玲的鼻梁说："动真格，就是要给赖着不走的拆迁户唱一出文武兼备、双管齐下的好戏，我就不信他们不服。"

苏美玲听得似懂非懂，仍然不明白谢元嘴里说的文呀、武呀是何意。谢元嗤嗤直笑，让她去问梁大老板，并说梁石混迹地产业数十载，有着大量经验可以借鉴。苏美玲噘起嘴巴，满脸的不情愿。"老色鬼的德行，你又不是不知道，我去求他，你也放心？"

谢元知道苏美玲想听什么，急忙把她搂进怀里哄唆道："召回这个老家伙，只不过是配合咱俩唱戏，凭你一身的机灵本事，还能让他再给欺负了？"谢元的甜言蜜语，苏美玲果然很受用。为了达到彼此的共同目的，苏美玲决定再去梁石跟前一探虚实。

且说梁石在龙州被苏美玲屡次拒绝后，内心只抱定赚笔横财的想法，这才同意来到龙河县。眼见县里领导对东湖别墅项目甚为上心，他便觉着发财有望，内心很是欣喜。然而许多天过去了，密切关注拆迁进度的他，发现东湖四周毫无动静，只有宣传车每日绕着东湖叫嚷着。县里为拆迁工作配备的工作人员，虽然挨家挨户、语重心长地和住户沟通，不料双方"话不投机半句多"，不是让人推搡出院子，便是被拒之门外。

此情此景，令梁石甚感好笑，他在地产界摸爬滚打的这些年里，见过了太多为了拆迁，双方大打出手，甚至闹出人命的场景。所以，龙河县政府的文明拆迁动作，他是看在眼里，急上心头，正想找苏美玲献上自己的计策，未料她亲自登门讨教来了。

苏美玲前来求教自己，梁石又趁机开始摆谱。

无奈之下，深谙男人心的苏美玲，再次做出一副风骚乖巧的模样，极尽温情脉脉的柔媚之术，把梁老板撩搔得浑身痒痒，仿佛当年那个任他摆布的小姑娘又重新回到了身边。然而狡猾过头的梁老板，还是多长了一个心眼，他每时每刻都在提醒自己，这里是龙河县，也是苏美玲的家乡，今非昔比的她，不知又要给他喝哪道迷魂汤。高度警惕的神经，令梁石内心时时有所提防。

梁石的窘迫与防备，苏美玲看得很清楚。她太了解这种男人的本性了，只要自己愿意投怀送抱，还真没有哪个男人能从她的指缝溜过去。想当年，浅薄的社会经验和女人的虚荣心，曾让她甘愿躺在这个老男人的怀里，如今为了东湖这块人人梦寐以求的"肥肉"，她又怎能轻易放弃眼前的大好机会呢？

望着回心转意的苏美玲，梁石觉得好像做梦一般。苏美玲依旧是当年那个千娇百媚的尤物，梁石难忍欲望的焦渴，喉咙里开始大喘粗气。可叹色欲熊熊灼烧，手脚却不听使唤，还没等他靠近苏美玲，整个人就像一头疲惫的老牛，虚弱无力地倒向床边。

气喘如牛的梁老板慢慢缓过劲儿，神情略显失落的他，起身坐在了沙发上。

给了梁老板甜头后，苏美玲不失时机地提出请他出山，为拆迁出谋划策。梁石见状，瞬间摆出一副扬扬得意的神态开始高谈阔论道："这世上，没有哪个住户心甘情愿被你拆迁。所以，不能只用宣传说教那套办法，必须得整出一套强有力的组合拳。"

苏美玲嬉笑问道："拆房子就是拆房子，怎么还搬出武林秘籍来了？"

苏美玲莞尔一笑，梁老板炫耀的兴头越发高涨，他直言不讳说道："对待拆迁户，你得一黑一白分开整，既得从内部瓦解，还得从外部诱惑，绝对不能'一根筋'和他们打交道。"苏美玲猜想，梁石嘴里吐出的一黑一白，大概和谢元说的一文一武差不多。长期专做女人生意的她，当然不懂得房产开发中的厚黑伎俩。

言说至此，老江湖梁石已能轻松察觉，苏美玲是代替背后高人，前来询问他的拆迁章法，而非她本人有多么感兴趣，被人驱使而来的苏美玲，仅仅是个传话筒而已。

面对东湖拆迁的现状，梁石早有想法。如果拆迁不能顺利推动，别墅项目便是空花泡影，自己谋赚一笔横财的想法自然会落空。再说安邦地产公司业务长期停滞不前，难免夜长梦多，许多不能预料的事情必将接连不断，倘若这个项目泡汤了，也就意味着他此次北上的失败。因而，梁石再也不想拿腔作势，他让苏美玲即刻捎话过去，安邦地产公司当然有自己的拆迁手段，只需相关部门睁一只眼闭一只眼罢了。

谢元将苏美玲捎回的消息从速告诉给泉大年，泉副县长恍然有悟。既已心知肚明，却只叮嘱事情不要做得太过分，其他意思半个字也没多说。然而，拿到尚方宝剑的谢元，却给苏美玲传递的意思是：只管放手去做，不必顾忌其他。

仅仅两天过后，东湖西岸民巷内突然出现二三十号黑衣人，个个理着寸头，身穿短衣短裤，胳膊和腿肚子布满了骷髅和巨蟒交织的可怖文身，他们三五成群杵在街巷中间，出出进进的居民瞧见了，不免胆寒。有些胆大的上前与之争辩，双方一言不合，黑衣人便大打出手，不宽的街面瞬间被堵得水泄不通，三轮车进不去，电摩托出不来，愤愤不平的人们只能从夹缝挤过。从清晨到傍晚，街坊邻里给片区派出所打了无数报警电话，却迟迟不见警察身影。

毫无疑问，这批黑衣人是梁石从龙州请来的黑帮打手，他们这样做的唯一目的，便是制造冲突、掀起恐慌，刻意寻衅滋事是这些人的看家本事。于是，一个奇怪的现象出现了，每日天色一亮，黑衣人按时进入东湖西岸民巷，堂而皇之地占道堵路。光天化日下的胡作非为，令百姓怨声载道、苦不堪言；夜幕降临后，黑衣人随即隐入夜色，负责拆迁的工作人员又悄然潜入各家各户，觍着脸和住户协商拆迁事宜。

昼与夜无声交替之间，黑与白开始疯狂勾兑。

果然没过几天，先有三两户人家从街巷陆续搬出，紧接着，又有五六户开始准备迁走。于是，谣言悄悄散开了，许多人窃窃私议，如果现在同意搬离，不仅可以拿到高额拆迁费，还能得到一笔数目不菲的奖励金，并且有租房补助。有些见钱眼开的拆迁户，甚至私底下答应和开发商签订阴阳合同，幻想将来能得到一套回迁房。

谣言的魔力果真可怕，分裂的危机往往从内部产生。各自为阵的拆迁户并不懂得，唯有大家团结一起抱团取暖，才能真正维护权益。于是，凡是脾气相投、关系交好的，三三两两悄悄聚首，一起商讨应对之策的同时，偏偏又给左邻右舍呈现出一副神秘莫测的姿态；还有一些消息闭塞、势单力孤的住户，深陷惶惶不可终日的紧张，摸不清别人的动向，只好想尽一切办法，上下打探街坊邻居拆迁赔偿的底细。一时间，东湖西岸民巷里充满了诡异的气氛，人们像仓皇老鼠一样四处奔走着。

梁石采取的阴招，收到了意想不到的效果。谢元抱着苏美玲畅怀大笑，看似铁板一块的拆迁户，其实都是各怀鬼胎、各有算计。在"黑社会"鼓噪、为政者漠视的氛围下，黑与白默契配合，采取分而化之、单户许诺的叠叠高招，直接击溃了拆迁户最后的心理防线，东湖拆迁终于打开了突破口。

谢元和苏美玲为他俩在官商之间所起的不可或缺的勾连作用，内心深感得意。精明世故的谢元，至此明白了泉副县长不便去做的事情，自有梁石这样的黑心开发商出头敢干，皆因他完全摸清了梁老板求财求色的迫切心理；于苏美玲而言，紧紧抓住谢元，既有靠大山、发大财的可能，又能进一步站稳龙河县，即便从东湖别墅这单生意赚不了多少钱，亦能为她的美容美体生意锦上添花，这等美事何乐不为呢？

躺在安乐窝的谢元，尽情享受着偷情得来的愉悦，恍惚之间，苏美玲错以为谢元移情别恋于自己。生活中遭遇的连番磨难，使得苏美玲骨子里注满了不安全感，并由此落下一条铁定认知，那便是女人无论面对怎样复杂的局面，只有做到左右逢源，方能在风高浪急中十拿九稳、稳赚不赔。

梁石能如此爽快地答应参与拆迁，并愿意动用结交的江湖关系冲在最前沿，且不遗余力地攻城略地，除了苏美玲重新献媚于他，谢元实在猜不出第二个理由。每每想到这里，谢元内心总会癫狂不已，他像一个挟私报复的色中小人，心底蓄满了说不清道不明的嫉恨。

俗话说"若想人不知，除非己莫为"，苏美玲和谢元频频出没二〇二房间，引起了官太太李苗的怀疑，她屡次暗地尾随、窥探拍照，甚至偷用别人身份证登记，入住二〇二房间隔壁侧耳偷听。一声声狂浪不休的笑声和忘乎所以的呻吟，使李苗断定这两人关系非同一般。

抓住对方把柄之后，这个圆润似羊脂球般的肥胖女人心生歹念。

她神神秘秘牵着苏美玲走到僻静处，忽然毫不客气地摆出一大堆偷拍照片。苏美玲当场惊呆了，望着那些暧昧照片，顿时花容失色，连忙央求对方放自己一马，并许诺李苗可以终生免费美容。

脖项堆满脂肪的李苗轻蔑笑道："老娘如果只想免费美容，何苦要如此大费周章？咱俩好歹姐妹一场，你肯定不想再惹一身臊气，我也不想把谢经理搞臭，听说他老婆赵锦玉，更不是一个善茬儿。所以，你得开出一个让我心动的价码，这事儿才算完。"

惊恐之中的苏美玲，一时摸不清李苗心思，便允诺对方随便开条件，只要能办到，就一定会答应她。于是成竹在胸的李苗不加掩饰地说道："除非你把海棠美容院转让给我，这事才算罢休。"

苏美玲倒吸一口冷气，她万万没有想到，曾经以诚相待、真心结交的这位李大姐，转眼间变成一条吞噬自己的"贪吃蛇"。望着一脸刁蛮，浑身披红挂紫、俗不可耐的李苗，苏美玲真想扑上去撕碎她的嘴脸。

得理不饶人的李苗继续说道："我这人心善，又不是要你全部东西，那两家理发馆，往后好好经营，凭你的本事，不愁做不大。"

苏美玲苦涩笑道："我再叫你一声李大姐，听你的话意，我还得感谢你不成？"苏美玲满含嘲讽的口吻，让李苗涨红了脸，她不再掩藏卑鄙与贪婪，直接拿出一份早就准备好的转让合同，逼迫苏美玲当场签字。

海棠美容院易主了，这是苏美玲打拼多年积攒的最大一笔家业。

龙河县宾馆二〇二房间也不能去了，一对不挪窝的野鸳鸯，被岔路杀出的肥猫搅了一个人仰马翻。丢了生意的苏美玲一肚子窝火，跑到谢元跟前哭诉。望着她哭得像泪人似的，谢元也憋屈不堪，心中虽有愤怒，但理智告诉他，李苗是龙河县政协主席的老婆，自己惹不起，最好咽下这口窝囊气。为了回击李苗的阴损，谢元当即电告宾馆财务部，从下月起，正常收取海棠美容院的租金，不得享用任何减免优惠。

随后，谢元从保险柜拿出一把钥匙，表情认真地递到苏美玲手里："净佛寺街三号院是我的房子，你尽快搬过去，往后那里就是我俩的家。"苏美玲心里"咯噔"一跳，这个熟悉的街名令她脑壳有点发蒙，冥冥之中，难道真有如此巧合且命中注定的事情么？

引得苏美玲心里惴惴不安的缘由，当然是先前她跟踪谢元到三号院，继而发现泉大年和泉婕好的秘密，再到她偷留字条，暗中唆使李春梅去三号院寻找泉大年的历历往事。如今风水轮流转，三号院居然回到自己手里。尽管谢元至今并未得知，她早已知道有三号院的存在。苏美玲不禁喟叹生活的各种荒诞不经当中，似乎处处包藏着诡异的牵引，兜兜转转了一大圈，原来自己才是三号院真正的主人。

拂去铁锁上积落的尘灰，推开绿荫掩映下的门扉，苏美玲迈过门槛拾级而下，徐行绕过一株参天古槐，步入一道爬满绿植的月洞门，顺着倚墙长廊右拐，这才进到了内屋。

这是一处古色古香、独具匠心的中式院落，桌椅上淡淡的浮灰，显示这里已经很久没人来了。苏美玲满心欢喜地四处张望，院落里的宽敞豁亮，深深暗合了苏美玲的喜好。顺着院墙往南望去，只见远处有座小阁楼，隔墙紧挨着三号院，恰到好处地阻挡了街市喧闹。阳光从阁楼屋脊投射过来，轻柔地洒落在庭院当中，一地斑驳迷离的光影，将三号院衬托得越发清幽雅致。

静静地望着那座小阁楼，苏美玲隐约感觉是那么熟悉，忽而心里一阵悸动，她差点惊讶地喊出声来，原来南墙外的小阁楼，正是她的西关理发馆。喜不自胜的苏美玲陷入了遐想，她觉得眼前的巧合，可能真的是命数注定，内心涌起的得意和满足，更让她觉得自己有神灵护佑。也就是从这一刻起，苏美玲笃定这个院子的主人非她莫属，她心里暗暗起誓，既然已经住进来了，就绝不会再搬出去。

原来的主人去了哪里呢？苏美玲有心探问谢元，却不知如何开口，既怕听到实话，心里落下难解的疙瘩；又怕说多露出破绽，引起谢元心疑。于是便告诚自己，无须知晓那么多以往的纷纷扰扰，只要按照本人的兴趣爱好，将前庭后院归置得顺顺当当，这里便是她苏美玲的理想家园。

等待院落拾掇完毕后，苏美玲才允许谢元前来。一天傍晚，谢元信步而入，欣然发现三号院大变了模样，处处花树点缀，点点匠心布置，尤其是内室的装饰，充满着中式古典韵味，看得谢元心旷神怡。当夜，苏美玲特意穿着一袭绫罗锦缎质地的旗袍，凸凹有致的身段被勾勒得分外性感。伴随一首"霸王别姬"的京腔曲调，兴致盎然的苏美玲迈开婀娜多姿的碎步，从心乱神迷的谢元面前缓缓飘过，两人仿若置身于世外桃源，又仿佛是从云烟深处落入凡尘的人间眷侣，时而勾栏钓眉，时而依窗嗟呀，犹如神仙般逍遥快活。

第二十一章

奚望从龙州铩羽而归，重新返回了鲲丘。

那辆旧车被他贱卖了，所以回来那天，奚望乘坐长途班车到龙峪镇，然后从镇上步行回家。他刻意选择傍晚进村，就是想避开众人眼睛，不料又碰到睡在草垛里的傻子陀螺，陀螺嘻嘻哈哈绕着奚望活蹦乱跳，嘴里起劲喊道：

> 玩归玩，闹归闹，事在谁身谁知道；
>
> 哭归哭，笑归笑，谁对我好我知道；
>
> 说归说，吵归吵，看谁活得最逍遥；
>
> ……

不知是心里彻底放松的缘故，还是陀螺的顺口溜，暗合了奚望的许多心思，他忽然觉得陀螺不傻也不笨，不经意间喊出的那些词句，看似疯癫诳语，实则极富哲理。奚望反而对陀螺生出些许好感，他从背包掏出一袋糖果，塞到傻子怀里，陀螺龇着大黑牙冲他一笑，又摇摇晃晃地钻进了草垛。

夜幕降临时，奚望推开了家门。看见丈夫回来了，阿冰欣喜不已，连忙跑去厨房做饭。儿子怀抱着一大堆零食，高兴得蹦蹦跳跳，奚望知道他是妻儿的整个世界。

这些年，无声交流的日子，奚望过得实在恓惶，他曾对着苍天无数次许愿，祈祷神灵开眼，能够让妻儿开口说话。如果有朝一日，这个心愿实现了，奚望甘愿转世当牛做马，赎得这份生命的垂怜。

鲲丘的夜晚宁静而祥和，奚望独自踱步到门外。

此时，一轮明月悬挂在深邃的夜空里，柔和的月光静静地洒向大地，空旷的四野蛙声四起，多么寂静美好的乡村夜晚啊！奚望的心终于安静下来了，或许正是龙州之行，让他开始厌恶城市喧嚣留给自己的心悸。

远处，朦胧月色下出现了一个人影，奚望知道，李春梅来找他了。

"人回来了，车呢？"月光掩映下，奚望难掩尴尬，磕磕巴巴说道："车……车被我卖了。"几乎在同时，两人都沉默了。

"卖了就卖了，只要人回来就好。"平日里大大咧咧的李春梅，此刻给奚望说话，反而有点小心翼翼，生怕刺激了他似的。

李春梅意识到，能把车卖掉，看来奚望在龙州过得确实不易。她当然也无从料知，正是她告知奚望"泉军已回鲲丘"的那个电话，彻底动摇了奚望继续留在龙州坚持下去的决心；也是因为这个电话，奚望终于鼓起勇气向泉林声认了错，所以，奚望对李春梅是心怀感激的。

李春梅能够体贴入微、心细如发地照顾奚望的情绪，源于她对这个男人心存期许。无论是未结成的姻缘，或是川菜馆门前的偶遇，皆能表明他俩缘分不浅。

"水厂规模越做越大了，销售量也在逐月提高。最近，林声哥和晓夏姐又招了许多员工进行培训，其中大部分都是泉家庄人。林声哥在厂里的大小会上，经常强调溪水村和泉家庄人同根同脉，共处一方水土，就该互敬互爱，不搞窝里斗。依我看，林声哥为了消解你们奚泉两姓族人的恩怨，可谓是煞费苦心啊。"月光下，奚望虽然看不清李春梅说话时的表情，但是言语间对泉林声的崇敬之意，让奚望心底升起一缕淡淡的失落。

"招来的人越多，是非就越多。再说了，溪水村和泉家庄之间的恩怨，又不是一年半载积累酿成的，我担心林声哥心有余而力不足啊。"奚望说出的这层意思，李春梅亦是感同身受。

"我也有这个担心。泉家庄来人多了，保不准有人就会对水厂使坏，所以我听到泉军回来了，当即心里发急，赶紧劝你回来，咱俩得替林声哥守护着水厂。"听到李春梅这些言语，奚望深感当初拉她进水厂，绝对是正确选择。正是在这点儿上，他俩拥有高度默契。如今人心漂浮、世情鼓噪，实难遇到泉林声、奚晓夏这般值得相交，并且可以托付信念的人了。

有时候，命运像是一个专爱捉弄人的顽童。

奚望去龙州折腾一番后，最终还是回来了。既已返回了溪水村，不仅得照顾好聋哑妻儿，还得面对李春梅这块心病。曾经有许多次，奚望想鼓起勇气、敞开心怀给李春梅说些心里话，可是未等张嘴，又把话语咽了回去。

"我离开家的这段日子里，你为她娘儿俩没少操心，我得谢谢你……"奚望言不由衷地说着感谢话，李春梅心里感到一阵温暖。然而他俩交流的话语，却也只能到此打住。

是啊！别的话意，奚望当然无法再说下去。当初毅然决然去龙州做销售时，心里已经隐隐约约感觉到他俩之间有着说不清、理还乱的情愫。面对这份汩汩外流的情感，奚望故意遏制情绪波动，因为他已经是有家有口的男人，绝不能容忍任何背叛阿冰的念头暗自丛生。

第二天一大早，奚望按时回水厂报到，泉林声和副总许聪明同坐办公室等他。望着略显消瘦、皮肤黝黑的奚望，泉林声心有不忍地说道："你不在的这段时间，我每天带人上鲲丘水源地巡逻，才知道攀山越岭、四处察看，确实是一件苦差事。可是话又说回来，水厂是咱们大伙儿的心血，既然你回来了，保障水源地的安全任务仍得交给你，这样我才放心。"泉林声的话里，依旧充满了对奚望的无限信任。

坐在一旁的许副经理也说道："水厂事务多半压在泉总肩上，他实在是太辛苦了。你走以后，我本想接手巡逻安保工作，泉总却不同意，说我是外乡人，对鲲丘地理环境不了解，硬是不让我上山。可他自己忙起来，却不分昼夜，白天厂里忙一整天，晚上还得带人巡逻，每次下山的时候，都已是后半夜。这回好了，你终于可以替他分担了。"许副总寥寥数语，使得奚望为自己当初的任性轻率深感惭愧。

重新回到熟悉的岗位，奚望感到了许久未有的放松，就连员工食堂的饭菜，都觉得比以前美味可口。李春梅笑他味觉可能出了问题，建议去看看医生，戏谑打趣的言语，逗得奚望哑然失笑。随后，他透过厨房窗户，望着正在后厨忙乎的李春梅。虽然昨天夜里她俩已经见过面了，但此刻看上去，身材肥胖的李春梅似乎比以前消瘦了许多。

溪水村饮用水厂生意越做越红火，奚海荣的心里却越来越不是滋味。作为溪水村村主任，当初为了与泉建文争个我高你低，执意掺和到泉家庄温泉村项目，可惜项目接连遭遇"卡钻"和"井喷"，最后只得草草收场。风波之后，奚海荣蛰伏了很长时间。

最近，鲲丘又发生了几件事情，深深刺激着奚海荣的神经，导致他的心理逐渐失去了平衡。

首先是泉家庄村委书记泉建文升迁了，政绩当然缘于他支持、帮助泉林声开办水厂获得成功。自从泉建文被县委组织部提拔为龙峪镇副镇长之后，奚海荣就没睡过一个囫囵觉，他认为无论是论资排辈，或是资历威望，自己处处都比泉建文强，不就是因为他支持的水厂办成了，自己支持的温泉村黄了，提拔的好事才落到了泉建文头上？

奚海荣对这种只以成败论英雄，不看资历与年龄的做法甚为不满。可惜意见多多，又能去哪里诉说呢？末了，奚海荣只好以泉家庄走出了泉氏兄弟、泉大年等大官，泉建文身后有大靠山等等，这些自己都难以相信的理由，既为眼前的失败寻找解脱的理由，也让深陷失意与懊恼当中的心理聊以自慰罢了。

其次，他惊讶地发现，经营水厂红红火火的泉林声，不再像以前那样经常请示、恭维于他。水厂毕竟建在溪水村，可他这个溪水村的当家人，在泉林声眼里，好像是空气一样的存在。只记得水厂开业前，泉林声曾来看望过他，在那以后，再无任何人踏进他家门槛。

曾经多次，奚海荣梗着脖子，像根木头一样杵立在水厂大门口，期盼泉林声忽然从里面走出来，然后热情洋溢地招呼他去水厂参观、指导一番，这才不枉"村主任"的身份。可惜的是，眼前只有一辆接着一辆拉满桶装水的皮卡车开过，欢迎他的，只有车轮卷起的一片尘土。

另外，最近鲲丘出现了许多关于奚海荣的议论声。有人窃窃私语说，他好歹也算是村干部，却尽干一些不着调的事情；再有露骨的说法，直接嘲讽他的嫉妒心，远远大于本事，如若不然，县里怎会选拔比他年轻资历浅的泉建文当副镇长？更加离谱的传言是，有人开始质疑他不分刮风下雨，总喜欢穿一双水胶鞋，这里面是不是有其他名堂？如此古怪打扮的人，当初是怎么选上村干部的？面对各种各样的流言蜚语，奚海荣还算是识时务的人，他没有迎面硬撞，而是选择避让。事已至此，奚海荣只能将倔强脾气和张扬高调的做派收敛起来。

然而事过不久，不甘寂寞的奚海荣又开始蠢蠢欲动，原因是他看见泉军又回来了。

泉军这次回来，一改往日的扬扬自得，变得异常沉默寡言，每天只顾着照料老父母，既不下地干活，也不与人交流，和他以前相交甚好的朋友登门来找，他也是一副爱搭不理的冷淡模样。

奚海荣觉得别人若想让泉军张开尊口，可能都是自作多情，或许只有他，凭借与泉军建立的交情，能够轻松打开他的心门。带着这份自信，奚海荣擦洗干净水胶鞋上的泥巴，梳理了杂乱的头发，前来寻找泉军。

当日，老父母外出赶集去了，泉军一人斜躺床上正呼呼大睡。奚海荣见状，故意干咳了两声，泉军被吵醒，他揉了揉惺忪睡眼，只用了两个字"来啦"，平淡无奇地招呼着，这让最近备受旁人冷落的奚海荣感到很不自在。

"听说你回来了，叔还一直等你来家里坐坐，左盼右盼不见你来，叔就舰着脸来找你。"奚海荣夹枪带棒的口气，并没有刺激到泉军，他还是懒洋洋靠着床头，一句话也不说。

"我知道温泉村搞砸了，你心里难过。叔和你一样，也难受啊！可是难受归难受，往后的日子还得过嘛。"奚海荣尽量挑一些委婉动听的话说，结果泉军依旧无动于衷。

"泉军啊泉军，你得清醒过来。如今在这鲲丘上，我也活得窝囊哪！人家泉建文支持水厂有功，去龙峪镇当了副镇长，你说我这心里能好受么？可那又能怎样呢？咱也不能把人家扒拉下来吧。所以，叔就指望和你再能干件大事，让鲲丘的乡亲们瞧瞧，你泉军不是没有能耐，以前碰上的那些倒霉事，都是咱们运气不好。总归，鲲丘上的风头，千万不能让别人占去喽……"奚海荣掏心掏肺的这段话，只让泉军挪动了一下屁股，然后依然背对着奚海荣一动不动。

奚海荣忽而猜想，泉军蹲号子时，是不是受刺激了，为何对肺腑之言也没反应？于是连忙起身，伸手去摸他的额头，结果脑门热烫一片，奚海荣大喊道："你感冒啦，别这样硬熬，赶紧去见医生，小心把脑子烧坏喽。"

无论奚海荣说什么，泉军始终一言不发。气恨有余的奚海荣抬起水胶鞋，狠狠往地上跺了两脚，然后披上外套扬长而去。

奚望在水厂的工作摆顺之后，李春梅的心放松了一大截。她再也不用频繁去奚望家照顾一对聋哑母子，倒不是嫌麻烦，而是怕自己去多了，阿冰难免会多想。

女人的心思总是令人难以捉摸。望着奚望一家三口其乐融融的场景，李春梅常常怅然若失，她尽量控制一些虚无缥缈的神思在脑海泛起，然而到了夜里，无穷无尽的烦恼，便会随着夜色一起降临。

这天后半夜，奚望结束了鲲丘巡逻后刚要回家，老远瞧见李春梅宿舍里的灯还亮着，走近窗户一瞧，李春梅正在独自喝着闷酒。奚望思忖半刻，进屋劝她酒要少喝，喝多伤身体。李春梅趁着酒劲儿说道："我这辈子，算是让泉大年那个王八蛋害惨了。现在人家是副县长，不会理睬我了……"听着李春梅含混不清的话语，奚望明白了一个道理，于李春梅而言，泉大年毕竟是她生命中第一个男人。

李春梅抿了一口白酒又说道："从小我就被人嘲笑身材长相，性格又虎了吧唧，像男人一样慓悍。可是旁人只顾着奚落我、笑话我，却没有一个人懂我、疼我！虽说咱俩都是没爹的孩子，可兄弟你是男人，好多事情可以任性而为；而我不行，我是女人，女人天生就得贤淑温良，大大咧咧的说话做事，只能惹人笑话。"

正说着话，李春梅嘤嘤哭了，奚望不去打扰，只是一味地听着。

"天下所有女人，没有哪个甘心情愿变成'男人婆'。当你绕不开生活煎熬，没有任何依靠的时候，只能让自己变得越来越像个爷儿们。当年我想和命运赌上一把，即便是赔上性命，也只是想在龙峪镇活出一个人样而已……就这样年复一年、日复一日，我在外人眼里，就变成了一个口无遮拦的悍妇。独自待着的时候，心里的苦，只有自己知道。有时望着镜子，都不知道里面那个面目皆非的人，是不是自己……"李春梅哭得稀里哗啦，双臂抱着头微微颤抖着。

"……你和我是同龄人，大家都恋爱、结婚、生孩子，人人享受着小日子的快乐，而我呢？如今，我成了没人要的老姑娘，又老又丑又胖，活该孤独终老……"说到伤心处，李春梅"呜呜呜"放声大哭起来。

奚望不知所措，亦不知如何相劝，只能静静坐在当面，任凭李春梅发泄着情绪。

哭声终于停止了，李春梅端起酒杯一饮而尽后说道："现在，安安稳稳经营水厂餐厅，总算活得像一个正常人，我还是得感谢你啊。"眼见李春梅恢复了心绪，奚望也想抬手小酌一杯，不料手腕颤颤巍巍，酒水撒了一地。

李春梅望着奚望略显尴尬的神态，"扑哧"一声笑了，醉眼迷离的她询问奚望，往后日子里，姐的盼头在哪里？满脸通红的奚望环顾左右而言他，神色慌乱中手指着窗外水厂说："咱俩跟着林声哥好好做水厂，事业也是人的希望。"

李春梅呵呵笑道："你不懂女人……不懂啊。"

三杯两盏之间，夜色更深了。李春梅情绪逐渐稳定下来，奚望趁机要起身告别，李春梅又说："前些日子我去县里，听到许多人在骂他，说他伙同黑心开发商，强行拆迁东湖，侵害老百姓利益……泉大年啊！泉大年，一心只顾着奔仕途，良心都抛下不要了，你说说，他的仕途能走远吗？"听到李春梅又把话题扯到泉大年身上，奚望只能躲闪出门，急匆匆离开了。

这一刻，朦胧的月亮正偏西钩挂，心事重重的奚望走在回家路上，抬首仰望当空，黑暗中的漫天浮云，仿佛是他的心事，层层叠叠挤压一起。目光所及之处，月晕泛出的清辉，显得无比遥远而渺茫。神色怅然的奚望怔怔站立许久，一声声叹息过后，这才踩着月影回家了。

再说鲲丘井喷事故之后，"明升暗降"为龙河县农业局党委副书记的赵纪衡，整日像一位赋闲老人无所事事，农业局上上下下都清楚，他是被"倒挂"起来的失势干部，所以大家都对他敬而远之。郁闷煎熬的时间久了，赵纪衡选择走出办公室，他经常会去县城郊外的田间地头，或与地里劳作的农人促膝相谈，或顶着烈日，撩起锄头，挥汗如雨地干活，似乎只有这样，赵纪衡才觉得自己是有用之人。

来的次数多了，周边老百姓逐渐和他熟络起来。这个看似普通又不普通的中年汉子，开始与农人们吃住一起，帮助他们打理庄稼，传授他们农业知识。直到后来，大家才渐渐知道他是县里农业局的干部，很多人为他感到惋惜，他却笑着解释，自己只是农业局下派的普通技术员而已。

这天，赵纪衡正和农人在地里锄草，龙河县电视台记者前来采访农耕新闻，众人都说老赵农业知识丰富，口才又好，于是推荐他接受采访，赵纪衡躲闪不过，只好欣然应允。采访中，无论谈及三农政策，或是育苗栽培等专业知识，赵纪衡都能对答如流，两位新闻记者甚感惊讶，称赞他是"农业通"。

第二天傍晚，龙河县许多认识赵纪衡的人，都从电视里看到了他的身影。

又是一天傍晚时分，劳作整天的赵纪衡吃过晚饭，正要拖着疲惫不堪的身子返回县城，忽见农业局办公室黄主任，急匆匆领着一位年轻人来找他。

"老赵啊老赵，你让我好找啊。"黄主任一边擦汗，一边指着年轻人介绍说，"这位刘秘书，是李副市长派来请您大驾的。"

赵纪衡还没缓过神儿，刘秘书即恭敬有加地说道："这些天，李副市长一直在龙河县视察工作，正巧在电视里看见您，便想请您过去见一面。"赵纪衡终于听清楚了，原来是老领导李希文要见他。

下榻龙河县宾馆的李希文第一眼看见赵纪衡时，发觉他比以前黑瘦了许多，心里便知道他在龙河县农业局的工作肯定不顺心。"自从我去龙州工作后，也不见你来找我，平时连个电话也没有。我是在电视里忽然看见了你，才知道你在田间地头发挥余热啊！"李希文一边说着玩笑话，一边爽朗地笑了。

赵纪衡不自在地笑道："让老领导见笑了。您是大忙人，还惦记着我，让人感动啊。"李希文给赵纪衡端了一杯香茶，然后望着一身泥土、满脸倦意的他重心长地说道："咱们是老熟人，用不着客套。难道只允许我失意时，你来见我？就不允许你受挫折的时候，我见你吗？当然啦，我在龙州工作是忙，但也不能忙得连人情世故都丢了，所以我得给你道个歉，应该早点见你啊！"听着温暖的关心之语，赵纪衡很是激动，一股热耳酸心的滋味涌上心头。

"你去乡下做农业技术员，当然是好事，但大材小用喽。再说了，毕竟是年过半百的人了，身子骨不是年轻的时候啦。"李希文是惜才爱才之人，他对赵纪衡甚是了解。此人胸襟坦荡、有见识、有魄力，虽受井喷事故牵连被调任农业局，但他仍是李希文欣赏的那类能干实事的干部。

久未谋面的老朋友相见，除了长时叙旧，并没有谈论多少关于工作的话题。

李希文安慰赵纪衡要调整好个人心态，认真做好农业局工作，无论有什么困难，可以随时给他打电话。本以为见面后，李副市长难免会讲一通"恨铁不成钢"的大道理。故而老领导的嘘寒问暖，给了赵纪衡郁闷不堪的心理极大的抚慰。

临近分别时，李希文这才提出一个工作要求，他叮嘱赵纪衡，既然已经和农人贴心相处这么久，那就干脆把自己对农村、农业、农民等关于"三农"问题的个人感受，撰写一篇调查报告交给他。赵纪衡郑重其事地答应了，两人伸手握别之时，时间已近深夜。

赵纪衡和李希文见面后的第二天，泉建文又到农业局找他，正巧这天他没下乡，故人相见、分外亲切，身处副镇长位子的泉建文，有许多工作中的问题，需要向老领导请教。对于赵纪衡而言，龙峪镇当然是他最有感情的地方，所以很是乐见有泉建文这样的正派干部被提拔起来，这也让他对龙峪镇未来发展的信心增添了许多。

"想当初，咱俩为了支持泉林声筹办温泉村，可是没少往县城跑啊。"

老书记的话，立即引起泉建文的共鸣："今天来见您，正是想请老书记回龙峪镇看看，尤其想请您去看一下泉林声的水厂。虽然温泉村没做起来，但水厂发展却越来越好了。老书记去视察一番，好给泉林声他们再鼓鼓劲、加加油。"

面对泉建文对自己的邀请，赵纪衡甚感欣慰。他这才意识到，自己已经很久没回龙峪镇了，那里既有他熟悉的一草一木，也有曾经经历过的悲欢与失落，特别是压在心底的一桩心事，时时萦绕脑海不得释怀。

其实，老书记赵纪衡这桩心事，同样煎熬着泉建文，那便是溪水村和泉家庄的村委会班子长期处于不健全状态。造成这个局面的诸多原因当中，最为突出的是两姓族人长期习惯遵从于尊者的个人威望，很难把村组干部视为现实领导。随着时代更替、沧海变迁，千百年流传至今的族法家规，虽然越来越难以适应现实所需，但若想从根本上扭转人们的意识观念，似乎还有很长一段路要走。

自从泉建文赴任副镇长之后，偌大的泉家庄村委会几乎陷入瘫痪状态。既是因为迟迟寻找不出新的村干部候选人，也是顾忌于尊者何巧云的脸面，加之泉家庄年轻人大量流走外地，即便村民选举法给予自由与公正，却并没有多少人热心参与其中。

同样，溪水村尽管有村主任奚海荣在任，但是此人德薄才疏、威望有限，村中大小事务，村民仍然倾向于向尊者奚友池讨教裁度。面对长期配备不齐的村委会班子，早在赵纪衡担任龙峪镇党委书记时，便有意加以归置调配，但时任镇长泉大年屡屡从中作梗，致使赵纪衡的多番努力都打了水漂。

时至今日，赵纪衡和泉建文不约而同看好泉林声这棵苗子。同时他俩认为，只要泉林声愿意参与泉家庄村委会干部选举，十拿九稳可以当选。然而水厂生意做得红红火火，泉林声是否愿意踏入另外这条河流呢？关于这一点，赵纪衡和泉建文都没有十足把握。所以，泉建文一发出邀约，赵纪衡便爽快答应了，他很想再去见见心中一直惦记和欣赏的泉林声。

第二十二章

很快，老书记要来水厂的消息传遍了鲲丘。

泉林声、许聪明、奚望等众人悉数上前迎接，员工们将老书记围拢在水厂院子中央，纷纷感念他的恩德。赵纪衡望着一张张熟悉的面孔感慨道："我们一起从温泉村的失败，走到了水厂的成功，其间经历了千难万难，但大家勠力同心，终于把大事干成啦。这个艰难曲折的过程再次证明，只要认准目标、锲而不舍，科学利用本地资源优势，我们农民发家致富奔小康，就绝不仅仅只是一句口号，而是实实在在能够实现的梦想！"老书记短短数语，即刻赢得大家雷鸣般的掌声。

赵纪衡兴致勃勃地察看了水厂生产线，并和大家进行了贴心深入的交流。其间，老书记甚是严肃地对泉林声等众人发出特别叮嘱，只要守护好鲲丘生态，保证水源地不被污染，溪水村水厂必将会有更美好的未来。奚望听罢此言，顿感自己所肩负的责任至关重大。

泉建文陪同老书记又去其他村子视察了，水厂重新恢复了平静。

泉林声把奚望叫到办公室，郑重提醒他务必牢记老书记的叮嘱，同时又详细询问了巡查水源地的工作制度和安排，确保万无一失之后，泉林声语重心长地对奚望说道："溪水村的这眼泉水，流出来的已经不是普通水，而是咱们水厂的血液。所以，我把水源地安全巡查任务交给你，就是把水厂所有员工的信任交给了你。"奚望闻听后，内心感动至深。

正当两人推心置腹交心谈话时，奚晓夏突然慌慌张张跑进来，急说父亲奚友池和海荣叔在街上吵起来了。

奚海荣的憋闷火气，是从老书记今天来水厂视察点燃的。他远远望见众人簇拥着赵纪衡欢聚一起，却偏偏没有他的戏。奚海荣暗恨泉林声，简直越来越不把他这个村主任放在眼里，按说赵纪衡前来，他该早早前来汇报，并邀请他一起去迎接老书记，如此重要的场面，怎么能独独缺少他呢？

矜持而自满的奚海荣越是这般胡思乱想，心态越发失衡、扭曲。他背着双手，像热锅里的蚂蚁似的在村口乱转，不知不觉中，偏偏走到尊者奚友池家门口，恰好又碰见四处游荡的傻子陀螺。陀螺看见村主任气呼呼的样子，便嘻嘻哈哈冲着他喊道：

> 吃的不胖装得挺像，带个算盘不会算账；
> 买个电脑不会上网，晚上睡觉一准尿炕；
> ……

正在气头的奚海荣，猛然听到这个顺口溜，感觉陀螺是在讥笑自己，胸中火苗"噌"地往外直冒，便顺手捡起一颗石子丢过去，恰巧砸中陀螺的额头，一股鲜血瞬间流了出来。

一声惨叫后，陀螺倒地打滚喊疼，仍不解气的奚海荣追上来，抬起那双粗大的水胶鞋，朝陀螺身上狠狠连踹几脚。

一连串哭叫声，惊动了当庭歇息的奚友池，他急忙走出大门，看见有人正在殴打陀螺，老人大喝一声"住手！"气愤难当的奚友池近前一看，打人者居然是村主任奚海荣。

"老汉我活了大半辈子，今儿算是开眼了，人生头一回瞧见保境安民的村主任，伸手殴打自己的乡民。"奚海荣忍住怒火愤然说道："这个王八蛋，居然敢编出顺口溜骂我。"

尊者听罢，很不客气地反驳道："溪水村哪个人不知道陀螺是个傻子？他从社会上得来的那些顺口溜，怎么就成了骂你的词了？你是从哪里窝出的邪火？非要撒到傻子的头上，亏你还是村主任！"奚友池气愤不堪，大声制止奚海荣继续施暴。

大门外的吵闹声也惊动了奚晓夏，她匆匆来到现场，只见父亲和村主任已经杠在一起，旁边陀螺的头上不停地流血。奚晓夏顾不得劝架，急忙跑回屋里，拿了止血药给陀螺敷上。陀螺的哭声渐渐小了，尊者和奚海荣的争吵声却越来越大，一时间引来许多人上前围观。

见此情形，奚晓夏只能相劝父亲，奚友池却用胳膊将女儿往身旁一推，继续大声叱问道："当初村民选你当村主任，盼望你能带领大家奔好日子。你倒是说说看，这些年，你为溪水村做了哪些事情？给族人们带来哪些实惠？"

奚海荣眼见尊者当众奚落自己，且不留一点面子，当场心里开始泛急，忍不住满腹火气的他，也干脆撕破脸说道："叫你一声尊者，还真把自己当回事啦！口口声声说我没本事，不配当这个村主任，不就是想让你那个"外来户"女婿代替我么？你敢不敢把这心思端出来，让大家看个明白？你也可以抬嘴问问大伙儿，问问溪水村的每个乡民，看看他们答不答应让一个外姓人，来给我们溪水村当主人？"

奚友池闻言心中大怒，他忍住咳嗽大口喘气道："何时何地，我曾说过要我女婿当村主任？血口喷人、造谣生事，果然是你的拿手本事。"眼看父亲与奚海荣越吵越离谱，不能忍听的奚晓夏急忙阻拦父亲，回头又冲着奚海荣不客气道："和七老八十的老人斗气，你觉得很有意思吗？"

盛怒当中的奚友池死活不回家。万般无奈之下，奚晓夏只好搀扶着父亲，挪步到大门前的石磴坐下，又不停地摩挲父亲后背，劝说他不要再动气了。

这时，旁边人群中有好事者低声说道："如果村主任所说属实，那我们肯定反对。"又有人附和道："泉家庄吞并溪水村一直贼心不死，必须防范有人打埋伏……"听见有人暗地声援自己，奚海荣越发感觉占理了，反而杠上了劲头，摆出一副得理不饶人的模样。

奚晓夏见状不妙，便毫不迟疑地来找泉林声。

泉林声急匆匆出了水厂大门，正巧碰见奚望和李春梅进门，于是三人跟随奚晓夏一起赶了过来。此时奚海荣正骂得起劲，一见泉林声来了，马上收敛了许多。泉林声望见陀螺额头仍然在流血，立即让奚望送他去水厂医务室包扎伤口，然后好言安慰只剩下坐地喘息气力的尊者，千万别和身子骨过意不去。尊者叹息不止，嘴里连说罢了罢了，然后由奚晓夏搀扶着，气呼呼进了家门。

泉林声出现后，围观人群中的几个好事者，急忙偷偷溜走了。只等现场剩下的几个人识趣地离开之后，泉林声才对奚海荣严肃地说道："在您海荣叔面前，我永远是晚辈，平常有做得不够好的地方，您尽可批评指正，不必绕弯子迁怒于别人。另外，你是了解我岳父脾气的，老人既为尊者，在族人面前，就得活出一张脸面。你俩当众争执吵闹，既失了里子，也丢了面子，这又是何苦呢？"

几句软中带硬的话语，迫使奚海荣粗梗的脖子软了许多。"批评、指正，我可不敢当！你也别总是心滑嘴甜，整天拿好话忽悠我。我只想问你，究竟到啥时候，你才能以诚相待我这个溪水村村主任呢？"奚海荣的话里，果然充满了怨气。

作为村主任，奚海荣把面子看得比命还大，这一点儿泉林声心中有数。

眼见奚海荣情绪稳定了，他转而以温和委婉的口吻劝说道："我始终尊您海荣叔为长者，凡事都希望你能够参与、支持、理解我。然而很多大事面前，我是七请八请，您就是执意不愿配合，我能有何法子呀？当然了，因为我的粗心大意，或许有些场合疏忽了您，淡忘了您，还望海荣叔大人有大量，别往心里去。"

站在旁边的李春梅，看见泉林声低三下四给人赔情道歉，实在听不过耳，便冲着奚海荣插嘴道："以前，我经常看见您在水厂门口转悠，就是不见进来。当时我还纳闷呢！"

气性未消的奚海荣，听见李春梅也数落他，火气又忍不住了："一个李家村的外乡女子，这里有你说话的分吗？"奚海荣万万没料到，他的这句话，瞬间刺激了李春梅的火暴脾气。

"是啊，连我这个外乡女人都看不惯你这套做派，难道溪水村的人都没长眼睛吗？谁对谁错自有公论！"李春梅当仁不让，明火执仗地顶撞奚海荣，气得他要上前与其理论一番。

这时，奚望送完陀螺反身回来了，忽见奚海荣朝李春梅扑来，还以为他要动手打女人。情急当中的奚望纵身快跑几步，迎面冲着奚海荣挥拳而上，一记拳头重重砸在奚海荣的右眼窝。他惨叫一声，一手捂住右眼，一手指着奚望，羞愤难当地撂下狠话："奚望啊奚望，你臭小子也敢动手打老子。反啦，反啦……合起伙儿打人啦！我要去派出所告你们，咱们走着瞧。"奚海荣捂着眼睛，踩着水胶鞋，脚底歪斜着走远了。

望着奚海荣离去的背影，泉林声摇摇头，摆摆手，一脸无奈的表情。他责怪奚望不该如此冲动，又吩咐他和李春梅尽快回水厂，不要耽误了工作。说完头也不回地进了尊者家门。

奚望快步跑了过来，急切询问李春梅伤着没有，李春梅略含羞涩地摇摇头。这一瞬间，奚望激发出的连番举动，感动得李春梅心里突突乱跳。

奚海荣失手打破陀螺的额头，却拿着一份病伤检查报告，率先跑到龙峪镇派出所反咬一口，声称奚望打伤了他的右眼，导致视力严重下降，要求民警严肃处置。

经过一番调查了解，溪水村饮用水厂来了两位民警，以《治安管理处罚条例》的相关规定，决定对奚望做出五日拘留、罚款一千元的处罚。泉林声看见处罚决定书后深感诧异，连忙向警察提出不同看法，质疑同样是打人，为何对奚海荣没做处理？民警给出的解释是：奚海荣无意伤害陀螺，打破额头属于失手行为，只给出罚款五百元的处罚；但是奚望属于故意为之，所以才有这样的惩处。

民警带走奚望后，泉林声和奚晓夏深感痛心。最窝火的当数李春梅，她没有告诉任何人，悄悄到龙河县宾馆找谢元。

刚一见面，李春梅便请求谢元帮她约见泉大年，并说有要事相托。谢元见她满面怒气，还以为李春梅又来找泉大年麻烦，急忙好声劝道："我的姑奶奶哦，还记得你以前甩我的那记嘴巴子吗？我不和你计较，权当替老战友挨了打。可是，你俩已经分手这么长时间了，再说人家如今已经贵为副县长，你还想和他斗来斗去吗？龙河县就这么大一点儿，你这样无休止地闹腾，将来能有啥好果子吃？"

看着谢元火急火燎的神情，李春梅知道他误解了。

"我想见泉大年，不是要翻以前旧账，只想求他给我办件事儿。"此话说出，谢元顷刻间松了口气。"你先说说看，如果事儿大，就请他出面；如果事儿小，我来替你摆平。"于是，李春梅便将奚海荣如何闹事，奚望又如何被拘留的过程说了一遍，最后才托出自己的请求，那便是摘掉奚海荣村主任的帽子。

谢元听后哈哈大笑说："你说的都是外行话。村主任，是由村民依照村民选举法，一人一票选举出来的，如果任职期限不到，或者任职期间没犯错误，那是不能随便撤换的。"李春梅见他大讲政策，瞬间黑了脸色，转身便要离开。谢元急忙阻拦，问她要去哪里。李春梅瞪着潮红的双眼，斩钉截铁地说道："当然是去找泉大年。"

谢元见李春梅并不好忽悠，即刻换了一张笑脸，生拖死拽着李春梅再次坐下。

"我说村主任不能随便撤换，并没说不给你办事么。这么一件小事，何必劳烦泉副县长，我来帮你办吧。"李春梅心底得意地笑了。这些年，精明能干的谢元任职宾馆经理，上上下下必定认识了不少人，此事他若肯出手解决，也免去了自己相求泉大年的尴尬，那自然是最好不过了。

从县城返回龙峪镇后，李春梅脚尖一拐，又来到了派出所，她想探视一眼被拘留的奚望。龙峪镇并不大，大多数人原来都去春梅川菜馆吃过饭，因而当日值班民警一眼便认出了她。但当知道李春梅的来意后，民警不敢徇私枉法，只能秉公办事，便以她不是奚望的直系亲属，且没有提前预约为由拒绝了。

垂头丧气的李春梅准备去接阿冰母子，转而一想也不行，阿冰母子是聋哑人，即便接来见面，也无法交流，又徒增伤悲。无奈之余，李春梅只好掏出一沓现金，请求民警交给奚望，民警好心劝她说："你就别操心了，溪水村水厂经理泉林声和他媳妇儿，把处罚人要用的生活用品以及现金，都送到拘留所了。"听到这话，李春梅更加感动于泉林声和奚晓夏的这份情谊。

谢元能满口答应李春梅的要求，当然心里有盘算。

眼下泉大年正忙于东湖拆迁，根本无暇顾及其他，如果还为李春梅这些鸡毛蒜皮的事情分神，必将影响自己以及涉及到东湖别墅项目这根绳子上所有人的贴身利益。于是，谢元自作主张，私下打电话给给龙峪镇新任党委书记马明祥，此人是泉大年的忠实拥趸，泉大年升任副县长后不久，他便被提拔任用了。

"前些天，我去见了泉副县长，闲聊当中，他痛斥你们镇溪水村村主任奚海荣长期占据着村主任位置，工作能力欠佳，毫无政绩可言，听说最近居然动手和村民打架了。"谢元故显随意的说辞，听得马明祥心里一愣。

"谢大经理啊，你怎么突然提起这个人呢？"马明祥多心一问，正中谢元下怀，因为他吃透了马明祥是一个寻机钻营、极善揣摩上级心思的人，加之他俩也是多年老交情，所以找他办事，只要稍微暗示一下，马明祥肯定心领神会。

"老马呀，你去龙峪镇任职，泉副县长在背后可没少出力啊。有些话我也不便明说，你仔细想想，像奚海荣这样蛮横霸道、丧失民望的村干部，怎能继续留任呢？"谢元故意"拉大旗作虎皮"，含蓄而明晰地向马明祥表露了意思。

这时，马明祥已经落入谢元的话语陷阱。得到暗示后，他马上联想到鲲丘奚泉两姓的宗族恩怨，即刻断定这是泉副县长的意思，只是不便给自己明说罢了。于是，马明祥电话里明确表态，他将严肃认真地处理此事，并说已经风闻奚海荣与人打架被派出所处理的事情，且让谢元静等处理消息便是。

谢元替李春梅办事的目的达到了。他挂断了电话，忽然想起泉大年曾经评价马明祥是一把好刀，脑子灵活，执行力强，但危险性也大。想到这里，谢元愈加钦佩泉大年识人用人的能力。

马明祥和谢元通话后的第二天，便将奚海荣叫到办公室开门见山说道："上上下下对你的工作很不满意，你又动手打了村民，这事儿影响极为不好。所以，你面前有两条路可以选择，一是主动辞职、体面下台；二是你参与打架，必须接受拘留处分。"奚海荣听后瞪大了眼睛，不明白马书记为何突然"抽风"，言语间完全没有商量的余地。再说了，他和奚望打架，派出所已有定论，怎么又能旧事重提，还带着要翻案的威胁口气？

奚海荣虽然满腹疑惑、深感委屈，但是对面坐着的人，终归是龙峪镇一把手，他若是想摘掉自己的乌纱帽，简直太容易了。可他还是想做最后挣扎，便把溪水村水厂这个政绩硬往脸上贴，不料话没说完，马明祥便打断他说道："你别啰唆了，水厂的功臣已经是龙峪镇副镇长了，此刻就坐在这座大楼里，要不然，我把他叫下来，你俩再掰扯掰扯。"

奚海荣瞬间满脸通红，连连摆手拒绝，羞愤不已的他知道，马书记说的那人就是泉建文。其后，马明祥只给奚海荣三天考虑时间，要么把辞职信交上来，要么在家静等警察上门。

奚海荣彻底傻了，他不知道自己是如何从镇政府大楼走出来的。回家当晚，奚海荣前思后想、辗转难眠，鸡鸣三遍时，他终于拿定了主意。第二天刚上班，奚海荣便交来了辞职信，马明祥还想安慰他两句，结果面无表情的奚海荣扭头便走。隔着玻璃窗户，马明祥望着奚海荣的背影，很不客气地往地上啐了一口。

东湖拆迁如火如荼地进行着。

自从梁石献出黑白配合、各个击破的阴阳招数奏效后，湖滨西岸即开始大规模动迁。争先恐后进场的机器发出刺耳的轰鸣声，湖心岛周边的水鸟悉数惊飞远遁，湖里的鱼儿亦惶恐不安地四处游弋。东湖边的倒塌声、炸裂声此起彼伏，空气中弥漫着令人窒息的土腥味。每天西北风呼啸而过，卷扬起的漫天尘灰，时时飘浮半空，继而掉落在千家万舍的屋檐瓦砾。转天又逢一场大雨，黄土流变成泥水，密如蛛网的小巷被浇成了泥塘。

眼瞅着各自为阵的西岸住户，被从内部逐一瓦解的惨状，东岸百姓开始学得聪明，无论噪声或尘土怎样搅扰，大家合力团结一起，维护家园不被野蛮拆除侵占。然而，更为残酷的逼迫手段接踵而至，东岸居民家里开始断水、断电、断气，直接导致做饭没气，冲厕无水，照明没电。艰难窘迫的"三无"日子里，大家宁可走到两里以外挑水吃，也不向拆迁队低头屈服。

夜幕将临了，有人趁着黑暗，偷偷将死猫烂狗等污秽之物，隔墙扔进住户院落，一股股恶臭味飘荡在街巷深处，气得拆迁户跺脚骂娘。到了后半夜，"叮叮咣咣"的砸门声此起彼落，闹腾的四邻街坊日夜不得安宁。

彼此对抗有一段时间了，拆迁队的阴损招数用完后，换之而来的是一辆辆大铲车，轰隆隆开进了街巷。一时间，吆喝声、叫骂声混杂一起，原本风景优美、寂静和谐的东岸民巷瞬间变成了战场。

正当耀武扬威的铲车推倒院墙，履带碾压门楼之时，忽然从东巷深处冲出一群手执镰刀斧头的精壮小伙子，带头人是东岸老住户郝老三。眼见拆迁队日日逼近，怒火万丈的他联络了数十位彪悍男子，秘密组织起一支反抗拆迁小分队，并统一听从郝老三指挥。这些年轻人心中的愤怒，犹如爆燃的一团烈焰，毫不畏惧地朝拆迁队反扑过来。刹那间，挥舞的镰刀砸烂了铲车窗户，粗壮的斧子劈向钢铁履带，鬼哭狼嚎的嘶叫声中，双方拼死扭打在一起。甚至有人奋不顾身地爬上房顶，浑身浇满刺鼻的汽油，手里拿着打火机，撕心裂肺地朝着铲车怒吼、叫骂着……

最终，黑衣人渐渐散去了，疯狂铲车也退出了民巷，东岸居民终于松了一口气。为了防范新一波冲击到来，郝老三又紧急组织大家上访喊冤，并将抗议拆迁的一道道横幅，高挂在龙河县政府大门外。

县长吴丽娜躲避不现身，也不理会泉大年该不该出面接访。坐在办公室的她实在不堪其扰，只好从政府大院后边的小门逃之夭夭了。其后，忽然从远处冒出一群头戴钢盔、手执警棍的防暴警察，他们冲进上访群众队伍里，直接将郝老三连同几个闹腾最凶的上访户扭起胳膊，一一塞进警车里，而后警车呼啸着扬长而去。

何流和泉大年之所以默许公安局长童相辉出警抓人，皆因他俩都接到了泉少谦的电话。泉董事长连番追问东湖两岸的拆迁，为何会出现迥然不同的状况？照此乌龟速度，何时才能完成拆迁？两人在电话里虚汗直冒，迟迟无法自圆其说。

第二十三章

正当何流和泉大年为东湖拆迁焦头烂额之际，泉婕好诞下一个男婴。

何流、岳红艳夫妇大喜过望。从孙子降临人世那刻起，岳红艳便寸步不离，或许是近三十年照顾脑瘫儿子的精神折磨，已让她的心智疲惫至极；又或许是长年累月负疚于丈夫的这份担惊受怕让她饱尝不安，岳红艳对孙子表现出极为反常的关心爱护。

无论白天黑夜，她都要亲手给孙子洗澡、穿衣、换尿布、洗洗刷刷，忙得不亦乐乎，经常因为照料孙子，反而忘记了儿子的生活起居，以往熟悉的家庭琐事也都抛之脑后，只要孙儿稍有动静，她就会马上起床，怀抱孙子在客厅、阳台不舍昼夜地转悠。

几乎每天夜里，岳红艳都会抱着孙儿睡在客房，且无比兴奋地对泉婕好说："你只操心给娃喂饱奶水，其余事情，一概不用你劳神，刚生了孩子，身子得静养一段时间。我曾生养过何平，有喂养婴儿的经验，你大可放心。"望着婆婆乐在其中的样子，泉婕好竟然有些神思恍惚。

平日里公务繁忙的何流，只要抽空回家，便发现老婆只围着孙子转，连跟自己说话也了无兴趣。何流是工作狂，且传统观念深重。遥想当年，他们夫妇生了脑瘫儿后，岳红艳曾经一度疯狂进补，什么人参、阿胶等补品从不离口，甚至瞒着丈夫偷偷注射黄体酮，目的就是想调理好身体，再给何流生一个。不料这番折腾，反倒弄巧成拙，岳红艳不到四十岁，便早早绝经了。身体进入更年期后，失眠、烦躁、衰老等症状，时时困扰岳红艳，继而神经官能综合征病状又日渐严重，甚至影响到岳红艳的心理功能。也就是从那时候开始，何流逐渐对岳红艳敬而远之，直至冷漠以待，两人很快分居了，夫妻关系名存实亡。

分居之后，岳红艳几乎把所有精力都放在脑瘫儿子身上，极不和谐的夫妻关系，催生出严重的疑心病，她开始不由自主地怀疑丈夫有外遇，隔三岔五会脾气大发，时而哭泣懊悔，时而暴跳如雷，性情越发变得急躁乖戾，经常将家里闹得鸡犬不宁。

何流为妻子找了许多医生，尝试了无数药方，病情始终不见好转，岳红艳间歇性暴躁情绪发作的时间久了，他们夫妻之间本已稀薄的感情变得寡淡无存。后来，岳红艳彻底不想上班了，学校为其安排每周两节课的任务，她也懒得去。何流只好给校长打招呼，校长心领神会，且想巴结县委书记，便悄悄授意教务处长，编排出岳红艳老师身体欠佳，需要长时间静养的理由，随之将她所代的课程，重新调整给其他老师。然而吊诡的是，岳红艳每月的工资，却一分钱也不少发。

知道自己的儿子出生了，泉大年抑制不住内心喜悦。他约谢元又到逍遥谷钓鱼，并把孩子的秘密透露给他。谢元是何等聪明之人，他早猜到泉婕好肚里的孩子应该是泉大年的，只是老战友不想泄密，他自然不可多嘴。如今孩子出生了，泉大年能够直言相告，当然是基于两人之间最深的信任。心情大好的泉大年拜托谢元，往后要多替他照顾泉婕好母子，谢元点头答应了。当晚，两人醉酒徜徉于逍遥谷李焕家的院落里。

生完孩子回家后，泉婕好很难有机会抱着儿子睡觉，唯有婆婆洗刷做饭时，她才可以和孩子躺在一起逗玩。望着稚嫩可爱的儿子，泉婕好心里却想着泉大年，脑海里无数次想象着他见到儿子那一刻，该会是怎样一副激动的神情。

美好的思绪总是被打断，脑瘫丈夫何平挂着满脸傻笑，也想凑近孩子跟前瞧望，泉婕好厌恶地推开他，即刻从床头柜拿出那个灰色水瓶，塞进丈夫嘴里，何平"咕嘟咕嘟"喝了几口，转眼间便沉沉入睡。泉婕好满意地笑了，似乎只有丈夫安静下来，这个世界才是最为美丽祥和的。

一晃孙子满月了，为了免去不必要的负面影响，何流依旧不准备操办满月酒，只想约请泉大年和儿媳父母到家里庆祝一番。心中有鬼的泉大年，急命谢元再次花钱雇请原来那对老农夫妇，谁知不管付给多少钱，人家死活不肯再来，由此泉大年陷入惴惴不安。

谢元急中生智，又献出一记托词，借口泉婕好父母身体欠佳、年迈有病、不能远途劳累为理由搪塞何流夫妇，并说等待孩子过了一周岁，泉婕好会抱着孩子回家探望老父母。何流心里虽不舒畅，但见众人皆笑逐颜开，便也不做过分计较。

满月家宴当天，泉大年仍以表舅身份参加。席间，他向何书记再三表示"邵晓丽"父母不能前来的歉意，泉婕好坐在旁边偷笑着，心里并不为这个牵强的理由而感到紧张。所幸何流听罢，口里表示接受，但仍频频叮嘱儿媳，切莫忘记抱孩子回家探望父母，以免别人说我们何家人不懂得人情世故，泉婕好连连点头答应着。

孙子的满月酒，何流喝得很高兴，醉意阑珊之际，久藏心底的一个心结悄悄泛起心头。这个迟迟不得拆解的心事，须得从何流和尊者何巧云之间的一段渊源说起。

何流与何巧云同为何姓，两家七弯八拐之间攀上了一层远房亲戚的关系，正是因了这层非亲非故的同姓缘分，何流初去泉家庄时，何巧云便郑重其事地介绍他和泉政谦认识。从那刻起，何流不失时机地敬拜泉政谦为自己的政治导师，也是多亏泉政谦对他的一路提携，何流官运尚算亨通，久而久之，两人亦成为仕途轨道上相互依存的至交。

随着两家关系越走越近，何流又生出另一个念头，他迫切想把何姆拜为"干娘"。起初何巧云甚是激动，感觉这是老天爷眷顾自己，因为失去大儿子泉岳谦之后，何巧云心底落下了深深的遗憾，她做梦都盼望回到拥有三个儿子，那个令她自豪而骄傲的年代。

一旦有了接受的想法，怀里便揣了心事。何巧云悄悄去了解何流家室，得知他们夫妇生了一个脑瘫儿子后，随即打了退堂鼓。从今往后，无论何流怎么央求，何巧云总是环顾左右而言他。有年春节里，何流来家里拜年，再次趁着酒劲儿"扑通"跪倒当面，响头磕得"咚咚"响，何巧云依然没有答应，到最后只说了一句令人玩味的话：等你抱上孙子后，再来认"干娘"吧。

恰恰就是何婶说出的这句话刺激了何流，使得他对"拜干娘"欲罢不能。从那时起，何流不再顾忌儿子给他"丢人现眼"，积极鼓励老婆岳红艳为何平四处踅摸媳妇。如今，这个纠缠他们夫妇数十年，实在不能为外人所道的钻心之痛，偏让泉大年给医好了。苦巴巴煎熬了这么些年，今天终于抱上孙子了，何流怎能忍着内心激动不去见何婶呢？

岳红艳毕竟有了年岁，照顾孙子整月有余，已累得腰酸背痛、腿脚蹒跚。泉婕好劝说婆婆好好休息，自己可以分担些家务，面对儿媳好意，岳红艳仍是拒绝。

不久，岳红艳请来一位会带小孩的保姆孙阿姨，并将做饭洗衣这些家务活，全部交托于她。如此一来，孩子到泉婕好怀里的时间越发少了，只有给儿子喂奶时，才是泉婕好最感幸福的时刻。

何流终于决定去龙州再拜"干娘"了。

出发时，岳红艳乐呵呵怀抱孙子，孙阿姨带着行李紧随其后，反而把儿媳泉婕好留在家里看护丈夫。公婆的这番安排，使泉婕好甚感伤心，哪里还有心思照顾何平？

眼睁睁看着公婆一行坐车远去的背影，泉婕好流下委屈的泪水，她愤愤然从床头柜又拿出那个灰色水瓶，强迫丈夫一饮而尽。床上传来何平大睡的呼噜声，泉婕好坐在客厅号啕大哭……

走到半道时，何流前思后想，又给泉大年打了一个电话，故意透露了自己要去龙州泉家的行程。泉大年放下电话后，半天缓不过神儿，不明白何书记这个电话究竟想表达何意，他在办公室踱步思考良久，忽然脑仁大开，急忙驱车也往龙州赶来。

何流给泉大年的这个电话，是经过深思熟虑的。目前东湖东岸拆迁遇到硬茬儿，马蜂窝捅得满城风雨，还引发了群体性上访，龙河县城发生的这些事情，上级领导不可能不知道。加之前两天，他和泉大年刚刚接到了泉少谦的责问电话，这个节骨眼上，能够面见上级领导做出解释，就显得非常有必要。然而，做出这个解释之前，何流不能把自己被动地放在火炉上烤，毕竟东湖拆迁是泉副县长全面负责的。

姜，终归还是老的辣，何流断定泉大年接过他的电话后，肯定会快马加鞭赶来龙州。他能完全吃透泉大年的心思，凭借的正是对此人迫切升迁欲望的精准判断。再说了，东湖别墅项目是泉少谦的公司在暗中运作，此时他这个县委书记都已经亲自出马了，作为主管城建的副县长，怎么能在这时候装聋作哑呢？

何流夫妇早先一步到了泉家，何巧云满心欢喜地望着襁褓里的婴儿，心里乐开了花。一阵热闹声中，何巧云把何流叫到阳台说道："你是知道的，婶子原本有三个儿子，老大走了以后，我心里没有一天是得劲儿的，时不时会想起他们弟兄三个小时候的模样儿。今天，我算是看清楚了，就数你对婶子是实心实意的。早前，我曾给你说过，等你有了孙子后，再来认'干娘'，婶子说的这些话，你千万别往心里记。咱老百姓有个讲究，是说'不孝有三，无后为大'，婶子又知道你有个操心不尽的儿子，我只怕认了你，占了岳谦在我心里的位置，却还是个没后的命儿，所以……所以……"说话间，何巧云开始哽咽起来。

何流受宠若惊，不忍再去触动何婶的伤心之处，急忙安慰她道："您是尊者，又是长辈，晚辈怎么会不理解您的想法呢？我是巴不得孝敬您老人家啊。"

何巧云不愧是精明世故的长者，三言两语之间，轻飘飘的几句动听话，便把何流感动得不知所措。何婶的动情之语清楚表明，她已经答应收下何流这个"干儿子"。何流内心狂喜，这些年的努力和煎熬总算没有白费。

众人围着孩子交口赞叹之时，泉大年也到了，刚迈进门，泉少谦便领着他进到书房谈事去了。何流心里暗暗得意，这正是他给泉大年打电话所要得到的效果，东湖拆迁这摊烂事，有泉大年在前面顶雷，自己当然能轻松许多。

何流正在寻思时，泉政谦也把他叫到另外一间书房，语气严肃地说道："群众上访这事儿，不能越闹越大，要快刀斩乱麻。马书记已经过问多次，询问此事的处理情况，我只能尽量为你们争取一些时间。但是，如果任由某些钉子户没完没了地闹下去，市、县两级政府的脸面都不好看啊。"

泉政谦说的每个字，都像子弹一样射向何流的胸膛。本来抱着孙子、认了干娘，心里正是得意时，不料政治导师的这盆冷水，浇得他浑身透凉。何流心里愈来愈清晰地意识到，东湖拆迁这件事情，看来必须得继续加大火力、从速解决了。

这天的家宴，没有安排在巨子地产公司所在的高科大厦内，而是去了龙州一家人气最旺的老字号"德茂居"。这里主推乡帮菜品，众人皆吃得欢心满意。

觥筹交错间，何流一脸坦然地直呼何巧云"干娘"，这是他故意当众叫给泉大年听的。泉副县长果然深感吃惊，作为泉家庄人氏，他只把何巧云称呼为何婶，现在看来，何书记与泉家人之间的关系绝非自己想象的那么简单。越是这样想，泉大年心里越感惊慌，尤其看到岳红艳抱着自己的亲生儿子在眼前晃悠，泉大年感觉自己的脑壳要炸裂了，脸上的笑容犹似水泥般凝固了。

所幸饭菜吃到一半时，泉政谦接了电话，转身去忙公务了，如坐针毡的泉大年这才稍微放松一些。这时，众人们又都周旋逗趣着孩子，望着眼前的欢声笑语，泉大年不忍直视，且感觉自己像个格格不入的外人。于是便寻了一个得体借口，向众人打了招呼后匆匆离开了。

恍恍惚惚之间，泉大年开车驶出了熙熙攘攘的龙州，行驶至路边旷野时，他猛然感到一阵眩晕，急忙停车下来，身靠路旁一棵大树，仰望着一望无际的蓝天白云，两行清泪黯然流淌。刚才餐桌上的一幕幕情景，深深刺痛了他的神经，泉大年开始后悔今天不该来龙州，不是因为泉少谦在书房对他发出的那番诘难，而是缘于眼前那个众人趣逗的婴儿，孩子那一串串银铃般的笑声，是该属于他的亲生父母的。

返回龙河县后，泉大年将龙州憋出的火气，统统撒到谢元身上。

他向谢元挑明，各级领导对东湖拆迁进度很为不满。谢元即刻意识到，老战友肯定遭受了顶头上司的批评，况且还有泉婕好诞子这件事儿，他心里肯定是相当不痛快。既然理解泉大年发火情由，自己便不能"哪壶不开提哪壶"，只好支支吾吾应声离开了。

老战友已为拆迁大伤脑筋，谢元便不可能不去分担。

倘若因为拆迁阻力巨大，众人都摆出一副袖手旁观，任其发展的"绥靖"态度，那么，本来可以坐收渔利的好事，恐怕到头来，只怕东湖别墅项目中每一位利益相关者，都会落得"竹篮打水一场空"。因此，谢元绝不允许"煮熟的鸭子又飞掉"的后果发生，这样的蠢事，也是所有人都不愿意看到的。

谢元思前想后、左右掂量，仍然觉得，唯有苏美玲能拆分压力，但也不能把全部压力都推给她。谢元心里很清楚，这样做的后果，或许真会把苏美玲再次推进梁石老头的怀里。

他和苏美玲偷情的这段日子，谢元开始疯狂痴迷于这种心惊肉跳的刺激感，这个尤物般的女人身上，似乎有着所有男人不能舍弃的魅力。然而令人悲叹的是，现在除了让苏美玲再度出马之外，还能有什么高招呢？安邦地产公司的法人代表就是苏美玲，这辆已经开到半山坡的车子，如果他和苏美玲不使出吃奶的劲儿往前推，一旦滑落下去，被碾死的人群里，肯定有他俩。谢元清醒认识到，东湖别墅这趟车，他登上来的时间已经太久了，即使现在想下车，也已经来不及了。正因如此,鼓动苏美玲再去投怀送抱,他只能闭上眼睛随它去了。

苏美玲住进三号院以后,整个人变得越发明丽,一扫丢了生意带给她的阴霾。她错以为,谢元这回是真心待人,如若不然,怎能在丢了海棠美容院之后,让自己搬进这么漂亮的开阔庭院?

身陷情感旋涡中的女人,智商往往会无限趋近于零。或许苏美玲无暇去思考,或者是刻意自我麻痹,她根本不想去证实,净佛寺街三号院究竟是否属于谢元名下的资产?尽管苏美玲刚搬进来时,曾经暗地里发誓,绝不轻易离开这个院子,然而命运之诡谲,人性之多变,谁又能保证谁不是这世上的匆匆过客,更何况是一个小小院落的主人呢?

被情欲缠绕的大脑思维,往往是荒唐而简单的。谢元与苏美玲身处癫狂之时,绝然不会容忍别人染指自己的女人,他做不到像泉大年那样,为了仕途升迁,甘愿舍去心爱女人的悲壮之举。

一度时间,谢元曾为自己的痴情专一沾沾自喜,自认在对待女人这方面,他要比泉大年更有温度和灵魂。如今看来,当巨大的利益和情感发生冲突时,无论男人或女人,大多都是本性使然的动物,亦是被欲望完全控制的可怜虫。

为了尽速推动东湖拆迁,苏美玲果然主动选择献身梁石,之所以再次委身于人,除了金钱诱惑欲望之外,还有自欺欺人的一面。

在苏美玲看来,她和梁老板之间从来不是白纸一张,即便为了自尊和脸面,不再和他鬼混一起,也会有谣风流言四处蔓延。与其因为矜持而落得一地鸡毛,还不如走一步看一步。人生或许就该当舍则舍、当弃则弃,这个世界里原本就没有美玉无瑕的东西,也没有十全十美的完人,任何人成功与荣耀背后,皆隐藏着不能言说的心酸和伤痛。正是如此现实而残忍的认知,支撑着苏美玲重新躺回梁老板的床榻。

然而,苏美玲使出浑身解数,数番柔情蜜意过后,梁老板反而无动于衷了。老奸巨猾的梁石,已经把东湖别墅项目的背景,猜出了十之八九,现在他的算计内容里，既包括了苏美玲的投怀送抱，还有着更加贪婪的图谋和欲望。

苏美玲心急了，忙问梁石究竟想要怎样？梁石摆出一副无赖的神态说道："告诉你身后的主子，他们要脸，所以黑活、脏活我们替他们做；可在那么多兄弟面前，我也得要脸啊，大伙儿没黑没明在那儿耗着，不追加辛苦费，免谈！"

色诱梁石失败了，他开始坐地起价，拆迁工期又催得那么紧，从上到下，压力与日俱增，本来就是虚壳存在的安邦地产公司，也开始停摆了。面对如此被动的局面，无论是何流或是泉大年，只能放下身段、低下头来，忍气吞声地答应了梁石的讹诈。

东湖拆迁的黑雾再次风卷而来，手中握有大把"黑金"的梁石，又雇来许多社会闲杂人员，开始在东岸砸车、碎玻璃，往住户门前堆积建筑垃圾，继而开始实施不间断的疲劳战术。成批的黑衣人以协商为名，长时间待在住户家里不离开，甚至安排人手"三班倒"，轮流和拆迁户耗着耐心。

东岸居民的生活秩序彻底大乱了，报警电话被掐断后，拆迁户叫天天不应，叫地地不灵，失去拆迁小分队的强力反抗，事态便朝着越发恶劣的方向发展。一个月黑风高夜，无数黑衣人突然冲进居民院子，将所有人从睡梦中拖出，然后铲车紧随其后，逮住空隙实施强行拆迁。

至此，东湖东岸的拆迁，彻底被撕开了一道口子……

第二十四章

最近，龙峪镇政府下发了一份通知，宣称镇党委将派出专职干部，指导全镇村委会班子不健全的行政村，重新选举村主任。这份名单里，溪水村赫然在列，却不见泉家庄的名字。这个引人注目的消息，伴随着一阵阵秋凉，迅速吹遍了鲲丘。

"一石激起千层浪"，溪水村里顿时一片议论纷纷，有人直呼奚海荣下台是大快人心的好事；有人抱着"事不关己高高挂起"的麻木心态；也有人暗自窃喜，巴不得溪水村乱成一锅粥。

恰在这时，奚望从看守所出来了。当他得知了奚海荣辞职的消息后，第一反应完全与众不同。奚海荣是一个把面子看得比命还重的人，他怎么会主动辞去村主任职务呢？心存疑惑的奚望，开始猜疑这事儿，或许和自己那一记拳头有关联。经过一番仔细打探，奚望的目光果然落在了李春梅身上。

"你怎么知道是我告下的？"李春梅一点儿也不避讳，当即承认是自己做的手脚。并直言相告奚望，她虽是外乡人，却也看不惯奚海荣平日里颐指气使、装腔作势的架势。特别是奚海荣心术不正，对人对事不存半点儿善意的晦暗做派，经常让李春梅回想起泉大年暂未得势时，也是那副钻营算计的小人模样。如若这般卑劣心性的人不断爬升上去，倒霉的可不仅仅是老百姓。

猜测此事可能是李春梅"从中作梗"并不难。奚望甩出的那一巴掌，本来就是为了保护李春梅。放眼偌大的溪水村，谁能有本事让奚海荣乖乖就范呢？

而且还惹得镇政府插手。所以奚望断定，这是李春梅和泉大年曾经有过的那层关系起了作用。

　　诚然，李春梅也是在疼惜、呵护自己。奚望知道春梅姐与泉大年之间早已不相往来，此番她能避开众人耳目，愿意放下自尊、拜求别人，一定是不能忍看自己被拘，恶人安然无事的不公，愤然伸手相助，替自己出一口恶气。不论是为求公道打抱不平，还是为民除害，李春梅能用霹雳手段将奚海荣拉下马，奚望心底除了感激之外，又隐隐泛出一丝不祥之感，这般干脆利落地将奚海荣扒拉下来，他能善罢甘休吗？

　　忌惮奚海荣淫威的心理阴影，奚望从小便烙下了。那时候，人家奚海荣是长辈，在村里属于特能钻营之人，光是那耀武扬威的气势，就能唬住许多胆小怕事的村民，其中即包括奚望一家三口。时至今日，鲲丘上但凡有点本事的年轻人，纷纷外出做工了，村里仅剩一些老弱妇孺，正所谓"山中无老虎，猴子称霸王"，适宜的气候和机会，恰好给奚海荣得势称王提供了土壤。

　　奚望从南方回来后，逐渐对奚海荣有了别样看法。蔓延发展到对他的深恶痛绝，开始与奚海荣与泉军相互媾和，导致温泉村井喷事故发生之时。再到这一次，奚海荣居然敢对女人动粗，可见此人龌龊至极。当下的溪水村，奚望当然最是期盼泉林声能够接手村主任，但他知道这是不可能的，毕竟林声哥姓泉，奚泉两姓结下的宿怨，岂能容得下一个泉姓人当村主任？

　　这天，尊者奚友池将奚望叫到家里谈心，老人笑眯眯望着他说："还能记得，你刚回溪水村那天见到奚海荣的样子吗？"刹那间，奚望满脸通红，语气尴尬地说道："人家毕竟是长辈，尊重还是得有的。"

　　尊者听到这话，撅着山羊胡子又说道："当初村民投票选村主任，就数奚海荣跳得欢，我没站出来反对，那是对他尚抱有一份侥幸心理，期盼奚海荣能给村里办点实事、好事，结果这么多年过去，不见其人有半尺长进，缺德事倒是干了不少。从他领着泉军给咱鲲丘当腰钻窟窿，我就断定奚海荣'兔子尾巴长不了'，苍天有眼啊，恶人终遭报应了。"尊者的庆幸之语里，充满了不待见奚海荣的缘由。

"我曾提醒过你，要学习泉林声的硬骨头，就凭你挥向奚海荣的那只拳头，我就知道你娃的骨头终于长硬实啦！"说到此处，奚友池开心地笑了。

"溪水村族人敬我为尊者，既是尊者，当领众人行大义、走大道。如今我们溪水村人丁凋敝、百事不兴，年轻人都想着走出鲲丘、经见世面，这倒也没啥大错。但以老夫之见，外面的世界再精彩，不见得人人都适合去闯，也不是人人都能闯荡出一个眉目。多亏你远道回乡，做了一个清本溯源的好表率，这点你做得甚合我意，更是难能可贵啊。依我看来，我们鲲丘一点儿不比外面差，这里要山有山、要水有水，年轻人是大有可为的。"尊者说得振振有词，奚望却听得一头雾水，自己不是已经回来了么，尊者何须给他上这节课呢？

原来，奚友池说这番话是"醉翁之意不在酒"。他是溪水村尊者，村主任选举时，尊者的那一票，几乎影响着所有村民的投票风向，故而显得至为重要。前些天，龙峪镇派来的进村干部，已经私下询问过老人，建议他先从心里暗摸出一个人选，以备正式选举时能够膺服众望。奚友池躺在摇椅上，整整思索了数天，这才将目光落在了奚望身上。

得知尊者寄望他竞选村主任时，奚望整个人惊呆了。事情的发展完全出乎了他的意料，更是他万万没有想到的，自己何德何能，如何忝居溪水村村主任之位呢？

奚望连连摆手拒绝，且说泉林声有德有才，建水厂带领百姓致富，他才是溪水村村主任的不二人选。这时，尊者微笑着挥了挥手，忽而从内屋走出三个人，分别是泉林声、奚晓夏和李春梅。

不等奚望起身，泉林声已陪坐当面，他语重心长地说道："你该知道，自从建文叔去镇上工作以后，泉家庄村委书记、村主任的位置也都空着。为此，建文叔曾多次找过我，提议由我接手去干，可我离不开水厂啊。所以，溪水村村主任非你莫属。"泉林声居然说出了这层意思，奚望彻底无语了。

天上掉下了一个幸运球，直直砸到奚望头上，他半天缓不过神儿，只能请求尊者多给些时间，让他好好掂量消化一下，而后再从长计议。若有所思的泉林声拍拍奚望的肩膀又说道："你脑蒙，我也头大，咱俩都得好好想想。"旁边的奚晓夏和李春梅相视一笑，皆不言语。

回水厂路上，李春梅望着满脸涨红、心事重重的奚望，内心无比感慨。

她去龙河县城寻找泉大年、谢元帮忙的时候，只是想免除奚海荣村主任职务。谁也无法料到，村主任这顶帽子，如今歪打正着落在奚望头上。不过，对于这样的意外结果，李春梅当然乐见其成，替奚望兄弟泄气的同时，还顺便带给他好运，这般一举两得的好事情，真是盼也盼不来。

望着奚望踌躇徘徊的样子，李春梅干脆说出了心里话："村主任不是官，是一份责任。你再三推脱给林声哥，难道你忘了，林声哥姓泉，水厂固然办得好，也一直为消解奚泉两姓恩怨在做努力，但"冰冻三尺，非一日之寒"，很多奚姓族人不见得欢迎他做村主任。另外，林声哥是尊者的女婿，尊者德高望重，但观念意识传统，未必愿意让女婿站出来。所以，我觉得尊者对你的心，应该是真的。"正是李春梅的这番肺腑之言，逐渐开启了奚望的心门。

一场秋雨一场凉，鲲丘的初冬眼看就要到了。

春梅娘为阿冰母子做了两身纯棉衣裳，本想自己送过去，但李家村距离溪水村有段路程，便唤女儿有空回家，帮她捎了过去。春梅问娘怎会有这个念头，娘说现在女儿身边都是好人，女儿懂事了，娘心也热了。一句话说得李春梅泪眼婆娑。

阿冰母子穿上了新棉衣，娘儿俩高兴得在院子里手舞足蹈。半夜巡山回家的奚望看见后，阿冰笑着"咿咿呀呀"比画手势，奚望读懂是李春梅送来的。夜里的冷风一阵紧似一阵，躺在床上的奚望辗转反侧，反复想到李春梅对他们一家人的关照，心里充满了温暖。

第二天刚上班，奚望把李春梅从厨房拉到后院，询问粗手笨脚的她，哪有时间做衣裳。春梅嘻嘻直笑，偏不作答。奚望掏出一沓钱，春梅这才急了，说是她娘给做的。奚望听后眼睛瞪得老大，木木讷讷地转身走开了。

　　瞅了一个空闲时间，奚望径直来到李家村春梅家。春梅娘正在院里打扫落叶，看见奚望后格外欣喜。奚望捉起扫帚，速速将院子扫得干干净净，随之搀扶春梅娘坐定堂屋，"扑通"跪倒在地说道："如今我拖家带口都回来了，春梅姐又经常忙在水厂回不了家，您老独自待着总不是个办法。我爹娘走得早，家里只有聋哑妻儿。今天我冒昧了，如果您老不嫌弃，奚望想拜您为'干娘'，然后请您搬到溪水村去住，您身边有人陪了，春梅姐在水厂上班也安心。再说，您老身体好，还能替我照应妻儿，奚望我是求之不得啊。"

　　话刚说完，奚望迫不及待将头磕得"咚咚"响，他把自己熬煎数天、憋了很久的话一股脑儿都倒出来。面对奚望这份不忍拒绝的诚心诚意，春梅娘被感动得老泪纵横："奚望啊，你别这样、别这样，啥都好说、都好说……"

　　奚望这个举动，李春梅万难料及。当母亲说了实情后，她捂着被子放声大哭。春梅娘点燃了一炷香，望着春梅爹的照片喃喃自语道："命，这都是命啊！"

　　母亲既已答应做奚望的干娘，李春梅自然而然与奚望姐弟相称。尊者奚友池听此消息后，从心眼里感到高兴，再次当众赞扬奚望做事情，越来越像泉林声了。尊者的褒奖令奚望既感脸红、又觉心愧。

　　眼看着腊月来临了，隆冬的寒风吹皱鲲丘的山山水水，暂时不见下雪的踪迹，但雾结成冰的凝霜已将鲲丘装扮得晶莹剔透。气温一天天降低，溪水村却迎来两桩大喜事，族人们沉浸在一片喜庆热闹中，人人高兴得合不拢嘴。

　　首先是元旦刚过，龙峪镇党委书记马明祥专门下派一名得力干部，监督、指导溪水村全体村民进行了村主任选举，奚望果然不负众望，高票当选为溪水村新一任村主任。

　　此后，尊者奚友池率领奚姓族人进入奚氏祠堂，以宗族礼制的仪式，把阿冰母子录入族谱，又按长幼排行的延续章程，将奚望的聋哑儿子归入贤字辈，并取名为奚小贤。一家三口终于认祖归宗了，奚望抱着妻儿热泪长流，那一颗经年漂泊的心灵，总算踏踏实实地落地了。

　　眼看新年将至，许多外出打工的年轻子弟，已经陆陆续续返乡归来。这时，溪水村又传出了大好消息。今年水厂的经营效益取得开门红，泉林声决定举办第一次庆祝年会。其目的除了鼓舞水厂职工士气，迎接新年伊始之外，更为重要的深意，是想通过这样的年会联欢，能够吸引鲲丘外出务工的年轻人留下来。

　　望着窗外一张张喜笑颜开的脸庞，静坐办公室的泉林声，心里却想着一个令他纠结不已的人。海荣叔刚刚辞去了村主任职务，此刻应该是情绪最低落的时候，临近年关，他决定再次登门拜见，盛情邀请奚海荣参加水厂年会。

　　推门而入，呈现在泉林声眼前的是一派萧条，枯萎的树叶落满了毫无人气的院落，七零八落的锄头扫帚倒落一地，寒风吹过去，破旧的门帘随风甩起，一片片残损的窗花纸发出"吱吱呀呀"的声音，快过年了，奚海荣家却是一副冰锅冷灶的样子。

　　这时，奚海荣的老妻正在厨房点火做饭，他自己则和衣斜躺炕头，嘴里发出一连串含混不清的声音。"海荣叔是不是病了？要不要看医生？"听到泉林声关切的问话，奚海荣一动不动，老妻则从厨房走进来，不冷不热地说道："有病，是心病。就那臭脾气，谁也医不好他。"说完话，她又踱步回了厨房，随之，光线暗淡的厨房传出猛烈的咳嗽声。

　　泉林声摇了摇头，坐到火炕边低声说道："海荣叔，我找您有话说，您不能不理我呀。"奚海荣依旧纹丝不动，只顾着喘粗气，泉林声伸手轻轻推搡了一下，奚海荣重重地哀叹一息，喉咙里发出厌烦的声音。

　　俗话说"装睡的人难叫醒"，此刻的奚海荣，哪有心思搭理泉林声？无奈之下，泉林声放下带来的米面油和大肉，悻悻然返回了家。奚晓夏见他神情失落，便知在海荣叔那里又碰了钉子，正要好话安慰丈夫，不料泉林声却说："大年初一，咱俩一起去给海荣叔拜年。"

　　溪水村桶装水厂的年会如期召开了。

喧天锣鼓声吸引了十里八乡的乡亲们前来凑热闹，放眼望去，欢呼雀跃的人群里几乎都是年轻的面孔。年会开场前，泉林声亲手书写大海报，透明公开了水厂收支账目；登台讲话时，又毫无保留地宣布了桶装水销售取得的骄人业绩，并决定给每位职工发放一笔数额不菲的奖金。年会现场顷刻间成为欢乐的海洋。

其后，副总许聪明宣读了龙州古今集团董事长王汗发来的贺信，信中明确声明，作为水厂主要投资方，古今集团郑重承诺，首年利润不上交，全部用于下一年度水厂扩大生产。刹那间，台下再次响起雷鸣般的掌声。

是夜，溪水村桶装水厂灯火辉煌、人声鼎沸，年会联欢成为漂泊四方、辛勤打工的年轻人一年中最难得的聚会时刻。

先期入股水厂的奚望和李春梅，自然而然分得第一份红利。望着账户里的一串数字，奚望笑逐颜开、合不拢嘴，当即决定明年春暖花开之时，将破损严重的老屋里里外外翻修一遍。这个美滋滋的想法，却遭到李春梅反对，她提议留下修缮屋舍的必备金后，再把所得红利重新投入水厂，以此支持泉林声将水厂做大做强。李春梅的建议，令奚望略感脸红，随后则毫不犹豫地答应了。

既然已经当选为村主任，奚望便谋划着要为溪水村扎扎实实做点实事，因而继续兼任水厂副总，恐有顾及不到的担忧；再说他所负责的水源地巡逻，是何等重要的岗位，提前给泉林声提出辞请，也好趁着过年的空当，大家一起商量着，重新物色一个合格人选。

泉林声自然懂得奚望的心思，也明白他的这次辞请与第一次迥然不同，若想把长期停顿的村务烂摊子拾掇好，奚望必得付出一番心血。所以，泉林声欣然接受了奚望的辞请，只等春节过后，再行安排可靠得力之人，继续接手奚望的巡逻工作。

越近年关，年味愈浓，到了家家户户赶集逛庙会，采购春节年货的时候了。城乡间的每条街巷，处处弥漫着喜庆的气息。整年未见的老同学、老朋友聚首一起，尽情畅谈着天南海北的奇闻轶事；至亲骨肉千里迢迢赶回家里，只为那桌魂牵梦绕的团圆饭；最开心的当数孩童，他们欢呼着、嬉闹着、竞相追逐着。爆竹声声除旧岁，空气中夹杂的那股令人回味无穷的淡淡烟火味，仿佛在告诉每个人，春节就要到了。

外面是一派欢乐祥和的氛围，憋闷在家的奚海荣却心灰意冷，难以熬过一连串的失败和打击，心理越发变得阴森扭曲。此刻，他把所有仇恨都归罪于泉林声和奚望。如果没有泉林声这个异姓族人插入溪水村办厂，谁能夺了自己在村里的人气和风头？如果不是泉林声和泉军相互竞争，自己怎会成为奚姓族人眼里失掉公信的人？如果没有水厂后来者居上，怎会有自己村主任任上无所作为的评价？泉林声是小人得志也罢、后生可畏也罢，总归是他来到溪水村之后，自己才沦为了摆设。

尤为可气的是，那个穷小子奚望，从南方"嘚瑟"一圈回乡后，居然鸠占鹊巢，夺了自己的村主任位子。污点在身的他，有何能耐和自己一较高低？这其中，如果没有奚友池那个神通广大的小女儿奚晓冬在背后捣鼓，怎会有龙峪镇党委书记马明祥对自己毫不留情的羞辱……奚海荣的面子、威望"稀里哗啦"掉落一地，飞溅起的都是嫉妒和憎恨，他像鬼神附体，心里塞满了魔障，开始不舍昼夜地胡乱寻思、寻机报复。不久后，一个无比阴煞歹毒的念头浮出奚海荣的脑海。

彤云笼罩着龙川平原，刺骨的寒风伴随着呼啸声掠过无边的旷野。

倔强执拗的奚海荣孤守家里已有月余。这天，困闷不堪的他缓缓从火炕爬起，随手披了一件油腻皱巴的棉大衣，踩着那双永不离脚的水胶鞋，再次往泉军家走去。

这日，泉军正要和父母出门筹办年货，忽然，气喘如牛的奚海荣出现在眼前，一家三口顿感错愕。老母亲好心好意沏了一壶热茶招呼客人，奚海荣却不领情，望着泉军劈头盖脸说道："你小子不是装傻充愣、不言语么，怎么还有心思过大年，脑仁是不是真的烧坏啦？你都不睁眼看看，现在的鲲丘，还有你我的立锥之地吗？”

泉军父亲年龄稍长于奚海荣，实在听不过耳，便嚅动着嘴唇说道："咱们都是一把年纪的人了，说事归说事，脾气别总那么冲。如今，你也不做村主任了，不能老是逮谁吼谁。"一句善言相劝，深深刺激了奚海荣敏感的神经，喉咙里的粗气越发喘得急迫。

"好啊，好啊！算我奚海荣瞎了眼，还指望和你打一个翻身仗，万万没想到，你却是烂泥扶不上墙。"自讨无趣的奚海荣撂下一句狠话后，佯装甩开膀子要离开的样子，心里却指望泉军能拦住自己，这样他的面子才能挂住，才能把已经想好的心里话说出来。

然而，奚海荣失望了，人已走到大门口，仍然不见泉军有动静。失望开始向绝望靠拢，奚海荣的心像揉碎的煤渣纷纷掉落，万念俱灰的他缓步转身之际，突然发现有个黄色书包挂在门墙上，奚海荣顺手取下，随即揣进了棉大衣，而后他抬头望了望灰蒙蒙的天空，脸上露出一丝不易察觉的狰狞笑容。

奚海荣离开后，老父亲望着面无表情的儿子又淡淡说道："咱们泉家庄啊，就数你何婶是个体面人、大善人，那尊者的名号绝不是虚叫出来的。我估算着，你何婶年前或年后一定要回老家的，到那时候，爹替你去尊者跟前说说好话。不管怎么说，你也是替他们顶过灾的人，肯定会帮你一把的……"

父亲话音未落，泉军便大声喊道："说什么好话？添什么乱？坚决不许你去！"泉军仿佛被针尖刺了一下，猛然蹿进内屋，一脚跳上炕头蒙头躺下。老母亲用眼睛狠狠瞪了老伴一眼，然后再也没人说话，只听得炉膛里的火苗"吱吱"燃烧着。

第二十五章

奚海荣顺手牵羊偷走的黄色书包，是泉军上学时曾经用过的旧货。奚海荣拿回家仔细翻腾时，忽而发现书包内侧，针线绣成的泉军姓名依然可见。刹那间，一个邪恶的念头像闪电般掠过他的大脑。

恶念的萌芽总是不经意间发生，沉落于妒忌与失衡深渊的奚海荣，思想已然扭曲到了疯狂地步。

熙熙攘攘的集会上，别人都忙着购买年货，奚海荣却骑着自行车，捂了一顶大盖帽，戴着乌黑破旧的耳挂和口罩，鬼鬼祟祟奔走于龙峪镇附近几个集市，专找售卖老鼠药的地摊购买毒鼠强。前后两趟工夫，零散买来的毒鼠强已经凑齐了整整一大包，奚海荣使劲将药全部塞进黄书包，又将书包藏匿在衣柜夹壁里，而后伸长腿躺在炕上，大口喘着粗气，久久不能入眠。

除夕到了，朔风劲吹着大地，彤云堆满了天空。时辰还未到晌午，连绵不断的爆竹声便响彻鲲丘，热热闹闹的喧嚷声中，家家户户开始贴对联、糊窗花、挂灯笼，浓浓的年味笼罩着整个村庄。

春梅娘这时已经乐得合不拢嘴，今天女儿要接她去奚望家过大年三十。尊者奚友池闻听奚望拜了干娘之后，也盛意邀请春梅娘来溪水村团聚过年。尊者既已开口，奚望又拜为自己的干儿子，春梅娘实难婉言拒绝。

临出门前，春梅娘给女儿感慨说道："为娘这辈子，还是第一次不在自家过除夕。毕竟大过年的，这样做祖宗或许会不高兴的。所以应付过今天，明天大年初一，我还是要回家来的。"李春梅懂得母亲的心思，微笑着点头答应了她。

李春梅娘儿俩要去干儿子家过除夕，这个消息像风一般传遍了李家村，那些长舌妇加盐调醋，又说出了一番闲言碎语，然而话里话外，却透出一丝丝羡慕和嫉妒。李春梅稳稳当当做了溪水村水厂的餐厅主管，这比原来在龙峪镇依靠说不清、道不明的关系开餐馆体面多了。春梅娘能够不顾及别人的眼光，关起门、扣上锁，利利索索跟随女儿去溪水村，也是故意想给旁人瞧瞧，我家女婿做不成，却能认作干儿子，看看往后谁还能再嚼出什么花样儿。

尊者奚友池听说春梅娘已经到了，随即由泉林声和奚晓夏陪伴着，乐呵呵来到奚望家，两位老人一见如故，嘴里有着道不完的老话新说。李春梅已早早备好了饭菜，众人围拢一起的热闹场景，惹得阿冰笑出了眼泪。奚望最懂妻子心思，知道她很久没见过家里有这么多人了，又或是想念逝去的父母。他把阿冰拥入怀中，为她轻轻擦拭着泪水，并用手语比画着只有他俩才能读懂的动作，过了一会儿，阿冰终于破涕为笑了。

尊者、泉林声和奚晓夏看出奚望对妻儿的好，从心底里替他俩高兴。然而李春梅看见眼前情景，心里泛出一股说不清的滋味。

儿子奚小贤在院外和伙伴们尽情嬉闹，嘴里"咕噜咕噜"喊叫不停，快乐开心得像一只活蹦乱跳的小鸟。孩童们追逐之间，又召来远处的傻子陀螺，一路蹦跳嬉笑着喊道：

二十三，糖瓜粘；二十四，扫房日；

二十五，磨豆腐；二十六，炖羊肉；

二十七，宰公鸡；二十八，把面发；

二十九，装香斗；三十晚上熬一宿；

大年初一扭一扭……

陀螺喊着顺口溜，龇牙咧嘴扮鬼脸，弓腰扭动屁股的怪模样，惹得孩子们和他站成一排排，同时撅起小屁股高声喊叫"扭一扭"。一时间，村庄里的欢声笑语，伴随着远近不歇的爆竹声响彻四野。

奚望到门外叫回儿子，然后一家三口齐刷刷跪倒在春梅娘跟前磕响头，老人高兴得笑出了泪花。奚友池见此情景不胜感慨地说道："从今往后，奚望一家三口就是你的儿孙，你比我有福啊。"春梅娘笑得合不拢嘴，连声说着吉祥话。

这时候，奚晓夏的电话响了，是妹妹打来的，她起身到门外接听。奚晓冬告诉姐姐。春节期间需要在杂志社值班，她不能回家和大家过年了。奚晓夏听后有点发急，赶忙提醒说道："这个借口，你不能再用了。连着好些年除夕不回家，始终是同一敷衍理由，父亲已经生出心结了。"电话那头陷入了沉默，而后匆匆挂断了。

发觉奚晓夏情绪起了变化，泉林声悄悄询问，才知道奚晓冬今年又不能回家过年了。他不知道该如何劝慰妻子，只好岔开话题说道："今天已是除夕，我和奚望陪咱爹多喝一点。"

奚晓夏不无为难地答道："明天大年初一，爹还得领着族人们祠堂祭祖，可不敢喝太多了。"泉林声微微一笑，奚晓夏这才稍觉心安。

除夕夜，火树银花不夜天的吉庆欢乐充盈在家家户户庭院里。正当人们热热闹闹吃着团圆饭时，窗外劲吹的朔风渐渐停了，纷纷扬扬的鹅毛大雪开始簌簌落下，很快大地变成了一片银装素裹，洁白的雪花像夜空降临的精灵，循着除夕夜的脚步来拜年了。

多么美好而祥和的除夕夜啊！

然而，任谁也难以想到，在崎岖陡峭的鲲丘山坡，一个罪恶的灵魂正在踟蹰爬行着。

奚海荣怎么也没料到，一场大雪会在这个时候降临，趁着漆黑的夜色，他已经攀爬至鲲丘山腰。此时，刺骨的寒风卷裹着大片雪花，奚海荣的身体即将被湮没了，唯有喘息的鼻翼和嘴边，呼出一丝丝热气。不知爬行多久了，奚海荣感觉浑身的热意越来越少，眼睛也要被冰水糊上了。

腿脚明显开始僵硬，心跳却越来越快，奚海荣紧紧抱着怀里的东西，他要将这个装满毒鼠强的黄书包扔进溪水村水厂最高处的水源地。为了这个恶毒计划，奚海荣已经准备了太久，专挑万家团圆的除夕夜投毒，也是奚海荣处心积虑想出来的。因为只有这个时候，鲲丘水源地巡逻才会暂停，人人回家吃年夜饭，能够轻松避开平常日子的人多眼杂，他那罪恶的目标才容易得逞。

大雪越下越大，浓云遮蔽着月亮，氤氲不明的月光映照着鲲丘的雪野。奚海荣胆怯地往后看，但见莽莽苍苍的原始森林已在脚底，身后是深不见底的万丈深渊，周围怪石嶙峋，眼前已经没有路了，呼吸骤然困难，只能趴在雪窝里，侧身背靠着山石，双脚试探着前行。

刺骨寒风再次吹起，鲲丘几乎被大雪掩埋殆尽，奚海荣浑然不知已爬到了哪里，只好蹲下身子，循着雪色泛出的微弱光芒，用水胶鞋狠狠蹭了蹭岩石底部，再用手扒拉开积雪，抓起一把黑土放在眼前近瞧，又递到鼻子跟前闻闻，没有任何气味，说明高山苔藓没有了，鲲丘最高点的水源头应该就在眼前了。

又是一段艰难爬行，奚海荣已经能听到耳旁传来的流水声，他断定眼前无比漆黑的深渊处，应该就是源头所在。这时，大雪已将整个山体全部覆盖，奚海荣使出浑身气力，爬上一棵大树，然后解下书包，单臂牢牢抱死树杈，另一只手抡起书包，在空中舞动两个回旋，顺势丢进黑暗深处，只听得"咕咚"一声，奚海荣心中狂喜，他知道自己成功了。

激动癫狂的奚海荣，从树杈抓起一把雪花，猛然塞进嘴里使劲咀嚼起来，他大口喘着粗气，神志完全陷入了恐慌和惊喜。当他想要回身爬下来时，树干积雪太多，整个人"刺溜"滑了下来，只听得一声惨叫，奚海荣的左脚连同水胶鞋，死死卡入两块巨石的夹缝中。一阵阵钻心的疼痛和恐惧，驱使奚海荣使出仅存的力气想拔脱出来，结果折腾了足足半个时辰，巨石纹丝不动，水胶鞋里的左脚死活拔不出来。

逼人的寒冷逐渐渗入奚海荣的肢体，从头到脚已经被雪水浸透了，恐惧绝望的他，清晰感觉到冰冷的死亡气息向他袭来，仅有嘴里呼出的白气，给他一丝生的希冀。如何才能逃生呢？难道就这样被冻死吗？起初周密的盘算中，奚海荣完全没有料到这场不期而至的大雪，更未料到会有眼前这样的意外发生。他靠在冰冷的石头上开始苦思冥想，忽然感觉左脚在水胶鞋里还能动弹，奚海荣欣喜若狂，他再次使出浑身气力，双手猛力撕扯，右脚疯狂乱蹬，硬是把胶鞋撕开个口子，然后平躺下来，一点点将左脚从水胶鞋里抽了出来。

紧紧抱住僵硬麻木的左脚，乐极生悲的奚海荣呜呜哭了。知道自己又能活下来，奚海荣撑起腰身，裹紧大衣，全然不顾眼前的寒风骤雪，赤脚踩进雪窝，"嗷嗷"乱叫着，连滚带爬溜下山去……

大年初一早晨，除夕夜里的大雪逐渐停了，鹅黄色的太阳浮游在灰云间，四野寂静安宁。这时，肆虐的寒风也消退了，厚厚的积雪堆起的乍冷还寒，为新年的喜庆锦上添花，大人们打扫着院落里的积雪，孩子已冲到雪地里打雪仗、堆雪人，人们交口夸赞瑞雪兆丰年，一张张笑脸犹如大红灯笼般红火灿烂。

奚望家的这顿年夜饭吃得温馨热闹，热气腾腾暖意浓浓的氛围，令阿冰母子感受到了许久未有的温情。尊者奚友池多喝了几杯，夜半时分，泉林声和奚晓夏冒着大雪，搀扶老人回家歇息了。李春梅和母亲也略有醉意，很多年了，娘儿俩从未像今晚这样敞开心扉、唠叨家常，而后醺醺然斜靠炕头睡着了。天色麻麻亮的时候，春梅娘苏醒过来，她望着窗台积满的皑皑白雪，口里啧啧惊叹：吉兆，大吉兆啊！

曾子曰"慎终追远，民德归厚矣"，大年初一祭祖，这是亘古不变的传统。

只要是宗亲一员，无论老幼妇孺，这天都得起早床、行大礼。当尊者奚友池走进奚氏祠堂时，奚氏族人已经齐聚一起，早有守夜人将祭祀所需的茶、帛、酒、馔，以及牌位、香炉等祭物码放得整整齐齐。按照奚氏宗亲的辈分，众人排队进入厅堂，随着尊者的声声号令，族人们手执高香，分别向东西南北方向鞠躬三次，而后纷纷跪地磕头，再起身，跟随尊者口念祭拜辞文。

> 奚氏裔孙，功名鹊起，光宗耀祖，丕振家声，业垂后嗣，源远流长，世泽延绵，繁衍昌盛；嗣孙当近根思本，饮水思源，广大祖德，敬宗睦族，精诚团结，宗耀氏族……

族人们吟诵祭文的嘹亮声音，令这一刻的奚氏祠堂越发显得庄严肃静，虔诚跪拜的人们都在心里默默祷告，祈愿新的一年里风调雨顺、万事吉祥。祠堂外面，站满了从各地归乡的年轻人，他们神情庄重、仪表整洁，无论世事如何变迁，步履迈向何方，只有踏入宗族祠堂，似乎才能寻见那些不曾被岁月遗忘的乡愁和眷恋。

一晃时辰已近正午时分，声声爆竹中，祠堂祭拜结束了。随之，锣鼓喧天声开始响彻鲲丘，喜兴洋洋的人们踩高跷、扭秧歌，欢庆大年的活动徐徐拉开了帷幕。

奚望一家三口从祠堂刚到家，春梅娘执意要回李家村了。奚望劝说干娘吃过午饭再回不迟，干娘却说凡事有讲究，给祖宗烧香敬酒不能过了晌午，不然便是大不敬。李春梅听后咯咯笑个不停，不断给奚望使眼色，暗示他别费口舌了。于是，奚望请出村里的农机车师傅，送李春梅母女返回李家村。车子已经走远了，奚望和阿冰母子仍然站在雪地里，脸上露出幸福温暖的微笑。

送走李春梅母女后，奚望转身又来给尊者拜年，刚踏进大门，一眼看见有许多男男女女站在屋檐下，正在仔细聆听尊者说话。此刻，尊者高坐堂屋，身旁站着泉林声和奚晓夏，眼见奚望来了，尊者奚友池忽而手指着他高声喊道："大家都看见啦，这是咱们村的奚望，也是去年刚从南方拖妻带子返乡的，虽然他的年龄稍长一些，可你们在外务工的感受，应该是相似的。奚望回到鲲丘后，先和族人一起筹建水厂，而就在过年前，他已被选举为咱们溪水村新任村主任。恰好奚望过来了，你们有什么问题，也可以多问问他么。"

奚望脑子发蒙了，泉林声急忙凑前私语道："这些都是溪水村在外务工的年轻人，有许多问题想和尊者交流，刚才尊者和我已经回答了许多，他们再问你什么，如实回答便是。"

泉林声话音未落，便有人大声问道："水厂岗位终归有限，如果我们留下来，都能保证有活儿干吗？"听此发问，尊者呵呵笑了，再次手指着奚望，请他出面回答。

缓过神儿的奚望，神情自若了许多，他望着众人微笑答道："作为溪水村新选村主任，我当然要实话实说，眼下水厂的岗位的确有限，肯定不能一下子安排这么多人就业。但是，鲲丘的山山卯卯，到处都蕴藏着发家致富的资源，比如鲲丘半山腰以下，我们可以发展经济林，广泛种植山葡萄和花椒，那可都是市场上极受欢迎的紧俏农产品。另外，可以利用咱们溪水村这一汪清水，在鲲丘底部开挖水塘、养殖鱼虾；还可以建起现代化的阳光大棚，大面积种植瓜果蔬菜。咱们鲲丘有着得天独厚的地理和气候优势，培育养殖出的都是生态有机食品，何愁市场没有销路……"

奚望的话还没讲完，大家便激动地开始鼓掌，他欣然挥手继续说道："大家想想，我刚说的这些项目，哪一个是天方夜谭？所以，你们这些年轻人，只要下定决心留下来，大家一起努力干，我们何苦捧着金饭碗，却要向老天爷讨饭吃？如今时代不同了，你们出外走州过县，都是见过大世面的人，如果以后，我们能将鲲丘出产的土特产品，通过互联网卖到外省、甚至全国去，那么我们奚姓族人，还有什么必要外跑他乡谋生呢！"奚望的慷慨陈词，顿时赢得一片雷鸣般的掌声。

这时，有一位高个头小伙子大声说道："我是咱们村的奚小平，常年在龙州谋生。当初去外地打工，也是实属无奈，因为那时的鲲丘要啥没啥，大伙儿的日子总得往前奔。可是现在不同了，咱们村'靠山吃山'建水厂，给了我很大启发，还有刚才奚望村主任说的那些想法，个个都是可以实现的梦想，既然有了梦想，还有了梦想带头人，那我现在就表态，从今往后不去外地务工了，我要留下和乡亲们一起劳动致富。"奚小平的话，引来众人齐声喝彩，一时间，尊者家的院落变成了热烈的讨论场。

奚望瞬间点燃的这把火，泉林声的确始料未及，他神情诧异地询问奚望，何时生出了这么多奇思妙想，奚望傻笑不语。正襟危坐的尊者更是喜不自胜，冲着奚望不断竖着大拇指，嘴里连声说道："族人选你当村主任，没错，没错呀！"

正当众人热火朝天、议论纷纷之时，李春梅突然惊慌失措地跑进来，双脚刚迈过门槛，便被地上积雪滑倒了，奚晓夏急忙上前扶起她，刚刚热闹的院落里瞬间鸦雀无声，只听得李春梅上气不接下气地喊道："林声哥，不好啦，水厂餐厅出大事啦！"

原来，李春梅和母亲返回家后，心里老是惦记水厂事情，只陪母亲简单吃了两口午饭，便直接回到了水厂。过年期间，还有部分机器坚持生产，加班工人就得用餐，于是李春梅按照水厂春节假期统一安排，特意选出十名责任心强的员工继续留守餐厅值班。李春梅踩着大雪兴冲冲赶回来，本想着给值班员工们拜个早年，谁知一进大门，猛然发现许多人东倒西歪躺在餐厅地上。见此场景，李春梅大吃一惊，冲着躺倒的人大喊大叫，结果没有一人吱声，李春梅心知大事不妙，一路连跑带滑来报信。

泉林声随即带领众人，急匆匆跑回水厂餐厅一瞧，大家全都傻眼了。偌大的餐厅没有人影晃动，只有一个躺倒在地，口吐白沫的员工。泉林声顾不得犹豫，即刻电告龙河县、镇两级医院，请求速速派人派车前来抢救，而后又给龙峪镇派出所报了案。

一众年轻人簇拥下，尊者奚友池也踩着积雪来到水厂，见此状况后，老人赤红着眼睛喃喃自语道："祖宗显灵吧！这究竟是造的什么孽啊！"这时，闻讯赶来的族人越来越多，很快将水厂围得水泄不通。

今天是大年初一，县镇两级医院春节放假，急救电话打过去许久，迟迟不见医护人员和救护车身影出现。泉林声急得团团转，他立即命令关掉所有生产机器，同时关闭水厂大门保护现场，与此同时，溪水村卫生所的实习女医生进到餐厅，只做了简单判断后，心急火燎地给泉林声低声说道："可能是食物中毒！"

李春梅听到"食物中毒"四个字，脑壳瞬间炸裂了。

过了一会儿，远处公路上终于传来救护车和警车急促的鸣笛声，龙峪镇派出所和镇医院人员先期抵达了现场。同行而来的，还有龙峪镇党委书记马明祥。

第二十六章

　　警察迅速将水厂全部封锁起来，医护人员从餐厅先后抬走了十多名昏迷者。

　　大雪之后交通堵塞、路滑车慢，天也黑得早，临近傍晚时分，龙河县公安局长童相辉率领多名干警，连同县人民医院的大队人马才赶到了现场。其后，县委书记何流和县长吴丽娜也赶了过来。此时此刻，泉林声和李春梅安静地坐在办公室里，他俩已经失去了人身自由。

　　前后有十二名昏迷员工送往医院抢救，水厂餐厅被严密查封，暂未出厂的桶装水全部入库封存，溪水村村民所用自来水阀门总闸也被关掉，公安人员从水厂蓄水池和输水管道等处采集了大量水样……现场的人们面面相觑，一个个惊得目瞪口呆。

　　一脸阴郁神色的何流命令童相辉，即便从远处拉水过来，也得保证溪水村所有村民生活用水的安全，务必以最快速度查清事件真相。转身又对马明祥说："今儿是大年初一，感谢你们龙峪镇给我们县放了这么美丽的一束烟花啊。"这句阴森刻薄的话语，听得马明祥浑身冒虚汗。

　　何流和吴丽娜清楚意识到，在自己管辖的行政区域内，出现如此严重的安全事故，已经完全打破了上级再三强调的以"零容忍"态度，从严落实安全生产的要求。内心煎熬异常的何流，看见干警们拉着警犬爬上鲲丘开始侦查之后，又匆匆驱车赶往医院。坐在车里的他心里默默祈祷，千万不要出人命，不然这道坎自己如何迈得过去啊？

比起县委书记何流的心境，县长吴丽娜心里的滋味虽能稍逊一筹，但也感到惴惴不安。多年以来，吴丽娜与强势书记搭班子，许多事情面前，即便有不同意见，也只能唯何流书记马首是瞻，但在如此严重的安全事故面前，自己若想独善其身，那几乎是不可能的。为官一任，即便不能造福一方，最起码也得保一方平安，如此平庸的为官之道，吴丽娜自然懂得。所以，身处县长位置的她，事事遵循班长意见，处处突出班长作用，哪怕留下"庸政、懒政"的印象，总比时时刻刻弄得鸡飞狗跳，始终踩在政治的刀刃上跳舞要强得多。

何流与吴丽娜分头去了县、镇两级医院，坏消息一个个传了过来。十二名员工全部确诊为食物中毒，他们服食了一种名字为"四亚甲基二砜四胺"的毒药，也就是人们俗称的"毒鼠强"，每个人均不同程度出现进行性呼吸困难、全身肌肉抽搐、血压下降、意识丧失等中毒体征。何流严令医院想尽一切办法抢救，全院所有医护人员立即终止休假，迅速返回岗位。

大年初二早晨，留守溪水村的公安局长童相辉的电话，将在办公室草草睡了半宿的何流吵醒。童相辉第一时间向何书记报告，这是一起性质恶劣的投毒事件，目前已经在溪水村生活水源地发现一个投毒使用的黄色书包，并在书包里发现大量仍未融化的"毒鼠强"残留物。另外，溪水村桶装水厂的水源地位于鲲丘最高点的"鱼儿嘴"，那里山势险要、无路可行，暂时可以确定水厂所有库存桶装水是安全的。

何流听罢，心里稍微放松一些，谢天谢地！毒源没有大面积扩散，局势尚在可控范围之内。思忖半刻后，何流仍然不放心地问道："同一条水流的发源地，怎么水厂水源地没毒？偏偏生活用水源头有毒？"

童相辉明确无误地回答道："从鲲丘'鱼儿嘴'流出的高山雪水，从半山腰分叉流下山，一条支流渗入山体，又从悬崖峭壁间冒出来，成为水厂专用水源；另外一条水源流过高山草甸和原始森林，经过溪水村直泻而下。多年以前，溪水村修建生活自来水工程，便在鲲丘山腰就地取材，分点建起蓄水池，专供村民生活用水。这次投毒人扔下的有毒书包，只是污染了这条生活水源，又因为水厂最靠近蓄水池，加班职工又是一大早就餐用水，结果全被撂倒。不幸中的万幸是，蓄水池距离溪水村还有些距离，有毒自来水还没流到百姓家的自来水管里。"

听到此处，何流长长舒口气，电话里再次要求童相辉，务必以最快速度侦破此案，抓住那个丧心病狂的投毒者。言罢，心事重重的何流倚靠在沙发上闭目养神，看来这个春节是难以安生了。

农历大年初一，溪水村发生的大事件，犹如一股肆虐荒野的寒风，吹遍鲲丘的四面八方。当日傍晚，泉军才听到村里有人议论，说是溪水村有人食物中毒了，来了许多警察和医生，甚至县上领导也被惊动了。泉军暗自猜度事情真伪，加之外面寒冷刺骨，心里并没有太多在意此事。

初二早晨，泉军睡醒之后，又听见许多泉姓族人围坐一起窃窃私语，并且言之凿凿说公安已有了侦破线索，怀疑有人给溪水村水源地投下了剧毒。看来这个消息可能是真的，想到这里，泉军瞬间活泛起来，连忙回家给老熟人打电话，将耳闻祸事告诉了巨子地产公司刘宏。刘宏知道后大吃一惊，不得片刻犹疑，即刻将此消息报告给董事长泉少谦。

"告密"之后的泉军，内心有些小激动，猜想这回也算是在泉少谦跟前立了一小功，但愿他对自己的坏印象能消减一些。正当他自鸣得意时，门外响起了一阵喧哗声，忽然有四名警察破门而入，不由分说给泉军戴上手铐，直接将他塞进警车，然后拉响警笛扬长而去。正在厨房做早饭的泉军父母，还没缓过神儿，儿子便被警察带走了，老母亲当场号啕大哭，痛骂不争气的儿子，不知在外面又干下什么伤天害理的事情。老父亲却很淡定，默默地走到后院，拿把扫帚扫雪去了。

泉军又被抓了。众人议论纷纷、莫衷一是。一时间，鲲丘又传出许多诡谲怪异的流言蜚语。

越担心的事情，往往越容易发生。

春节到来之前，为确保百姓度过一个温馨祥和的春节，坚决杜绝一切安全隐患，龙河县委、县政府接连发令、开会、落实责任到个人，尤其对生产工作提出"安全第一、预防为主、综合防范"的十二字方针，号召全县人人筑牢红线意识，紧盯春节安全关，结果灾祸还是宿命般降落到何流头上。

刚刚放下公安局长童相辉的电话，医院方面又传来噩耗，有两名重度患者因中毒性心肌炎以及心源性休克而死亡，何流脑子一蒙，歇斯底里地冲着医院院长喊道："全力抢救其余患者，如果再死亡一个，我唯你是问。"何流脑海里一片茫茫然，他伫立在办公室的窗户前方，久久不动一下。

泉林声和李春梅同时被关进了龙河县公安局看守所。

办案民警表情严肃地做着笔录。泉林声心里充满巨大迷惑，思维却甚是清晰，面对民警询问，他不慌不忙地回答说："桶装水生产程序很复杂，水源水必须经过粗滤、精滤，再通过离子交换、反渗透、蒸馏等多重手段进行去离子净化，之后杀菌、罐装、封盖，最后还要经过灯检确认，桶装水成品才算完成。我们一直高度重视水源、管道、车间等每个环节的杀菌消毒，怎么会生产出有毒水呢？"

望着无比焦虑的泉林声，笔录警察低声说道："不是你们的桶装水有毒，而是溪水村生活饮用水里有毒。"

泉林声惊呆了，他非常清楚"鱼儿嘴"水源地在流经鲲丘半山腰时分岔而走，其中之一分流到溪水村自来水系统。这么多年了，村民生活用水一直没出问题，现在怎么会在一夜之间有毒呢？"下意识告诉泉林声，可能是有人故意投毒，当他把心中猜测说出来后，笔录也暂告一段落。

泉林声能够镇定以待，李春梅却已满心慌乱，她蹲在看守所冰凉的地板上，始终想不出问题究竟出在哪里。严谨的后厨操作流程、餐盘厨具的清洁杀菌、采购食材的严格把关、烹饪煎炸的规范操作……每个环节都在李春梅脑海里翻腾了无数遍，她实在想不明白，如此可怕的食物中毒，怎会发生在自己承包的餐厅里。

李春梅越想越害怕，神思逐渐变得恍惚，她痛悔除夕日不该离开水厂。既已铸成了大错，即便将来自己去蹲大牢，也不该给林声哥和水厂带来灭顶之灾，想到这些，李春梅情不自禁地哭了。

经过一天两夜的煎熬，李春梅浑身像散了架似的疼痛。直到初三早晨警察来做笔录时，她这才知道，原来是溪水村饮用水源地被人投毒了。

得知溪水村发生了中毒事故后，泉少谦迟迟拿不定主意，该不该把这桩祸事告诉给母亲和兄长呢。此刻正是万家团圆过大年的时候，这般事不关己的糟心事，还是高高挂起吧。为和家人度过一个其乐融融的春节，泉少谦选择了沉默，然而正是他的这一念之差，错过了处置此事的最佳时机。

龙河县溪水村突发公共卫生事故，引起了龙州市委、市政府高度重视，上级立即委派李希文副市长亲赴龙河县处置此事。

安心在家过年的泉政谦，突闻这个消息后，顿时火冒三丈，即刻抓起电话质问何流，溪水村是什么情况？为什么不及时向他汇报？何流知道再难隐瞒，只好唉声叹气说道："我本想第一时间向您汇报，但又想等待事态明朗一些再给您说，结果……"

眼看事情朝着不可预知的方向发展，泉政谦斥责何流太大意、太糊涂，并说副市长李希文已经在赶往龙河县人民医院的路上，同时叮嘱何流眼色最好机敏点，千万别再发生节外生枝的事情了。何流在电话里唯唯诺诺地应承着，他知道这是人命关天的大事情，难免需要政治导师在背后替自己擦屁股，如若不然，他何流恐怕就得"吃不完兜着走。"

李副市长一行去医院看望了中毒员工以后，马上回到龙河县委办公室召开专题会议，详细听取了公安局长童相辉侦察此案的口头汇报，并严令龙河县委、县政府立即在全县境内开展安全生产大检查，特别是对民生领域存在的隐患问题，要下大力气完善解决。其后专门强调，一定要做好投毒事件的善后工作，并将详细处理意见及时上报给龙州市委、市政府。

会议开得很短暂，李副市长一脸严肃，始终没有给龙河县委、县政府领导任何解释的机会。李希文的冷峻态度，令何流心里很是不安，终归是出了人命的大事故，上级领导对事件的定性，某种程度会直接影响自己的政治生命。为官一方、保障所辖区域不发生重大安全事故的"一把手负责制"的内容，何流也是非常清楚的。

如此越想，心里越慌，何流只好再次拿起电话，将李希文在会场的发言全部告诉了泉政谦。泉政谦明显听到何流说话时声音发颤，他沉默许久后说道："不必慌张，你需要尽量做好善后处理工作，龙州这边，不是还有我么？"也就是这句话，使得方寸渐乱的何流感受到了巨大安慰。

何流回到办公室，心情如释重负，刚要喝口香茶，童相辉鬼鬼祟祟跑进来说："投毒嫌疑人已经被我们控制了，是泉家庄的泉军。"何流神情一愣，茶水撒了一地。

"怎么会是他？有证据吗？"童相辉拿出一个密封塑料袋，袋里装着一个黄色书包，书包翻出的侧面清晰可见"泉军"两个字。何流看过之后，脸色凝重地倚靠在椅子上，手指轻轻敲击着桌面，一副恍然若失的神态。

泉军这个"响亮"名号，从温泉村井喷事故之后，已算是名扬龙河县了。何流当然知道他曾经为泉少谦所用，难道此人吃亏不长记性，又闯出这一摊难以收拾的祸事？非得把自己的小命搭进去，才能善罢甘休吗？何流长叹一息，他不清楚泉军和巨子公司是否还有瓜葛，如此艰难敏感的时刻，该不该给泉少谦打一个电话问问呢？

"书包这个物证，暂且不要向外大肆宣扬，你们继续侦破细节，争取用更多证据说话。"听到何书记这番表态，童相辉心领神会，默默点头退出了。

安静！何流需要绝对的安静，他慢慢梳理着繁乱的思绪，仔细回想刚才和政治导师的通话内容，何流断定投毒人是泉军的侦破结论，尚未传至泉政谦耳朵。心情如履薄冰的他深切感触到，此事若是处理不当，自己的前途和命运或许会坠入万劫不复的深渊。那么，这起人命关天的公共卫生事故，他岂敢自作主张？一番激烈的思考过后，何流拨通了泉少谦的电话。

泉少谦彻底震惊了，他万万没想到，事情会发生戏剧性变化。等待头脑稍微冷静一些时，随即察觉事有蹊跷。如果投毒是泉军所为，他怎么会幸灾乐祸地告诉刘宏呢？泉少谦沉默良久、思忖片刻，初步判定事情复杂，人心难测，自己最好不要先下结论。于是，他只给何流表态，巨子公司会派刘宏前来配合调查，然后"咯噔"挂了电话。泉少谦未置可否的态度，反而让何流"丈二和尚摸不着头脑"。

泉军第三次进了看守所，他日夜不停地呼天喊冤，却落得无人理睬的尴尬。

恍恍惚惚之间，忽然看见老熟人刘宏出现眼前，泉军以为他又来救自己了，随即激动地大呼小叫。刘宏很不客气地质问他："这就是你说要从哪里跌倒，从哪里爬起来的样子吗？居然干出如此丧尽天良的坏事，你还有人性吗？脑子是不是被猪油糊了？"

泉军大喊冤枉，歇斯底里地叫道："不是我投的毒啊，兄弟，你得信我呀……"

"不是你？那就得说明白，你的书包怎么会出现在那个地方？"刘宏愤愤然问道。

"我怎么知道，冤枉啊！刘宏，我真的不知道啊！"泉军已是泣不成声，撕心裂肺的哭声回荡在看守所的楼道里……

刘宏以律师身份面见泉军，这是泉少谦精心安排的。眼下正是东湖拆迁的多事之秋，突然冒出投毒这事儿，泉少谦担忧公司在龙河县的商业利益蒙受损失，加之泉军和巨子公司有着一段扯不断、理还乱的关系，所以他不得不重视和盯紧这起案子的进展情况。

其后，刘宏私下约见了县委书记何流，目的仍是想摸清泉军深陷此事的相关细节。知道刘宏并没有带来泉少谦的明确态度，何流深感失落。

"目前物证都指向了泉军，初判他是投毒案犯罪嫌疑人，应该是确定无疑了。"何流神色晦暗地说道。

刘宏脸上也挂着无可言状的忧虑，嘴里喃喃自语道："一旦罪名落实，泉军这辈子，恐怕彻底要毁了。"其实，何流和刘宏心里都清楚，泉军终归是泉家庄人氏，又曾在巨子地产公司任职过，倘若把这杀头的罪名坐实了，无论从哪方面来看，都是一件极为丢脸的事情。

已然意识到事态的严重性，两人谈话偏偏又停止了。一阵尴尬的沉默之后，何流用眼睛余光扫视刘宏，恰巧与刘宏迷茫的眼神撞在一起。两人瞬间觉醒了，泉军或救，或是放任自流，他们谁都不愿随意揣摩泉氏兄弟的真实意图，谁也不想担起猜度失算的责任，甚而都期望对方先说出本意。两人看似客套平常地静坐一起，心里却已是激浪滔天，一股强大而诡异的气息开始弥漫四周，逐渐要将他俩吞噬和湮没了……

何流最先忍受不了，决意离开，不料刘宏和他几乎同时起身，旋即绕过茶几时，脚尖双双触碰到桌角，他俩脸颊抽搐了一下，齐齐露出了一脸痛苦的表情。

今年春节前，何巧云被两个儿子阻拦，没有回到鲲丘过年。一是入冬以来，天气异常寒冷，老屋宅院不适合上了年纪的老人居住；二是儿孙团团挽留，架不住满堂劝说，何巧云只好答应作罢。

正因如此，春节前后的溪水村，又是联欢，又是聚餐，喜庆活动一个接着一个。反观泉家庄，皆因尊者何巧云没有回乡，村庄里是一片冷冷清清，就连泉氏宗祠的除夕祭拜，都显得格外寂寥。

泉军初二被抓后，家中老父母再次陷入钻心的痛楚，为了这个不省心的儿子，老两口早已将脸面丢在了地上。既然尊者何巧云不在村里，家里遇见大事，最该找的当然是村干部，然而村委书记泉建文升任副镇长以后，泉家庄村班子一直处于瘫痪状态。老两口感觉天要塌下来了，整个人陷入了惶惶不可终日的状态。有心去龙州向尊者求助，然而外面冰天雪地，哪里才能看见尊者的身影呢？

此时此刻，黄色书包作为重大侦破线索，仍旧是一个暂时不能对外公开的"秘密"。

泉少谦紧闭书房门，语气恳切地向兄长诉说他的忧心。泉政谦不说话，心里一遍遍推算泉军这次被抓，或可给自身和兄弟公司带来多大的负面影响。兄弟俩的鬼祟举动，自然躲不过精明老母的眼睛，何巧云隐隐约约感觉他俩似乎有事瞒着自己。

初三到了，依照节前约定，干儿子何流该来拜年了。整整一天时间过去，既不见何流一家人出现，也不见他来个电话，何巧云嗅出了不正常。本想问问两个儿子，转而又放弃此念头，她避开所有家人，直接拨通了何流的电话。情急之下，已经忙得焦头烂额的何流，一股脑儿把泉军给溪水村投毒的事情说漏出来。

一生精明果决的何巧云，能够在丈夫泉棠仁故去后，依然牢牢把持着泉家庄尊者的地位，自然有着她的过人之处。听完何流叙述后，针对泉军的嫌疑人身份，她不失敏锐地提出两点质疑：一是泉军即使再蠢笨、再嚣张，也不可能拿着绣有自己名字的书包去投毒；二是事发当晚，泉军是否在家和老父母共度除夕，如果安然在家，且不着急逃离，怎可轻率判定他为嫌疑人？

干娘何巧云说出的这两层意思，只是对事情的本能分析，却被何流理解为对自己的暗示。甚至揣测干娘在通话时，政治导师泉政谦可能就在旁边听着。或许他根本不想在这个敏感时刻，对此事表明任何态度，这才假借干娘之口，给自己暗地里含蓄传递意思。再联想到泉少谦派来的刘宏，话里话外流露着意味深长和欲盖弥彰，何流似乎隐隐察觉到什么，内心逐渐有了处理此事的主张。

令人可悲的是，时时事事喜欢揣测上司心思的何流，这次却错得离谱了。或许每个人身处紧急事态，或者重要关口之时，思维的预判能力，都会在无意识状态下漏洞百出。尤为遗憾的是，凭借下意识支配所做出的抉择，往往会成为改变事态风向的决定性因素。此时此刻，何流当然浑然不觉，这个自以为是的揣摩判定，将为他以后的仕途埋下灾难性后果。

毕竟有两条人命牵扯其中，若想使泉军脱身出来，不仅要刻意弱化黄色书包这个关键物证，还得将泉林声和李春梅的嫌疑做大做实，唯其如此，方能从法理和道德层面说得过去。于是一夜之间，投毒案的风向开始大变，原本还算客气的审讯越来越变得严苛，所问问题亦越发离奇可笑，这种无中生有、按图索骥的侦讯引起泉林声、李春梅不约而同的警觉，他俩不失默契地均以沉默以示抗议。

泉林声和李春梅被警察带走后，溪水村桶装水厂彻底被封了。

副总许聪明春节休假回了老家，估计至今还不知道水厂出了天大的事情。相比心底着火的奚望，尊者奚友池倒显得不慌不乱，他反劝奚望把心放宽，相信事情终有水落石出的时候。奚晓夏深知丈夫的品行，亦知李春梅是个尽本分、守规则、有责任心的女子，暂时还能以平常心面对突遭的变故。然而再是淡定从容的心态，也架不住谣言和时间的搅扰，煎熬久了，看似表面淡定的奚晓夏，内心则已暗暗发急。

这段日子，束手无策的奚晓夏和奚望两次来到龙河县看守所，想给泉林声、李春梅送点衣物吃食，均被警察严词拒绝了。理由是投毒案干系重大，暂不允许任何人以任何理由前来探视。

历经人世沧桑的尊者奚友池，依然斜靠着躺椅悠然喝茶，他劝慰女儿不必东奔西走，只须静守家中等待结果，相信事情终有真相大白的那天。言罢，又不断叹息人心险恶，知人知面不知心，诅咒投毒者必得报应。古稀之年的尊者难以想象，究竟是溪水村哪个良心被狗掏吃的家伙，会干出这等灭绝人性之事。尊者嘴里骂着，心里不断猜测着，村里每张熟悉面孔都在他脑海里浮现一遍，却始终不能将疑心落在某个具体人的身上。

思量了许久，迟迟不能梳理出名堂，干脆不再去想，尊者捋着雪白的山羊胡子和衣而卧，渐渐响起的鼾声沉重而平和。

因为心里没底，思绪便纷乱如麻，再看见奚晓夏强装镇定的神色下面掩饰不住的忧伤，奚望越发心急如焚。他觉得事情不能这样没黑没白地拖下去，更不能做任人宰割的羔羊，如果事态发展到不可收拾的地步，后悔恐怕也来不及了。

因此，奚望避开尊者和奚晓夏商量，如果事非得已，那就赶紧找奚晓冬一起想办法。奚晓夏说她暗地里已经打了许多次电话，妹妹手机一直处于关机状态，还说按照往年奚晓冬春节不回家的习惯和规律，估计此时的她，很有可能跟随友人出国旅游了，所以迟迟联系不上。

奚晓夏的这些说辞，使得奚望更加坐卧不宁。他开始四处探知投毒案侦查情况，多番打听泉林声和李春梅在看守所里的消息，折腾了一大圈，往往一无所获。案子进展一无所知，还不允许家属探视，面对这般诡异的局面，奚望闻出了很不好的气味。

凡事当断不断反受其乱，奚望认为自己是个男人，绝对不能坐以待毙，他决定去找奚晓冬，然而正值万家团圆的新年之际，神通广大的奚晓冬会在哪里呢？

第二十七章

奚望实难忍受心中煎熬，偷偷躲过尊者和奚晓夏的眼睛，只给妻子阿冰用手语打了一声招呼，便往龙州而来。由于是新年假期，长途客车班次减少了许多，赶到龙州时，时间已近傍晚时分。

偌大的龙州霓虹闪烁，出租车不知疲倦地飞驰而过，街道的行人却寥寥无几。

尽管前不久跟随奚晓夏，曾经去过奚晓冬的家，可是那座名为"伊甸园"的楼盘究竟在哪条街？哪个方位？现在半点印象都没有了。奚望有些傻眼，只能循着模糊记忆逐街前行，整整一小时过去了，仍是两眼一片茫然。

灰心丧气的奚望，孤零零地站在街角，空望着一座座钢筋水泥的丛林痴痴发呆。这时肚子"咕咕"叫了，奚望随便走进一家饭馆，只点了一碗热汤面填饱肚子。还没吃到一半，忽然听见店老板和媳妇在厨房吵了起来，媳妇责骂店老板钻到钱眼儿里了，大过年也不能歇息两天。店老板将锅勺敲得叭叭响，高声埋怨房租太贵，就想趁着过年期间，开张的饭馆少，自己能抓紧时间多赚一点儿。媳妇说不过他，放声大哭起来，嘴里不断嚷嚷道："都回家过年去了，鬼才会来吃你的面。"听到这声咒骂，奚望身子不由得打了一个哆嗦，急忙狼吞虎咽吃完面，悄悄给碗底压了一张钞票，然后像做贼一样跑出了饭馆。

奚晓冬，你在哪里呢？知不知道家里发生了大事？奚望心里一遍遍念叨着，甚至幻想菩萨保佑，能让奚晓冬突然出现在眼前某个街口。

一阵刺骨的寒风吹来，奚望从迷迷蒙蒙的幻觉中缓过神儿。夜色越来越深了，他寻思先找一家旅店住下，明天睡醒再说。拿定主意后，奚望抬头四顾，忽然看见不远处有座高楼的霓虹灯闪烁着"高乐酒店"四个大字，奚望像是被蜂蜇了一下，脑子里猛然反应过来，那不是上次住过的酒店吗？八〇八房间留给他的记忆太深刻了，曾经奢侈享受的地方岂能忘记？陡然间，那一晚客房女经理给他说过的话统统浮现出脑海。是啊！奚晓冬是这家酒店的常年包房贵宾，此时此刻，她会不会住在那里呢？一想到这儿，奚望瞬间不觉得寒冷了，精神也抖擞起来，转身朝高乐酒店方向狂奔而去。

新年里的高乐酒店布置得温馨华美，各形各色的花篮簇拥着层层叠叠的玉砌雕阑。灯光掩映中，硕大火红的中国结从大堂穹顶直垂而下，烘托出节日里最为祥和的气息。

奚望凭借依稀记忆，疾步穿过酒店前台，寻往八楼八〇八房间。这时的酒店内鲜有客人，当他绕过大堂罗马柱，刚要迈进电梯时，忽然从旁边闪出一个高大威猛的保安，一把揪住了奚望的胳膊。

"低头往哪儿去呀？你谁呀？这里是你乱窜的地方吗？"凶神恶煞的保安，平常见过的客人大多彬彬有礼、仪态大方，忽然发现奚望低头缩脖，一副鬼鬼祟祟的样子，便猜疑他不是什么好人，直接把奚望往大堂外推搡。

奚望有点急眼了，大声嚷嚷道："我上楼去找人，不是乱窜。"

"找什么人，这里有你要找的人吗？"保安依旧不依不饶，硬是将奚望堵在了酒店大堂。

一阵喧哗声，惊动了当夜值班的大堂女经理，她急忙小跑过来，一眼便认出了奚望。女经理给保安连使眼色，彼此又耳语了几声。保安见风使舵，知道女经理认识此人，立即露出尴尬的笑脸识趣地走开了。

奚望跟着大堂经理走进一间日式客房后，这才认出对方是自己入住八〇八房间时的客房女经理。奚望笑了，连说彼此有缘分，并感谢她及时出面化解了争执。末了，又对那个"狗眼看人低"的保安一顿数落。

女经理连忙赔着笑脸腼腆说道："保安也是尽本分，还真怨不得他。因为你去的是欧洲部客房，那里的客人都是包房贵宾，入住前都会给酒店打招呼，并配有专人服务。上次你来住的那晚，奚小姐早有吩咐，所以我才有缘结识了先生您。"女经理的这番解释，反倒让奚望有些不自在。

适逢新春佳节，又是熟人再会，两人就多聊了几句。

原来这位女经理姓姚名文君，本是奚晓冬欧式包房专属经理，前不久，刚从客房部调任大堂经理。有了上次的一面之缘，姚文君能够轻松判定眼前这位奚先生，必定与奚晓冬关系不同一般，就是不知道他夜闯酒店，所为何故。

奚望赞美姚文君的名字和本人一样斯文高雅、落落大方，姚文君甚是受用。随之言明他有急事，需要见到奚晓冬。姚文君神情为之一怔，陷入了短暂沉默，她既不能表露奚晓冬此时就住在高乐酒店，又怕耽误奚望的急事，不敢随意隐瞒人不在这里。因为高乐酒店有着严格规定，客人的信息必须严格保密、不可外泄，像奚小姐这般尊贵的客人，尤其要处处细心服务。

小小纠结过后，姚文君还是不愿违背酒店规定，便好言相劝道："奚先生夜里找人，肯定有急事，我完全可以理解。但是酒店有严格规定，没有客人的允许，任何人不能上楼打扰。即便欧洲部客人有特殊需求，服务人员也必须在接到电话通知后，方可进入欧洲部的核心楼层。何况，现在时间已经是半夜了。"

一脸难色的姚文君摆出一副央求的模样，乞请奚望多多理解她的工作难处，并答应明天天一亮，她会亲自领着奚望去八〇八房间找人。眼见姚文君态度无比诚恳，奚望也不能强人所难，只好暂时作罢。姚文君这才长长松了一口气。

安排好奚望入住酒店后，姚文君返回大堂继续值班去了。

奚望和衣而卧，仰面躺在松软舒适的纯日式榻榻米上，却辗转反侧、难以入眠，丝毫没有上次享受的闲情逸致，更无心思欣赏房间里的陈设，满脑子都是纷乱繁杂和忧心忡忡。此时此刻，自己身卧星级酒店，泉林声和李春梅却在看守所经受煎熬，越是思量，心里越感焦灼，他干脆爬起身，悄悄打开房门，迈过迷宫般的走廊向欧洲部客房区摸索而去。

顺着酒店指示牌指引，奚望穿过长廊，拐进楼梯，费了好大工夫，终于找到了八〇八房间。他站在门口犹豫半天，只怕楼道再冒出个保安来，急忙鼓足勇气轻轻按响了门铃。

一声清脆的铃声，明显惊醒了里面的人，一阵窸窸窣窣的声音过后，房内有一个声线沙哑的男人问道："大半夜的，是谁呀？"奚望瞬间涨红了脸，里面怎么会传出男人的声音？可他又不得不应声答道："哦……我……我找奚晓冬，有急事。"

安静！房间里陷入了长时间出奇的安静。

奚望以为自己找错房间了，连忙抬头再看，金黄色硕大无比的八〇八房间号码赫然醒目。呆若木鸡的他正想拔腿而走，忽然房间门开了一道缝隙，头发遮面的奚晓冬只露出一只眼睛，她用无比复杂的眼神望着门外的奚望问道："啥紧要事？"慌乱不堪的奚望怯怯说道："水厂……水厂出事了。"奚晓冬脸色一沉，房门再打开一些，嘘指暗示他别再出声，然后耳语奚望到大堂咖啡厅等她。

偌大的酒店咖啡厅空无一人，忐忑不安的奚望坐在宽大的藤椅上，静静等候奚晓冬出现。

足足半个时辰过后，奚晓冬才姗姗而来。心情火烧火燎的奚望，急忙讲述了水厂投毒案的经过，说了半天，猛然发现奚晓冬心不在焉、神思飘忽，她的眼睛死死盯着玻璃窗外东张西望，注意力完全没有放在奚望这边。

忽而，酒店外出现的一道移动光束，斜射进大堂玻璃，又缓缓扫过奚晓冬忧郁的脸庞。一辆光亮气派的豪华轿车，悄悄停靠在酒店门口，须臾间，一个身形颀长的男人快步钻进车里，然后车灯划出一道弧线，尾灯闪烁着驶出了高乐酒店。

汽车消失在了夜色中，奚晓冬颓然软靠在椅子上，白皙光洁的面庞微微抽搐了一下，两行清泪瞬间流了下来。她久久没有说话，一个人安静地低头抽泣着。此情此景，看得奚望两眼发呆，他刚想问些什么，只见大堂经理姚文君再次急急小跑过来。

姚文君急忙拿出纸巾，一边给奚晓冬细心擦拭着泪水，一边满含怨气地冲着奚望说道："咱们不是已经说好了吗，你怎么又私自上楼？也太不像话了吧。"

满脸通红的姚文君责备奚望，奚望低头一言不发，当她还想再数落几句时，却被奚晓冬伸手拦住了。

奚晓冬慢慢站起身，望着一脸窘态的奚望说："你先回客房歇息，过一会儿我去找你。"这时，姚文君欲陪奚晓冬上楼，却被她婉拒了。目送奚晓冬进了电梯后，姚文君看着奚望愤然说道："今晚，你可是把奚小姐害苦了。"

傻愣愣瘫坐沙发上的奚望，当然不晓得自己究竟做错了什么，因为他根本不清楚奚晓冬身上有着诸多不可为外人所知的秘密。

所谓时间煮雨、岁月缝花，凝望光阴脉络，或许无常，才是人生真正的常态。

故事还得从蛰伏多年的一件往事说起。十八岁的那年夏天，奚晓冬顺利考取了龙都大学。漫漫暑期过得无聊，便随母亲江淑芬来到龙都，参加了一场江氏族人寻根问祖的访亲联谊活动。这天，龙川平原有头有脸的江氏名人悉数受邀前来，因为江淑芬辈分甚高，即被安排到前排就座，一番客套过后，她认识了坐在身边的同姓族人江南风。

江南风温文尔雅、气度不凡，此时的他，已经是龙都厅级干部。参加活动的宗亲们纷纷围拢上前，向他求取名片，这一幕巴望谄媚的场景，反而给江淑芬留下了很不好的印象。

然则，奚晓冬却与母亲的感受截然不同。她安静地坐在远处，仔细端详着儒雅稳重的江南风，一种怦然心动的感觉莫名其妙地从心底泛出。众人促膝交谈时，奚晓冬悄悄捡起放在母亲面前的那张名片，把它紧紧地捏在手心里。

叙话之后聚餐，江淑芬碰巧又和江南风同坐一桌。觥筹交错之际，众人频频举杯敬酒，称赞江南风是江氏宗亲中的难得人才。面对连番恭维，江南风低首微笑，始终言语不多。席间，江淑芬并无话题可谈，眼睛一直望着江南风不厌其烦地举杯应付、打招呼，内心再无反感生出。

当天返程路上，江淑芬不停赞许如今社会兴起的这股寻根问祖之风，且说这是彰显传统文化的好做法，往后再遇这样的活动，必带老伴奚友池一起参加。其后，她又反对邀请官员参加，仿佛那些高高在上的领导，抢了她们这些老辈人的风头。

听着母亲口无遮拦的计较，奚晓冬扑哧笑道："依我看呀，参加宗族聚会的人，个个巴不得请来这些官老爷。一来可以壮壮声势，二来可以结交人脉。人家这些官员肯来，那才真叫降尊纡贵。"

女儿话糙理不糙，江淑芬心里默认，嘴上却连连数落道："死丫头，啥时候变得这么势利。我可得警告你，往后在龙都上大学，最好离那些人远一点。"正所谓"一语成谶"，江淑芬告诫女儿的这句随心之语，犹如一道看不见的魔咒，注定成为奚晓冬宿命里无法逾越的情堑。

很快到了开学季，奚晓冬像一只离巢乳燕，迅速融入了梦寐以求的大世界。

于她而言，拼力考取大学，既是实现人生抱负，更是给父亲一个交代，奚晓冬要让鲲丘族人都看到，奚家姊妹俩的能力，并不差于泉氏兄弟。正因如此，奚晓冬常以大姐奚晓春的悲剧惕励自省，以致她的性情变得愈日强势。

初入龙都大学新闻系，奚晓冬过人的一面开始展露无遗。大学的广播电视台、文学社、学生会，处处可见她的身影，凭借嘬玉喷珠的口齿，以及妙笔生花的文笔，奚晓冬很快成为校园风云人物，身边一大堆崇拜她的拥趸。辛勤努力所得到的荣耀感，并未填满奚晓冬心底深处一个缺憾，她常常掏出那张洁白的名片，痴痴望着江南风这个名字莫名地发呆。

冬天很快到了，寒风裹挟着落叶空中飞舞着，龙州迎来了入冬后的第一场大雪。

雪夜孤自难眠，奚晓冬不免浮想联翩，她披着大姐的那条红丝巾，一动不动地站在白茫茫的操场边。多年以前，大姐奚晓春正是在这样一个冬雪纷飞的黑夜逝去的，妹妹精心收藏姐姐用过的这条色彩鲜艳的红丝巾，皆因奚晓冬的脑海里，从未淡忘过大姐的不幸。

踩着厚厚的积雪，脚下发出簌簌的响声，奚晓冬漫无目地地走着，雪地里留下一长串或深或浅的脚印。恍惚间，奚晓冬的心绪缥缈起来，迷迷蒙蒙中，倏然看见大姐站在不远处，浅浅微笑着朝她挥手，目光所及之处，还有无数人向她摇旗呐喊。激动的奚晓冬急忙跑上前去想拥抱姐姐，忽而，姐姐沿着一道姹紫嫣红、花团锦簇的明媚光晕消失了，奚晓冬再次伤心地哭了。

放寒假了，奚晓冬没有耽搁半刻，速速赶回了鲲丘，她要专心专意陪伴父母和二姐过新年。备置年货时，奚晓冬像一只勤劳的小蜜蜂，忙前跑后、不亦乐乎，反倒显得奚晓夏笨手笨脚了。奚友池夫妇眼见小女的变化，心里美滋滋的，连声称赞大学教育有方，代替自己调教好了"假小子"性格的女儿。众人闻之，纷纷释然而笑。

大年三十，尊者和家人围着一桌美味佳肴，共同举杯迎接新年到来。一家人其乐融融，江淑芬自然心情高兴，不免多喝了两口，不胜酒力的她逐渐感到眩晕，一会儿搂着两个女儿感喟连连，一会儿满怀伤感地老泪婆娑，口里情不自禁地念叨着大女儿的名字。

两姊妹知道母亲想念大姐奚晓春了，一时间，母女仨百感交集，相互拥抱着嘤嘤哭泣起来。这一刻，闷闷不乐的奚友池独坐桌旁，唉声叹气地喝着闷酒，久久不见说话。

除夕午夜已经过了，新年的爆竹烟花声依然响彻夜空。奚晓夏不愿母亲伤心过度，细心伺候她早点歇息。江淑芬夜里睡得很沉，凌晨时分，不期而遇的一场大雪从天而降，很快将鲲丘装扮成了美丽的银白色。

大年初一早晨，大雪没有丝毫停歇的迹象。

望着窗外粉妆玉砌的童话世界，奚晓夏、奚晓冬睡不着觉，兴奋地跑到院子里清扫积雪。纷纷扬扬的雪花扑簌簌落下，刚刚扫过的地面又堆了厚厚的一层，于是两人开始堆雪人，蹑手蹑脚地跑来跑去，只怕吵醒屋里睡觉的父母。望着越堆越高的雪人，沉浸在欣喜中的姊妹俩，又开始像小时候那般玩起打雪仗。奚晓冬眼尖手快，手握雪球连连丢向姐姐，姐姐连忙躲闪，一个雪球径直飞向屋门，铁门闩被撞得"叮叮"作响。两人正玩得性起，忽见父亲两眼无神地站在屋檐下，姊妹俩的笑声陡然停止了……

等待晓夏、晓冬再次看见母亲的时候，但见江淑芬神态安详地躺在火炕上，脸上依然呈现着昨夜的红晕。姐妹俩万般惊愕、泪雨纷飞，连声呼唤母亲，熟睡中的江淑芬再也没有苏醒过来。

父女三人伤心欲绝。老泪纵横的奚友池强撑身子，端坐空荡荡的堂屋，泪目呆望着皑皑白雪喃喃自语道："你妈这是去找你们的姐姐了。"姊妹俩痛不欲生，眼泪早已化作了倾盆大雨……

母亲和大姐都是在大雪纷飞的农历新年飘然而去，或许因此缘故，奚晓冬分外抗拒春节回家，母亲去世这年，明显成了分水岭。奚晓冬步入职场以后，更是鲜见她在春节时露面。起初，奚晓夏很不理解妹妹的做法，但父亲奚友池似乎并不在意，他那一脸坦然的表情，似乎已经接受了小女新年拒回的现实。

不论时间过去多久，除夕夜母女三人抱头痛哭追忆大姐的那幕情景，始终萦绕在奚晓冬的脑海里。自从当年她将这笔心债归罪于泉家人开始，奚晓冬便认准一个死理，如果没有对女儿痛彻心扉的思念，哪里来的母亲早逝？

安排好母亲后事，奚晓冬如期返回学校，上课很长时间了，她常常是一副无精打采、心不在焉的样子。知晓了奚家变故之后，许多同窗纷纷安慰于她，其中就有好友丁一。经过丁一同学的不断鼓励和悉心照料，奚晓冬从伤心的阴霾中慢慢摆脱出来，两人逐渐成为无话不说、无心不谈的好闺蜜。

一次偶然相遇，催生了一腔莫名其妙的悸动，对江南风的这份荒诞情愫越是缥缈，奚晓冬越是痴迷缠绵。这件不能启齿的秘密，奚晓冬只给丁一偷偷提说过，从那以后，丁一陪伴校园闺蜜做起了"白日梦"，一起用青春萌动的心思大胆畅想，那个风度翩翩、温暖如春的中年男人，或许某天会像白马骑士一般，突然出现在眼前，且给心仪的姑娘送上一束众人艳羡的玫瑰。

丁一的想法简单而纯粹，选择陪伴奚晓冬陷入狂想中的幻觉，只是期望她能从丧母之痛中彻底解脱出来。然而事实完全出乎了丁一预料，足足四年的大学光阴里，奚晓冬正是怀揣着这份痴心梦想，才得以安然度过。在此期间，尽管有许多校园才俊向她表达爱意，可叹她芳心暗许，追求者每一次精心设计的深情告白，无非是徒增伤心人罢了。于是乎，才情出众、美丽洒脱的奚晓冬，成为众多男生心目中可望而不可及的高傲女神。

眼看着四年大学时光就要结束了。

这天午后，炽热的太阳火辣辣地炙烤着大地，城市在蝉鸣声中进入三伏时节。即将与同学们各奔天涯了，奚晓冬自然也心生难舍，简单吃了点午餐，便转身回了宿舍，渴望能安安稳稳睡个夏日午觉，也好挥去脑海里扰人的烦忧。

忽然，丁一风风火火跑回来，不由分说将她从床上拽起来，而后两人一路小跑，来到学校会议中心大楼前。丁一指着大门口摆放的通知牌，已经上气接不上下气。奚晓冬仔细端详，只见上面写着：热烈欢迎江南风副省长莅临我校指导工作。这一行硕大清晰的文字，瞬间令奚晓冬的心脏"咚咚"乱跳。

原来，临近毕业之际，兼管文教的副省长江南风要来龙都大学调研工作，这对于身兼学校新闻主播的奚晓冬来说，实在是个千载难逢的机会。正所谓"踏破铁鞋无觅处，得来全不费工夫"，四年光阴里，她每每拿起那张名片又放下，多少次冲动泛起后又归于平静。此时此刻，这个人就在眼前，他比四年前看起来更加儒雅精致，气宇轩昂的身姿在众多随从中显得很是突出。然则，他还能记得起四年前那个青涩懵懂、有过一面之缘的自己吗？

主管副省长前来视察工作，自然引起学校领导的高度重视，一番例行公事的考察结束后，来自方方面面的簇拥者，纷纷落座学校会议大厅，准备聆听领导的指示精神。在约定俗成、清汤寡水的会议流程中，奚晓冬默默坐在前排，目不转睛地看着江南风在台上的每个动作和表情，神思渐渐陷入了游离。

一阵热烈的掌声，又将奚晓冬的思绪拉回了现场。

会议进行到现场互动交流环节，主题是大学生就业的热门问题。众人正在思考如何向江副省长提问时，刚刚缓过神思的奚晓冬不分青红皂白，情急中第一个举手站起来问道："请问江副省长，您认为在高校改革中，取消行政级别该如何做'加减法'？"此问题一经抛出，立即引起会场一阵骚动。

校长向来对奚晓冬留有不错印象，今天选定安排她采访提问，她却不该在这样敏感的场合，提出这么一个与交流主题无关，且令人略感突兀的问题。校长甚感尴尬，刚要故作轻描淡写、化解气氛，未料江南风反而对此问题颇有兴趣，他望着台下这个似曾相识、且又陌生，拥有独特个性的美丽学子微笑说道："虽然你提的问题与今天会议主题无关，但我很乐意回答，因为这是目前高校改革中最热门的话题。我要做出的回答，仅代表我个人意见，请在座的诸位老师和同学指正。"江南风这番谦虚的开场白，又迎来阵阵热烈的掌声。

"对于这个热点问题，我首先要表明态度，本人是支持高校去行政化的。长期以来，有一个固有的观念，一直束缚着大家的头脑，好像高校只有拥有足够的权利，才能把大学办好。然而坦率地讲，如果高校始终缺乏学术自治的精神，即便得到的权利再多，也难以保证能办好大学，更难消除为了提升高校管理水平而出现的'灯下黑'现象。我们不妨放眼看世界，教授治校、去行政化，已经普遍得到世界各个国家教育界的高度实践认可。所以，大学去行政化的本质，当然不能是谁官大，谁说了算；而是谁有真理，谁才说了算！"江南风这段铿锵有力、观点鲜明的讲话，再次引燃了现场雷鸣般的掌声。

众人皆以掌声赞同江副省长的观点。而在奚晓冬看来，宦海沉浮的江南风，完全没有从权利角度看待教育，而且跳出了守旧、陈腐、狭隘的理念，敢于在公开场合"言未尽之言"，这般过人的魄力和胆识，再次令奚晓冬内心小鹿乱撞。

一场迟到了四年的偶然邂逅，重新点燃了奚晓冬深藏于心的情感，她无可救药、不可自控地靠向了江南风的怀抱。原本是完全可以避开的一场浮生孽缘，再次被时间和机缘恰到好处地开启了。

江南风自然不记得四年前在哪个场合，曾经见过奚晓冬这样一个小姑娘。像他这种级别的官员，每天每时参加过的各类聚会数不胜数，见过的各色人等亦是过江之鲫，怎么能单单记得当年有个黄毛丫头收藏过自己的名片。奚晓冬使劲儿帮他回忆，他却心存感念，只顾着欣赏眼前这个女孩的清新靓丽和青春活力。

最终，奚晓冬彻底忘却了母亲曾经的告诫，一门心思认定，她和江南风的缘分，早已是前世注定。同时，奚晓冬的明丽开朗，深深暗合了江南风对知性女子的看法，他决定悄悄迎合而上，接纳这个女孩，哪怕这个女孩怀揣四年名片的真情，只是给自己讲了一段故事，他也愿意听、愿意相信，因为这个世界上，像奚晓冬这般翩若惊鸿、婉若游龙的奇特女子实在罕有。

奚晓冬本来可以凭借自身才学，顺利进入龙都党报党刊工作，但江南风为了避人耳目，特意安排她去龙州最具社会影响力的《观察》杂志社任记者。最初，奚晓冬不能理解这样的安排，想着那么大的龙都，怎么会容纳不了她一介小女子呢，即使为了实现人生抱负，自己也该到大风大浪中去搏击遨游。

城府极深的江南风自然看出她的小心思，便将这番安排的理由和盘端出，并善言劝慰奚晓冬，最好跟龙都的政商旋涡保持恰当距离，这样做了，对谁都好。还说只要是条好汉，去哪里都能登顶。看似轻描淡写的话意，其实是江南风专门为奚晓冬准备的，这番至真至情的析辩之词，彻底打消了奚晓冬想留龙都工作的念头，且让她对江南风思谋远虑的智慧产生了更深敬畏。

果不其然，奚晓冬入职《观察》杂志后，迅速成为龙州知名记者，她将自己的玲珑八面以及超高情商发挥得淋漓尽致，个人业务能力尤为突出的她，很快便坐到杂志社副主编的位置。至此之后，奚晓冬在龙州逐渐成为人人皆知，却又人人不甚了解的媒体人，随身自带的那一圈令人猜摸不透的神秘光环，常常让杂志社社长高瞻年也惧她三分。

第二十八章

位高权重的江南风之所以将奚晓冬揽入怀中，除了释放权利与美色勾兑的中年激情之外，还在于她的绝顶聪明和行事缜密这些特质，能够让江南风在权力与欲望的颠簸中寻找到相对的可靠和放心，这些都是他极为欣赏奚晓冬的关键所在。然而，这次的情况却大为不同，奚晓冬怎么能允许陌生人知晓他俩双宿双眠的二人世界呢，发生这种事情，江南风几乎是无法容忍的。从懵懂无措的奚望按响高乐酒店八〇八房间门铃那一刻起，江南风的好心情即被打破，他拿出中年男人应有的修养，尽量平复心中的懊恼和沮丧。而当他半夜甩开步伐，闪身钻进轿车的一瞬间，奚晓冬还是看出了他心中的愠怒。

知晓了鲲丘投毒案的经过后，奚晓冬当即原谅了奚望昨晚的焦急和莽撞，心里亦开始为姐夫泉林声和李春梅此刻的处境担忧。回想上次调查井喷事故时，她和各部门领导打交道的过程，奚晓冬深切感受到龙河县的官场生态极不正常，那股权利倾轧之下酝酿出的诡异气味，似乎至今仍能触鼻可闻。

既已把消息递给了奚晓冬，稍感心安的奚望随即返回了鲲丘，他相信以奚晓冬的能力，一定能让投毒案真相水落石出。末了，奚望心里又犯嘀咕，八〇八房间的那个男人是谁呢？他与奚晓冬之间是什么关系？大堂咖啡厅的奚晓冬为何会如此神色慌乱？她又是为何事而黯然泪下？还有那大堂女经理姚文君冲着自己喊出的那句话……所有这些一闪而过的瞬间，不断浮现在奚望的大脑，却又很快被投毒案的紧迫感压了下去。

奚望撞破八〇八房的秘密后，奚晓冬立刻提出要更换自己的欧洲部包房，并严肃提醒姚文君，务必把八〇八这个房号彻底从高乐酒店抠掉。这两个攻势凌厉的要求，吓得姚文君暗自垂泪，不停检讨是自己大意失职，当夜没能彻底阻断奚望上楼的一切可能性，实在辜负奚晓冬对自己的信任。

望着眼前战战兢兢的姚文君，奚晓冬不免心生怜悯。这是一个极其聪颖，且极度渴望成为"人上人"的女孩，可叹她的功力稍欠火候，诌媚巴结的浮夸，总是不经意显露出来。但她理解姚文君的处境，一个和自己有着相似境遇的女孩，若想从社会底层爬上来，岂能是件易事？

于是，奚晓冬凄然一笑说道："事情既已过去，我也不怪你了。我帮你从客房调到大堂任经理，是因为我欣赏你的能力。往后做事情，还是得多长一些心眼。"

知道奚晓冬不忍责罚自己，姚文君如释重负，她眼泪汪汪、怯生生望着奚晓冬问道："您的这两个要求，我能否……能否请示一下董事长？"

望着一脸委屈的姚文君，奚晓冬神色坦然地答道："你当然可以请示王汗，就说是我奚晓冬要求的。"不知所措的姚文君苦涩地笑了，她噘着嘴巴嘤嘤嘀咕道："晓冬姐，我是真真的怕你发脾气了。"

江南风那一夜愤然离开后，好多天没有联系奚晓冬了。

春节的喧闹声依然充盈着整个城市，奚晓冬懒洋洋地躺在客厅沙发，窗外的阳光懂事似的依偎在身旁，她痴眼呆望着墙壁上那个唐朝仕女，脑海里一片茫然。很久时间过去了，奚晓冬无数次拿起电话又放下，女人内心的矜持羁绊着手指，惴惴不安的感觉笼罩着整个房间。

奚晓冬已经不止一次地反问自己，她和江南风这艘苦恋的小船，究竟要驶向何方？对方是有家室的男人，这么多年，他俩深藏不露、形如影子般的鬼祟地下情，犹如一张无形之网笼罩着奚晓冬，看似她每天都是光彩照人的模样，可是苦闷与焦灼却如影相随，藏于内心深处的悲凉和窒息，经常会深夜潜入，像无数蚂蚁吞噬着奚晓冬那无处安放的灵魂。从少女时代萌生的这份情愫，已经让她把思念变为习惯，把孤清理解为平常，分明知道这是一场注定没有结局的期遇，却又不甘心撒手，也不想撒手。数年如一日，奚晓冬像个病人一样守护着内心这份情感，面对佛祖她曾祈祷过，望着红男绿女她曾怀疑过，暗自嗟呀时的孤独像一把岁月的钢刷，不舍昼夜地搓洗着她那清高孤傲的心床。夜里浸透被枕的泪水像殷红的鲜血，在白茫茫毫无人迹踪影的睡梦中，一遍又一遍地惊醒她，任凭她将自己现实生活的门楣装点得光鲜亮丽，身后却早已挂满了随风飘飞的败絮。

半梦半醒之间，电话铃声响起了。

奚晓冬迫切抓起电话，渴望听到那个极富磁性的声音传过来。不料话筒里却是丁一在说话："晓冬啊，你快点开车来紫杉庄园吧，他们都在这儿等你呢。"

"他们……他们都是谁啊？"奚晓冬像泄气的皮球，瞬间没了兴趣。

电话暂时归于安静，却又能听得一丝沉沉的呼吸声。"要是没啥事，我先挂了啊。"奚晓冬正要挂断电话，话筒里果然传出了她所期盼的声音。

"过来吧，我等你。"

一股说不清是委屈或是喜悦的泪水，顷刻间夺眶而出。奚晓冬迟迟忘记放下话筒，直到电话里传出一连串"嘟嘟"声。

紫杉庄园是古今集团在龙州远郊建起的高级会所，这里竹隐高墙、安保森严，是一处会员预约制的私人空间。走进这座极尽奢华的中式庄园，前庭远处是浅水潺潺的溪涧流瀑，近旁是逶迤深邃的泉池渊潭，错落有致的庭院四周，一行行粉墙黛瓦，一扇扇帘幔轩窗，将庄园内外烘托得空灵雅致，漫步于溪流花草之间，犹如进入了世外桃源。

再往里走，但见园内遍布嶙峋怪石，处处巧夺天工，鬼斧削成的假山后面，隐藏着左右回旋的明廊暗弄，叠石楼阁高矗，亭台小桥低卧，可谓一步一景，令人目不暇接；再看那精雕细琢的门楼，峭壁暗隐的天井，仿佛置身于迷宫。依次望去，什么百狮楼、锁春院、怡夏阁、洗秋台、融冬坊；载福堂、和乐堂、延碧堂、清雅堂无处不奇美精绝，还有那俯身可见的木雕、砖雕、石雕；堆塑、泥塑、灰塑，可谓点点流光溢彩、景景美不胜收。

丁一早早到庄园门口迎接奚晓冬，见面便问他们是不是闹矛盾了，奚晓冬故作洒脱、含笑不语。丁一摸不着头脑，假装生气地说道："我可是有了心事，第一时间就对你说，从不扭捏遮掩。你可倒好，生气了都不告诉我，显得我自作多情似的。"

奚晓冬不睬她的酸言酸语，上前搂定丁一腰身，一脸嬉笑说道："不把烦心事说给你，是怕压弯了你的杨柳细腰。我们丁大小姐是多愁善感的林黛玉身子，可是经不起折腾的。"丁一娇嗔不已，粉拳如雨点般落在奚晓冬的肩背上。

江南水乡长大的丁一姑娘，天生是个玲珑剔透的美人坯子，长长的秀发顺着水蛇腰身如瀑而下，洁白如雪的肌肤配上樱桃小口、柳叶弯眉，活脱脱一个勾人魂魄的小妖精。

龙都大学毕业那年，丁一答应了众多追求者中的一位学长，并随从对方意愿，返回南方就业。岂料柔声柔骨的丁一，偏偏遇到一个疑神疑鬼的小心眼，两人相处得甚是煎熬。那时候的奚晓冬，几乎成了丁一的精神支柱，两人每次通话时，丁一总是没完没了地倾吐苦恼，奚晓冬心疼闺蜜的不幸遭遇，坚决鼓动她和疑心病重的男友分手。于是，丁一顶住各方压力，撇开男友的死缠烂打，两人很快分道扬镳了。

重新收拾行囊，回到熟悉而陌生的龙都，丁一感觉呼吸都是晴朗的。虽说龙都与龙州之间尚有一段距离，但是两个蜜里调油的好闺蜜，很快便聚首龙州，原因是在一次朋友聚会上，丁一和龙州银行行长罗云松黏糊在了一起。

兜兜转转了一大圈之后，丁一开始把龙州视为自己的福运之地，这里不仅有喜她黏她的男人，还有和她抱成一团的闺蜜为伴。至此，绰约多姿、神仙玉骨的丁一，沐浴着龙州明丽灿烂的阳光雨露，逐日变得意懒心慵，一天天将自已活成需要别人照顾的宠物，每天睁开的眼睛里，充满了不食人间烟火似的醉花迷离。

丁一领着奚晓冬经过了五道门，来到一座名为"紫云轩"的庭院前，然后手指着青灰色的复古大门说："进去呗，里面有人等你。"

奚晓冬低额翘眉，仔细抚弄好长短恰到好处的精致短发，又给丁一留下意味深长的灿然一笑，随之颠着脚步走进门去。

穿过天然古朴的原木砖石月洞门，一株郁郁葱葱的常绿银杉摆放在走廊尽头，装饰简洁的两侧廊墙上，悬挂着一幅幅价值不菲、雍容古雅的书法绘画，给这里平添了几分水墨风情的韵味。

迈过幽深的长廊，又掀开一袭若隐若现的竹帘，进到疏朗而宁静的中堂。中堂宽敞明亮，灯火通明柔和，但见明黄软装的太师椅前，一张红木高几稳稳掌托着一尊翡翠观音，雕刻工艺甚是精湛，器物是极为罕见的紫罗兰质地，悬顶灯光的照射下，那偶点其中的翡翠春色，越发显露出观音菩萨的无欲祥和。

紧邻太师椅的后侧，是一块配列讲究的置石。石形敦厚稳重、摈弃人为雕饰，纹理神韵甚为机巧，散发出一缕缕神秘的气息，默默镇守着中堂的清雅与庄严。再往里走，但见青灰色地砖铺就的走廊，一直延伸至内苑中庭，色彩斑驳的藻井下面，掩映着水雾氤氲的一池荷花，彩鱼花间游尾，青石低语呢喃，雾霭迂回妙绕，极似一张水墨画，无声中诉说着清幽的禅意。

此等古雅、宁静的庄苑，该是什么样的人居此独享呢？正当奚晓冬纳闷时，只听得中庭阁窗里传出一个熟悉的声音。"喜欢这里吗？"她急忙抬首四望，这才发现江南风已站在前方楼梯口冲着她笑。奚晓冬遽然间热泪盈眶，然后像一只小鸟似的扑进了他的怀抱，双脚渐渐弯离了地面……

陷入漫天眩晕中的奚晓冬，任凭男人将自己推到高山大海之上，她对江南风此人的不设防，已经到了忘我舍我的无求境地。闭上或者睁开眼睛时，只要能看见那张令她痴迷难离、无可消失的脸庞，奚晓冬便能真真切切感受到世界依然美好，阳光依然存在。因而毫不在乎江南风带给她的是千般缱绻旖旎，还是暗夜怪兽的喧嚣，这些都已无关紧要，只要这个男人不离开她的生命，一切皆为浮云。

……

梦醒了，潮水逐次退却了。

奚晓冬仔细打量这间卧房，无尘工笔主持的诗意软装，在浅醉光影的映衬下，涂染了一层迷人的淡雅。阔床是奢贵中式家具，流光柔婉的古典台灯上，点缀着清淡如菊的粉色花瓣，给卧室增添了一份别样的幽雅和静逸。这时的江南风已经落座书房，身后悬挂着意境高远的山水国画，两侧垂着一幅"雪茧草书香不断，玉壶冰鉴梦相随"的楹联。桌面摆放着品色非凡的文房墨宝，整间屋子充盈着古韵馨香。奚晓冬望着江南风浅浅一笑，她多么渴望能永远待在这幕如梦如幻的安静中，今生今世，哪怕隐没江南风身后，去做一个给他红袖添香的侍者，她亦心甘情愿。

这是一套多么奢华尊贵的庭院啊！奚晓冬像欣赏艺术品一般，看遍了楼上楼下。独有的佛堂、精巧的茶室、神圣的祠堂、改良后的影音室、棋牌室等功能一应俱全。处处是红木、地毯、大理石，再配上条案、宫灯和插花，翰墨流韵已然流淌于庭院的角角落落。

"真没想到，龙州郊外会有这样一方别样天地。"奚晓冬从身后深深拥着江南风，一股摄人心魄的馨香扑面而来，江南风迷醉其中，心底再次涌出莫名的冲动。可叹帘幔常垂的春宵美景，使他这个年纪的男人，常常有着无可贪恋的力不从心。

江南风把奚晓冬紧紧拥入怀中，望着眼前步移景异的万千景致说道："据我所知，这个院子的设计风格，出自一位传统文化集大成者之手，他将琴瑟共鸣和谦厚无为的文化精髓完美地融合在了一起。如果你喜欢，可以经常来住，或许这样的环境，更适合你寻找创作灵感。"

"那你……那你不许为高乐酒店的事情生气了。其实我也是无辜的。"一句娇柔婉转的相求，瞬间融化了彼此间所有的误解和负气，江南风默然感叹自己"老夫聊发少年狂"的意乱情迷，又为怀里的秋水伊人感到无限怜惜。

"深更半夜上楼敲门的人，找你有急事吧？"江南风有此一问，奚晓冬便知道那晚的误会已然消失殆尽。于是，她连忙将溪水村水厂投毒案复述了一遍。

其后，奚晓冬双眉紧蹙，略有愤懑地说道："上次我去调查井喷事故，深切感觉到县城虽不大，却也很复杂。眼下，我姐夫和水厂餐厅女经理仍被关着，真不知道还会闹出什么怪事。所以，村主任心急如火，连夜到龙州求助于我。"

听罢奚晓冬陈述之后，江南风轻叹口气说："其实这件事情，王汗今天早晨已给我说过了，古今集团派去水厂的那位副总，昨天已回了鲲丘，你就不要过分心急了，凡事都得按照程序细查深究。现在看来，出了事故之后，许多地方领导不能遵章守法办事，里面必然掺杂着违纪腐败。总之，这件事情你们媒体也管不了，还是我处理吧。"

压迫在奚晓冬心头的这桩愁事，便这样被江南风云淡风轻地接手了。

奚晓冬无比清晰地认清了权力这柄魔杖所具有的强大威力，无怪乎千百年来，无数读书人皆渴望金榜题名、登堂入室。她更迷醉于江南风使用权杖时的那种随意和定力，这是一种令人无法描述的陶醉感。

一股触电般的战栗，再次点燃了积蓄在奚晓冬心底的火苗，静处世外庭院中的两个人，再次紧紧相拥到了一起。

时间很快到了傍晚，江南风领着奚晓冬来到紫杉庄园藕香院用餐，只见丁一陪着罗云松行长，还有古今集团董事长王汗均已到场，五人围坐在一间原木与丝绸软包的雅间内谈笑风生。席间，丁一满腹疑惑地发问，为何要在这么狭小的包间用餐？众人皆笑而不语，罗行长在桌下用脚触碰丁一，示意她不要尽说傻话。

王汗嘿嘿一笑，率先开腔说道："你的问题很好解释，我们五人用餐，人少，自然是小间小桌。再者，我们江大哥从不喜欢铺张浪费，空间和饭菜足够即可，这就叫'恰到好处'，丁一姑娘懂了吗？"王汗看似解疑提问，实则是溜须拍马，惹得奚晓冬哑然失笑。

无论是赤裸裸的恭维，或是若隐若现的奉承，江南风领略得太多了。不过，这个不起眼的小话题，却逗起了他的雅兴，于是便侃侃说道："想必大家都去过故宫吧。民间传说里面有九千九百九十九间房子，细心的人都会发现，好像皇帝、皇后和妃子们睡的卧室都不是很大，尤其在养心殿冬暖阁旁有个三希堂，那是乾隆皇帝一生中最喜欢待的书房，这间房子只有八平方米，算是故宫里最小的房间。就在这方寸空间里，乾隆帝收藏有历代名家一百三十四人的墨宝三百四十件，以及拓本四百九十五种，可谓斗室有天下。那么，很多人就不明白了，拥有天下的皇帝，为何独独喜欢那么小的房间？经过一番研究，有专家提出可能是因为位置所限，又有专家认为是和古人对房间的风水要求有关，第三种说法是为了保暖的需要。"言至此处，江南风故意卖关子，不再往下说，他见众人皆仔细倾听，反问大家赞同哪种说法。

又是丁一沉不住气，手遮嘴巴嗤嗤笑道："叫我说吧，这乾隆帝太矫情，放着那么多的大房子不住，偏偏住斗室，估计他喜欢行为艺术。"丁一的说辞，竟惹得众人哄然而笑，一直沉默的罗云松赶忙阻止笑声，请教江南风继续说下去。

"其实啊，原因就在于古人都讲究藏风聚气，气是生命之根，只有精气爽，才能生命足，如果一个人的气散了，那就容易得病。咱们每个人，每天待得最多的地方无非就是家里，如果这个家，不能藏精聚气，身体也不会很好。那么怎么聚气呢？很简单，就是房间不要太大，一大，气就很难聚起来。"

听到这里，王汗若有所悟地插话道："我好像明白了。乾隆爷喜欢待在狭小的三希堂，是因为能守住人气，咱们此刻在斗室用餐，恐怕也是这个道理。"王汗说的是感悟之语，众人皆频频点头认可。

作为龙都大学新闻系高才生的奚晓冬，当然知晓乾隆皇帝的"三希堂"，此刻江南风以此类比小雅间用餐，并无半点牵强。她忽而发觉丁一像小学生课堂听讲的认真模样，显得是那么"傻白甜"。看来，大学专业学习中，丁一恐有许多荒废之处，如若不然，"三希堂"的知识怎会遗漏呢？

奚晓冬正想取笑闺蜜，丁一又痴痴发问道："乾隆爷的书房，为啥叫'三希堂'，而不是'四希堂''五希堂'呢？"未料这个问题，直接把江南风逗笑了。

"那我就掉一回书袋吧。学界对'三希堂'有两种说法，一是认为'三希'出自宋代大儒周敦颐的《通书》'志学篇'里'士希贤，贤希圣，圣希天'的名言。此话意思是说士人希望成为贤人，贤人希望成为圣人，圣人又希望成为知天之人。总体话意饱含积极进取的意思，倒是很符合书房的定位；另外一种说法，是指乾隆皇帝收藏有三件稀世书法珍品，分别是王羲之的《快雪时晴帖》、王献之的《中秋贴》和王珣的《伯远帖》，故而得名'三希堂'。"

这番精辟解读，充分展露了江南风的博闻强记，以及他高于常人的学识功底。随之，江南风继续感慨道："紫禁城之大，大不过区区斗室；三希堂虽小，却是乾隆皇帝广阔的精神空间。他能盘坐于三希堂窗前，每日研磨古董书画，孤心揣摩古人笔意，几可达到忘我境界，这种锲而不舍的精神，才是我辈最该学习的地方啊。"江南风的话意，最终落在向古人学习，然而在座诸人，早已深深折服于他的学养。

……

晚饭结束后，江南风公务在身，先行一步，余下四人继续去喝茶。

罗云松用略带恭维的口吻对奚晓冬说："我真是佩服江副省长学识渊博啊。"

王汗听到，也说受教了。不料罗云松讥讽他道："你是商人，还是赚钱要紧。"

王汗回怼道："我和罗行长不能比，你可是掉到钱眼儿里的人啊。"说完两人哈哈大笑起来。

当夜，罗云松和王汗分头返回了龙州，奚晓冬带着丁一住进了紫云轩。丁一对这里的陈设赞叹不已，着实让奚晓冬的虚荣心得到极大满足。两个无所不谈的好闺蜜，叽叽喳喳说着心里话。

"老罗要给我在龙州买套房子，你说我该不该答应呢？"

"还是答应吧，毕竟你家在南方。将来若是不能和老罗走到一起，你也不能一直租住在公寓楼，如果买了房子，也算你在龙州有个家了。"奚晓冬轻声慢语给丁一拆解着心事，自己的情绪也在悄无声息中暗淡起来。

"唉！如今房价那么高，我实在不愿欠下老罗那么重的人情，往后拿什么还人家呢？再说了，我很不喜欢住高楼，七十年以后，估计现在这些高层都得拆除，然后盖成四合院，周围绿树成荫、小桥流水、鸟语花香，再也不用住现在的鸽子窝了。另外，无人商店、无人驾驶汽车、自动机器人取代人的劳动，每个人都有可能慢慢变成只知道吃喝玩乐的动物，到那时候，再也没人发愁房子呀、医疗呀、教育呀这些烦人的俗事。"

丁一吐露了真话，竟惹得奚晓冬咯咯直笑："我的大小姐啊，你是巴不得天下所有人，都变成像你这样无欲无求、只会逍遥享受的喵星人吗？"

丁一听罢，假装生气的样子说道："谁是猫咪了！你倒说说，让人家老罗给咱购买几百万的房子，估计身体是舒坦了，可心里得受煎熬，仅凭我那死工资，何时能还清人家呀？"

"你呀，可以……用身体……慢慢偿还！"听到奚晓冬的戏谑言辞，丁一瞬间满脸绯红，她爬起身，骑到奚晓冬身上，大声喊着"驾、驾、驾"，然后两人滚落床沿，四脚朝天哈哈大笑，全然不再顾忌淑女的模样。

笑声停了，两人均陷入了短暂的沉默。尔后，又是丁一低声说道："晓冬啊，你说咱俩这样的日子，何时是个尽头啊？"

刹那间，奚晓冬的身子变得僵硬起来，两眼望着瑰丽堂皇的天花板若有所思地说道："老江、老罗他们都是风光无限的人，我俩只能是藏在他们背影里的心花绿水，无论如何是上不了台面的，或许这就是命吧！"

翘着脚丫、露着白皙长腿，横七竖八斜靠床边的丁一，丝毫没有觉察到奚晓冬情绪已经陷入了低迷，依然不紧不慢叹息道："连我们无所不能的女汉子，都开始信命喽！也难怪老罗时常提醒我，无论任何场合，或者任何人面前，绝口不可提说我们彼此认识。见面只能在隐秘、安全的地方，还说这是一根高压线，触上就得死。刚开始我还纳闷，想要我时，便是心肝宝贝，不需要时，就拉下脸定规矩，神情严肃得像法官。现在我总算明白老罗这句话的含义了……晓冬啊，你说咱俩这是何苦呢！"

丁一不经意间发出的感慨，令奚晓冬感到心悸。她暗暗提醒自己，高乐酒店的错误，绝对不可再犯。这次，江南风虽然口未提及，心里阴影恐怕已经落下，因为身份与地位的缘故，他对自己绝对隐私的空间被人轻易知晓或打扰，定然是极为忌惮的。奚晓冬了解江南风处事机密、心细如发的性格，故而八〇八房间，往后他是注定不会再去了。即便要求姚文君更换房间，那也只是想从心理上，让自己面对江南风时，稍稍感到心安罢了。

"如果你觉得这样活着心里苦，可以选择离开老罗呀。反正我是想好了，今生今世永不嫁人，心甘情愿给老江做背影。"面对晓冬如此决绝的说辞，丁一反倒觉得自己理亏，不禁自言自语道："是啊，谁也没逼咱，只怪自己贱呗！"不料此言既出，奚晓冬猛然用被子蒙住头大声喝道："别废话了，睡觉！"

丁一知道晓冬不可能入眠，她依然独自斜靠床头，再也没有了说话的欲望。

此时，地处郊外的紫杉庄园寂静安宁，远处闪烁的灯火明灭不定，只有天上不说话的星星，百无聊赖地眨巴着眼睛。万籁俱静的长夜来临了，徐徐微风吹拂着黑暗中的树叶飒飒作响。

第二十九章

　　关于鲲丘发生的投毒案，江南风只给龙州市委书记马达通了电话，他用轻描淡写的口吻，提说了此案关系民生安全，务必严肃查处。然而正是这句看似风轻云淡的过问，引起了马达的高度警觉。他把泉政谦叫到办公室，劈头盖脸追问此事，怎会这么快传到江副省长耳朵。泉政谦心里也是暗暗一惊，然而却故作坦然地回答说："江副省长主管教科文卫工作，或许只是无心一问罢了。"

　　望着泉政谦一脸不以为然的神色，心有不悦的马达愤然说道："我说老泉啊，你宦海沉浮这些年，怎会说出这么幼稚的话？"泉政谦本想将此话题模糊过去，不料马达似乎很上心，他也只好认真以待。

　　事实是，瞬息之间，泉政谦脸上发生的细微变化，马达已经捕捉一二。他心里笃定认为，泉政谦是龙州主管安全的常务副市长，事故又发生在他的家乡，莫非其中有他难以明说的纠扯？即便是有，泉政谦也应该向他真实汇报。既然大家选择同舟共济，那就没有说不开的话、抹不开的面子。想到这里，马达开诚布公地说道："这个江副省长，可是个厉害角色，我从龙都省委得来的消息，此人已是下届常务副省长的热门人选，所以他这座庙里发出的声音，我们最好不要忽视了。"

　　波谲云诡的官场，何尝不是一场牌局，变化总是在不经意间发生，但若仔细深究脉络，往往会发现，因果其实在很早之前就已经注定。任何一场游戏里都布满了规则，只有越高级的玩家，才能拥有强大的能量、高远的视界，才能及早看清前方路途上的危险和机遇。以上这些道理泉政谦自然懂得，私下和兄弟泉少谦交心时，每次纵论仕途心得，他总以"登高望远"解读官场。因为在泉政谦眼里，官阶大小的本质区别，并不在于职位称呼不同，而是得到信息的广度与速度有着天壤之别，官做得越大，信息源即越多越广，判断解决问题的视野则比别人高远、精准。也正是泉政谦针对许多问题鞭辟入里、异于常人的论述，使得泉少谦对兄长佩服之至。

自古便有"朝里有人好做官"的俗言，无论马达也罢、泉政谦也罢，皆渴望能在更高层面上有赏识、提拔自己的力量人物，这亦是官场生态的基本范式。所以只要有结识、靠拢高阶官员的任何机会，便巴不得套熟、贴紧、渗入进去。高官从天而降的电话、条子、指示，甚至裙带关系含蓄传递过来的招呼、捎话、暗示等等，统统都得上心操办。也只有拥有这样精明而不失圆滑的揣摩心力，或许才能把官做大、坐稳，才有可能在仕途上走得更远一些。

既然信奉这样的官场哲学，马达当然不能忽略江南风这个电话，他当面要求泉政谦负责督查此案，将来好给江副省长一个满意答复。然而对于泉政谦而言，这回若想揣着明白装糊涂，看来是忽悠不过去了，首先马达便是他要逾越的第一道坎儿。

回家后的泉政谦，独自坐在书房安静地思考着。

首先，值此敏感时刻，江副省长莫名其妙地跳出来，实在令人玩味。究竟是个什么样的厉害人物，能让这个级别的领导亲自过问此事呢？

泉政谦不是没怀疑过奚晓冬，这个奚家小女的能量的确不容小觑。多年以来，他一直细心观察、了解此女神通广大的背后，是否有着神秘人物或力量做支撑，甚至想过动用公安刑侦技术，最后还是罢手了。因为泉政谦觉得手段太下作，为了一介小女子，如此大动干戈，便是对自我能力和自信的侮辱，丢了面子，吃相难看，更不值当。最终，他决定"放长线钓大鱼"，奚家小女即便是孙悟空有七十二变，总会有她现出真身的那一天。

另外，截至目前，如何引导投毒案风向，处置泉军这个可悲可气的小人物，泉政谦始终没给何流有过任何表态或暗示，事故既已出了人命，必须得慎重对待。

从本意而言，泉政谦当然不愿看到投毒案真是泉军所为，这不仅可以避免给巨子公司造成负面影响，还考虑到母亲的尊者威望不能受损。眼下，母亲暂且不知此事，可是等到冬去春来、天气转暖后，老人必定是要返回鲲丘的。况且，母亲已多次提出要去观音寺烧香，到那个时候，再带着泉军老父母的连番哀求去处理此事，估计黄花菜都要凉了。

溪水村水厂关停；守护好自己在龙河县的政治影响力；让泉家庄永远盖过溪水村一头，给九泉之下的父亲和大哥一个交代；帮助母亲在有生之年，始终拥有尊者的绝对权威，不给奚友池这个挑战者任何反扑机会；顺便给泉林声，这个自以为是的泉姓小辈点颜色和教训，这些都只是泉政谦"顺手牵羊"想达到的目的。而他内心深处的终极目标，则是继续试探奚晓冬，刺激她出招，好让他这个蛰伏暗处的猎人，发现猎物露出的破绽，以此顺藤摸瓜，牵出奚晓冬背后那个人，彻底掐断溪水村与泉家庄争斗不休的根源，这才是泉政谦最渴望得到的结果。

然而，泉政谦的终极目标里，却埋藏着致命性错误。自信过头的他，已经将所有注意力全部聚焦在奚晓冬身后那个人身上，可他却忽略了一个致命问题，如果挖出的这个人比他的权势高、能量大，那岂不是自掘坟墓？或许这个念头，曾在泉政谦脑海里闪现过，但是这些年来，他所拥有的精准判断力，不断被身边的人膜拜、羡慕、谄媚、巴结消磨着，过度的自信和盲目的乐观，使他很难把奚晓冬真正放在眼里。

贵为常务副市长的泉政谦，终归是个血肉之躯，常人具有的人性缺陷，并不是他身居高位，即能从其学养和操守中自然剔除；胸中格局，也不因为你身附光环，便可以随意放大。当一个人把公义和私欲相互混淆时，即使聪明绝顶，也终会被聪明所误。此时的泉政谦，何尝不是这样的人，道德的标杆永远是树给别人看的，他泉政谦才是鲲丘后辈人里真正的"凤雏"，那些或许在普通人眼里都属于鸡零狗碎的理由，却恰恰成为他始终放不下的心结。为了泉姓族人重回往日荣光，泉政谦决定走进风暴眼，即便有些话不该说，有些事不该做，他也无所顾忌了。

这天，泉政谦拨通了何流的电话，明确表明龙州市委、市政府已经决定，由他亲自督办投毒案，全县上下绝不可虚以应付、敷衍了事。同时意味深长地反问一句，书包上绣着谁的名字，难道就能断定谁是投毒嫌疑人吗？最后又格外提醒，此案已经牵扯到人命，务必夯实证据、办成铁案。

终于得到政治导师的明确态度了，何流暗自欣喜，看来自己最初的揣摩是对的，谨慎而为更是对的。他即刻找来公安局长童相辉，一起研究此案究竟该如何处置。

"童局长，以你的破案经验判断，泉军投毒的可能性究竟有多大？"童相辉是何流多年的心腹，面对何书记直截了当摆出的问题，心里已能猜得一二。因为他不仅知道泉军当年与巨子公司之间有牵连，而且早已风闻何书记与泉氏兄弟关系亲密，再加上尽人皆知的鲲丘奚泉两姓的多年宿怨，使他不得不慎重应对此案。

"我认为，泉军的作案动机，或有，或者没有。"童相辉口气委婉地说道。

"此话怎讲？"何流的反问几乎是追风而来，使得童相辉有点忙于招架。

"说他有动机，主要是指投毒现场发现的书包是他的。而且这些年，泉军和溪水村那边鼻子不通的事情太多了，尤其是上次井喷事故之后，难说他没有怀恨在心、挟私报复的可能；说他没有动机，是指再愚蠢的人，也决然不会把作案工具丢在现场。关于这一点，既可以推测为作案人仓皇逃离时不慎掉落的，也可以推测书包是被别有用心的人提前偷走，然后拿去作案，再故意把它留在现场栽赃于人。"童相辉说得头头是道，何流亦听得入神。

"这么说，泉军身上的嫌疑，可以有另外一种解释？"何流近乎迫切地问道。

"是的，两种可能性都有。"童相辉左右逢源式的回答，就像摸着石头过河，先得把双脚放得稳稳当当。然而一问一答之间，他已看清了何书记口里不能明说、但却心有所向的意思。

果然，童相辉的这番回答，何流基本上是满意的，刚才紧绷的心情渐渐舒缓下来。

"如此说来，泉林声和那个餐厅女经理作案嫌疑就大了，最起码可以追究他们的失职责任嘛。"何书记的话，几乎都说到了明面。

童相辉自然懂得接招，他略加沉思之后说："我明白您的意思。为了给方方面面一个合情合理的交代，我会拿出一份尊重事实真相的结案报告，这点您大可放心。"

终归是自己多年贴心培养起来的属下，领会心意和办事节奏果然让人神清气爽。何流走到童相辉面前，不无感慨地说道："毕竟有人命在案，还是得深查、细究，包括事发现场，你们要不辞辛苦、多跑两趟，哪怕是做做样子，也得让人看到啊。"

何书记说话如此坦诚以待，童相辉甚是感动，就连他欲说还休背后所隐藏的深意，童相辉现在也都明白了。看来，泉军身上的嫌疑无论有多大，也必须做弱化处理。同时，即便泉林声和李春梅再无辜，也得想办法加深他俩的嫌疑，如此一番骚操作，对于长期办案的童局长来说，自然是易如反掌。可气可叹啊，人无敬畏之心，该是何其悲哉！手握执法权柄的童相辉，似乎对徇私枉法习惯到了麻木的程度。

回到公安局后，童相辉立即安排投毒案进入快速审理轨道。即便是为了照顾各方面子上好看，各人皆有台阶下，童相辉也觉得应该紧紧抓住这个表现自我的机会。既然何书记亮明了态度，那就得把此案办得漂亮利索、声势浩大，哪怕是唱戏玩把式，也得先让何流书记满意。

童相辉之所以上心此案，还有一份不能明说的私心。龙河县政府缺位一名副县长人选已经很久了，作为维护一县太平的公安局长，童相辉对此位置早已虎视眈眈。他亦清楚，发生了这种重大安全事故，"一把手"负责制就像紧箍咒，牢牢勒紧了何流的脑门，能让他尽快从此案的忧心重重中解脱出来，必然能在何书记心里记下一大功，这对自己竞争副县长位置，肯定大有益处。

为了加大投毒案侦破力度，龙河县公安局迅速抽调精干人员，组成了专案组。童相辉指派副局长肖静波担任专案组长，并组织大量警力，再次对鲲丘展开大面积巡查，看看能否再发现其他明显的物证，即便仍然是一无所获，那也得把办案声势造大，好让上上下下的人都能看到。

同时，对泉林声和李春梅的分头审讯力度也开始加大，询问问题不仅露骨，而且出现明显的诱导迹象，例如泉军的书包你见过吗？除夕夜为何没有安排水源地巡查？员工餐厅为何要用自来水而不是自产纯净水等等，这些可以回答、又不能回答的问题，像从天边飘来的黑云，阴沉沉压向泉林声与李春梅的头顶。

自从进了看守所，泉林声始终淡定从容，因为心中无鬼、何来害怕？然而这些天的审讯，他能明显察觉到气氛有些不正常，所问问题不是牛头不对马嘴，便是重复无数遍的车轱辘话，并且处处埋着"罗织问题、请君入瓮"的陷阱，好像非要从他的一次次回答中找出破绽，才能善罢甘休。

审讯李春梅的节奏，也有了微妙变化。虽说她性情粗疏，但是任谁遇到这种突发事件，并被关进这种正常人不可想象的地方，都会六神无主、方寸大乱。漫漫黑夜里，李春梅躺在冰冷的小床上，望着铁门外昏暗的灯光，一会儿幻想泉大年或许会来救她，一会儿又抱头痛哭，埋怨自己怎么给水厂闯下这么大的祸事。

李春梅对泉大年产生的幻想是可以理解的。

得知溪水村水厂餐厅发生了中毒事件后，泉大年的确考虑过要不要出手帮助旧日情人，但他最终放弃了。一则是中毒变成了投毒，并且死了人，如此重大的安全事故，必得是党政"一把手"负责，自己即便想插手，也是无能为力；

二则何书记为官强势，县长吴丽娜都成了摆设，遑论他这个心怀内虚、仰人鼻息的副县长；三则他与李春梅的那段旧情早已是明日黄花，即便此时想怜香惜玉，也只是怜悯之情作祟，况且李春梅留给他的印象中，完全与香呀、玉呀，丝毫挂不上钩。

返回鲲丘后，奚望没有给任何人提及他去见了奚晓冬。奚晓夏登门询问，奚望则谎称去龙河县城打听消息了，奚晓夏便问案情是否有新动静。他却说不出个子丑寅卯。奚望欲说还休、闪烁其词的样子，反而引起奚晓夏更大的疑心。

此时，除夕夜里那场大雪已经过去，天气开始出奇地晴朗，每天中午，晕黄的太阳有气无力地照耀着大地，温度虽然没有明显升高，地面积雪却已经融化得差不多了。

案件发生许多天了，丈夫和李春梅在看守所究竟怎样了？案子侦破和审理有没有新进展？一连串令人心焦的问题，时刻折磨着奚晓夏。她忧心丈夫和李春梅在看守所里受冻挨饿，眼见天已放晴，便私下瞒着老父亲，给丈夫拿了一些换洗衣物，独自前往龙河县看守所探视。

看守所位于龙河县城西关的偏僻小街，奚晓夏当天赶到时，已是正午时分。但见看守所四周戒备森严，三三两两的狱警徘徊在布满铁网的高墙，远处大门口的砖柱上，悬挂着两盏硕大的红灯笼，太阳照射下，灯笼的红色暗影映衬着铁灰色的大门，仍能感觉到一丝新年的气息。

穿街过巷的寒风，吹得奚晓夏浑身发颤，她伸出蜷缩的手指，轻轻掠过飘飞额头的秀发，抬眼往远处看看，寻思着找家饭馆喝碗热汤，也好驱走这一身的寒气。奚晓夏不愿意丈夫看见她瑟瑟发抖、面色惨白的模样，更不能让泉林声看出自己的伤心痛楚，不然他会更加不安的。

这里恐怕是最靠近看守所的小饭馆了，简陋的桌椅板凳整整齐齐地靠墙摆放着，狭长过道的窗户旁放着一个炭炉，伸出窗外的铁皮排烟管已被熏成了黑黄，铁盖密封着通体乌黑的炉子，看不到炉膛里的一丝火苗。

奚晓夏忍耐着满屋刺鼻的炭烟味，坐在一张小桌旁。这才发现饭馆几乎没人，唯有靠近火炉边的餐桌坐着两个年轻男子，桌面摆满了饭菜，双双端着啤酒，毫无顾忌地吃喝闲聊着，赤红的脖颈和耳廓，证明他俩已经喝了许久了。

奚晓夏随便点了碗汤面，又喝了杯热水，身上感觉热乎多了。刚吃了两口饭，忽而听得旁边两个年轻人隐约说道："……这里面学问大。以前用橡胶棒抽，不管用；后来又垫本书抽，还是不理想；现在他们真绝了，开始用毛巾裹着棍子对着关节打，效果还真是不错。"

正说话的低头笑了，另外一个摆摆手，嘴里嘟囔道："为了不留痕迹，你们可真是煞费苦心。可是那个水厂老板骨头硬，不好对付，倒是那个女的容易些。"

奚晓夏听到"水厂老板"四个字，耳朵里乍鸣一声，立即警觉了起来。她用围巾遮盖了半个脸庞，随即转身背对着那两个年轻人，然后竖起耳朵继续细听。

"我说老弟你呀，怎么老盯着那个肥婆，我对胖女人向来不感兴趣。"

"谁让你有兴趣了？我想说的是，这种女人往往更敏感，稍微触碰，那身肥肉便开始乱颤……"说到这里，两人毫不掩饰地嬉笑着，嘴里连连指责对方是真正的恶趣味。

"你们是干什么的？是不是警察？警察能允许喝酒吗？告诉我你们的警号……"奚晓夏实在耳不忍闻，径直走到炭炉边，一脸怒气地质问两个男子。这两人明显被惊着了，看见杏眼圆睁的奚晓夏是个美女，又想趁着酒兴调戏两句，不料面馆老板从后厨走出来，急切询问发生什么事情了。两个男子这才快快不乐、极不情愿地结账走人了。

这时的奚晓夏已经心神大乱，回想刚才听到的那几句话，她下意识察觉，丈夫泉林声和李春梅可能遭罪了。奚晓夏难忍怒气，急忙询问面馆老板可认识那两个人。老板想了半天后摇头说道："只是觉得面熟，不知道他们是做什么的。"

　　心慌意乱的奚晓夏走出小饭馆，一路小跑至看守所接待室。推门进来时，她一眼看见了刚才那两个年轻人，虽然都穿上了警服，但模样却被奚晓夏牢牢记住，情急之中，她着急喊道："原来你俩真是警察啊，警察怎么能上班期间喝酒呢？你俩聊到的如何打人，是不是对我丈夫下了重手？"说到这里，奚晓夏感到一阵剜心之痛，等她弯腰再起身时，却发现那两个年轻警察早已不见了人影。

　　奚晓夏迟疑之际，从接待室匆忙走出一位女警员，手里端着一杯热水，态度热情地递给奚晓夏，并陪她一起坐下来，低声安慰她不要心急，有话慢慢说。奚晓夏拿出身份证件，言语恳切地提出了探视丈夫的请求。接待室女警一看证件，即刻猜出前来探视的人，正是泉林声的妻子奚晓夏。

　　关于鲲丘投毒案，龙河县公安局早有明令下发，声明投毒案事关重大，没有查清真相之前，严禁任何人探视嫌疑人。目前禁令仍未失效，面对探视人的请求，女警也是无能为力。情绪低落的奚晓夏，独坐冰冷的椅子上发呆，女警看在眼里，心有不忍，于是走进内室，拨通专案组长肖静波的电话，向他汇报了泉林声妻子再次前来探视的情况。肖组长沉默良久后，语气坚定地说道："你告诉她，三天之后可以来探视。"

　　女警亲手为奚晓夏披上外衣，替她围好头巾，又送她走出了接待室。默默无言中，两人走在县城郊外的旷野间，冒着股股寒风，女警对奚晓夏说："投毒案情况复杂，其中有许多令人玩味的地方。单从公安局内部来说，并不见得人人都认为你丈夫有嫌疑。既然我们领导答应你三天后再来探视，自然有他的道理。另外，我们内部有纪律，我也只能给你说这么多，你得保重身子，还是先回家等消息吧。"

　　围巾遮面的奚晓夏睁大眼睛，似有怀疑地问说："三天后真能见到我丈夫吗？你不会是在安慰我吧？"女警嫣然一笑，满面诚恳地说："你得相信，无论哪行哪业，好人总比坏人多。"奚晓夏释然而笑，她紧紧握着女警的手说：

"谢谢你！我信……我信你的话。"说话间，泪水已经夺眶而出。

末了，女警突然将一张纸条塞到奚晓夏手心里说："这是我的电话，你收好。如果这边有好消息，我会及时告诉你的。"奚晓夏顿感诧异，女警这么做，必然是警纪所不允许的。可她甘愿违纪冒风险，除了人与人萍水相逢的一份信任，难说不是心怀正义的举动。

奚晓夏握紧纸条，身体里涌动着一股股暖流。

她已经走得很远了，女警依然站在原处，远远地向她挥手着。此番情景，竟惹得奚晓夏热泪扑簌簌流下来，她忍不住展开纸条看，上面写着一行清秀的文字：你得挺住，相信正义迟早会到来。署名是叶光明，后面缀着一连串手机号码。

奚晓夏噙住泪水，迅速将纸条收起，然后大步流星地往前走去。

第三十章

奚晓夏刚回到溪水村，老远便看见奚望和许聪明向她跑来。

"你这是去哪里了嘛，可把我们都急坏了。"奚望气喘吁吁，额头冒着涔涔汗水，浑身上下沾满了黄泥浆。水厂副总许聪明也是上气不接下气，半天说不出话。奚晓夏望着两个狼狈不堪的男人，只管迈步往回走，心里不由得猜想，村里是不是又出大事了。

奚晓夏走进家门时，只看见本村青年奚小平正陪着父亲说话。父亲并不着急盘问她去了哪里，而是愤愤然大声喊道："今儿一大早，咱们村又来了许多警察，也不打一声招呼，就直奔鲲丘去了，他们究竟是要干什么嘛？"尊者的身子微微颤抖着，手里的拐杖杵在地面"咚咚"作响。

原来，今天警察又来搜山了。作为村主任，奚望前去好意询问，看看他们是否需要村里人的帮助，没料到警察不仅不领情，还命令他速速下山去，不许干扰现场秩序。结果奚望下山走得急，一不留神掉进了泥坑，若不是奚小平跟着他，估计天黑都爬不上来。

这时，紧随奚晓夏进门的奚望愤愤不平地说道："既然来溪水村查案，最起码该给村里打声招呼吧。好心好意想去给警察帮忙，却跌了个人仰马翻。"奚晓夏如梦初醒，这才看到奚小平的裤管脚面，也都沾满了黄泥巴。

奚晓夏解下围巾，连喝了几口热水，一身疲惫地坐在椅子上，沉默不语的她，安静地望着炉膛里通红的炭火沉思着。众人皆不言语时，许聪明插话道：

"我正在老家过年，突然接到公司电话，要求我马上返回水厂。大过年的，谁能料到厂里会出这么大的事故。警察不抓嫌疑人，却先把厂子封了，这算哪门子事儿嘛？"一时间，房间里响起阵阵喧嚷声、叹息声。

冬日的天色渐渐暗淡下来，龙山深处的太阳，依然是昏昏欲睡的样子。

尊者奚友池及众人困闷家里时，许多村民走出家门，熙熙攘攘聚集在村口的开阔大道，一个个扬起头颅，远远眺望鲲丘上攀高爬低的警察，人群中不断传出窃窃私语声，有些人猜测警察是来寻找新物证的，还有人说着风凉话，取笑警察到鲲丘拉练队伍来了。

坐在炭火旁的尊者撅着山羊胡子，"吧嗒吧嗒"抽着旱烟，烟管里升起的烟雾，轻轻袅袅地飘向屋顶那扇小窗户，巨大的压迫感堆积在每个人心头。这时，大门外不断有村民要求面见尊者，还有人嚷嚷着，要求新选村主任奚望站出来给大家一个说法。顿时间，众人的喧哗声夹杂着鸡鸣狗吠，使得溪水村显得与往日迥然不同。

正当众人鼓噪起哄之时，忽见鲲丘高处的警察陆续撤退下来，列队整齐后，即刻乘坐警车、鸣着警笛呼啸而去。其中有一辆警车，忽然中途拐了弯儿，掉头往奚友池家驶来。此时，尊者家门口已经围满了村民，众人急忙让出一条道儿，警车稳稳当当停下，随即从车里下来两名警察，其中之一便是投毒专案组组长肖静波，两人径直走进尊者家，转身关闭了大门。刹那间，人群中又响起一阵喧哗声。

肖静波和随行警官一起围坐在炭炉边，已经冻成紫青色的两双手，齐刷刷靠近炉膛烤火。眼见两位警官一身冰寒，奚友池急忙命人端上热茶。几杯热乎茶水下肚后，肖静波热眼望着尊者问询道："想必您就是溪水村尊者奚老先生吧。"一句直爽的问候，使得在场所有人的紧张情绪稍有放松。

"今天早晨，我带队再登鲲丘，又一次大规模搜寻了一遍。因为投毒案情况极其特殊，侦破信息需要严格保密，再加上时间紧迫，所以没顾上给您和村主任打招呼，我们失礼在先，在此向您老和乡亲们道歉了。"言罢，肖静波站起身，毕恭毕敬向众人鞠了一躬。

听到饱含歉意的话语，尊者内心释然，于是欣然说道："只要你们是为案子忙乎，全村老少爷们儿当然能理解。老夫是想知道，这么多天过去了，案子可否有新进展啊？"

肖静波的目光，缓缓扫过在座每一个人的脸庞，暂且没有回答尊者提问，而是要求许聪明和奚小平回避一下。尊者微微点了点头，许、奚两人便退出去了。他俩刚走出大门，立即有村民围上来，叽叽喳喳询问屋里的警察说什么了，是不是尊者和投毒案有牵连，警察是不是发现新线索了……一连串问题迎来的，都是许聪明和奚小平摇得像拨浪鼓似的脑袋。

外面喧闹声一片，屋里却出奇的安静。

肖静波站起身，走到奚望身边，轻轻拍着他的肩膀说道："没摔伤吧？要是把你这位新任村主任摔坏了，我可担当不起啊。"一句戏言，竟惹得奚晓夏和另外两个警官哑然失笑。奚望也低头苦笑了，因为不懂警察办案纪律，反而好心帮倒忙，因而掉进泥坑的难堪所憋出的怨气，已经消失得无影无踪了。

肖静波又将眼光投向奚晓夏，他神情关切地说道："看守所女警叶光明已经把具体情况给我说过了。今天你冒着严寒去探视泉林声，焦急的心情，我可以理解，但案件仍在侦查阶段，无论是谁，都不能随意违反禁令。另外，我能答应你三天后可以探视，肯定有我的考虑。这不，功夫不负有心人，今天上百名警察地毯式搜寻一整天，发现了这只指向性极其明显的水胶鞋，为投毒案最终侦破找到了更为有力的证据。"奚晓夏听罢，即刻领会了专案组长肖静波的良苦用心。尊者和奚望面面相觑、恍然大悟，原来消失不见的奚晓夏跑到看守所探视去了。

这时，随行警官将一个四角方包放到桌面，轻轻打开拉链，掏出一个水胶鞋的物证袋。眼神豁亮的奚望不禁失声叫道："这不是海荣叔经常穿的那双水胶鞋吗？"

听到奚望的话音，尊者奚友池和奚晓夏瞬间惊呆了，急忙上前一看究竟。

物证袋里的水胶鞋果然清晰可辨，尊者忽然仰面呜呼叫道："奚海荣啊、奚海荣，你究竟是人还是鬼呀！怪我奚友池老眼昏花，早没认出你这个狼心狗肺的东西！"奚晓夏和奚望眉头一皱，一股渗入骨髓的寒意向他俩袭来，两人相视一望，心里什么都明白了。长时间郁积在胸的疑惑逐渐散开了，无边无际的悲凉却又涌上心头。

肖静波之所以再次带队搜索鲲丘，是因为他担任专案组长之后，对童相辉在投毒案中所持的态度产生了异样看法。他是龙河县公安局副局长，童相辉对他也是信任有加，但并不代表他对童局长必须唯命是从。在投毒案真相扑朔迷离、人证物证极其单薄的情况下，童相辉不是要求专案组成员仔细侦查、周密取证，而是暗地授意心腹干警，私自加大对泉林声和李春梅的审讯力度，特别是对泉林声施以刑讯逼供的违纪行为，不仅引起肖静波的极度反感，而且让他对此案的侦讯工作开始产生警觉。

既然童局长采取的一系列不正常做法的目的，是为了从速了结投毒案，那么，若是再能搜查到对案件有用的证据，岂不是更加有利于案件侦查终结？于是，肖静波请求率领一队警察，再去鲲丘搜寻一次。当然，肖静波无从得知，童相辉之所以爽快同意他的请求，要的只是他率队办案这个阵仗所带来的影响。

大雪过后，天放晴朗，其间又下了几场蒙蒙细雨，鲲丘半山腰以下的积雪几乎全部融化了。整整一天时间里，数十名警察爬高踩低，眼睛仔细扫视过每一处融雪裸露出的灌木丛、荆棘窝、枯树堆、石头缝，直到太阳快下山的时候，一名警察突然大喊一声，他从岩石缝隙发现了奚海荣在惊恐和绝望中丢下的那只水胶鞋。

能在积雪暂未消融之际，再次搜寻到如此重要的物证，可谓偶然之中的必然。肖静波庆幸这趟鲲丘搜索不虚此行的同时，立即意识到这件物证的重要性。警察的职业敏感告诉他，在海拔如此之高的地方发现的这只水胶鞋，可能会让鲲丘投毒案的犯罪嫌疑人彻底浮出水面。

肖静波原本想把物证带回局里，直接向童局长汇报，但是直觉告诉他，如果这样做了，水胶鞋物证所具有的指向性，或许会被人为抹掉或改变，案件侦破可能会遭遇难以预测的干扰。如果这些担心真的发生了，对于老公安肖静波来说，无论是职业责任心，还是警察的良知，都是难以接受的现实。于是他命令搜寻队伍提前赶回县局，独自带着那名发现水胶鞋的警察，迅速掉转车头，直奔奚友池家里。他深信尊者熟知村民生活习惯，肯定能一眼瞧出端倪。

再说除夕后半夜，奚海荣从鲲丘雪野连滚带爬溜下山后，颠着受伤的脚板，强忍剧痛遁回了家。老妻望着浑身泥水、满脸冰碴、手脚僵硬的奚海荣，差点吓个半死。"你个老不死的，外面这么大风雪，出门乱跑啥呀？"

浑身哆嗦的奚海荣不说话，拼力脱掉浸透雪水的衣服，而后抱着乌青色的左脚，蜷缩热被窝，哼哼唧唧怪叫不停。整整一个时辰过去，任凭老妻问什么，他都不予理睬。

天色微亮时，奚海荣脸上渐渐泛出一些血色。守候在旁的老妻，看见老伴眼里有了活泛劲，急忙端盆热水，为他擦洗腿脚，忽然发现奚海荣左脚皮肤几乎全被蹭烂了，白生生、血糊糊的肌肉看着甚是吓人。老妻即刻伤心地说道："儿子不孝顺，外出打工过年也不回家。现在连你也变得不着调，整天瞎折腾，我这把老骨头，将来该去靠谁呀？脚伤得这么严重，我去找村医，拿点药给你敷上。"说话间，老妻就要出门去。

缓过气力的奚海荣，猛然瞪大眼睛，神色警觉地吼道："不许出去……把灯都关了，把窗帘都拉上……快点！"奚海荣的惊慌失措，再次让老妻感到惶恐不安。

"老头子啊，到底出啥事了？你是不是犯癔症了？"奚海荣像是中了魔障，老伴怀疑他昨晚可能又受刺激了。

眼见老妻对自己的话无动于衷，奚海荣突然撑起身子，挣扎着要下炕。老妻急忙上前阻挡道："听你的，都听你的。祖宗啊，你赶紧躺好别动。"老伴言行反常，吓得老妻赶紧拉紧窗帘、关闭灯光，除夕夜点亮的红灯笼，也被吹灭了。侧躺在炕的奚海荣，上上下下扫看了一圈，长长地舒了一口气。

不让出门找村医，老妻只好拿了纱布包扎伤口。疼痛钻心入骨，奚海荣却不敢喊出半点声音，他死死咬住胳膊，喉咙里发出令人惊悚的呻吟。

大过年的，奚海荣家大门紧闭、安静无声，左右邻居便隔门喊话、问候平安。

老妻听从奚海荣叮咛，谎称他病了，不想见人。邻居不知内情，好意帮忙去请村医，老妻急说不必了。奚海荣两口子的冷淡态度和奇怪举动，族人看在眼里，却不多想。大家都认定奚海荣是因为村主任职务被免，心里想不开，这才要态度、摆腔调。

卧躺在家的奚海荣噩梦连连、难以入睡，他的眼睛和耳朵，时刻注意着家门外的动静，只要听到一声警笛声，便吓得心惊肉跳。

老妻难出门，却从门缝听到人们议论溪水村水厂发生了投毒案，警察搜到了投毒工具，已经抓走了三个人。知道这些消息后，奚海荣暗自喜悦，并为栽赃这招而自鸣得意。

外面风平浪静，奚海荣便在老妻面前口风宽泛起来。

"有本事抱团抢走我的村主任位子，我就让你们抱成团哭都没眼泪。"老妻听到这话，只觉得身子往下坠，心里的猜疑越来越重，老伴这些天行为异常，难道是他造的孽？

"死老头子，你给我说实话，山上那坏事，是不是你干的？"昏暗的灯光下，奚海荣躲避着老妻质疑的眼神，已渐安宁的神色又陷入慌乱。一声声追问在耳边响起，奚海荣不胜其烦，又要撩起被子、闷头大睡。老妻"咿呀"怪叫一声，佝偻的身子顺着炕沿瘫软倒地，捶胸跺足的哭闹起来。

随后几日，老妻开始不吃不喝，也不说话，每天嘴里念念有词，忽而痴痴呆呆哀号不已，忽而望着奚海荣傻笑不止，反倒是她像中了邪咒。

奚海荣以为老妻是气血郁结、神思恍惚，过些日子兴许会好起来。现在的他，只能硬撑着身子，颠着脚板，自己下厨做饭。走到院子里，奚海荣仰面望着冬日里难得一见的温阳，心里暗自祈求煎熬的日子赶紧过去。

这天清晨，天色麻麻亮，奚海荣便睡不着了，他把枕头高高垫起，歪着脑袋望着窗外泛起的微光发呆。两天时间已经过去了，鲲丘安静了许多，村里人的议论声也没有了，怀揣侥幸心理的奚海荣暗暗琢磨，自己酿下的这场祸事，是不是该过去了。

胡乱寻思之际，大门外忽然又传来一声声刺耳的警笛声。奚海荣刚刚松弛下来的神经再次紧张起来，一种不祥之感像漫天黑云再次袭来。他用力推搡熟睡的老妻，老妻翻过身子继续酣睡不醒。

"老婆子，你听到了吗？快去看看，外面怎么回事？"奚海荣情不自禁地喊叫着。老妻神志恍惚，叫了半天仍然一动不动。

惊魂不定的奚海荣只好匍匐下炕，左脚落地时，动作大了一些，伤口疼得他龇牙咧嘴。等他跛着腿脚，挪到大门口时，忽从门缝瞧见一辆辆警车从门前急速驶过。随之，又有许多村民围在一起议论，奚海荣双耳紧贴门缝，想听到人们在说什么，然而灌进耳朵的，只有七嘴八舌的吵闹声。

心惊肉跳的奚海荣终于站累了，他顺着门框瘫倒在冰冷的地面，浑然不觉冬日的寒意。刚刚消停了两天，警察怎么又来了？莫非又发现了什么？是不是怀疑到自己了……乱七八糟的念头在他的脑海里横冲直撞。奚海荣大气不敢喘一口，从衣兜颤颤巍巍摸出一根香烟，一连划断了三根火柴，才把烟卷点燃，然后狠狠猛吸一口，浓烈的烟草味呛得他咳嗽不止。

"哎，海荣叔啊，这些天你咋不出门，坐在地上干啥呢？"奚海荣的咳嗽声，引来邻居趴在门缝向他喊话。

"我病了。"惊慌失措的奚海荣撂下三个字，来不及穿上拖鞋，一瘸一蹦地跳回内屋。一头雾水的邻居紧缩眉头，内心暗自猜忖，看来免去村主任给奚海荣带来的打击太大了。

大约正午刚过，村民们又渐渐围拢到尊者家门口去了。

奚海荣是从门外稀稀拉拉几个过路人嘴里得知警察又来搜山了，听到这个消息，心里更加惊慌恐惧。他眼巴巴瞅着门缝，确认外面没人后，急忙走出大门，伸长脖子朝鲲丘张望，只见不远处齐刷刷停着许多警车，有无数个警察身影晃动在鲲丘上。一身冷汗瞬间浇透了奚海荣的前胸后背，他转身关闭大门，匆忙回到窗帘遮蔽的内屋，一屁股瘫倒在破旧沙发上，像头笨牛一样瞪着眼睛、喘着粗气。

不知什么时候了，老妻已经醒过来，直愣愣坐在炕沿，老伴刚才的所有反常举动，她都看在眼里了。经过一夜的昏睡，老妻的游离恍惚似乎缓和许多，她缓缓走近奚海荣身边说道："老头子，这事儿要是你做下的，咱现在就出去承认，政府不是说'坦白从宽'么……"话没说完，老妻又抽泣起来。双眼涨红的奚海荣绝望地望着房门，身体像一根木头呆坐着，他再也没有力气给老妻发火了。

老妻端来一碗饭，奚海荣不理不睬；又递上一杯茶水，他还是呆若木鸡。整整一个下午，奚海荣出奇地安静，只有老妻百无聊赖地站在屋里打转。冬日的太阳早早开始偏西，一束阳光透过窗帘照进来，恰好在地面上映射出一圈光晕，奚海荣坐在地面，用手指轻轻环绕着光晕画圈，直到傍晚时分，光线逐渐暗淡下来，丢失的三魂六魄似乎才回归到他的身体。

缓过神儿的奚海荣，陪着老妻一起下厨房，做了几道热腾腾的家常菜。奚海荣取出平日不常喝的好酒给老妻斟上，而后颤巍巍举着酒杯说道："老婆子啊，我这辈子最对不起的人就是你，没让你享多少清福，却给了你不少气受，容我下辈子再还你吧。"说完举杯一饮而尽。

老妻低声哽咽道："老头子啊，不许你说浑话，以后的日子还长着呢。"奚海荣斟满酒杯再次喝完，粗黑的手掌摩挲着嘴巴叹息不止，他用筷子一边给老妻夹菜，一边伤心说道："毕竟咱俩还有个儿子，尽管那玩意儿不争气、不孝顺，但好赖也算是留个后人。我走以后，你把他从外面叫回来吧，以前是我们父子不对付，你们母子感情还是好的，以后有儿子陪着你，我也就放心了……"

老妻终于憋不住了，拳头敲打着胸口，仰天掩面而哭，撕心裂肺的哭声令人唏嘘不已。"死老头子，别说这些没头没尾的话了，你是想吓死我吗？"奚海荣望着满头白发的老妻，一股悲凉之气从心底汹涌而起，他再也控制不了自己的情绪，伸手抱住老妻，两人如丧考妣般号啕大哭起来。

门内大哭不止，门外已站满了村民。

肖静波从尊者口里得到确切答案后，立即和随行警官来到奚海荣家大门口。这时，在一众族人的簇拥下，奚友池也急匆匆赶过来，他一边敲击着门环，一边呼唤奚海荣开门。

已然被恐惧和紧张纠缠数日的奚海荣，当听到尊者的呼喊声，心里反而有种解脱的轻松感。老妻仍然伏身在旁、痛哭不停，桌上的饭菜还冒着一缕缕热气。奚海荣披上外衣，跛着左脚走到饭桌前，将打开的酒瓶重新盖上，回头轻声对老妻说："往后有啥事了，你就对着照片说话，我在那边能听得到。"说完便往大门口走去。老妻情绪瞬间失控，嗷嗷大哭着扑上来，死死抱紧奚海荣的双腿，哀哀欲绝的哭声响彻杂乱无章的院落里。

……

涉嫌投毒的奚海荣被龙河县公安局抓走了。

气恨难忍的尊者奚友池，当众责骂奚海荣辱没奚氏门风，给祖宗脸上抹黑。奚晓夏内心暗暗吃惊，往日看起来，海荣叔也算是个精明爽快之人，万难料及他居然这般心胸狭窄、行事狠辣。他们夫妻俩与他之间，并未结下什么怨恨，海荣叔怎会如此心思歹毒、加害于人？奚望同样百思不得其解，心里不由得胡乱琢磨，该不是因为自己当选为新任村主任，导致海荣叔心理严重失衡？溪水村族人纷纷口不择言，高声谴责奚海荣平日里咋咋呼呼、举止漂浮，尤其讨厌他忘乎所以、肆意托大的做派。由此可见，奚海荣的狐狸尾巴露出来，大家好像都不觉得很意外。

第三十一章

专案组长肖静波押送奚海荣走进看守所时，天色已经大黑，忽而遇见两名警察连同医护人员抬着一个满脸是血的伤者，急匆匆往外走，心里不由得生出几分疑惑。这时，女警叶光明气喘吁吁跑过来，急忙将肖静波拉到一旁低声说道："今天从早到晚，一共来了两拨人，审讯一直没有停止。我也是刚刚得知他们动粗了。"

肖静波闻听后双眉紧蹙、怒目圆睁，冲着墙角大骂一声"混蛋"。叶光明感到心里紧张，怯怯地解释说："我正想给您打电话，老远看见您回来了，就赶紧跑过来。肖……肖局长……我没有失职吧？"盛怒之中的肖静波原地转了几圈后，一声不吭地离开了。

龙河县公安局长童相辉是个加班狂，光是春节假期里积攒的案子和琐事，已经足够他应接不暇了，然而此刻，何流书记亲自交代的溪水村水厂投毒案，已然是他工作的重中之重。一天时间内，他派出数十名干警，大张旗鼓地再攀鲲丘、寻踪觅迹；又派出两路人马轮番上阵，对泉林声与李春梅的加紧审讯，以图打开案件的突破口，尽早缉凶结案。

夜色渐浓，白天撒出去的两路人马，到现在都没消息传来，童相辉内心不免生出些许焦躁。他那渐显年龄的身躯，紧靠大班椅，高高翘起的双脚，搁在办公桌边沿，左手拿着一支点燃的香烟，右手托着茶杯，品饮着浓郁的大红袍，眼睛则若有所思地望着窗外闪烁的灯光,童相辉享受着一天中难得的片刻清静。

这时,办公室的门突然被推开,肖静波没打招呼直接走进来,随手将装着那只水胶鞋的证物袋从方角包里掏出来放在茶几上。"这是今天从鲲丘案发现场搜到的一只水胶鞋。整个溪水村人人都知道,原任村主任奚海荣一年四季,水胶鞋不离脚。"

"什么?"童相辉像被毒蛇咬了一口,猛然从椅子跳将起来,嘴里不由得尖叫一声。他抓起胶鞋放在通亮的灯光下端详数秒,语气紧迫地问道:"什么意思?投毒嫌疑人另有其人?"神情焦虑的肖静波没有直接回答,话锋一转又说:"我也是刚刚得知,今天审讯泉林声,咱们的人动粗了。泉林声刚送医院了,情况暂时不明。"

童相辉急急哼了一声,似乎有所警觉,急忙转过身子,抓起电话质问道:"为何迟迟不给我消息?现在什么情况?"电话那头的解释还不到五秒钟,童相辉便大声吼道:"我只问你,泉林声现在什么情况?快说!"继续通话仍不足五秒,他便扯开嗓门、冲着话筒大声骂了一句"王八蛋",而后直接挂断电话。

童相辉跌坐在椅子上,身靠椅背连声叹息,肖静波上前还想再说什么,却被童相辉用手势回绝了。满怀心事的肖静波只好带着证物袋悻悻然离开了。童相辉感觉脑壳快要炸裂了,刚刚还担心派出去的两路人马无功而返,不承想等来的,却是这般完全出乎意料的结果。原本只是想派肖静波率领干警去鲲丘虚张声势、做做样子,谁知搂草打兔子,居然搜出这么重要的物证。刑警出身的肖静波,无论如何是不会放过这只胶鞋的,他一定会顺藤摸瓜,抓到这个嫌疑人,童相辉甚至此刻就可以判定,这只水胶鞋的主人,恐怕已经被抓进看守所。童相辉太了解肖静波的脾气了,虽说自己一手提拔了他,但那完全是因为肖静波是刑侦业务组一把钢刀,个人能力非常超群,任谁当了公安局长,也会重用这样的业务尖子。此刻,无比尴尬的情况出现了,如果投毒案另有其人,那便预示着他与何流书记先前达成的那层默契,算是彻底破灭了。

从揣摩到何流书记有意将投毒嫌疑引向泉林声和李春梅的那一刻开始,童相辉便毫不留情、手段凌厉地展开侦讯,加大审讯力度的命令是他下达的,因为他知道泉林声是块硬骨头，不动点真格还真不行。现在看来情况糟糕了，那双水胶鞋的突然出现，犹如甩过来的一记耳光，狠狠打在童相辉脸上。如果揪出新的嫌疑人，泉军免灾脱身自是当然，但对坐实泉林声与李春梅的嫌疑却大打折扣。更为麻烦的是，童相辉已经得知，审讯警员打断了泉林声的腿骨，现在泉林声正躺在龙河县人民医院治疗。

心烦意乱的童相辉思前想后，不停揣摸着补救办法，以使眼前的被动局面有所缓解。此刻看来，或许只能寄希望于那双水胶鞋的主人，也能像泉林声一样是把硬骨头；同时期盼泉林声腿骨断裂的消息，千万不要泄露出去。

然而童相辉很快失望了，奚海荣一进看守所，还没等审讯开始，便像竹筒倒豆子一般，将自己怎样偷窃泉军书包，如何爬上鲲丘投毒的详细过程和盘供出。当夜，备受惊恐折磨，吃不香、睡不着的奚海荣，反而在看守所睡得鼾声如雷。

肖静波从童局长办公室出来后，转身来到龙河县人民医院。当从护士口里得知泉林声腿骨被打断的事实后，他感到无比震惊。做刑警这么多年，深知警队纪律之严明，审讯人员在讯问犯罪嫌疑人时，禁止刑讯逼供，通过刑讯所得的言辞证据均属于非法证据，依法应该排除且不能作为证据使用，这些简单明确的办案规则，任何警察都心知肚明。那么，今天审讯泉林声的办案警察，为何要毫无顾忌地下此狠手？他们急于拿到供词的背后，究竟藏着什么猫腻？肖静波不得不把怀疑的目光投向童相辉。

绕过医院看护警察的眼睛，透过病房外的玻璃窗，肖静波看见泉林声的左腿吊起在床尾，整条腿被雪白的绷带包裹起来。这该是上了多么狠毒的手段，才会把人的腿骨打断，如果没有童相辉的授意，哪个警察敢在众目睽睽之下动粗？想到这里，肖静波感到一阵钻心之痛，一时间，警察职业的神圣感对冲着执法犯法的恶劣可恨，人性善良的高贵夹杂着俗世不堪的肮脏，令肖静波陷入深深地沉思。他该如何面对和处理此案？如何坚守职业操守和做人良知继续走下去？旋即，童相辉的形象在他脑海里逐渐清晰起来，回想最初侦查此案时，他俩意见出现的分歧，再到现在真凶呼之欲出，童相辉的所作所为，肖静波看得越来越清楚，童局长想抛舍什么？又想得到什么？即使看出的只是一个个影影绰绰的心影，亦让肖静波陷入巨大的纠结之中。

深陷矛盾旋涡的肖静波之所以彷徨犹豫，不仅因为童相辉对自己曾经有过知遇之恩，另有更深层次的顾虑，那便是案件马上要水落石出了，却始终不见童相辉亮出自己的底牌。"暗自授意动粗"这层意思，毕竟只是自己的猜测，如果是办案警察立功心切，才对泉林声施以刑讯，那岂不是冤枉了童局长？然而此时，他已让叶光明答应奚晓夏三日后前来探视，水胶鞋物证引出的奚海荣也已经全部招认了，为何知道所有内情的童相辉，表现出的态度竟会如此玩味呢？

肖静波陷入纠结之时，女警叶光明一个不经意的动作，把他对童相辉抱有的最后一丝希望彻底打碎了。

奚晓夏得知警察从鲲丘搜得一只水胶鞋的当晚，难掩兴奋的她，忍不住将此消息告知了女警叶光明。叶光明与她通话时，情急中又把泉林声住进医院的消息捅了出去。

本来满怀欣喜，只等三日后再去探视丈夫的奚晓夏，当即悲从中来，心急火燎的她，当即和奚望赶往龙河县人民医院。抵达医院时，已是后半夜，住院大楼里空荡无人，只有两名值班护士，趴在护士站的桌子上昏昏欲睡。心情焦急的奚晓夏和奚望分头推门找人，终于寻见泉林声的病房。望着熟睡病床的丈夫，奚晓夏轻轻抚摸着缠满绷带的左腿，顿时眼泪长流。

泉林声苏醒了，恍然看见奚晓夏站在身旁，当即惊讶地睁大了眼睛。望着满脸泪水的妻子，泉林声凄然一笑，而后两人紧紧相拥一起。此刻，奚望也是惊诧不已，他望着神形憔悴的泉林声，还有那条打满石膏、缠紧绷带的左腿，心里酸楚而难过。

安静的病房里，只听得奚晓夏低声啜泣，三人默默对视着，谁也不说一句话。突然，病房门被推开了，进来一个睡眼惺忪的警察，他惊愕地发现病房出现两个陌生人，神情随即警觉起来。一番很不客气的质问过后，警察得知站在眼前的人，正是泉林声的妻子，当即噎得无话可说。随后，尴尬不已的警察拖着奚望胳膊，强行将他推出病房，奚望很不情愿地坐到医院楼道的铁椅上。

第二天早晨刚上班，肖静波便被童相辉叫到办公室，劈头盖脸先是一顿训斥，随之阴阳怪气地诘问道："投毒案没有定论之前，是谁吃了豹子胆，竟然把泉林声腿折的消息透露给家属？他这个专案组长是如何保密的？这种泄密行为属不属于失职渎职？"然后，又严令肖静波从速将那个无组织、无纪律的内鬼揪出来。

几乎一宿未睡的肖静波，心情本就郁闷，突然挨了童相辉气势汹汹的斥责，忍不住解释了几句。没想到寥寥辩解，竟招来童相辉盛怒泛起，他挥动着胳膊，怒斥肖静波是小人。受辱后的肖静波，再也弹压不住胸中怒火，直接摔门而去。

一大清早，平常看似关系融洽的两位局长，莫名其妙地在办公室高声吵闹，即刻惹来干警们的热议。有些不明就里的警员说两位局长早已貌合神离，分道扬镳是迟早的事儿；亦有略知内情的警员摇头叹息，他们认为两位局长侦破投毒案的思路即便不同，完全可以坐下好好商量，何必如此不顾影响地撕破脸面、大动干戈；尤其是那两个审讯泉林声的警察，此刻面如死灰，闭嘴不言，尽量伪装出一副没事人儿的样子。即此，两位公安局长吵架激起的流言蜚语如同长了翅膀，一时间传得沸沸扬扬。

正所谓"树欲静而风不止"，就在童相辉和肖静波吵架的那天早晨，投毒案酝酿的更大风暴不期而至。任谁也没有想到，歪躺在医院铁椅，一直熬夜到天亮的奚望，最终没能忍住心中怒火，愤然拿起电话，将泉林声腿折的消息告诉了奚晓冬。

于是，江南风震怒了。他严厉责问龙州市委书记马达，知不知道龙河县公安局发生的恶性事件？朗朗乾坤下，某些公安干警居然知法犯法，对嫌疑人进行刑讯逼供，这些胆大妄为的暴力行径背后，是什么人给其撑腰打气、暗授机宜？继而要求马达，务必将龙河县公安局内部那些手握权力，却敢肆意践踏法律的害群之马清查出来以儆效尤。同时清楚挑明，为了排除人为因素干扰，必须更换督查投毒案的泉政谦，改由龙州市副市长李希文负责监督此案侦查，并对投毒案暴露出的司法黑手展开全面彻查。

即此，这场自上而下席卷而来的雷霆风暴，以迅雷不及掩耳之势漫卷龙河县，当这股狂风吹到何流耳朵时，局面已经不由他掌控了。

何流本想着通过县上财政重金抚恤死亡职工，补偿所有中毒人员；让法律严惩奚海荣的罪恶行径；再授意童相辉拿出一个方方面面能交代过去的结案报告；彻底关掉溪水村水厂；且以追究泉林声和李春梅失职为理由，将他俩关押一年半载，避免投毒案成为人们关注的焦点，这场风波即可逐渐平息、平稳消散。

何流深知如今的社会舆情沸点，每天都在不断地发生变化，等待众人目光被其他社会热点吸引之后，再回过头，稳稳当当、妥妥帖帖地帮助童相辉解套，抹平泉林声腿折所产生的负面影响，以此给政治导师泉政谦一个虽不完美、却能接受的结果，此事便算是圆满过关了。

暂且不论何流的如意算盘可否能实现，情势发生的突变，完全出乎他的预料。所谓"凡事计划不如变化，意外避犹不及"，听闻改由李希文副市长负责督办此案的那一瞬间，何流心里便惊呼不妙。

果不其然，李副市长抵达龙河县后，立即布署对投毒案重要物证书包以及水胶鞋进行 DNA 及指纹鉴定，配合奚海荣的详细口供，案件真相终于水落石出。这时候的公安局长童相辉已被责令停职，两名办案警察亦被停职待查，由肖静波副局长负责结案报告，并将案件移交龙河县人民检察院，正式对犯罪嫌疑人奚海荣提起公诉。

案情总结大会上，李副市长严厉痛斥投毒案侦办过程中的违法违纪行为。剖析这起重大民生安全事故，两名职工用他们的生命敲响警钟之后，仍然未能引起龙河县党政部门的高度重视。拖延时机、推诿扯皮、刑讯逼供、草菅人命、制造冤假错案，究竟是谁有这么大的胆子，枉顾百姓利益，漠视生命付出，让这起并不复杂的投毒案偏离轨道，从而演变为某些人手中讨价还价的工具。执法犯法者不仅给政府脸上抹黑，并且在老百姓中间产生了极为恶劣的影响，党纪国法必将清理干净那些害群之马，严厉惩治那些作奸犯科者。

李希文振聋发聩的讲话，使得大会主席台就座的何流汗流浃背，惶惶不可终日。不出所料，会议进行到最后环节时，龙州市委组织部突然来人宣布：鉴于鲲丘投毒案重大责任事故出现严重的人员伤亡，且已造成非常恶劣的社会影响，龙河县委书记何流负有不可推卸的失职、渎职责任，决定对他暂停职务、接受审查；并给予龙河县县长吴丽娜记大过处分。其后，又宣布了一条耐人寻味的任命决定：暂由龙州市副市长李希文兼任龙河县委书记，并破格提拔赵纪衡同志担任龙河县常务副县长。这一纸任命，立即在龙河县城引起不小的震动。

此后，因为在投毒案中存在严重失职失责行为，童相辉被正式下文免职，暂由肖静波代理公安局长。很长一段时间，肖静波都在琢磨一个问题，究竟是谁将泉林声腿折的消息透露给奚晓夏，从而歪打正着，一举击碎了童相辉欲盖弥彰的阳谋？直觉告诉他，此人可能是女警叶光明，因为专案组所有成员中，唯有她和奚晓夏单独打过交道。

其实，肖静波打心眼里欣赏叶光明身上的凛然正气。正式担任局长之后，他以工作需要为理由，想把叶光明上调至龙河县公安局办公室工作，叶光明却婉言拒绝了。她给出的理由是自己还年轻，浮在机关不太合适，情愿留在看守所继续加强锻炼。面对叶光明的委婉推辞，肖静波也不便多说什么，此事也只能就此作罢。

泉林声和李春梅被释放的那天，泉军同时也被放了出来。

奚望领着族人，抬着担架，准备接泉林声从医院回家，忽见垂头丧气、无人待见的泉军出现在医院大门口。出乎所有人的意料，泉军陡然冲上前来，拼力抢着抬担架，他的这个动作，令在场所有人深感错愕。担架轻轻放进前来接送的面包车里，众人皆已坐定，泉军偏又不肯上车，奚晓夏急忙唤他一起坐车返回鲲丘，泉军却扭头跑开了。

稀里糊涂两次被抓进看守所，泉军在里面想了很多很多。

大难临头时，千盼万盼的刘宏来了，却被他骂了个狗血喷头；再回想鲲丘井喷事故后，虽然有惊无险地脱身了，自己却丝毫不得泉少谦待见，甚至连见一面的机会也不给，任凭他横躺在创业广场，也难打动巨子公司任何人的恻隐之心。

返回泉家庄后，泉军自觉脸面丢尽，整个人彻底沉默了。这样的沉默不是表演给谁看，而是通过对桩桩事情的细心梳理，泉军比以往任何时候都更加清楚，自己不过是别人手中的提线木偶，用则用之，不用则弃之，毫无体面可言。

想当初，他把泉氏兄弟当尊神似的崇拜，然而现在，却饱尝他们的冷酷无情，过去那番自我陶醉式的跪舔和追随，换来都是唾弃和遗忘，泉军感受到前所未有的伤心和绝望。

人与人之间的隔阂和误解一旦产生，仿如破碎的一面镜子，任凭你如何精心修补，裂痕也无法彻底消失。此时此刻的泉军，内心充满了怨恨与失落，当然更无从知晓，泉氏兄弟其实一直想把他从投毒案中捞出来，只是案发现场搜到的书包实在棘手，加之泉林声嘴硬不吐软，这才让他在看守所多待了一阵子。

可悲可叹啊！怜惜这些事实，从未有人去给泉军传递和解释。当他蹲在寒冷的看守所，时时感觉死神向他招手时，那种拎着脑袋在刀刃上行走的绝望，深深刺激了泉军的大脑。也就是从那一刻开始，泉军断定泉氏兄弟和奚海荣一样，都是在利用自己、欺骗自己。与此同时，他再也不想忍受父母在尊者何巧云面前摧眉折腰、卑躬屈膝的低贱，不然他的自尊心会遭受到炼狱般的痛苦和煎熬。

对于泉家庄族人而言，泉军沉默不语、深宅家里这些莫名其妙的变化，自然更难赢得他们信任，有人讥笑他，有人替他惋惜，泉军皆漠然视之。自从看守所回家后，父母见他失魂落魄的样子，常常暗自抹泪，嘴里反复祈祷佛陀，拜求儿子往后千万别再招惹事端。

　　且说李希文用雷霆手段，从速终结了鲲丘投毒案引起的种种喧嚣，刚刚还混沌不清的局面，就像乌云笼罩的天空突然放晴，而当刺目的阳光穿过黑云，直直射向人们的眼睛时，有人感受到了欣喜和抚慰，有些人却感到惶惑与不安。比如一心扑在东湖别墅项目上的泉大年、谢元以及苏美玲等人，便有着"兔死狐悲，唇亡齿寒"的忧惧和惊愕。

　　诚然，鲲丘投毒案所引发的龙河县官场的变动，最令身在龙州的泉政谦感到震惊，他万万没想到，事态会恶化到此等地步。回想李希文取代他去龙河县督办此案之前，何流曾数次来电请示主张，他都没觉得事情有多严重，无非在挖出奚海荣这个真凶之后，追究一下办案效率迟缓罢了。至于审讯过程中，造成泉林声腿折这种意外，泉政谦深信，凭借何流与童相辉的聪明智慧，大可轻而易举找个理由搪塞过去，可惜一切都没有按照他的想法发生。更令他感到大惑不解的是，李希文究竟手执谁的尚方宝剑？敢在龙河县如此不计后果、不顾影响地左右开刀、一路杀人。

　　泉政谦的内心被深深震撼了。仔细追溯这件事情的来龙去脉，有一个疑点总是浮现于脑海，那便是他可能高估了自己与马达书记之间的私人感情。投毒案事发之初，他的确想拿此事验证一下马书记那些所谓"交心"的话语是否靠谱，然而事到临头，因为种种情况不明确，每走一步如履薄冰，加之情感信任作祟，他又放弃了。现在想来，或许自己太过天真，太过相信马达这只老狐狸了。

　　另外，泉政谦又想起马达曾经说过，江南风是常务副省长的热门人选。如今细想，马达说这些话可能都是有深意的，他或许早在提醒自己，凡遇到和他俩私人关系相冲突的关键人物，他必然会不惜代价丢车保帅，遑论共同浮游官场的这份感情。想到此处，泉政谦突然感到身寒意冷，于他内心而言，的确是把马达当成知己看待的，难道自己看走眼了，马达此人真的是个十足的伪君子吗？泉政谦不停地拷问自己的判断力。

　　当然，投毒案发生至今，除了怀疑马达这个"笑面虎"表里不一之外，泉政谦已从诸多迹象中隐约察觉到，那个"官大一级压死人"的江南风，肯定和奚晓冬有着紧密牵连，不然一家乡村水厂发生的事故，怎么能惊得动堂堂副省长，并且还紧紧抓住不放？似乎只有这样的推论，才是合乎情理的解释，眼前所有疑问，才能拨开奚晓冬如何能在龙州翻云覆雨的层层迷雾。想到这里，泉政谦虚脱似的靠着沙发凝思不语。

何流和童相辉被双双停职审查后，泉大年首先找不着方向了。在推进东湖别墅项目中，他一直听从何流决断，很少私做主张，现在何书记突然空缺，县长吴丽娜又是一个尸位素餐的角色，由此泉大年感到甚是无助。唯一值得安慰的是，兼任县委书记的李希文初来乍到，尚有许多重要事情忙着处理，暂时还无暇顾及东湖拆建此类事情。

这天，泉大年正与谢元商量项目细节时，泉少谦忽然来电，要求东湖别墅工程全面停止，理由是别墅区的设计方案需要重新调整。泉大年是聪明人，随即就坡下驴，心劲儿放缓，不再日夜劳心费神了。

泉少谦为何亲自叫停东湖项目？泉大年猜想原因不外乎有两点：一是李希文竟然鬼使神差地兼任龙河县委书记，泉少谦和他以前结有前怨，故而不得不多加提防；二是泉氏兄弟或有慎重考量，不想在这个节骨眼儿，不合时宜地和对方扳手腕，因此暂时选择"飓风过岗，伏草惟存"的鸵鸟战术，目的无非就是暂避风头，来日继续谋定而后动。

然而，出人意料的事情接踵而至，鲲丘投毒案这股旋风刚刚掠过龙河县之后，又一场蛰伏许久、恩怨交织的人间悲剧徐徐拉开了序幕。

第三十二章

　　眼瞅着冬去春来，大地回暖，时令已到万物复苏的初春季节。

　　家中杂务既然有孙阿姨打理，婆婆又对孙子爱不释手，泉婕好则觉得整天无所事事待在家里，不仅浪费生命，还得时刻看着何平那张日渐迷糊的病态模样，心里便有了想回去上班的念头。当她提说出来后，公婆两人居然满口答应了，泉婕好窃喜不已，她岂能不知已被停职的公公此刻需要安静，婆婆的心思难说也是如此。

　　泉婕好的猜测是对的。被暂停职务、苦闷在家的何流每日将自己关在书房，几乎与外界隔绝来往。岳红艳看在眼里、急在心上，趁着吃饭的间隙，她好心劝慰丈夫凡事多往前看，不要在乎一城一池的得失，甚而暗示他可以在恰当时机，多和干娘何巧云唠叨唠叨。不料话刚说出，何流那双夹杂着恼怒的凌厉眼神横扫过妻子的脸庞，他用极为不屑的口气说道："妇道人家懂什么？我需要你来教我怎么做吗？"抛下这句寒意森森的恶语后，何流甩手而起，径直走进书房，然后将门重重地关上。

　　多年以前，河流夫妇早就貌合神离，夫妻情分亦是平淡如水。前两天，岳红艳还曾琢磨，丈夫失意在家的这个特殊时刻，或许是融洽夫妻关系的好机会，岂料一片好心，统统被丈夫一股脑儿怼回去，这让她甚感憋屈和伤心。

　　春天的温阳暖融融地照进窗户，何流在书房看报纸，儿子依然沉眠不醒，熟睡的孙子安然躺在摇篮车里，岳红艳则在客厅悠闲踱步。偌大的阳台上，那些精心侍弄的绿植长出了娇嫩的叶子，有几盆即将绽放的春花，吸引了岳红艳的注意力，她轻手轻脚走过来，低头嗅闻馨香花蕾，一缕缕芬芳使人心醉神迷。岳红艳尽情享受着这一刻难得的舒缓与安宁。

一大早，勤劳的孙阿姨便忙乎不停，照顾一家人吃完早餐、洗刷停当后，又去整理凌乱的房间。进到何平屋里，孙阿姨拉开所有柜门，搜罗需要洗刷的衣物。不经意间，她从床头柜摸出一个装着奶白色液体的水瓶，又好心好意拿到阳台给岳红艳瞧看，嘴里不停嘀咕，是不是孩子吃剩的牛奶放坏了？岳红艳望着瓶子里似奶非奶的液体，心里猛然"咯噔"一下，一股无法言说的疑虑即刻从心底升腾而起。

岳红艳不动声色地支开孙阿姨，而后疾步走进儿子卧室，何平仍然睡着，心神大乱的她用力推醒儿子，把水瓶举到他眼前，压低声音质问道："这是你喝的吗？里面装的是什么？"何平傻呵呵斜眼看了一眼，随之歪着嘴巴笑道："我要喝……喝了……睡觉。"刚说完，又躺下酣然而睡。

长期性情压抑的岳红艳，本就疑心病重，看见儿子的异常反应，以及这瓶奶白色不明液体，深藏内心的狐疑全面爆发了。岳红艳终归是县委书记的夫人，不能不考虑整个家庭的对外形象，虽然脑瘫儿子让她坚守的这份体面已经支离破碎，但是二十多年以来，岳红艳一直深信，只要照顾得当，何平的病迟早会好起来。然而自从孙子出生后，她的注意力的确从儿子身边移开了，如果儿子今天有个三长两短，岳红艳怎能原谅自己的疏忽大意呢？想到这里，岳红艳不由得打起冷战，她迅速找了一个小瓶子，小心翼翼地将不明液体倒出了一点，然后把水瓶原封不动地放回原处。

岳红艳不失为心思缜密之人，悄悄然间，她将不明液体递给医院熟人帮忙化验，看到化验单那一刻，岳红艳浑身颤抖起来。多年的求医问诊经验告诉她，长期大量服用安眠药，对于脑瘫患者而言是大忌，不仅会间接加剧病情，还会有生命危险。无论从哪方面来说，岳红艳都觉得他们全家不曾亏待儿媳泉婕好，既然她心甘情愿嫁过来，为何又要毒害自己的丈夫呢？泉婕妤啊，泉婕妤！你究竟是怎样一个蛇蝎心肠的女子？怎会忍心如此恩将仇报呢？儿子啊，儿子！只怪母亲把心都操在孙子身上，疏忽大意了对你的照顾，这才让这个狠毒的女人乘人不备、加害于你。

夜幕降临了，岳红艳平生第一次破天荒夜不归家，她给孙阿姨电话里只说学校有急事需要处理，然后便挂掉了电话。岳红艳独自走到龙河县东湖边，静静地坐在石凳上，久久地发着呆。散步或者夜跑的身影，从她眼前不断飘过，岳红艳全然没有看见，大脑是一片混沌，微风轻轻拂过她的脸庞，簌簌泪水伴随着噬心的抽泣声溢出了眼眶。

望着夜月下波光粼粼的水面，岳红艳陷入沉思。她仔细回想着泉婕妤走入何家的一幕幕往事，从那个浑身风骚、殷勤有加的苏美玲，再到谄媚巴结、曲意逢迎的宾馆经理谢元，还有那个欲说还休、遮遮掩掩的表舅泉大年，这些人的面孔不断浮现在脑海里，令她越想越觉得惊异，难道说，何家人早就掉进别人设计的圈套里了吗？

回忆当初，她的确有过怀疑，那么漂亮的女孩子为何愿意嫁给自己的脑瘫儿子？结婚时那一对惴惴不安、手脚局促的亲家，为何始终闭口不言、神情窘迫？后来又像人间蒸发一般消失无影，居然连孙子的满月酒席也不来参加？还有那个表舅泉大年，自从与何家攀亲之后，官运亨通坐上了副县长位置，影影绰绰总感觉他这个表舅的身份有"猫腻"。

时至今日，该发生的都已经发生了，什么都不可能改变了，岳红艳痛悔当初被好事冲昏了头脑，喜气蒙蔽了理智。现在，她紧紧攥住那张化验单，思维变得异常清醒，并开始铺天盖地地怀疑与泉婕妤有关的所有人。

至此，岳红艳的情绪跌落到了冰点，望着每天打扮得花枝招展的儿媳妇下班回家，她便感觉到天旋地转，心里泛起的恶心和反感，使她讨厌看到泉婕妤那张妖孽似的美人皮囊。夜深人静时，儿子房间传出的鼾声，不仅没让岳红艳感到心安，反而变成对她残忍的折磨。岳红艳辗转反侧、浮想联翩，不由得寻思，那个蛇蝎心肠的女人，肯定又给儿子喝安眠药了，如若不然，怎么会如此鼾声大作。

一脸平静、强装镇定的岳红艳，虽然没有在丈夫和孙阿姨跟前流露出任何异样，但疑窦丛生的内心，犹似翻滚的惊涛骇浪，倾灌脑海的洪水，开始波及到那个躺在摇篮"咿咿呀呀"的婴儿身上。

人性的罪恶之花，犹如失控在黑夜里的魑魅魍魉，开始肆意疯长。往后数天里，岳红艳每日匆忙进出家门，根本无暇去抱孙子。孙阿姨心有疑惑，却没有多想，还以为女主人有事忙碌。每日静坐书房的何流，依然如故地活在自我情绪的王国里，全然没有发觉妻子的巨大变化。

此时，岳红艳已经无法守住内心无数疯狂的念头。

夜深人静时，她坐在电脑旁，睁着赤红的眼睛，从网上搜索亲子鉴定的信息。南方一则个人亲子鉴定中心的广告吸引了她，岳红艳迫不及待与其取得联系。按照匿名亲子鉴定要求，她需要取得带毛囊毛发三至五根作为样本提交。

这一晚，岳红艳辗转难眠，她没有进卧室休息，一个人昏昏然睡在沙发，纷乱错杂的思绪陪伴她度过漫漫长夜。终于熬到天亮了，孙阿姨最早起床，忽然发现女主人像木偶似的坐在沙发上，便急忙上前嘘寒问暖。岳红艳不加理睬，却一味摇头嘘指，示意孙阿姨不要大惊小怪。毕竟是雇请的家庭保姆，面对岳红艳的古怪，孙阿姨不敢多想，转身去厨房做早餐了。

泉婕好今日起床比往常稍早些，梳妆打扮完毕后，顾不得往婆婆脸上瞧看一眼，便要背着小包去上班。孙阿姨急忙从厨房追出来，劝她吃完早餐再走，泉婕好连连摆手拒绝，随之转身出门去了。

何流早晨起床后，第一个动作必是打开广播，把音量调到满意状态，然后一边慢条斯理地洗漱，一边专注入迷地收听当天新闻。等到收拾停当后，他会出门晨练，然后再回家吃早餐，这已是他多年养成的生活习惯了。

孙阿姨在厨房做早餐，丈夫出门锻炼去了，岳红艳瞅准这个绝佳机会，立即蹑手蹑脚走进何平卧室，抬手从儿子头上薅下数根毛发，整夜沉睡的何平只是微微哼了两声，接着又昏昏睡去。

这天晚上，孩子睡在孙阿姨房间小床上，心怀忐忑、神情惊慌的岳红艳望着宝贝孙子粉嘟嘟的脑门，实在不忍下手。这时，门外传来孙阿姨的脚步声，她已将早餐端上了餐桌。忽然间，一股热血瞬间涌入岳红艳胸口，脸上的肌肉亦开始抽搐，她再也无法控制自己的意识，弯腰伸手狠狠从孙子头上拔下数根头发，疼痛惊醒了熟睡中的婴儿，孩子猛然间发出刺耳的哭声。

婴儿的啼哭声，惊动了厨房里的孙阿姨，她急忙跑回房间照看，只见岳红艳斜身靠在小床边，轻手抚慰着孙子，嘴里连声说道："不哭不哭，可能做噩梦了。"孙阿姨满怀疑虑地看了女主人一眼，然后低着头又去了厨房。孩子的哭声越来越大了，岳红艳只好把他抱在怀里摇晃着。隔着厨房玻璃，孙阿姨望着来回踱步哄睡孙子的女主人的背影，又回头望望炉头跳动的火苗，不由得深叹口气。等待孙阿姨做好早餐，再次走回厨房时，只见孩子安静地躺在婴儿车里睡着了，男主人晨练还没有回来，刚刚还在客厅的岳红艳早已不见了人影。

岳红艳走出家门，立即以加急件将毛发样本邮寄出去，她没有转身回家，而是再次来到东湖边，一个人静静地望着水面发呆。

此时，无数纷乱画面在岳红艳的脑海里翻滚，儿子的昏睡不醒、装有安眠药的水瓶、孙子可爱的笑脸，还有丈夫沉默的背影，以及儿媳鬼魅般的笑容，一幕幕场景夹杂着孙子刺耳的哭声，像雷电似的闪掠过她的脑际。

痛苦的泪水，从岳红艳熬红的眼睛黯然流下，神色憔悴的脸庞不停地抽搐着。她时而后悔寄出毛发的这个举动，时而又陷入神经质般的幻想，她想死死掐住泉婕好的脖子，质问她为何要对自己的儿子施以毒手？何家究竟做错了什么？何曾招惹了这个蛇蝎心肠的女人，非要以如此狠毒的手段"恩将仇报"。泪水迷蒙了岳红艳的视线，眼前的人影越发变得模糊，一阵阵虐心的痛楚，逼迫她弯下腰身。岳红艳的情绪几近失控，双手捂着脸呜呜大哭起来。

妻子精神状态发生的异变，仍未引起何流的注意，倒是孙阿姨眼明心细，清楚觉察出女主人神思恍惚，却又不敢言语。同时，没有收到亲子鉴定报告之前，岳红艳时刻提醒自己控制濒临决堤的情绪。沙发上、阳台边、卧室里，坐立不安的岳红艳四处走动，实在忍受不了内心的惴惴不安，干脆吞吃大量安眠药，而后斜躺客房沉沉睡去。

一周之后，一份亲子鉴定报告悄然而至。快递员通知取件时，岳红艳居然等不及电梯到来，慌忙从楼梯间跑下去，结果不小心崴了脚踝。她咬牙忍住剧痛取了信件，三步并作两步来到小区花园，寻了一处僻静角落坐下，像个鬼鬼祟祟的小偷不停地环顾左右。

这一刻，岳红艳心如擂鼓，报告就捏在手心，该不该撕开看呢？结论会是自己怀疑的那样吗？忐忑不安的心理，掺杂着纷乱无序的呼吸，岳红艳开始在心里默默祈祷，祈望"阿弥陀佛"能保佑她，千万别看到不想看到的结果。

最终，岳红艳失望了。亲子鉴定报告最后一页末尾清楚写着：根据您所提交的两份带毛囊毛发样本，经过我中心鉴定，两者之间确认无血缘关系。这个结论犹如五雷轰顶，震得岳红艳目瞪口呆，她极力克制心中愤怒，再次拨通南方亲子鉴定中心电话，喋喋不休地询问鉴定专家报告会不会出错。不明就里的专家耐心解释，这是严肃认真的科学结论，不容许有任何差池。虽然车轱辘道理说了一遍又一遍，但岳红艳始终纠缠不休，而且选择性拒听安慰。

无奈之余，鉴定专家只好给她另出主意，如果无法接受一方鉴定结论，建议可与南方大学司法鉴定中心联系，由此机构出具法医鉴定报告，或许更有权威性。这句绝非推脱，却似婉言相劝的说辞，重新点燃了岳红艳心中仅存的一丝侥幸。

送往南方大学司法鉴定中心的样本，除了带毛囊毛发以外，岳红艳还暗地收集到儿孙两人的指甲，一并邮寄过去。第二次漫长的等待又开始了，煎熬与侥幸相互掺杂，惊慌和绝望彼此交织，度日如年的岳红艳几乎昼夜不分、黑白颠倒了。

又是一周时间过去，收到的第二份鉴定报告写得更为直白：根据DNA分析结果，在15组STR基因中有10组基因不符，亦不符合孟德尔遗传规律，故可排除亲子关系。看到这个鉴定结果，岳红艳的精神世界彻底坍塌了。

东湖别墅项目全面停工以后，龙河县城周边的空气明显好了许多。几场春雨洗过，雾霾和灰尘逐渐消失殆尽，微微熏风吹拂下，一株株杨柳梢头的新绿渐渐萌出，远望犹似浮动的翠云，近看仿如迷蒙的绿烟，将东湖映衬地越发缥缈、静美。

一阵阵春风吹来，游离湖边的岳红艳时而啜泣、时而痴笑，伸手摘了大把的柳叶，一片片噙在嘴里咀嚼着，失魂落魄的她，似乎变得不再愁眉紧锁，反而口里哼唱着小曲，绕着东湖水岸漫无目的地走着。

是夜，岳红艳拿出药店买来的乙烯雌酚片，一粒粒研磨成粉，偷偷融入奶瓶，耐心仔细地给孙儿喝下。眼见女主人又恢复到先前的殷勤和欢喜，孙阿姨自然不再多想，何流仍然每日落落寡欢，一如既往地对家事不闻不问。

一周时间一晃而过，岳红艳每天抱着孙子爱不释手，无论白天或黑夜，几乎分秒不离左右。婆婆对孩子更甚以往的关心，泉婕好隐约感到别扭，但她每日匆忙上班，不好的念头只是一闪而过。又是保姆孙阿姨率先发现了不对劲儿，当她看见岳红艳给孙子喂奶时，脸上无意识流露出的狰狞笑容，孙阿姨还以为是自己老眼昏花出现了错觉。

这天清晨，天空下着沥沥细雨，泉婕好上班去了，孙阿姨又在厨房忙碌。

昨日晨练受了风寒，何流没有出门，他隐隐觉得咽喉疼痛，先是测量体温，结果有些发烧，便想寻点感冒药吃，翻箱倒柜了半天，也找不见家庭药包放在哪里，于是便去询问妻子。当他推开客卧房门，猝然发现岳红艳将一包不明粉末灌进婴儿奶瓶。何流大吃一惊，急问她倒进去的是什么。岳红艳瞪着双眼，神情惊慌地看着丈夫，嘴里发出"呜呜呜"含混不清的声音。何流跨步上前，一把夺下奶瓶，挥手将所有瓶瓶罐罐全部掀翻落地。

何流的震怒，瞬间刺激到了岳红艳本已脆弱到极点的神经，她的整个身体突然像被蛇咬了一口，四肢极速蜷缩成一团，嘴角抽搐着重复说："还我……

还我……"刹那间，岳红艳像个中邪的木偶，面部肌肉渐趋变形，两只胳膊直挺挺伸长，随着一声歇斯底里的嘶号，岳红艳猛扑过来，双手死死掐住丈夫的脖子。

房间里的尖叫声，惊醒了熟睡中的婴儿，听到孩子哇哇大哭，孙阿姨急忙从厨房跑过来，忽见男女主人扭打在一起，慌不择路的她急忙上前拉架，结果被狠狠撞倒在地。已近窒息的何流使出浑身力气，用力掰开岳红艳的手指，紧靠墙角大口喘着粗气。岳红艳盯着丈夫狼狈不堪的样子，神经质似的仰面大笑。

喘过气儿的何流望着疯子般的岳红艳，乍然意识到妻子精神可能出了大问题。瞅准岳红艳转身的空当，何流想从身后抱住她，却被对方奋力挣扎时抡起的胳膊击打到鼻梁，两行鲜血瞬间从鼻孔簌簌流出。

"岳红艳，你犯什么病啦？"何流愤怒的嘶吼，没有唤醒妻子的意识，只见她慢慢从衣兜里摸出两张纸，一边嘻嘻哈哈大笑着，一边冲着纸张吹气，嘴里含混不清地骂道："你就是个大混蛋，大乌龟，缺心少肺的官儿迷。"

这时，躺在婴儿车里的宝贝孙子开始大声啼哭。一声紧似一声的哭喊，吸引了岳红艳的注意力，她转而张开双手，要去掐住孩子粉嫩的脖子。惊慌失措的何流，再也顾不得体面矜持，纵身将妻子扑倒在床，并用身子死死压住，然后冲着倒身在地的孙阿姨疾声喊叫："赶紧把娃抱出去！"孙阿姨强忍疼痛、撑起身子，刚要去抱孩子时，泉婕妤突然推门进来。

原来，泉婕妤走在上班路上，发现忘带手机了。返回家门口时，忽然听到屋里传出了吵架声，连忙进屋去看，眼前的景象把她吓呆了。只见孙阿姨紧紧抱着孩子浑身发抖，公公婆婆扭打在床。眼见儿媳回来，何流顾及老脸，急忙爬起身，刚想把妻子关在客房，不料愣神之间，岳红艳披头散发跑出来，猛然将儿媳扑倒在客厅，咬牙切齿地掐住泉婕妤脖子放声大喊道："狐狸精，害人精，你去死吧……"

望着眼前这幕情景，何流彻底吓蒙了，他拼尽全力将妻子拉回了沙发。岳红艳浑身不停地发抖，喘息声愈来愈微弱，身体似乎已经虚脱，意识亦开始处于游离状态。

片刻之后，失魂落魄的岳红艳死死盯着花容失色的儿媳，又用无比绝望的眼神看看丈夫，然后慢悠悠转过身，顺手从地上捡起奶瓶，高高举过额头抬头斜视着。倏忽间，岳红艳扔掉奶瓶，颤颤巍巍再次扬起那两张纸，眼神犀利地看着泉婕好，语气发狠地叱问道："野种！他是谁的野种？告诉我，我要毒死他……杀了他……"喊声落地时，岳红艳的头颅朝着身体左侧，软弱无力地歪过去，一双赤红的眼睛，仍然死盯着儿媳，嘴角流出了一大摊口水，癫狂凝滞的脸庞，堆满了令人寒碜的狞笑。

何流似乎突然意识到什么，他"噌"地从妻子手里夺过那两张纸，屏住呼吸快速往下看，只见他的胸脯越来越鼓胀，喘息声亦越发粗重而短促，颤抖的双手开始剧烈摇摆，直到捏不住薄薄的两页纸张。薄纸像一根鹅毛轻轻飘落在地，何流浑身触电般痉挛了一下，软绵绵瘫倒沙发上，口眼顷刻间歪斜了，一股股白沫从嘴里流出来。

孙阿姨惊慌而绝望地尖叫起来，她把孩子塞进泉婕好怀里，急忙上前左摇摇何流，何流神色毫无反应；右摇摇岳红艳，岳红艳呆滞依旧，六神无主的孙阿姨连忙拨通了120。

急救车迟迟没有到来。泉婕好已被吓破胆，急忙捡起那两张纸，一目十行看了一遍，本还迷惑的心里什么都明白了。泉婕好不知如何应对眼前局面，只顾抱着儿子发呆。神志渐醒的岳红艳，眼睛再次直勾勾盯着泉婕好，身子一次次挣扎着，想要再次扑上来。孙阿姨见状急红了眼，大声冲着泉婕好喊道："抱着孩子走，快走呀！"魂飞魄散的泉婕好容不得多想，更顾不得拿上半根线头，便像逃命似的，抱着儿子往外跑去。

忽而，身后的孙阿姨再次大喊道："奶瓶里可能有毒，快去医院给娃看看。"这一声呼喊，立即惊呆了泉婕好，她停下落荒而走的脚步，须臾犹豫后，忽然发出一声凄厉悲绝的哭声，随即抱着儿子跑出门去。

此时，已经苏醒的何平安静地坐在床边，不停揉搓睡眼惺忪的眼睛，他对家里发生的这一幕毫无感触，望着瘫软沙发、口吐白沫的父亲，还有双眼呆滞、念念有词的母亲，以及惊慌失措、心惊胆落的孙阿姨，何平傻里傻气地呵呵笑了。

第三十三章

外面的雨下大了，丢魂失魄的泉婕好茫然走在大街，怀里的孩子哇哇大哭，来往行人看着这个魂不守舍的女人，纷纷驻足观望。

雨水浇湿了泉婕好的头发和衣裳，清晨描摹的妆容，早被雨水冲得乱七八糟。此时，她的眼前一片迷蒙，什么也看不见；耳朵也好像失聪了，什么声音也听不到，唯一清醒的，似乎只有大脑。泉婕好清晰记得刚刚看过的那两张纸，百分百判定儿子的身份暴露了，这是她在何家最大的秘密。

意外发生得太突然了，泉婕好不清楚婆婆岳红艳究竟从何时开始怀疑自己和孩子。更难想到，这个看似神经衰弱，人生处处失意的老妇人，竟然能隐藏这么久，躲在暗处悄悄算计自己。

无论是嫁入何家，或是与心爱男人得此宝贝儿子，泉婕好一直认为这两盘棋下得周密顺畅。未曾料得，一闪念之间，所有苦心经营起来的"完美"，瞬间被真相击穿，那两份亲子鉴定报告，犹如两根钢针，干脆利落地刺破了阴谋与谎言。古语有言"善有善报，恶有恶报"，泉婕好感到从未有过的绝望和孤独，"恶人自有天收"的恐惧，几乎快让她变成行尸走肉。或许这就是报应吧！前一秒她还贵为县委书记的儿媳，转身便沦落成乞丐模样。泉婕好蓦然发觉，偌大的龙河县城，竟然没有自己的栖身之处，仿佛只有怀里婴儿的啼哭声，招引她去寻找该去的地方。

平日里，泉婕好看似心思活泛，猛然遇到眼前这般光景，女人的无助和怯懦完全暴露了。她终归是个涉世不深的年轻女子，何曾有强大的心理承压能力，以应对眼前如此巨大的人生变故。内心的惊慌失措，陡然间变成了恐惧，泉婕好绝然不会想到，自己抱着孩子闯入县政府大楼的举动，会在龙河县这个不大的池塘溅起怎样的水花，又会给泉大年这些人带来怎样的影响。

雨愈下愈大，龙河县政府的门卫实在忍受不了泉婕好撕心裂肺的哭声，只好放任这个几近疯狂的女子冲进办公大楼。刚刚被记大过的县长吴丽娜听得秘书汇报后，神情无比厌恶地"哼"了一声，而后阴阳怪气地说道："何书记的儿媳妇抱着孩子，哭嚷着要见泉副县长，这是要找表舅呢，还是来找孩儿他爹啊？"这句令人惊悚的话刚说出口，吴丽娜立即察觉自己失言了，连忙给秘书挥挥手，暗示他尽快将这个癫狂女子拽出去。

县长秘书来到楼内大厅时，已有很多人站在旁边围观，泉婕好大声哭喊着要找泉大年，口口直呼其名的叫嚷声，令众人张口结舌，无限遐想的种子，悄悄埋入每个人的心里。忽然，谢元急匆匆跑进来，强行将泉婕好拖出政府大楼。隔着窗户，透过雨雾，泉副县长的秘书瞧见谢元开车接走了泉婕好母子，赶紧再次拨通泉大年的手机低声说道："照您吩咐，人已被谢经理带走了，您放心下乡吧。"

谢元将泉婕好母子带回龙河县宾馆安顿好后，立即给苏美玲打电话，要求她多带些衣物，赶紧过来帮忙。苏美玲被眼前情景惊呆了，急忙给泉婕好和孩子从里到外换了一身干净衣裳。哭累的孩子已在房间次卧睡着了，瑟瑟发抖的泉婕好蜷缩在床，胳膊抱着枕头埋头哭泣着，任凭苏美玲百般安慰，她都没有反应。

独处办公室的谢元，脑子一片乱糟糟，他不晓得这个平常早晨，何流家究竟发生了什么事情，导致泉婕好癫狂失态。也不知道此刻的何流已经突发脑出血，正在龙河县医院抢救，更不知道精神崩溃的岳红艳，已经彻底疯掉了。

泉大年闭目静坐在返回县城的轿车里，外面连珠线似的大雨飞溅在车窗玻璃，左右摇摆的雨刷快速在眼前晃动，跟随车身颠簸，泉大年的脑海翻滚着惊涛骇浪。

接到秘书打来的电话，得知泉婕妤抱着孩子闯进了县政府大楼，泉大年自觉不妙，一种强烈的预感告知他，何书记家里肯定发生了大事，最有可能是孩子身上的秘密，恐怕被人知晓了。真是怕什么来什么啊！奇诡难测的"墨菲定律"像紧箍咒似的，牢牢捆住了泉大年的脑神经，究竟该如何应对眼前的变故呢？泉大年神情颓然地揉搓着脸庞，竭力平复心情、调理气息，祈望想出一个尽善之策，以求挽回眼前危局。

驶出凸凹不平的乡镇道路后，汽车开在去往县城的柏油路上。泉大年还能清晰记得，这条宽道竣工那天，是由自己亲手剪彩通行的，那天的锣鼓喧天声，似乎犹在耳畔回响，前呼后拥的他，享受着政绩带来的无限风光，那是多么美妙的感受啊！

权利赐予人的，当然不仅仅是予取予夺的随心所欲，还有攀高登顶后的迷幻和膨胀。人人皆说欲望是魔鬼，可叹世上能有几人，可以经受住这个魔鬼的诱惑。道德审视者，总是喜欢站在不在其位的岸边点评人性，岂不知这份自以为是的口水鞭挞，充满了虚无和荒谬。多年以来，泉大年就是这样认知人性与道德的，他所理解的生命，无非是一个四季匆忙的过场，"事事为己、及时行乐"才是他奉为圭臬的人生信条。

这时，车窗外的春雨渐渐停了，天空开始明亮起来，一道阳光刺破层层阴云，洒落在泉大年疲倦而苍白的脸庞。

远处县城的高楼依稀可见了，无序而杂乱的思路仍然没能理出头绪，脑海里泛出的缕缕绝望，令他感到前所未有的畏怯和心慌。事已至此，又能怨谁呢，埋怨那个没有经见过大世面的小女子泉婕妤吗，还是怪罪自己没能管住裤裆里的方寸冲动？如果发生的事情已经是无可收拾，那么所有的责怨，都将变得毫无意义。

此时，泉大年内心深处，依然还存有一丝侥幸。如果何流书记已经瘫痪失语，夫人岳红艳也已经神经错乱，那么，只要能够尽快稳住泉婕好，眼前复杂的情势，未必会像自己所担心的那样，滑向不可预知的深渊，他不相信自己的运势会如此糟糕，这么多年苦心筑起的高楼，难道就这样轻而易举地垮塌了吗？是啊，凡事都得讲求证据，泉婕好只要不开口、不声张，一切汹汹非议，都只是谣言而已。想到这个掩耳盗铃、自欺欺人的理由，泉大年暂时长舒一口气。

临时兼任龙河县委书记的李希文副市长，匆匆去医院看望了何流，返回办公室后，随即召集县委常委班子召开紧急会议。

会场内，所有班子成员悉数沉默着，晦涩且压抑的气氛弥漫在每个人心头。李希文背手而立，望着雨后初霁的窗外缓缓说道："大家都知道，我在龙河县工作了很多年，以前那些起起落落的如烟往事，想必在座的大部分人也都清楚。对我个人而言，有时候，感觉自己非常熟悉龙河县的一草一木；可有些时候，却又看得不是那么清楚。你们都知道，咱们龙河县有个鲲丘，那里终年大雪覆盖、水雾弥漫，也是一个看不清、望不透的神秘之地。然而鲲丘，我们不是没有能力勘察清楚，而是为了保护环境免受污染，才留下这一方净土给后世子孙。为此目标，我们刻意守护着鲲丘千百年流传下来的传说，继而制定严格法令，封山育林，严禁攀爬毁坏这片自然风光，这样做的目的，无非是为了对鲲丘蕴含的巨大旅游资源，进行科学有序的开发，最终还是为了造福一方百姓。"

说到此处，李希文停顿半刻，转身扫视了会场每一张面孔，而后拉高声调继续说道："保护鲲丘的原始生态，是为绿色开发所需，这是在座诸位的共识。可是……可是我分明看到在我们龙河县上空，至今仍有一块无人触及的禁地，同样笼罩着浓烟迷雾。但是这股烟雾，却像是妖魔鬼怪作乱兴起的狼烟恶雾，它不仅不会给人民群众带来幸福和财富，反而会给全县老百姓招来穷困和灾祸。这片禁地，就是我们龙河县的政治生态！"

这句铿锵有力的话音刚落，李希文又用手指狠狠敲击着桌面，"咚咚咚"

的声音仿佛要击穿在座每个人的脑门。"县委、县政府，本该是最干净、最严肃的地方，更应该是全县百姓心目中的权威之地。如今变成了什么？不仅成为群众看热闹的大舞台，还成为心怀叵测之人兴风作浪、造谣惑众的是非之地，这究竟成何体统？我们始终要把党纪国法挺在前面，决不允许这些荒诞无耻的行径大行其道，蛊惑人心的流言蜚语肆意招摇。"

李希文越说声音越大，语气里充满了愤然怒火。"虽然我临时兼任县委书记，但是在岗一日，就得谋事一天，只要能为龙河县老百姓拔出几根毒草，清除几条蛀虫，哪怕再被撸下去，我李希文也在所不惜。因为我不怕得罪人，所以我们要该查就查、该究则究，绝不姑息养奸、遗患后人。"李希文掷地有声的一席话，一时间激起满座的议论声。

随后，常务副县长赵纪衡讲述了早晨发生在何流家里的事端，很多暂且不知详情的与会者甚感震惊。闻知何流已然不省人事，妻子岳红艳也被送进了精神病院，作为一县之长的吴丽娜，不禁唏嘘短叹。虽说她和何流搭班子这些年，经常遭受何书记排挤压迫，但是同僚之情还是积攒不少。因而，平常看似胸无主见，只知一味迎合的吴县长，听到何流家里发生的悲剧，眼角渗出了潮湿的泪水。

其后，李希文主导会议主题，众常委一致举手同意，尽快将泉大年所涉及的问题，及时向龙州市纪检委汇总上报。吴丽娜一边举手表态，一边掏出纸巾，轻轻擦拭着眼角，她想起早晨县政府大楼里那个女人凄厉的哭声，再想到自己失言中说出的那句寒碜话，内心顿感羞愧难当，一股无以言说的悲凉之气袭上了心头。

下乡回来的泉大年刚进办公室，便察觉到气氛不太正常，早晨还给他通风报信的秘书，这时却不见了人影，就连桌案上的文件，也被收拾得干干净净。泉大年甚感失落地坐下来，茫然无神的眼睛盯着墙上的挂钟直勾勾看着，突然响起的整点报时声，居然把他吓了一大跳。办公室里安静异常，涔涔虚汗从后背和前胸渗透出来，一股不祥的预感像天边的乌云铺天盖地压过来，泉大年感受到难以承受的窒息。他刚要给谢元打电话，突然，办公室的门被纪委来人推开了。

泉大年被双规调查了。

这个消息对于谢元来说，不啻于耳旁响起一声炸雷，当即震得他半天缓不过神儿。这时，苏美玲急匆匆找他打探消息，嘴里喋喋不休地念叨着"菩萨保佑"的癫狂乱语。谢元望着面无血色的苏美玲，忽然有种大厦将倾的悲凉感，他的大脑高速运转着，尽数过滤他和泉大年以往有过的所有交集，除了净佛寺街三号院是个"炸雷"之外，其他地方似乎都别无瓜葛。多年来，谢元面对老战友泉大年，一直是"放长线钓大鱼"的心态，不料大鱼还没钓到，长线却先断掉了。

谢元心绪缓和后，随即好意劝说苏美玲尽快搬离三号院，以免惹火烧身。

苏美玲当场哇哇大哭，一双拳头狠劲捶打谢元的脊背。回想她当初迈进三号院时，心里曾经暗暗起誓，既然住进来了，以后绝不会轻易搬出去。此番发愿，仿佛就在昨天，可叹眼前危急情势，容不得苏美玲多想，撇清自己和三号院的关系，似乎瞬间成了燃眉之急。

苏美玲眼泪汪汪地拾掇着屋里的衣物，一双饱含哀怨与不甘的眼睛望着周围所有的陈设，那些曾经精心挑选，凝聚了许多感情和心血，亲手摆置起来的一草一木，逐渐变得熟悉而又陌生。三号院于她而言，就像是一个美丽的梦境，昨日还是世外桃源，转瞬成了是非之地，这里已然充满了动荡和不安，苏美玲不得不搬离，她谁也怨不得。如今看来，这场落荒而逃，仿佛让自己变成了一个笑话，静静看着她狼狈不堪样子的，永远是三号院里的那棵老槐树。

一场家庭风暴，直接导致何流与泉大年双双倒台，为此，身处龙州的泉氏兄弟大为光火。泉少谦明确告诉兄长，无论情况怎样恶化，他绝不会眼睁睁看着东湖项目的前期投入，就这样打了水漂。泉政谦震怒之余，实实在在感受到了悲凉和孤寂，承继自己政治衣钵的何流已经不能指望了，一直不受他待见的泉大年，却真真儿是个城府颇深的"厉害角色"，为了官场升迁，竟然如此不择手段、龌龊做人。每每想起这些，手腕老到、经验丰富的泉政谦便倍感耻辱。想当初，如果不是母亲的旁敲侧击，兄弟的东湖别墅项目需其助力，何流的一次次推荐，他怎会容许泉大年这种人登上自己的这艘船？

如此看来，多年苦心培养的龙河县政治力量，因为泉大年的卑鄙和腌臜，已然坍塌了多半。"城门失火，殃及池鱼"的恼怒，叠加"祸起萧墙"的屈辱，使得泉政谦将所有气恨，全部归罪于泉大年的愚蠢和贪婪。

郁闷中的泉氏兄弟静坐书房，他俩从来都没有像今天这样心情沮丧。泉少谦嗫嗫嚅嚅地问兄长："我一直不太明白，二哥您当初是怎么看出泉大年这人不靠谱的？"

手捧一本《资治通鉴》正在阅读的泉政谦，淡然一笑后回答说："此人与我们同族，又是军人出身，如若身上多些从政者该有的内敛和沉稳，也不至于落到今天这等地步。其实，早在泉大年担任龙峪镇镇长期间，我便对他很失望。那个时候，每逢我逮空回鲲丘，他必会敲锣打鼓拉横幅，左右横插、上下腾挪，经常把县里来的干部也晾在一边，时刻巴不得让每个人都知道，他和我们走得很亲近。也就是通过这些小事，我对此人开始产生了看法。可是后来，我还是给了他机会的，不仅当着泉氏祖宗的牌位，规劝训诫他，还默许何流提拔重用他，谁知此人居心叵测、下流无耻，专把自家人当作他攀求富贵的台阶。如今"聪明反被聪明误"，这是他活该！就他那点道行，时时不忘登高踩低，照我看来，还是嫩了点啊。"

兄长用非常轻蔑的口吻点评了几句泉大年的品行，泉少谦仔细听完后，糟糕的心情略微舒缓了一些，他当然明白泉大年给何流心里扎进去的这根钢针，事实上也深深刺疼了兄长，泉政谦表面上看起来风轻云淡，那只是嘴上不说心里话罢了。

"那……那东湖别墅项目，这次可是要赔大发了。"泉少谦终了还是没忍住，他把心里最大隐衷吐露出来的目的，就是想听听兄长的意见，好给自己尽早吃颗定心丸。

泉政谦何尝不知巨子公司已经为东湖项目投入了巨额资金，前期拆迁工程也已经过半，如果现在半途而废，则意味着以前所有投入，都将付之东流，这样的苦果，即便巨子公司可以吞下，他泉政谦也无法下咽，因为这已经不仅仅是工程层面的事情，而是牵扯到他的面子、他的威望，还有内心深处不为人所道的，对他政治能力的挑战和侮辱。

为了应对眼前被动复杂的局面，泉政谦万不得已，只能启动他的"备用计划"。

拿定主意后，他神情放松地对泉少谦说："东湖投入那么大，岂能轻言放弃？不过看眼下情势，李希文犹如猛虎在山，我们得避其锋芒、相机而动。"泉政谦沏了一杯香茶悠然品饮着，等他转过身时，瞧见兄弟眼巴巴望着自己，不禁哑然失笑。

"话已说到这份上，就不跟你打哑谜了，我要打开天窗说亮话。首先，以前委托'白手套'的游戏规则，以后不可再用了，要想把东湖别墅项目继续做下去，你们巨子地产公司这回得站到前面去。"

望着兄长胸有成竹的样子，泉少谦忍不住插话道："如何站到前边去，二哥尽管吩咐。"泉政谦再抿了一口茶水，而后意味深长地说道："你们巨子公司不是有实业开发部么？可以派负责人直接去跟龙河县政府洽谈，全面接手安邦地产公司的东湖项目。无论从哪个角度来说，东湖拆迁改造，都是一件利国利民的大好事，所以我相信，龙河县绝不会坐看东湖别墅项目变成一个烂尾工程。"

兄长的一席话犹如醍醐灌顶，泉少谦顿开茅塞，他仿佛抓住了一根救命稻草，欣喜之色溢于言表："一切都听您的安排。但是何流和泉大年之后，我们的人该去龙河县找谁呢？

兄弟所提问题，泉政谦没有立即回答，他往茶杯蓄满了开水，转身往客厅走去。临到门口时，泉政谦语调慢悠悠地回答道："等待李希文刮起的这场飓风过去后，自会有人和你主动联系。现在不给你说，就是要你稳住，以静制动才是上上之策。"望着兄长成竹于胸的背影，泉少谦心觉坦然。看来，兄长在龙河县的政治影响力，绝然不可小觑。

第三十四章

　　失去了海棠美容院，仓皇逃离了净佛寺街三号院，龙河县宾馆二〇二房间更不能再回去，一连串的失意让苏美玲备受打击。就连说得天花乱坠、能发大财的东湖别墅工程也停摆了，那个"聋子耳朵样子货"的安邦地产公司已经人去楼空，她开始怀疑谢元给自己许下的诸多诺言是"纸上画饼"。

　　昨日还是"狡兔三窟"的苏美玲，今天却落得居无定所，心里积攒的怒气不知向何处发泄。当此节骨眼儿，梁石老儿似乎也察觉出异样，色迷心窍的他，开始三天两头撩骚苏美玲。苏美玲很想掐断梁老板这根筋，却又不好拿捏下手的轻重，内心甚感纠结。

　　这天早晨，人面素颜、心怀愠怒的苏美玲来找谢元理论，刚迈入大堂，看见三五个男人正挥拳暴打谢元，宾馆保安被惊动了，急匆匆跑过来厉声劝阻。等待谢元从地上爬起时，满脸都是鲜血，惊吓得苏美玲迟迟不敢靠近。

　　原来，何家发生惊天巨变之后，亲戚们气恨难当，发誓要找到泉婕好泄愤。然而此时的泉婕好和孩子，已被龙州纪委来人带走，至于去向哪里，谁人也不知道。于是，束手无策的何家亲戚，一大早来到宾馆，当众堵住谢元要人。谢元好言解释，何家亲戚偏不相信，认定谢元在撒谎，并质问他收留泉婕好母子是何动机，莫非和她同为一伙祸害何家？不等谢元张口辩解，一轮拳头齐刷刷落下来。

　　何家亲戚骂骂咧咧，扬长而去。狼狈不堪的谢元，急忙去楼上处理伤口了。

苏美玲越发心烦意乱，再无勇气前去质问，只好返回了西关理发馆。

西关理发馆是一座两层小阁楼，说来也巧，这座阁楼正好背靠着净佛寺街三号院，当初苏美玲选择在这里租房开店时，绝然不会想到，她会和阁楼后面那院雅致的院落有缘。时至今日，虽然被逼出了三号院，心里却时时念着那里，所以搬出来后，苏美玲哪里也不去，直接住进了西关理发馆。

通过逼仄的楼梯，爬上阁楼二层，斗室大小的空间，仅够放一张单人床。苏美玲之所以勉强住在这里，是因为能从阁楼清楚看见三号院里的一草一木，她常常会依窗北望，痴痴发呆。此时太阳已渐升高，街面上开始人声鼎沸，三号院近在眼前，却远在天涯，伤心不堪的苏美玲把头埋进被子，气呼呼大骂谢元是害人精。

再说泉林声返回溪水村后，众乡亲纷纷登门看望他。有人痛骂奚海荣狼心狗肺、丧尽天良，不该干出这般没有人性的坏事；也有人庆幸乌云终究遮不住太阳，正义终于战胜了邪恶。尊者奚友池面对族人亦是感慨连连："古语有云：事在人为，休言万般皆是命；境由心造，退后一步自然宽。这次林声与水厂遇此灾祸，既是人为，亦是命数。既然作孽之人已遭报应，便是他命中有此劫数，我们暂且不去怨恨他。大家只管把眼光放远，把心放宽，做好我们自己该做的事情，才是最要紧的。"

"尊者言之有理，坏人自有法律惩处，咱们的事情还得继续下去。"族人奚小平呼应着尊者的话意，又指着身旁几位青年人说道："现在，不光是我决定不出外打工了，他们都愿意留下来，跟着林声哥和奚望村主任一起干。"

此刻，泉林声背靠床头，听着大家的安慰和表态，嘴角淡淡一笑，没说一句话。旁边，奚晓夏精心护理着丈夫的伤腿，夫妻对望的瞬间，两人竟无语凝噎。

李春梅从看守所直接回了李家村老屋，经此磨难后，她变得沉默许多。

奚望几乎每天都来看望她，有时还带着阿冰和儿子。泪眼婆娑的春梅娘精心熬药煮饭，为女儿调理着身子，嘴里不停地喃喃自语道："把人伤成这样，还有没有王法呀……"奚望听到耳朵里，心里酸楚不堪，他不知该如何安慰春梅，只好让妻子阿冰留下来，好给心痛不已的春梅娘做个伴儿。

因为鲲丘投毒案，马明祥也被免职了，龙峪镇党委书记位子再次空缺。与此同时，泉建文却被提拔为龙峪镇镇长，暂时总揽全镇各项工作。

是日，常务副县长赵纪衡和泉建文约定，一同前往溪水村看望泉林声。此时，泉林声的腿伤已渐痊愈，精气神却低落萎靡。奚晓夏给客人沏茶倒水时，泪花已在眼眶里打转。

赵纪衡注视的目光，缓缓落在泉林声的伤腿，他环顾左右悠然说道："不经磨难、难取真经，当年唐三藏西天取经，历经九九八十一难，尚能矢志不渝、勇往直前，我们应该向他学习啊。"一句调皮话，竟惹笑了暗自垂泪的奚晓夏，她用委屈的眼神望着泉林声说："从回家到现在，他很少说话，吓得我都不敢多言。"

听得奚晓夏语含幽怨，赵纪衡望着泉林声感慨说道："人生，就是磨难在枝头，被晾晒成了坚强，真正意义上的精神坚强，才是我们抵抗打击和意外的最好武器。谁的生活也不可能一帆风顺，只有披荆斩棘才能路路通畅，面对挫折，要学会调节自己心态，不可轻言放弃。我知道，这场投毒案让你遭罪了，也许你累了、倦了，有点心灰意冷了，但我还是希望你能振作起来。常言说得好，天无绝人之路，只要意志不垮，心劲儿犹在，迟早会有柳暗花明的那一天。"

赵纪衡恳切而饱含哲理的说辞，听得泉建文连连点头道："我们来的路上，赵副县长一直念叨你的腿伤，安心养好身体，一切来日方长。另外，我听奚望说，村里有许多年轻人愿意留下来，要和你一起共谋发展鲲丘，这时候，你这个主心骨，可不能打退堂鼓啊！"听着两位领导的谆谆之语，泉林声隐约感到惭愧。

返程路上，赵纪衡对泉建文说："泉林声是个好苗子，我俩还是得继续帮扶支持。他是'响鼓不用重锤敲'，军人的那股劲儿只要不丢，这点挫折就不算什么。现在新年伊始、万象更新，希望泉林声把昨天那页翻过去，水厂能尽快恢复生产。"泉建文深解赵纪衡的话意，顿觉肩上责任重大。

赵纪衡接着又叮嘱道："关于重启泉家庄温泉旅游村这件事情，暂时不要告诉泉林声，等他腿伤彻底治好，水厂生产迈上正轨以后，再说不迟。我们得吸取以往的经验教训啊，有些事情，不是光有热情，就能经办顺畅的。"赵纪衡的感叹，泉建文自然听得懂。想当初，他俩一门心思协助泉林声筹建温泉旅游村，结果万丈豪情折戟沉沙，无论失败的理由有多么冠冕堂皇，事情终归是做败了。故而赵纪衡升任常务副县长，泉建文当了龙峪镇镇长以后，重新萌生了建设温泉村的念头，但是无论如何，这次绝对不能容许，因为对各种困难的应对准备不充分，再次让美好愿望化为泡影的悲剧重演。

一阵暖似一阵的春风吹过，广袤而平坦的龙川平原迎春花开、麦苗返青，春色点染出的五颜六色，悄悄然渐次铺展在山川田野间，一片片恣意生长的盎然绿色，展示出生命的勃勃生机，明媚的春光照耀着大地，整个世界仿佛从一个漫长的睡梦中刚刚苏醒过来。

暨日，龙州纪委向社会正式发布了泉大年腐败案的官方结论。

通告称：泉大年在担任龙峪镇镇长、首善镇党委书记、龙河县副县长等职务期间，严重违反政治纪律和政治规矩，大搞团团伙伙，经营政商小圈子，抱团谋利；超标准接待，长期占用宾馆高档套房；违规公款购买、赠送贵重礼品；违反组织纪律，搞一言堂；随意、频繁、大量调整干部；违反廉洁纪律，收受可能影响公正执行公务的礼品礼金；利用职权为亲属或特定关系人经营谋利提供帮助；违反生活纪律，与多名女性长期保持不正当关系……泉大年身为党员领导干部，理想信念丧失，价值观念扭曲，政治蜕变，经济贪婪，生活堕落，严重违反党的纪律，并涉嫌违法犯罪，性质恶劣，情节严重。决定给予泉大年开除党籍、开除公职处分；收缴其违纪违法所得；将其涉嫌犯罪问题移送司法机关依法处理。

……

谢元蜷缩在办公室沙发，一字一句仔细阅读着龙州日报登载泉大年腐败案的新闻报道，长时蓄积的忐忑不安和惊慌失神总算心有落定。

从泉大年被"双规"，纪委的人把泉婕好母子从宾馆带走那一刻起，谢元的心神便已大乱，无数黑夜里，他被噩梦一次次惊醒，经常一身汗渍，跑到洗手间用冷水扑面。妻子赵锦玉忍受不了折腾，多次阴阳怪气问他："是不是做啥亏心事了？"谢元稳住心绪，只管低头不语。

从三号院搬离后的苏美玲，只要忍受不了伤心和委屈，便来找谢元哭诉，不停唠叨自己仅剩下两家不赚钱的理发馆，如果谢元让她赔个底朝天，东湖拆迁和安邦地产公司这摊破事，她也不想兜底了。

最初，谢元也是六神无主，失去泉大年的掌舵后，一度不知道该去找谁。但他心里猜定，如此大投入的东湖别墅项目，不可能成为无主工程。果然，有天深夜，龙州巨子地产公司实业开发部刘宏经理，神神秘秘地前来找他。至此，谢元那颗空悬紧张的心，这才彻底放松下来。

东湖别墅项目背后的复杂内幕，刘宏只是透露了一点点，便把谢元惊得不知所措，而且刘宏所说内情与泉大年当初讲述完全不同。谢元第一次意识到老战友可能早早挖了一个大坑，他还非要拉着苏美玲喜滋滋跳进去。呜呼！一向自认聪明的谢元狠狠扇了自己一记耳光，以前所抱的侥幸心理统统灰飞烟灭。现在的他，只能任由刘宏摆布，目的只有一个，便是期盼能从东湖项目中尽快脱身。

见过刘宏后，谢元大概知道了东湖项目的下一步走向。虽说心里有些底了，但仍觉惶惶不安，每天上下班时，尽量保持心平气静，以免慌张显露在脸。面对苏美玲，他得使出浑身解数，应对这个慌乱成一团的女人。有时言尽词穷了，苏美玲仍然心惊意乱，他也懒得多费口舌，直接将其扑倒，就在此时，谢元惊讶地发现，自己毫无征兆地失去了男性功能。

审查泉大年期间，龙河县城里流传着各种各样的小道消息。

随着龙河县多个职能部门领导，一个接一个被纪委带走调查的消息传开，谢元陷入了惶惶不可终日的状态。尤其是龙河县房管局长周世贵失联后，绝望与胆寒几乎要埋葬了他，为此，谢元甚至一度偷偷写下留给妻儿的最后书信。结果到终了，所有的担心都没有发生，日子还和往常一样平淡无奇。

谢元心里犯了嘀咕，原本估算周局长进去后，可能会马上交代出净佛寺街三号院，然后纪委办案人员按图索骥、查找户主，自己便会像"秃子头上的虱子"，光溜溜、毫无遮掩地暴露出来。可是此时此刻，龙州日报的白纸黑字明明白白告诉谢元，不论泉大年或是周世贵，似乎都已经忘记净佛寺街三号院的存在了。

谢元的大脑里充满了侥幸与惶惑，他不清楚自己究竟走了什么狗屎运，居然让数月里的惴惴不安，变成眼前的暗自窃喜。一纸通告让谢元身体的温度逐渐恢复，漫天涌动的愁云亦变得稀薄，一切似乎都朝着雨过天晴的方向走来。久陷窒息的谢元主动去见苏美玲，两人又一次肆意疯狂地滚落在床上。

暴风骤雨般的男欢女爱，倾泻着谢元和苏美玲长久压抑的欲望。

两人静静躺在床头唏嘘短叹，谢元再次拿起报纸，逐字逐句看着，嘴里含混不清地喃喃自语道："政商小圈子……抱团谋利……为亲属和特定关系人谋利……泉大年啊！泉大年，本以为我是你在这世上最要好的朋友、最亲近的战友，没想到你背后是高朋满座啊。我呀我，恐怕最多算是你棋盘里一颗自作多情的棋子而已。"

听着谢元的自怨自艾，满脸潮红的苏美玲顺嘴也说道："东湖工程里，恐怕咱俩也只是他的利用工具吧。"谢元没有接话茬儿，又自言自语道："和多名女性长期保持不正当关系，这句……这句该怎么理解呢？"苏美玲悻悻然也不应语，而后爬起身，赤身裸体坐在床边，嘴里嘟囔道："男人没一个好东西。"

回想这些年，谢元只知道李春梅和泉婕好曾经和泉大年先后有染，而且为摆平这两个女人闹腾出来的事情，谢元没少操心出力。如今看来，这个八面玲珑、眼观六路的老战友，早已深陷欲望深渊、无可自拔。想到这里，谢元浑身感到冷意飕飕。

一桩腐败案件的查处，彻底打开了泉大年这口黑锅。

倍感失落的谢元，心情舒缓之后，忽然想起可怜的泉婕好母子。他立即不假思索、不考虑负面影响，以朋友身份来到纪委，打探母子的消息。办案人员告诉他，泉婕好配合调查结束后，早已离开回家了。一股热血猛然冲上谢元的胸膛，无依无靠的泉婕好会去了哪里呢？

谢元不容自己迟疑，马上驱车赶往逍遥谷。此时，龙山遍野翠色茵茵，连绵起伏的坡岸上，金黄色的油菜花绽放如海，丛林遮蔽的逍遥谷，越发显得幽深莫测。谢元踏进一道高槛木门，随即瞧见李焕夫妻在院子里摇晃着婴儿车，躺在里面的，正是泉婕好的孩子。

原来，泉婕好配合纪委调查结束后，先回了一趟龙山深处的老家。

傍晚时，女儿抱着孩子突然回来了，昏暗中，老迈多病的父母只是麻木地看了一眼，彼此便都不说话。老屋还是那几件破旧家具，可算是家徒四壁，泉婕好越看越心酸，随即打消了把孩子托付给父母的念头。没有了泉大年的暗中资助，一对老人的日子过得越发恓惶，虽说被乡村两级定为扶贫对象，每月实际发放到手的钱数却少得可怜。泉婕好身上亦没多少钱，她咬了咬牙，只给自己留些路费，其余悉数塞到母亲手里，也没心思和父母吃顿饭，便流着眼泪、抱紧孩子，急匆匆遁入夜色中。

魂不守舍的泉婕好到达李焕家的时候，也是一个傍晚时分，灰蒙蒙的月光像一层薄纱，覆盖着远处的山梁沟谷。泉婕好突然推门进来，着实把李焕夫妇吓了一跳，一身泥尘的她二话不说，直接跑到锅台边，端起剩饭剩菜就往嘴里倒，怀里的孩子也饿得哇哇大哭。

月亮越升越高，屋里若明若暗，孩子已经入眠，泉婕好却独靠窗前默默流泪，李焕夫妇守着神思恍惚的她，也渐渐睡着了。夜半，月光从窗户照进来，李焕忽然醒了，发现泉婕好不见了人影，急忙出门去找她。

　　循着一阵哭声，李焕来到逍遥谷底的河边，只见泉婕好望着水中夜月呜咽不止，李焕心有不忍，小心翼翼上前劝慰，不料哭声越发凄怆。"骗子！大骗子！"泉婕好不停地责骂道，"我是那么信任你，把一辈子都搭进来，我可以为你去死，而你是怎么待我的？口口声声说你爱我，可到头来，你的女人孩子一大堆，还把自己赔进去……你给我站出来……告诉我，我和孩子往后该怎么活……"月光下的湍流，压不住泉婕好的满腔怨气，她用拳头狠狠击打着水面，突然纵身跳进了河水。

　　李焕背着泉婕好从河道回了家，蓬头垢面的她，连睡三日不见苏醒，直到第四天凌晨鸡叫，气息游离的泉婕好才被孩子的哭声吵醒。

　　早晨的阳光，暖融融地洒在院落里，痴痴呆呆的泉婕好，又斜靠在窗户边，身子一动不动。李焕妻子做了早饭，噙着眼泪劝慰泉婕好，哪怕为了孩子，也应该吃点。泉婕好稍有反应，开始笨手笨脚给孩子喂奶，孩子摇晃着脑袋，手脚挣扎着又哭了，原先嘹亮有劲的啼哭声已变得娇弱无力。

　　李焕走出逍遥谷，从山外买了许多婴儿奶粉和补品，细心为泉婕好母子调理身体。

　　半月时间一晃过去，泉婕好渐渐愿意下床给孩子喂奶、洗刷，脸庞仍不见一丝活泛颜色。茕茕孑立、形影相吊的她，经常站在逍遥谷的远处，望着绿荫摇摇的深山老林沉默不语。眼看着气温一天天升高，田野到处是一片姹紫嫣红、鸟语花香的景象，时令已到了立夏，或许是山中美景触动了心情，这日晨曦微露，泉婕好难得早早起床，独自拾掇了院落，又将儿子所用衣物用具，全部整理洗刷了一遍，并去厨房准备了早饭，然后坐在李焕夫妇面前低声说道："老泉进去了，我们娘儿俩的天就算塌了。我得去龙河县打工赚钱养儿子，你们夫妻是大好人，孩子就托付给你们了。"

　　说罢，泉婕好"扑通"跪地，要给李焕夫妇磕头致谢，李焕急忙扶起泉婕好，嘴里连连喊叫使不得，并说老泉这些年对他们夫妇照顾有加，是他们家的大恩人，现在恩人有难了，互相帮忙自是义不容辞。其后，又语重心长地安慰泉婕好要多多想开，眼光往长远看，老泉迟早有出来的那天，还有儿子要抚养，人得活得有念想才是。李焕的这番恳切之语，句句温暖着泉婕好，亦在她几近绝望的心田洒了些许希冀。

然而，李焕夫妇不得而知，他们的恩人泉大年所犯事情究竟有多么严重，更无从知晓，此时此刻的泉婕好，精神世界已然崩溃了。临出门前，泉婕好轻轻走到孩子跟前，深深亲吻了儿子的额头，泪水瞬间夺眶而出，随之头也不回地往山谷外走去。

第三十五章

谢元既已认出了孩子，则知道自己的判断没错，泉婕好果然在李焕家。

可惜他却晚到一步，李焕告诉他，泉婕好早晨刚刚出山，前往龙河县打工去了。谢元听后疑虑重重，寻思她的这个举动，完全是自讨没趣，往火坑里跳。虽说何家这场风波逐渐散去，但眼前阴云依旧密布，许多好事者津津有味地聊着泉副县长的花边新闻，鼠肚鸡肠的斗筲之人，正怀着幸灾乐祸的心态想看她笑话，即便要外出打工赚钱，龙河县也不该是首选之地，泉婕好是聪明人，不可能想不到这点。再说了，何家的秘密被揭开后，泉婕好在整个龙河县已算是身败名裂，任何单位或个人不可能再给她工作，所以这时候回去，不仅愚蠢，而且是自讨苦吃。莫非……莫非泉婕好返回龙河县是去找自己？想到这里，谢元似乎恍然有悟，随即匆匆告别李焕夫妇，速速赶回龙河县城。

回到龙河县宾馆后，谢元多番询问当日大堂值班人员，始终没有人来找他，垂头丧气的谢元，只好往楼上办公室走去，不巧在楼道遇见政协主席夫人李苗，这个体壮腰圆的女人似乎比以前又胖了一圈，眼见谢元从身边经过，却不给自己打招呼，便扯着尖嗓子一语双关戏虐道："谢经理闷闷不乐的样子，是不是被人甩了？"心神不宁的谢元听到李苗阴阳怪气的说辞，随即没好声气地回敬道："海棠美容院都给你了，还想怎样？"

李苗闻之心怯，急忙赔着笑脸小声说道："兄弟咋还急眼了？咱又不是不知好歹的人，如果苏美玲为这事给你窝气，大姐可以帮你。"正说话间，李苗神态夸张地一笑，随即将滚圆的腰身蹭向了谢元的屁股，谢元下意识躲开，狠狠甩了她一个白眼，然后快速走开了。

望着谢元逃跑似的背影，李苗气冲冲"哼"了一声，转身扭动着肥臀粗腰走出了宾馆大门。这幕情景被前台服务人员悉数瞧见，众人纷纷捂着嘴巴，忍俊不禁地笑出声来。

谢元待在办公室，一步也不敢远离，如果他的猜测是对的，泉婕好今天定然会来找他。下午的温阳照射着玻璃窗，屋里泛起淡淡的燥热，奔波逍遥谷一趟来回，谢元有点儿犯困，便倒在沙发睡着了。一觉醒来，天色已黑透，谢元忙给家里打电话，告知妻子他晚上值班不回家了，赵锦玉懒洋洋"嗯"了一声，不等他再说什么，随即挂断了电话。

眨眼间，一股无名之火蹿至谢元心头，这个高高在上的女人，何时才能对他温情以待？心绪烦躁的谢元在办公室踱步半天，连番掂量之后，只好拿起外套，步履匆匆地回了家。

前半夜里，谢元睡得很沉；后半夜时，赵锦玉摩挲着想要他，谢元偏要装作昏睡不醒，气得赵锦玉猛踹他的腰身，谢元仍是无动于衷。辗转反侧了许久，赵锦玉干脆起身，打开卧室所有灯光，伸手拧住谢元的耳朵，闷声斥问他何时"交公粮"。一阵阵疼痛，令谢元瞬间睡意全无，心生愠怒的他坐在床边，双眼瞪着妻子闷不作声。

这时的赵锦玉，仿佛变成一只斗败的母鸡，气急败坏地叫道："这日子没法过了！"谢元依旧闻声不语，他缓慢起床，穿好衣服，要离开令人窒息的房间。不料双脚刚迈出家门，屋里便传出了歇斯底里的哭喊声。

这个夜晚，就这样折腾而过。昏沉沉的谢元走在清晨的街道上，偶尔能听到流浪汉酣睡如雷的声音，青灰色的天空渐渐透出光亮，刚刚清扫过的街边，已经有人开始摆摊铺货，最数那些卖早点的小商贩动静大，他们使劲扇着煤炉子，一股股呛人的浓烟弥漫在空中。

浑身困倦的谢元径直回到办公室，刚想躺下假寐一阵子，苏美玲突然打来电话，大声喊叫说净佛寺街三号院燃起了大火。谢元浑身一震，心中惊呼不好，一边手忙脚乱地穿衣蹬鞋，一边急问苏美玲："你能断定是三号院吗？"

苏美玲已经开始在电话里大哭起来："你个死鬼，我就是在三号院墙外的西关理发馆，看着大火烧起来，你快过来啊。"

谢元火急火燎地赶到净佛寺街时，警察已将这里封锁起来，消防车正在忙着救火，四周站满了围观人群。谢元挤进去一看，只见滚滚黑烟腾空升起的地方，果然是三号院方位，焦心如焚的他，刚想冲破封锁线细看究竟，心头却是猛然一怔，脑海里浮现出一个念头，阻止了他的冲动。

是啊！泉大年和周世贵等人进了牢子，也没把三号院招供出来，若是现在莽撞冲出，岂不是自我暴露？难道还巴不得让纪委查案人员知晓，泉大年在这里还藏着一套独门独院的房产不成？"想到这里，谢元倒吸一口冷气，已经迈出去的那只脚，又急急收了回来。

望着浓烟滚滚的三号院，谢元心痛不已，终归是鞍前马后侍奉泉大年多年，对他百般阿谀奉承、千般谄媚巴结，这才得来了这套院子，而今就这样被一把大火烧光，岂有不心疼的道理？然而眼下，泉大年刚刚被判刑收监，舆论依然喧嚣不息，且自己巴不得三号院的存在，能被所有人遗忘或忽略，此刻又怎能因为一时的冲动鲁莽，而将三号院的秘密暴露出来呢？

正当谢元胡乱思量时，只听得警戒线以内，有两个年轻警察嘀咕道："真是奇了怪了，昨天夜里，旁边住户发现有个女人，一直在这个院子门口转悠，今天愣是找不见了。"另外一个警察又说："这是一条老街，又是一套老房子，也不能排除电路老化引发失火。所以我们的注意力，不能只放在人为纵火……"谢元听得"人为纵火"四个字，当即热血涌向心头。

泉婕好啊，泉婕好！泉大年对你纵有千般不好、万般辜负，也不该放火烧了三号院。你只记得和泉大年曾在这里颠鸾倒凤，怎能不知这院房产的主人，已是我谢元！如今被你一把火烧得干干净净，能对得起这些年，我谢元对你的照顾吗？即便是普通朋友，你也不该上树拔梯、过河拆桥，把事情做得如此决绝啊！谢元忍住满腔怒火，再次驱车进入逍遥谷，现在几乎可以百分之百判定，这把火就是泉婕好点燃的，此时的她，一定又返回了李焕家。

谢元急匆匆赶到李焕家时，时间已过午后。李焕独自抱着孩子正在院子踱步，看见谢元再次出现，立即明白了他的来意。李焕轻手轻脚把孩子放回屋里，又把谢元拉到僻静处低声说道："今儿一大早，她又回来了，刚进门，便跪着求我老婆带她去见清凉寺住持，我老婆架不住她的苦苦哀求，只好带着去了。"

"去了有多久？"谢元忙不迭地问道。

"已经上山好几个小时了，估计他俩早已到了清凉寺。"谢元顾不得喝口水，立即开车要去追。李焕跑出门提醒说："再往前开就没路了，你得走上去。"谢元点头踩油门，汽车一溜烟往逍遥谷深处开去。

气喘吁吁的谢元，疯狂跑到清凉寺大门口时，李焕妻子刚从寺庙走出来。送她走出山门的清凉寺女住持，猛然看见庙门前站着一个满头大汗、神色慌乱的大男人，当即有所警觉，立即吩咐女尼关闭寺门，不许外来之人搅扰清修之地。谢元彻底急红了眼，扯着嗓门给李焕妻百般解释自己并无恶意，只想见到泉婕好说句话而已。李焕妻微微摇头拒绝了，随之面色平静地走下山去。

"泉婕好，你出来，我有话要问你！"

"邵晓丽，你这是为什么？为什么呀？"

谢元干渴沙哑的嘶喊声，一直回荡在清凉寺的山谷里。远处飘来了一阵下山风，将寂静旷野间的树叶吹得飒飒作响。

鲲丘投毒案水落石出，泉大年腐败案亦已审结完毕，按照上级部门的工作安排，李希文要返回龙州了。离开的这天，他不无伤感地向大家宣布，原龙河县委书记何流因突发脑出血，不幸于昨夜医治无效去世了，根据相关法律规定，即日起撤销对何流的审查。众人闻之皆默然喟叹，深为何家遭遇的这场变故感到惋惜。县长吴丽娜紧紧抿住嘴唇，强忍内心悲凉，面色显得尤为悲戚。

李希文离开之后，县委书记位置再次空出，上级组织部门并没有立即提拔或调派干部补缺，全县大小事务暂时落到吴丽娜肩上。当前，龙河县各领域经济增长数字喜人，蓬勃发展的态势甚是良好，然而历史遗留问题交织着现实矛盾问题，成堆摆在案头，一月时间未到，吴丽娜已明显感觉身体有些吃不消。很长时间以来，她似乎已经习惯了跟随何流班长步调行事的节奏，而今真正需要她独当一面时，方才意识到"一把手"施政能力何其重要。

这天，巨子公司宽敞明亮的会议室气氛甚是压抑，开春以来，公司多个地产项目开展得都不顺利，于是各职能部门经理聚在一起研究对策。会议开到一半时，泉少谦董事长走进来，干脆利索的一顿训话，犹如给每个人当头浇了一盆冷水，使得会议室气氛越发令人窒息。

经理们聚精会神研讨思路时，董事长偏偏又返回了办公室。最近的烦心事太多了，泉少谦感到忧闷不已。这时，明媚春光透过玻璃帷幕落在海蓝色的地毯上，驼金色的纹路像阳光铺洒开的涟漪，将整间屋子缭绕得尊贵而静逸。这时，电话铃声响起，泉少谦慵懒地伸出胳膊，神情落寞地接起电话，也就是这个不经意间打来的电话，一扫泉少谦心头阴霾，他的情绪瞬间高涨起来。

原来，电话是龙河县长吴丽娜打来的，她在电话里温婉而含蓄地表达了何流、泉大年之后，县里对东湖别墅项目建设陷入停摆的忧心，并明明白白盛邀巨子地产公司能够出面，帮助龙河县政府盘活这个工程，也算是为家乡建设贡献一份绵薄之力。泉少谦是何等机敏慧聪之人，马上意识到吴县长在给自己递话，连忙客客气气、毫不迟疑地答应下来。两人通话简明而短暂，寥寥数语之间，双方都已心知肚明。末了，泉少谦静坐沙发沉思良久，随后辗然而笑。

泉少谦无论如何也没想到，吴县长会给他打来这样一个电话，细细梳理一下，这通电话既在情理之中，又在情理之外。目前龙河县委书记暂缺，吴县长自然说话有了分量，而且从情势分析，这时候重新上马东湖别墅项目，不仅合乎时宜，而且机会难得。模糊的牌局终于逐渐明朗起来，泉少谦彻底领会了兄长日前曾经给他提过的，要从"白手套游戏"转变为直接参与，且要稳住声气、以不动应万变的深意，还有兄长隐晦所指和他联系的那个人，原来是吴丽娜县长。想到这里，泉少谦内心不禁暗自称奇，看来兄长经营人脉的能力，真是不容小觑啊！

无论从任何角度评判，东湖别墅项目都是一个"香饽饽"，开工至今，从来不缺其他公司虎视眈眈的注视。现在，巨子公司若想顺利取代安邦地产公司，中途切入这个盈利大项目，除了要把表面文章做得冠冕堂皇，还得让龙河县主管部门圆润地转过这道弯儿。为了工程平顺交接，巨子公司直接委派刘宏，代表董事长亲自操刀此项目运作。临行前，泉少谦给刘宏交底说："吴县长是自己人，完全不必担心外围因素的干扰，尽管放手去干。"随后又面授机宜，叮嘱刘宏要依计行事。

刘宏抵达龙河县后，先把谢元叫到一起喝茶。开始尚能恳切谈及何书记、泉副县长变故发生之后，不仅给项目造成极大损失，还给谢元和苏美玲的生活带来无穷困扰，且对他俩在工程前期的辛劳付出予以肯定。然而，转圜之语说了一大堆，暖人心窝的话，却也仅止于此。

刘宏话锋一转，开始绵里藏针、若有所指地说道："你是个明白人，有些话我得给你挑明了，虽然不知道泉副县长当初给你交办东湖别墅项目时有何许诺，但是现在，你肯定很清楚，以苏美玲名义注册的安邦地产公司，只不过是巨子公司的一个影子，把她和梁石推到前台，也只是一种商业操作手法。起初这么做的原因，估计你也能猜到，所以，时至今日，巨子地产公司要直接切入项目运营，这个影子公司也就随之解散了，你和苏美玲以及梁石也该彻底退出这个项目。不知我以上所说，谢经理能听明白吗？"

听着刘宏直白而露骨的表述，谢元吃惊不小，本以为泉大年交给他的是大把赚钱的美差，未料得到头来"竹篮打水一场空"，先不说其间付出过多少心血，眼前被人像清理垃圾般扫地出门，难道还不该为自己申辩几句？

"人人都说曲终人散、人走茶凉，东湖项目上，我们没有功劳，也有苦劳吧！如今你们吃肉，难道连一滴残汤都不给我们喝吗？刘经理啊，你也是替人打工的，应该能理解我心情吧。"谢元发出的低微哀鸣，刘宏当然听懂了，可他除了心有不忍，又能怎样呢？同为职场中人，当然能够感同身受，且能理解谢元的失落，但却不能容许他有任何反驳意见。

"当初东湖东岸拆迁遇到阻力的时候，你们三人曾经联合一起，向县里讨要了一大笔辛苦费。这件事情传回巨子公司后，公司高层有人为此大发脾气，还怒斥何书记和泉副县长行事软弱，被你们三人牵着鼻子走。"刘宏明显话藏锋镝，谢元听得胆战心惊。

"冤枉啊！刘经理，这完全就是一场误会。据我所知，那笔追加的辛苦费，全部用在了东湖拆迁，估计梁老板也只是这笔钱的经手人，我和苏美玲更不可能分得一分半厘。那时候事态紧急，我们一门心思要撬开东岸拆迁这块钢板，哪里还有心思从中为自己截留？"谢元气得快要跳起来，被人刻意曲解的憋屈和焦躁，让他清晰而直观地察觉到，巨子公司已经要彻底放弃他们三人了。

谢元的猜度是对的，面对扑面而来的不公和怀疑，任何辩解都是苍白的。别说刘宏只是一个部门经理，即便真有机会站在巨子公司高层当面据理申辩，恐怕别人仍会认定，他们三人都是贪钱谋利的无赖，胡乱纠缠罢了。

呜呼！谢元不停地自我诘问，你不就是要巨子公司认可你的工作，从而拿回你该得的酬劳吗？当初欣然答应泉大年，拉拢苏美玲入伙，诓骗梁老板参与，不也是奔着赚大钱、发大财吗……谢元觉得为了钱财，自己已经低微到尘埃里，被人肆意践踏人格所感受到的屈辱，瞬间幻化为一股无名之火，当胸熊熊燎烧起来。愤怒的谢元拿起外套，甩身走出茶楼，身后坐着的刘宏，呆呆地靠在茶桌前久久不愿离去。

陷入极度困闷的谢元走在大街上，巨大的屈辱窒息了呼吸。他愤然反问自己，好赖也是当过兵、游走社会的人，面对巨子地产公司的无赖嘴脸，怎能瞬间变成了尿包？他很想抽自己耳光，却碍于街上的人来人往。谢元睁着一双潮红的眼睛，仰天望着太阳，两行清泪从眼角悄然流出，一阵阵眩晕袭来，差点让他跌倒在地，步履蹒跚的谢元，不知道该去哪里大哭一场，更不知道哪里才是他心灵得以解缚的避风港。

这时候，苏美玲仿佛被风刮过来，忽然出现在谢元迷离不堪的眼前。

原来，苏美玲刚从母亲住处走出来，抬眼望见痴痴呆呆的谢元在街上魂不守舍地闲逛着，便一把将谢元拉进了家门。此时苏母不在家，苏美玲冲着谢元劈头盖脸问道："你什么意思啊，这些天为啥要躲我？三号院被烧了，你也无动于衷，人是中邪了，还是不愿见老娘？今儿必须把话说清楚。"

望着气势汹汹的苏美玲，谢元仍然一脸木然，急迫难耐的苏美玲没忍住火气，甩手拍向谢元后脑勺，谢元神情一怔，意识仿佛从爪哇国返了回来，暂且没注意到苏美玲的满脸气恨，只顾着自说自话道："被人当枪使、当猴耍也就罢了，还得替人担着污名，落得一身不清不楚，你说咱俩这是何苦呢！"

听着话音，苏美玲即刻明白了谢元这番喟叹，肯定指向东湖别墅项目，随之潸然落泪道："你倒是把话说清楚，我们为何要担污名？"谢元神志清醒后，便将刚刚与刘宏所谈和盘托出。苏美玲听罢，心中急火转瞬变成了怒火，张口开骂巨子公司"过河拆桥"，真是无德又无品，随之捶胸跺足，悔恨当初不该轻信谢元承诺，稀里糊涂掺和进去，不然哪能撞上这道霉运。

谢元任凭苏美玲放声埋怨，嘴里胡乱叫嚷。等她发泄完后，谢元继续说道："人家是大象，咱是蚂蚁，就算斗不过，也不能被踩死。"

苏美玲怯生生说道："这世上，本来就没多少干净人、干净事儿。我们别再折腾了，赶紧脱身出来吧，要不然，鬼才知道又会惹来哪门子灾祸。"苏美玲终归是生意人，多少也能摸出东湖这摊水的深浅。本想凭借何流、泉大年的威势，赚得一笔横财，而今没捞得半两银子，还得赔上清白乖乖退场，看来这口窝囊气，不想咽也得咽下。

担心被苏母堵在家里，谢元这便抽身要走，苏美玲忽然拉着嘤嘤哭腔埋怨道："我搬到西关理发馆，你也不来看我；三号院那场大火，也不见得你有多么焦急；海棠美容院成了别人的，我又不方便去宾馆找你。你若真是在乎我，就该替我多想想……"苏美玲的声声哀怨，谢元听得明白，那都是对自己的不满。

一个单身女人，只身闯荡生活已属不易。因为一份信任，选择与亲近之人放手一搏，结果没有搏得幸福，还把以前的老本搭进去不少，是他害了苏美玲，可又是谁害了自己呢？谢元思忖许久，良心陷入了深深的自责，他暗暗发誓，等到风平浪静那天，一定要去见泉大年，当面问问这个自己最为信任的老战友，为何要陷他于不仁不义之中？为何要把他拉入这场人生荒诞剧？

此刻，谢元和苏美玲巴不得尽快从这场噩梦中摆脱出来，梁石却正好相反。无论谢元如何相劝，他都拒绝配合，嘴里还吵吵嚷嚷，非要去和龙河县政府理论，不能因为何流、泉大年犯了事儿，以前的合同便说废就废。

谢元明知梁石老儿是鸡蛋碰石头，只好把内情实话实说，梁石闻听后，固执的情绪才稍有缓解。转身见到苏美玲时，又摆出一副得理不饶人的尊容妄言道："我在南方老家过得好好的，是你三番五次诱骗我来，如今一事无成，半毛钱也没赚到，先别说我老梁在兄弟们面前颜面扫地，就我家那个'母老虎'，你教我该如何应对？所以，龙河县政府不认账，你苏美玲可不能耍赖，多少应该给我一些补偿，如若不然，我老梁可真是楚霸王乌江自刎，无颜见江东父老了。"

谢元见梁石居然能把无赖耍得如此无辜而悲情，甚觉此人不愧为行走江湖的老油条，于是也懒得再同他理论，径直拉着苏美玲走开了。

第三十六章

这天午后，一位贵妇装扮的老妇人风风火火冲进龙河县宾馆西附楼，悄悄拿出钥匙打开了一间房门，只听得梁石怪叫一声，顷刻间吵闹声夹杂着打斗声传了出来。随后忽见梁石穿着背心短裤，赤脚跑出房门，手持扫把的妇人紧追出来，又把他赶回屋里，足足半个时辰，鬼哭狼嚎声才消停下来。不一会儿，房门打开了，垂头丧气的梁石两手提着行李包，尾随老妇人急匆匆走出宾馆大门，坐上一辆出租车绝尘而去。

望着梁石像逃兵似的狼狈离开，站在办公室玻璃窗后面的谢元和刘宏忍俊不禁地笑了。自从眼前戏剧性一幕闪现过后，曾经在龙河县风光无限的梁大老板，再也没有出现在这片土地上。

是夜，谢元第一次主动寻到西关理发馆，借着老街昏黄的灯光，摸黑进入苏美玲的小阁楼。在狭窄而拥挤的空间里，苏美玲情不自禁地抱住了谢元，门窗紧闭的阁楼外面，一轮明月当空高挂，徐徐清风吹拂着密不透风的树叶，融融月光照在光洁而油黑的叶面，泛出星星点点的光影，那些明灭不定的闪烁，犹如浩瀚无垠的海面荡起的粼粼波光。

一切都安静得出奇。苏美玲依偎谢元怀里，轻轻摩挲着光泽暗淡的指甲，双双陷入长久的沉默。过了一会儿，谢元心有戚戚焉说道："泉婕好在清凉寺出家了。"苏美玲并没有出声，只是划动的手指微微暂停了一下。

谢元继续轻声说道："梁石老儿已经彻底离开了，是我和刘宏一起办的。"苏美玲转身望着谢元，笑盈盈说道："我就知道，你会有办法的。"谢元诧异苏美玲的安然自若，她似乎对泉婕好出家以及梁石的离开都毫无兴趣。

相比苏美玲的淡然置之，谢元反倒黯然神伤，他长长舒了口气，心知龙河县城众多男人垂涎欲得的这个女人，或许从今往后将独属于自己，这既是他的得意之事，亦是心忧之处。毕竟他是有家室的人，这种偷情日子以后将去往何方？这份孽缘究竟又会以怎样的结局收场？想到这些无法预测的未来，谢元常常对苏美玲生出莫名其妙的怜惜之情。

谢元低头思量间，苏美玲站起来，静静看着窗外不说话。薄如晨雾的月影里，她那玲珑有致的曲线越发显得娉婷袅娜。一股无以言说的冲动，驱使谢元从身后一把抱住了苏美玲。遽然间，当他的目光也顺着窗户往外看时，毫无心理防备的谢元不禁哆嗦了一下，但见朦胧夜色里，已被大火焚烧殆尽的三号院，犹如一个风烛残年的老人，孤零零站在月光中呜咽啜泣。

谢元猛然意识到苏美玲为何住在西关理发馆了，他轻轻靠近苏美玲耳畔，饱含情意地说道："三号院，迟早还是你的。"苏美玲没有应声，一时想从谢元的怀抱挣脱出来，谢元却越发搂得紧，甚而将她抱起来，两人背依窗棂、沐着月色，像两条紧密缠绕的白蛇，再次迈入翻江倒海之中。

宽敞明亮的龙河县政府会议室里，吴丽娜县长正向所有参会者详细说明东湖别墅项目开发商易主的原因，核心理由有三条：一是安邦地产公司开发实力弱，融资能力差，设计理念落伍，且在东湖拆迁过程中，压低补偿、违法强拆惹得民怨四起。同时，工作方法简单粗暴，导致住户上访事件屡屡发生，给政府形象抹了黑；二是前任主管领导何流病逝，泉大年涉嫌犯罪，致使政府和安邦地产公司的合作宕后严重，项目重启希望渺茫，安邦公司法人苏美玲和项目主管梁石，已经提出主动退出项目的申请，且对变更开发商并无异议；最后，考虑到群众利益不能受损，工程开发不能沦为烂尾，为能切实推进项目尽快复工建设，政府提议邀请龙州巨子地产公司出面接盘。吴丽娜的三条说明，立即引起会场一片哗然。

常务副县长赵纪衡首先表示质疑："早年间，梁石在我县开发有'世纪嘉园'楼盘，资信还是有的。但是，他的安远地产何时变更为安邦地产？又为何将法人代表更换为苏美玲？这种不合情理的操作背后是何目的？政府与安邦地产前期合作的初衷，以及东湖项目停摆的原因，还有结束前期合作的审计报告等问题，至今都还是一堆谜语。另外，群众上访屡屡针对的是安邦地产，苏美玲和梁石此时又在哪里呢？诸如此类的问题数不胜数，如果得不到妥善处理，贸然引入其他开发商，难免中间会产生出新的、更大的矛盾。我们作为政府，本意是为了解决问题，不能到最后，旧问题还没解决，新问题又冒出来……"

"赵副县长过虑了，安邦地产公司投资改建东湖老区，是经过老书记同意的，我们不能因为何书记去世，就怀疑前任领导的决策。还有，原来主管此项目的泉副县长，目前正接受调查，我们更不能因为这个原因，置东湖两岸老百姓的切身利益于不顾，让这个项目长期停摆、不闻不问。另外，据我了解，那个闹事被抓的郝老三等人，早已释放回家，涉及拆迁的住户，绝大部分已经搬离。当然了，我也知道有些拆迁户，在外租房生活困难，他们怨声载道、四处上访更是实情。正因如此，作为政府领导干部，我们要勇于担当自己的政治责任，要时刻牢记为群众利益保驾护航的为政宗旨，切实拿出可行办法，从根本上消除矛盾，维护群众利益不受损失。"吴丽娜针锋相对赵纪衡的讲话，并且将会议论调上升到政治责任的层面，当场噎得赵纪衡无言以对。

作为巨子地产公司与会代表，刘宏坐在会议室不起眼的角落，亲眼得见县长和常务副县长这幕唇枪舌剑，心里深觉诧异。平常日子，吴丽娜留给所有人的印象，大体都是温绵淡雅、含蓄矜持，不想现在性情逆变，独行其是的风格更甚何流当年。

其实这段时间，龙河县委、县政府很多人明显感觉到吴丽娜的变化，众人暗地议论说，这些年何书记的气场始终压着吴县长，让她没机会表现自己的能力，现在变得唯我独尊，也在情理之中；也有人猜测吴县长突然强势起来，可能是瞅着县委书记位置，现在开始树威立信，是想扭转某些人对她女性身份存有的轻视或挑战。不管怎么说，吴丽娜乾纲独断的行事风格，的确唬住了许多并不了解她的同僚。

不能遏制吴丽娜在政府会议上的强势做派，不等于赵纪衡赞同她的主张，东湖别墅项目即便放在整个龙州地区来看，也算是投资额度大、牵涉面广的大事。于是他又去找李希文汇报此事，李副市长抽出晚饭后的休息时间，专门和赵纪衡进行了一番深谈。

忧心忡忡的赵副县长和盘托出吴县长的会议讲话，并明确表示这种独断专行的工作作风，完全违背党内民主原则，期望主管城建工作的李副市长能够出面干涉。李希文了解赵纪衡性格内敛忠厚，是个持中守正，不大懂得柔性转圜的厚道人，故而语重心长地说道："为官之道，既要守护原则，还得有灵活性。明知山有虎、偏向虎山行的勇气固然可嘉，但是还得有斗败老虎、全身而退的智慧，不要还没打死老虎，却先把自己喂了老虎，这不是勇敢，而是鲁莽。"

赵纪衡自辩道："不反对'一言堂'，我的党性何在？"

李希文回答说："古语有言'一虎势单，众鸟遮日'，无论到何时，拥护正义的人终归是大多数。我就不相信，她吴丽娜能在龙河县一手遮天。自古公道在人心，严重不符合国家群众利益的事情干多了，必然会引来众人不满，到那个时候，你就会发现，其实有很多人是同你站在一起的。"

李希文的这番话，仍未打消赵纪衡心中疑虑，或许是彼此对为政要领的理解出现分歧，又或许是因为当年的那封匿名信，让李希文懂得明哲保身的重要，总之，两人的这次谈话最终不欢而散。快快不乐的赵纪衡连夜返回了龙河县，到达县政府大院时，时间已到了后半夜。

吴县长听不进任何反对意见，且非要一手主抓东湖别墅项目，赵纪衡孤掌难鸣，只好以沉默姿态抗拒。恰在这时，龙峪镇镇长泉建文向他重提筹建温泉村之事，也许缘于曾经的败意依然萦绕心头，又或许是时过境迁，如今有了水到渠成的条件，赵副县长当即表态同意，并要求泉建文尽快拿出重启方案，他仍将不遗余力地予以支持和帮助。

也许世间的人或事，皆有轮回往复，属于你的机会到了，一切都变得顺理成章。

经过赵纪衡和泉建文多番慎重研磨和考量，重启温泉村的计划已然进入了工作日程。这天，泉林声和奚望如约来到龙峪镇政府办公室。经过赵副县长同意，泉建文要向他俩正式宣布重启温泉旅游村这件大事。最近，已然缓过心气的泉林声，一直为水厂复工复产做准备，忽听得要重启温泉旅游村，心里激动万分，随即向泉镇长明确表态，当年从哪里跌倒，就该从哪里爬起来。奚望亦是兴奋不已，声称鲲丘有许多年轻人愿意留村发展，开发温泉村正当其时。泉建文欣喜说道："我和林声都是泉家庄人，不能光顾着溪水村发展，不理睬泉家庄的事儿，不然咱俩都得改姓了。"一句风趣之语，终于唤回了泉林声脸上久违的笑容。

主意既已拿定，三人不约而同想到开发资金的问题。泉建文不无遗憾地说："虽然赵副县长鼎力支持我们，但是县里的财政并不宽裕，我所能想到的，还是和上次一样，要积极向银行申请贷款。"眼见镇长面有难色，泉林声欣然说道："现在水厂账面有钱，可以资助温泉村项目。"泉建文潸然一笑说："你的好意我明白，但是当前奚、泉两姓族人能否做到和衷共济、共同发展，还是得打一个问号啊。"

奚望不失时机地出主意说："水厂和龙州古今集团合作良好，为何不能一起运作温泉村项目呢？"奚望说的办法固然可行，却绕不过古今集团的态度。为了稳妥推进计划，泉建文建议三人分头行动，摸清各方情况，积极寻求办法，等待方案成熟后再行商议不迟。

泉林声回家后，只把奚望的主意说给了妻子奚晓夏，她听后若有所思地说道："开公司，当然是为了赚钱，但愿古今集团能对温泉村项目有兴趣。其实……其实我想说的是……"妻子欲言又止，泉林声何尝不解她的心思。

当初，古今集团投资开发水厂，全然是看奚晓冬的面子，如今直接去找，人家未必会有兴趣。泉林声和奚晓夏的担心，当然不无道理，生意场的合作必定是你情我愿的，倘若夹杂了其他味道，本来正常的事情反倒会变得古怪起来。

溪水村桶装水厂终于开工复产了。

心里装着重启温泉村的心事，泉林声便想先探探许副总的口风，毕竟许聪明是古今集团派来的驻厂代表。转而一想，又觉得不妥，这么大的投资项目，如此轻慢以待，往后传到王汗董事长耳朵，人家会不会觉得自己太不懂人情世故？

经过一番周密思量，泉林声认定但有办法，先别轻易麻烦别人，等待所有努力结束后，如果所募资金依然达不到开发需求，他会亲自前往古今集团求得帮助，也只有这样做了，他的内心才能得以安宁。

鲲丘投毒案过去许久了，李春梅却迟迟不来上班。水厂生产已经步入正轨，有些决意留村的年轻人陆续加入水厂，并情愿无酬做工，职工餐厅每天的工作量也随之增加，没有像李春梅这样精明能干的内行管理，一日三餐的质量，明显比以前有所下滑。

常去看望李春梅的奚望，多次催促她尽快上岗。或许是看守所的噩梦，依然困扰着李春梅，她只是表面上点头答应，却始终不见迈出家门。李春梅的变化，令奚望甚觉迷惑。

奚晓夏得知情况后，悄悄找到奚望，言说李春梅的问题她来解决，建议奚望把全部精力用在村中事务。奚望是新任村官初到岗，每日琐事繁多，当然乐见奚晓夏出面解围。

奚晓夏深知李春梅这次受了大委屈，便主动找她促膝相谈整整一天。翌日早晨，李春梅果然回到水厂上班，奚望看见后，既欣喜又纳闷，便私下探问原因，奚晓夏含笑不言，被奚望催急了，只能委婉说道："女人的心，男人猜不透时，只会责怪女人矫情。我可得提醒你一点儿，往后你是村主任了，说话办事不仅得讲究方式方法，处世为人还得懂得人心冷暖。"奚望听得迷迷糊糊，夜里细细咂摸这句话意，而后恍然有悟，释然而笑。

奚望每天从早忙到晚，很快将村务打理得井井有条，却经常冷落了阿冰母子。有天傍晚回家，他惊讶地看见李春梅娘儿俩，还有奚晓夏，正陪着阿冰母子吃晚饭，心里顿时百感交集。眼见奚望回了家，奚晓夏偏又要离开，未等奚望缓过神儿，奚晓夏已经走出家门。

心细如发、善解人意的奚晓夏，用她特有的温情与体贴，自然而然将李春梅母子和奚望家人拢合一起，这份亲近得体的做法，不仅让李春梅没了后顾之忧，亦让奚望感动备至。望着奚晓夏渐渐远去的背影，奚望深深理解了她的暗中支持，内心充满了无以言说的感激。

忙里偷闲时，想方设法为温泉村项目争取资金的念头，时刻出现在奚望的脑海里。能否与古今集团再次合作的想法，是他最先提出来的，虽说泉镇长和林声哥并未明确表态同意，但也没有流露出反对意见，故而奚望浮想联翩。

夜深人静时，奚望仔细回想与奚晓冬多次打交道的经历，感觉她不仅是一个热心善良之人，而且人脉广、视野宽，办事能力强。再联想泉林声筹建水厂，从始至终遭遇的艰难与不易，奚望更觉得自己不能在筹建温泉村这件事情上袖手旁观、无所作为，继而心里暗暗拿定主意，他要瞅一个合适机会，再去龙州求助奚晓冬。

龙川平原的春天是短暂的，昨日还是和风熏熏的温暖，转眼间到了春夏交替之际。每天晌午过后，初夏的燥热渐渐从地缝升腾散溢出来，四野鼓噪的蛙声虫吟和鸣相奏，郁郁葱茏的禾苗草木繁密疯长。放眼彤云堆积的天空，清风少有流动，雀鸟不见飞翔，一切都昭示着龙川平原已经进入夏日时令。

眼看窗外绿树成荫、暑气熏腾，惧寒畏冷的何巧云眉开眼笑，这样的时节最适合老年人踏青游玩。春节没回泉家庄，她开始想念族人了，亦心心念念盘算着要去观音寺一游。这段时间，何巧云专注于"春捂秋冻"的养生调理，只为了精精神神返回鲲丘，全然没有觉察两个儿子有何异常，更不清楚干儿子何流家里发生的巨大变故。

一回到泉家庄，心明眼亮的何巧云便感觉气氛有些不对劲儿，先是出门迎接她的族人少了许多，老宅里亦是冰锅冷灶、无人打扫。当她落座安稳后，也不见有乡邻蜂拥前来登门拜见、嘘寒问暖，唯有小儿子的属下刘宏带着助理，前后左右伺候。

面对眼前迥异往日的情形，何巧云反而有着不同判定，无非是自己久居城里，远离乡邻，且荒弃了宗祠祭拜，所谓"人心轻若浮云"，不加笼络便会飘忽远离，这样的炎凉世态，自古皆如此，何巧云并不觉得有什么大惊小怪。她深信只要假以时日，泉家庄众族人对她的敬意很快就能恢复。

然则，连连出现的点滴诡异，还是让何巧云隐隐感觉不安。当她差人去请泉军父母过来闲聊时，那一对常常为儿子焦头烂额的老伙计居然出不了门。何巧云惊讶之余，只好手拄拐杖、登门问询，泉军老父母隔着门缝拉着哭腔解释说："老嫂子啊，那天打雷劈的逆子，把我俩反锁家里不让出去呀。"何巧云听罢，强装和颜悦色的姿态，呼唤泉军出来问话。结果泉军父母的一声声责骂传出了大门外，却始终不见屋里的泉军有任何动静。

何巧云败兴而回，她顺着泉家庄那条无比熟悉的村街快快前行，远处能看到三三两两的人影晃动，却不见有人上前跟她打招呼，那些族人悄悄遁身房前屋后，从拐角处偷瞄瞧望着。从前返乡时前呼后拥的人流，欢声笑语的喧闹，还有络绎不绝的登门求见，好像一夜之间都消失了。

族人的冷落，令何巧云满怀失落，只好悄悄向伴行身旁的刘宏询问道："小刘啊，明天谁会陪我去观音寺呢？"刘宏殷勤答道："董事长给我有交代，这次回乡，全程由我陪您。明天去观音寺全都安排好了，虚闲大师会在寺庙专门等您，您老尽可放心。"刘宏的回答，何巧云并不感到舒心畅快，内心反而生出了更多的疑惑。

观音寺的迭起兴衰，对于何巧云这般年龄的老人来说，自然是极为了解的。而当她再次望见记忆中那个人迹罕至、衰草枯杨的寺庙时，深切感慨岁月变迁带来的物是人非。

尽管虚闲法师迎接何巧云是异乎寻常的周到热情，却没能得到这位鲲丘尊者的丝毫回应，就连焚香礼拜之时，她都显得心不在焉。一头雾水的虚闲法师，私下问刘宏，是否有安排或接待不周之处？刘宏其实也感到莫名其妙，一时竟不知如何回答。

一直盼望来观音寺，何巧云却匆匆而来、草草收场，前后逗留了一阵子，便要打道回府。返回路上，刘宏暗地叮嘱助理不可多言，只须小心翼翼搀扶好，切莫再惹尊者不开心。等到下山之后，尊者这才嗫嗫嚅嚅说道："依我看，这个虚闲法师鹰头雀脑、面有凶煞，不像是个吃斋念佛之人。天下修佛修道的人，我也见过不少，哪有像他这样佛道不分、口吐莲花的油滑僧人？也不知此人是从哪方仙山云游到此，他的底细，你们可得查访清楚喽。"

听闻尊者说着心里不快，刘宏顿感愕然，本以为一路照顾或有不周，现在恍然大悟，原来尊者是对虚闲大师有了看法，便急忙替他辩称道："鲲丘百姓都盛传这位虚闲法师是一位得道高人，求签问卦的本事大得很。如今观音寺和大师的名望，已经远播到龙河县以外的地方，县里能花大钱重修观音寺，正是考虑到……"

"那也不能证明他就是一个正派人！"何巧云用不容置疑的口气打断了刘宏说话，随之怒气挂上眉梢，神色凝重地说道："真是奇了怪了，我老婆子活了大半辈子，还真是第一次见到这种佛不像佛、道不是道的修行人，竟然连风水算命都被他说得天花乱坠。这种见人说人话、见鬼说鬼话的出家人，八成都来路不正，我那道行浅薄的干儿子，未必能看清此人的真面目，糊里糊涂就断定是个活神仙，还送他钱财、助他宣扬，甚是荒唐！观音寺早年就在那里了，如今再兴土木、重修庙宇当然是积善行德，可把寺庙修好了，却留下个来路不明、没有善缘的人，那才是对佛祖的大不敬，对佛祖大不敬，是会遭报应的！"

言罢，何巧云忽然话锋一转嘟囔道："我也是纳闷了，这次回来，怎么还不见我那干儿子现身呢？"尊者果然问到了何流，刘宏甚觉董事长料事如神。

原来，尊者返回泉家庄之前，泉少谦早就对何流家的变故，提前给刘宏有过特别叮嘱。因而刘宏坦然掩饰实情回答说："您老这次回来得不巧，何书记去外省开会去了，临走前还念叨您咧。"何巧云听得这句回答后，脸上的愠怒之色总算有所缓和。

第三十七章

　　春节过后，溪水村有许多青壮年不再出外务工，他们选择留下来的理由很简单，除了厌倦背井离乡的日子之外，更是认定奚望脱口说出的诸多发家致富门路既务实又可行。再者，改换奚望做了村主任，凡事有了领头人，不愁往后的日子没奔头。随后，奚望又和族人多番计议协商，选出多名需要帮扶，且有头脑的年轻人进了水厂，其余筋骨强健、孔武有力的，都随奚望开荒辟地去了。

　　尊者奚友池乐见溪水村面貌焕然一新，奚望有了号召力，族人有了凝聚力，村里的许多事情做得有模有样。欢欣之余，他会时常拄着拐杖，站到溪水村的高处，喜不自胜地遥望族人在鲲丘坡地挥镐扬锹，心中感慨当初推选奚望做村主任，果然没有看走眼。俗话说"火车跑得快，全靠车头带"，如果仍是奚海荣当村主任，绝然不会出现这幕热火朝天的劳动场面。

　　村里的青壮劳力多了，奚友池便想抽出工夫，将日渐残破的奚氏祠堂修葺一新，他的想法得到了泉林声和奚望的一致赞成。这日，奚晓夏陪同父亲和几位老者去祠堂为修缮做前期探察，返村路上，正巧遇见从观音寺下山的何巧云，两人免不了一番礼节性问候。

　　得知何巧云去了观音寺，奚友池稍感惊讶，当着众人面，嘴里不由得念叨说："他何婶儿啥时候信佛了，倒是很稀奇。莫非重修观音寺，还有请来的僧人，都是遵照您老的授意？"

听得奚友池话带戏谑，何巧云呵呵一笑，并不急着回怼于他，眼光扫过诸位老者之后，且将话意绕到了溪水村修缮祠堂这事儿，先是合着对方心意，连声称赞缮治祖宗祠堂、善莫大焉，随即又夹枪带棒地说道："如今青壮劳力大多外出务工了，补葺宗庙又是个累活儿，缺丁少力的，恐怕难以修好。你们这些老骨头，可不敢爬高踩低，不小心闪了腰，那就得不偿失了。"

何巧云的讥讽嘲弄，惹得几位老者连连摇头叹息，眼神示意尊者赶紧离开。奚友池却不甘示弱地继续说道："我们这些老骨头，自然比不了你的龙马精神。可是年岁大了，若是还能给年轻人操心谋划、出些主意，心里就知足得很。我倒是想建议何婶你，既然逢年过节，都不能保证回鲲丘，那还不如趁着身子骨硬朗，不妨从泉家庄再选一个仁德之人，尽快补缺了尊者席位。一来你能节省些气力，安居城里尽享天伦之乐；二来泉氏宗祠四季有人张罗，也不至于熄了香火。"

奚友池这句重话，不仅让何巧云备感刺耳，而且当众丢面子。她转过身子，用拐杖敲打着路边一棵松树说道："树高千丈不忘根，人若辉煌莫忘恩，我们泉家庄的后世子孙，都是要去外面世界闯荡的，他们只认一棵树根就足够了，不像你们溪水村，虽然齐刷刷杵着许多树根，却多半都是聋子的耳朵样子货，实在不值得称道啊！"何巧云明显动气了，说话间，抬起手杖指了指各位老者，这个不经意间的动作，算是把在场的溪水村老者全都得罪了。

何巧云近乎直白的挖苦，饱含尖酸贬损之意，听得奚友池顿生怒气。这些年，何巧云常以泉家庄子弟在外闯荡优秀自居，挑明瞧不起溪水村族人的固步自封和因循守旧。诚然，两姓暗斗早有时日，溪水村以儒道文脉训导族人恪守信念，泉家庄以自然法则鼓励族人敢闯敢干，本无交集的两种理念，磕磕碰碰的时间久了，双方似乎都已习以为常，故而彼此说出的言辞，即便再是难以入耳，亦能顾及面子，不当面跳脚发作。然而奚友池暗示何巧云应该让贤退位的寥寥数语，终究还是刺激到了何巧云的神经，她本就因为虚闲法师憋了一肚子火气，此刻又被老对手往心窝子猛踹，何巧云岂有不动怒的道理？

刘宏敏锐察觉两位尊者皆有愠色泛出，急忙从旁好言善劝他们尽早回家歇息，何巧云不予理会，索性寻了一块石板坐下疾声说道："本是同根生，相煎何太急啊。政谦他爹活着的时候，曾经无数次给我说，你奚友池的脾气，就像是茅坑里的石头又臭又硬，如今看来，你还是英雄本色，一点儿没变呀。"

何巧云坐地摆起架势叫阵，奚友池自然不甘示弱，他撇开女儿和众位老者的再三阻挠，索性扔了手中拐杖，一把撩起长衫，也寻了处平地坐下。眼看他俩要当面掐架，刘宏和助理心焦不已，奚晓夏和几位老者同样恼火，可是任凭大家怎样劝解，两位尊者皆是充耳不闻。

蹲身坐稳后，奚友池和何巧云喘着粗气，彼此对视良久，却始终不见谁先发飙。奚晓夏担心父亲气大伤身，急忙耳语再劝，父亲不为所动，只得又向何巧云喊话道："何姊儿呀，我爹就是这脾性，您俩千万别置气了，都是上了年岁的人，这是何苦呢？"

何巧云听后微微笑道："闺女啊，这辈子，我和你爹这脾气，恐怕都改不了了。今儿我就想看看，你爹这嘴里，还能吐出什么象牙来。"两位老人像顽童般的较劲姿态，竟惹得众人都忍俊不禁。

得此间隙，刘宏示意助理一起走上前，左右搀扶起何巧云要离开。忽而，奚友池朗声沉吟道："岁月不曾把谁饶，老来多送一秃瓢；当年人前争高低，如今镜里莫细瞧；这些通透老话，说的就是我们这些老家伙。按理咱们都这把年纪了，在这世上扑腾不了几天了，可又不知为何，每次和你碰面，总想要争出个你长我短，真是越老越像老顽童了。有时候回头细想，溪水村既已建起了水厂，许多青年人不再出外打工，他们开始垦荒屯田、遍植林木，一汪清水养鱼虾，往后日子必定会一年胜似一年。最终事实将胜于雄辩，我又何必要跟你逞口舌之强呢？"

奚友池的这席话，使得何巧云停下脚步，怔立原处半刻后，很不客气地说道："我也送你一句话，人生一局棋，悲欢数杯酒；古今多少事，都付门前柳。别看今天跳得欢，就怕将来拉清单。一个桶装水厂，就能让你得意又忘形，如果有个市长儿子，那还不得猖狂到天上去？由此可见，你这个尊者的眼界、气度实在太狭小了。"

这句毫无遮掩、言辞露骨、自夸自卖的话语，再次击起奚友池心中火气，他针锋相对说道："将来终有一天，事实会证明你对或我错。今天，我还要告诉你一个大消息，上次你们泉家庄的那个泉军做败了温泉村，如今我那好女婿，又要重新启动了，想必他何婶儿，不会继续从中作梗吧。"

父亲信口张来，奚晓夏急得香汗涔涔，后悔不该将重启温泉村的消息泄露给他，诸位老者亦是一脸惊愕。何巧云依然是淡定如常，且用不屑口吻说道："泉林声是你的好女婿，也是我们泉家庄走出去的人才！他要干什么，用不着老身劳心费神。不过，既然话说到这儿了，我就不得不提醒一句，无论将来谁想在泉家庄做事，必须问问泉氏族人答不答应，让干或不让干，那就另当别论喽！再说了，像温泉村这么大的事情，也不知道县里我那位老本家同意不同意。"

听到何巧云又要以势压人，奚友池立即回敬道："他何婶啊，你瞧瞧，事情还没做，你就要掣肘了。何书记都去世那么久了，还把他说出来吓人，这不瘆得慌么……"

"什么？你刚才在说什么？你……你这老东西，咱俩说归说、吵归吵，为何要诅咒我那干儿子？"何巧云冲着奚友池一声怒吼，随之猛烈咳嗽起来。

这时，刘宏已经慌作一团，董事长事前再三叮嘱，务必严守何家秘密，不承想被奚友池三言两语暴露出来。始料未及的话语之灾犹如一记闷雷，瞬间震晕了何巧云，她死死拽住刘宏衣袖，口里喃喃问道："这……这是不是真的？"

情急当中的刘宏无以作答，满目焦怒的他冲着奚友池大喊道："老人家啊！求求你，别再斗啦！"奚晓夏亦觉得父亲言语过分了，气恼之下，再也顾不得体面，直接将倔强的父亲从地上死拉强拽起来，从身后硬推着他下山去了。

鲲丘的蜿蜒小径深处，傻子陀螺又在起劲玩着心爱的陀螺，手起鞭落之间，"叭叭叭"的抽打声，一声声回荡在鲲丘空旷的半坡，伴随着击打的节奏，陀螺又大声喊叫道：

人在好时莫得意，鲜花再艳有败时；

一人说话全有理，两人说话见高低；

一时强弱在于力，万古胜负在于理；

上梁不正下梁歪，中梁不正倒下来；

龙生龙、凤生凤，老鼠生来会打洞；

……

奚晓夏搀扶着撅着山羊胡子，满脸赤红、双手背后、梗着脖项的父亲从陀螺身边走过，奚友池突然顺手捡起一块石子朝陀螺丢过去，嘴里愤愤然怒斥道："叫你胡咧咧！打死你这个大傻子……"心有痛楚的奚晓夏连忙伸出双臂抱紧父亲胳膊，眼里忍不住流出了泪水。跟随身后的诸位老者个个摇头不止，连声叹气。

返回泉家庄祖宅后，何巧云一直怏怏不悦。心有畏怯的刘宏鼓起勇气，把尊者一日行迹，以及如何知道何流已逝的经过，电话告知了董事长。泉少谦没有责怨半句，一阵压抑的沉默之后，泉少谦要求刘宏和助理切切悉心照料，务必连夜将母亲送回龙州。

盛夏暑期到了，炎炎烈日火辣辣炙烤着龙川平原，闷热和潮湿弥漫在空气中，久久不见散去。唯有一马平川的龙川河滩，成了人们消夏避暑和孩童们嬉戏玩水的理想之地。此时的龙州，俨然成了钢筋水泥筑起的火炉，大街小巷的行人和车辆越发稀少了，一些不惧酷暑的老人簇拥一起，闲坐在叶茂枝繁的大树底下玩着麻将，身旁有三两只毛发浓密、伸长舌头喘着粗气的流浪狗，个个眯着眼睛，肚皮贴靠着树根，四条腿长长伸开，竖起的耳朵毫无气力地耷拉着，仿佛对旁边"噼里啪啦"的麻将声毫无戒备。

这天正午，丁一午休苏醒后，稍稍热身冲了凉，随手洗涤晾晒了罗云松离开时扔在地板的内衣，而后坐到梳妆台前，静静地望着镜子里那个云鬓散乱的美人暗自发呆。室内空调温度明显有点低，丁一不禁打了一个冷战，急忙又缩回了被窝。柔软的枕头上，依然留存着罗云松的气味，她将鼻翼贴紧，深深吸了口气，眯着眼睛仔细回味，随之幸福地笑了。

丁一属于典型的南方姑娘长相，不多梳妆便已是粉面玉腮、颜若桃花，无论哪款衣裳上身，皆能凸现出风摆杨柳的婀娜身姿，加之性情又似林黛玉般多愁善感，活脱脱一个温婉如水、蹙眉含烟的西施美人。或许是上天给了她偏爱，如是这般魅惑的绝色女子，平常日子里却活得邋遢，房子的角角落落，没有一处不是杂乱无章。被人包养的日子过久了，就像长在温室里的花朵，娇艳的背后既是弱不禁风，还有习惯于安逸之后的意慵心懒。

丁一再也睡不着了，她斜靠床头，望着这间摆放零乱，装潢考究的公寓，心底涌泛出莫名的空虚感。意兴阑珊中，又顺手从床头拿了书籍随意翻看，这是一本名为《闻香识女人》的外国小说，装帧精美的扉页上，留着一行寓意藏秀的句子，"喜欢是乍见之欢，爱是久处不厌"。丁一熟悉罗云松的笔迹，却不知这是他何时何地，缘于何种心绪写下的。

正当丁一望着那句话脑子放空时，姐姐丁一男忽然打来电话，兴冲冲告诉她，过些时日，自己要来龙都参加一场小型贸易博览会，姊妹俩长时间难得见面，这回终于可以相聚了。然而，放下电话后，丁一不仅高兴不起来，反而有些发愁了。

丁一胞亲姊妹两人，姐姐之所以起名丁一男，缘起于重男轻女的父亲始终想要个儿子，未等姐姐出生，便将"丁一男"这个名字铁定下来，结果妻子生下的头胞却是个丫头，父亲大失所望，花钱拜求邻村神巫摇一卦签，神巫信口雌黄，胡诌乱说丁姓本已属男，再加个"男"字，"丁"与"男"两字互为对冲，所以才生出一个女儿。

其后，神巫又神秘兮兮建议二胎起名，一定要去掉"男"字，直接取名"丁一"，保管生出个男孩，父亲对此卦深信不疑。直到丁一出生那天，又逢上难产，疼得母亲卧床左右打滚，父亲却在一旁喜乐满怀，逢人便说这是生男孩的前兆。经过一番折腾，母亲已近虚脱，二胎总算安然落地，莽撞的父亲兴冲冲跑进产房，眼见又生出一个丫头，当场翻了白眼，随后怪叫一声，发疯似的跑到邻村，顺路捡了两根木棍，四处寻找神巫算账，神巫却早已消声遁远，不知去向。

丁一父亲闹出的笑话，传遍了家乡小镇，直至丁一上了中学，仍然有人用此笑话戏谑于她。丁一受不起这份不怀好意的讥笑，十八岁生日当天，她独自来到小镇派出所，郑重其事地提出了修改名字的申请，态度冷淡的户籍民警瞥了她一眼，从狗洞大小的窗口甩出一张清单，上面详细写明改换名字需要出具哪些证明，望着洋洋洒洒的烦杂手续，刚才还鼓足气势的丁一，当即像烈日下的禾苗，打蔫低了头。往后考上大学后，远离了南方小镇，无人再提及父亲当年的荒唐，丁一这个名字越叫越顺嘴，还常常被同学赞许有韵味，渴望改名的冲动便逐渐消失殆尽了。

过了几天，丁一男果然乘坐火车抵达了龙州。

丁一当然不敢把姐姐请到公寓见面，一则那里是她与罗行长的极乐园，二则屋里的凌乱实在不堪示人。于是，丁一相约姐姐去龙州市中心广场的久久咖啡馆见面。

下午的咖啡馆里客人稀少，曲风忧郁的蓝调音乐舒缓地流淌着。丁一寻处僻静角落坐下，给自己点了一杯最为喜爱的马琪雅朵，配着一块西西里干酪蛋糕慢条斯理地品饮着。直到傍晚时分，姐姐终于出现了，身后居然还跟随着姐夫陈国强，仨亲人异乡见面，分外欣喜。心情激动的丁一男不分场合，一边掏出带给妹妹的家乡土特产，一边语有厌烦地解释道："你姐夫就是个跟屁虫，我到龙都开会，他偏要跟来，正恰又碰上暑假，我就答应了。"丁一知晓姐姐是大大咧咧的脾性，她若不应允，姐夫绝然不敢相随。

姐夫陈国强其人，已近不惑的年龄，人长得白净颀长，戴副近视眼镜，气质文绉绉却有些话痨，刚见丁一便打开了话匣子："哎呀呀，这个北方的夏天，可是要热死人的，又那么干燥风大，怪伤皮肤的，不像我们南方空气湿润、和风细雨的，都不知道你究竟是如何爱上这个城市的。对了，丁一呀，你要是在这里待不习惯，一定要给姐夫说哦，姐夫在家乡多少也算是个名人，给你找个舒坦工作，那还是蛮容易的……"

"你有完没完啊，见面就瞎说一气，有点姐夫的样子么？"丁一男这句回怼，瞬间让陈国强缩回了脖子。

其实，姐姐和姐夫见面互掐的电光石火，丁一早就见怪不怪。

姐夫是外乡人，师范学校毕业后，聘到小镇初中担任语文课老师，喜欢经史子集、诗词歌赋，特别对纳兰容若的诗词痴迷神往。更为奇葩的是，陈国强喜欢穿一身长衫，整日摇头晃脑、吟诵诗篇，手不释卷的他常会写些诗歌，偷摸邮寄给省内外诗刊杂志，却鲜见大作发表出来。写诗的时间久了，偶尔会有豆腐块小诗发表在县报上，陈国强逐渐在他任课的学校里积攒了一些小名气，继而开始自居为小镇上的文化人。

姐姐丁一男是个男孩性格，自小不喜欢读书，早年辍学后，在镇上做些营商小生意，别看她肚子里没有多少墨水，却偏偏喜欢有文化的人，于是中学教师陈国强逐渐进入她的视野。那时候的陈老师白面隽永、口若悬河，完全是丁一男眼里有大学问的有为青年，她大胆倒追陈国强，并很快将其捏在手掌心里。

这些年，丁一男的生意做得不温不火，没赚得大钱，平常日子也过得节俭，但却有个奇怪现象，只要哪里举办诗歌研讨会，或是创作采风活动，无论路途多么遥远，参会费用多么昂贵，丁一男都会支持丈夫前去，甚而有时会放下生意，陪他一同前往。

面对大女儿和女婿的不切实际，家中父母数番苦劝，一再提醒他俩做好本分工作，万莫异想天开、好高骛远。岳父岳母奚落的次数多了，陈国强登门回家也少了。有一次，丁一男被父亲逼问急了，忍不住大声喊叫说："大字不识一箩筐的人，还要管束有学问的先生，你凭什么呀？"父亲当场被怼得说不出话，从那以后，再也不理睬大女婿爱写诗这件事儿。

陈国强喜欢和小姨子丁一聊天，这个特点开始于丁一的中学时代。那时的姐姐、姐夫刚结婚不久，全家人合住在祖屋，陈国强经常有事没事去找丁一，刚开始说是给她辅导功课，后来频次太多，引起丁一男的反感，直接痛斥丈夫一顿，陈国强大为收敛，夫妻感情并不见得有所生分。

丁一瞧在眼里，笑在心底，私下找姐姐谈心说："姐夫略显轻佻，妹妹却不是糊涂蛋。我有考进大学、离开小镇的远大志向，怎会和姐姐去抢姐夫这样的半吊子读书郎呢？"丁一的嘻哈怪调，竟惹得姐妹俩哈哈大笑。

丁一男喝不惯苦涩咖啡，重新点了杯果茶，结果被她扬起脖子一饮而尽。故作矜持的陈国强讥笑她吃相粗鲁、不知文雅，眼看两人又要互怼起来，丁一急忙劝阻。说话间，奚晓冬来了电话，闻听丁一姐姐、姐夫来了龙州，当即表示邀约大家一起吃晚饭。丁一正寻思如何解套，忽有奚晓冬出面接待，心里甚感欣慰，看来自己的面子和里子，算是都有了。

夏日夜色降临得晚一些，龙州此刻已是华灯初上。

奚晓冬接了丁家姊妹和陈国强，开车进了一座摩天大楼，汽车停靠特定车位后，又带众人乘坐庭院直梯，升至高楼最顶层，随即绕过一段琳琅满目的花廊，走近绿植遍布的尽头，但见一座黑红色相融的方盒木屋矗立在眼前。这里显然是独栋房子，却不见有门，转过右边角落，一排反射着金黄色光泽的数字密码锁赫然出现眼前，奚晓冬用手指轻轻按了几下，看似密闭无缝的墙面，忽而裂开了一扇小门。进得门内，穿行至暗红铺就的地毯深处，踩着软绵精致的旋转楼梯拾级而上，只见一盏盏富丽堂皇的八角宫灯悬吊于厅堂四周，隐约闪耀出帝王般的富贵与奢华。随后，四人轻踏过一段光影迷离的逼仄长廊，迈入一间巨幅窗棂围挡起来的包厢，猩红色的窗幔贴地低垂，显得屋里尊贵而安宁。奚晓冬上前两步，举手拉开四面帘幔，丁家姊妹不禁惊呼一声，但见灯火辉煌的城市豁然眼前，那变幻莫测的城市霓虹，五彩缤纷的流光车影，将鳞次栉比的高楼大厦映照得通体透明。

城市里是没有黑夜的，暮色像漫天铺开的大网，给繁华茂丽的都市蒙上一层神秘色彩。

惊喜之余的丁一嘟着嘴巴埋怨奚晓冬，居然从未带她来过这般一览无余的完美之境，奚晓冬莞尔一笑、默不作答。早已被眼前恢弘景象震惊的丁一男抑制不住内心激动，放胆挪动脚步，向窗户跟前尽量靠近，却在咫尺之遥的地方畏怯止步，而后嬉闹尖叫着，连忙摆手示意陈国强过来欣赏夜景。

这时的陈国强，反而神色淡定地端坐中式太师椅上，继而慢慢抬起手，将衣领从里到外理顺一番，又伸出手指，将额前长发往耳后码放齐整，随后斜眼看了一眼兴奋当中的丁一男，脸上流露出一丝不易察觉的矜持。

这是一家格调别致的中式餐厅，先声夺人的区位优势，预约制私密空间，还有悬崖边架起的空中包厢，完美诠释了这里的非凡与尊贵。进屋以后，始终没有服务生的身影出现，奚晓冬拿起平板电脑，打开界面让丁一点菜，丁一看着天花乱坠的菜单，娇滴滴冲着奚晓冬说道："你是常来的金主，就别为难我了。"

奚晓冬笑了笑，熟练点击屏幕后，餐食已点好，借此间隙，她走出包厢去了洗手间。丁一男眼见没有外人，狠狠在陈国强胳膊上拧了一把，顿时疼得他龇牙咧嘴，随之压低嗓门，怒斥丈夫不许装腔作势、摆架子。满脸涨红的陈国强心有愠怒却不能发作，只好端起茶杯掩饰尴尬。

丁一看着掐猫逗狗、折腾不休的姐姐、姐夫哑然失笑道："晓冬是我在龙州最要好的朋友，她可是这个城市鼎鼎有名的大记者，不仅人长得漂亮，性格也活泛健谈，所以你俩大可不必那么拘谨，吃喝自由，千万别客气。"

丁一男将椅子拉近妹妹身边，神秘兮兮问道："你朋友是做什么生意的？肯定是个有钱人吧。"丁一嗤嗤笑着，伸长胳膊搂着姐姐肩膀，朝她耳边私语道："不能逢人就说是生意人。她和我一样，都是上班族，不过人家比你妹妹赚得多。"

姊妹俩的私语声，统统灌进陈国强耳朵，他终是不能忍住说话的冲动，刻意压低声调嘟囔道："初次认识，不妨稳重点儿，不然会让人家耻笑咱们没见过世面。"丁一男听出丈夫这话，又在含沙射影挖苦自己，刚要抬手揎人之际，奚晓冬进来了，丁一男尴尬一笑，只好作罢。

随后，四人品尝着精美的菜肴，咂吮着上等葡萄酒，边吃边聊之间，陌生感逐渐淡去。借着灯光，丁一男细细端详奚晓冬，果然是一等一的风流人物，浑身透出职业女性独有的气场，雍容华贵的宫灯光影，不仅无法掩饰她的美貌，甚而将这个美丽女子映衬得肌肤无暇、气色温婉，尤其是那笔挺鼻梁和光洁下巴间弯出的一道优美弧线，让侧目打量的丁一男暗自赞叹，本以为妹妹已是绝色女子，岂料世间居然还有比她更加标致的美人。

面对满桌美味，一直故装稳重的陈国强终于放下自矜，毫无章法地将碗里饭菜搅拌一起吃着，一副狼吞虎咽的吃相令奚晓冬感到丝丝硌硬。

丁一姊妹亦被美食吸引了，一边尽情品尝着，一边叽叽喳喳评说着菜肴滋味。虽然奚晓冬早就知道丁一是枚吃货，却还是好心劝她晚餐少用些，谨防长胖。丁一高高仰起头，双手拍拍前胸后背，又用指尖从腰间划过一道曲线，再将披肩秀发轻轻绾起，一双满含魅惑、万般娇柔的眼睛看着奚晓冬呵呵笑道："佛祖保佑我，酒肉穿肠过，就是不长肉，你就羡慕嫉妒恨吧。"

丁一的自得俏皮，惹得姐姐也有话说："这死妮子，从小喜欢拿这点儿刺激人，我是喝水都会胖的体质，不像人家水蛇腰的热辣身材，怎么吃都不胖。"丁一越发得意了，捉着筷子勺子摇头晃脑道："能吃不胖，那叫有福，每天努力赚钱，难道要七八十岁才享口福么？古诗有云'命里有时终须瘦，命里无时胖成球。今朝有酒今朝醉，明日更肥明日愁'。"

丁一男听罢"噌"地站起身，揪着妹妹耳朵羞怒道："又是你这死妮子，说谁胖成球呢？"丁一顺势倾倒在姐姐怀里，双手捏着丁一男肥硕腰身间的褶皱哈哈大笑。奚晓冬亦已笑弯了腰，三人红飞翠舞之间，倒把陈国强晾在了干岸。

第三十八章

　　摩天大楼顶部木屋餐厅的这顿奢贵晚餐，一直吃到了后半夜。

　　望着瑰丽迷人的城市夜色，慢慢品饮着法国奥比昂酒庄的波尔多葡萄酒，奚晓冬和丁家姊妹的一颦一笑已有微醺。丁一男渐渐不胜酒力，嚷嚷说她反胃红酒的味道，转而点了甜腻浓郁的奶茶喝。三个女人趁着醉意嬉笑玩闹时，落寞无比的陈国强亦为自己点了瓶轩尼诗 X.O 干邑白兰地，不懂洋酒的他想开洋荤，看见 X.O 的字样，便认定是名贵好酒，结果只喝了两杯，便受不了酒精刺激，索性把酒瓶丢到了一边。

　　陈国强背着双手，站到落地窗棂边，孤独感顺着刺破云霄的霓虹光影袭身而来。极目夜空的四野八荒，仿如一顶巨大的墨盘，漫天笼罩着光怪陆离的城市，稀疏而慵懒的星星百无聊赖地眨巴着眼睛，偌大的城市，仿佛静默成一张油画，油画深处浮游着淡淡的灰云，给夜空平添了几许迷蒙。望着霓虹闪烁中的高楼轮廓，还有夜空中那几颗孤寂无聊的星星，陈国强不禁喟叹不已，诗兴大发：

　　　　城，陷入一湾冰湖

　　　　风笛吹皱了叶面，蚂蚁迷失于街巷

　　　　彻夜繁星里

　　　　夜风催开缺月的翅膀，牛蹄踩乱落英的迷梦

一切犹似平常

尘埃点燃了篝火

把一世繁华揽入怀中。

城，播种一缕乡愁

黎明去迎接飞雪，沙漏裸奔在心床

九曲回肠间

猎人丢失了酒壶迷香，飞雪湮没了白狐幽痕。

约会不同以往，灯火坠落成流星。

听冷岸野鹅哀怨唱尽。

……

　　醉意阑珊的奚晓冬不再闹腾，安静心绪倾听着陈国强丝丝缕缕地低吟，刚刚还对眼前这个男人心有不屑，此刻的注意力却被他完全吸引了。站在落窗帷幕前的男人，身材单薄而颀长，明显不合身形的劣质西装空荡干瘪，仿佛装扮起来的不是大活人，而是秋夜禾田里撑起的稻草人，随风摇摆着寒意不能遮掩的萧瑟与孤独。

　　奚晓冬猜想这恐是一个不为人懂的男人，如此孱弱多情的躯壳，却要日日面对那个粗疏爽直的妻子，这该是怎样不可理喻的人生况味？或许这只是上帝跟他开玩笑，此生这番"妇唱夫随"的戏码，他亦是乐在其中。想到这里，奚晓冬释然而笑，不禁感慨人世间究竟是谁在乱点鸳鸯谱，乱牵并蒂莲。

　　丁家姊妹把酒言欢时，尽说些细碎烦琐的儿时记忆，俨然不去理会陈国强的吟诵。忽听得奚晓冬鼓掌叫好，姊妹俩一脸错愕。奚晓冬的赞许，令陈国强感到手足无措，本以为她们皆已酒意酣浓、意识缥缈，自己只是情不自禁地胡诌几句孟浪之语，不期赢得女神般存在的奚晓冬的掌声，陈国强顿时感觉自己像被放进笼屉里，浑身上下、从前到后火烧火燎似的热辣烘烤。

　　朦胧夜色掩饰了陈国强的面红耳赤，他重新回到座位上，又把刚才撂到旁边的轩尼诗斟上一杯，然后单手举着高脚酒杯，刻意遮挡着脸庞，眼神惶惑地说道："奚小姐做记者，毕竟是懂诗的人。"

奚晓冬嫣然一笑："不敢说懂，只是喜欢看。你却是有天赋的诗人。"听到丈夫和奚晓冬的对语，略有醉意的丁一男哈哈笑道："天赋？他有啥天赋呀，整天胡咧咧正常人听不懂的疯言疯语。"

丁一猛然推了姐姐一把，神态娇颠地怼道："我的好姐姐呀，当初你追姐夫的时候，不就是喜欢他身上的才气么？到这会儿，怎么又成了疯言疯语了？"

丁一男快言快语道："才气是用来当老师的，不是用来写疯话的。平常日子，他是十指不沾阳春水，一心操在教书上，这些我都答应。但就是不能写正常人读不懂的那些破诗，如果非要写，必须得写我能读懂的。"丁一男的刁蛮无理，竟惹得妹妹和奚晓冬捧腹不已。

说话间，丁家姊妹起身去了盥洗间，压抑已久的陈国强终于逮住机会，他把身体往椅子侧方斜靠着，左腿翘到右腿上，尽量摆出一副舒缓儒雅的姿态，询问奚晓冬道："所谓诗者，志之所在也，在心为志，发言为诗。英国哲学思想家伯特兰·罗素也曾提及，人的天性有两种冲动，一种是创造的，一种是占有的。由此可见，诗歌是人性创造的冲动，既与世俗纷扰毫无相干，更与功名利禄绝无牵扯。同时，志是远方的田野，是另一个世界的我们，这个世界布满了未知、期待和向往，且又深深吸引着我们的灵魂，诗歌便是打开灵魂的那把钥匙，所以我认为'诗言志'更多一些。然而，现在越来越多的人又认定'诗言情'多一些，他们把诗歌内核所蕴含的简洁与含蓄，理解为把玩、品味和联想情感的工具，并给诗歌披上'发乎于情、止乎于礼'的外套，力证'诗主情'而非'言志'，这和传统儒学完全背道而驰，是对正统经学的反叛。当然啦，我的观点只是一家之言，不知奚小姐是如何看待'诗言志'与'诗言情'的？"

陈国强的这番高谈阔论，展露了他腹中有书，却不免有几分掉书袋的味道，引述观点亦不乏迂腐。面对侃侃发问，奚晓冬先说不懂诗歌，陈国强却越发态度恳切，抵不过连番追问的奚晓冬，只好揣摩着对方脾性，言语规整、且滴水不漏地回答说："早在西晋年间，诗人陆机在《文赋》中写有'诗缘情而绮靡，附体物而浏亮'这句话，通透说出情在诗里，更在诗外的道理。我倒觉得不必非要把'志'与'情'对立起来，它们之间的或多或少、联系与区别，还有同与不同，正是在提醒诗人们，应该辩证而非片面地去理解现代诗歌的意义。"奚晓冬说出不偏不倚的观点，无论是否暗合了陈国强的认知，都令其激动不已，只见他慌忙起身，举杯连连感慨道："知音！知音啊！"

不一会儿，丁一男姊妹回到包厢后，看见丈夫和奚晓冬相谈甚欢，心底生出别样滋味。丁一眼尖，察觉姐夫手脚又显局促和慌乱，便咯咯笑道："肯定还在说诗歌。既然你俩是同道中人，不妨多多交流。我姐性情粗疏，才学浅薄，自然谈不拢诗词。"丁一话音未落，便被姐姐在脊背捶了一拳。陈国强明显受到鼓舞，急急从西装口袋摩挲出一张名片，谦恭有加地递给了奚晓冬。

"纳兰，纳兰是你的笔名吗？"不等陈国强张嘴回答，丁一抢话说道："我姐夫最喜欢纳兰容若的诗词，所以就起了'纳兰'这个名号。"丁一男却嘴角一撇，很不耐烦地数落道："一个大老爷们儿，非要起个什么兰呀、花呀的笔名，也不嫌害臊。"奚晓冬暗笑不止，眼前三人活灵活现的本真性情，倒也显得率性不羁。

夜色渐深，伴随着舒缓而悠然的音乐声，姚文君忽然推门进来，她是奚晓冬特意唤来安排丁一男夫妇住宿的。丁一知道姐姐、姐夫今晚下榻高乐酒店，又有姚文君悉心作陪，心里别无牵念。

姚文君领着丁一男夫妇先行离开后，奚晓冬和丁一这才驱车回家。深夜的街头，依旧灯火迷离，略有醉意的丁一斜靠在奚晓冬肩头低语道："告诉你一个秘密，其实最支持姐夫写诗的，就是姐姐。她在外面驳姐夫面子，除了恨铁不成钢之外，其余都是要强的性子在作怪。姐姐没文化，偏爱文化人，在我们家乡那个小镇上，姐姐多半的面子，都是靠姐夫赚来的。"

"你姐夫也是多愁善感的主儿。有机会要提醒你姐，别那样对待你姐夫。"奚晓冬的话，惹得丁一连连叹息："姐姐用她所能理解的方式支持姐夫，他俩才真是一个愿打，一个愿挨。"听罢，奚晓冬发觉自己"妇唱夫随"的猜测是对的。

当晚，丁一男夫妇尽情享受着高乐酒店奢华宽阔的客房，两人酣畅淋漓大睡一场，直到第二天晌午时分，方才迷迷瞪瞪醒过来。刚起床的陈国强嚷嚷着想去博物馆看看，还说龙州是历史文化名城，恳请妻子陪他一同前往。丁一男不喜欢文物，也看不出任何门道，便以身体不适婉拒，并建议他独自前往，也好安心看个透彻。

这时，窈窕美丽的姚文君又出现了，殷勤有加的她，照顾丁一男夫妇去用餐。陈国强很少吃早餐，望着丰盛可口的饭菜，不禁食欲大开。饭后，姚文君安排车辆，亲自陪陈国强去了博物馆。丁一男遵从妹妹的安排，又去了中心广场的久久咖啡馆。

此时的中心广场已是人声喧嚷，闹中取静的久久咖啡馆里却是清幽安静。丁一男刚落座，身旁来了两位相亲男女，女方开口就说自己曾去澳洲墨尔本大学留学，父母都在事业单位工作，自己正为寻找工作犯愁。简单的自我介绍之后，女方便直截了当询问男方在哪里工作，薪水有多少，房子买了没有，开什么品牌车子，父母是做什么的……

男方始终镇定自若，金丝框眼镜掩饰着精明的眼神。"我表弟也曾去澳洲留学，不过他读的是悉尼大学。我父母都是公务员，我也准备报考公务员，工作的确不好找，只有考取公务员，才算是正经工作。我家房子有五套，爷爷奶奶、父母单位都有房，还在龙州开发区买了一套，房子很大，就是距离市区有点远，父母答应我，这套房是我将来结婚用的婚房。"男方看似风轻云淡、不着痕迹的表述，明显引起女方兴趣，刚刚矜持的身姿放松许多，高冷的脸庞，也逐渐有了笑意。

平常日子里，丁一男常听人们传言，如今城里男女找对象，挑选条件苛刻而现实，眼前这幕情景，算是让她找到答案了。好奇心驱使下，丁一男故意侧目斜耳，佯装淡定地继续偷听着邻桌说话。

男方曝出家庭条件后，接着又说自己的爱好，喜欢听高雅音乐，每周不去音乐厅，浑身会难受；钟爱网球运动，已是龙州名人网球俱乐部黄金会员；热爱旅游，无论欧洲、美洲、大洋洲，已经跑遍大半个地球，又说国内旅游没意思，处处都是熙熙攘攘的小市民，尤其讨厌自驾游，人人开辆国产廉价车，吃着泡面、住着快捷酒店，有些甚至吃喝拉撒在车里，本就是穷游一族，非要狂发朋友圈一通乱秀，对外号称环游中国，其实就是穷人乐、自找苦吃罢了……

男方这一通高明巧妙的炫耀，令女方逐渐收敛了笑容，顺手拎起男方放在桌面的车钥匙问道："你开的是捷豹吧，这钥匙我认识。可以让我欣赏一下你的车吗？"男方没有直接回答，神情略显慌乱，连忙岔开话题说道："哦……不过……我还有话想说，你愿意继续听吗？"

从男方此刻的表情，丁一男可以轻易判断出，接下来他会打出苦情牌。果然不出所料，男方以手掩面，摆出一副沧桑受伤的无辜模样，喉咙竭力挤压出充满磁性的声音说道："不瞒你说，生活于我而言，是幸福而艰难的。我本有意，她却无情，一起生活了三年，始终不能被她理解，这该是怎样的人生痛楚啊……"

言至于此，男方高高扬起头颅，长长叹息一声，脸上堆满了渴望理解的伤情。女方似乎闻出了异样味道，语气疑惑地问道："什么？你刚才说的意思……你结过婚？"

女方好像脑子有些发蒙，肢体明显变得僵硬。"是的，我曾有过一段短暂婚姻，可能是……可能是上帝跟我开了一个玩笑吧。"沉默，许久的沉默，男女双方都不说话了。咖啡厅里的音乐依然缓缓流淌，女方未及收回一脸尴尬的表情，便冲着男方礼貌性摆摆手，然后头也不回地走出了咖啡馆。

丁一男从背后打量，那是一个身材高挑、曲线婀娜的女孩，可叹她脂粉敷面、浓妆艳抹，穿着很不得体的名贵裙装，背着一款色泽与纹路皆显老气的名牌女包，生生将自己装扮成熟女模样。等待丁一男回头去看相亲男时，丁一飘然而至，她一把拽着姐姐胳膊说道："晓冬要请你吃早茶，距离不远，我俩走过去。"姐妹俩顺着熙熙攘攘的人流，穿过车水马龙的街道，春风满面地离开了城市中心广场。

正所谓"三个女人一台戏"，没有陈国强在场，三人放得更开更自然。

丁一男将刚刚在咖啡馆看到的那幕相亲西洋景学说了一遍，惹得奚晓冬和丁一痴痴发笑。丁一望着满脸困惑的姐姐，左右摆动着杨柳腰身咯咯笑道："我的好姐姐啊，看来你待在小镇太久了，眼睛没看远，脑子也坏掉喽。你刚说的那对相亲男女，比起有些社会奇葩，可真是'小巫见大巫'了。外面是个大世界，啥样的活宝都能遇见，现在许多女孩的相亲标准，除了有房有车有存款，还得没爹没娘没牵绊；相亲男也有标准，什么胸大活儿好屁股翘，要处要靓要高挑，三从四德守妇道等等，听听这些变态说辞，你到哪儿跟谁讲理去？"

"都是社会风气不好惹的祸，要是我碰见这样的相亲对象，就送他俩字'滚蛋'。"丁家姊妹说得热闹，奚晓冬也忍不住插话说："最关键的是，无论是有房有车、年薪百万，昨天有家族企业，明天位列富豪榜，统统都是父母给的背景。最后你会发现，炫耀家底结束后，这个男人可能还是个妈宝男。"

丁一男忍俊不禁地说道："怪不得现在城里的剩男剩女越来越多了。"丁一抢话回答道："依我看，剩男未必都有自身问题。可是剩女，我要用一句话概括，都是自身条件一般般，挑选的眼头偏偏很高，荒废了青春年华，所以就剩下了。"

三人叽叽喳喳说话间，广式早茶端上餐桌，面对色香诱人的蒸品，丁一男大快朵颐，直吃得沟满壕平、饱嗝连连。奚晓冬喜欢冻奶茶，捧在手心慢条斯理地品饮着。丁一最爱冰火菠萝油包，好吃不胖的体质让她占了大便宜。三巡五味过后，奚晓冬又点了一壶上等台湾冻顶乌龙茶，三人边吃边聊，好不惬意。

闲聊中，丁一男佯装生气的样子，当面埋怨妹妹不懂事，也不请她去家里坐坐，以后回到老家，父母要追问起来，都不知该如何作答。奚晓冬当然知道丁一回避的原因，便替她打圆场说道："暂且不说你这个千里之外的姐姐了，平常就数我和她亲近，至今我都不知道她住几层几号，小狗窝里还有没有其他人？这死丫头，猴精鬼精，死活守着秘密不撒手。"这句话听似为丁一解套，其实是给姐姐捎话，妹妹独立意识强，顾忌个人隐私，做出一些不被旁人所理解的举动，可以在原谅之列。听懂了奚晓冬的话意，丁一男果然不再纠缠。

其后，丁一男仍是念念不忘妹妹的婚姻大事，语气恳切地对奚晓冬说："你人美、心也美，又有素养，经见过大世面，丁一在龙州有你这样的好姐妹，是她的福气，我也就放心了。可她毕竟年龄不小了，该到谈婚论嫁的岁数了，所以我得拜托你一件事，帮我寻找一个好妹夫，我们全家人都会感激你的。"

奚晓冬羞涩一笑，满口答应下来，随之关切回答说："谢谢你的信任，姐姐尽可放心，妹妹拥有如花似玉的绝世美颜，不愁找不到白马王子，咱们对那些妈宝男、小鲜肉、油腻大叔一概不理。"

丁一男嗤嗤笑着询问，怎样的男人算是油腻大叔？奚晓冬竹筒倒豆子、直言快语道："油腻大叔的标准姿势是身戴各种佛珠玉串，喜欢僧袍唐装居士服，聚会时朗诵诗词，然后把自己感动到哭，在面部任何地方留长毛发或胡须，保温杯里泡红枣加枸杞，虎背熊腰大腹便便，皮带上挂串钥匙链，车身喜欢喷上'国家地理''越野 e 族''小国旗'等标志，车内摆放各类佛像，鼻毛成撮往外露，大男人留长指甲，喝茶必讲茶道，手串套在车挡上，T 恤衫领子竖起，说话急嘴角泛白沫，在家里爱穿秋裤，喜欢收藏普洱茶饼并吹嘘，爱听草原歌曲并做怀旧状，脖子上有大金链子，西服配白袜子，手机戴着左右翻开的保护皮……"奚晓冬说出的不经之谈，乍听起来怪诞无比，仔细咂摸，的确形象准确，当即逗得丁一前仰后合大笑不止。

"不管是啥样的人儿，我只盼望丁一能找个真心待她的男朋友。往后日子过得幸福就好。"听着丁一男真诚的话语，奚晓冬心里隐隐感觉到了别扭，于是转换话题说道："你把心放到肚子吧。我和丁一既是大学同窗，又是闺蜜，她的事儿就是我的事儿，彼此不分你我。只是我俩关系如此亲密，别让你这个真姐姐吃醋就行。"说罢，三人仰面哈哈笑了。

"说一千道一万，还得丁一自己上心找，在我们小镇，像她这个年龄的女人，孩子都能打酱油了。"姐姐又把话题拉回来，仍对妹妹责怪不已。神态娇癫的丁一，故意白眼相对，气得丁一男哭笑不得。

看到眼前姊妹俩的亲密，奚晓冬不由得开始想念姐姐奚晓夏，已经很久没回鲲丘了，不知父亲、姐姐是否安好？想到这里，奚晓冬心底泛出了一丝淡淡的忧伤。

吃完早茶后，时间已到下午时分，奚晓冬离开上班去了，丁一陪着姐姐逛商场，给她购买衣服、化妆品，还给父母买了很多营养品。随后，姊妹俩又来到黄金珠宝柜台前，丁一要送姐姐一套名贵首饰，姐姐深感难为情，执意不允，嘴里不停规劝妹妹节省花钱，切莫大手大脚，且要学会精打细算过日子。

丁一怅然若失地望着姐姐那张日渐衰老的脸庞，心里越发替她感到难过。这时，姐姐强拉硬拽着丁一要离开，丁一察觉到了姐姐的忐忑不安，她摇摇头说道："你必须收下，就当妹妹报答你这些年来替我照顾父母的辛劳吧！"话刚说完，丁一哭了，丁一男最是不忍看妹妹落泪，急忙劝慰说："你买吧，我收下就是了，就是别太贵了。"丁一擦干眼泪，没有理会姐姐，直接走到收银台结账，因为消费数额大，便拿出罗云松给她的一张副卡去刷，结果机器连连报错，副卡似乎被冻结了。

丁一当场尴尬了，急忙给罗云松打电话，未料罗行长的电话始终打不通。她又给奚晓冬打电话，晓冬得知情况后，心里也感觉蹊跷，便给丁一出主意，先把挑选好的首饰放在柜台，等待下班后，她来替丁一刷卡。

还不到下班时间，奚晓冬便提前到了商场，代替丁一买了单。当把这份厚礼放在姐姐掌心时，丁一笑了，丁一男却像个孩子似的哭了。

傍晚很快来临，姚文君陪着陈国强也从外面游玩回来，众人齐聚高乐酒店。奚晓冬察觉丁一心事重重，便悄悄把她拉到无人处问道："副卡刷不了，你是不是惹罗行长生气了？"丁一坚定地摇摇头说："没有……我也觉得奇怪，以前从来没有出现过这种情况。要不，你给罗行打电话问问？"

奚晓冬毫不迟疑，随即拿起电话拨过去，结果还是打不通。胆小怕事的丁一更加委屈了，噘着嘴巴埋怨道："他这是什么意思嘛，当着姐姐面，让我丢人。"

奚晓冬心生诧异，却不能表露出来，便想带着丁一去找罗云松。于是借口有外地朋友相约，不能留下陪姐姐和姐夫吃晚饭了。丁一男自是不挑理，还再三叮嘱妹妹忙完后，早点回家歇息。

这时，诗人陈国强仍和姚文君热聊不止。姚文君明显有些抵触，却碍于奚晓冬面子，只得强装笑脸应付着。直到奚晓冬和丁一要离开时，姚文君才敢打断他的喋喋不休。望着姐夫的失态，丁一苦笑他是花痴，奚晓冬说他是有心无胆的憋屈男人，丁一男则气狠狠地甩了丈夫一拳头。

第三十九章

其实前些日子，丁一已察觉罗云松有些不太正常，就连在床上也是心不在焉。有一次，丁一实在忍不住，便哭诉说如果对自己腻味了，可以直接说出来。罗云松倍感难为情，他给出的理由是工作太忙太疲惫，等度过这段忙乱，得给身体放个长假。为此还和丁一提前约定好，但凡能抽出点时间，两人要去马尔代夫游玩一趟。

自从和罗云松相好以后，丁一则把他当作自己的事业去经营。罗行长是有家室的男人，但对丁一不能说没有感情，尽管这份感情端不到台面上，但是这些年，彼此相处得还算融洽。因而今天，罗云松这般毫无征兆地凭空消失，自然会让丁一伤心多想。

奚晓冬和丁一离开高乐酒店之后，先从王汗处探知消息。王汗说昨日还和罗行长匆匆见过一面，那时他正要走出龙州银行办公大楼，说是去龙都省行参加金融会议。末了，王汗又不无关切地巴结奚晓冬："是不是需要办什么事？找不到罗行长，可以找我呀，鄙人愿为奚小姐效劳。"

听了王汗风轻云淡的口吻，奚晓冬心底升起的疑虑稍有消散，便转身安慰丁一说："罗行长去龙都总行开会，估计忘带手机，或者手机没电了，你就别瞎想了。如果还不放心，你可以给他的秘书打电话呀。"

丁一面露难色说道："老罗叮咛过很多次，让我轻易不要从秘书那里打探他的消息，还说这样不好。"奚晓冬连连点头，心里赞同罗云松的谨慎，他和丁一这份避犹不及的非正常关系，岂能让身边人随意觉察到？

奚晓冬眼见丁一的情绪逐渐恢复了正常，又从车座后面拿出一件男士品牌西服套装说道："只看见你给父母和姐姐买东西，可别忽略了你姐夫。虽然你这个姐夫有些不着调，但是文人嘛，多少都有点神经兮兮的。瞧你姐夫穿的那身西装不合身，我就随手买了这套，你得以你的名义送给他，切切不可提及我哦。"

奚晓冬的心细如发，令丁一越发感动，她随即扬起胳膊，紧紧抱住奚晓冬不撒手。"这辈子，我有你就足够了。"奚晓冬使劲挣脱开来，呵呵笑道："我们是闺蜜，绝对不是拉拉。"说完两人再次情不自禁地拥抱一起。

丁一似乎暂且忘记了老罗失联带给她的情绪搅扰，奚晓冬开车送她到公寓楼下时，丁一若有所思地坦言道："上次在紫杉庄园给你说的话，我食言了。"奚晓冬满脑糊涂，不知丁一所云为哪桩。

"老罗不仅在龙州兰亭坊给我买了一套大房子，还把紫杉庄园的海棠苑也登记在我名下。现在我也想明白了，红颜易逝、爱如浮云，如果哪天老罗对我腻味了，老娘也好有个滚蛋的地方。"丁一的调皮话，把自己也逗笑了。

"让老罗给你买房子，我可是一如既往地支持。"奚晓冬洒脱说道。

"我知道你对我最好了，你就是我的亲姐姐，为我谋划、为我操心。比如这些天，你帮我照顾姐姐和姐夫，还替我刷卡买东西，上天入地也难找你这样的好朋友，大恩不言谢啦。"奚晓冬明白丁一的动情话语，皆是她的肺腑之言。

"既然买了新房，那就抓紧时间搬过去。老住在公寓，亲姐姐都不能登门看望，难免让家人起疑心。"奚晓冬不失时机地出主意。

"明白啦！等老罗从龙都开会回来，我马上搬到兰亭坊去住。"看见丁一兴奋的模样，奚晓冬打心眼里替她高兴。

忽而，刚要抬腿下车的丁一，心绪再次偏离了轨道，口里嘟囔道："晓冬啊，你说老罗真的不会出啥事吧？"望着愁眉紧蹙的丁一，奚晓冬面色坦然地说道：

"你这么关心老罗，看来对他是真爱。下次我见到老罗，一定要把你今晚的失魂落魄告诉他。"

丁一含羞又说："我知道紫杉庄园里的'紫云轩'也是你的天堂，以后海棠苑就是妹妹我的安乐窝，等咱俩老了，都住那里去。两位垂垂老者在春风细雨里养花垂钓，鸟语花香中游园赋诗，想想都觉得幸福。"奚晓冬用手指戳中丁一额头，莞尔一笑道："你呀，简直是林黛玉前世脱生，真要把紫杉庄园当成大观园了。"

夜色中，丁一把她对罗云松的爱恋与痴迷，毫无保留地倾诉给奚晓冬。她俩是亲密无间的闺蜜，相互全无设防，任何私密心事皆是袒露无遗。

对面的汽车疾驶而过，刺目的光影透过车窗洒在丁一脸上，情到深处的她喃喃细语说："永远忘不了老罗带我去海棠苑度过的第一夜。当晚的夜色真美，似乎风的味道，都是甜的。那一晚我俩通宵无眠，老罗开心得像个孩子，还给我吟诵了一首古诗。"

看着丁一如醉如痴的模样，奚晓冬戏弄她道："敢问丁大美女，你家罗先生吟唱的是哪首古诗呢？"丁一眯着双眼悠然念到："高唐云雨梦，渤海美羔羊，轻将白绫拭海棠，个中滋味更匆忙，双双谁癫狂？不是情郎，却是情娘……"

不等丁一吟唱完毕，奚晓冬伸手将她往车外推。"去去去，赶紧上楼睡觉去，念的哪是古诗，完全是淫词艳曲。"丁一笑得浑身娇颤，下车后的她，挥手给了奚晓冬一个飞吻，随之蹦蹦跳跳跑开了。

送丁一进了公寓后，奚晓冬急急开车返回伊甸园家中。

她安静地躺在沙发上，外套也不脱，脑子高速运转着。今天罗云松为何无缘无故地失联了，相比丁一的单纯，心思机敏的奚晓冬已经闻出不好的气息。此刻的时间，已近午夜时分，能否打电话问问江南风呢？然而，打通电话后要说什么呢？又该怎么说呢？如果自己的猜疑是捕风捉影，如果罗云松真的就在龙都总行开会，如此紧张兮兮、疑神疑鬼，岂不是在江副省长面前自作失态？

丁一可以是罗云松的林黛玉，但她奚晓冬绝对不要做江南风的薛宝钗。江副省长是何等聪慧之人，如若真有什么风吹草动，最早知道的肯定是他；即便是从龙山深处流出的一股风，也应该最先吹到龙都，而不是龙州。奚晓冬深知江南风甚是欣赏她的稳重得体，也曾多次赞许过她的遇事不慌、处事不乱，如果现在闷头闷脑、心慌意乱地打电话过去，在老江心里，那就是严重的失分动作，这也不是她奚晓冬处理问题的水准。

最终，奚晓冬决定不打这个电话，但她心里暗暗提醒自己，明天必须早早去杂志社，还得从方方面面探知消息，倘若察觉到不测寒意，再打电话给江南风也不迟。心里拿定主意后，奚晓冬方才感到浑身疲惫不堪，她褪去衣裳，走进浴室，痴痴望着嵌入整面墙体的落地阔镜。但见那镜中之人丹唇玉颊、腰若扶柳，气质宛如空谷幽兰、既清且艳，还有那高挑的身材、修长的美腿、曼妙的曲线，以及凝脂白玉般光滑细腻的肌肤，悉数拢入温泉水雾的轻轻袅袅之中。

第二日清晨，奚晓冬早早起床梳妆，犹如往常一样驱车上班，行至半道时，社长高瞻年突然打来电话，告诉她有重要事情相商。奚晓冬匆匆赶至社长办公室时，只见高瞻年双眼发红、脸面浮肿，一身疲倦的气色。看见奚晓冬后，高社长急忙起身，神秘兮兮地说道："你是咱们《观察》杂志社的首席记者，调查经验丰富，文笔功底老到，又擅长采写深度报道。所以，今天有一个重要新闻线索，需要交代给你，也只能交代给你，因为只有你奚晓冬出面调查，我才放心啊。"

这些年，高瞻年极为倚重奚晓冬，杂志社同仁皆能看得明明白白。每逢重大新闻事件，奚晓冬肯定是核心首选，她以自身实力，牢牢坐稳了杂志社新闻记者的头把交椅。现在知道社长又有重要任务交给她，奚晓冬心中小有激动。

原来，昨天夜里，高瞻年与龙都省委宣传部的几位朋友聚会，席间有友人向他私下透露，中央巡视组在侦办临省一起重大洗钱案时，发现龙都亦有人参与其中。随着案件侦办的深入，这起牵涉甚广的大案要案，已将龙州金融界某些领导牵扯进去，如果此案得以彻查，不啻于在龙州乃至龙都掀起一场惩治腐败的政治海啸。高瞻年不经意间得此消息，即刻意识到这是一个绝对吸引眼球的新闻线索，他想让能力超拔的奚晓冬知晓此事，提前介入调查采访，也是为了抓住新闻先机，即时抛出独家报道，好让《观察》杂志再次长脸，继而为自己的社长政绩增添华彩。

奚晓冬从高社长手里接过这个新闻线索后，意识即刻处于紧张状态，自己是如何走出杂志社大门的，她都浑然不觉。此刻，奚晓冬满脑子只有一个念头，赶紧给江南风打电话，她已经顾不得回家安心通话，直接驱车来到龙州郊外的龙川河畔，毅然决然拨通了电话。

"喂，是晓冬啊，有事吗？"话筒里的声音是那么熟悉而亲切，奚晓冬握住电话的双手猛烈颤抖起来，两行泪水奔涌流出，她想说话，喉咙却不听使唤，停顿了半晌，这才哽咽说道："没……没啥事，就是……就是想你了。"

电话那头是长时的沉默，彼此却能清晰感知到对方的呼吸，数秒过后，江南风语气平静地问道："你在龙州是不是听到什么风声了？现在先别回答我，只须按我说的做，无论发生什么情况，你该忙什么便忙什么，万事皆与你无关。忙过这些天，我会来龙州见你，有些事情，电话里不方便说，现在也说不清楚，你明白了吧。"奚晓冬竭力噙住泪水，轻轻"嗯"了一声。电话挂断的一瞬间，恍然感觉意识重回自己的身体里。

此刻，奚晓冬不知该去哪里。心绪黯然的她，开车慢慢行驶在河岸边的柏油马路上。

沿着龙川河边的河滨大道，一直往前五公里，有一片滩涂芦苇荡，夏日里丰茂密植的水草地，成为无数雀鸟栖息的天堂。奚晓冬将车停靠路边，独自循着小径往低处走去，这时清风徐来、绿波荡漾，蒸腾而起的氤氲水雾，弥漫在浩渺无边的芦苇花间，那随风摇曳的苇絮，犹如空中飞舞的仙羽，轻轻飘荡在阳光里，还有那翠鸟鸣叫声此起彼伏，显得这里宛若仙境般空灵悠然。

芦苇荡深处有间水亭，亭外有长长的木质走廊，架空的夜灯白日里仍在闪烁，远处偶尔传来孩童的嬉闹声，这里依然是人们休闲垂钓的好地方。奚晓冬安静地坐在水亭石磴上，脑海里什么也不想，尽管刚刚和江南风说了寥寥数语，却已给了她极大的安慰。

或许女人天生都有着强烈的"第六感"。最近日子里，总有一个稀奇古怪的幻觉，接连出现在奚晓冬的睡梦中。那个幽长的梦境中，到处都是五彩缤纷的绚烂世界，从来没有来过这个地方，却能看到非常熟悉的景象，偶尔还会碰到许多熟人，那些人都冲着她笑，朝她说着什么，她却听不到一点儿声音。忽而，周围世界出奇地安静，自己仿佛和这个梦中世界完全隔绝了，她奔跑着、呐喊着，渴望逃离这里，却发现腿如铅注，一点儿都跑动不了。而当她万分焦急之时，猛然响起了一阵急促的电话铃声，将她从梦境拉入了现实世界。

每每从梦中惊醒后，奚晓冬常常香汗淋漓，喉咙刺痛不堪，仿佛被人掐住过脖子似的。还有就是口渴，那种极其干渴的滋味，仿佛滴水不沾的行者，已在沙漠中行走多时。这个纠缠不休的噩梦，几乎夜夜出现，奚晓冬自然忐忑不安，本想等待下次见到江南风后，再向他当面诉说，不料昨日罗云松的突然消失，让奚晓冬心生漫天联想，那个常在梦中出现的令人惊慌的景象，好像已经静悄悄潜入到了现实。

人的心绪一旦乱了，思考问题的步调也会渐乱。她细细回想江南风刚才那几句话，起码有三点隐约可以确定。一是确实有事发生了，不然江南风不会问她是否听到什么风声；二是事情可能没有她预感的那么糟糕，人在江湖走，总会遇到一点儿风吹雨打；三是他也想她了，只是工作太忙、身不由己而已。想到这里，奚晓冬稍感放松，她双手合拢，默默向天祈祷不要有灾祸发生。

忽而，手机铃声响了，是丁一找她，说是姐姐、姐夫非要回请她吃顿饭，还说菜都点好，只等她了，说完电话"咯噔"挂断了。

原本姚文君已在酒店备好了饭菜，加之这些天彼此相处得和谐，姚经理便打算自己掏钱买单，不管是否有点巴结奚晓冬的意思，都算是朋友认识一场的缘分所系。

快到午餐时间了，丁一男忽从外面给姚文君打电话，说他们要在外边吃饭，不回高乐酒店用餐了。姚文君深感失落，两眼无奈地望着一桌饭菜犯愁。其后只好给奚晓冬打电话解释，奚晓冬知道姚文君是好意，要她不必为难自己，只管把餐费记到自己名下便是。末了，又称赞姚文君这些天的安排十分周到，客人很是满意，为了答谢她的辛劳，这桌菜就任由她处置了。姚文君深为感动，急忙唤来和她相熟关系好的同事，大家一起尽情享用起来。

有心请奚晓冬吃顿好的，却又囊中羞涩，丁一男只好自己做主，将这顿饭放在一家大排档包间里。陈国强嘟囔不停，挑剔环境不好，丁一男毫不客气，厉声质问他每月能赚多少大洋？丈夫还想再反驳，却被她用眼神压了下去。

妹妹丁一先赶了过来，看见周围的脏乱差，马上要求换地方。姐姐死拉硬拽住说："把我和你姐夫卖了，也请不起晓冬去她带我们吃饭的任何地方。另外，我看晓冬不像那种矫情的人，肯定不会嫌弃这里的。"

丁一仍是执意不允，又说无论换去哪里吃饭，不用姐姐操心，由她买单便是。姐姐有点儿不高兴了，耷拉着脸快快不乐地说道："这顿饭，是我和你姐夫的心意，还轮不到你买单。如果你坐不下来，可以离开不吃。"丁一男说了狠话，丁一瞬间犯了尴尬症，急忙围坐姐姐身旁，嘴里连连说道："我吃，我吃，我最喜欢吃大排档里的龙州小吃了。"陈国强望着眼前这幕，把头偏到一边，只顾着低头暗笑。

奚晓冬是何等机巧聪慧之人，从头到尾，丝毫没有表露出对大排档的任何不适应，反而称赞这里的小吃很美味，惹得丁一不停地在桌子底下用脚尖蹭她。这顿饭吃得干脆利索，丁一男也没花费多少，大家都觉得开心自在。饭后姐姐说，明天就该返程了，她想和姐夫安安静静逛逛龙州的大街小巷。丁一懂得姐姐意思，四人便分成两拨各自散开了。

丁一跟随奚晓冬刚上车，又问起罗云松的消息。晓冬赶紧岔开话题说："你姐姐、姐夫难得来龙州一趟，还没玩几天，又要回去，这也太遗憾了。依我的意见，不妨陪他们再去龙都玩玩，也好让他们不虚此行。另外，如果你愿意，干脆陪他们一起返回南方吧，反正你也有好多年没回老家了，龙州的夏天又闷又热，刚好趁机回乡下避避暑。"

奚晓冬尽量把话题扯远，却还是没能岔开丁一的注意力，她性情略显傻白甜，但也算是精明女子，察觉到奚晓冬闪烁其词后，丁一脸上出现了丝丝慌张，她一眼不眨地盯着奚晓冬说道："我以为你会带来老罗的消息，他……他到底有没有事啊？"话音未落，丁一愤然拿出手机又一通拨打，罗云松的电话仍处于关机状态。

瞬间，丁一似乎预感到什么，情绪开始有点失控，她拉开车门蹲在路边，埋头嘤嘤哭泣起来。薄纸终究包不住火苗，奚晓冬把丁一拉进车里，一脚油门驶向了紫杉庄园。

返回丁一最喜欢的紫杉庄园海棠苑后，她完全不去理会这里的亭台楼阁，依旧哭得稀里哗啦，任凭奚晓冬如何相劝也没有用。无奈之下，奚晓冬只好唤来姚文君照料，叮嘱她时刻不可离开丁小姐半步。

傍晚时分，王汗和董经理也急匆匆赶到紫杉庄园，满脸铁青的他亦已风闻到许多坏消息，大事不妙的感觉完全毁坏了王汗平日里的淡定儒雅，他约奚晓冬在竹月阁见面，刚进门便愤愤然骂道："老学究啊，老学究害死人呐！我早早就提醒过江大哥，罗云松这个人书生气太重，胆子又太大，根本混不了官场，这回倒好，全把我们装进去了。"听罢此言，奚晓冬大为吃惊，一向行事缜密的王汗，怎可在属下董经理当面大发牢骚，而且还尽说一些敏感话题？

王汗似乎很快察觉到这点儿，连忙摆手让董经理回避，然后才给奚晓冬解释说："原谅我一直隐瞒你，他的名字叫董彪，是我的亲外甥，所以你大可放心。"奚晓冬听罢，内心微微震颤了一下，回想和董经理多次打交道，居然从未发现他和王汗会是这层血缘关系。

两人之间的谈话，出现了一段尴尬的中断。

过了一会儿，王汗忧心忡忡地说道："老罗点燃的这把火，但愿不要越烧越旺。龙州银行本属于地方银行，原则上不允许给外省企业贷款，尽管央行在这方面并没有什么硬性规定，但是作为一行之长，老罗他欺上瞒下、腾挪转移，硬生生将四十多亿资金违规贷给外省一家钢铁企业。眼下全国钢铁企业产能严重过剩，整体行业亏损巨大，这家钢厂最近在破产清算中，被发现存在巨额洗钱黑幕，不巧又被抵达临省的中央巡视组盯上，结果把老罗牵连进去。龙都省行开会，其实是给老罗布置的幌子，他刚踏进省行大门，就被纪委来人带走了。这些消息，是江大哥昨晚告诉我的。"

王汗说出的真相，令奚晓冬深感震惊，看来所发生的一切，江南风都已知晓。回想早晨通话时，江南风的谨慎和语塞，恐怕都是为了自己免受惊吓，这才相瞒于她。想到这里，奚晓冬不失忧心地说道："既然这件事情是老罗一手操办的，那就和老江与你无关了。"

王汗长舒一口气哀叹道："事情的命门就在这里。当初龙州银行放贷时，江大哥作为龙都财政厅长，只核查批准了一亿资金，谁知罗云松与钢铁公司狼狈为奸，多处篡改审批文件条款，偷摸绕开财政厅的再度审核，将贷款报告直接呈报给了龙都省委。如今看来，罗云松当年急得像投胎一般，心甘情愿用他的一条命，生生砸出这个四十多亿的黑洞，背后的内幕绝不简单啊！"

"既然老罗已被纪委带走，那我们现在应该有些应付预案才对。"奚晓冬的问题，让王汗不得不露出底牌，他深知奚晓冬是江南风最为信任的女人，而且江南风昨夜给他电话交代事情时，并没有刻意提醒要隐瞒奚晓冬。再说了，奚晓冬是何等精明之人，既然事情已经蔓延到这等地步，听听她的说辞，未必是件坏事。

"明儿一早，我会乘机前往京城，按照江大哥的安排，需要去找一下老领导，看看能否把老罗尽快给捞出来。夜长梦多啊！但愿老罗能在里面挺得住。"王汗这句感慨之语，其中所包含的深意，奚晓冬眼亮心明。不管怎么说，王汗这席话，总算让奚晓冬内心的焦躁不安落地了。

自古至今，朝里有人好做官，但凡宦海沉浮者，谁人没有依附提携的靠山呢？同船共进也罢，抱团取暖也罢，谙熟官场规则的奚晓冬早已见怪不怪。她更知晓罗云松是江南风早年甚为器重的人才，可以说是老江一手提拔了他，如今他犯了事，难免会"城门失火，殃及池鱼"，即便为了防患于未然，也得把罗行长尽快剥离出来。如若不然，不排除那些躲避暗处的政治对手，趁机兴风作浪，故意把简单搞成复杂，"拔出萝卜带出泥"的悲剧定然不可上演。

有时候，人世间的道理看似简单，却也荒谬。唇齿经常打架，却牢牢不可分离；牙齿固然坚硬，却与柔舌相伴。江南风想做官场大开大合、生杀予夺的带头大哥，身边同行人中，既得有王汗这样的雷厉风行者，也得有罗云松这样的饱学之士。他甚为推崇"千人同心，则得千人之力；万人异心，则无一人之用"这句古语，所以在江南风的身边，围聚了众多像罗云松、王汗这般各行各业的忠实拥趸。然则，这种看似"情比金坚"的利益团体，倘若被惊涛骇浪击溃一木或一板，这艘船上的每个人，都将会置身于覆没大海的危险境地，这既是自然法则，也是冥冥之中早有定数。

第四十章

今天，丁一男和陈国强夫妇要返程回南方老家了。

日夜哀伤的妹妹丁一，已将眼睛哭得红肿，本来娇弱的身子更是弱不禁风，不用晓冬来劝，她亦自知这个样子，万万不能让姐姐看到，不然会徒增伤悲与担忧。

按照丁一的意思，奚晓冬退掉了丁一男早已购买好的返程火车票，改换成当日即回的飞机票。临到驱车要去机场时，却还不见妹妹现身，丁一男甚感迷惑。这时，奚晓冬佯装轻松口吻，解释丁一有急事去了龙都，实在没空前来相送。姐姐心存疑虑，却把怀疑从机场高速一直憋到候机厅，直到走近安检口时，这才要求跟妹妹通话。奚晓冬甚感无奈，只好拨通了丁一电话，说是姐姐要和你告别一下。心领神会的丁一，竭力装出无奈而娇颠的声音，向姐姐一再说着抱歉的好话。

听到了妹妹声音，知道她一切安好，丁一男心中的疑惑方才消散。这时，奚晓冬忽然将丁一男拉到僻静处，将一张银行卡悄悄塞到她的手心里。"这是丁一托我给你的，她说你做生意用得着。" 原来，过去几天的姐妹相处中，姐姐不停地艳羡别人在县城买了房，埋怨陈国强收入微薄，很想把生意扩大一些，却苦于手头没有本钱……所谓"言者无心，听者有意"，丁一死死记住了姐姐这些牢骚话。此时此刻，拜托晓冬塞给姐姐的这张银行卡里，都是丁一攒下的私房钱。妹妹心里明白，只要姐姐有了这些钱，生意上就不会再犯愁苦了。

陈国强眼见两个女人背过身窃窃私语，心里甚是好奇，他踮着脚尖、伸长耳朵，偷摸朝妻子跟前挪动了几步。机场大厅人声喧嚷，完全听不清她们在说什么。随之，陈国强干脆大大方方走过来，靠近丁一男身旁时陡然发现，妻子的眼眶潮红了。

这时，情商和心思都不在线的陈国强笑道："怎么还哭了，是不是最近玩得美，吃得美，有点舍不得走了？"丁一男挥拳砸在丈夫肩背，嘴里叫嚷着滚蛋。

早在妻子面前习惯了没羞没臊的陈国强，又把奚晓冬拉到一边，悄悄从衣兜掏出一个小本子低声说道："姚文君如今已是我的粉丝了，她说要跟我学写诗。这个本子里都是新鲜出炉的诗歌，这些天我刚刚写成的，烦请您务必交到姚小姐手里。"奚晓冬低头一看，只见软皮本封面用粗笔写着"请姚文君诗友雅正"，落款是纳兰。

奚晓冬正要收起软皮本，丁一男冲上前，一把夺过本子，将有落款的封皮撕得粉碎，嘴里气恨说道："纳兰、纳兰，你说过这笔名只属于我，怎么又去送人？"说罢，将软皮本丢给奚晓冬，而后使劲推搡着丈夫往安检口走去。

眼看他们去安检了，奚晓冬便要转身离开，忽听得身后丁一男又叫她的名字，只见她气喘吁吁跑过来，嬉皮笑脸地说道："我家纳兰……不不不……我家陈国强还是有点才华的。我想说的是，如果你们杂志社能看上他写的诗歌，烦劳你帮他发表上那么一两首就行了。"话刚说完，不等奚晓冬张口回应，丁一男又笑嘻嘻跑步进了安检口。

……

且说鲲丘投毒案审判有了结果，奚海荣被判了重刑，老妻当场晕厥法庭，不孝儿子自始至终未见现身。对作案人奚海荣的重判，最受刺激的当然是泉军。自从他和泉林声、李春梅从看守所同日释放之后，很长一段时间，泉军整日憋闷家中、足不出户，性情变得越发沉默了。

刚被释放回家时，有些泉家庄人背后嘲讽泉军，讥笑他在医院门口给泉林声抬担架的举动，完全是丢人现眼。这些杂七杂八的冷嘲热讽，不断飘进泉军耳朵，他既不为所动，也不动怒，更懒得再与他人争辩黑白。

如果说开发温泉村发生井喷事故，只怨泉军运气不好，那么差点让他丢了性命的溪水村投毒案，便是有人故意栽赃陷害了。泉军每日静卧家中，仔细回想投毒案发生的前前后后，他清醒意识到，自己能从看守所再次出来，应该是奚姓人的功劳，他们一定从外围想方设法托关系、找熟人，竭力洗清泉林声和李春梅身上嫌疑，力促龙河县公安局二次出动、重新上山排查，这才发现了水胶鞋这个救他性命的关键证物。

泉军脑子很清楚，以他留在鲲丘的口碑，奚姓人是不会伸手相救的，自己被释放，不过是搭了趟顺风车而已。但是，假如没有奚姓族人的此番推力，就凭那个绣着"泉军"名字，令他百口莫辩的黄色书包，投毒这顶黑锅，他或许是背定了。尽管自己心知肚明，书包可能是被奚海荣偷去的，但投毒案凶手究竟是谁？估计会落个死无对证的结果，即使将来到了阴曹地府，自己恐怕也是个冤死鬼。

即此，原本死心塌地效命于泉氏兄弟的泉军，因为投毒案"二进宫"这场丧心遭遇，心理陷入极度晦暗，他开始严重怀疑泉家兄弟，也许为了赢得泉家庄与溪水村这场争斗的胜利，竟然连他的命都要搭进去。从他进入看守所，再到被释放，始终没有发觉泉氏兄弟有任何救他出去的意思，反倒对刘宏进到看守所，痛骂他丧失人性这一幕记忆犹新。

春去夏至，时间如白驹过隙，许多春节后留身溪水村的青年人，不是进了水厂做工，便是随村主任奚望破土垦荒、疏浚水利。经过整个春天的劳作，鲲丘山腰以下，培土栽植的花椒树苗已经嫩芽吐新绿；从"鱼儿嘴"源头涌出的那一汪清冽溪流，亦被坡下建起的数十亩鱼塘收拢起来，引得活水养水产，成群结队的鱼儿跳跃在波光粼粼的鱼塘里；尤其是人借半坡阳光，建起了一排排蔬菜大棚，既有甘冽溪水浇灌，又有种菜人的精心侍弄，生态有机蔬菜长得蓬勃茂密。

相比溪水村热火朝天的光景，泉家庄仍是一片死寂。

尊者何巧云回村一趟，偏又遇上奚友池嘴不饶人，被一场"神仙打架"气回了龙州。泉林声每日忙着水厂生产，原先鼓励他竞选泉家庄村主任的话头，一时无人再提。镇长泉建文亦被全镇工作所牵绊，暂无精力继续推进泉家庄事宜。偏偏又有许多泉家庄人，长期习惯敬畏于尊者何巧云的威望，没有她的点头答应，谁又敢在泉家庄指手画脚呢？

憋闷在家的时间久了，泉军感到烦厌不堪。这日清晨，他难得走出家门，乘着夏日清凉，沿着泉家庄和溪水村之间的小路漫无目的地走着。

此时的鲲丘，正处于"乱花渐欲迷人眼，浅草才能没马蹄"的明媚季节，瓦蓝瓦蓝的天空不见一丝云朵，莽莽苍苍的龙山一线如黛，连绵起伏的山势仿若游龙似的惬意而卧。每逢夏日，鲲丘的温度总比龙川平原要低一些，这里的清凉逼走了酷热，郁郁葱葱的草丛间，各色野花尽情绽放，仿如绣在绿色地毯上的灿烂斑点，成群的蜜蜂飞来飞去吸吸花蕊，树林里的野兔、松鼠等小动物都出来活动了。放眼鲲丘，到处是一派生机盎然的景象。

走着走着，泉军蓦然发觉来到了井喷事故的现场。茂密丛生的野草，已将原来残留的痕迹遮蔽湮没，只有挖掘机凿出的山坡切面，依旧裸露在阳光下。泉军望着这块伤心之处，神思变得恍惚不定，忽听有人叫他的名字，转身一看，居然是溪水村尊者奚友池，老人正要去奚氏祠堂，不巧在路上遇见了泉军。

"你小子在这里发什么呆啊，难道还想在虎腰钻窟窿？"尊者一开口，即令泉军羞愧难当。回想井喷前夜，奚友池带领族人前来阻挡，泉军执意而为，丝毫不搭理尊者的斥责，气得奚友池手指泉棠仁的墓碑破口大骂，以致晕厥倒地。往事历历在目，此刻的泉军羞愧不已、久久不能抬头。尊者望着他唏嘘道："还是你小子命大啊。奚海荣偷了你的书包，还想栽赃于你，不料一双水胶鞋，却让他自个儿现了原形。正所谓'自作孽，不可活'，这就是他奚海荣的宿命啊！"

尊者喟叹命运无常，泉军何尝不是感慨万千，如果不是苍天开眼，重刑加身的便是他了。"我是看着你小子长大的，从小行事荒唐，不顶门户。如若不然，你的老父老母，怎会在她何巧云面前低三下四，转着圈儿替你擦屁股？可叹你成事不足、败事有余，从来就不是一盏省油灯。"尊者的言辞很刺耳，泉军蹲在地上，并没有离开的意思。

"这些年，你不是追随泉家庄能人在外闯荡，为何又不干了？是不是被人家视作丧家之犬抛弃了？在外面熬不住，又跑回咱鲲丘，可是你给鲲丘都带回了什么？好好看看被你祸害的这些良田沃野，不觉得良心有愧吗？"尊者越说越生气，丝毫不给泉军面子。

听着奚友池的声声发问，泉军始终低头不语。尊者继续责怨道："既然回家了，那就该好好反省一下，把自己的肠子、肚子都翻腾出来，拾掇干净喽，再做事也不迟。可是你呢，整天窝在家里，大门不出、二门不迈，堂堂七尺男儿，还得老父母早晚伺候着，你的羞耻之心，难道让野狗叼去了吗？"

尊者长长哀叹一息，而后举起手中拐杖，狠狠戳向泉军的脊背。"你家老父老母，生性暗弱、脾气绵软，加之老来得子，对你溺爱有加，这才把你娇惯成今天这个模样。看看他们满脸皱纹、一头白发，我要是你泉军，活成今天这般光景，早就拿根绳子吊死在这山林里了。"尊者这番激烈的揶揄、诘责之语，深深震撼了泉军，甚而刺破了他内心深处最后的自傲和迷茫。蹲在地上的泉军，把头深深埋入两腿间啜泣不已，任凭尊者如何痛斥，也不反驳半句。

泉军终是难以抑制心中憋屈，开始失声痛哭起来，奚友池心有不忍，随之良言劝道："只要你娃的心肝肺，还没被野狗掏吃干净，你就应该立即振作起来，不要像趴在地上的死猫烂狗，成为别人眼里的一个笑话！"

尊者这句话，明显刺激了泉军的神经，他猛然抬起头哭着说道："您老骂得句句都对，可我现在这个样子，外面不能去，鲲丘没人要，哪里才是我泉军该走的道儿啊？"听得泉军撕心裂肺的呼喊，尊者释然而笑。

莫说世间顽劣之人，大凡都是本事怀身的勇者。少不经事的年龄，或许做事处处碰壁，场场失败，然而每一次挫折，都是积累经验的历练，对于整个人生而言，皆是弥足珍贵的财富。奚友池看人，常从大处着眼，以往泉军走了歪路，身上斑斑劣迹，都是情有可原的，因为他本性不坏，便是重造之人。

尊者收敛了尖酸刻薄，语重心长地说道："谁的一生能不犯错呢，知错能改善莫大焉。毕竟你还年轻，一切都来得及。"尊者言简意赅的安慰，使得泉军心里顿生暖意。

"我不要闷在家里，想去做点事情，可是如今的泉家庄，只剩下地种田了。如果尊者可怜我，能不能帮我在溪水村谋个差事？"擦干眼泪的泉军，反而给尊者提了要求。

"你呀，脸皮比那城墙还厚。"尊者之所以不厌弃泉军，而且愿意点拨他，皆缘于泉军抢抬担架那件事儿，也就是从那刻起，奚友池对泉军有了新看法。

回家后的当晚，尊者便给女儿、女婿提起了泉军的恳求。按说泉军是亲表弟，泉林声应该答应才是，不料他一愣神，随即表态回绝。奚晓夏亦是心怀芥蒂，好意劝说父亲道："且不说泉军从小到大做的那些荒唐事，单论他鲲丘钻井，气坏你身子骨这事儿，我就不能原谅他。"

躺在摇椅，蒲扇执手轻轻挥动的奚友池呵呵笑了。这时，忧心忡忡的泉林声说道："水厂生产刚刚恢复正常，如果接受了曾和海荣叔走得很近的泉军，大家心里难免会紧张。"

尊者知道泉林声仍然为投毒案感到后怕，他摸着山羊胡子思忖一会儿说："奚海荣是邪恶之人，而我反观泉军，小伙子以前纯属走歪了道，人性底色还是好的。不看僧面看佛面，我是可怜泉军的老父母，古稀之年还得为儿子操碎心，如果能给他一些帮助，就算是积善行德吧。"

奚晓夏和泉林声皆感诧异，不知泉军是如何打动尊者善心，居然让他说出这番恳切言辞。就在泉林声和奚晓夏迟疑之际，奚友池又直言道："原本我想把泉军拜托给奚望，让他随众人去干刨土挖地的体力活，趁机考验一下，看看这这小子能否弯下腰身、痛改前非？随后一想，又觉得不妥，奚望领着干活的，都是咱们奚氏族人，他们若是看见泉军这个外姓人，再加上以往对他的成见，恐怕根本难以接受。所以啊，我这才拜托你俩，好赖泉军也算是亲戚，水厂奚泉两姓工人都有，泉军若去了，适应得快，不会有人故意使绊子，这样最是妥帖。"

"我的亲爹啊，泉军这种人，怎么就入了您的法眼？可真让人无法理解。"奚晓夏和泉林声双双无奈摇头，奚友池仍然坚持说道："水厂安排了活儿，臭小子若是挑肥拣瘦，好吃懒做不好好干，你们就直接开除他，就当我今天没说过这些话。这事先这么定了，回头我去通知他。"说罢，奚友池从摇椅起身，捋了捋胡子，双手背后走进了屋里。望着父亲的背影，奚晓夏和泉林声莫可奈何地相视一笑。

泉军突然来水厂上班，着实让许多人惊讶不已，知道是尊者允许的，质疑的声音随之平息了。泉林声本不待见泉军，便将他安排到后勤部门上班；已升任为后勤主管的李春梅也不客气，直接让他去干保洁。保洁小组多是女工，踩高爬低的苦活累活，难免多数落在泉军肩上，还有每天打扫男厕所，逐渐成为泉军的主活儿。

说来真奇怪，泉军对保洁工作，不仅毫无怨言，且还尽心尽力。他的表现，出乎许多人预料，就连李春梅也觉得惊讶，她曾数次私下偷偷观察，发现泉军只是低头干活，从不与人多嘴多舌，这样的转变，也让许多风言风语逐渐消遁。很快到了月底发工资的时候，按照水厂薪资制度，泉军当月只能领到试用期工资，保洁小组里，数他拿得最少。泉林声、奚晓夏和李春梅等人，都已经做好应对泉军闹腾的心理准备，结果领到工资的泉军，居然没吭一声，悄没声息地回家去了。

望着桌面那叠钞票，泉军老父亲脸上罕有地露出了笑容："以前，总听说你在外面干大事、赚大钱，却没见你拿回家一分半厘。如今刚去水厂，就有钱赚了，暂且不论多少，我和你娘都是高兴的。"看见儿子情绪尚好，母亲也插话说："不管赚钱多少，只要让我们不再担惊受怕就行。"岂料这句话刚吐出口，泉军便不乐意了，转身回房间睡觉去了。

儿子总算在水厂稳定下来，并有了份收入，老父母不再心慌了，便想着去溪水村，拜谢尊者奚友池，又担心被泉氏族人看见，若是再传到何巧云耳朵，那岂不是自讨苦吃？

纠结了一番之后，泉军老父母特意瞅了一个月明星稀之夜，偷摸来见奚友池。三位苍发白首的老人执手相看、感慨连连，尤其是泉军母亲，拉着尊者双手哽咽道："求神拜祖宗这么多年，谁知我儿的正途在您老哥哥这里。往后泉军就拜托给您了，该骂就骂，该打就打，只要泉军成器，我们老两口死也瞑目了。"

老父亲也激动说道："自古以来，奚泉两姓本该算是一家人、一条心，您老哥还是得多想办法、多操心，趁着我们这些老家伙还活在人世，还得帮助后人们拧成一股绳往前奔呐。"耳闻这些大实话，奚友池甚感纳闷，性情木讷、不善言语的泉军父母，且有如此豁亮的心思，那个争强好胜的何巧云，怎就始终不明事理呢？

从初春开始，奚望带领族人们挥镐轮锨，硬是把瞅准的项目，一个个都干出了眉目。现在是炎炎酷暑，下地农活已然停歇，奚望想去龙州面见奚晓冬的念头又冒出来。恰在这时，他又得知温泉村申请银行贷款之事，至今迟迟没有消息，由此奚望拿定了去龙州的主意。

临行前，奚望左思右想，只把此行目的告知了李春梅。李春梅不假思索地表示支持，并鼓励他马到成功。这天夜里，飒爽凉风轻轻掠过鲲丘，皎皎明月辉映着大地，奚望家院子里欢声笑语、一派和睦，李春梅给母亲谎称奚望明天要去县里开会，干娘连忙给奚望包了新鲜饺子，阿冰也为丈夫收拾好了行李，两家人本想其乐融融地吃顿饺子，不料哑巴儿子奚小贤嘴馋等不及，端起盘子偷偷往嘴里塞，结果被噎得翻了白眼，急得大家手忙脚乱。一阵手拍拳敲之后，孩子喉咙里的饺子吐出来了，所有盘子却落翻在地。一顿饭吃得乱七八糟，奚望瞬间火气上头，抬手便打儿子，直疼的奚小贤哇哇乱叫。

第四十一章

此时的龙州，正处于暴风骤雨来临前的寂静中。

龙州银行行长罗云松被调查的消息，仿佛一块巨石坠入龙川河，瞬间在龙州乃至龙都掀起巨浪。泉政谦是本土成长起来的官员，对龙州错综复杂的人际关系网了如指掌，这个罗云松行长，早年可是江南风副省长精心栽培的人物，如今他出事了，那个曾经令泉政谦在鲲丘投毒案中蒙羞的江副省长，究竟会被牵连出来，还是会出淤泥而不染呢？从泉政谦的本心来说，他当然希望这起案子能"拔出萝卜带出泥"，继而落定他多年以来揣测于心的最大疑惑，那便是奚晓冬与江南风之间的瓜葛深浅。

人生处处布满了竞争和搏杀，生死场的较量是冷酷而暴虐的，无论你是不是我的敌人，只要被裹挟入无边无垠的黑暗巢穴，即使彼此毫无交扯，亦乐见你折戟沉沙、一败涂地。这世间虽然不乏人性的温暖，但永远不要低估人心的阴暗面，那些光鲜亮丽的背后，往往隐藏着丧尸猛兽，既有嫉妒之心吞噬你的步步危情，亦有"腾笼换鸟"丛林法则的无情和残忍。正如此刻的泉政谦，面对这场生死牌局里的江南风、罗云松以及奚晓冬等人，他就像蛰伏在冰天雪地整整一个冬天的赏金猎人，全神贯注地死盯着前方猎物，目标若有一丝异动，都有可能瞬时扣动猎杀对手的致命扳机。

罗云松出身贫寒，身上极具"凤凰男"精明刻苦、自私冷血的特点，这种自卑且自负的双重人格，平常看似忠厚淳朴，私底下却对金钱贪婪如命。多年从事金融工作的他，除了宵衣旰食、拼命往上爬升以外，其余精力几乎都用来攫取金钱，为了登顶他所预设的成功人生，罗云松将"名牌财经大学高才生"这顶帽子的光环发挥得淋漓尽致。从他踏入金融行业那天起，即以各种复杂身份和名义，隐身参与或入股到众多行业公司，犹如吸血鬼般从中疯狂夺利，而且孜孜不倦、乐此不疲。

早在罗云松进入时任龙都财政厅长江南风重点培养视线之前，他已是掉进钱眼、不可自拔的怪兽。或许正因为这点，江南风深觉此人顺遂谦恭，用起钱来很是顺意顺手，这才提携他步步高升，直至坐上行长位置。然则，所有人的眼睛都被罗云松的表象蒙蔽了，临省金融大案把他牵连进去的悲剧，其实早就注定了。

再说龙州古今集团董事长王汗，为了躲避这场极速酝酿中的暴风骤雨，悄悄听命江南风委派，准备去京城寻找保护伞，不料刚要从龙都机场登机，即被纪委来人从安检口秘密带走了。

王汗卒然间身陷囹圄，当然不是罗云松的招认。

这些年来，王汗的古今集团发展迅猛，产业大多集中在酒店、房地产、文旅等热门行业，涉及产业的开发资金，绝大部分来自龙州银行贷款。王汗与罗云松能够越走越近，当然与江副省长从中撮合密不可分，鉴于彼此之间的共同利益，他们三人已形成互为犄角、相互依存，有着千丝万缕联系的政商小团体。

自从中央和地方开始对国民经济结构进行大调整以来，古今集团的产业利润，开始每年起伏不定，王汗像坐着一艘漂泊在汪洋大海上的小船，时刻都有着倾覆沉没的可能。当这种危机意识越来越紧迫时，王汗暗地将妻女送往美国定居，并与妻子里应外合、密切配合，已将大量资金从地下钱庄汇往国外银行。

王汗不同寻常的举动，罗云松早已嗅出，他很清楚现在的古今集团，已然陷入"资不抵债"的黑洞，如果没有源源不断的银行贷款，资金链断裂便在眨眼之间。面对古今集团经营的巨大困境，罗云松感到胆战心惊，于是有意收紧了资金支持力度。王汗不服命，背着所有人，又和圈外人签订了高息贷款协议，他的这个动作，彻底把古今集团推入万劫不复的深渊。还是罗云松最先察觉，王汗这套"寅吃卯粮""拆西墙补东墙"的倒手把戏，注定玩不了多久，尽管有江副省长从中背书，但当疾风骤雨真正来临时，恐怕只能"树倒猢狲散"各自逃命了。

这些年，随着各大公司与龙州银行之间信贷业务量的急剧增大，罗云松的"黑金"得利，亦是愈日倍增。然而王汗的古今集团，却是最先令他感到极度不安，因为龙州银行的信贷客户中，独数古今集团贷款数额最巨，企业规模最大，产业经营反而最早陷入难以自拔的深渊，长此以往恶性循环下去，随时都有破产清盘的可能。面对悬崖边的危局，为了应对不测之忧，如何妥善处理那些见不得人的巨额资产，提前铺排好自己的后路，成为罗云松不得不考虑的现实问题。

泛出这些不为人知的念头，是从罗云松将丁一揽入怀中的那天晚上开始的。

不同于王汗的精心布局，罗云松的妻儿均居住在龙州，自从有了情人丁一之后，他正式开始谋划自己的退路。此时的他，已经与王汗成为捆绑在同一根绳子上的蚂蚱，于是两人沆瀣一气、周密布局，先由王汗外甥董彪先期抵达澳洲，彼此里勾外连，悄然将"黑金"逐次汇往国外，在置房、买地、投资的同时，又给妻儿办好澳洲签证，准备让他们先行一步脱身。

罗云松妻子是公务员，是个极好面子的女人，即便知道丈夫在外有情人，也选择睁只眼闭只眼，甘愿打掉牙往肚子咽，只为维系自己的面子和自尊。家庭生活中，罗云松和妻子长期各自为阵，从不过问彼此的日常细节，机械而枯燥的日子里，两人少有交流，就像无数同床异梦、貌合神离的夫妻一样，对外呈现出和谐美满的婚姻外皮，而内里瓤子，早已腐烂成泥。

罗云松从骨子里都能感受到妻子对自己的冷漠，他常常会把这种滋味，理解为妻子对自己出身寒门的鄙视，越是这样想，越觉得妻子面目可憎。已经上中学的儿子，面对充满冷暴力的家庭氛围，不仅和父母无话可说，性格也逐渐变得冷漠孤僻。面对这样的生活现状，罗云松自然而然把精力和注意力转移到丁一身上，只有在丁一跟前，他才能充分感受到女人对男人的崇拜，才能让他渴望认可的心灵得到巨大满足。即便在床上，丁一也是那么的知情识趣、风情万种，相比妻子的冷若寒冰，仿佛一个是天堂，一个是地狱。

于是，罗云松把心一横，告知王汗给丁一也办好签证，还把澳洲相当数量的资产，挪至丁一名下。这也正是多年以来，罗云松甘愿和丁一租住公寓，也不轻易给她名下置业的深层考虑。至于紫杉庄园的海棠苑和兰亭坊的房子，其实都是像王汗这样的"金主"硬塞给他的，罗云松不得不要，却又迟迟不愿搬去居住，也是出于同样的考虑。

于罗云松而言，他千算万算、左右提防，万万没料到危机会爆发在临省，而且还打了他一个措手不及。刚被纪委问话时，罗云松装腔作势，摆出一副无辜茫然的样子应付，因为他心里猜定自己被控制起来，外面必然有人比他还着急，最终无事复位，估计是大概率。甚至心里还不断筹划，等待出去以后，需要尽早带着丁一远走澳洲，只要飞离龙州这个"是非窝"，往后即便洪水滔天，也与他无干系了。

罗云松是这么想的，也是这么做的，然而他在纪委质询面前选择的坚持，带来的不是希望，而是日益加深的绝望，尤其是得知王汗也被请进来的那一刻，他听到自己胆子碎裂的声音。办案人员拿来了纸笔，任他想写则写，安静的斗室里，白炽灯泡晃动着罗云松的眼睛，时间嘀嘀嗒嗒过去，洁白的纸张上面，不见他写下一个字。

长期依赖或寄生于他人生活的丁一，面对罗云松的突然消失，先是恐慌绝望，后是悲戚哀鸣，随后滑向六神无主。任凭奚晓冬和其他身边人如何劝慰，亦是无济于事，本是姿色超群的江南美女，现在却变得越发颓废而邋遢。

这日午夜时分，奚晓冬正要洗漱歇息，姚文君忽然来电，告诉她住在海棠苑的丁一，现在非要跟着一个老年男人离开紫杉庄园，既不知这个男人从哪里冒出，亦不知他要带丁一去向何处。搞得姚文君束手无策，不知该如何是好。奚晓冬没有立即回答，她安静地望着镜子里那张玉琢冰雕的精致面容，轻轻摘下耳朵、手臂的首饰放入金镶玉盒子之后，这才缓缓说道："我知道了，让他俩走吧。"

"喂……晓冬姐啊，这怎么行呢？半夜三更的……"姚文君急了，电话里喊叫起来。没等她说完，奚晓冬便挂断了电话。

第二天下班后，奚晓冬径直来到龙州市小相国寺古文化街。很早以前，这里便是古玩字画、典籍碑帖以及文房四宝的集散地。前些年，古今集团出资重新规划、打造，将此处修缮、扩建成龙州最具古典与现代特色相融合的文化街区。如今这里市井烟火与美食飘香相安无事，古旧院落与时尚潮流各得其所，新建起的街道两旁，一排排青砖灰瓦筑成的商铺长廊，还有那古色古香的砖雕彩绘，无处不散发着浓郁的古街韵味。

走过人声鼎沸的马道巷，拐进老街幽暗的长廊，奚晓冬来到第七道门的一户院落门前，只见破旧斑驳的门楼镶嵌着"文盛斋"三个鎏金大字，门前蹲着两尊身躯遒劲有力，雕饰繁复多变的石狮子，既是镇宅辟邪的稀罕品，又是看家护院的吉祥物。拾级而上，进入门内，但见偌大的院子里，摆满了无数形态各异的石狮子和拴马桩，四周空间挤得满满当当，只留出一个狭小过道，供行人来往进出。奚晓冬神思游移之际，眼前忽而出现一位银发鹤颜，穿着中式夹袄的老者迎面走来，还没等握手便笑吟吟说道："早晨我还问丁一，晓冬何时过来？结果说曹操、曹操就到喽。"老者刚说完，便爽朗地笑了。

且说这位老者，本名姓魏名俊卿，雅号卧石痴人，正是这间"文盛斋"的主人。他家是小相国寺街老居民，七道门的这套院落便是魏氏祖宅。老魏年近七十，一生未娶，毕生痴迷金石文玩，众人皆说他是痴人一枚，老魏干脆取了"卧石痴人"这个雅号，并以爱石懂石的文化人自居。他把一生精力倾注于石头，所得大部分钱财，几乎都用于收集石狮子、拴马桩，五湖四海收来的物件堆满了院落，街坊邻里都已是见怪不怪。

一个偶然机会，奚晓冬和丁一认识了老魏，并且三人成了忘年之交。

那时候，丁一和罗行长刚走到一起，初到龙州的她闲来无事，独爱到修葺一新的小相国寺街转悠，晓冬问其缘由，丁一说这里的街市氛围很有南方味道，望见那些文玩古籍，常常令她感到心有归属。晓冬笑她不仅有林黛玉的身段，还有她的心性雅趣，丁一闻之默然浅笑。有天傍晚时分，两人结伴再到小相国寺街吃着、笑着、逛着，不知不觉穿行至"文盛斋"门口，恍然看见满院子的石狮子，丁一尖叫不已，跑过去又是抚摸，又是拥抱，还让晓冬给她多多拍照留念。正当两人嬉戏之际，一个声音从石狮子后面传出来。

"这里像不像是一个狮子军阵呢？"话音刚落，老魏便闪身而出，一副乱发披肩、不修边幅的尊荣，着实把奚晓冬吓了一跳，丁一反而喜欢得不得了，连声夸赞老魏一身仙风道骨，大有"活神仙"的气质，一连串伶牙俐齿的赞美，撩说得老魏满怀欢喜。从那之后，只要丁一来逛小相国寺街，必到"文盛斋"找老魏聊天，这个堆满残桩碎石的院落里，不时回荡着丁一清脆的笑声，竟惹得左邻右舍纷纷驻足观望。

既是无所不谈的闺蜜，奚晓冬便有话直说，她劝丁一尽量少去文盛斋，以免引起罗云松误会。丁一嘻哈不止，她说罗云松是自己的"物质恋人"，就像一张信用卡，拥有它可以消费自由，可是用过之后，却是索然无味；而老魏是她的"精神恋人"，类似一本经年耐看的古籍，常翻常有新发现，且能细细品读、静静研磨，万千滋味尽在不言中。

丁一依仗美貌癫狂自由的呼吸，奚晓冬自叹不如，便警告她不要贪心不足，小心赔了夫人又折兵。丁一哈哈大笑，说她手里有法宝，保证老罗不会生气，老魏不会生厌。

果然，丁一说到做到，究竟手里握有什么法宝，奚晓冬也懒得知道。说来也奇怪，丁一自由往来于两个老男人之间，愣是没遇见过"撞车"，为此经常得意扬扬。奚晓冬继续劝她别玩过界限，眼前狗屎运不会长远，丁一嘟嘴翻白眼，似乎并不为之所动。

正是这样一次萍水相遇，让丁一拥有了一处可以躲避烦忧的清静去处。

昨夜丁一离开紫杉庄园，奚晓冬当即断定是被老魏接到了"文盛斋"，她驾轻就熟找到这里时，楚楚可怜的丁一斜身歪躺在堆满炕狮的大床上，鞋不脱、妆不卸，一味痴痴发呆。

这时，老魏又拿出一个炕狮，茶壶那么大，青石雕琢的，一边用手摩挲着，一边望着丁一黯然说道："也不知道爱上一个什么男人，能把自己伤成这样。《红楼梦》里说得好，'女人是水做的，男人是泥捏的'，清澈灵动的水，一旦遇见浑浊不堪的泥，那就变得不是自己了。"老魏以为丁一为情所困，只管用自己理解的方式劝慰。

奚晓冬把丁一搂在怀里，一时竟不知该说什么，只听得老魏不停地唠叨："晓冬啊，你得多劝劝她，凡事尽量想开点。既然命里是水，那就应该自由流淌，不要遇到泥做的男人，便甘愿被人家盛放起来，他是圆，你就是圆；他是方，你就是方，做这样的水，太苦命！"奚晓冬自然听懂了老魏的话意，他是劝丁一活出自我，不必为一缕情愫熬坏了身子。可叹善良迂腐的老魏，哪里知道发生在丁一身上的大事。

奚晓冬拿了湿毛巾，替丁一擦拭着额头，又把巾卷烫热，给她捂着眼眶，本来水灵灵的大眼睛，已哭肿成了鱼眼泡。丁一缓过神儿后，紧抱奚晓冬尽情哭泣，奚晓冬柔声安慰道："事情恐怕没有想象的那么糟糕，估计老江和王汗他们正在想办法。你不住海棠苑，我能理解，只要你高兴，就住在'文盛斋'，有老魏照顾你，我也放心。"

丁一的哭声停了，嗓子沙哑着说道："我要回公寓去，住老魏家里，多有不便。"奚晓冬点了点头，开始帮丁一收拾随身物品。

眼见丁一要走，老魏有点急了，他把奚晓冬拉到屋外，气呼呼说道："你要告诉丁一身边那个男人，不要随便拿别人当备胎，好像自己很有面子，其实只有破车，才需要备胎；还要劝劝丁一，不要觉得自己有很多追求者，就心高气傲，只有廉价货，才被人疯抢。"

老魏说着鸡汤辞令，奚晓冬知道他想歪了，不禁哑然失笑道："做一个限量版的女人，也会被人哄抢的。"老魏瞪着狡黠的眼神回怼说："那不一定，因为抢不到。"一句诙谐语，逗乐了奚晓冬。

"老魏啊老魏，你这辈子没娶过女人，从哪儿得来的这些经验之谈？"老魏将耷拉到嘴边的胡须轻轻一吹，继续神侃道："我没吃过猪肉，还能没见过猪跑？依我看，男人就喜欢五样东西，豹纹、短裙、长靴、钢管，还有诱惑的眼神。可惜啊，符合这些条件的只有一个人，你猜是谁？"

老魏说得津津有味，同时翘起兰花指，故意卖关子。奚晓冬哪有心思和他说东论西，只能摇摇头，说她猜不出来。老魏也不作答，直接进了屋里。

丁一执意要走了。临出门前，躬身感谢老魏陪伴她一夜，给她说了那么多暖心话，讲了那么多人生道理。老魏苦笑着连连摆手，仍旧劝她万事皆想开，早点回去歇息。

望着老魏皮肉松弛的脸庞，奚晓冬犯了强迫症，念念不忘地又问道："你刚才说的，符合那五个条件的人究竟是谁么？"不等老魏回答，丁一转过身子，懒洋洋说道："哎呀呀，我的好姐姐，那人是孙悟空。"说完又朝老魏撇嘴说道："你那些老段子，不要逢人就讲，我耳朵都起茧了，下次来，我要听新的。"老魏满脸尴尬地咧了一下嘴巴，再也不说话了。奚晓冬神情一愣，差点笑出声来，随即挽起丁一胳膊，径直走出了七道门。

身后，老魏望着两个姑娘远去的身影，长长叹了口气，而后晃着脚步进了院子，转身将大门紧紧闭上。

第四十二章

周末的小相国寺街一片鼎沸尘嚣，人流比往日明显增多了。

奚晓冬和丁一相伴走出了马道巷，因为心绪灰暗，两人都没有心思闲逛，便直接驱车返回公寓。本想着这次总该有机会到丁一的闺房去瞧瞧，结果车到楼下，她只是喃喃两句迷迷糊糊的告别语，便病恹恹地下了车。奚晓冬望着她单薄消瘦的背影，大声喊话说："上楼好好洗个澡，睡一觉，明天我们一起去逛街。"丁一转过身子，懒懒地抬了抬胳膊，披头散发的脑袋微微点了两下，就算是答应了。

望着丁一走进了公寓大堂，奚晓冬缓缓掉转车头。这时，姚文君惊慌失措地又打来电话："喂！晓冬姐啊，是你吗？你听说了吗？是真的吗？晓冬姐……"刹那间，奚晓冬心里涌出一团无名之火，冲着话筒呵斥道："我说姚文君啊，你最近怎么了？每次打电话都是大惊小怪的样子，什么我听说了吗？有事你就直接说，哪来那么多废话？"

从来没听见过奚晓冬这种凌厉口气，电话里的姚文君明显被吓到了，连忙声音怯怯地说道："我也是刚刚听说，说……说今天早晨，王董事长被纪委的人从龙州机场带走了……"。奚晓冬"咯噔"挂了电话，身子沉沉地靠向车座，大脑顿时陷入一片茫然。

这时，电话再次响起，奚晓冬懒得看一眼屏幕，直接拒绝接听，数秒之后，电话又打过来，奚晓冬无奈接通，没好声气地说道："姚文君，你不要再打电话了，我都知道了。"不料话筒里传出社长高瞻年的声音："晓冬啊，你现在忙不忙？能不能马上来我的办公室？"

奚晓冬口里连忙支吾道："呃……这会儿吗？时间是不是有点晚？可以在电话里说吗？"高瞻年沉默了数秒钟，悠悠然说道："还记得前两天，我给你说过的话吗？龙州果然出大事啦！我刚刚得到的确切消息，龙州银行行长罗云松和古今集团董事长王汗，双双被龙都纪委带走调查了。我把这些消息透露给你，就是希望你能即时跟进，这可是千载难逢的好新闻呀！喂……奚晓冬，你在听我说话吗？"

高瞻年这份猎取爆炸新闻后的惊喜，令奚晓冬感到阵阵心悸。

"哦……高社长，我听明白了，采访若有进展，我会随时向您汇报的。"未等高瞻年把话说完，奚晓冬就关掉手机，此刻的她，不想再听到任何人的任何声音了。

奚晓冬的心绪陷入漫天黑暗之中，隐约浮现的预感，一个个无比残忍地发生着。这些天，那些深藏内心深处的惴惴不安，像挥之不去的梦魇时时缠绕心头，独自在家时，被噩梦惊醒的奚晓冬感到莫名的恐慌。多么渴望能像往常一样安静地躺在江南风身边，听他讲述许多无法从书本看到的逸闻趣事，还有宦海争锋时惊心动魄的江湖对决，那些新奇故事，常常令奚晓冬感到耳目一新，仿佛在她面前呈现出另一个异彩纷呈的世界。

然而此刻，奚晓冬分明感受到一股萧瑟气息扑面而来。直觉告诉她，如果真有风吹草动，老江一定会给她招呼或暗示，就像那天电话里叮嘱的那样，或许每天安心上好班，镇定自若地管好自己，才是对老江最大的支持。

可是，奚晓冬终归是一介女流，有着女人天然的脆弱，她能忍受长时间不见江南风，难道多打几个电话，听听他的声音，都是多余的吗？想到这里，奚晓冬猛然意识到不能关机，等待重启手机后，即刻收到一条短信，"伊甸园，等你"，果然是江南风发来的，短短五个字，瞬间让奚晓冬热泪盈眶。

心怀巨大的惶惑与激动，奚晓冬急匆匆赶回伊甸园，见到江南风那一刻，她再也无法控制自己的情绪，一头扑进对方怀里无声啜泣起来。神色阴郁的江南风甚是怜爱地擦拭着奚晓冬满脸的泪水，轻拍着她战栗不安的肩头，任其畅快淋漓地哭泣着。

过了许久，奚晓冬的抽泣声渐渐停了，江南风语气极为低沉地说道："世上的很多事情就是这么奇怪，非要等到乌云卷积到头顶时，很多人才能感觉到骤雨将至。好在天塌下来，还有高个子顶着啊。"

奚晓冬是何等聪慧的女子，自然能听懂江南风的弦外之音。"我猜你肯定是遇到事情了。既然知道自己帮不了什么忙，就更不能添乱，所以尽量忍住不去打扰你。"奚晓冬的善解人意，从来都是江南风最为欣赏的。面对眼前危局，他避开所有人的视线，独自来龙州和奚晓冬见面，就是不想让这个识大体、顾大局的心爱女子方寸大乱。

"敏感时刻，我们之间少通话、少联系，都是从安全考虑。有时候，事情棘手并不可怕，可怕的是人心复杂。估计你已听到风声了，事态的恶化，令人猝不及防啊！"心中堆满焦虑的奚晓冬，终于听到老江愿意给自己吐露实情，随即关切问询，是不是罗云松惹来的麻烦？江南风摇着头，望着窗外迷离的灯火深深叹息着。

其实，此刻站在奚晓冬面前的江南风，内心还是相对放松的，他在龙都已经有好几夜不能入眠了，巨大的压力不仅仅来自罗云松，还有好几个被陆续带走的"圈内人"。像江南风这个级别的领导，即便不想结交人缘，也难挡别人闻腥而来。因为追逐权力与财富是人的本能，本能释放的地方必然有人情世故，而那人情世故的汇聚之地，便是纷纷攘攘的滚滚红尘。这些无法躲避的人寰法则，犹如魔咒一般，攥紧了每个沉浮宦海之人。江南风不例外，比他或高或低官阶的圈内人概莫能外。

"不能把一切都归结于老罗身上。当年我赏识他、提拔他，并没有人提出反对意见，现在老罗被临省事端牵连进去，有人就要'丢车保帅'，这样做，对他是不公平、不道德的。给人家消灾免难、鼎力办事的时候，老罗便是神仙大救星；现在落难了，有些人就急着与他划清界限，做人实在是太没底线了！如果这个时候，我都不给老罗说句公道话，那他可真是要完了。"江南风极少在奚晓冬面前如此直白说话，从他的只言片语中，奚晓冬清楚意识到事情的复杂，尽管她并不知道江南风所说的"有些人"指的是谁。

江南风颓然静坐沙发，高大的身躯久久不见挪动，说话时的语气，忽而低沉，忽而游离，仿佛是在自言自语，又像是给奚晓冬倾诉。"王汗也被带走了，但愿他不要误解了罗云松。前后已经进去了好几个人，究竟是谁供出的王汗，目前还不得而知。可是奇怪了，我让王汗去京城的消息，只有那么几个人知道，究竟是谁透露了风声……是谁呢？"

不管江南风是否在给自己说话，奚晓冬一直紧紧拥抱着他，声音颤抖着说道："我不要你出事……不要……如果有人非要'丢车保帅'，那也不该有你啊！"奚晓冬哭了，哭得很是伤心，簌簌流淌的眼泪浸湿了江南风的衬衣。多年记者生涯历练出的灵敏嗅觉和职业敏感度，让她从江南风的诉说中闻出了异乎寻常的气味。

江南风自然对龙都政坛洞若观火，如今有两股中坚力量，已然形成了两派政治圈子，一个是以江南风为代表的"厅局派"，另一个是围绕周围城副省长形成的"地市圈"。这两路人马"本是同根生"，却偏偏互相不对付，明争暗斗的态势由来已久。"厅局派"认为"地市圈"都是崛起于草莽之间，不按规矩出牌的另类；"地市圈"则认定"厅局派"都是一些喜欢坐而论道，空谈误国的平庸之辈。矛盾积累久了，彼此间的各种倾轧与排挤便泥沙俱下，继而形成势同水火的力量对峙。因而罗云松牵连进临省要案之后，敌手们仿佛看到千载难逢的机会，决心要让这场火势，波及到龙州乃至龙都。尤其当王汗被纪委带走之后，江南风清晰察觉出，围绕着他和周围城之间展开的"暗战"已然表面化。两位副省长为了争夺"常务"二字，早已暗斗多年，今次临省大案，能吸引深藏不露的周围城逐渐露出獠牙，估算对方肯定掌握了充分证据。每每想到这些，江南风总能感觉到涔涔寒意渗入骨髓。

思念的焦渴是激烈而短暂的，潮水褪去之后，奚晓冬安静地躺在江南风怀里，房间里异常安静，只有不远处的挂钟在"嘀嘀嗒嗒"作响。此时的两人，心中纵然有千言万语，皆被强大的心理压力遮蔽了，眼前无论是坦途或是险境，都须得拿出足够的智慧和定力去应对，故而分神之后的身体，明显少了往日见面时的悸动。

过了许久，江南风缓缓起身，从衣兜拿出一把银行保险柜钥匙，轻轻放到奚晓冬掌心，而后神色异常严肃地说道："我想了很久，只有把它交给你，心里才是最踏实。但你切切不可鲁莽冲动，除非事情到了万不得已的时候，你才能去打开保险柜。凡事总得给自己留条后路啊……"江南风说话的语气悠然而坚定，似乎这把钥匙，才是他最大的心事。

看着钥匙背面清晰镂刻着"龙州银行321"的字样，再望着眼前这个神情沮丧的心爱男人，并未看见保险柜内容的奚晓冬，似乎什么都明白了。江南风是见识过大风大浪的男人，如果没有嗅到危险的气息，一定不会在这个异常敏感的时刻，趁着夜色来见她，并给她留下这番重托。思忖到这里，奚晓冬忽然感觉天要塌了，从她深深爱上江南风的那天起，他便是自己生命的全部，如果将来真有翻天覆地的大事发生，那便是她奚晓冬今生今世难以躲避的劫难。

望着掌心这把金光灿灿的钥匙，奚晓冬无法抑制内心痛楚，紧紧抱住江南风大声哭泣道："你的托付，我谨记在心。我有话你也得记着，若是你有了闪失，我必将随你而去。"

哽咽不已的奚晓冬，说着动情而决绝的话语，深深震撼了江南风的内心，他张开臂膀深拥着心爱女人说道："万万不可胡思乱想，这里永远是我们的伊甸园。"言罢，江南风这个沉稳而内敛的男人，十分罕见地流下了眼泪。

面对奚晓冬这个精灵般的女子，江南风自始至终是心存亏欠的。

他身居高位，奚晓冬却从不利用他的手中权力，为自己或他人谋取私利，且还心甘情愿隐于身后，默默地做他的地下情人，这般乖巧懂事的女子，江南风怎能舍得辜负？从把奚晓冬领入私人圈子那刻起，江南风隐约意识到，终有一天，他必得给奚晓冬一个合适身份。

凌晨四时许，假寐苏醒后的江南风再也睡不着了。穿戴整齐后，他想冲杯咖啡喝，忽而发现奚晓冬睁大眼睛，静静看着他默不作声。江南风走近床前，无限怜爱地抚摸着奚晓冬的额头说道："或许事情并没有想象中那么困难，等待这阵风过去了，我会再联系你的。交给你的钥匙一定要收好，它能让我安全无虞。"也就是这句话，终于让奚晓冬的忐忑不安稍稍得以平静。

不等天亮，江南风便要返回龙都了。奚晓冬已经习惯了这样的见面节奏，因为她知道，江南风从来不独属于自己，外面还有太多的人、太多的事情等着他的出现。临出门前，江南风忧心忡忡地叮嘱奚晓冬，有必要劝说丁一暂去澳洲躲躲风头，等待这边风平浪静后，再回来不迟。已经把头埋进被子的奚晓冬，轻声哽咽着答应了。

江南风离开后，奚晓冬再难入眠，她把房间里的所有灯光全部打开，又把音响的声音调到最大，曲风壮美、节奏激越的《第九交响曲》瞬间弥漫了整间屋子。

心绪烦乱的奚晓冬披衣来到客厅，她不停地摩挲着手指，脚步茫然地踱来踱去，忽而扬起胳膊，将那把钥匙重重摔落地板，整个人顺势倒在沙发上号啕大哭。此刻的奚晓冬非常清楚，这把钥匙既能保住江南风身家性命，又能置他的政敌于死地，可是这两样结局，都不是她想要的。她想和江南风永远安好下去，可惜这样的美好愿景，眼看就要被现实打破了，一时间，孤独、绝望、愤怒统统漫灌过来，奚晓冬感觉自己快要窒息而死了。

长久时间里，奚晓冬面对江南风时，宁愿是一副温良俭让的淑女模样，也不愿拿出本性的一面真实以待，她总想着要做江南风心中最喜欢、最满意、最放心的女人，却不知这样的心态压抑久了，无边的孤寂与迷茫，已经像漆黑的夜色笼罩了她，奚晓冬常常有喘不上气的感觉，可是那又能怎样呢，谁让她无可救药地爱上这个男人呢？面对高入云端、不可侵犯的江南风，即便奚晓冬拥有洒脱无羁的性情，也注定无法拯救这份未必能有结局的无言之爱。

随着纪检审计人员陆续跟进，龙州古今集团的财务账户被全面冻结，多半部门处于瘫痪状态，就连紫杉庄园也未能幸免。外面的风声越来越紧，山雨欲来、大厦将倾的沉沉威压令奚晓冬时刻感到焦灼不安。

董彪已经耐不住性子，强烈建议丁一尽快飞往澳洲"躲灾"。只顾着嘤嘤哭泣的丁一完全没有意识到，巨大的风浪已经朝她涌动而来。任凭奚晓冬从旁如何劝说，丁一不仅摇头不听，还楚楚可怜地哭道："你们现在都逼我去澳洲，人生地不熟，英语也不会，老罗的事情又没个结果，叫我一个人出去怎么活呀！"

奚晓冬何尝不能理解丁一的作难，让柔弱无力、悲悲戚戚的她忽然远渡重洋、客居他乡，任谁也会感到手足无措、惊慌不安。然而事实是残酷的，不得不做出艰难抉择之时，即便前面出现的是刀山火海，你也得闭眼跳下去。

董彪忙不迭地做着出国前的准备，奚晓冬又请出"卧石痴人"魏俊卿规劝丁一，这位"文盛斋"主人并不知晓丁一非得出国的内情，故而只能凭借人生经验，劝解神伤抹泪的丁一道："俗话说'好汉不吃眼前亏'，既然有灾，那就得躲，迎面而上那是蠢人才会做的事情。"丁一心里有话，口却难开，痴痴呆呆睁着一双哭肿的泪眼喃喃说道："晓冬啊，我真的非去不可吗？"奚晓冬无言以对，只能轻轻点头，随之转身潸然泪下。

董彪连续接到神秘电话的催促，急迫的情势，已经容不得丁一继续优柔寡断。为防止夜长梦多，董彪和丁一简单整理了行李，随即赶往龙州机场。送机的人群里，除了奚晓冬和老魏，还有几个神秘的墨镜男。临别之时，丁一哭着答应奚晓冬，她会在澳洲照顾好自己，三言两语之间，两人已哭得稀里哗啦。此情此景，令心力劲道的老魏也感觉鼻头泛酸，急忙从旁打岔说道："心灵富足，才是好生活的真正底气。我倒认为丁一现在是最美丽的样子，因为你要真正开始成为自己了。"老魏又端出鸡汤辞令，让丁一破涕为笑。

"我走之后，你该给谁熬鸡汤呢？晓冬可是不会喝的。"

老魏爽朗一笑说："只要你爱喝，我天天在电话里给你熬。"

……

丁一就这样慌慌张张地跟随董彪飞走了。

从机场返回龙州的路上，奚晓冬客气地感谢老魏来送丁一，还说他的言辞，从来不是什么心灵鸡汤，而是句句在理的真情之语。老魏面露羞怯，用手不停地揉捏着鼻子咧嘴嗤笑，其后两人均陷入了默默无言。

透过车窗，奚晓冬抬眼远望着灰沉沉的天空，泪水迷蒙了双眼。她想起和丁一的大学时代，又想起她俩在龙州的朝暮与共，无论是一世之交的同窗之谊，还是繁花似锦般的闺蜜之情，也许都随着天空中的那架飞机远去了，一股钻心的痛楚，让奚晓冬忍不住哭出声来。老魏急忙凑前想安慰她，结果嘴唇哆嗦了半天，却吐不出半个字。这时，车厢里响起一首歌曲《相见欢》，那令人心碎、如泣如诉的旋律，惹得老魏也忍不住流下泪来。

> 若不是哪一年，看过的风光，
> 怎么会知道，寒冷的模样。
> 若不是那一场，醉过的短暂，
> 怎么会知道，清醒的漫长。
> 若不是一回头，灯火正阑珊，
> 怎么会责怪，黑夜的凄凉。
> 若不是一转眼，你经过身旁，
> 怎么会明白，半生的惆怅。
> 相见欢，泪满衫；不思量，自难忘。
> 快乐让我们学会悲伤，风景背后的荒凉。
> 如果每个梦都要散场，何必为了谁动荡。
> ……

第四十三章

发生在龙都的这场派系纷争和权势角力的天平，开始逐渐向周副省长一方倾斜。龙州市委书记马达掩饰不住内心激动，他觉得有些内情，此时可以给泉政谦摊开了。马达非常清楚，在处理鲲丘投毒案和何流这两件事情上，泉政谦一直耿耿于怀，大家毕竟是和衷共济的同渡者，决不能让这份误解和猜疑愈日加深，因为马达已经明显感觉到了泉政谦对他的疏离。

两人的谈话仍在那间风水俱佳的"靠山向阳"办公室，虚闲法师指点摆放的桌椅位置基本没变，唯有墙上那幅浅墨山水画换成了巨石画。泉政谦定睛细瞧了一遍，自觉这幅画缺少了灵气，多出一些粗莽。马达依旧是那副风轻云淡的表情，脸上没有任何内疚之色，嘴里连说平日工作太忙，都忘记和老同学谈心了。他的这番自谦之语，反而让泉政谦略感尴尬。

一番客套过后，马达直奔主题说道："我知道你对处理何流的问题有看法，这也不能全怪你，因为有很多内情，恕我当时不能明说。如今情势已大有逆转，而且渐趋明朗，我们之间便没必要再这样遮掩下去。"马书记的直面坦诚，多少出乎了泉政谦的意料。

马达又说道："鲲丘投毒案发生时，你负责督查，又是龙州主管安全的副市长，暂且不说江副省长插手其中的内情，如果上面真要追究事故的领导责任，你能逃得了干系吗？"泉政谦憋了一肚子的话刚想说，又被马达用手势挡了回去。

"我知道你想说什么，暂且让我把话说完，你再发表高论。"马达嘬了一口茶水继续说道，"不知是哪个神通广大的'孙猴子'，直接把投毒案的追查情况捅到了江副省长那里。既然上级领导有指示，我就不得不执行，可是如何去落实，着实让我大费周章。情非得已之际，我便顺水推舟让李希文副市长代替你去督查，表面上似乎对你的前期工作给予了否定，可实质上我是在保护你。"说到此处，马达用余光扫视了一眼泉政谦，只见他双腿并拢，低头不语。马达立刻意识到，他的话已经触动了泉政谦。

"再说那个何流，我知道他是你一手提拔的爱将，可是你别忘了，鲲丘投毒案涉及两条人命，作为龙河县'一把手'，何流如何逃脱责任？你又如何帮得了他？死了人，那可是秃子头上的虱子，人人瞧得见，想躲也躲不开。所以处理何流，那叫'弃卒保车'，不得已而为之，无论当时你理解或不理解，我都得这么做。"

"可……可是何流的结局太悲惨，做人做事，千万不能寒了人心啊！"泉政谦终于逮住话茬儿。不料他的这句话，明显惹得马达有些愠怒。

"你这叫'妇人之仁'！看看何家后来发生的事情，我更坚信当初对他的处理方式是正确的。一个堂堂县委书记，把家里弄得鸡飞狗跳，儿媳妇怀上别人的孩子，兴高采烈地给自家祖宗戴绿帽，还嫌不够丢人吗？依我看呀，何流这个人对你唯命是从是假，一心往上爬才是真。为了自己的仕途和利益，可以不顾一切、不择手段，难道你不觉得此人很可怕吗？"泉政谦万难料到，何流在马书记心目中会是这般形象。回想那趟观音寺之行，马达还曾对何流的学识大加赞赏，如今看来皆是假象，原来何流从来就没有进入过马书记的法眼。

闻听了马达的这番透彻之语，泉政谦依旧心有余惑，他认为马书记仍然没有给自己交底。马达是宦海沉浮的老手，当然看出了泉政谦的心疑，他在内心掂量再三之后，这才悠然说道："眼前的局势，你应该很清楚，罗云松、王汗等人都进去了，可这完全是'城门失火，殃及池鱼'，碰巧让我们从中得了便宜，这或许也是他们的宿命吧。长久以来，我们尽量不去与江副省长正面抗衡，就是考虑到对手的根基太深，力量太强。现在是老天爷在帮我们，虽然还没有做好和对手最后摊牌的准备，却也只能仓促上阵了，因为机会实在难得啊！"

"您说的机会，指的是……"马达此刻所说的每句话，泉政谦都洗耳恭听，生怕漏掉一个字。

马书记又喝了一口茶水，随之感慨道："昨天夜里，咱们这位江副省长，居然出现在本市伊甸园小区，幽会了一个名叫奚晓冬的女子，一直到凌晨时分，他才离开。或许每个人都有自身软肋，依我看，这个女子便是江副省长的软肋啊。"

从马书记口里听到"奚晓冬"三个字，泉政谦震惊不已，这么多年的怀疑，瞬间得以验证，内心不由得一阵狂喜，表面却仍是一副淡然神态。

其实，捕捉伊甸园可能出现的身影，这是周围城授意马达的。一有了收获，马达即刻向周副省长做了汇报，老领导给出的指示是不可"打草惊蛇"，要"放长线钓大鱼"。周围城的贪婪是想在龙都地界上，将以江南风为首的"厅局派"一网捞尽。

老领导的意思启发了马达的野心，要想在这次"围猎"行动中夺得头功，就得把龙州融入"厅局派"的大小对手统统拔出来，倘若能给老领导献上这份厚礼，不愁自己以后升迁无望。于是，当罗云松、王汗等人被纪委陆续带走之后，马达将所有目光都集中在奚晓冬身上，且认为这是上天赐给他的大好机会，如果能从这个女人口里挖出江南风的"秘密"，那他便是博得了头彩。

此刻，恍然大悟的泉政谦，感受了一丝生活对自己的嘲弄，这么多年，自己苦苦寻找奚晓冬和江南风之间的蛛丝马迹，不料马达背后的高人，却已将他们的关系摸得清清楚楚。现在看来，马达能将这个秘密坦然说出，他和他背后的人已然是胜券在握了。想到这里，泉政谦彻底放弃了以前的怨艾，趁机坦言道："马书记啊，您刚刚所说的'我们'里，可否有我泉政谦啊？"

这句话明知故问，看似试探，实则直抵问题核心，马达岂能听不出弦外之音？他望着泉政谦蓄满疑虑的眼神呵呵笑道："今天叫你来谈心，就是想和你打开天窗说亮话。'我们'既包括你我，还有我们龙州的老领导周围城同志。"正是这句话，使得两人之间积蓄的误解烟消云散，继而让泉政谦对马达佩服得五体投地。

马书记的交底之词，使泉政谦内心豁亮无比。回想周围城在任龙州时，泉政谦总觉得自己无法进入老书记的视线，虽然已经贵为副市长，但他认为这是凭靠硬本事干上来的。然而人在宦海浮游，终是身不由己，倘若能有棵大树依靠，心里底气自然会多一些。如今那些煎熬人的困惑统统消散了，泉政谦感到前所未有的神清气爽。

……

从马达办公室回家后，泉政谦将江、奚两人非正常关系的事实，即刻告知了泉少谦，多年心疑，一朝得解，兄弟俩甚感高兴。看来，以往曾经发生的所有蹊跷，果然都与奚家小女有着关联。然而，高兴是极其短暂的，还未曾尽情享受胜利的喜悦，忽有一种强大的、无以言状的困闷和悲凉之感，瞬间湮没了泉氏兄弟内心。两人安静地坐在书房，谁也不说一句话。

身边的人一个个都进去了，"多米诺骨牌"效应像恶魔的咒语，牢牢束缚了江南风的手脚。京城那边"老领导"的声音迟迟不见传来，龙都地盘上的"自家人"又在关键时刻分裂，两派意见南辕北辙，造成的直接恶果，便是事态的火焰越烧越旺，大有不可收拾的趋势。人在焦躁不安的情况下，大脑判断力就会直线下滑，此刻的江南风不曾料及，他的一举一动，包括电话与行踪，已经被人死死盯住了。从伊甸园匆匆离开的那天凌晨，奚晓冬亦已曝光在办案人员视线里。

奚晓冬的敏感是精准的，无论白天或晚上，她隐隐约约察觉楼下，似乎一直有人在晃悠。起初奚晓冬没太在意，且怀疑自己有些神经过敏，但内心的忐忑不安，驱使她进出大楼时，速速用眼睛扫视四周，却始终没有发现任何异样。

最近几天，奚晓冬的睡眠很糟糕，深夜里老被噩梦惊醒。

这天夜半时分，睡眠再次跟奚晓冬较劲儿，她在偌大的客厅里来回踱步，透过窗帘一角，忽而发现楼下有好几个人影在晃动，这回可是真真切切地望见了。而当奚晓冬迟疑之际，又看见路灯下的那几个人，正朝着她家的窗户指指点点。奚晓冬的神经猛然收紧，头皮像裂开似的响了一下，她迅速拉紧窗帘，关闭所有灯光，而后坐回沙发，屏息静听着窗外动静。过了一阵子，她再次蹑手蹑脚躲在窗帘后面，偷瞄那些人离开后，这才长长松了一口气。

第二天一大早，几乎整夜未睡的奚晓冬早早前来上班，碰巧在楼道里遇见了高瞻年社长，彼此打招呼的刹那间，奚晓冬发觉高社长的笑容是那么的不自然，就连给自己问好的神态，都显得那么僵硬。整个上午，奚晓冬一直坐在办公桌前，时不时瞅着面前的电话机。按照以往惯例，高社长应该向她询问龙州大案的采访进展情况，然而直到中午下班，高瞻年并无动静，仿佛今天从未见过奚晓冬似的。

思绪陷入纷乱的奚晓冬暗自琢磨，该不该主动去给高社长做个汇报？或许社长今天工作太忙，没空过问此事，如若真是这样，反倒还安心了。时间像蜗牛一样爬行着，下午的杂志社里更显得安静，很多记者外出采访了，只有几间职能办公室的门还虚掩着。这时，昏昏沉沉的睡意开始向奚晓冬袭来，她再也忍受不了内心煎熬，随即起身去找社长，结果社长办公室大门紧锁着，高瞻年不知何时已经离开了。

奚晓冬不知道自己是如何回到伊甸园的，她感觉眼前的一切都开始变得不正常，当她再次掀开窗帘一角往外看时，夜里那几个人又出现在楼下，惶恐与不安令奚晓冬实难忍受，于是她拿起手机，断然给江南风发了条短信：想你了，身边出现了无法形容的古怪！

之后，奚晓冬痴痴望着手机发呆，她知道这样的唐突举动，定然是江南风不喜欢的，然而此刻，她再也不想顾忌那么多。时间"嘀嘀嗒嗒"流淌着，足足半小时后，江南风迟迟发来一句：事繁勿慌、事闲勿荒。望着这八个字，奚晓冬哀鸣一声，随即泪水溢满了眼眶。

这时候，睡意铺天盖地再次袭来，奚晓冬正想靠在沙发歇息片刻，丁一突然从澳洲打来电话，大声哭诉董彪是个大流氓、大骗子，不仅虐待骚扰她，还控制她的人身自由。尤为卑鄙的是，他把罗云松和王汗也给欺骗了，澳洲根本没有属于丁一的任何东西，那些登记在她名下的资产证明，都是从国外黑市买来的伪造文书。董彪玩了一出瞒天过海的戏码，澳洲所有财富的真正拥有人是他本人。

奚晓冬听罢，心里着急万分，却也只能稳住呼吸给丁一出主意，让她尽快去找当地中国使领馆求助。丁一听明白后，仍然大声嚷嚷说，董彪把她锁在家里，自己无法出门。奚晓冬再要说话时，电话信号中断了，等她急忙回拨过去时，话筒里传出的只有忙音。

从得知董彪是王汗亲外甥，再到丁一刚刚揭开他的真实面目，奚晓冬觉得自己太不了解此人了。这般"偷梁换柱"的精心设局，董彪肯定早有预谋，仅凭丁一简单的大脑，肯定斗不过董彪。然而此时又能怎样呢？丁一远在八九千公里以外的澳洲，罗云松和王汗爱莫能助，也不可能在这个节骨眼，再给江南风说这摊破事。想来想去，奚晓冬只能心里默默为丁一祈祷，但愿她吉人自有天助。

再说奚望为了温泉村贷款之事，准备再去龙州寻找奚晓冬帮忙，临走前，春梅娘给他包了饺子吃，却被聋哑儿子奚小贤全部打翻在地，一顿饺子吃得甚是败兴。那天夜里，奚望辗转难眠，前思后想如何向奚晓冬开口，结果大脑兴奋过度，黎明时分才晕晕乎乎睡着。

一觉醒来，时间已近响午，奚望埋怨妻子为何不早点叫醒他，阿冰心疼丈夫入春以来的辛劳，本意想让他好好歇息一下。此时太阳当空高照，奚望简单洗漱一番，顾不得吃口饭，便急匆匆出发了。望着丈夫渐渐远去的身影，阿冰欣然而笑。

奚望赶到龙州时，已经是傍晚时分，夏日的燥热笼罩着灯火阑珊的城市，街巷弥漫着白日艳阳暴晒出的混沌气息。奚望虽和奚晓冬见面两次，却都留下糟糕记忆，特别是高乐酒店那晚，还给奚晓冬惹了祸端，至今想起来，心里仍不得劲儿。

左思右想之后，奚望很难鼓起独自去见奚晓冬的勇气，便到高乐酒店找到姚文君。姚文君看见老朋友又来了，心里断定他肯定又要有求于奚晓冬。"这回我可得学乖了，没有晓冬姐的同意，你千万不能去见她。"

姚文君未能料到，她的这个态度，正是奚望所期盼的。"麻烦你给晓冬打个电话，告诉她我又来了。"姚文君望着奚望，眼角往上一翘说道："我可以去打电话，但你必须坐在大堂，不许走动。"

奚望狠狠点着头，姚文君心里偷偷乐了。因为她心里很清楚，自从那晚，奚望撞破八〇八房间"事端"之后，虽然给奚晓冬即时调换了另外一间更为私密的套房，但她再也没来高乐酒店住过。所以奚望此刻独坐大堂，姚文君根本不用担心上次的失误再度发生。

且说奚晓冬下午回家，接了丁一那个糟心电话后，实在忍受不住困乏，便和衣躺在沙发，不知不觉中睡着了。忽然接到姚文君电话，得知奚望又来找她，奚晓冬不禁愣了一下，随之大脑开始高速运转起来。

眼前所有的异常，似乎都在隐隐告诉她，楼下那些人就是冲她而来的，如果预感变为现实，那么这把钥匙便是解救江南风的唯一寄托。想到这里，奚晓冬语气爽快地答应姚文君，可以带着奚望来伊甸园，而且破天荒地将地址告诉给她。

挂断电话后，奚晓冬迅速走进卧室，从金镶玉首饰盒里拿出那把钥匙，随之紧紧捏在手心，她觉得自己心跳在加速，浑身开始发热，手亦在微微发抖。这时，耳畔有个异常清晰的声音告诉她：奚望来了，这是带出这把钥匙的绝佳机会。此刻，如果姚文君和奚望能够正常进出，起码说明江南风那边是安全的；如果自己优柔寡断，失去眼前这个机会，等到楼下那些人冲上来时，那就一切都晚了。估计姚文君和奚望很快就会过来，时间不允许她游移不定，惶惶不安的奚晓冬，仔细将钥匙装进一个很小的首饰绣袋，又把绣袋塞进首饰盒子的底部，再给上边放了一枚翡翠玉镯，然后快速合上揣进了怀里。

奚晓冬居然答应让她领着奚望登门去家里，这让姚文君受宠若惊，看来，奚晓冬不仅不生气了，而且还把她当"姐妹"看待，想到这里，姚文君心里一阵得意。

心情大好的姚文君领着奚望，循着地址敲开房门时，眼前奚晓冬的模样，令他俩都大吃一惊。那个曾经精神焕发、神采飞扬的美人，怎么突然间蜕变得如此憔悴不堪？姚文君急忙关切问道："晓冬姐啊，你是不是病了？要不要我陪你去看医生？"

奚晓冬苦涩地摇了摇头。不知内情的姚文君又唯唯诺诺地问道："董事长不在，我听说集团内部都快乱套了，好在我们高乐酒店没受干扰，经营还算正常，但大家也是人心惶惶。我就想问问晓冬姐，我们……我们公司不会有事吧。"

尽管姚文君算得上是个会说话的职场白领，但她终归年轻，与人交谈时，喜欢察言观色、刻意套话的毛病暴露无遗。奚晓冬望着姚文君故作迷茫的脸庞苦涩笑道："无论发生什么事，做好本职工作才是你的本分。"姚文君的明知故问，被奚晓冬用"软钉子"怼了回去。她尴尬地笑了笑，然后甚是无趣地坐在沙发另一头，随手拿起一本杂志低头不语地翻看着。

第一次到奚晓冬家里时，奚望就已经被这套装裱考究的屋子震惊了，此刻再次举头细看，阔绰奢华感依旧夺人魂魄。奚望正往四处打量，奚晓冬忽然站起身对他说："我姐的生日快到了，杂志社最近特别忙，我没时间回鲲丘，又想送她一个小礼物，麻烦你帮我捎回去给她。"话音刚落，奚晓冬便拉着奚望走到了卧室门口。刹那间，一股令人迷醉的浓郁馨香扑鼻而来，奚望终于看清了这里的真实模样。

这是一间别有洞天的内外套间卧室，外间中央摆放着一张宽大无比的缅甸大果紫檀桌案，案头堆满各式宝砚、笔筒，还有许多临摹法帖卷起或展开着。桌案右侧则放着一尊落地景德镇青花陶瓷花瓶，器型雍容舒展，图案点缀高雅，釉色光洁而嫣然。案后是一排极品黄花梨打造的书架，层层叠叠、装帧精美的新旧书籍码放齐整，各种造型别致的文房饰品错落有致地点缀其间，有金锣扯腰的歌者，牧童扶摇的划犁，横箫戴笠的隐士以及临窗嗟呀的女俑……这些质地考究的物件将空间充盈得舒朗而不显拥挤。

透过一扇缀满金花的木兰屏风往里间望去，只见能陷至脚踝的土耳其织锦地毯尽头，高撑着布满"凤求凰"纹饰的粉黄色帐幔，一袭流苏萦绕床榻四周。纱幔低垂处，那繁复华美的云罗绸缎犹如水色荡漾，连同铺满床榻的锦被绣衾，将整间卧室衬托得富丽堂皇。房间拐角处的墙面上，赫然斜挂着两把阿拉伯宝剑，剑鞘是镀金的，剑柄上镂刻着威风凛凛的金钱豹图案，周围镶嵌着璀璨夺目的红蓝宝石，这两把名贵宝剑，还是江南风和奚晓冬同游波斯湾迪拜时，花费重金买下的。再往高处望去，来自意大利水城威尼斯的一盏高贵迷人的琉璃灯，恰好照在床榻中央，灯盏飞檐边，悬挂着两只葡萄花鸟纹银香囊，榻边雕工精美的木质窗户半掩着，丝丝清风拂来，那玲珑剔透、机巧绝伦的香囊轻磕慢摇着，发出一丝丝拨弄心弦的悦耳鸣声。

这般魅惑众生的香蜜闺阁，任谁看上一眼也会脸红心跳。奚望心里渴望细瞧，眼睛却不听使唤，加之怀揣心事，手足早已乱了方寸。这时，奚晓冬拿出首饰盒子，直接塞进奚望衣兜里说："我送我姐的生日礼物，请你务必今晚连夜赶回鲲丘，一定要亲手交给她，拜托你了！"

奚晓冬说话的口气，令奚望惊诧不已，既似哀求于他，又像命令于他，而且容不得半点商量的余地。奚望愕然问道："你是不是遇见啥事了？要不要我帮忙？……"

奚望的话还没说完，奚晓冬即刻用力把他推出卧室。坐在客厅的姚文君已经站到家门口，奚晓冬推搡的力气很大，奚望打了一个趔趄，差点绊倒在地。看着奚晓冬的古怪，奚望有点急了，口气焦急地说道："别推！别推！我还有正事没给你说呢。"

奚晓冬突然怒了，大嗓门冲着姚文君喊道："把他给我带走，快带走！"姚文君早已不知所措，当下心里犯了急，伸手便要拉着奚望离开。就在奚望侧身出门的一瞬间，奚晓冬猛拍奚望的衣兜，压低嗓门再次说了一声"拜托"，随即"咯噔"一声，房门严严实实地关闭了。

急匆匆走出伊甸园大门后，姚文君和奚望谁也没说话，只顾着垂头丧气地往前走。伊甸园距离高乐酒店并不远，快到酒店大门时，姚文君忽然转身问奚望："刚才晓冬姐在卧室给你说什么了？她怎么会突然发那么大脾气？"奚望闻之不语。姚文君接着又说："你这个朋友可真够意思，每次来都能惹出事端。"说毕，她似乎觉得话有不妥，口吻又转向温和："房间已经安排好了，今晚你住下，如果有什么需要，就到大堂来找我。"听着姚文君略含厌烦的语调，奚望仍然低头沉默。困惑无奈的姚文君只好喃喃自语道："这都是咋啦？一个个神经兮兮的。"

不知不觉中，两人已到了高乐酒店大堂。当奚望看见那根巍峨高大的石柱时，神志突然反应了过来。他清醒意识到奚晓冬肯定遇到大事了，塞在自己衣兜的这个首饰盒子，一定藏有天大的秘密。想到这里，奚望一刻都不想在龙州待着，连忙婉拒了姚文君的所有安排，撒腿往酒店外跑去。身后，徒留姚文君的一连串呼喊声。

第四十四章

奚望一路奔跑到长途汽车站，夜半时的车站里已是灯熄人散。心急火燎的他，转身拦了一辆出租车，说要去鲲丘，出租司机是个大胖子，见客人神色慌张，怕是坏人，心里打了鼓，嘴上拒绝去。奚望急了，急忙甩出五百元说："我这样子像坏人吗？再说了，你那块头，足够顶我两个，我会劫了你不成？"司机望着五张百元钞票，嘴里嘟囔道："三更半夜这么着急，是不是家里老人快去世了？"奚望没好声气地哼了一声，然后再不言语。出租车司机收起五张大钞，一脚油门往鲲丘奔去。

趁着夜色赶回鲲丘时，天色还未亮，奚望将家门砸得"咚咚"作响，春梅和母亲先被吵醒了，紧接着阿冰也从睡梦中醒来，看见奚望神色慌张地又回来了，众人皆感纳闷。春梅娘唠叨道："不是说去县上开会么，咋这时候回来了？"奚望沉默不语，李春梅有点丈二和尚摸不着头脑，索性把奚望拉到院外僻静处问道："你究竟去没去龙州？见到晓冬了吗？"

淡淡的月光下，眉头紧锁的奚望仍不言语。李春梅自觉她俩是无话不说的朋友，看见奚望三缄其口，死活不吭一声，便有点心急，伸手揪着奚望的衣袖问道："你倒是说话呀，是不是傻了？"奚望猛然迈开步子，三步并作两步进了里屋，转身关门睡觉去了。看着奚望的反常举动，李春梅一头雾水，她暗自思忖，这个朴实本分的奚望，当上村主任后，怎么脾气还见长了？

进屋躺下后，奚望没有半点睡意，阿冰站在床边，眼神怯怯地望着他，奚望心有不忍，连忙使出手势，催促妻子快去睡觉，阿冰长长舒口气，转身歇息去了。

夏日天亮得早，还不到六点钟，奚望便敲开了尊者奚友池家的大门。

此时，泉林声已去水厂上班。奚望即刻拿出首饰盒，放在尊者和奚晓夏面前，并将他从昨天到夜里的经过大概说了一遍，奚友池顿时显得有些神色慌乱。奚晓夏亦觉错愕，随即打开盒子，拿起那枚翡翠玉镯若有所思地说道："距离我的生日还有一月时间，晓冬为何这么早就送我礼物？"

奚友池似乎有些焦躁不安，或许是牵念小女，便冲着奚望嚷嚷说："哎呀，不要吞吞吐吐，是你见的晓冬，感觉有啥不对劲，就直接说！"尊者话音刚落，奚望突然间无声哽咽起来："我……我感觉晓冬很奇怪，不等我说贷款的事儿，就给了这盒子，还不由分说，把我推出家门，要求我务必连夜赶回来。所以……所以我觉得这盒子里……"奚望说话语无伦次，即刻引起奚晓夏的警觉，她举起盒子使劲往下倒，藏在底部的绣袋倏地掉落在地。

奚晓夏迅疾打开绣袋，摸出了那把金灿灿的钥匙，看见"龙州银行321"字样之后，不禁愣住了，她认出这是银行保险柜钥匙，可是妹妹为何让奚望夜半三更带回这个呢？头脑发蒙的奚晓夏连问奚望，离开龙州前，妹妹还说了什么，奚望只是一味地摇着头，什么话也说不出。

奚友池怔怔地望了几眼钥匙，神色越发显得焦灼，他好像失去了耐心，原地转来转去，手中拐杖不停敲打着地面，随即语调气狠狠地说道。"这个不听话的死妮子，也不捎个字条回来，这不是给我们打哑谜吗？"心思细密的奚晓夏，无法抑制心中惊悸，急忙给妹妹拨电话，结果听到的只有那句"对不起，你所拨打的电话已关机"。这时，面色愠怒的奚友池，愤然拄着拐杖，气呼呼走出屋子时，嘴里不停地嘟囔道："要出事喽，要出事喽！"

与此同时，龙都的清晨时分亦已来临，虽然这是夏日里很普通的一天，但对江南风而言，却迎来了人生中的重大拐点。此时，他安静地坐在办公室，慢慢品饮着最为钟爱的福寿高山茶，这款顶级的台湾"毒药"香茗，并不能驱散他繁乱的思绪。办公桌右侧摆放着一款做工精美、浑圆大气的地球仪，江南风的眼睛直勾勾盯着犹似陀螺般旋转的大理石球心，情绪似乎陷入了无边的悲伤。

时至今日，迟迟收不到京城"老领导"的指示，这让倍受煎熬的江南风，已经无比清晰地嗅出了大事不妙的气味。被纪委带走的官员或富商当中，绝大部分都和自己休戚相关，哪怕其中有一人松口，亦足够击溃他这么多年苦心经营的盘面。当与"常务"二字仅剩咫尺之遥时，所有的付出却要功亏一篑，江南风实在心有不甘。

大厦将倾的不祥之感愈来愈浓，江南风心里很清楚，此时再去找补任何疏漏，似乎都已经太晚了。为了应对不测风云，江南风已经以最坏打算处理了家事，唯独对那个痴迷缠绵的奚晓冬没有安排。心中纵然有千言万语想对奚晓冬倾诉，也没有任何实质意义了，她是江南风人生中的红颜知己，恐怕也是今生今世最对不起的人，这个精灵般的女子，倾情仰视江南风这么多年，且将满腔情愫寄托于他。或许她的唯一渴望，便是和江南风厮守终身，这既是她的痴情单纯，更是她的可悲之处，像江南风这等级别的领导干部，婚姻家庭和道德操守，岂能轻易视为儿戏说变就变？

人的预感往往都不是空穴来风，中央巡视组从临省大案中顺藤摸瓜，连续带走罗云松、王汗等十多人，通过对这些官员和商人的隔离审查，清楚掌握了江南风的违纪违法事实，今天便是该收网的时候了。

"咚咚咚"，耳边传来了敲门声，隔着厚厚的门板，江南风都能感觉到一股肃杀之气直逼心头，他连忙拿出手机，给奚晓冬悄悄发出一条短信，然后又迅速删除。敲门声仍在继续，江南风的双腿如同灌铅，丝毫动弹不得。迟迟不见开门，门外的人明显有些慌乱，楼道里响起杂乱的脚步声，不一会儿，办公室的门从外面被撬开，久悬于心的达摩克利斯剑终于掉落下来，江南风被"双规"了。

自从昨夜急匆匆将姚文君和奚望推出门后，心力憔悴的奚晓冬再也撑不住了，她关了手机，浑然不知中昏睡过去。偌大的房间里窗帘紧闭，灯光全部打开着，一直到第二天早晨九点钟，奚晓冬这才昏昏然醒过来。

和衣躺了一整夜，奚晓冬想去洗漱，忽然感到天旋地转，脑门像裂开一般，还伴有阵阵恶心感，她紧忙跑到盥洗室，控制不住的干呕，却什么也吐不出来。

浑身酸痛无力的奚晓冬重新躺回床上，强烈的冷意向她袭来，凭经验判断，自己肯定感冒发烧了。她急忙拉开被子盖在身上，看看时间已过了九点，奚晓冬再也忍不住了，只想和江南风通电话，此时此刻的她，实在太渴望得到江南风的消息，哪怕只是听听他的声音也好。想到这里，奚晓冬毫不犹豫地打开手机，开机的同时，忽而收到了一条短信，是江南风发来的。

"晓冬，再见了！愿余生有人鲜衣怒马，陪你看尽烈焰繁花。"

干呕，一阵紧似一阵的干呕，已经快让奚晓冬喘不过气来，她忙不迭地继续拨打江南风电话，一遍遍拨打，一遍遍传出关机的提示音。这时，又一股刺骨的寒意向奚晓冬漫卷袭来，内心本有的恐慌瞬间变成了无助，无助继而又变成绝望。奚晓冬无比痛楚地号啕大哭起来，撕心裂肺的哭声是那么悲切而哀伤。江南风发来的短信，唯有奚晓冬读得懂，那是一句无望的告别，更是一声悲恸的哀鸣。

于奚晓冬而言，看见这条短信，无异于万箭穿心。是的，它就是一只凌空射出的箭矢，彻底洞穿了奚晓冬最后的坚持，她清醒意识到，担心发生的事情已然发生了，一切都已经覆水难收、无可改变了。

奚晓冬蜷缩在床，泪水渐渐渗透了被单，缘起缘灭的刹那间，脑海里泛起的，都是她和江南风这些年的朝朝暮暮，这份刻骨而凄绝的爱情，或许真的到了终点，往后没有江南风的日子，该有多的恐惧和煎熬。心痛已到了极致，奚晓冬再也哭不出声来，深入骨髓的绝望，仿佛掩埋了一切，只剩下自怨自艾，在奚晓冬心海里排山倒海般翻滚着。

甩到床角的手机又响了起来，看见是姐姐打来的，她便知道奚望已回到了鲲丘。

　　既然江南风留下的那把钥匙，已经安全送到了父亲和姐姐手里，奚晓冬便心无牵挂了。于她而言，从失去大姐奚晓春的那个雪夜起，"奋争"便成为她人生中的唯一信念，为了和泉氏兄弟一较高下，为了能在族人面前为父亲重新赢回尊者的威严和荣耀，也为了向父亲证明女儿并不比儿子差……在物欲横流的现实面前，奚晓冬不惧艰难，凭借一介女子的单薄力量，与现实和命运抗争不懈。她认定自己所做的一切都是应该的，想和泉氏兄弟比肩高的意识，已被她倔强而自尊的性格牢牢捆绑，无论别人嘲讽她是攀龙附凤，或者赞美她是能力开道，都无法改变奚晓冬自小立下的"宏愿"。

　　姐姐的电话不停地打过来，接或不接，都无关紧要了，因为奚晓冬已经陷入了万念俱灰。江南风的出事，对她形成的打击是致命的，同时预示着她的精神王国彻底幻灭了。此刻若是接通了姐姐的电话，要说什么？该说什么？怎么去说……难道要把所有的真实，都赤裸裸展示在姐姐和众人面前吗？

　　这些年，奚晓冬在外人面前，精心维护着自己光鲜亮丽的形象，倘若让众人知晓实情，曾经竭力扮演的精致与高贵，便会轰然倒塌、跌落破碎。假如这一切真的发生了，无异于凌迟处死了奚晓冬的灵魂，她那高傲而自矜的性格，怎能蒙受如此羞辱？与其那么痛苦地死去，且落得无数的讥笑和骂名，那还不如自己将自己像谜一样全部带走，干干净净地离开这个人世，起码她带走了所有的真相和事实，多少还能给自己留下一些体面和尊严。

　　诚然，奚晓冬很清楚自己多年以来在追逐什么，她认定自身存在的意义，就是为了满足父亲的期盼和渴望，还有奚姓族人羡慕的眼神带给她的虚荣和满足，唯有赢得众人对她能力的交口称赞，似乎才能感受到自己活着的价值，才能帮助溪水村胜过泉家庄，而那胜出背后的功劳，自然应该归功于她奚晓冬。

　　喜欢争强好胜，已使得奚晓冬性情处于分裂边缘，如此性格的养成，既有她从小看父亲行事做人的耳闻目染，也有向"自古女子不如男"观念的拼力抗争。奚晓冬暗暗发誓，她要扭转族人们的意识乾坤，打碎两姓族人彼此仇视的桎梏，还要让所有人看清楚，"巾帼不让须眉"的女人，照样可以在鲲丘"开花结果"。

然则，这些超乎奚晓冬自身能力的"豪情壮志"，岂能凭借她一人一力所能达到？于是奚晓冬苦心修炼心性，精心布局自己的棋盘，倾心靠近江南风这棵大树，并以种种神秘姿态，从暗处向泉氏兄弟步步进逼。本以为计划周密无间，谁知这些近乎痴狂的野心，都随着江南风被"双规"而烟消云散。呜呼！或许每个人的悲哀，皆被原生性格所决定，那些看似耀眼夺目、光彩四射的名望背后，不过是一场虚妄的真实罢了。

抱定舍弃生命的念头后，奚晓冬反倒平静下来。她缓缓起身，坐到卧室外间那张名贵的紫檀桌案前，轻轻铺开信笺，提笔想给父亲和姐姐留下几句话，却只写了个开头，便被阵阵钻心之痛打断了。奚晓冬的手臂开始发抖，大脑陷入一片空白，所有的心力和思绪全部都沦陷了，她拼力抑制胸中涌动的愤怒，随手将笔扔出窗外，又将纸张撕得粉碎。是啊！此时此刻的奚晓冬，又能给亲人留下怎样的只言片语呢？哪怕是一个字，都会让父亲和姐姐悲痛欲绝的，这些统统都不是奚晓冬想要的。

短暂的平息之后，奚晓冬忽然听到一阵紧似一阵的敲门声，濒临绝望的心又提到了嗓子眼。此刻她需要绝对的镇定，毫无疑问，门外来人一定是这些天徘徊楼下的那几个神秘身影。既然江南风已经从她的世界消失了，奚晓冬觉得自己也该走了，她不去理会敲门声，缓缓坐定妆镜前方，慢慢梳理自己的容颜。

轻轻挽起鬓边秀发，精心绣眉红腮，高台阔镜前，一番梳云掠月似的弄粉调朱之后，那个明眸皓齿的清丽女子重新回来了。奚晓冬从衣柜取出最是喜欢的紫罗兰雀羽纱裙，她至今尚能清晰记得，这件钩引拨针、羽花瓣成的雀羽裙，也是母亲和大姐极为喜爱的，她相信穿上这套衣裳之后，即使在茫茫人海当中，母亲和大姐也能一眼认出她。

······

足足一个时辰之后，外面的人才破门而入。只见奚晓冬斜躺在床、安枕而卧，手里紧紧握着那把金灿灿的阿拉伯宝剑，长长的剑柄沾满了殷红的鲜血，那两只吊悬于威尼斯琉璃灯盏上的葡萄花鸟纹银香囊，依旧随风轻轻摇摆着。

始终联系不上妹妹，奚晓夏心焦难忍，她草草吃了些午饭，便要急匆匆去龙州找寻奚晓冬。尊者担心奚晓夏的安全，吩咐奚望陪同前往。临行前，奚晓夏将装有钥匙的首饰盒悄悄塞到父亲手里，并再三叮嘱要收好，父女俩看着彼此会意的眼色，深知这把钥匙里定然藏有大秘密。

奚晓夏和奚望中途没敢耽搁，两人直奔龙州奚晓冬的住所。赶到伊甸园时，天色抵近傍晚，灰蒙蒙的光线里，有许多人站在庭院里窃窃私语，影影绰绰中，好像还有人冲着他俩指指点点。奚晓夏和奚望刚要上电梯，忽然从楼道闪出两名警察，低声明示执行公务，不许任何人上楼。晓夏心里泛急，连忙说自己的妹妹奚晓冬就住在楼上。谁知"奚晓冬"三个字刚说出口，警察立即警觉了，不由分说，便将他俩推进院内一辆警车，随后警车迅速开出了伊甸园。

不等上楼，即被警察控制起来，奚晓夏猜想妹妹可能真出大事了。看着她心焦不安的样子，奚望也有些着急，便鼓起胆色询问警察要带他们去哪里。警察低声淡然说道："到了就知道了。"很快，警车开进了龙州医院，他俩被领进一间小型会议室，警察又低声说道："你俩先坐着，等会儿有人来见你们。"说完话后，两名警察悄然退出去了。

大约一刻钟后，忽有一老一少干部模样的两人走进来，径直坐到他俩对面，其中那位年长者表情严肃地摘下眼镜，一边慢慢擦拭着，一边咳嗽了两声，而后语调低沉地说道："我是《观察》杂志社社长高瞻年，奚晓冬是我的下属。我……我要非常沉痛地告诉您二位亲属，奚晓冬因为感情问题，今天中午在家自刎身亡了……"

安静！会议室里出奇地安静，随后响起"哐当"一声，奚晓夏已然晕厥倒地。

……

再次看见奚晓冬时，她已经躺在冰冷的太平间里。难以控制的眼泪迷蒙了奚晓夏的双眼，这该是人世间多么噬心的哀痛啊！奚晓夏强忍巨大的悲伤，轻轻抚摸着妹妹的头发，随之缓缓低下头，无比怜爱地亲吻了奚晓冬的额头，而后伸出双臂紧抱着妹妹，撕心裂肺地哭了。

此时奚望的大脑是一片空白，他不知道究竟发生了何等大事，昨天夜里才和奚晓冬见过面，怎么转眼间人就没了？痴痴呆呆的他，望着伤心欲绝的奚晓夏，实难想象该如何向尊者提说此事。想到这里，奚望感到渗入骨髓的寒意，仿佛整个人掉进了暗无天日的冰窖里。

心事重重的高瞻年寸步不离奚晓夏，等待她的情绪稍有平复后，随即关起会议室大门，独给奚晓夏语重心长地说道："事情发生得太突然了，今天中午十点左右发现时，人就已经走了。我是晓冬的直接领导，有责任把实情说给你。"高瞻年看着低头不语的奚晓夏，语气停顿了一下后继续说道："晓冬是个好记者，工作认真有魄力，但因为感情问题，如此决绝地离开我们，实为不智啊！"

奚晓夏已经听出高瞻年似乎话里有话，她缓缓抬起头说道："高社长不用为难，实情是什么，请您明说吧。"高瞻年微微挪动了一下身子，而后神情凝重地说道："下面的话，我是代表组织在跟你谈。最近龙州发生了一起腐败大案，很多领导干部牵扯其中，非常遗憾的是，奚晓冬也被牵连进去。目前，整个案子正在审理阶段，突然发生奚晓冬这样的事情，任谁也没有想到啊。经过纪委部门的同意，我们杂志社也做出决定，统一口径对外公布，奚晓冬是因为感情问题想不开，才寻的短见。这样做，既维护了晓冬的形象声誉，我们杂志社也能出面，以职工丧葬礼仪处理晓冬身后之事。"高瞻年说出了令人痛心惋惜的内情，奚晓夏悲伤不已、泣不成声，竟不知如何作答。奚望默默走上前，轻声安慰着奚晓夏，同时望着社长高瞻年，深深地点了点头。

和高瞻年谈完话后，夜色已然渐浓，奚望陪着奚晓夏要去杂志社安排的宾馆歇息。走过医院楼道时，电视机里正在播放江南风涉嫌严重违纪，目前正接受组织审查的官方公开报道。若有所思的奚晓夏停下脚步，一直听完新闻报道内容后，方才随奚望离开了。

当天夜里，奚晓夏难以入眠，妹妹的不幸消息，无论如何是隐瞒不下去的，或许此刻，父亲正在家等候她的电话。为了让老人睡个好觉，奚晓夏忍受悲伤、权衡再三，决定明天再告诉父亲不迟。

一夜的辗转反侧，奚晓夏几乎整夜未睡。第二天早晨，她自觉调整好了心绪，而当拿起电话的那一刻，霎时泪如泉涌、不能自抑。电话那头，尊者知道晓冬已然撒手人寰，顿时捶胸顿足、悲泗淋漓，父女俩抱着电话号啕大哭。望着眼前这般光景，泉林声亦是哀伤之至。很快，奚晓冬自尽身亡的消息传遍了鲲丘，不啻于在每个人心头响起一声炸雷。奚姓族人们愕然相望、哽咽难鸣，纷纷跑到尊者家里以示哀情。

按照杂志社发布讣告的安排，泉林声准备和李春梅、奚小平连同多名奚姓族人代表去龙州送晓冬最后一程。临近出发前，额蹙心痛、饮泣吞声数日的尊者病倒了，李春梅只好留下来悉心照料。

奚晓冬的追悼会在龙州殡仪馆很小的一间厅室举行，《观察》杂志社的同事来人并不多，许多与奚晓冬平时多有来往的朋友也鲜见出现，反而是溪水村族人站满了大半个悼念大厅。整个追悼会开得很简短，程序也很简单，悲戚不已的奚望甚感诧异，奚晓冬曾经是那么高不可攀，想必她的离去，肯定会极尽哀荣，然而眼前的告别仪式，几乎可以用"简陋"二字形容。一阵催人泪下的哀乐声中，追悼会很快结束了，奚望忽然想起一个人始终没有出现，那人便是姚文君。

第四十五章

　　江南风被"双规"之后，周围城和马达等一干人终于松了口气，一场旷日持久的"厅局派"与"地市圈"的政治角力总算分出了胜负。

　　泉少谦是从"奚晓冬之死"当中，完全洞悉了二哥泉政谦的能量，现在几乎可以打明牌了，上至周副省长，下到马达书记和二哥，他们定然是坐在同一条船上的。这个答案在心中落定之后，仿佛给本就自信满满的泉少谦，又打了一剂强心针，他感觉从今往后，巨子地产公司必将大有所为，龙州的地盘毕竟有限，龙都才是更大的世界。泉少谦站在开阔明亮的办公室，望着远方峰峦峻伟的龙山山脉，陡然间豪情万丈、浮想联翩。

　　从"围猎"江南风的这场搏杀中，泉政谦的心理亦得到了极大满足，不仅消除了对马达书记的误解，还寻找到了仕途上的"靠山石"。他认定人生奋进道路上的每个人，都需要看清前方的层层迷雾，因为只有看清道路，紧随同行者，才不至于在奔跑途中车陷泥泞、人仰马翻。于他而言，现在既能清楚确定马达书记对自己的信任，又能明确判定，自己已是周副省长编织起来的"地市圈"中的一员，这应该是他最大的收获。

　　马达捕捉到江南风与奚晓冬的关系，果然在周围城心里落得头功。虽说纪委审查了许多官员和商人，却迟迟无法得出"江南风涉嫌违纪违法"系统而确凿的证据。通过制造强大心理威压的监视手段，竭力攻破奚晓冬的精神防线，果然找到了"双规"江南风的重大突破口，只不过代价有点惨烈，因为谁也没有料到，奚晓冬会有如此刚烈的性格，也正是奚晓冬的"拔剑自刎"，彻底为江南风一案打开了缺口。然而在马达心目中，却偏偏把这笔功劳，记在鲲丘观音寺虚闲大师的身上。

随着龙都腐败大案的深入调查，奚晓冬自刎殉情的故事，被某些别有用心的人传得神乎其神，继而成为龙州百姓街谈巷议的花边新闻。一旦成为花红柳绿的谈资之后，难免就有人编派捏造，胡诌奚晓冬是一只放生鲲丘的千年狐狸，如今幻化成了人形，专门进城魅惑官员。诸如此类不可理喻的谣言，很快传到尊者何巧云的耳朵，她心里很是恼火，冲着两个儿子开始发脾气。

"不管咱们和那溪水村有多少恩怨，也不能任由他人给鲲丘泼脏水吧。那里是咱们的家，不是旁人的痰盂，你们不护着家乡人，我还要这张老脸呢。"母亲的严斥，令泉少谦面红耳赤。其后，他又被兄长泉政谦叫进书房谈话。

"入春以来，母亲的心情一直不好，特别是去了一趟观音寺回来后，更加闷闷不乐。老人的年岁大了，外面有些话是听不得的。"面对兄长的暗示，泉少谦佯装糊涂，甚而说出了噎人的话语："老百姓笑话的是奚晓冬，又不是说咱们泉家庄。母亲是老糊涂了，二哥不必太在意。"

望着弟弟那张略显跋扈的脸庞，泉政谦愠怒不已，他用不容争辩的口吻说道："你千万不要以为，只要有马书记在背后撑腰，龙州这块地盘，就是咱们家的自留地，可以任由你自由播种和收割，这是很不现实的。眼前虽然我们小胜一局，但不等于以后就可以高枕无忧。本来我在龙州任职，你就不该在这里开办公司，我们已经是树大招风，难免身后有人会盯着。所以啊，我必须提醒你一句，往后做人做事，务必低调含蓄、不事张扬，你不为母亲考虑，总得为我考虑一些吧！"很少听见兄长会以如此凌厉的口吻给自己说话，泉少谦得意的神态，瞬间收敛了许多，他明白自己暗中捣鼓的那些流言"鬼把戏"，已经被兄长识破了。

察觉兄弟对自己所说话语似有触动，心性沉稳内敛的泉政谦继续说道："兵家有言，'杀敌一千，自损八百'，既然是一场权力暗战，咱们的人，却连一根汗毛都没伤着，这本身就很不正常。这些天，我一直在琢磨奚晓冬的自杀，看似我们占了大便宜，可是不知为何，总有一种说不清的异样感，时时缠绕着我，八面玲珑的奚晓冬，能是一死了之那么简单的一个人吗？"

兄长悠悠然说出的这层意思，泉少谦想都没想过，他向来敬佩兄长智慧，但对这句话，却不敢苟同。"奚家这个小女，性格和她爹一样倔强。如今看来，不是她本事有多大，而是她傍上的人很厉害，所以我们才屡屡吃亏。现在这些隐患都消失了，对您来说，仕途可望再进一步；对母亲而言，依然能牢牢掌握鲲丘话语权。所以，我认为奚晓冬不过就是个凡人，如此虎了吧唧自尽了事，往后不光没有他奚友池可唱的戏，奚氏族人也难翻出什么浪花了。"

泉政谦当然渴望心中困闷，全部都是多余的，更希望它只是一个错觉。然而这些难以言说的心忧，却像梦魇一般挥之不去，且会常常潜入梦境，折腾得泉政谦苦不堪言。为此，马达建议他去观音寺抽签解心病，且拿自己举例说明，只要和虚闲法师结为至交，凡事出奇地顺利。这样的话听多了，泉政谦便隐约有些心动。

最终，奚晓夏将妹妹的骨灰带回了鲲丘。安放的那天，奚氏族亲几乎倾巢出动，纷纷来到奚氏祠堂旁的族人墓园焚香祭奠。许多看着奚晓冬长大的老妪们恸哭落泪，悲凉之气笼罩了整个鲲丘。尊者奚友池硬撑着病体，由人搀扶着向小女鞠躬致哀，此番"白发人送黑发人"的悲戚，令无数族人为之伤心动容。

这天的鲲丘上绿波荡漾、万木葱茏，飒飒清风从西往东掠过，吹来阵阵沁人心脾的凉爽。忽而，傻子陀螺靠在远处一棵大树下又大声喊叫起来：

大兔子病了，二兔子瞧；

三兔子买药，四兔子熬；

五兔子死了，六兔子抬；

七兔子挖坑，八兔子埋；

九兔子坐在地上哭起来，

十兔子问它为什么哭？

九兔子说，五兔子一去不回来！

已然是悲恸欲绝的尊者，忽听得陀螺唱出的歌谣，当即气得浑身颤抖。他颤颤巍巍地扬起胳膊，用拐杖指着远处的陀螺大声说道："把那疯子给我赶出去！赶出去啊！"说完顷刻间晕倒在地。

奚晓冬的后事尘埃落定后，奚友池便一病不起，奚晓夏陪伴左右，每日三煎汤药近身侍奉着。这日当午，火辣辣的太阳炙烤着大地，树林里的鸣蝉欢乐地唱歌，酷暑天气里，桶装水的销量非常火爆，当夜加班的工人刚要午睡，龙河县公安局肖静波代局长率领五名警察，忽然来到溪水村桶装水厂，先给水厂贴出停产待查的通知，又向总经理泉林声和副总许聪明分别出示了配合调查的传唤证。

警察又来水厂的消息像旋风般席卷溪水村，人们纷纷围聚水厂大门口，要求警察给个说法。望着愤愤不平的人群，肖静波大声说道："乡亲们，大家都知道，咱们溪水村桶装水厂是和龙州古今集团合资兴建的。如今，古今集团涉及腐败要案，公司资信已经破产，上级纪检部门正在对古今集团固定资产进行审计核查，包括古今集团对外投资的所有企业，所以，请大家理解和配合我们的工作。另外，大家要相信，无论水厂和古今集团的合资程序是否合法合规，政府都会很快给大家一个合理答复。也请大家相信我肖静波，我以我的人格做担保，绝对不会冤枉水厂任何一个人。"肖静波的话说得铿锵有力，引得人群中响起一片窃窃私语声。或许缘于他是揪出水厂投毒案真凶的功臣，故而族人们纷纷摇头叹息，并没有人上前阻挠。

奚晓夏匆匆赶到水厂时，一眼看见五个警察当中，有个非常熟悉的身影，那人便是女警叶光明。叶光明同时也看见了奚晓夏，她俩分头挤过人群，进到水厂职工宿舍。望着满面焦急的奚晓夏，叶光明急忙解释说："这次是正常工作，你千万别多想。"

奚晓夏随声反问道：“水厂关停也罢，怎么又要抓人？”此刻，叶光明完全理解奚晓夏惶恐不安的心情。无论何时，她经常会被奚晓夏数九寒天探视丈夫的那幕情景深深感动，这是个爱丈夫胜过爱自己的女人，从她的眼睛里，即能读出善良和真诚。

“你需要安心等待结果。我以咱俩的缘分和信任向你保证，绝对不会再让泉经理经受半点委屈。再说了，这次只是传唤问话，配合纪委查案，泉经理和许聪明的人身都是自由的。”听到叶光明的诚恳解释，奚晓夏紧张跳动的脉搏渐渐缓和下来。

溪水村桶装水厂又一次关停了，泉林声再次被警察带走，病中的尊者唏嘘短叹、老泪纵横，任凭奚晓夏如何解释，也不见老人的愁眉展开。同时，从水厂失业的族人，纷纷跑到奚望家门口静坐，其中好多都是听从尊者和村主任劝说，春节过后留下来的。

望着一张张灰心丧气的面孔，奚望横下心说道：“眼下日头暴晒，扩栽花椒林是不可能了，但是鱼塘和大棚蔬菜完全可以扩大规模，所以大家不要心急，等我筹措到资金，咱们再开工不迟。”得到这样的答复后，族人们的担心总算放下许多。

众人离开后，李春梅气呼呼地说道：“我看你是犯糊涂了，开塘建棚可都是力气活，外面太阳又那么毒，你不要命了吗？”奚望呵呵一笑说：“你可得支持我啊。现在水厂每有一个人失业，便有一户人家没了收入，这的确是个大问题。可是活人不能被尿憋死，只要努力做，办法还是有的。”

李春梅知道奚望要打她荷包的主意，却偏偏询问如何支持于他。奚望赔着笑脸伸出双手说道：“借我点钱，往后加倍还你。”李春梅红着脸问：“花椒刚长成小树苗，小鱼儿还没有指节长，瓜果蔬菜才开花，你倒说说，能拿什么加倍还我？”

奚望听后不再言语，起身就往屋外走去，回头又撂下一句话：“你要是不愿意借，我就另想办法。”望着奚望被汗水浸透的后背，李春梅矜功负气数落道："真没看出来，也是头倔驴。"

龙河县县长吴丽娜第一时间将溪水村水厂再次关停的消息，告知给了常务副市长泉政谦，泉副市长心里泛出了难得的轻松感，这份轻松里既包含有权力争斗胜出后的自得，也包括寻觅到仕途升迁路径后的惬意，奚晓冬曾经带来的那股迷雾从眼前彻底消散，靠近江南风的龙州裙带势力也基本扫除干净，一切烦心和郁闷都远他而去，是该好好放松一下了。

难得听见两个儿子愿意同程陪她回鲲丘，何巧云甚感欣喜，这次她要风风光光回去，不仅要让溪水村人看到她的体面和尊贵，还得把丢落在泉家庄的尊者威望重拾起来。

为了给母亲长脸，泉少谦特意选了公司十多名优秀员工随行，不承想，临近出发前，泉政谦不留余地地拒绝了，只允许两名医护陪伴母亲身边即可。本来浩浩荡荡的队伍，变成了轻车简从，泉少谦不好反驳兄长，只能给母亲抱怨说："咱们这是回老家，又不是公务活动，二哥也太谨小慎微了。"何巧云早就瞧出老二的心思，虽然能理解他的"为官洁癖"，却又为他不曾顾及自己的面子而感到郁闷，于是便给泉少谦出主意说："给上次陪我回乡的小刘说说，让他提前带些人在鲲丘等着，我老太太啥也不缺，就图一个体面。"泉少谦听从母命，当即给身在龙河县的刘宏做了电话安排。随后，何巧云的脸色才逐渐恢复了正常。

抵达鲲丘后，泉政谦老远便看见有许多人前来迎接，等下车一瞧，不仅刘宏来了，县长吴丽娜居然也在场，随即判定又是泉少谦在背后捣鬼。虽然心有不悦，但看见满面春风的母亲乐不可支地和众人握手，便也只好作罢。

这次回乡，泉少谦摆出的排场，令母亲格外满意。许多腿脚不便、足不出户的男女老者，都趁着大好天气出来瞧热闹，望见精神焕发的尊者回来了，齐声夸赞她保养得体、精神头好，直把个何巧云乐得合不拢嘴。兴致勃勃的她，殷勤招呼同龄老族人围坐一起谈天说地，何巧云再次找到了"如鱼得水"的感觉。

母亲在村里乐享族人景仰的时候，吴县长和刘宏陪同泉氏兄弟，悄悄前往了观音寺。盛夏季节的鲲丘深处绿荫蔽日、清凉如水，众人跟随络绎不绝的香客，踏着石板路拾级而上。走到观音寺山门抬头四望，但见庙宇周围绿树环抱、花草簇拥，远处矗立的摩崖雕刻，使人恍惚感觉行至云端，漫游于太虚仙境。

此时，虚闲法师领着众弟子，已经站在山门外恭迎贵客，泉政谦客气地说道：“但愿我的到来，不要搅扰了法师清修。想独自前来向您讨教，却一直身不由己。今日多有叨扰，还望法师见谅啊。”

虚闲法师淡然一笑轻声说道：“山中陋寺，能迎来您这样的尊贵客人，便是莫大的缘分啊。”一阵寒暄过后，虚闲法师带领众人进入了大雄宝殿，殿内中央赫然矗立着一尊头戴黑珠、伸手张指的如来佛祖，左右两排站着十八罗汉和观音菩萨，一声声木鱼诵经声，将大殿内外烘托得庄严而肃穆。

身为党员干部，泉政谦和吴丽娜不去焚香敬佛，虚闲法师也不便多说什么，唯有泉少谦领着刘宏等人虔诚膜拜、布施功德。避开众人后，吴丽娜给泉副市长低声说道：“县委书记的位置不能长期空着，我一个人总揽全局，还是有点儿累啊。”

泉政谦别有深意地回答说：“你的心思我明白。须得叮咛你一句，在组织部门没有对县委书记人选做出决定之前，龙河县的工作，最好不要出现任何差池。”说到这里，吴丽娜忽然紧锁眉头说道：“全县最大矛盾的焦点，仍然是东湖别墅项目。少谦派刘宏接手之后，东岸拆迁依旧是个大麻烦。”

随后，泉政谦询问其中深层原因，吴丽娜倒也不避讳说道：“你也知道，先前那个安邦地产的梁老板，不过是少谦安排过来的傀儡。现在既然决定由巨子地产公开出面运作，就得让那些拆迁户尝到更多甜头，结果……”泉政谦望着欲言又止的吴县长，知道她或许有难言之隐，于是接过话茬儿说道：“结果是少谦不愿意追加拆迁补偿资金，所以项目进展无望，是不是？”

吴丽娜深深点着头，泉政谦长叹一息又说道：“我这个兄弟啊，钱挣多了，心眼也慢慢长歪了。往后啊，恐怕需要你我给他擦屁股的事情，将会越来越多。

我母亲宠着他，我却不能惯着他，这件事情你尽管放心，我会帮你从中协调的。"

听了泉政谦这句话，吴丽娜悬空的心，方才落到实处，随之又脸泛潮红羞怯地说道："或许当初，我也应该去做个商人，不该迈入仕途。"泉政谦听后微微笑了，仰面感慨天下没有后悔药吃。

追溯吴丽娜的"前世今生"，说来复杂也简单。

她原本是龙州电视台一名新闻记者，当年因为工作原因，认识了时任龙州市委宣传部副部长的泉政谦。频繁采访期间，吴丽娜的风姿绰约，深深吸引了泉政谦的目光，两人经受不了欲望的煎熬，很快姘居了一起。其后不久，吴丽娜开始频频抱怨记者职业太辛苦，终日披风戴雨、四处奔波，青春容颜必然早衰，或许趁早改行，才是最明智的选择。

陷入意乱情迷中的泉政谦，自然不愿意让自己的女人天天抛头露面。于是经过一番精心运作，吴丽娜摇身一变，成为龙州市下辖县里的一名普通公务员。从那以后，沉浮宦海的吴丽娜逐渐修炼得八面玲珑，她果然没让泉政谦失望，不仅将仕途套路和规则谙熟于心，而且成为龙州后备干部里的优秀分子。随着泉政谦职位的不断升迁，他俩相辅相成、紧密配合，历经多年官场磨砺，以及泉政谦不遗余力的提携，吴丽娜终于坐上了龙河县县长的位置。

泉政谦安静地望着吴丽娜已显年龄的脸庞，不禁感慨万千，曾经的红颜知己，硬生生因为自己，至今孑然一身。尽管多年以来，他不断劝说吴丽娜，若能寻得合适人选，嫁便嫁了吧。然而吴丽娜给他的回答却是：习惯了在大海游泳的人，怎屑于去河水里扑腾？泉政谦读懂了吴丽娜的心思后，内心百感交集，且五味杂陈。

第四十六章

　　观音寺背后重岩叠翠、诸峰连绵，九座形态各异的山峦，犹如孔雀开屏，恰好将香火鼎盛的观音寺拥抱在怀。虽说虚闲法师来路不明，却擅长经营，经过一番修葺，尘封土积、蛛网纵横的观音寺，彻底从衰微破败中脱胎而出。荒山破庙变成了鲲丘名刹，观音寺声名远播，又吸引来多名云游僧人驻寺不离，人气香火一天比一天兴旺。

　　夏日当午，蝉声如潮，众人留在观音寺吃了顿斋饭。饭后歇息时，吴丽娜说难得偷得半日闲，想到后山看看，于是刘宏陪她去了，泉氏兄弟则到禅房与虚闲法师闲聊。

　　虚闲法师经见过大世面，极善察言观色，他不失时机地说道："出家人讲求一个'缘'字，凡来观音寺者，都是与佛有缘之人。我等尘外僧人，不求攀高结贵，却也经常为有马书记这样的施主而倍感荣幸啊。"话题还没聊开，虚闲大师便将马达书记端了出来，泉政谦只能逢迎说道："实不相瞒，上次马书记来过观音寺后，经常给我提起法师的卦签占卜很是灵验啊。"

　　恭维着虚闲法师的占卜之能事，泉政谦却并不打算抽签求卦，因为他从来都不相信这些，这次返乡，既是为了陪伴母亲，也是为了自己散散心。于是他把话题继续引向马书记，看看虚闲嘴里究竟想说什么。

　　果然，虚闲法师意味深长地端出了一段马达书记的秘事。

　　原来马达是个遗腹子，母亲大半辈子痴迷礼佛，含辛茹苦将儿子培养成才后，开始养尊处优的母亲，又想把农村老家的祖庙、祖坟修缮起来，因为她笃定儿子如今的飞黄腾达，都是拜佛祖和祖宗的保佑。马达也是个孝子，凡事唯母命是从，自从和虚闲法师结交为友后，便常常在他跟前提说此事。虚闲法师能为马达端详风水，却无财力帮他营建庙宇，重修祖坟老宅，为此马达深感失落。

　　正所谓"说者无意，听者有心"，虚闲法师娓娓道出的这件事情，偏偏在泉氏兄弟脑海里浮现出许多联想。下午临别之际，虚闲法师又赠语说道："缘分的深浅，都是佛祖牵线的长短，往后若有空闲时间，还望常来啊。"泉家兄弟频频拱手、默然作别。

　　众人回到泉家庄之时，泉家老宅已被拾掇得干干净净，何巧云身边仍旧围满了族人，有人迎合恭维，有人捧场奉承，纷纷羡慕尊者何巧云生养了两个有出息的好儿子，既为祖宗争了光，亦让泉氏族人在外有了面子。尊者迷醉在一片阿谀声中，眼睛笑成了一道缝。

　　因为公务繁忙，泉政谦需要提前返回龙州。一路行来，他心里细细思量，一个寺庙僧人，能知道那么多马家秘事，看来他们两人已是交情匪浅。泉政谦早就耳闻马达痴心佛典，却未想到会如此沉迷，这个虚闲法师毫不避讳提说马书记老家修庙之事，而且说得如此直截了当，难说不是马达的授意。是啊，少谦的巨子地产公司在龙州太惹眼了，马书记怎么可能不知道呢？这次斗败江南风后，马达已经清楚表明，他已是周副省长"地市圈"里的一员，这是做梦都想要的答案，倘若以后想拜见真尊，还不得马达引见？想到这里，泉政谦长长叹息一声，而后闭目养神休息起来。

　　既已回到鲲丘，天气晴朗，心情大好，泉少谦便想去龙河县东湖别墅项目工地看看，他的这个举动，正是吴丽娜所希望的。泉少谦去东湖现场视察，肯定对下一步协调拆迁补偿工作有益。刘宏自然更为欣喜，董事长能亲临指导，肯定是助力他的工作。这天傍晚，泉少谦安顿好母亲，便和吴丽娜、刘宏等人一起回了龙河县城。

一官一商两个儿子陪同回来，着实让何巧云在鲲丘得意了一把，初夏时节去观音寺所受的窝心气，此刻已经一扫而光。尤其听到溪水村水厂再次关停，泉林声又被公安局带走的消息，何巧云窃喜。这些年，溪水村屡屡压过泉家庄一头，可是给她心里添了不少堵，如今看来，溪水村的荣光已然褪去，真不知道，那个又倔又犟的奚友池，往后还拿什么和她相争。

鲲丘的夏夜，星星闪烁着亮晶晶的光芒，一轮明月高高悬挂在枝头，月光像层白纱洒向大地，清风徐徐吹来，格外清新凉爽。这般清澈透亮的夜色，太像何巧云此时的心境，她向围绕四周的族人不停唠叨，人老了，常常做梦都想家，往后自己要多回来，这样心里才得安宁。其后，何巧云爽快答应族人，她要筹措资金，扩建泉氏宗祠，还要和泉建文镇长好好商议，尽快给泉家庄挑出一个优秀带头人……这些甚得人心的话语，令在座族人深受触动。末了，何巧云又激动地说道："泉家庄从来都不缺人才，那个折腾多年的温泉村旅游项目，咱也不是不能做。"这句掷地有声的许诺，立即赢得族人一片掌声。

第二天清晨，何巧云想去见见奚友池，昨日听说他病了，拜望的想法就更浓烈了，于是顺手提着小儿子买给她的一盒名贵老山参，径直往溪水村而来。

正值盛夏季节，奚友池却紧紧捂着棉被，老说身上发冷，夜里还出现寒战。奚晓夏焦急万分，要送父亲去龙河县医院治疗，奚友池却死活不允，无奈又从各处请医生到家里诊治，病势却迟迟不见好转。妹妹不清不楚地离世，丈夫再次被警察带走，眼前父亲又一病不起，奚晓夏急火攻心，开始虚火失眠、口干舌裂。李春梅见状，心里很不落忍，给母亲打声招呼后，直接搬进尊者家里陪伴奚晓夏。

何巧云的突然造访，使得奚晓夏和李春梅均感错愕，终究是宗族长辈，礼数还是得顾及，随即请她到里屋就坐。春风满面的何巧云站在床边，嘘寒问暖打招呼，奚友池的身子却一动不动，任凭她说什么，迟迟也不见搭腔。

奚友池的视若无睹，令何巧云的满面春风陡然间变成了自讨没趣，一脸尴尬的她从里屋走到院子，将那盒老山参直接塞到晓夏怀里，奚晓夏急忙拒接，何巧云却执意说道："老婶儿这辈子，算是和你爹这脾气杠上了，你们做小辈的，千万别往心里记。听说老参炖汤能治百病，拿去给你爹补补身子，如果治病需要帮忙，尽管来给老婶儿说。"何巧云的这番真诚，反而使奚晓夏感到难为情。

临出大门前，何巧云冲着里屋喊话说："老家伙，你好好养病，身体好了，我再来看你。"话音即落，只听得奚友池也喊出一声："不用你看我，离死还远着呢。"何巧云闻之，再次面露尴尬，而后转身匆匆离去了。

眼前这幕情景，惹笑了李春梅，她对奚晓夏说："早听李家村有人说，别看奚泉两姓斗得欢，终归是同根同脉的邻居，看似台面上谁也不服谁，却谈不上结死仇。"奚晓夏听后没有言语。

李春梅毕竟是外村人，不曾了解发生在鲲丘上的诸多往事，如果真如她所说，双方只是面子相争，那倒也罢了，可叹何巧云这次"蜻蜓点水"式的探望，难说没有看人笑话、故意炫耀的意思。世事无常、人心莫测，奚泉两族的一场场博弈，已经埋下太多难以消解的恩怨心仇。

何巧云走出奚友池家门后，又寻思到溪水村水厂瞧瞧去，于是脚尖一歪，便改道走了过来。看见水厂大门紧锁，停产通知和封条赫然在目，何巧云心底泛出平日难得的畅快感。她迈着轻松的脚步，顺着一条大道继续往前走，前方拐弯儿的地方，有一处平坦开阔地，何巧云停下脚步抬眼远望，只见平缓齐整、靠北朝南的坡面上，出现了一大片绿荫荫的树苗，那正是奚望他们辛辛苦苦抚育长起的花椒树。坡面往下，紧挨着的是奚氏祖坟，奚晓冬的墓碑在阳光下显得格外刺眼，那些无言的幡帐随风飘动着，一时间，何巧云心底滋生出一股难以名状的滋味。

只听说了溪水村挖鱼塘，建大棚，今天正好顺道看看，溪水村究竟起了哪些大变化。此时日头已经高起，奚望正领着众人在鱼塘工地挥汗如雨，一眼便看见何巧云从远处走过来。

"何婶儿回来啦，您可是稀客呀，哪股风把您吹到我们溪水村来了？"奚望乐呵呵说道。

"真是愣头青，大热天干力气活，也不怕中暑。"尊者的关心，奚望竟不知如何回应。

何巧云又说道："俗话说得好，'事缓则圆，人缓则安'，凡事急不得。即便你想带领溪水村超过我们泉家庄，那也得慢慢来吧。"前半句还是温暖，后半句却变成了热讽，奚望实实被噎住了，他端起茶缸猛喝一口，起意转身时说道："是啊，何婶儿，大热天跑动，也容易中暑，赶快回家吧。"

正所谓"话不投机半句多"，何巧云投向奚望一瞥轻蔑的眼神后，继续往泉家庄方向走去。这时，傻子陀螺不知从哪儿又跑出来，蹦蹦跳跳站在道路中间，一边抽打着陀螺，一边嘴里喊叫。

> 世人爱把富贵追，到头全部化成灰。
> 君看当年秦始皇，不过骊山一土堆。
> 百炼化身成铁汉，三缄其口学金人。
> 十分伶俐使七分，常留三分与儿孙。
> 山中自有千年树，世上难逢百岁人。
> 莫把真心空计较，唯有大德享千年。
> ......

转身回头看时，何巧云已经走远了，望着她那已显伛偻的背影，奚望心里暗自思忖，都已经是年逾古稀的老人了，嘴上咋还这么不饶人呢！

再说泉少谦到了龙河县后，先到东湖别墅工地查看，刘宏领着一干人前呼后拥围绕着，生怕有些拆迁户前来闹事。望着一片狼藉的拆迁现场，刘宏刚要给董事长详细汇报，突然从东岸民巷蹿出一群人，为首的正是郝老三，看那气势汹汹的样子，刘宏即刻紧张起来，甚是担心郝老三他们又来闹事，便匆匆忙忙和泉少谦钻进车里，而后一众随从快速离开。

泉少谦见此情形，心中很是不悦，诘问刘宏怎能如此惧怕拆迁户，往后工作该如何开展？刘宏仔细应答时，专挑郝老三说事，当面把此人的"斑斑劣迹"和盘端出，并一再强调离开的理由，是要考虑董事长的人身安全，泉少谦听后深以为然。

巨子地产公司董事长亲临龙河县，吴丽娜感觉机会难得，立即召集城建、规划和公安等部门开会，诸位领导和泉少谦齐聚一堂，座谈研究东湖别墅项目下一步工作安排，如何突破拆迁困局，仍然是会议的核心议题。会议开始不足半小时，郝老三又领着众多拆迁户，静坐龙河县政府大门外讨要说法，一声声"反对拆迁，还我家园"的口号喊得震天响。

会议进程又被彻底搅乱了。

心怀郁闷的泉少谦私下暗示吴县长，类似郝老三这样的"刺儿头"，何不给他点颜色瞧瞧？吴丽娜无奈表明，许多办法和手段都已用过，不断抓了放、放了抓，对郝老三这样的人已经不起作用。同时又隐隐暗示泉少谦，如果巨子地产公司的拆迁补偿策略能够灵活一点，尽快瓦解郝老三这类"钉子户"，应该问题不大。

泉少谦听罢，面色很是平静，也不表态说话。吴丽娜号准对方脉搏后继而说道："当然了，作为县一级政府，始终要站在大多数群众立场处理问题，更应该为企业投资排忧解难、保驾护航，我们是有信心解决这些棘手问题的，这点还请泉董事长放心。"吴县长亮明了这个态度，泉少谦这才寻找到"自家人"的感觉。

无论阻力有多大，工程进度仍得稳步推进，刘宏不可能不考虑，拖延工期带给巨子公司的庞大损失。于是，趁着董事长人在龙河县，刘宏组织了气势宏大的东湖西岸别墅开工剪彩仪式，吴丽娜率领县委、县政府的部门领导以及社会各界名流，陪同泉少谦正式拉开东湖开建的序幕。

仪式结束后，泉少谦不忘叮咛刘宏说："既要保证西岸工程高质量、高效率进行，还得继续加大东岸拆迁力度，你的压力可谓不小。但有困难，可以找吴县长，也可以直接向我汇报。"刘宏听出来了，董事长这句交底的话里，饱含对自己的倚重和信任。

泉少谦从龙河县返回龙州后，兄长不断怂恿他，须得尽快安排修缮马书记老家祖庙、祖坟和老宅这份特别惦记，虚闲大师看似不经意间吐露出的这份"佛缘"，已经落定为泉氏兄弟的一份"心事"。

实施修缮工程之前，泉政谦做了特别交代，要求泉少谦运作此事时，务必顾忌影响、细心周全，不能光舍得财力，还得低调从事、不可张扬。泉少谦心领神会，既要如愿完成马达心愿，还不能给兄长招风惹雨，所以马书记的事情要么别接，要么绝不可办砸，因为其中不光牵扯着巨子地产公司的未来利益，更有兄长的仕途前景，故而此事只可成功，不可失败，容不得他有半点马虎。

人情练达、经验老到的泉少谦，并没有从马达身上入手，而是把目光率先投向马母。和马家老太太的初次见面，是虚闲大师安排的，刚一见面，泉少谦一句"老婶儿"，叫得马母笑逐颜开、喜不自禁，等到端出修庙、修祖坟的想法后，耄耋之年的老太太当场激动地站起来，要亲手给泉少谦削水果吃。这番"一见如故，万千欢喜"的见面效果，真不知是泉少谦"会来事儿"，还是虚闲法师从旁周旋的功劳。

此后不久，在马书记默许之下，泉少谦和虚闲法师陪同马老太太回到了老家。

马达家的老宅确实已经破败不堪，处处布满蛛网、落尽灰尘，祖坟也被荆棘高草深埋，几乎看不出原来的模样。老家祖庙名为"马王庙"，庙里倒是有人打扫，但空间狭窄、阴暗，只有屈指可数的几件桌椅板凳，横七竖八地靠墙摆放着。望着眼前的衰微和简陋，虚闲大师却说出另一番意思。"从风水学来看，此地气象非同一般。马家老宅恰好与马王庙错开相对，一座癸山丁向，一座丁山癸向，癸山丁向预示'前方有贵人'，而祖坟和马王庙又在一条线上，'当运二五八'，此布局自然天成，合乎八卦取象，真是块风水宝地啊！"泉少谦听得似懂非懂，马母眼睛却已经笑成了一条缝儿。

正说话间，四周已经围满了乡民，其中有个干部模样的人大声说道："早年维修马王庙时，村里曾来过一位风水先生，当时就说我们村风水好，将来必出大人物。"此言既出，马上得到大家点头附和。就在乡邻和马老太太相谈甚欢之际，那人又斜过身子问泉少谦，要不要请镇上干部前来作陪，泉少谦想起兄长再三叮嘱"低调做事、不可张扬"的原则，连忙摇头拒绝。不料那人咧嘴一笑，走到旁边开始拨打电话。

泉少谦即刻意识到，这人肯定在和镇干部通话，八字还没见一撇，此事便要宣扬出去，这种情况绝对不允许出现。于是，泉少谦找了一个理由，转身要走人，虚闲法师倒很配合，两人这就要带着马母离开。刚才打电话的人果然急了，匆忙跑过来说："我们镇长马上就到，可不可以再等等？"泉少谦给司机暗示一个眼神，汽车即刻疾驶向前。

刚才，虚闲大师之所以心甘情愿配合泉少谦的每个动作，皆因他已料定，泉少谦若要在消除负面影响的前提下，想把事情圆满做成，眼前唯一的办法，便是请他虚闲大师出山，且以观音寺的名义来捐修马王庙。虚闲大师的这份自信，既来自他与马书记的私人感情，亦缘于泉氏兄弟心中那份难以明说的顾虑。

虚闲大师的猜测是对的。回到龙州后，他和泉少谦心照不宣地攀谈许久，最终方案确定，由虚闲大师站身前台主持修建，泉少谦隐身事后筹措物资。面对这般做事格局，泉少谦甚感憋屈，却又无计可施，在龙州地界，他算得上是叱咤风云、横竖不当的人物，这回却输给一个出家人，心里着实不得劲。兄长泉政谦劝慰说："咱们花大本钱做这事，目的是要落马达书记的好，只要他心里清楚是怎么回事，其他就不要考虑太多。"泉少谦想想也是，只好把口里的唾沫咽了下去。末了，泉政谦悠然喟叹道："看来，这个虚闲法师不简单呐。"

老家祖庙、祖坟以及老宅全面修建开始以后，马达再也没有把泉政谦约到他那间风水俱佳的办公室，而是破天荒地请他到家中一叙。欣然满怀的泉政谦见到神情喜悦的马达母子之后，心里终于落定，他和兄弟这回算是揣摩到马达的心坎上了。

刚一见面，合不拢嘴的马母就把泉政谦拉到身边念叨说："马达其实是个苦命人，他爹死得早，我一手把他拉扯大。老婶儿也不怕你笑话，当年为了供他上学，每天天不亮，我就得去镇上卖早点，下午给人做裁缝，晚上还要摆摊卖货，当年那个苦啊，如今连想都不敢想。老天不负有心人，我儿终于有出息了，过去那些苦，也就算没有白吃。"

泉政谦听罢，连忙应声道："马书记的今天，都是老婶儿您积攒的福报啊。"马老太太赧然一笑又说道："旁人都这么说，可我心里明白，母亲抚养儿子那是天经地义，要是没有灵官马元帅的保佑，我儿也难有今天呐。"说到这里，老太太忽然停下来，嘴角狡黠一笑继续说道，"有句老话你一定听说过，'马王爷有三只眼'，说的就是这个灵官马元帅，他本是如来佛身边的至妙吉祥，因为毁了'焦火鬼坟'，违反佛法被罚下凡，第一次脱胎就到了我们马姓人家……"

"哎呀，又摆上你的龙门阵了。"马达走出书房，随之打断了母亲说话。母亲不以为意，呵呵笑着去了厨房。

跟随马书记走进书房，泉政谦不免倒吸一口冷气，这哪里算得上书房，完全是一间家中佛堂。只见一座精雕细琢、纹饰繁复的高体佛龛紧靠北墙，佛龛内供奉着一尊神态缥缈、气韵非凡的观世音菩萨，东边整面墙壁的博古架上，层次分明地放置着各种造型别致、大小不一的佛陀头像，给人一种诸神归位的肃穆庄重感。南边窗户外的阳光映照着佛像，洁净明亮的光影微微移动着，屋里的空气仿佛也被慈祥安宁的气息牵引着流动。西边墙面悬挂着一幅笔锋苍劲的诗文：菩提本无树，明镜亦非台；本来无一物，何处惹尘埃。一缕缕炷香薄烟轻轻缭绕在空中，整间屋子弥漫着浓烈的禅香气。

泉政谦面前的茶几上，放了一杯青花盖碗斋茶，刚端起来要喝，忽见马达也端起一杯斋茶，走近佛龛，毕恭毕敬地供奉在观音菩萨像前，随之点燃一根香烛，这才坐下说道："少谦替我修缮祖庙、祖坟，就是替我行孝啊。我这个老娘，以前吃苦受累的日子过怕了，就喜欢吃斋念佛，祈求神灵保佑。"马达说罢，释然一笑。泉政谦逢迎道："人老了，就得有个寄托，只要精神能得以安宁，对老人健康是大有好处的。"

"是啊，是啊！我也是从小随母亲耳濡目染，不知不觉就信了这释家佛典。虽然我们是领导干部，有自己的政治信仰，但是我认为，人的精神寄托和人生信仰，应该是有所区别的。可是话又说回来，寄托归寄托，这些不合乎工作要求的事情，只能在家里搞搞就行了。"马达呵呵笑着，说出了自己信神拜佛的诡辩之语。泉政谦感到荒唐而可笑，但他不能有任何微词，只好在不置可否中一笑了之。

马达啜口斋茶后继续说道："老泉啊，你得给少谦说说，修庙这事，不要太铺张浪费，差不多就行了。另外，我想给你说句掏心窝子的话，这些年我东调西任，从不敢牟取一己私利，外界送我'不粘锅'的名号，既有褒奖的意思，也不乏讥讽和嘲弄，这些寓意满满的风评，我都心知肚明。咱们是领导干部，打铁还得自身硬，怎么能因为这些事情，被旁人抓了把柄？尤其是你我，身处这样的位置，做事做人更缺不得原则，既要给下面做好表率，还得管束好自己，绝对不可以'前栅栏宿猫，后篱笆走狗'。所以这么多年，无论是亲朋好友，或者是门生故吏，我从来没有提拔过任何裙带关系，为此还落得'不懂人情世故'的埋怨。如今老母年岁已高，时常在我耳旁唠叨修缮祖庙这事儿，这辈子，我可以拒绝任何人的任何事，唯独这件事情让人为难呐。所谓'百善孝为先'，乃人之大德，能在老人家百年之前，还上她这个心愿，作为儿子，我就没有什么遗憾了。"马达推诚相见，泉政谦感动不已。

起码在此时此刻，泉政谦判断马达给予了他们兄弟俩极大的信任，尽管这份信任是用金钱换来的，那也是物有所值。有时候，人与人之间的关系就是这么吊诡，当你无限靠近别人，渴望得到信任时，对方往往对你敬而远之。反之，你已手持钢刃，予夺其性命时，他却欣然回首，以为你要为他劈波斩浪、护航保驾。信任又像白露未晞，变化总是在水雾交接间幻影无形。

挑明修庙之事后，马达似乎释然许多，望着窗外的阳光，马达云淡风轻地说道："最近，老领导要在枫露会所招待大家，到时候，你和少谦都随我去。"泉政谦听罢，激动得不知该说什么，急忙起身给马达再续茶汤。

"我知道，上次的'常务'二字，让你失望了，但那也是当时情形所致，有些事情，须得从长计议，不要去在意一城一池的得失，你说是吧？"此话说到了泉政谦的心坎上，毕竟龙州市长的位子空置太久了，自己若留在常务副市长位置时间久了，难免会被人说闲话，这些官场潜台词，马达不可能不清楚。

"叮叮叮"，窗前的落地座钟响了，仿佛提醒着泉政谦，该是离开的时候了。走出书房时，马达言不尽意地说道："回去告诉少谦，我谢谢他了。"

泉政谦不晓得自己是如何走出马家大门的，只知道"功夫不负有心人"，马达终于要领他去见老领导了。迷雾消散后，眼前豁然开朗，市长位子仿佛正在向他招手，欣欣然的感觉将泉政谦托起到半空中，那种晃晃悠悠、安然静谧的感觉实在美妙极了。

第四十七章

　　马家祖庙、祖坟、老宅三项工程的营建，一直由虚闲大师亲自操持着，工程进度、资金用度皆由他一人把控。这天午后，泉少谦正想躺在沙发小憩一会儿，面带愁色的财务部主管宋忠走进来，汇报说马家修建项目的财务支出，已经严重超出了预算，请示下一笔钱款，该不该如期拨付。泉少谦一愣，瞬间睡意全无，他拿起账表一看，顿时火冒三丈，怒斥宋忠既然早已发觉，为何不及时提醒于他，宋忠脑子发蒙，一时不知该如何回答。

　　当天夜里，泉少谦见到兄长后，依然抑制不住心中火气。

　　"那种鸟不拉屎的偏远地方，何苦要修建如此昂贵的庙宇和祖坟，这完全是'崽卖爷田心不疼'么！"泉政谦细问之后，方才恍然有悟，原来营建项目的规划设计和工程质量，都是遵照虚闲大师的意思在进行，而虚闲所要达到的标准，未必不是马书记的意思，马达既然知晓，却不加阻拦，那就是默许工程按照这样的标准承建。

　　想到这里，泉政谦反劝兄弟说道："你的巨子地产公司，迟早得走出龙州，将来要想求得更大发展，我们就必须把这件事情办漂亮了。"听到兄长这般说辞，泉少谦也只能作罢，但心里的窝火依然难消。

　　为了抚慰泉少谦的急躁情绪，亦为了妥善处理矛盾，泉政谦怡然说道："如果你独自承担这笔费用感觉吃力，不妨再拉几个投资人进来，众人拾柴火焰高嘛。"兄长的办法，不失为一个好策略，然而泉少谦所担心的，是马达如果再次调任，将来谁给这些老板兑现利益呢？泉政谦坦然笑道："即便马书记调任中央，龙州不是还有我吗？"

没过多久，泉少谦果然拉进来和他关系尚好的三位地产商，大家共同出资为马家工程添柴加火。这三位地产商，本来就想在龙州地产市场多分一杯羹，做梦也想把公司实力做大，现在有龙州地产界的头面人物出面拉拢，巴结的还是本市最大的领导，这真是打着灯笼也难找的机会，完全是稳赚不赔的好买卖。泉少谦却不这么想，他认为这三位本是竞争对手，之所以爽快答应与他和衷共济，既是巨子地产公司强大的感召力在起作用，还和兄长泉政谦有着莫大干系。

时间倏忽而过，鲲丘最热的季节眼看就要结束了。

奚友池仍然卧床不起，每日紧攥着奚晓冬留下的首饰盒，左右不撒手。请来医生到家里瞧病，吃药打针没少折腾，最后得出的诊断结论都是心病作祟。奚晓夏当然明白父亲的心病害在哪里，妹妹离世前留下的那把银行保险柜钥匙，一定藏有天大的秘密，而且这个秘密很可能与泉氏兄弟有关，父亲或许是要拿自己的性命和泉家人再赌一局，这种决然而然的心态，正是他的性格悲剧所在。

奚晓夏猜度这把钥匙的秘密，自然有她的道理。

最近一段时间，泉家兄弟结伴返回鲲丘，何巧云看望父亲时的八面威风，还有她高调宣称要重启温泉村项目，诸如此类的言谈举动，既不遮掩，也懒得避讳，足以显露出泉家母子的志满意得，而这一切，悉数发生在妹妹奚晓冬离世之后。蹊跷也罢，巧合也罢，奚晓夏都不想被这些毫无意义的事情搅扰了心绪，她所能做的，只有安静地等待。奚晓夏从不相信善良会被邪恶遮蔽，更不相信时间不会给清白者一个交代。

眼下最重要的事情，莫过于照顾父亲的病体尽快好转起来，最近多亏有李春梅从早到晚帮忙张罗，奚晓夏才有心思和父亲说些贴心话。"毕竟晓冬已经走了，您得让自己缓过劲儿来，再大再痛的伤心也得过去啊。"

奚友池将手心的钥匙捏得更紧，他忍着心痛，嘴角嗫嗫道："这把钥匙，是咱们父女的秘密，也是晓冬的命啊！钥匙揣在我怀里，晓冬就活着，她就还没有离开……"话没说完，奚友池已是老泪纵横，蜷缩的身子颤抖起来，呻吟声中夹杂着剧烈的咳嗽。看来，父亲仍然没从"丧女之痛"中走出来，妹妹的离去，或许把父亲的灵魂也带走了。

父亲终日病躺着，丈夫那边迟迟不见消息，水厂大院里的野草愈长愈高。奚晓夏实难熬过日日焦灼，左思右想心亦难安，于是站在院里就给叶光明打电话。叶警官从电话里都能感觉到奚晓夏的忐忑与疑虑，她明确告知案件还在调查中，最近也曾见到了泉经理和许聪明，两人状态一如往常。随后，叶警官很是欣喜地说道："我得告诉你个好消息，昨天，肖局长已被正式任命为公安局长，龙河县所有与古今集团有牵连的案子，都由肖局长亲自主抓，这回你该放心了吧。"叶警官带来的这个消息，令奚晓夏心头一暖，回想肖静波在鲲丘投毒案中给人留下的印象，奚晓夏的愁绪散去了大半。

和叶光明通完话后，奚晓夏刚要进屋，李春梅忽然从外面气呼呼走进来，身后跟着脸色蜡黄的泉军。望着李春梅一脸的厌弃，奚晓夏转身冲着泉军问道："你怎么又来了？"

自从水厂关停后，负责保洁的泉军也失业回家了。最近这些天，几乎隔三岔五，他都会来探望尊者，并和尊者畅聊不歇，有时聊得投机，把门还关起来，似乎有意避开奚晓夏和李春梅。有一次，泉军好没眼色，尊者吃了药需要休息，他仍在滔滔不绝，气得李春梅直接把他推出大门外。

知道泉军来了，尊者喊他进屋说话，李春梅狠狠瞪了他一眼，泉军却不理会，甩头就往里走。奚晓夏虽是无奈却也无招，只能给泉军再次提醒，聊天要注意把握时间，别影响了尊者养病。

夏末秋至，气温逐天往下降，奚望率领众人，犹如不觉酷热、不知疲倦的野牛苦干累干，不仅多挖出十多个鱼塘，还将果蔬大棚面积扩大了一倍。经过整整一个夏天的松土施肥、育种侍弄，蔬果终于可以开园上市了，不承想，市场果然非常欢迎农肥有机蔬果，不等去城里，便在龙峪镇卖了个精光。

这天，镇长泉建文亲自为奚水村的生态农业站台推广，这给了奚望极大的鼓舞。而当奚水村族人们纷纷为新任村主任的壮举鼓掌加油时，唯有尊者奚友池对此喜讯无动于衷，因为他的所有心思，几乎都被那把钥匙锁死了。

泉政谦对马家祖庙营建工程产生异样看法，始于一尊翡翠玉佛。

兄弟泉少谦说出这个消息时，他还有点将信将疑，等待确定马家母子情愿斥资千万购买一尊大佛后，一股压制不住的怒火"噌噌"往外猛蹿。事情应该不是这样办的，即便兄弟和那三位地产老板都心甘情愿掏出这笔钱，那也不能如此奢靡、如此招摇。马书记啊！马老太太！无论你们怎么痴迷佛祖，也不能让别人摊上血本，来满足你们如此不可理喻的喜好吧。再说了，祖庙供奉的是马王爷，怎么又要祭拜佛陀呢？

人与人之间交往，一旦埋下怀疑的种子，便犹如中了魔咒的罂粟花一般疯狂生长。泉政谦开始怀疑有人从中蓄谋钱财，要么是虚闲法师仰仗着马达的信任，想趁机海捞一把；要么虚闲只是马达手中的提线木偶，马达打着虚闲的幌子，个人从中巧取豪夺；又或是这两个气味相投的人，在此工程中猫鼠同眠，各取所需、各得其所罢了。

有了这层令人不寒而栗，又不能轻易为人所道的心疑之后，马达刚刚在泉政谦心中建立起来的信任，又开始大打折扣。泉政谦立即拨通兄弟电话，要求他暂不拨款，马上派出得力人手，去工程现场察看一下，已经运至马家新修祖庙里的那尊玉佛，真的是翡翠质地还是琉璃甚至是玻璃做的？协助虚闲法师准确鉴定这尊佛陀的材质，毕竟它的购价过于昂贵了。

整日事务繁忙的泉少谦，完全没能领会兄长话中深意，还以为他是临时起意关注工程，于是便将指派财务主管宋忠过去看看，并叮嘱他拿上相机，先拍一些翡翠玉佛的照片带回来，日后再去请教宝玉石专家。泉少谦之所以轻描淡写处理兄长的电话，也是考虑到翡翠玉佛这件事情，绝对得低调购买、运送和安放，万万不可张扬从事。

有时候，世间兴亡轮回就是这么难以捉摸，厄运临近时，则连一点兆头也不会显露。恰恰是泉少谦指派宋忠去拍照这个下意识决定，竟然将泉氏兄弟乘坐的这艘船，彻底推入了万劫不复的汪洋大海中。

宋忠前往马达老家的这天，早晨还是阳光灿烂，不料午后却大雨滂沱，汽车小心翼翼行驶到马王庙时，天色将近落黑，祖庙施工人员正准备吃晚饭。

看到巨子地产公司派人前来察看工程，虚闲法师心有不悦，却也只能客气应付。为了表露自己的实心用意，他特意陪着宋忠，先去刚刚完工的马家祖坟参观。

祖宗墓园是长方形设计，面积有半个足球场大，四周是青砖、灰墙、琉璃瓦，墙内墙外栽植高大笔直的苍松翠柏。墓园用大理石地板一铺到底，从最高处往外看，有高低三层大理石护栏，护栏顶部蹲守着十二生肖像，雕花刻兽的台阶一直延伸到墓园大门，台阶两侧依次摆放着巨型白莲花坛，坛内花木密密丛丛、姹紫嫣红。

顺着护栏走上去，但见高大敦厚的墓碑前方，摆有一尊硕大的青铜方鼎，鼎型挺拔雍容，花纹繁复，鼎内燃烧着如椽香炷和蜡烛，升腾而起的灰烟铺天盖地萦绕在墓园四周。墓碑之后是祖先坟茔，冢丘已被黄灿灿的金箔锡纸包裹起来，其下环绕着一圈雕琢精美的汉白玉栏杆。乡村四野间，兀自出现这样一座奢华尊贵的墓园，实在令人啧啧称奇。

走出墓园时，天色已经黑透，马家老宅和祖庙，只能明日再去欣赏。

该吃晚饭了，虚闲法师领着宋忠，从小路穿过马王庙施工地，进到后院一间禅房，房内摆着一张足足能坐十人的红木餐桌，每人面前放着一套骨瓷餐具，餐桌中央有两盏银光闪闪的欧式高脚贡品盘，盘内盛满了各式点心和新鲜水果，茶具是陶瓷釉中彩佛用八吉祥碗，还有红檀筷子荷木勺，全都码放得齐齐整整。见此排场，宋忠内心暗暗吃惊，他终于知道自己经手拨付的钱花到哪里了。

更让宋忠难以料到的是，在这偏僻乡野间，居然能吃到雪花鸡淖、芪烧活鱼、参蒸鳝段、虾须牛肉等精致菜肴，连同陪坐的两位法师，他们四人共吃了十二道菜，最后还上了一道大补高汤，宋忠吃得沟满壕平，连尝一口的胃口都没有了。

人人皆知出家人素食为斋，宋忠望着眼前这三位法师，感觉甚是恍惚。于是心里暗暗拿定主意，明日早起后，速速拍完翡翠玉佛，需要尽快赶回公司，他要将所看到的这一切，详细告诉董事长。

宋忠独自思量间，虚闲法师满脸堆笑凑过来说道："宋主管真是个与佛有缘之人呐。正巧今晚十二时，我们要举行马王庙翡翠玉佛安放仪式。"宋忠迷惑不解，询问为何要选定今夜，虚闲法师回答说："我掐指算过，今日白天，晓雨初霁，深夜子时，阴阳交替，正是迎奉安放的好时辰。"

原来，马王庙营建工程新旧混杂、工序繁冗，局限于条件所限，必须先将翡翠玉佛安放完毕，然后依次进行佛像开光，暨藏经宝函的陆续归位。虚闲也是顾忌白日里人多眼杂，难免会生出蜚语流言，趁着夜色悄悄进行，也是为了能躲开四邻八村的乡民跑来凑热闹。

吃完晚饭，虚闲法师前去准备夜里的安放法事，宋忠独自走到祖庙前院。深秋时节的夜晚凉风习习，深邃如墨的夜空星光闪烁，眼前灯火稀疏、明灭不定。

夜色中，宋忠能大概判断出祖庙修建的规模很大，灰蒙蒙的月光下，到处都是高高矗起的脚手架，透过横竖交叉的空隙，隐隐约约能看到祖庙的青瓦驳墙、飞檐走廊，祖庙的宏大与奢华气势依稀可见。

时间很快到了午夜，安放翡翠玉佛的法事要开始了。

宋忠从未遇见过此等佛事，好奇心驱使他来到现场观看。此时，修葺一新的祖庙前殿已是人头攒动，法事所需的供桌、烛台、花瓶、香炉以及经书、水碗、贡盘、拜垫等器物一应俱全。吉时到了，只见身穿明丽袈裟的虚闲法师领着一众僧人鱼贯而入，紧随其后的是左右两排建筑工人，他们抬着红色绸缎包裹起来的翡翠玉佛小心翼翼地走进来，从工人们青筋暴绽、汗水涔涔的脸上就能判断出，这尊玉佛的重量定然不轻。

翡翠玉佛先被一点点儿挪进汉白玉栏杆围起的底座高台边，高台是混凝土浇筑而成，台面亦是大理石铺就。听从指挥者的号令，众人整齐发力，一鼓作气将翡翠玉佛矗立起来，而后严丝合缝地放进高台底座内。

　　法事开始依次执行，先是众僧人向玉佛礼拜三次，然后将准备好的香烛点燃，供果摆好，莲花清水更不可少，随后在场所有人跪倒拜垫，齐齐向翡翠玉佛叩首作揖。不等虔诚膜拜的众人们抬头，场内顿时鼓乐齐鸣、木鱼声声。虚闲法师走在最前面，众僧跟随他围绕着玉佛，一边走着，一边开始吟诵心经。

　　……

　　礼毕之后，宋忠跟随许多人凑近仔细端详玉佛，现场惊叹叫绝之声不绝于耳。

　　这座丰颐足额的翡翠玉佛，通高近两米，双手抚膝、体态匀称，颜面雍容大度，神势慈祥肃穆。这时，忽见一好事者，手拿毛巾要给玉佛擦拭灰尘，尘土拭去的地方，显露出翡翠的本色光泽，脚手架上悬吊的白炽灯光，直直照射在玉佛头顶，幻化出一圈无比炫目的光晕，使得翡翠玉佛越发显得贵气而神秘。

　　众人齐声喝彩声中，好事者一时兴起，用力爬上玉佛膝盖，且要登高再擦。忽然，玉佛底座一角往外开裂，佛身顷刻间向西倾斜，只在半空停顿半秒，随即訇然倒塌。只听得一声闷雷般的"轰隆"声，汉白玉栏杆被拦腰砸断，迸裂飞溅而起的玉石栏杆冲向脚手架，又一声震耳欲聋的响动之后，靠近前殿最近的脚手架垮塌下来，眨眼间，一根生锈锐利的钢管，不偏不倚地穿透了宋忠的腹部。

　　……

　　宋忠死了。

　　噩耗传来时，泉政谦正吃早餐，手里端着的牛奶连同杯子一起落翻在地，一股心绞痛钻心袭来，保姆连忙拿出救心丸帮其吞服，又扶他坐到沙发休息。心痛还没缓过劲儿，兄弟泉少谦哭丧着脸慌慌张张跑来说："简直倒了八辈子血霉了，我又不是神仙，怎能料到会出这档子事？"

泉政谦用手掌顶着胸口说："别再扯淡了，当务之急，是赶紧封锁消息，决不能让这件事宣扬出去。另外，要迅速稳住宋忠父母，安抚好他们的情绪，切切不可将事情闹大！"泉政谦猛烈咳嗽起来，他意识到兄弟这回可能把祸惹大了，一种从未有过的恐慌感袭上心头。

泉政谦万万没想到，这桩灾祸的源头居然始于自己的心疑，他后悔自己猜忌太多、思虑太深，既然兄弟少谦和其他老板甘愿"出血"，那就悄没声息地修建好马家的祖庙祖坟和老宅，再把那尊玉佛蹾在马王庙，不就万事大吉了么？哪怕将来马达母子住进马王庙修仙成佛，又与旁人有何干系？自己为何偏要多此一举，非得分辨出什么翡翠琉璃或玻璃呢！

宋忠之死引发泉政谦产生恐慌的更深层原因，是他知道中央巡视组刚刚抵达龙都，正对全省各个行业存在的问题展开广查深究。恰逢这个节骨眼，怎能容忍宋忠这样的恶性事件发生呢？如果处理不及时、不得当、不严密、不干净，不仅花费重金营建马家工程这些事难以兜住，而且会将所有与此事有关的人员拉下水，这样可怕的结局，真是连想都不敢想啊！

"你赶紧去安排处理啊，傻呆呆望着我干什么！"泉政谦像发怒的狮子，冲着兄弟大声吼叫起来。眼见温文尔雅的兄长如此失态，泉少谦立刻意识到问题的严重性，却又依然心存侥幸，宋忠不过是巨子公司一名普通员工，只要做好家属的安抚和赔偿工作，应该不会产生什么难以预料的后果。至于营建庙宇、翡翠玉佛这些事情，自然有比他个子高的人在前面顶着，所以他是"光脚不怕穿鞋的"，船破屋漏这些事儿，还是由别人来操心打理吧。

站在阳台的泉政谦，远望着兄弟泉少谦不紧不慢地钻进车里，而后汽车从他眼前绕了一道弯儿，这才徐徐驶出了大门。一束秋日的温阳洒到泉政谦身上，他仰面望着万里无云的蔚蓝色天空，心里不由得哀叹：宋忠，宋忠，少谦啊，你恐怕真的是给哥哥送终啊！

霉运降临时，就如同"一蚁之穴，能溃千里之堤"，命运时常喜欢捉弄那些自作聪明的"聪明人"。宋忠之死，注定成为压死骆驼的最后一根稻草。

泉少谦可以用金钱和许诺，汹汹淹没宋忠父母的丧子之痛，却无法捂住众人的悠悠之口。深夜发生在马王庙里的"秘密"，很快被一位省报记者偶然得知，于是一篇名为"马王庙里的黑色勾兑"的内参文章，直接呈递到中央巡视组的案头。

泉政谦慌了，马达更慌了，老领导周围城在电话里痛斥他俩不作不死。

马达撂下电话，瞬间瘫软在那间"靠山向阳"的办公室里。"修缮豪华祖坟、老宅，营建奢华祖庙，购置价值千万的翡翠玉佛，财务主管深夜殒命……"，这些扎心又扎眼的内参文字，像弓弩射出的一枚枚夺命冷箭，很快将马达、泉少谦和三位地产老板射下马。那位自通阴阳、非同常人的虚闲大师仓皇逃回观音寺，等到警察紧随其后赶到时，观音寺里已不见他的人影，留守寺院的僧人说：虚闲法师云游天下去了。

马王庙工程全部停止了，施工现场变得一片狼藉，一尊玉佛支离破碎地趴在地上，几乎被泥土和脏水淹没了。修茸一新的豪华墓园里，再也看不见香火缭绕，阵阵秋风吹来，卷扬起方鼎里的灰烬，那一缕缕灰色烟雾，犹如孤魂野鬼般游荡空中，而后又倏然间消失得无影无踪。

马达被"双规"之后，马母号啕大哭，整个人仿佛被佛祖抛弃了，嘴里时时念叨着"灵官马元帅，快快保佑我儿"的妄言妄语。呜呼！即使在人生中的高光时刻，马达也没能笼络住几颗人心，他那"不粘锅"的官场清誉，只不过是一块往上攀升的"遮羞布"而已。

很快，马老太太病倒了，心有余悸的泉政谦，趁着夜色偷偷看望了一次，以后再也没有出现过。

第四十八章

中央巡视组进驻龙都省的官方新闻发布后，龙河县东湖东岸反拆迁小分队的郝老三，立即通过媒体公布的举报电话，将东湖别墅暴力强拆的黑幕揭露出来。这对于深陷马王庙泥潭的泉少谦来说，犹如火上浇油、雪上加霜。其后，巡视组立即派员进入龙河县展开调查。

"山雨欲来风满楼"，所有迹象皆已表明，从龙都到龙州以至到龙河县，一场狂风暴雨正在酝酿之中。吴丽娜感知到波谲云诡的苗头后，即刻打电话给泉政谦询问细情，泉政谦故作镇定地说道："只要东湖别墅项目手续合法齐全，就能经得起查究。钉子户来势汹汹、咄咄逼人，我们自己先别乱了阵脚。"

泉政谦的"最高指示"，并没能打消吴丽娜的心中忧虑，她马上找来刘宏，暗示其立即去见谢元和苏美玲，必须堵死这两人的嘴巴，因为东湖别墅项目推进中间，强行更换开发商这一点，始终是吴丽娜内心的"硬伤"。

刘宏将谢元和苏美玲约到一起聚餐，席间三人推杯换盏、叹息连连，还没等说正事，刘宏就先把自己给灌醉了。此时的他，已经知道董事长出大事了，巨子地产公司内部也已经乱成一锅粥。望着谢元和苏美玲，刘宏哭笑不得，在东湖别墅这艘轮船搁浅之前，他俩已经提前下船，恍惚之间，他感觉这两人或许才是命运之神垂青的宠儿。而他刘宏则不同，浑然不觉这艘大船，已然埋下了倾覆大患，不仅兴高采烈地登船就位，还曾为自己所谓的"幸运"自鸣得意。

是啊！刘宏又能给谢元和苏美玲说些什么呢？当时的政府专题会议，此二人并没有参加，中途更换开发商，那都是按照吴县长的意思确定通过的，将来无论谁去解释，怎么解释，都无法改变档案中的会议纪要，更无可能捂住每位与会领导的嘴巴，尤其是当场表明反对和质疑态度的常务副县长赵纪衡。

由此，刘宏的心里更加明白，封或不封谢元和苏美玲的嘴巴，已经毫无意义了。酒过三巡之后，醉意醺醺的他睡着了，谢元和苏美玲面面相觑，不知道刘宏"葫芦里卖的什么药"。

中央巡视组派员到龙河县追查东湖强拆的消息，是叶光明私下悄悄告诉奚晓夏的，她说巡视组派员入住在龙河县太白山庄，自己正在现场执行安保任务。得知这个喜讯后，奚晓夏还以为丈夫可以回家了，结果叶光明却说这是两码事。奚晓夏的情绪有了波动，一时忍不住伤心，开始在电话里哭泣。叶光明有些心急，不停安抚她不要着急，凡事多往好处想，相信事情很快会有结果的。

父亲该吃药了，奚晓夏将煎好的汤药端到床前，奚友池瞧见女儿眼眶发红，询问她因何而哭，奚晓夏支吾半天也没说话，奚友池急了，他拒绝喝药，奚晓夏无奈，只好把叶警官告知的消息说出来。奚友池听完之后，当即激动不已，端起汤药一饮而尽，这就要下床出门去，不料久卧病榻，腿脚已不听使唤，气恨的他一边用手捶打着双腿，一边唉声叹气。

病恹恹的父亲，忽而闪现出坚毅的神情，奚晓夏略感迷惑，不等她转身离开，父亲一把抓住她的胳膊，语气急迫地说道："去，赶紧去把泉军给我找来。"

奚晓夏一听就急了。"怎么又要见那个烂人？都快烦死他了，我不去。"奚晓夏摇头不同意，奚友池明显不高兴了，他用平常极其少见的严肃眼神打量着女儿，嘴角微微颤抖了一阵子，随之慢慢平复下来，而后用手掌轻轻拍着床沿，示意女儿坐下说话。

从奚晓冬出事之后，奚友池卧床已有小半年时间，女儿的意外离世，不仅击垮了他的健康，而且使其心力日渐衰微。这时候，那个深藏多年难以挥走的心魔，再次从阴暗的角落爬出来，像幽灵似的控制了奚友池的精气神。

　　原来，二十多年来，奚友池从来没有从雪夜深谷那幕惨剧的阴影里走出过。当夜，他抱着大女儿奚晓春疯狂跑回家，一进家门，便栽倒在地、不省人事，昏死三日后，奚友池才苏醒过来。也就是从那刻起，仇恨和愤怒像魔鬼一样住进了奚友池的内心深处，只要他和泉氏族人有任何冲突与矛盾，心魔便会悄悄跑出来喧嚣肆虐。往后究竟能依靠什么力量，再与泉棠仁一争高下呢？这个问题死死捆绑了奚友池的大脑，令他寝食难安、生不如死。

　　奚友池的最后一线寄托，来自奚晓春的葬礼，当他无意中瞥见奚晓冬偷偷从大女儿身上拿走那条红丝巾时，奚友池的大脑像被雷电击中，一个邪恶的念头突然闪现出来，他有了和泉棠仁继续抗衡下去的新念头。

　　从那之后，奚友池顺势而为，将小女儿奚晓冬作为他将来向泉棠仁叫板的"撒手锏"培养。奚晓冬从小个性强势，从不轻易认输，完美遗传了父亲的脾性。同时，奚友池刻意把奚晓冬当作男孩抚养长大，时时刻刻教育她，将来若想出人头地，必得做个人上人，为了达到高人一等的目的，可以不择手段。在阴暗心理的驱使下，奚友池故意纵容，百般怂恿，千般溺爱，放任奚晓冬的性情自由生长。

　　从上大学开始，奚晓冬即已形成了极其独立的人格，对人对事的判断，充满了果断决绝的个人色彩。她抱定直面人生飓风恶浪的心态，发誓要做一个卓尔不群、出类拔萃的厉害角色。以至到后来，奚晓冬逐渐呈现出不食人间烟火的冷艳，还有对江南风的痴痴念念，都成为她趋向自我的铺路石。

　　面对奚晓冬愈来愈强势的性格变化，奚友池暗地高兴，老伴江淑芬却伤心不已。为此，夫妻俩一次次争吵不休，江淑芬最终选择了妥协退让，她清楚有些东西可能已经无法逆转了。小女奚晓冬越来越变得难以捉摸，奚泉两姓的争斗无休无止没有尽头，内心塞满了种种担忧和郁闷，江淑芬满怀遗憾地撒手人世。

　　当奚友池将这份心魔袒露在女儿面前时，奚晓夏感到匪夷所思，父亲的形象瞬间模糊起来，巨大的悲哀在心中翻腾，她想把内心异样的恐惧呐喊出来，可当看见父亲战栗不止的双手、干瘪无力的身背，一阵噬心之痛，令奚晓夏陷入长久的沉默。此刻无论是愤怒、责怨或者哀叹，似乎都显得苍白无力，因为妹妹已经手执刀剑，为自己短暂而任性的生命做出了断，而眼前垂垂老矣的父亲，又怎能不伤心痛绝？

"是我害了晓冬，我不配做她的父亲啊……"奚友池发出了悲凉而凄楚的哭啼声，仿佛是要唤回奚晓冬的钟鸣之音。一声声悲切的呻吟，深深穿透了奚晓夏善良而哀伤的心灵。一切都缘于仇恨，是愤恚制造了所有的悲剧，唯有打破"冤冤相报何时了"的怪圈，或许才是消除所有人心魔的唯一途径。

望着父亲虚弱苍老的面容，奚晓夏不忍再去争辩什么，更不想违背他的任何意愿。事已至此，只要能使父亲舒心，那便愿意按照他的心思行事，奚晓夏坚信，无论怎样的疾风恶浪，终将随着时间成为过去，她寄希望于丈夫泉林声早些归来，更相信漫天乌云总有消散的那天。

奚晓夏答应去找泉军，奚友池摩挲着老泪，神色颓然地问道："你难道不想知道，我找泉军用意为何吗？"奚晓夏怔怔而立，随之淡然回答说："父亲有何用意，女儿不知也罢。"一问一答之间，奚友池感觉到女儿的心，和自己的距离渐渐拉远了。

卧床养病的这段日子，奚友池一直隐忍待发，他在等待一个绝佳的反扑时机。老天爷还是眷顾他的，此时出现了千载难逢的机会，奚友池是无论如何也不会错过的，他再也没有时间，也没精力继续等待了。所以，不论奚晓夏理解或不理解，他都要执意而为。

"你是知道的，晓冬离开之前，曾经交给我们一把钥匙。"说话间，奚友池颤颤巍巍从怀里拿出那个首饰盒，轻轻放在床沿边。"我懂晓冬的心思，她让奚望连夜将这个东西送回来，临到头儿，也没留下只言片语，这就足以证明，这把钥匙是何等的重要！"

恍然间，奚晓夏渐渐明白了父亲的用意，她刚想说话，奚友池又怅然说道："这把钥匙，不能由你交到太白山庄，暂且不论外面有多少双眼睛盯着你，就算我奚友池没有私心，我也得这么做。"

奚友池缓了口气继续说道:"我猜想,这把钥匙对应的银行保险柜里,一定藏有天大的秘密,不想让你送去,考虑有二:其一,这个秘密,我不愿意是从你手里送出去的,你妈和老大老三都走了,我只剩下你一个女儿,还指望着你给我养老送终,所以我绝不允许仇恨这摊浑水溅到你的身上,哪怕是一滴,我也不愿意;其二就是危险,如果你为送这把钥匙,被人发现、诬告甚至加害,那我这把老骨头还怎么活下去?"

得知了父亲的真实意图后,奚晓夏眼泪汪汪,曾经因为父亲牢牢攥紧钥匙不撒手的古怪动作而留下的疑惑,随着父亲说出的这番关爱之语,逐渐从她心中消散了。此刻再去回想自己和李春梅对泉军的恶语相向,还有对他和父亲关门聊天的嫌弃,心里多少生出一些愧疚之意。

"你的心思,女儿懂了。可是让泉军去办这么重要的事情,我心里不安。"奚晓夏没有询问父亲,为何选择泉军去做此事。奚友池也没有解释,只是淡淡地说道一句:"泉军去送,就图个安全。"

巡视组派员入住太白山庄的消息不胫而走。

东湖郝老三闻知此消息时,天已经黑下来,他当即激动不堪,认定这是自己的那一通举报电话起了大作用,于是便带着多名东湖拆迁户代表,趁着月色找到太白山庄,嚷嚷着要见巡视派员当面反映问题。负责安保的叶光明带领警察加以阻挡,要求他们立即返回东湖,并且言明巡视工作有着严格的纪律和程序,需要向拆迁户了解情况时,自然会有通知的。

此时天色已晚,郝老三等人心里虽感憋屈,却也无可奈何。但又不想高兴而来、悻悻而归,于是众人商量后,决定当晚留宿在太白山庄旁边的农户人家,只等明日天亮后,再去山庄反映情况不迟。

太白山庄位于龙山脚下,距离龙河县城还有近三十公里路程。泉军接了尊者递给他的首饰盒后,便匆匆赶往太白山庄,一路行来,他不停地伸手摩挲衣怀,生怕把东西弄丢了。于泉军而言,这不是一个普通的首饰盒,而是尊者对自己难得的一份信任，奚友池郑重其事的叮嘱声，不时回响在他耳边，泉军暗自发誓，绝对不能辜负尊者的嘱托，一定要把这个首饰盒交到该交的人手里。

傍晚时分，泉军赶到了太白山庄，老远看见有许多警察在山庄大门外巡逻站岗。他心里思忖，自己曾多次进出龙河县公安局，难免会被人认出来，如果冒冒失失把东西交给警察，说不定会有闪失。再说了，临走前，尊者再三交代，东西只能交到巡视派员手里。

一时间，泉军陷入了左右两难，他一边思量着，一边隐入太白山庄北墙边的一片竹林。深秋季节的竹林空气清新，叽叽喳喳的鸟叫声婉转动听，趁着蒙蒙光线，泉军顺着曲径通幽的竹林步道转了一圈，发现山庄北墙中央开了一扇圆月门，原来这片竹林是入住太白山庄的客人们休闲散步的场所。

泉军心中一喜，即刻有了主意，他决定今晚栖身竹林，等待明天天亮，太白山庄客人进到竹林晨练时，再相机行事。好在秋凉不寒，泉军盖了外套，蜷缩在竹林深处的一把长椅休憩，忽然感觉肚子饿了，于是走出竹林，来到一户农庄的小卖部，买了些面包饼干和水，而后再回到长椅躺下，一边吃着喝着，一边望着修竹掩映的月亮，泉军感觉到一种别样的惬意。

当夜，郝老三领着众人住在竹林边的一户农庄。夜里闲来无趣，便点了很多吃食，大伙儿围坐一起，喝酒吃肉聊以解闷。啤酒喝多了，郝老三想去方便一下，略带醉意的他迷迷糊糊走进竹林，忽然看见有个人影在晃动，郝老三大喊一声"有贼"，随着一声惊叫，农庄其他人纷纷跑过来追赶。那人惊慌失措、无处遁形，便想翻墙进入山庄，不料爬到半墙，脚底一滑，整个人摔落倒地。郝老三紧追上前，先向那人胸口猛踹一脚，随后而来的其他人不分青红皂白，挥起拳头像雨点似的砸了下去。

被郝老三等人误以为"贼"打翻在地的人，正是躲在竹林睡觉的泉军。漆黑的夜色中，太白山庄外的竹林突然传出一阵骚乱，叶光明领着干警迅速赶到现场，这时的泉军已经昏迷不醒，嘴里一股股往外吐血，120很快到达现场，叶光明陪同医护人员将泉军紧急送往医院抢救。救护车走到半道时，泉军苏醒了，看见眼前的叶光明穿着一身警服，便吃力地从怀里掏出了首饰盒，而后再也没有醒过来。

阴差阳错中，泉军意外身亡了。叶光明并不认识他，还以为身亡者和郝老三一样，也是个上访户。而当打开首饰盒，看见一把金灿灿的银行保险柜钥匙时，直觉告诉她，这个人的来路肯定不简单。于是，叶光明从医院返回太白山庄后，毫不犹豫地将钥匙交给了巡视派员。

泉军之死，仿如薄纸包裹不住的火苗，迅速在龙河县开始燎烧起来。

吴丽娜得知此事后，内心再次陷入慌乱，她第一时间将此诡异消息告诉给了泉政谦。泉政谦当即愣在办公桌前，豆大的汗珠从额头掉落下来，泉军怎么会出现在太白山庄？他到山庄干什么去了？自从奚晓冬自戕之后，时常会有一种不祥之感，莫名其妙地泛起在泉政谦脑海深处，他难以猜度，更不敢去想，只怕这一切的背后隐藏着万丈悬崖。

命运的吊诡之处就在于天欲晴而雨不停，无论是"机关算尽太聪明"，还是命数所注定，该来的终将会来，不该来的盼也没用；亦有人说鬼使神差，其实是神谋魔道的算计，看似偶然，其实也不过是戴着面具的必然。对于芸芸众生而言，心地磊落才是坦途荡荡，狡黠诡诈必然人事两空。因而尊者奚友池让泉军去送钥匙，与其说是精心谋算，倒不如说是尽人事、听天命的举动。诚然，对于因循苟且活着的泉军来说，决然不会料到，自己会在阴阳背谬中丢了性命，甚而奚泉两姓间的这场同根宿怨，亦被他舍身引爆了。

一把钥匙，打开了龙州银行 321 号保险柜，仿佛打开了周围城、马达和泉政谦等人命运的"潘多拉魔盒"，他们的贪婪虚无、计利忘义，以及泉氏兄弟不可示人的阴事悉数曝光在阳光下。骤雨狂风之后，徒留一地鸡毛，龙川平原上的冬天似乎提前到来了。

泉家彻底落败了，何巧云晕厥病倒在泉家庄的祖宅里。

鲲丘的天气一天凉似一天，奚友池偏偏不冷了，身体又开始发烫，眼看高烧迟迟不退，心急如焚的奚晓夏和奚望违背尊者意愿，坚决要送他去医院。执拗倔强的奚友池既不配合，且断然拒绝。这天夜里，秋风从傍晚刮起，一直到后半夜也没停下来，奚晓夏、奚望、李春梅和奚小平等众人围坐榻前，前半夜时，尊者尚能睁开眼睛说话，后半夜刚刚入睡便溘然长逝了。

深秋季节，尊者奚友池大葬于奚姓墓园，悲恸欲绝的族人们悉数出动，堆积成片的幡帐花圈湮没了人们的悲情，人们如丧考妣般跪倒在墓碑前呼天抢地，喧天唢呐声中，一阵阵撕心裂肺的哀号，伴随着猎猎秋风传遍了鲲丘山野。

病躺祖宅的何巧云，听到远处传来的隐约哭声，再回想起她和奚友池这辈子的争争斗斗，不觉悲从中来、泣不可抑。两个儿子先后被带走了，身边原有的医护和保姆也离开了，真不知道往后的日子该去靠谁。想到此处，惯常八面张罗的何巧云，孤独无望地痛哭起来。

泉林声回到鲲丘的那天，正逢立冬，龙川平原漫长而严寒的冬天开始了。

春梅娘和阿冰为泉林声准备了一桌丰盛的饭菜，奚晓夏、奚望和李春梅陪同泉林声开怀畅饮，这顿午饭一直吃到夜色降临，从给泉林声"接风洗尘"，再到送给他"大难不死、必有后福"的安慰和祝福，四个人喝得是东倒西歪、哭笑不歇。阿冰和春梅娘怜惜而忧伤地望着他们，心里很不是滋味。

夜里回到尊者家，泉林声看见那张孤零零的床榻潸然泪下，再望着音容宛在的尊者遗像，他和奚晓夏抱头痛哭。伤心欲绝的泉林声悲叹道："不干啦，再也不干啦！任谁说啥我也不想干啦！"望着痛苦不堪的丈夫，奚晓夏感受到了锥心之疼，也只有她，最懂得丈夫这一刻"欲死不能得，欲生无一可"的绝望与煎熬。

第二天，日上三竿之时，泉林声才从醉酒中醒了过来。冬日的温阳照进窗棂，屋里出奇地安静，奚晓夏斜靠床榻，温存和顺地望着丈夫。泉林声将妻子揽入怀中说道："有时候，真想远离尘世纷扰，带你隐居龙山，去过那种'采菊东篱下，悠然见南山'的田园生活。"

奚晓夏听后微微一笑说："人活着，就得受苦受累，复杂的社会，看不透的人心，经历不完的酸甜苦辣。可是，正因为生活难、做事难，才显得坚持者的可贵，要相信活得再漂亮的人，背后也会有凄凉，所以最难的不是生活，而是说服自己。"

奚晓夏给丈夫说着鼓励的话，泉林声感受到了欣慰和温暖，他无比怜爱地望着妻子那张清雅贤淑的容颜说道："经历了那么多的风风雨雨，总让你替我担惊受怕，真是对不住……"奚晓夏急忙捂住丈夫的嘴巴，不许他继续说下去，深情而感动的眼泪，扑簌簌流淌下来。

"往后不管是阳光灿烂，还是无常聚散，我会永远守在你身边，人这辈子没有多少时间可以浪费。今年冬天过去后，你还得带领乡亲们继续往前奔，压力再大，我和你一起咬牙扛着，再苦再难，咱俩一起挺过去。"看似柔弱的妻子，说出的话语自信而坚定，泉林声内心深受触动，他为能娶到奚晓夏这样的妻子而感到幸福。

这年的冬天出奇地寒冷，大半个鲲丘变成了银装素裹的白色世界，小寒刚过，整个龙川平原进入了"出门冰上走"的三九天里。

这个时候，冰雪覆盖的鲲丘接连出现了怪事，先是泉家庄那眼冒着腾腾水雾的温泉，忽然一夜之间变得冰凉刺骨。不等泉氏族人的惊叫和哀叹声落地，从溪水村"鱼儿嘴"淌出的那条溪流，也在昼夜交替间凝结成冰。两个奇异现象的出现，立刻在鲲丘激起了千层浪，有人猜测要地震了，有人哀鸣这是列祖列宗显灵，惩罚那些不争气的后世子孙。一时间，异想天开的谣言开始疯传，两姓族人纷纷走进祠堂，焚香祷告神灵护佑。

随后，愈加诡秘离奇的悲剧接踵而至，距离春节还有两天时，孤苦伶仃的泉军父母在雪夜中安然离世。大年三十深夜，又从龙河县医院传来悲讯，泉家庄尊者何巧云也悄然去世了。鲲丘的这个春节，陷入了前所未有的一片死寂，不知那冰封雪盖的四野八荒间，还会泛出多少出人意料的呜咽灾事。

......

春暖花开又一年。

开春后，泉氏兄弟家族弊案逐渐水落石出，周围城、马达等一众"地市圈"官员腐败大案，亦进入了深度调查，随着一系列官商勾结、营私舞弊事实的不断揭开，龙河县县长吴丽娜也应声落马。之后，赵纪衡被提拔为龙河县县长，泉建文亦被破格选拔为龙峪镇党委书记，同时，又有一个令人略感诧异的消息传出，龙州主管城建与安全的副市长李希文也被免职了。

离奇的事情再次发生了。

冬日的寒冷逐天退去，鲲丘大地回春，温暖的阳光融化了"鱼儿嘴"最后一串冰凌时，溪水村那条淙淙流淌的溪流又出现了。一日清晨，奚望带领众人正给梯田松土施肥，眼神豁亮的他，赫然发现远处泉家庄的那眼温泉，再次泛起了袅袅水雾。

溪水村桶装水厂复工生产一周后，赵纪衡和泉建文又来劝说泉林声，恳请他回到泉家庄筹建温泉旅游村项目，泉林声仍然有些犹豫不决，站在身旁的奚晓夏斩钉截铁地说道："回，必须回！"泉林声罕见地羞怯一笑，随手从办公桌抽屉拿出一张鲲丘地图，还有两本密密麻麻写满勘察规划的工作日志，原来他早已对泉家庄温泉水文地理特征以及湿地生态保护开始了思考。

赵县长甚是欣慰地说道："还是那句话，好事多磨啊。温泉旅游村项目能够再次上马，也算了却了我的一桩心事，完成这份心愿的任务，往后就交给你了。"说完，赵县长爽朗地笑了。随之，泉建文也欣然说道："我也是老话一句，泉家庄村委书记非你莫属，为给族人选出一个合格领头人，我可是煞费苦心啊！"言罢，众人皆畅怀大笑。

此后不久，泉林声回了泉家庄，溪水村水厂暂由村主任奚望代管，对此李春梅最是高兴，心想辛苦这么多年，终于有机会可以和奚望兄弟联手好好做番事业了。有一天，许聪明忽然又回来了，奚望热情以待，并继续留他做了副总，还说古今集团虽然垮了，但咱们的情谊不能丢，感动得许聪明热泪盈眶。

许聪明的归来，仿佛给李春梅当头泼了一盆冷水，彻底唤醒了她游离缥缈的心思。拿定离开水厂的主意之后，李春梅呈递了正式的辞职报告，奚望执意不允，李春梅也不解释什么，低头默默地走开了。离开水厂回到奚望家后，李春梅又要搀扶母亲返回李家村，阿冰急得哇哇乱叫，追到门外挡路，李春梅凄然一笑说："闪开，我要回我家去！"

奚望下班回家后，才知道李春梅母子离开了。妻子阿冰哭丧着脸，望着他想听解释，奚望没有言语，转身便往门外走，阿冰揪扯他的衣袖，奚望用力甩开，妻子当即哭了，惹得儿子奚小贤也跟着闹起来。等到奚望急匆匆赶到李家村春梅家时，只见一把冷冰冰的铁锁悬挂大门上，隔壁邻居望着他说："李春梅不在家，带着她妈出外旅游去了。"

这日，谢元配合巡视组调查问话结束后，先去瞧了一眼已经暂停的拆迁现场，转身又来到东湖岸边。明媚春光下，从远处吹来的熏风，轻轻拂动过湖面，水鸭划过处，荡漾着一丝丝涟漪。水岸边的新绿，绽放在随风摇曳的杨柳枝头，三三两两的人影从湖边走过，不时传来阵阵欢声笑语，躁动不安的东湖终于恢复了往日的平静。

苏美玲比谢元早一步结束问话，她回家后做的第一件事情，便是将东关和西关理发馆同时转让出去。离开龙河县之前，苏美玲忍不住又到三号院门前徘徊，仿佛是宿命的约定，她与谢元再次不期而遇。

"三号院何时再能归还给我呢？"等了许久，也不见谢元回答。

苏美玲又说了一句："女人，不是用来欺骗的。"又是长时间的沉默，等谢元转身想要解释时，空荡荡的净佛寺街上，再也看不见苏美玲的身影。

今年春天，泉家庄显得格外热闹，族人们或去奚水村水厂忙碌，或随泉林声攀上鲲丘勘察地质去了。忍熬过漫长冬日的彻骨寒冷后，泉大年的妻子王霞正在清理院子里的落叶杂草，大门外忽然出现了一位手牵小男孩的陌生女人，那女人浅浅微笑着走上前来，将一把钥匙放到王霞手心后说道："钥匙还给你了，我也安心了。"

王霞也是盈盈一笑说道："进屋歇会儿吧，喝口热水再走。"陌生女人不搭话，神色黯然地牵着小男孩转身离开了。

不远处，傻子陀螺旁无顾忌地抽打着陀螺，嘴里大声喊着：

> 鞭走一条线，横扫一大片。
>
> 遇头旋转到后边，鞭鞘打准螺腰间。
>
> 手肩并用成一体，倾斜引身向上旋。
>
> 鞭声嘹亮声声脆，陀螺飞舞转得欢。
>
> 烦事愁事齐消散，一足鼎立乐欢颜。

王霞进到屋里，从抽屉拿出一个黑色皮包，又把净佛寺街三号院的房产证打开看了一眼，这才将陌生女人交给她的钥匙塞进黑皮包，嘴里喃喃低语道："一把锁子，已经收回了四把钥匙，不知道还会不会再有人送来。"

……

澳洲最南端有一个名字叫作布拉夫的海滨小镇，丁一静静地站在小镇沙滩边，眼前是一望无际的大海，波光粼粼的海面上，有一只白色的海鸥在孤单地飞翔。

（全本完）